# 안나 카레니나

MINI BOOK
CLOUD
LIBRARY
30

# 안나 카레니나
## -2-

# Anna
# Karenina

레프 니콜라예비치 톨스토이 지음
엄인정 옮김

생각뿔

차례

| | |
|---|---|
| 제3부 | 9 |
| 제4부 | 231 |
| 제5부 | 395 |
| 작품 해설 | 612 |
| 작가 연보 | 622 |

제3부

**Anna Karenina**

# 1

세르게이 이바노비치 코즈니셰프는 머리를 식히기 위해, 늘 그랬듯 외국 여행을 떠나는 대신 5월 말 즈음에 동생이 사는 시골을 방문했다. 그는 항상 전원생활이야말로 지상의 낙원이라고 생각해 왔다. 그래서 이제 그 생활을 누리기 위해 동생을 찾아갔던 것이다. 레빈은 올여름에는 니콜라이 형이 오지 않을 거라 생각하고 있었기 때문에 그의 방문이 더욱 반가웠다. 하지만 콘스탄틴 레빈이 세르게이 이바노비치를 사랑하고 존경했음에도 그는 형과 함께 시골에서 생활하는 것이 어딘지 모르게 불편하게 느껴졌다. 그는 시골을 바라보는 형의 태도가 불쾌했다. 콘스탄틴 레빈에게 시골은 기쁨과 아픔, 그리고 자신의 노동이 점철된 삶의 터전이었다. 하지만 세르게이 이바노비치에게 시골은 지친 몸을 달래는 휴식처이자 몸의 독소를 없애 주는 효험 있는 해독제일 뿐이었다. 콘스탄틴 레빈이 시골을 좋아한 이유는 유익한 노동의 터전이었기 때문이었다. 하지만 세르게이 이바노비치가 유독 시골을 좋아한 이유는 아무것도 하지 않을 수 있고, 또 굳이 무언가를 하지 않아도 되었기 때문이었다.

콘스탄틴은 농민을 대하는 세르게이 이바노비치의 태도 역시 못마땅하게 생각했다. 세르게이 이바노비치는 농민을 사랑하고 이해한다고 말하며 농부들과 종종 대화를 나누곤 했다. 그는 어떤 위선이나 교만 없이 그들과의 대화를 통해 농민들에게 이득이 되는 자료와 농민에 대해 그가 가지고 있었던 지식에 도움이 될 만한 증거들을 채취했다. 콘스탄틴 레빈은 농민에 대한 그의 이러한 태도가 마뜩잖았다. 콘스탄틴 레빈은 농민이 그저 노동의 중요한 요소 중 하나라고 생각했다.

물론 그는 농민을 존경했고 자신이 직접 이야기했던 것처럼, 농부의 아내였을지도 모를 유모의 젖을 먹고 자란 자신에게 그들의 피가 흡수되었을지도 모른다고 생각하며 애정을 느꼈다. 또한 콘스탄틴 레빈은 그들과 함께 공동으로 작업하면서 때때로 그들이 가진 힘과 온화함, 그리고 정직함에 감탄하기도 했다. 하지만 이러한 노동 외에 부정하고 방탕한 짓을 저지르며 과도한 음주와 거짓말을 하는 그들을 미워하기도 했다. 누군가가 콘스탄틴 레빈에게 농민을 사랑하느냐고 묻는다면 그는 뭐라고 대답해야 할지 난감했을 것이다. 그는 다른 사람들에게 그러했던 것처럼 농민을 사랑하기도 했고 미워하기도 했다. 하지만 그의 성품은 선량해서 사람들을 미워하기보다는 사랑할 때가 더 많았다.

이는 농민에 대해서도 마찬가지였다. 하지만 그는 농민을 특별한 대상으로 여기며 그들을 사랑한다거나 또 사랑하지 않을 수는 없었다. 그는 농민과 함께 생활하고 있을 뿐만 아니라 그들과 이해관계를 가지고 있었기 때문이다. 게다가 그 역시 자신을 농민이라고 생각하며 자신에게서 그들과 전혀 다른 특성이나 어떤 결점을 찾지 못했기 때문에 농민과 자신을 대립시켜 생각할 수는 없었던 것이다. 또한 그는 오랫동안 주인으로서, 중재자로서, 특히 조언자로서(40베르스타 떨어진 곳에 사는 농부들이 조언을 구하러 올 정도로 그는 농부들의 신뢰를 얻고 있었다.) 농부들과 가깝게 지내 왔지만 그는 농민에 대해 어떤 고정 관념을 가지고 있지는 않았다. 그러므로 누군가 그에게 농민을 이해하고 있느냐고 묻는다면 농민을 사랑하느냐는 질문과 마찬가지로 대답하기 곤란했을 것이다. 그에게 있어 농민을 이해한다는 것은 인간을 이해한다는 것과 다름없었기 때문이다. 그는 평소에도 모든 부류의 사람들을 주시하며 이해하려고 노력했다. 그중에는 그가 선량하고 흥미롭다고 생각하는 농부들도 있었다. 그러면서 그는 그들에게서 끊임없이 새로운 점을 발견하며 기존의 자신의 견해를 바꾸고 새로운 견해를 정립해 나갔다. 하지만 세르게이 이바노비치는 그 반대였다. 그는 자신이 싫어하는 생활과 비교하며 시골 생활을 사랑하고 찬양했던 것처럼, 농민들 역시 그가 싫어하는 계급에 대한 반대의 의미로 사랑했으며, 그들과 대립되는 의미로 농민을 이해하고 있었다. 그의 사고 체계 속에는 농민에 대한 견해가 일정하게 확고한 자리를 잡고 있었다. 그것의 일부분은 농민의 생활 속에서 이끌어 낸 것이기도 했지만 대부분은 이러한 대조를 통해 얻어 낸 것이었다. 그러한 이유로 그는 농민에 대한 자신의 견해와 공감의 태도를 결코 바꾸려 하지 않았다.

형제간에 농민에 대한 견해가 대립될 때마다 늘 세르게이 이바노비치는 동생을 이겼다. 세르게이 이바노비치는 농민의 성격, 특징, 취향 등에 관한 확고한 견해를 가지고 있었기 때문이다. 반면에 콘스탄틴 레빈은 일정하고 고정된 견해가 없었기에 이러한 논쟁이 벌어질 때마다 스스로 모순에 빠지곤 했다.

세르게이 이바노비치에게 있어 그의 막냇동생은 성품이 올곧으며(그는 프랑스어로 이렇게 말했다.) 매우 훌륭한 청년이었다. 하지만 이성적으로 볼 때 그는 상당히 민첩하지만 순간적인 인상에 쉽게 흔들리는 모순적인 청년이었다. 그러한 이유로 세르게이 이바노비치는 때때로 다정한 태도로 동생에게 사물이 지닌 참뜻에 대해 설명해 주기도 했다. 하지만 동생이 너무 순순히 받아들였기에 그는 동생과의 논쟁에서 재미를 찾을 수 없었다.

콘스탄틴 레빈에게 있어 형은 상당한 지식과 교양을 갖춘 고결한 사람이었으며, 많은 사람에게 행복을 주는 힘을 지닌 훌륭한 사람이었다. 하지만 점점 나이가 들고 형과 가까워질수록 그는 자신이 가지고 있지 않은 형의 이러한 활동 능력이 어떠한 장점이 아닌 오히려 결함일지도 모르겠다는 생각이 들었다. 그것은 선량함이나 솔직함, 고결한 욕망이나 취향의 결함은 아니지만 '마음'이라 불리는 어떤 생명력의 결함, 인간이라면 수없이 마주하게 되는 선택의 기로에서 어느 하나를 골라 그것에만 몰두하게 만드는 간절함의 결함이 아닐까 하는 생각이 들었던 것이다.

형에 대해 더 많이 알게 될수록 그는 세르게이 이바노비치를 비롯한 공익을 위해 일하는 수많은 활동가 사람을 사랑해서 이끌리는 것이 아니라는 생각이 들었다. 그것은 오로지 그 일이 좋은 것이라고 그들이 이성적으로 판단했기 때문이라는 확신이 들었던 것이다. 레빈의 이러한 생각이 더욱 확고해진 이유는 세르게이 이바노비치가 다수의 행복과 영혼의 불멸에 대해 생각하는 태도가 체스 게임이나 새로운 기계의 정밀한 구조를 연구할 때와 크게 다르지 않다는 것을 알게 되었기 때문이다.

이외에도 콘스탄틴 레빈이 형과 시골에서 생활하는 것이 불편한 이유는 또 있었다. 여름철이 되면 시골은 농사일로 한창 바쁘기에 레빈은 여름의 긴 하루가 모자랄 만큼 일해야 했지만 세르게이 이바노비치는 태평하게 보내고 있었던 것이다. 하지만 그가 글을 쓰지 않고 한가로운 시간을 보내고 있는 지금도 그는 그러한 지적인 활동에 익숙해진 나머지 자신의 생각들을 아름답게 함축해 문장으로 표현하고 그것을 누군가에게 들려주는 것을 즐기곤 했다. 대부분 그 청취 상대는 자연스럽게 동생이 되었다. 그래서 콘스탄틴은 두 사람이 아주 가까운 사이라 해도 형을 혼자 두는 것은 왠지 꺼려졌다. 세르게이 이바노비치는 햇볕이 잘 드는 잔디밭에 누워 한가롭게 이야기하는 것을 좋아했다.

"넌 모를 테지." 그는 종종 동생에게 이렇게 말했다. "내게 있어 시골에서의 이 나태함이 얼마나 큰 기쁨인지 말이야. 지금 내 머릿속엔 아무 생각도 들어 있지 않고 텅 비어 있어."

하지만 콘스탄틴 레빈은 이렇게 앉아서 그의 이야기를 듣고 있는 상황 자체가 따분했다. 특히 자신이 없는 사이에 농부들이 아직 갈지도 않은 밭에 거름을 줄 지도 모르고, 지켜보고 있지 않으면 거름을 잘못 뿌릴 수도 있었기 때문에 이렇게 가만히 앉아 있을 수가 없었다. 또한 그들은 쟁기 보습의 나사를 꽉 죄지도 않고서는 나중에 가서야 '이렇게 잘못 만들어진 쟁기는 처음이네. 안드레예브나 구식 쟁기나 마찬가지잖아.' 하며 뒤에서 수군댈 것이기 때문이었다.

"이 무더운 날씨에 이제 그만 돌아다녀도 되지 않겠어?" 세르게이 이바노비치가 말했다.

"아뇨, 사무실에 잠깐 뛰어갔다 올게요." 이렇게 말하고 나서 레빈은 밭으로 뛰어갔다.

## 2

6월 초 무렵, 그의 유모이자 가정부인 아가피야 미하일로브나가 직접 소금에 절인 버섯 항아리를 창고로 옮기다가 발을 헛디디는 바람에 손목을 삐끗하게 된 사건이 있었다. 이제 갓 졸업한 젊고 수다스러운 의사가 찾아왔다. 그는 그녀의 손을 살펴보더니 뼈가 잘못되지는 않았다며 압박 붕대를 감아주었다. 그러고 나서 그는 식사하려고 기다리는 동안, 저명인사인 세르게이 이바노비치 코즈니셰프와 즐겁게 대화를 나누었다. 의사는 사물에 대한 자신의 견해를 당당히 드러내며 젬스트보의 결함을 비판했으며 시골에서 도는 온갖 소문들에 관해 이야기를 늘어놓았다.

세르게이 이바노비치는 그의 말을 경청하면서 몇 가지 질문을 했다. 그는 새로운 청취자를 찾았다는 사실에 흥분하며 대화에 열중했다. 그가 정확하고 유용한 관찰에 대한 견해를 몇 가지 제시하자 젊은 의사는 정중한 태도로 찬사를 보냈다. 그러고 나서 세르게이 이바노비치는 동생에게는 이미 익숙한, 활기찬 대화 뒤에 으레 나타나는 흥분 상태에 빠져들었다. 의사가 돌아간 뒤 그는 낚시하러 강으로 가겠다고 말했다. 세르게이 이바노비치는 낚시를 좋아했다. 그는 마치 자신이 그런 쓸데없는 일에도 관심을 가지는 사람이라는 것을 자랑스럽게 여기는 듯했다.

콘스탄틴 레빈은 밭과 목초지를 살피러 나가야 했기에 가는 길에 형을 이륜마차로 태워다 주겠다고 말했다.

무더위는 한풀 꺾인 상태였다. 올해의 수확은 이미 결정되어 있었고 다음 해의 파종에 대해 걱정하면서 풀을 베어야 할 시기였다. 호밀에는 이삭이 텄지만 아직 채 여물지 않은 회색빛을 띤 녹색의 가벼운 이삭이 바람에 살랑거리는 시기였다. 그리고 누런 풀덤불이 점점이 흩어진 늦갈이 밭에 초록색 귀리가 여기저기 고개를 내밀고 있는 시기였다. 벌써 싹이 튼 무성한 메밀이 땅을 뒤덮고 있는 시기, 가축에게 짓밟혀 쟁기도 들어가지 않던 딱딱했던 휴경지를 반쯤은 일구어 놓은 시기, 밭 주변의 보송보송하게 마른 거름 더미가 달콤한 풀 냄새와 함께 저녁노을 속에서 냄새를 풍기는 시기, 군데군데서 뽑힌 괭이밥 줄기의 거뭇거뭇한 더미가 보이는 아래쪽 강가의 목초지가 낫을 기다리는 듯 바다처럼 끝없이 펼쳐져 있는 시기였다.

또한 이 시기는 해마다 반복되며 농민들이 고군분투해야

하는 수확을 앞둔 짧은 휴식기였다. 올해는 풍년이 될 것이다. 맑고 무더운 여름날과 이슬이 내리는 짧은 밤이 계속되었다. 목초지로 가기 위해서는 숲을 지나가야만 했다. 세르게이 이바노비치는 동생에게, 누렇게 바랜 떡잎으로 얼룩진, 이제 꽃봉오리가 막 꽃을 피우려 하는 그늘 쪽의 보리수의 고목을 가리켜 보기도 하고, 올해 자라난 나무의 에메랄드빛 새싹을 가리키기도 하면서 무성한 숲의 아름다움에 감탄했다. 콘스탄틴 레빈은 자연의 아름다움에 대해 말하는 것도, 듣는 것도 좋아하지 않았다. 그는 말이 눈으로 본 아름다움을 빼앗아 간다고 생각했기 때문이었다. 그래서 그는 형의 생각에 동의하면서도 무의식중에 다른 생각을 하고 있었다.

그들이 숲에 도착했을 때, 주변의 어떤 곳은 노랗게 풀이 덮여 있었고, 어떤 곳은 바둑판형으로 구획이 나뉘어 있었으며, 어떤 곳은 거름이 쌓여 있었다. 또 어떤 곳은 언덕배기 휴경지가 잘 일구어져 있었다. 그들은 그 모습에서 눈을 떼지 못했다. 들판에는 달구지가 줄을 지어 움직이고 있었다. 레빈은 달구지를 세어 보며 필요한 만큼 운반되고 있다는 사실에 흡족해했다. 그는 목초지를 바라보며 풀베기에 대해 생각했다. 그는 늘 건초를 수확할 때면 왠지 모르게 마음을 강하게 이끄는 무언가가 있다는 생각이 들었다. 목초지에 다다르자 레빈은 말을 멈추었다.

무성하게 자란 풀 아래에는 아직 아침 이슬이 맺혀 있었다. 세르게이 이바노비치는 발이 젖지 않도록 하기 위해 마차로 농어가 잡히는 버드나무숲 근처까지 가 달라고 부탁했다.

콘스탄틴 레빈은 자신의 풀이 짓밟히는 것이 매우 안타까웠지만 어쩔 수 없이 마차를 타고 목초지로 들어갔다. 마차 바퀴와 말의 다리에 긴 풀들이 부드럽게 휘감기며 젖은 바퀴살과 바퀴통에 씨앗을 붙여 놓았다.

낚시 도구를 정리한 뒤 형은 덤불 옆에 앉았다. 레빈은 말을 매어 놓은 뒤 바람에도 결코 끄떡없을 것 같은 드넓은 잿빛과 푸른색 풀밭의 바다 속으로 들어갔다. 물이 가득한 곳에서 자란, 씨앗이 여문 비단결 같은 풀은 허리춤까지 왔다.

콘스탄틴 레빈은 목초지를 가로질러 길을 따라 나오다가 벌통을 메고 있는 눈이 퉁퉁 부은 한 노인을 만났다.

"뭐야? 잡았나, 포미치?" 그가 물었다.

"잡기는요, 콘스탄틴 드미트리치! 내 것이나 잘 지키면 다행이죠. 벌써 두 번째 도망쳤는걸요……. 그래도 녀석들이 쫓아가서 다행이었죠. 나리의 밭을 갈던 그 녀석들이 말을 풀어 쫓아갔는데……."

"어쨌든 어떻게 해야 될까, 포미치? 베도 될까, 아니면 더 기다려야 할까?"

"글쎄요! 저희 같은 경우에는 성 베드로 축일까지 기다리곤 하지만, 나리네 밭은 늘 일찍 베곤 했으니 괜찮을 겁니다. 풀은 아주 잘 자랐으니 가축을 먹이기에는 아주 좋을 겁니다."

"날씨는 어떻겠나?"

"어찌 알겠습니까. 하지만 괜찮을 겁니다."

레빈은 형에게 갔다. 그는 아무것도 잡지 못하고 있었으나 세르게이 이바노비치는 지루하다기보다는 오히려 무척 즐거위 보였다. 레빈은 형이 의사와 나눈 대화의 영향으로 계속 무언가를 말하고 싶어 한다는 것을 느꼈다. 하지만 레빈은 어서 빨리 집에 가서 내일 풀을 벨 인부들을 구하는 일을 지시하고 계속 신경이 쓰이던 풀을 베는 문제를 해결하고 싶은 생각뿐이었다.

"이제 그만 돌아가요." 레빈이 말했다.

"어디를 가려고 그렇게 서두르는 거야? 조금 더 있다가 가자. 그런데 왜 그렇게 젖었어? 아무것도 잡진 못했지만 그래도 좋구나. 낚시라는 건 자연과 함께하는 일이니 말이야. 아, 이 강철같이 아름다운 물 빛깔이란!" 그가 말했다. "이런 풀밭에 있는 냇물은 늘 내게 수수께끼를 떠올리게 만들지. 알겠어? 풀이 물에게 이렇게 말하고 있어. 난 흔들리고 있어, 흔들리고 있다고."

"난 그런 수수께끼는 몰라요." 레빈이 침울한 어조로 말했다.


3


"난 말이지, 지금 너에 대한 생각을 하고 있었어." 세르게이 이바노비치가 말했다. "의사 말에 의하면, 지금 시골에서 벌어지고 있는 일들은 차마 눈뜨고 볼 수 없는 것들 투성이라던데 말이야. 내가 보기에 그 의사는 꽤 똑똑한 사람이야. 그래서 하는 말인데, 예전에 네게 했던 말을 다시 한번 해야겠구나. 네가 더 이상 젬스트보에 나가지 않는다거나 그와 관련해 점점 멀어지는 건 결코 좋은 일이 아니야. 성실한 사람들이 거기서 점점 멀어진다면 모든 게 엉망이 되고 말 테니까. 우리가 아무리 돈을 지불한다 해도 죄다 봉급으로 나가게 될 테고 학교도, 간호사도, 산파도, 약국 같은 것도 없어지게 될 거야. 더 이상 아무것도 존재하지 않게 될 거라고."

"나도 노력해 봤어요." 레빈은 나직한 목소리로 마지못해 대답했다. "하지만 안 되는 걸 어쩌겠어요! 어쩔 수 없잖아요!"

"그래, 그런데 넌 대체 뭘 할 수 없다는 거지? 난 전혀 이해할 수가 없구나. 무관심이나 무능력 때문은 아닌 것 같고. 혹시 게을러서 그런 건 아니냐?"

"모두 다 아니에요. 난 노력해 봤어요. 그리고 결국엔 내가 할 수 있는 일이 없다는 걸 깨달았어요." 레빈이 말했다.

그는 형의 말에 대해 깊이 생각하고 있지 않았다. 그는 강 너머 밭을 바라보다가 검은 물체를 보았으나 그것이 말인지 말을 타고 있는 집사인지 알 수 없었다.

"왜 할 수 있는 게 아무것도 없었을까? 아마도 넌 한번 시도해 봤다가 안 되니 포기해 버렸을 테지. 자존심을 좀 더 세워 보지 그랬어?"

"자존심이요?" 형의 말을 들은 레빈이 못마땅한 어조로 말했다. "모르겠어요. 만약 대학에서 다른 사람들은 미적분을 다 이해하고 있을 때 나 혼자 이해 못했다면 자존심이 상했을 테죠. 하지만 이러한 경우에는 무엇보다 자신에게 재능이 있다는 확신과 더불어 이 일이 굉장히 중요하다는 확신이 필요하니까요."

"그렇다면 넌 이 일이 중요하지 않다는 거냐?" 세르게이 이바노비치는 동생이 자신이 몰두하고 있는 일에 대해 크게 개의치 않으며 자신의 말을 흘려듣고 있다는 생각에 모욕감을 느끼며 말했다.

"나는 그다지 중요하다고 생각하지 않아요. 관심이 안 생기는 걸 어쩌겠어요. 형이 바라는 건 대체 뭐죠?" 레빈은 좀 전에 자신이 보았던 것은 집사였고 그가 농부들에게 쟁기질을 그만하라고 했던 것 같다는 생각을 하며 대답했다. 그들은 쟁기를 엎어 놓고 있었다. 그는 '벌써 밭을 다 간 걸까?' 하고 생각했다.

"하지만 들어보렴." 형은 아름다우면서도 지적인 얼굴을 찌푸리며 말했다. "어떤 일이든 한계라는 게 존재하는 법이지. 괴짜로 살거나 착실한 사람으로 살면서 허위를 배격하는 것도 좋아. 나도 이해할 수 있어. 하지만 네가 지금 하는 얘기는 별 의미가 없거나 아주 나쁜 의도를 가지고 있어. 이 일이 어떻게 중요하지 않다고 말할 수 있지? 네가 스스로 사랑한다고 말했던 농민들이……."

'난 결코 그런 얘길 한 적이 없어.' 콘스탄틴 레빈은 생각했다.

"아무 도움도 받지 못해 죽게 되었는데 말이야. 무지몽매한 아낙네들은 어린애들을 굶겨 죽이고 배우지 못한 농민들은 서기의 지배를 받고 있어. 너에겐 그들을 도울 수 있는 방법이 있는데도 넌 그들을 구하려 하지 않고 있어. 그것은 너한테 중요한 일이 아니니까 말이야."

세르게이 이바노비치는 '넌 네가 할 수 있는 일이 무엇인지도 모를 만큼 어리석은 거냐, 아니면 안정된 생활과 허영심을 포기할 수 없기 때문인 거냐. 어떤 게 맞는 건지 난 도저히 모르겠다.'라는 식으로 그를 혼란스럽게 만들었다.

콘스탄틴 레빈은 형의 생각에 수긍하든가 아니면 공익에 대한 애정이 부족하다는 것을 인정하든지 해야겠다고 생각했다. 그러한 이유로 그는 모욕감이 들어 괴로웠다.

"이럴 수도 있고 저럴 수도 있겠죠." 그가 단호하게 말했다. "난 그 일이 가능할 거라 생각지 않아요……."

"이유가 뭔데? 돈을 잘 분배해도 의료 혜택을 줄 수 없다는 말이냐?"

"불가능하다고 생각해요……. 4,000 제곱 베르스타 정도 되는 우리 마을에는 눈이 내리면 통행이 중단되고 눈보라가 몰아치기도 해서 일손이 부족할 때가 있어요. 그런 상황에서 마을 전체에 의료 혜택을 줄 수는 없다고 생각해요. 더욱이 나는 의학을 별로 믿지 않거든요."

"잠깐, 난 인정할 수 없구나……. 네 생각을 반박할 수 있는 예를 1,000가지라도 들 수 있어……. 그럼 학교에 대해서는 어떻게 생각하니?"

"학교라는 게 대체 왜 필요한 거죠?"

"무슨 소리냐? 그럼 넌 교육의 혜택에 대해서도 의문을 품는다는 말이냐? 만일 교육이 너에게 도움이 되는 일이라면 다른 사람에게도 그럴 텐데 말이야."

콘스탄틴은 자신이 정신적인 궁지에 몰린 듯한 느낌이 들었다. 그러자 흥분한 그는 잠시 판단력을 잃고는 자신이 공공사업에 대해 무관심한 가장 큰 이유에 대해 털어놓기 시작했다.

"그 일은 모두 좋은 일일지도 모르죠. 하지만 나로서는 전혀 이용하지 않는 병원을 짓거나 나나 농민들이 아이들을 보낼 생각이 없는 학교를 짓는 일에 신경을 쓸 필요가 있을까요? 게다가 난 아이들을 꼭 학교에 보내야 한다고 생각하진 않아요."

생각지도 못했던 말을 들은 세르게이 이바노비치는 잠시 멍해졌다. 하지만 그는 곧 새로운 공격 계획을 세웠다.

그는 잠시 동안 아무 말 없이 낚싯대를 물에서 꺼냈다가 매만지고는 다시 던졌다. 그러고는 미소 지으며 동생을 바라보았다.

"잠깐⋯⋯. 그래도 병원은 반드시 필요해. 지금도 아가피야 미하일로브나 때문에 군의를 부르러 사람을 보냈잖니."

"하지만 내 생각엔 그 손은 그대로 굽을 것 같아요."

"아직은 모르는 일이야. 어쨌든 그 일은 그렇고, 농부든 인부든 그들이 교육을 받는 게 너한테도 필요하고 좋은 일 아니겠어?"

"아뇨, 사람들한테 물어보세요." 콘스탄틴 레빈이 단호하게 대답했다. "교육을 받은 노동자들은 오히려 더 좋지 않아요. 그들은 도로를 수리하지도 못하고 다리를 세워 놓으면 아마 이것저것 다 훔쳐 가고 말 거예요."

"하지만." 세르게이 이바노비치가 얼굴을 찌푸렸다. 그는 자신의 의견에 반박을 당하거나 이것저것 화제를 바꿔 가며 무슨 대답을 해야 할지 모를 정도로 새로운 근거를 대며 자신의 견해를 말하는 것을 싫어했다. "하지만 문제는 그게 아니야. 잠깐, 넌 교육이 농민을 행복하게 만든다는 걸 인정하고 있는 거냐?"

"인정해요." 그는 불쑥 이렇게 대답하고는 곧바로 자신의 본심과는 다른 이야기를 했다는 것을 느꼈다. 그는 이런 식으로 인정해 버리면 여태껏 이야기했던 자신의 생각이 무의미해진다는 것을 알고 있었다. 그는 이것이 어떤 식으로 결론이 날지 모르겠지만, 어쨌든 분명 논리적으로 증명될 것임을 알고 있었기에 형의 논증을 기다렸다.

그것을 입증하는 일은 콘스탄틴 레빈이 예상했던 것보다 훨씬 간략하게 이루어졌다.

"네가 교육이 행복을 가져다준다는 것을 인정한다면." 세르게이 이바노비치가 말했다. "너는 성실한 태도로 그 사업에 동의하며 공감할 수밖에 없을 거야. 그리고 그것을 위해 노력하고 싶다는 생각이 들 거야."

"하지만 난 여전히 그 사업을 긍정적으로 보고 있지 않아요." 콘스탄틴 레빈이 상기된 얼굴로 말했다.

"왜? 네가 방금 전에 그렇다고 했잖아……."

"그러니까 난 그 일이 좋은 일이라고도, 또 가능한 일이라고 인정할 수 없어요."

"노력도 안 해 보고 그런 말을 할 수는 없지."

"그래요, 그렇다고 해 두죠." 레빈은 전혀 그럴 생각이 없으면서도 이렇게 말했다. "그렇다고 쳐요. 하지만 아직도 난 내가 무슨 이유로 그런 일에 신경을 써야 하는지 모르겠어요."

"그러니까 네 말은 왜 그래야 한다는 거냐?"

"아니, 어쨌든 말이 나온 김에 철학적인 관점에서 설명해 주세요." 레빈이 말했다.

"여기서 왜 철학 얘기가 나오는지 모르겠군." 세르게이 이바노비치가 마치 동생은 철학을 운운할 자격이 없다는 듯한 어조로 말했기에 레빈은 불쾌해졌다.

"그 이유는 바로 이겁니다!" 레빈이 몹시 흥분하며 말했다. "난 개인의 행복은 우리의 모든 행동의 원동력이라고 생각해요. 하지만 귀족의 입장에서 볼 때 오늘날 젬스트보는 개인의 행복을 위해 어떤 일도 하고 있지 않아요. 도로 사정도 나아지지 않았고 개선도 불가능하다고 생각해요. 하지만 그 좋지 않은 도로에서도 나는 타고 달리고 있죠. 내겐 의사도 병원도 필요 없어요. 치안 판사도 마찬가지고요. 여태껏 단 한 번도 난 그들에게 어떠한 도움을 받은 적이 없고 앞으로도 그럴 생각이에요. 방금 전에 말했던 것처럼 학교 역시 나한텐 필요 없고 오히려 해를 끼치고 있죠. 또한 내게 젬스트보는 1데샤티나에 18코페이카의 세금을 거두어 가고, 빈대가 들끓는 도시의 여인숙에서 온갖 불필요한 저속한 얘기를 듣게 만드는 의무를 부여할 뿐, 내 개인적인 이해(利害)와는 전혀 상관없는 곳이죠."

"잠깐." 세르게이 이바노비치가 웃으며 레빈의 말을 막았다. "우리가 농노 해방을 위해 그렇게 고군분투했던 것은 개인의 이해를 위해서가 아니었어. 그럼에도 우리는 결국 해냈지."

"아뇨, 그렇지 않아요!" 콘스탄틴 레빈은 한층 더 흥분하며 형의 말을 막았다. "농노 해방은 이것과는 다른 문제예요. 거기에도 개인적인 이익은 존재했죠. 우리, 그러니까 선량한 사람들을 모두가 자신을 옥죄고 있던 멍에를 벗기 위해 시작한 일이니까요. 하지만 시 의원이 청소부가 얼마나 필요한지, 자신이 살고 있지도 않는 도시에 배관을 어떻게 설치해야 되는지에 관해 논의하고, 배심원이 되어 소시지를 훔친 농부를 재판하기 위해 변호사와 검사의 헛소리를 여섯 시간이나 들어야 하고, 판사가 내 밑에서 일하는 멍청한 알료쉬아 영감에게 '피고, 소시지를 훔친 사실을 인정합니까?', '네?' 하는 말들을 듣고 있는 것은……."

콘스탄틴 레빈은 어느새 주제에서 빗나가 판사와 멍청한 알료쉬아 영감의 흉내를 내고 있었다. 그는 이 모든 일이 문제와 직접적인 연관이 있다고 생각했다. 하지만 세르게이 이바노비치는 어깨를 으쓱거렸다.

"그래, 그런데 대체 네가 하고 싶은 얘기는 무엇이냐?"

"난 단지 나와 내 이해와 관계된 권리는 최선을 다해 지켜내겠다는 것을 말하고 싶은 겁니다. 대학교에 다녔을 무렵, 수색 명령을 받은 헌병들이 편지를 검열하려 했을 때에도 난 죽을힘을 다해 교육과 자유를 위한 내 권리를 지키려고 했습니다. 난 우리 아이들과 형제들, 그리고 자신의 운명을 결정지을 수도 있는 병역 의무에 관해서만큼은 누구보다 확실한 견해를 갖고 있어요. 이렇듯 난 나 자신과 관련 있는 것에 대해서는 비판할 수 있을 만큼의 준비가 되어 있어요. 하지만 젬스트보의 자금 4만 루블을 어떤 식으로 배분할 것인지, 또 멍청한 알료쉬아에 대한 재판과 관련된 일에 대해서는 잘 알지 못해요. 또 그 일을 할 수도 없고요.”

콘스탄틴 레빈은 마치 말을 막고 있던 장벽이 무너지기라도 한 듯 유수처럼 말을 쏟아부었다. 그러자 세르게이 이바노비치가 웃음을 보였다.

“만약 네가 내일 당장 재판을 받는다고 해도 넌 예전의 형사 재판소에서 재판을 받는 게 낫다는 말이구나?”

“내가 재판을 받게 될 리는 없어요. 난 결코 사람을 찌른다거나 죽이진 않을 테니까요. 그러니 내게 그런 것은 전혀 필요치 않아요. 진심이에요!” 그는 다시 논점을 비켜 가는 화제를 꺼내며 말을 이어 갔다. “우리나라의 지방 자치 제도나 그 비슷한 것들은 우리가 삼위일체 축일(‘오순절’이라고도 불리는 러시아 정교의 축일)에 자작나무 가지를 땅에 심는 것과 같은 겁니다. 그런데 그것은 유럽의 울창한 숲을 모방한 것에 지나지 않죠. 그러니 난 그 가지를 돌보며 물을 주거나 그것을 숲이라 믿을 순 없어요!”

세르게이 이바노비치는 지금 그들의 대화에 왜 자작나무 같은 게 언급되는지 모르겠다는 듯 어깨를 으쓱해 보였다. 하지만 그는 동생이 하는 말의 의도를 충분히 파악하고 있었다.

"잠깐, 그런 식으로는 토론이 되지 않아." 그가 지적했다.

하지만 콘스탄틴 레빈 자신도 자각하고 있던 결점인 공익에 대한 무관심을 변명하고 싶었기에 그는 계속 말을 이어갔다.

"내 생각엔……." 콘스탄틴 레빈이 말했다. "개인적인 이해와 전혀 상관없는 활동은 결코 지속될 수 없어요. 이것이야말로 보편적이고 철학적인 진리예요." 그는 자신도 다른 사람들과 마찬가지로 철학에 관해 논할 자격이 있다는 것을 강조하듯 '철학적'이라는 단어에 힘을 주며 단호하게 말했다.

세르게이 이바노비치가 또 한 번 미소를 지었다. '이 녀석도 확고한 자기만의 철학을 갖고 있군.' 그는 생각했다.

"자, 이제 철학에 관한 얘긴 이쯤에서 그만하지." 그가 말했다. "수 세기에 걸쳐 논쟁이 되고 있는 철학의 숙제는 개인의 이익과 공익 사이에 존재하는 필연성을 찾아내는 거지. 하지만 중요한 건 이게 아니라 난 너의 잘못된 비유를 수정해주려는 거야. 그 자작나무 가지는 그냥 꽂아 둔 게 아니야. 누군가가 심거나 파종해서 얻은 것이니 그런 일은 충분히 생각해 봐야 하는 거야. 자신이 살고 있는 나라의 제도를 중요하게 여기며 거기서 의의를 찾고 그것을 소중하게 여기는 국민들에게만 미래가 있고 역사가 존재하는 법이니까."

그러고 나서 세르게이 이바노비치는 콘스탄틴 레빈이 접근하기 힘든 철학사의 세계로 화제를 돌리고 그의 잘못된 견해들을 하나씩 지적하기 시작했다.

"넌 그런 일을 못마땅하게 여겼지. 하지만 유감스럽게도 그것은 우리 러시아 사람 특유의 나태함과 오만함이라고 할 수 있어. 하지만 네 일시적인 감정은 곧 사라질 거라 생각해."

콘스탄틴 레빈은 아무 말도 하지 않았다. 그는 자신이 완전히 패배했다는 것을 알았다. 그러면서도 그는 형이 자신의 생각을 잘 이해하지 못하고 있다는 생각이 들기도 했다. 그는 왜 형이 그것을 이해 못하는지 알 수 없었다. 그가 자신의 생각을 확실히 표현하지 못해서인지 아니면 형이 그것을 이해하려 하지 않았기 때문인지도 알 수 없었다. 하지만 그는 더이상 이 일과 관련해 깊이 생각하지 않았다. 그는 형에게 아무 대답도 하지 않은 채 자신이 해야 할 일에 대해서만 생각했다.

"이제 그만 가지."

세르게이 이바노비치는 마지막 낚싯대를 거두어들이고 콘스탄틴은 묶여 있던 말을 풀었다. 그러고 나서 두 사람은 마차를 타고 떠났다.

## 4

레빈이 형과 대화를 나누던 중에도 생각하고 있었던 개인적인 일이란 바로 이런 것이었다. 작년 어느 날, 레빈은 풀을 베러 나갔다가 집사에게 화낸 적이 있었다. 그래서 그는 늘 그랬듯 자신의 마음을 진정시키기 위해 농부에게서 낫을 빼

앉아 직접 풀을 베기 시작했다. 그는 그 일이 즐거웠기에 그 후에도 몇 차례 그렇게 해 보았다. 그러다 보니 집 앞에 있는 풀밭을 혼자 다 베었던 적도 있었다. 그래서 그는 올해에는 봄부터 농부들과 함께 매일 풀을 베야겠다고 결심했다. 하지만 형이 이곳에 온 후로는 그는 풀베기를 망설이고 있었다. 매일 형을 혼자 두는 게 왠지 마음에 걸렸기 때문이다. 또한 그 일을 직접 함으로써 형의 비웃음을 살까 두렵기도 했다. 하지만 그는 풀밭을 지나가며 풀을 베던 모습을 떠올리고는 당장 풀을 베러 가야겠다고 마음먹었다. 그는 형과 한창 논쟁을 벌인 후에 이 계획에 대해 다시 떠올려 보았다.

'육체적인 운동이 필요해. 그렇지 않으면 내 성격은 아주 이상해지고 말 거야.' 그는 생각했다. 그러고 나서 그는 형과 다른 사람들이 못마땅하게 여길지라도 자신은 풀을 베야겠다고 마음먹었다.

저녁 무렵, 콘스탄틴 레빈은 사무실에 가서 작업에 관한 지시를 내리고는 내일 드넓고 훌륭한 목초지인 칼리노프에서 일할 인부를 구하기 위해 마을마다 사람을 보냈다.

"그럼 내 낫을 티트한테 보내서 날을 좀 갈아서 내일 가져오라고 전해 줘요." 그는 태연한 척 애쓰며 말했다. "알겠습니다." 집사는 미소 지으며 말했다.

저녁에 형과 차를 마시며 레빈은 형에게 말했다.

"날씨도 제법 좋아졌으니 내일부터 풀을 베려고요." 그가 말했다.

"나도 그 일을 꽤 좋아하지." 세르게이 이바노비치가 말했다.

"나는 아주 좋아해요. 가끔 농부들과 함께 풀을 베기도 하죠. 내일도 종일 함께할 생각이에요."

세르게이 이바노비치는 고개를 들고는 호기심 어린 얼굴로 동생을 바라보았다.

"그러니까 어떤 식으로 한다는 거야? 농부들과 온종일 똑같이 일한다고?"

"네, 정말 즐거운 일이죠." 레빈이 말했다.

"체력을 단련하기에는 아주 좋겠구나. 그런데 네가 그걸 견뎌 낼 수 있을지 모르겠구나." 세르게이 이바노비치는 진지한 어조로 말했다.

"예전에 해 본 적이 있어요. 처음엔 좀 힘들었지만 차츰 적응이 되더군요. 그러니 중간에 그만두지는 않을 거예요……."

"과연 그럴까! 그런데 농부들 입장에선 어떨까? 그들은 분명 너를 이상한 주인이라고 생각하며 비웃을 거야."

"아뇨, 그렇지 않아요. 풀베기는 즐겁긴 하지만 다른 생각은 할 수도 없을 만큼 힘든 일이니까요."

"하지만 농부들과 어떻게 점심을 같이 먹겠다는 거야? 라피르(최고급 보르도산 적포도주의 한 종류)나 구운 칠면조를 거기로 가져오라 하는 것도 좀 우습잖아."

"아니, 쉬는 시간에 집에 잠깐 들르면 돼요."

다음 날 아침, 콘스탄틴 레빈은 평소보다 일찍 일어났다. 하지만 농사에 관한 지시를 내리느라 시간을 지체했기에 그가 풀을 베려고 도착했을 때 인부들은 벌써 두 번째 두둑을 베는 중이었다.

언덕 위에서 내려다보자 이미 풀베기가 끝난 그늘이 드리워진 목초지의 일부가 보였다. 풀이 베인 그곳은 잿빛으로 변해 있었고 이제 막 첫 번째 구획을 베기 시작한 곳에는 인부들이 벗어 놓은 검은색 카프탄이 쌓여 있었다.

그가 그곳으로 점점 다가갈수록 카프탄을 입고 있거나 루바슈카만 입은 농부들이 각기 다른 방법으로 낫질하며 긴 줄을 이루고 있었다. 세어 보니 모두 마흔두 명이었다.

그들은 전에 저수지가 있던 자리였던 목초지의 울퉁불퉁한 곳을 따라 천천히 지나가고 있었다. 레빈은 자기 집의 인부 몇 명을 알아보았다. 아주 길고 하얀 루바슈카를 입은 예르밀 영감이 몸을 굽혀 낫질하고 있었고, 예전에 레빈의 마부였던 젊은 바시카가 열심히 한 줄 한 줄 풀을 베고 있었다. 그리고 레빈에게 풀베기를 가르쳐 준, 체구가 작고 야윈 농부 티트도 있었다. 그는 낫을 자유자재로 움직이며 허리를 굽히지도 않은 채 사람들의 선두에 서서 넓은 두둑을 베어 가고 있었다.

레빈은 길가에 말을 매어 놓고 티트에게 다가갔다. 그러자 그는 덤불 속에서 낫 한 자루를 꺼내 레빈에게 건넸다.

"이렇게 준비해 두고 있었죠, 나리. 면도날 같아서 저절로 베어질 겁니다." 티트가 웃으며 모자를 벗고는 그에게 낫을 건네며 말했다.

낫을 받아 든 레빈은 손에 감각을 익히기 위해 시험 삼아 휘둘러 보았다. 자신의 몫을 다한 인부들은 땀에 흠뻑 젖은 채 즐거운 얼굴로 길가로 나왔다. 그들은 웃으며 주인에게 인사를 건넸다. 모두 그를 바라보고 있었다. 하지만 그들 중 가장 키가 크고 양가죽 재킷을 입은, 얼굴에 수염이 없고 주름진 노인이 그에게 말을 건넬 때까지는 아무도 말을 꺼내지 않았다.

"아시겠지만 나리, 일단 풀베기를 시작하게 되면 중간에 그만두시면 안 됩니다." 그가 말했다. 그러자 인부들의 큭큭거리는 웃음소리가 들려왔다.

"그만두지 않도록 노력해 보지." 그는 일을 시작하기 위해 티트의 뒤에 서서 기다리며 말했다.

"아시겠죠?" 노인이 반복했다.

티트가 일할 곳을 정해 주었기에 레빈은 그를 따라갔다. 길가에 있던 풀은 짧고 억셌다. 레빈은 한동안 풀베기를 하지 않았고 또한 자신을 주시하고 있는 사람들의 시선 때문에 힘껏 휘둘러도 처음 얼마간은 낫질이 잘 되지 않았다. 그때 그의 뒤에서 이런 소리가 들려왔다.

"낫자루를 잘못 달았어. 너무 높아. 허리를 구부리고 있는 모습도 참." 누군가가 말했다.

"발뒤꿈치에 힘을 더 줘야 돼." 다른 누군가가 말했다.

"괜찮을 거야. 곧 손에 익겠지." 노인이 말을 이었다. "저기봐, 시작하셨군…… 처음부터 욕심을 부리면 금세 지치게 될 텐데…… 하긴 주인이시니까. 그렇게 애쓰시는 것도 이해가 되지만! 그런데 저기 좀 봐! 만약 우리가 저렇게 했다면 혼이 났을 텐데 말이야."

풀은 점점 부드러워졌다. 레빈은 농부들이 하는 말을 주의 깊게 들으면서도 아무 대답도 하지 않았다. 그러면서 최대한 잘 베려고 노력하면서 티트의 뒤를 따랐다. 100발자국쯤 나아갔을 때도 티트는 멈추려 하지 않았고 지치지도 않는지 계속 앞으로 나아가고 있었다. 하지만 레빈은 더 이상 버티지 못할 것 같았다. 그는 몹시 지쳐 있었다.

그는 자신이 마지막 남은 힘으로 낫을 휘두르고 있다는 것을 느끼며 티트에게 이제 좀 그만하자고 말해야겠다고 결심했다. 그때 티트가 하던 일을 멈추고는 허리를 굽혀 풀을 뜯더니 낫을 닦고는 갈기 시작했다. 레빈은 허리를 펴고 한숨을 내쉬며 주변을 훑어보았다. 그를 뒤따라오던 농부도 지쳤는지 레빈이 있는 곳까지 오지도 못한 채 그 자리에 앉아 낫을 갈았다. 티트는 자신의 낫과 레빈의 것을 함께 갈았다. 그러고 나서 그들은 다시 앞으로 나아갔다.

두 번째 역시 티트는 멈추지 않았다. 티트는 지치지도 않는지 낫을 계속 휘두르며 앞으로 나아갔다. 레빈은 뒤처지지 않으려 애쓰며 그를 따랐지만 점점 고통스러워졌다. 그러다가 그가 더 이상 버틸 힘이 없다고 생각하는 순간, 티트는 멈추고 낫을 갈았다.

그런 식으로 그들은 첫 번째 두둑을 마무리했다. 길었던 두둑은 레빈을 몹시 힘들게 했다. 한 두둑을 끝내자 티트가 낫을 어깨에 걸치고 천천히 자신의 발자국이 있는 길을 되돌아왔다. 레빈 역시 자신이 풀을 벤 자리를 따라 되돌아왔다. 얼굴에는 땀이 비 오듯 쏟아지고 코끝에서도 땀방울이 맺히며 물에 빠졌다 나온 사람처럼 등이 흠뻑 젖었으나 그는 몹시 즐거웠다. 그는 이제 자신도 이러한 일을 버텨 낼 수 있다는 자신감이 생겨 더욱 즐거웠다.

하지만 그가 풀을 잘 베어 내지 못했던 두둑은 그의 만족감을 방해하고 말았다. '이제 손으로만 휘두르지 말고 온몸의 힘을 이용해 낫질해야겠어.' 그는 마치 자를 대고 벤 듯한 티트의 두둑과 울퉁불퉁한 자신의 두둑을 비교해 보며 생각했다.

레빈도 이미 눈치챘지만 첫 번째 두둑은 티트가 주인을 시험해 보기 위해 평소보다 빨리 베었던 것이었기에 다른 두둑을 베는 것은 상대적으로 훨씬 더 쉬웠다. 하지만 레빈은 농부들에게 뒤처지지 않기 위해 사력을 다해야만 했다.

그는 그저 농부들에게 뒤처지지 않아야겠다는 생각과 최대한 잘 베어야겠다는 생각 외에는 아무 생각도 하지 않았고 또 아무것도 바라지 않았다. 그의 귀에는 그저 풀을 베는 소리만 들려왔다. 그는 점점 멀어져 가는 흐트러짐 없는 티트의 모습을 보았다. 그리고 풀을 벤 자리에 남아 있던 반달 모양과, 물결치듯 자신의 낫에 쓰러져 가는 풀과 꽃들 그리고 그곳에 다다르면 잠시 쉬어 갈 수 있는 두둑의 끝을 바라보았다.

일하는 도중에 그는 문득 후끈한 어깨 언저리에 송글송글 맺힌 땀방울을 식혀 주는 상쾌하고 시원한 기운을 느꼈다. 그는 그것이 어디서 어떻게 온 것인지 알 수 없었다. 그는 낫을 갈며 하늘을 올려다보았다. 낮게 드리운 먹구름이 몰려들며 굵은 빗방울을 떨어뜨리고 있었다. 농부 몇 사람은 카프탄을 벗어 놓은 곳으로 달려가 옷을 입었고 다른 사람들은 레빈처럼 시원한 기운을 즐기며 어깨를 움츠리고 있었다.

그들은 한 두둑 한 두둑씩 작업을 진행하고 있었다. 긴 두둑과 짧은 두둑, 좋은 풀이 있는 두둑과 나쁜 풀이 자란 두둑이 있었다. 레빈은 지금이 이른 시각인지 늦은 시각인지도 분간을 못할 만큼 시간 가는 줄 모르고 있었다. 마침내 그에게 아주 큰 기쁨을 가져다준 변화가 생기기 시작했다. 일을 열심히 하면서 그는 자신이 지금 무엇을 하고 있는지조차 의식하지 못하는 순간을 발견한 것이다. 그렇게 되니 일은 한결 수월해졌고 그 순간에는 그의 두둑도 티트의 것 못지않게 반듯하게 잘 베어졌다. 하지만 그가 자신의 일을 의식하고 잘해야겠다고 생각하는 순간, 일은 오히려 힘들어지고 두둑도 고르게 베어지지 않았다.

한 두둑을 더 마무리하고 나서 그가 다시 일을 시작하려하자, 티트가 하던 일을 멈추고는 노인에게 다가가 속삭였다. 두 사람은 해를 바라보고 있었다.

'저들은 무슨 얘기를 하고 있는 걸까. 왜 일을 계속하지 않는 거지?' 레빈은 농부들이 쉬지 않고 네 시간째 풀을 베었기에 이제 식사 시간이 되었다는 것도 깨닫지 못한 채 이렇게 생각했다.

"식사 시간이 됐습니다, 나리." 노인이 말했다.

"벌써 그렇게 됐나? 그럼 먹어야지."

레빈은 티트에게 낫을 건넸다. 그러고 나서 빵을 가져오기 위해 카프탄이 있는 곳으로 가던 농부들과 함께 살짝 비에 젖은, 길게 베어진 두둑을 따라 말을 매어 둔 곳으로 갔다. 그제야 그는 자신이 날씨를 잘못 예측했으며 풀이 비에 젖었다는 사실을 깨달았다.

"풀이 젖었는데 못 쓰게 되는 건 아닐까?" 그가 말했다.

"괜찮아요, 나리. 비 올 때 베고 날이 좋을 때 거두라는 말도 있지 않습니까!" 노인이 말했다.

레빈은 말을 풀고 나서 커피를 마시기 위해 집으로 돌아왔다. 세르게이 이바노비치가 막 잠에서 깨어 있었다. 레빈은 커피를 마신 뒤, 세르게이 이바노비치가 옷을 갈아입고 식당으로 나오기도 전에 다시 풀을 베러 갔다.

5

아침 식사 후에 레빈은 다시 인부들 틈으로 되돌아왔다. 그는 조금 전에 일했던 자리가 아니라 자신의 옆으로 오라고 말한 익살스러운 노인과, 작년 가을에 결혼한 뒤 올여름에 처음으로 풀을 베러 나온 젊은 농부 틈에 끼게 되었다.

노인은 몸을 곧게 펴고는 구부정한 다리로 규칙적으로 성큼성큼 이동하기 시작했다. 언뜻 볼 때는 그저 걸어가면서 손을 휘두르는 것처럼 보였지만, 그는 마치 장난이라도 하듯 정확하고 일정한 동작으로 길고 고른 풀들을 차례차례 베어 가고 있었다. 마치 그가 풀을 베는 것이 아니라 날카로운 낫 한 자루가 저절로 물기를 머금은 풀들을 베어 가고 있는 것처럼 보였다.

미쉬카라는 청년이 레빈의 뒤를 따랐다. 그는 싱싱한 풀을 엮어서 머리에 얹고 있었는데, 젊고 사랑스러워 보이는 그의 얼굴에는 피로한 기색이 역력했다. 그러면서도 그는 누군가가 자신을 쳐다볼 때면 웃음을 지었다. 마치 누군가가 자신이 괴롭다는 사실을 알아채도록 할 바에는 차라리 죽는 게 낫다고 생각하는 듯했다.

레빈은 그들 틈에서 풀을 베어 나갔다. 한창 더울 때였지만 이제 풀을 베는 일도 그다지 힘들게 느껴지지 않았다. 온몸을 흠뻑 젖게 만든 땀이 그의 더위를 식혀 주었고, 등과 머리, 소매를 걷어붙인 팔에 내리쬐는 태양은 그가 일할 수 있는 동력이 되어 주었다. 그는 점점 자신이 무엇을 하고 있는지 모를 만큼 자주 무아지경에 빠지게 되었다. 낫이 저절로 풀을 베어 나갔다. 행복한 순간이었다. 하지만 무엇보다 즐거웠던 순간은 노인이 젖은 풀로 낫을 닦고 깨끗한 강물에 씻은 뒤 숫돌 상자에 물을 떠 레빈에게 주었던 바로 그때였다.

"자, 어떠세요, 내 크바스(호밀을 발효시켜 만든 맥주와 비슷한 음료)가! 정말 끝내주죠?" 그는 눈짓하며 말했다.

사실 레빈은 풀잎을 띄운, 양철통의 녹슨 맛이 나는 미지근한 이 물만큼 달콤한 음료를 지금껏 마셔 본 적이 없었다.

그러고 나서 그는 낫을 손에 쥐고는 여유롭게 행복한 걸음을 옮기기 시작했다. 그러면서 그는 땀을 닦기도 하고, 한껏 공기를 들이마시기도 했으며, 길게 늘어서서 풀을 베고 있는 인부들을 바라보기도 했다. 또한 주변의 숲과 들판에서 일어나는 일들을 자유롭게 둘러보기도 했다.

레빈은 이 일을 오래할수록 더 자주 무아지경의 순간을 맛보았다. 그럴 때마다 그는 자신의 손이 낫을 휘두르는 게 아닌, 마치 낫 스스로가 생명체가 된 것처럼 자신의 몸을 움직이고 있는 것 같은 생각이 들었다. 마치 마법처럼, 그가 아무 생각도 하지 않아도 정확하고 빈틈없이 저절로 일이 진행되고 있었다. 이럴 때 그는 가장 큰 행복을 느꼈다.

하지만 무아지경에 빠진 상태로 일하던 것을 멈추고 신경을 써서 일해야 할 때, 작은 풀숲이나 괭이밥 덤불을 베어 내야 할 때는 힘이 들었다. 노인은 그 일도 쉽게 해냈다. 작은 풀숲 쪽에 다다르자 노인은 낫질하는 방법을 바꿔 낫 등으로 베기도 하고, 또 낫 끝 쪽으로 베면서 양쪽으로 짧게 힘을 가해 그 주변의 풀을 베어 나가고 있었다. 그러면서도 그는 자신의 앞에 나타나는 것들을 주시하고 있었다. 그러다가 가끔 노랑붓꽃 열매를 따서 먹기도 했고 레빈에게 건네주기도 했다. 그리고 낫 끝으로 가지를 쳐 내기도 하고, 낫을 피한 어미 새가 날아가 버리고 난 뒤 둥지에 남겨진 메추라기를 들여다보기도 했다. 또한 길에서 뱀을 보았을 때는 마치 포크로 찍듯, 낫으로 찍어 올려 레빈에게 보이고는 휙 집어던지기도 했다.

레빈과 그의 뒤를 따르고 있던 젊고 사랑스러운 농부에게는 이렇게 동작을 바꾸는 것은 힘든 일이었다. 두 사람은 긴장한 상태로 그저 같은 동작을 반복하는 데 몰두할 뿐 동작의 변화를 준다거나 눈앞에서 일어나는 일들을 살필 여력이 없었다.

레빈은 시간이 가는 줄도 몰랐다. 누군가 그에게 얼마나 풀을 베었냐고 묻는다면 아마 그는 30분 정도라고 대답했을 것이다. 하지만 시간은 벌써 한낮이 되어 있었다. 두둑을 베어 가던 노인은 레빈에게 긴 풀 사이로 길을 따라 겨우 보이는, 빵이 든 보따리와 누더기 조각으로 입구를 막은 크바스 병을 힘겹게 들고 사방에서 그들을 향해 오고 있는 어린아이들을 가리켰다.

"저기 좀 보십쇼. 딱정벌레들이 오고 있습니다!" 그는 아이들을 가리키며 그렇게 말하고는 이마에 손을 얹어 해를 올려다보았다.

두 두둑을 더 베고 난 뒤 노인은 하던 일을 멈추었다.

"자, 나리, 이제 점심을 드셔야죠!" 그가 단호하게 말했다. 풀을 베던 인부들이 강가에 이르자 두둑을 가로질러 카프탄을 놓아 둔 곳으로 향했다. 그곳에는 그들의 점심 식사를 가져온 아이들이 앉아서 기다리고 있었다. 농부들이 모두 모여 앉았다. 먼 곳까지 간 사람들은 달구지 그늘 쪽에, 근처에 있던 사람들은 풀을 쌓아 놓은 덤불 쪽 그늘에 모여 자리를 잡았다.

레빈은 그들의 곁으로 가서 앉았다. 그는 그곳을 떠나고 싶지 않았다.

주인을 어려워하는 기색은 이미 오래전에 사라진 듯했다. 농부들은 점심을 먹을 준비를 하기 시작했다. 누군가는 세수하고, 젊은이들은 강물에 뛰어들기도 했으며, 또 누군가는 식사 후에 쉴 곳을 찾은 뒤 빵이 든 보따리를 풀고는 크바스 병의 마개를 열었다. 노인은 호밀 빵을 잘게 잘라 컵 속에 넣고 숟가락으로 으깬 뒤 숫돌 상자에 있던 물을 부었다. 그러고는 빵을 더 잘게 부순 뒤 소금을 뿌려 동쪽을 향해 기도를 올렸다.

"자, 나리, 제가 만든 츄라(빵과 양파를 이용해 만든 수프)입니다." 그는 컵 앞에 무릎을 꿇고 앉아 말했다.

츄라의 맛이 꽤 좋았기에 레빈은 점심을 먹으러 집에 가지 않았다. 그는 노인과 함께 식사하며 그의 가정사에 대해 몹시 흥미를 느끼면서 그의 이야기에 귀를 기울였고, 또한 노인이 관심을 보이는 자신의 일과 가정사에 대해서도 들려주었다. 그는 형보다 오히려 노인에게 더 친근감을 느꼈으며 그의 다정함에 자신도 모르게 웃음을 지었다. 노인이 다시 일어나 기도를 드리고 풀을 베개 삼아 나무 그늘 속에 드러눕자 레빈도 그를 따라 했다. 땡볕 속에서도 계속 들러붙는 파리와 땀에 흠뻑 젖은 얼굴, 온몸을 간질이는 딱정벌레에도 그는 곧 잠이 들었다. 그는 해가 나무 건너편을 돌아 자신에게 내리쬐기 시작할 즈음에 눈을 떴다. 노인은 벌써 일어나 젊은이들의 낫을 손질해 주고 있었다.

레빈은 주변을 둘러보았다. 하지만 이곳이 어딘지 한눈에 알아보기 힘들 정도로 많은 것이 변해 있었다. 풀이 베어진 광활한 목초지는 특유의 향기를 풍기는 건초 더미와 더불어 비스듬하게 기우는 저녁 햇살을 받아 신비롭고 새롭게 반짝이고 있었다. 또한 풀을 다 베어 낸 강가의 덤불, 조금 전까지만 해도 보이지 않던, 강철처럼 반짝이며 굽이치는 강물과 움직이기도 하고 서 있는 사람들, 아직 덜 베인 가파른 풀의 벽, 그리고 텅 빈 풀밭 위를 날고 있는 매와 같은 것들이 전부 새롭게 보였던 것이다. 정신을 차린 레빈은 지금껏 얼마만큼 풀을 베었는지, 또 오늘 안에 얼마나 더 벨 수 있는지를 가늠해 보기 시작했다.

마흔두 명의 인부들만으로도 일은 상당히 잘 진행되고 있었다. 농노제 시대에는 서른 자루의 낫으로 이틀이 걸렸던 널찍한 풀밭이 이미 꽤 많이 베인 상태였다. 아직 덜 베인 곳은 짧은 두둑의 구석 쪽뿐이었다. 하지만 레빈은 오늘 중으로 가능한 한 많이 베고 싶었기에 저물어 가는 해가 아쉬웠다. 그는 전혀 피곤하지 않았다. 그는 단지 더 빨리, 가능하면 더 많이 베고 싶다는 생각뿐이었다.

"마쉬킨 언덕 쪽도 베는 게 어떨까. 자네 생각은 어때?" 그가 노인에게 말했다.

"글쎄요, 어떻게 될지. 해가 많이 기울어져서요. 젊은 녀석들한테 술값 좀 쥐여 주신다면 모를까……."

저녁 휴식 시간에 다들 또 자리를 잡고 앉아 몇몇이 담배를 피울 때, 노인은 젊은이들에게 마쉬킨 언덕까지 베고 나면 술값이 생긴다는 사실을 알려 주었다.

"물론이죠, 베어야죠! 가세, 티트! 잘해 보자고, 밥은 밤에 먹으면 되니까, 어서 가세!" 여기저기서 이런 소리들이 들려왔다. 그러고 나서 인부들은 나머지 빵을 먹으며 제자리로 돌아갔다.

"자, 젊은이들, 어서 해 보자고!" 티트는 마치 달리기라도 하듯 선두에서 베어 나갔다.

"가자, 가자!" 그들 뒤에 있던 노인은 전혀 힘든 기색 없이 그들을 앞지르며 말했다.

"내가 먼저 해치우겠어! 다들 정신 차리라고!"

젊은이도 노인도 경쟁하듯 앞다투어 풀을 베어 나갔다. 그들은 아무리 서둘러도 풀을 망치지 않았다. 베어 낸 풀 역시 가지런하게 잘 쌓여 갔다. 5분 정도 지나자 구석 쪽에 있던 모든 풀을 다 베어 버렸다. 뒤처진 무리가 자신들의 두둑을 다 베기도 전에 먼저 일을 마친 인부들은 카프탄을 어깨에 걸치고는 길을 건너 마쉬킨 언덕을 향해 갔다.

그들이 숫돌 상자를 달그락거리며 나무가 우거진 작은 골짜기가 있는 마쉬킨 언덕으로 들어섰을 때, 해는 이미 나무 위에 걸려 있었다. 골짜기의 한복판에 있는 풀은 허리춤까지 자라 있었고 부드럽고 연했으며 넓은 이파리를 가지고 있었다. 숲속 곳곳은 '이반과 마리야'라는 별명이 붙은 삼색 오랑캐꽃으로 점점이 얼룩져 있었다.

풀을 세로로 벨지 가로로 벨지 잠시 상의한 뒤, 체격이 크고 머리카락이 검은 프로호르 예르밀린이라는 농부가 앞장서서 나아갔다. 풀베기에서는 둘째가라면 서러울 그는 먼저 자신이 해야 할 몫의 두둑을 베고 난 뒤 다시 돌아와 또다시 풀을 베어 나갔다. 어떤 사람들은 그를 따라 작은 골짜기에서 산기슭 쪽으로 내려가기도 했고, 또 어떤 사람들은 산꼭대기 숲 근처까지 올라가 풀을 베어 나갔다. 해는 이미 숲 너머로 기울고 있었고 이슬이 내려앉기 시작했다. 산 위에 있는 인부들 쪽에만 햇빛이 내리쬐었고, 안개가 피어오르고 있는 아래쪽과 건너편은 이슬에 젖은 시원한 그늘 속에 잠겨 있었다. 일은 한창 무르익어 가고 있었다.

물기를 잔뜩 머금은 풀이 베어지며 사각거리는 소리를 냈고, 향기를 폴폴 풍기며 여러 줄로 높이 쌓여 가고 있었다. 곳곳에 있던 인부들이 짧은 두둑을 따라 모여들었다. 양철통이 덜그럭거리며 부딪치는 소리와 서로의 낫이 부딪치는 소리, 그리고 숫돌에 날카로운 낫을 스치는 소리와 힘차게 소리를 지르며 서로를 다독이는 소리가 들려왔다.

이번에도 레빈은 젊은이와 노인 틈에 끼어 있었다. 양가죽 재킷을 입은 노인은 여전히 즐겁고 재미있었으며 일을 즐기고 있는 듯했다. 숲속의 젖은 풀 틈에서 자란 자작나무버섯들이 낫에 걸려 계속 베어지고 있었다. 노인은 버섯을 발견할 때마다 허리를 굽혀 주머니 속에 넣으며 "할멈 줄 선물을 또 찾았군." 하고 중얼거렸다.

물기를 머금은 연한 풀을 베는 것은 쉬운 일이었으나 골짜기의 가파른 비탈을 오르내리는 것은 무척 힘들었다. 하지만 노인은 아랑곳하지 않았다. 지금껏 그랬듯 그는 낫을 휘두르며 짚신을 신은 발을 작은 보폭으로 힘차게 내디디며 천천히 비탈길을 올라갔다. 몸에 힘이 들어간 나머지 흘러내린 바지춤이 떨리고 있었으나 그는 농부들과 레빈에게 농담까지 건네며 풀 한 포기, 버섯 한 개도 놓치지 않고 있었다. 레빈은 그의 뒤를 따르며, 맨손으로도 올라가기 힘든 험난한 언덕을 낫을 쥐고 올라가야 하니 분명 이번에는 떨어질 거라 생각했다. 하지만 그는 무사히 올라갔고 해야 할 일을 했다. 그는 마치 어떤 외부의 힘이 자신을 조종하고 있는 듯한 생각이 들었다.

6

마쉬킨 언덕의 풀을 다 베어 버리고 나머지 두둑마저 다 마무리되자 모두들 카프탄을 입고 즐거운 마음으로 집으로 돌아갔다. 말에 올라 탄 레빈은 농부들과 아쉬운 작별 인사를 나누고는 집으로 향했다. 언덕 위에서 그는 뒤를 돌아보았다. 하지만 아래쪽에서 피어오르는 뿌연 안개 때문에 그들의 모습은 보이지 않았다. 다만 유쾌하고 거친 목소리와 웃음소리, 낫끼리 서로 부딪치는 소리만 들려올 뿐이었다.

레빈은 헝클어지고 땀에 젖은 머리카락이 이마에 들러붙고 셔츠 색이 진해질 만큼 등과 가슴팍이 땀으로 흥건하게 젖어 있었다. 그는 유쾌한 모습으로 형의 방으로 들어갔다. 그곳에 있던 세르게이 이바노비치는 한참 전에 식사를 마친 뒤 이제 막 우편으로 배달된 신문과 잡지를 훑어보며 얼음을 띄운 레몬수를 마시고 있었다.

"우린 오늘 풀밭을 싹 다 베어 버렸어요! 아, 정말 기분이 좋아요. 너무 상쾌해. 그런데 형님은 그동안 뭘 하고 계셨어요?" 레빈은 어제 나누었던 불쾌한 논쟁은 까맣게 잊은 듯 그에게 말했다.

"이런! 대체 꼴이 그게 뭐야!" 세르게이 이바노비치는 못마땅한 얼굴로 동생을 쳐다보며 말했다. "어쨌든 그 문을, 문을 좀 닫아!" 그가 소리쳤다. "분명 열 마리는 들어왔을 거야."

파리라면 유독 질색했던 세르게이 이바노비치는 밤에만 창문을 열어 놓았고 방문은 꼭 닫고 있었다.

"아니에요. 한 마리도 안 들어왔어요. 들어왔다면 내가 잡을게요. 형님은 오늘 내가 얼마나 즐거웠는지 모르실 거예요. 그나저나 오늘 하루 어떻게 보내셨어요?"

"잘 지냈지. 그런데 너 정말 온종일 풀을 벤 거야? 분명 늑대처럼 굶주리고 있었겠지. 널 위해 쿠지마가 많은 것을 준비하고 있는 중이야."

"아니, 별로 생각이 없어요. 거기서 먹었거든요. 어쨌든 좀 씻고 올게요."

"그래, 그래라. 다녀와라. 나도 곧 가마." 세르게이 이바노비치는 동생을 바라보며 고개를 저으며 말했다. "어서 다녀와, 어서." 그가 웃는 얼굴로 말하며 주섬주섬 책들을 정리하며 나갈 준비를 했다. 갑자기 유쾌해진 그는 동생과 떨어지고 싶지 않았던 것이다.

"비가 왔을 땐 어디에 있었어?"

"비요? 비가 왔었나요? 그럼 곧 다시 올게요. 어쨌든 형님도 즐거운 하루를 보내셨군요. 잘됐어요." 그러고 나서 레빈은 옷을 갈아입으러 방에서 나갔다.

5분 후에 형제는 식당에서 만났다. 레빈은 배가 고프지 않았으나 쿠지마를 생각해서 식탁에 그냥 앉아 있었다. 하지만 한번 맛보고 나니 갑자기 식욕이 생겼다. 그런 그의 모습을 보며 세르게이 이바노비치는 미소를 지었다.

"아 참, 너한테 편지가 왔더구나." 그가 말했다. "쿠지마, 미안한데 아래층에서 좀 가져다 줘. 방문은 꼭 닫고."

편지는 오블론스키한테서 온 것이었다. 레빈은 소리 내 편지를 읽기 시작했다. 오블론스키가 페테르부르크에서 보낸 편지였다.

'돌리한테 편지를 받았어. 지금 그녀는 예르구쉬오보에서 머물고 있는데 사정이 좋지 않은 것 같아. 그래서 말인데, 미안하지만 자네가 한번 찾아가 조언 좀 해 주지 않겠나. 자네는 모든 걸 다 알고 있으니까. 그녀가 자네를 보면 분명 반가워할 거야. 그녀는 이제 완전히 혼자야. 정말 가여워. 장모님은 아직 식구들과 외국에 머물고 계신다네.'

"마침 잘됐어! 꼭 찾아가 봐야지." 레빈이 말했다. "생각 있으시면 같이 가요. 그녀는 정말 좋은 부인이잖아요, 안 그래요?"

"여기서 멀지 않은 곳인가?"

"30베르스타, 아니 40베르스타 정도 떨어진 곳이에요. 하지만 길이 좋아서 마차를 타고 쉽게 갈 수 있어요."

"그거 잘됐군." 세르게이 이바노비치는 여전히 웃는 얼굴로 말했다. 동생의 모습을 바라보고 있으니 그 역시 유쾌해진 것이었다.

"그런데 너의 식욕은 참 대단하구나!" 그가 접시 위로 고개를 숙이고 있는 동생의 검붉은 얼굴과 목덜미를 보며 말했다.

"정말 좋아요! 아마 형님은 믿지 못하시겠지만 쓸데없는 잡념에 이 정도 효과가 있는 것도 없을 거예요. 난 이것을 '노동요법'이라고 명명하고 싶어요. 이 새로운 용어를 의학에 추가하고 싶군요."

"하지만 너한테는 그다지 필요 없을 듯한데."

"네, 하지만 신경과민 증세를 보이는 환자에게는 필요할 거예요."

"그래, 그런 경험은 해 볼 가치가 있지. 실은 나도 너를 만나러 풀 베는 곳으로 가려고 했었지. 그런데 무더위 속에서 버텨 낼 수가 없더구나. 그래서 숲까지 가긴 했지만 거기서 좀 쉬다가 마을로 갔어. 그러다가 유모를 만나 너에 대한 농부들의 생각을 넌지시 물어봤지. 내 생각에 그들은 네가 풀을 베러 나오는 것을 썩 좋아하지 않는 것 같더구나. 그녀가 이렇게 말하더군. '그건 나리께서 할 일은 아니다.'라고 말이야. 내가 보기엔 그들이 원하는 '나리들'이 해야 할 일의 범위는 확실히 정해져 있어. 그러니 그들은, 나리들이 자신들이 원하는 범위에서 벗어나는 것을 용납할 수 없는 것이지."

"어쩌면 그럴 수도 있겠죠. 하지만 그 일은 지금껏 내가 경험해 보지 못한 아주 큰 만족감을 주었어요. 또한 그게 나쁜 일도 아니고요. 안 그래요?" 레빈이 대답했다.

"그들이 탐탁지 않게 여겨도 할 수 없어요. 하지만 크게 신경 쓸 일은 아닌 것 같아요. 어떻게 생각하세요?"

"어쨌든." 세르게이 이바노비치가 말을 이어 갔다. "내가 보기에 너는 오늘 하루 스스로에게 꽤 만족하고 있는 듯하구나."

"정말 만족스러워요. 우리는 풀밭을 모두 베어 버렸으니까요. 또 거기서 아주 좋은 노인과 친해졌어요! 얼마나 즐거웠는지 형님은 아마 상상도 못하실 거예요!"

"그래, 넌 오늘 하루가 정말 만족스러운 모양이구나. 나 역시 그렇단다. 그 첫 번째 이유는 오늘 체스의 수를 두 가지나 풀었기 때문이지. 그중 하나는 졸(卒)로 시작하는 건데 아주 흥미로워. 나중에 보여 줄게. 그리고 어제 우리가 나눴던 얘기들을 생각해 봤지."

"네? 어제 얘기요?" 레빈은 행복한 얼굴로 눈을 가늘게 뜨고는 크게 숨을 내쉬었다. 그는 어제 자신들이 나누었던 이야기가 무엇이었는지조차 생각할 여력이 없는 듯 말했다.

"네 의견에도 일리가 있다는 사실을 발견했거든. 그러니까 우리 견해가 어떤 점에서 다르냐면, 넌 개인의 이익을 바탕으로 하고 있지만 난 교양이 있는 사람들이라면 공익에 대해 생각하고 있어야 한다고 생각했던 거야. 물질적 이해관계가 바탕이 된 활동이 바람직하다고 보는 입장에서는 네 생각이 옳을 수도 있어. 하지만 넌 흔히 프랑스인들이 말하는 굉장히 충동적인 성향을 갖고 있어. 넌 항상 열정적인 활동가로 살아가거나 아니면 아무것도 원하지 않으니까 말이야."

형의 말을 듣고 있기는 했으나 레빈은 전혀 이해할 수 없었고 또 이해하려 하지도 않았다. 그는 단지 형이 자신의 말을 흘려듣고 있다는 것을 알아챌 질문을 할까 봐 걱정하고 있을 뿐이었다.

"이것 봐, 안 그래?" 세르게이 이바노비치가 그의 어깨에 손을 올리며 말했다.

"네, 그렇고말고요. 어쨌든 난 말이죠! 내 생각만 고집하지는 않아요." 레빈이 아이처럼 쑥스러운 미소를 지으며 대답했다. '그런데 내가 무슨 논쟁을 벌였던가?' 그는 생각했다. '내 생각도 형의 생각도 옳아. 모든 게 다 좋아. 어쨌든 사무실에 가서 일러 둬야겠어.' 그는 미소를 지으며 기지개를 쭉 켜면서 자리에서 일어났다. 세르게이 이바노비치 역시 미소를 지었다.

"어디 가는지 모르겠지만 같이 가자꾸나." 그는 동생의 온몸에서 느껴지는 생기와 활기를 느끼며 동생과 떨어지기 싫은 듯 이렇게 말했다. "가자. 만약 사무실에 볼일이 있으면 거기도 같이 가자꾸나."

"아 참!" 세르게이 이바노비치가 깜짝 놀랄 만큼 레빈이 큰 소리로 외쳤다.

"왜, 무슨 일이야?"

"아가피야 미하일로브나의 손이요, 어때요?" 레빈은 자신의 머리를 탁 치며 말했다. "그녀에 대해 까맣게 잊고 있었어요."

"많이 좋아졌어."

"그렇군요. 어쨌든 그녀한테 빨리 갔다 올게요. 형님이 모자를 쓰기도 전에 다녀올게요."

그는 마치 소리 나는 장난감처럼 구두 뒤축을 딸깍거리며 계단을 뛰어 내려갔다.


7


스테판 아르카디이치는 직장이 없는 사람은 도저히 이해
할 수 없는 일이지만 직장인이라면 누구나 공감할 수밖에 없
는 당연하고도 중요한, 그것을 하지 않으면 근무조차 할 수
없는 꼭 필요한 의무, 즉 본부에 얼굴을 비치기 위해 페테르
부르크에 와 있었다. 그는 그 일을 위해 경마장과 별장에서
가진 돈을 거의 다 끌어다 쓰면서 즐거운 시간을 보내고 있었
다. 반면에 돌리는 될 수 있는 한 생활비를 아끼기 위해 아이
들과 함께 시골로 왔다. 그녀는 결혼할 때 그녀의 몫으로 받
은 예르구쉬오보로 거처를 옮겼던 것이다. 그곳은 올봄에 처
분한 숲이 있는 곳이었고 레빈이 살고 있는 포크로프스코예
에서 50베르스타 정도 떨어진 곳이었다.

벌써 오래전에 예르구쉬오보에 있던 낡은 저택은 헐렸지
만, 공작이 소유하고 있을 때 별채를 수리해 놓았었다. 별
채는 도로에서 좀 떨어져 있었고 남향에서 벗어난 곳이었으
나 돌리가 어렸을 때, 그러니까 한 20년 전까지만 해도 널찍
하고 편리한 곳이었다. 하지만 지금은 이 별채도 허름한 상태
였다. 올봄에 스테판 아르카디이치가 숲을 처분하러 갔을 때,
돌리가 그에게 집을 살펴본 뒤 필요한 곳은 수리를 맡기고 오
라고 요청했었다. 아내에게 당당하지 못한 남편들이 으레 그

러하듯 스테판 아르카디이치 역시 아내의 비위를 맞추기 위해 몹시 애썼다. 그래서 그는 집을 살펴본 뒤 수리가 필요한 곳에 대해서는 잘 일러두고 왔다. 그는 가구 전체를 크레톤 천으로 씌우고 커튼을 달고 정원을 깨끗이 손질하고 연못에 다리를 놓고 화초를 심어야 한다고 생각했다. 하지만 그는 그 외에 꼭 필요한 다른 것들에 대해서는 잊고 있었기에 그 일로 다리야 알렉산드로브나는 많은 수고를 해야만 했다.

스테판 아르카디이치는 스스로가 사려 깊은 아버지와 남편이 되기 위해 노력했지만 자신에게 처자식이 있다는 사실을 종종 잊곤 했다. 그는 독신자의 성향을 가지고 있었기에 모든 것을 거기에 맞춰서 살아가고 있었다. 모스크바로 돌아오자마자 그는 집을 예쁘게 잘 꾸며 놓았고 모든 게 완벽하게 잘 준비되었으니 아내에게 그곳으로 꼭 가라고 자신만만하게 일러두었다. 아내가 시골로 가는 것은 스테판 아르카디이치에게 있어 여러 가지 측면에서 즐거운 일이었다. 아이들에게도 좋고 생활비를 절약할 수 있었으며 그가 자유롭게 생활할 수 있었기 때문이었다. 무엇보다도 성홍열에서 완전히 회복되지 않은 딸을 위해, 그리고 계속해서 그녀를 괴롭게 만드는 장작 가게, 생선 가게, 구두 가게의 자잘한 빚과 거기에 따른 굴욕에서 벗어나기 위해서도 말이다. 그녀가 시골로 가는 것을 즐거워하는 이유는 또 있었다. 외국에서 요양하고 있는 동생 키티가 올여름에 돌아올 예정이었기에 동생을 이 시골로 불러들여야겠다고 마음먹었기 때문이었다. 게다가 의사도 키티에게 요양이 필요하다고 말했었다. 키티가 온천에서 보내 온 편지에는, 그녀들의 어린 시절 추억이 있는 예르구쉬오보에서 돌리와 함께 여름을 보내는 일은 정말 즐거울 것 같다고 적혀 있었다.

시골에서 생활하는 처음 며칠 동안 돌리는 몹시 힘들었다. 그녀는 어릴 때 시골에서 살았기에 이 생활은 불쾌한 도시 생활에서 벗어날 수 있는 구원이라 생각했다. 물론 특별히 이 생활이 재미있지는 않더라도 이곳은 물가가 싸고 뭐든 쉽게 구할 수 있었기에 아이들에게도 도움이 될 거라 생각했다. 하지만 그녀가 지금 한 가정의 주부가 되어 다시 찾은 시골은 모든 면에서 그녀의 생각과는 너무도 달랐다.

그들이 도착한 다음 날 폭우가 쏟아졌다. 밤이 되자 복도와 아이들 방에 비가 새기 시작했기에 응접실로 침대를 옮겨야 했다. 가정부도 없었다. 가축을 돌보는 하녀의 말에 따르면, 아홉 마리 암소 중에 어떤 것은 새끼를 뺐고 아직 어린 송아지도 있으며, 어떤 소는 너무 늙었고 또 어떤 소는 젖이 나오지 않는다고 했다. 아이들에게 줄 버터와 우유도 부족했으며 달걀과 암탉도 구할 수 없었다. 그래서 힘줄이 시퍼런 늙은 수탉을 굽거나 삶아 먹어야 했다. 마루를 청소할 하녀를 구하기도 힘들었다. 다들 감자밭에 나가 일했기 때문이었다. 한 마리뿐이었던 말은 성질이 너무 사나워 멍에를 얹으면 난리를 쳤기에 마차를 타고 다닐 수도 없었다. 목욕을 할 만한 마땅한 장소도 없었다. 강가는 가축들의 발자국으로 더럽혀졌고 길에서도 훤히 보였기 때문이다. 또한 구멍 난 울타리를 통해 가축이 정원으로 들어왔고, 무서운 황소 한 마리가 크게 울어 댔으며 혹시라도 뿔에 받힐까 봐 산책조차 마음대로 할수 없었다. 제대로 된 옷장도 없었다. 옷장 문은 잘 닫히지 않았고, 누군가가 옆으로 지나가기라도 하면 문이 저절로 열리기도 했다. 냄비도, 항아리도 없었고 빨래를 삶을 솥도, 하녀들이 쓸 다리미판도 없었다.

안정과 휴식은커녕 이렇게 처참한 상황에 놓인 다리야 알렉산드로브나는 처음에 몹시 절망했다. 그녀는 어떻게든 노력해 봤지만 이 상황을 개선시킬 수 없다는 것을 깨닫자 차오르는 눈물을 애써 참아야만 했다. 예전에 기병 상사였으며 듬직하고 공손했기에 스테판 아르카디이치가 수위로 삼았던 집사는 다리야 알렉산드로브나의 곤란한 처지는 신경 쓰지도 않고 그저 공손한 태도로 이렇게 말했다. "도무지 어쩔 도리가 없군요. 이곳엔 죄다 비루한 사람들뿐이니까요." 그러면서도 그는 어떤 도움을 주려고도 하지 않았다.

이 상황은 도저히 나아질 것 같지 않았다. 하지만 어느 집안에나 꼭 한 명씩 존재하는, 눈에 띄지 않지만 중요하고 도움이 되는 그런 사람이 오블론스키의 집안에도 있었다. 바로 마트료나 필리모노브나였다. 그녀는 안주인을 위로하며 모든 게 깨끗이 마무리될 거라고(이 말은 그녀가 자주 쓰는 말이었으며 마트베이도 그녀의 말을 따라 하고 있었다.) 확신하며 여유 있고 차분한 태도로 모든 일을 처리하기 시작했다.

그녀는 집사의 아내와 곧 친해지기 시작했고 첫날부터 아카시아 나무 아래에서 집사 부부와 함께 차를 마시며 집안일에 대해 의논했다. 아카시아 나무 아래에 마트료나 필리모노브나의 클럽이 만들어진 셈이었다. 집사의 아내와 촌장, 서기가 속해 있던 이 모임 덕분에 생활 환경은 조금씩 나아졌고 일주일이 지나자 모든 게 정말로 깨끗하게 마무리되었다. 지붕도 수리됐고 촌장의 대모가 요리사로 왔으며 암탉을 샀고 암소의 젖이 돌기 시작했다. 말뚝을 박아 정원에 울타리를 쳤고 목수가 다듬이 방망이를 만들어 주었으며 옷장에는 고리를 달아 저절로 열리지 않게 되었다. 군용 천을 씌운 다리미판이 만들어져 안락의자의 팔걸이와 옷장 사이에 놓여 있었다. 하녀의 방에서는 다리미질하는 냄새가 나기 시작했다.

"자, 어떻습니까! 마님께선 계속 낙담만 하고 계셨지만요." 마트료나 필리모노브나가 다리미판을 가리키며 말했다.

짚으로 칸막이를 세워 목욕탕을 만들어서 이제 릴리는 목욕할 수 있게 되었다. 비록 다리야 알렉산드로브나에게 평온한 생활이라고는 할 수 없었으나 그녀가 바라던 시골 생활의 일부가 이루어지고 있었다. 여섯 아이와 함께 편안한 생활을 한다는 것은 다리야 알렉산드로브나로서는 기대도 할 수 없는 일이었다. 아이 하나가 아프면 다른 아이에게 옮을까 봐 걱정이 되었고, 다른 아이에게 무언가가 결핍되어 있는 게 보이면 또 다른 아이가 나쁜 성향을 보이든가 하는 일이 끊임없이 이어졌기 때문이다. 그녀에게는 그저 아주 가끔, 짧고 평온한 순간이 있을 뿐이었다.

하지만 이런 번거로운 걱정거리들은 오히려 다리야 알렉산드로브나가 의지할 수 있는 유일한 행복이었다. 이런 일마저 없었다면 그녀는 자신을 사랑하지 않는 남편에 대한 생각에 빠져 있었을 것이기 때문이었다. 게다가 병에 대한 두려움과 병이라는 그 자체에 대한 괴로움, 아이들에게서 보이는 나쁜 모습들은 어머니로서 매우 슬프고 괴로운 일이었다. 하지만 그녀에게 있어 아이들은 아이들 그 자체로서 작은 기쁨이었기에 그녀에게 위안이 되곤 했다. 그 기쁨은 너무 작아서 눈에 잘 보이지 않는, 고운 모래에 섞인 사금 같은 것이었다. 그래서 그녀는 좋지 않은 상황에서는 오로지 슬픔만, 오직 모래만 보이기는 했지만 반면에 기쁨만, 사금만 보이는 즐거운 순간도 있었다.

이제 그녀는 조용한 시골 생활 속에서 더욱 커진 이 즐거움을 느낄 수 있었다. 아이들을 지켜보면서 그녀는 자신의 생각이 잘못되었다는 것, 어머니로서의 지나친 욕심으로 아이들을 너무 과잉보호하고 있다는 것을 스스로 깨닫기 위해 애쓰고 있었다. 하지만 그녀는 여섯 아이들의 성향이 모두 다르지만 그들은 특별하고 훌륭한 아이들이라고 인정할 수밖에 없었다. 그들은 그녀에게 있어 행복이었고 자랑거리였다.


8


모든 일이 어느 정도 정리가 되었던 5월 말 즈음에서야 그녀는 남편에게서 시골 생활의 고충을 토로한 편지의 답장을 받게 되었다. 그는 좀 더 세세하게 신경 쓰지 못한 것에 대해 용서를 구하면서 틈나는 대로 꼭 찾아가겠다는 내용의 편지를 보냈다. 하지만 그런 기회는 좀처럼 생기지 않았기에 다리야 알렉산드로브나는 6월 초까지 시골에서 혼자 지내야만 했다.

다리야 알렉산드로브나는 성 베드로 축일 주간의 일요일에 아이들이 모두 성찬을 받을 수 있도록 마차를 타고 예배를 보러 갔다. 여동생과 어머니, 친구들과 철학에 관한 이야기를 나눌 때마다 다리야 알렉산드로브나는 종종 자신의 자유로운 종교 사상을 내비쳐서 그들을 놀라게 하곤 했다. 그녀는 교회의 교리는 신경 쓰지 않고 자신만의 특이한 종교인 윤회 사상을 신뢰하고 있었다. 하지만 가정에서만큼은 스스로 모범이 되기 위해, 신실한 믿음을 가지고 교회의 교리를 충실히 이행했다. 그래서 그녀는 벌써 7년째 아이들이 성찬을 받지 못한 것이 몹시 신경 쓰였다. 마트료나 필리모노브나 역시 그 일에 동의했기에 그녀는 올여름에 그 일을 마무리하기로 결심했던 것이다.

며칠 전부터 다리야 알렉산드로브나는 아이들에게 무슨 옷을 입힐지 고민하고 있었다. 새로 옷을 만들기도 했고 수선하기도 했으며 세탁하고 솔기와 옷단을 늘리고 단추를 달고 리본 장식을 했다. 영국인 가정 교사가 타냐의 옷을 수선해 왔는데 그것이 다리야 알렉산드로브나를 몹시 언짢게 만들었다. 그녀가 옷을 수선할 때 정해진 치수대로 솔기를 꿰매지 않고 소매통을 너무 크게 파서 옷을 전혀 쓰지 못하게 되었기 때문이었다. 소매는 타냐의 어깨에 꽉 끼어서 답답해 보였다. 하지만 마트료나 필리모노브나가 옷감을 덧대어 긴 케이프를 구상해 그 일은 잘 마무리되었으나, 자칫하다가는 영국인 교사와 싸움이 날 뻔했다. 하지만 그날 아침까지는 모든 게 준비되었다. 신부님께 예배를 9시까지 늦춰 달라는 부탁을 해 두었기 때문이었다. 시간이 되자 아이들은 새 옷으로 갈아입고 즐겁게 웃으며 현관 앞에 대기시켜 놓은 사륜마차 앞에서 어머니를 기다리고 있었다.

마트료나 필리모노브나가 다루기 힘들었던 말 보론을 대신해 준비해 둔 집사의 말 부로이가 마차 앞에 대기하고 있었다. 드디어 몸단장을 하느라 시간을 끌었던 다리야 알렉산드로브나가 하얀 모슬린 옷을 입고는 마차가 있는 곳으로 나왔다.

이런저런 생각을 하며 들떠 있던 다리야 알렉산드로브나는 머리를 빗고 옷을 입었다. 한때 그녀는 아름다웠고 남의 눈에 띄기 위해 치장했었지만 나이가 들수록 점점 몸치장을 하는 것이 싫어졌다. 그녀는 자신이 아름다움을 잃었다고 생각했기 때문이었다. 하지만 지금 그녀는 만족스럽고 즐거운 마음으로 몸단장을 했다. 지금의 그녀는 자신이나 자신의 아름다움을 위해서가 아닌 사랑스러운 아이들의 어머니로서 전체적인 그림을 위해 치장한 것이었다. 마지막으로 한 번 더 거울을 들여다본 그녀는 자신의 모습에 만족스러워했다. 그녀는 아름다웠다. 하지만 예전처럼 그녀가 무도회 같은 장소에서 바라던 아름다움이 아닌 현재의 목적에 걸맞은 아름다움이었다.

교회에는 농부들과 집 관리인들 그리고 그들의 아낙네들

만 있었다. 하지만 다리야 알렉산드로브나는 자신의 아이들과 자신이 만들어 낸 감탄의 빛을 발견했다. 아니, 어쩌면 본 것 같은 착각이 들었다. 예쁘게 옷을 차려입은 아이들은 겉모습도 아름다웠으나 조심스럽게 행동하는 모습은 더욱 사랑스러웠다. 알료쉬아는 계속해서 고개를 돌려 자신의 재킷 뒤쪽을 보려고 했기에 태도가 썩 좋지 않았지만 그래도 몹시 사랑스러웠다. 타냐는 마치 어른처럼 바른 자세로 서서 어린 동생들을 돌보고 있었고, 릴리는 막내답게 모든 것에 놀라며 순수한 모습을 보여서 너무도 사랑스러웠다. 릴리가 성찬을 받으며 "조금 더 주세요."라고 말했을 때는 모두 웃음을 보였다.

집으로 돌아오는 길에 아이들은 뭔가 신성한 의식을 치렀다는 것을 느꼈는지 매우 점잖게 행동했다.

집안일도 돌리의 계획대로 잘 진행되었다. 하지만 그리쉬아가 점심을 먹을 때 휘파람을 불었고, 더욱이 영국인 가정교사의 말을 듣지 않아서 파이를 받지 못하는 일이 벌어졌다. 만약 거기에 다리야 알렉산드로브나가 있었다면 이런 날까지 아이에게 벌을 주는 일을 허락하지 않았을 것이다. 하지만 영국인 가정 교사의 결단도 존중해야 했기에 다리야 알렉산드로브나는 그리쉬아에게 파이를 주지 않은 그녀의 결정을 받아들였다. 그 일은 모두의 유쾌한 기분을 조금 망치고 말았다.

그리쉬아는 니콜레니카도 휘파람을 불었는데 벌을 받지 않았다면서 울고 있었다. 그리쉬아는 지금 자신이 우는 이유는 파이 때문이 아니라고 말했다. 자기는 그런 것은 전혀 상관없다며, 공평하지 못한 대우를 받았기에 화가 난 거라고 말했다. 그 일이 마음에 걸렸던 다리야 알렉산드로브나는 그리쉬아를 용서해 주자고 상의하기 위해 영국인 가정 교사에게 가려고 했다. 하지만 가는 도중에 그녀는 응접실을 지나다가 눈물이 날 만큼 아름다운 장면을 보았다. 그래서 그녀는 혼자만의 결정으로 어린 죄인을 용서할 수밖에 없었다.

아이는 응접실의 구석 창가에 앉아 벌을 받고 있었다. 그리고 타냐가 접시를 들고 그의 곁에 서 있었다. 그녀는 인형에게 먹이고 싶다는 핑계를 대며 자신의 피로그(러시아식 파이)를 방으로 가져가는 것을 영국인 교사에게 허락받고 동생에게 가지고 온 것이었다. 그는 자신만 벌을 받는 것이 불공평하다며 또 울기 시작하면서 타냐가 가져온 파이를 먹었다. 그는 울먹이며 말했다. "누나도 먹어, 같이 먹자…… 같이."

처음에 타냐는 그저 그리쉬아가 가여웠지만 지금 그녀는 스스로 좋은 일을 했다는 생각이 들어 그녀의 눈에도 역시 눈물이 그렁그렁했다. 그녀는 동생의 말에 따르며 자신도 파이를 먹고 있었다.

어머니를 본 그들은 놀랐다. 하지만 어머니의 얼굴을 보자 자신들이 지금 착한 일을 하고 있다는 것을 느끼고는 웃음을 터뜨리며 피로그를 한껏 물고 있는 입을 손으로 쓱쓱 닦아 냈다. 그러자 기쁨이 가득한 아이들의 빛나는 얼굴은 온통 눈물과 잼으로 뒤범벅이 되었다.

"저런! 하얀 새 옷을! 타냐! 그리쉬아!" 어머니는 될 수 있으면 옷이 더러워지지 않도록 애쓰면서도 눈물을 글썽이며 행복에 넘치는 기쁨의 미소를 지었다.

그녀는 아이들의 새 옷을 벗기고 여자아이들은 블라우스를, 남자아이들은 헌 재킷을 입게 했다. 그러고 나서 버섯을 따고 목욕하러 가기 위해, 집사에게는 미안한 일이지만 대형 사륜마차에 다시 부로이를 매라고 지시했다. 그러자 기쁨에 넘친 아이들의 환호 소리가 크게 울려 퍼졌고 그 소리는 마차를 타고 출발할 때까지 이어졌다.

그들은 바구니 한가득 버섯을 땄다. 릴리까지도 자작나무 버섯을 발견했다. 예전에는 미스 굴리가 발견하고서 릴리에게 알려 주었으나 이젠 릴리 스스로 커다란 자작나무버섯을 찾은 것이다. 그러자 다들 "릴리가 버섯을 찾았어!"라며 즐거운 듯 크게 소리쳤다.

그리고 나서 그들은 강가로 가서 자작나무 그늘 아래에 말들을 매어 두고 욕장으로 향했다. 마부 테렌티는 말파리를 쫓기 위해 계속 꼬리를 휘두르던 말을 나무에 매어 놓고는 발로 풀을 고르게 다듬은 뒤 자작나무 그늘 아래에 누워 싸구려 잎담배를 피우기 시작했다. 욕장 안에서 쉴 새 없이 즐거워하는 아이들의 소리가 그가 있는 곳까지 들려왔다.

모든 아이를 돌보며 장난을 못 치게 하는 것은 번거로운 일이었다. 또한 그들의 양말과 바지, 신발을 잘 기억해 두고 헷갈리지 않게 하는 일과 수많은 종류의 끈과 단추를 풀었다 다시 채우는 것 역시 힘든 일이었다. 하지만 다리야 알렉산드로브나는 평소에도 목욕을 좋아했고 그것이 아이들에게도 좋은 일이라 생각했기에 그들과 함께하는 목욕을 즐겼다. 포동포동하고 자그마한 발을 잡아 하나하나 양말을 신기고, 벌 거벗은 작은 몸을 꼭 안아 물속에 담가 주고, 즐거워하면서도 놀라는 소리를 듣고, 놀라서 동그랗게 눈을 뜨다가 다시 즐거 워진 눈으로 숨을 헐떡이며 물장구를 치는 자신의 천사들을 바라보는 것은 그녀에게 아주 큰 즐거움이었던 것이다.

아이들의 반 정도 옷을 입혔을 때, 아름답게 몸치장을 하 고 안젤리카(미나리과 풀의 한 종류)와 우유풀(등대풀)을 캐고 온 아낙네들이 욕장 근처로 조심스럽게 다가와 걸음을 멈추 었다. 마트료나 필리모노브나는 그중 한 사람을 불러 물에 젖 은 수건과 셔츠를 말려 달라고 했다. 다리야 알렉산드로브나 도 아낙네들과 이야기를 나누었다. 처음에 그들은 질문을 이 해하지 못한 듯 그저 입을 가리고 웃기만 했다. 그러다가 곧 용기를 내 이야기를 시작했고 아이들을 진심으로 칭찬했기 에 다리야 알렉산드로브나의 마음을 움직였다.

"여기 좀 봐요. 정말 예쁘네요. 설탕처럼 하야네." 아낙네 중 하나가 타네치카한테 푹 빠져 고개를 끄덕이며 말했다. "그런데 야위었어요."

"그래, 병을 앓았으니까."

"어머, 저 아이도 목욕한 거예요?" 다른 아낙네가 갓난아 이를 보며 말했다.

"아니, 태어난 지 아직 석 달밖에 안 돼서." 다리야 알렉산 드로브나는 뿌듯해하며 대답했다.

"자네도 어린아이가 있나?"

"넷이 있었는데 이제는 둘이 됐죠. 사내하고 여자아이예요. 여자아이는 이번 사순절에 젖을 뗐고요."

"몇 살인데?"

"이제 두 살 됐어요."

"그렇게 오래 젖을 먹였나?"

"저희들 관습이라서요. 사순절이 세 번……."

다리야 알렉산드로브나는 그녀들과 함께 아이는 어떻게 낳았는지, 어떤 병치레를 했는지, 남편은 어디에 있는지, 자주 찾아오는지에 관한 이야기를 나누며 점점 흥미를 보이기 시작했다.

다리야 알렉산드로브나는 아낙네들과 헤어지기 싫었다. 그 정도로 그들과 나눈 이야기는 재미있었고 서로 공통된 관심사가 있었기 때문이었다. 다리야 알렉산드로브나가 특히 기뻤던 것은, 아낙네들이 그녀가 아이들이 많은 것에 대해, 또 그 아이들이 모두 예쁘다는 것에 감탄을 드러냈기 때문이었다. 아낙네들은 영국인 교사 때문에 웃었다. 그녀는 그들이 왜 웃는지 이해가 되지 않아서 화가 났고 이 일로 말미암아 다리야 알렉산드로브나 역시 웃었다.

"저것 좀 봐. 둘둘 감고도 또 감았어. 아무리 감아도 다 못 감겠네!"

맨 마지막까지 옷을 챙겨 입은 영국인 가정 교사를 지켜보던 젊은 아낙네 중 하나가 세 번째 속치마를 입는 그녀를 보며 이렇게 말했다. 그러자 모두 큰 소리로 웃음을 터뜨리고 말았다.

9

목욕을 마친 뒤 다리야 알렉산드로브나는 아직 머리가 덜 마른 아이들에게 둘러싸여 두건을 쓴 채 집으로 향했다.

"나리 한 분이 오셨습니다. 포크로프스코예에서 오신 것 같아요."

마차가 집 근처에 도착했을 때쯤 마부가 말했다. 다리야 알렉산드로브나가 앞쪽을 보니 회색 모자와 회색 외투 차림을 한 낯익은 레빈의 모습이 보였다. 그녀는 기뻤다. 그녀는 항상 그를 반겼지만 특히 이렇게 화목한 자신의 모습을 보이게 되어 더욱 기뻤다. 레빈만큼 그녀의 훌륭함을 잘 이해해 주는 사람은 없었기 때문이었다.

그녀를 보자 레빈은 자신이 꿈꿔 오던 가정생활의 한 장면과 마주하게 된 것 같은 생각이 들었다.

"마치 병아리들과 함께 있는 암탉 같군요, 다리야 알렉산드로브나."

"아, 정말 반가워요!" 그녀가 그에게 손을 내밀며 말했다.

"반갑군요. 하지만 당신은 제게 안부 인사 한번 보내지 않으셨어요. 저희 집에는 지금 형님이 와 계세요. 그리고 스티바한테서 당신이 여기 계시다는 편지를 받았습니다."

"스티바한테서요?" 다리야 알렉산드로브나가 놀란 얼굴로 거듭 물었다.

"네, 그가 당신이 여기 머물고 있다고 알려 주었어요. 내가 당신께 뭔가 도움이 될 수도 있다고 생각한 거죠." 레빈이 말했다. 하지만 이렇게 말하고 난 뒤 그는 당황한 듯 말을 멈추고는 보리수 잎을 따서 잘근잘근 씹으며 조용히 마차 옆으로 걸어갔다. 그는 다리야 알렉산드로브나가 남편이 스스로 해야 할 일을 남에게 요청해서 불쾌할 수도 있다는 생각이 들어 당황했던 것이다. 실제로도 다리야 알렉산드로브나는 자신의 집안일을 남에게 떠맡기려는 스테판 아르카디이치의 태도가 못마땅했다. 그녀는 레빈이 이런 자신의 마음을 눈치챘다는 것을 알았다. 그의 이러한 이해심과 세심함 때문에 다리야 알렉산드로브나는 레빈을 좋아했다.

"물론 나도 그것이 당신이 나를 만나고 싶어 한다는 의미라는 것을 알고 있습니다. 나도 몹시 기쁩니다. 물론 도시 생활을 하던 부인께서는 이곳 생활이 야만적으로 느껴지겠지만요. 그러니 무슨 일이 있으면 주저 말고 말씀해 주세요." 레빈이 말했다.

"오, 그렇지 않아요!" 돌리가 말했다. "처음엔 정말 힘들었지만 지금 저희 집에 있는 연로한 유모 덕분에 모든 게 아주 좋아졌어요." 그녀는 마트료나 필리모노브나를 가리키며 말했다. 자신의 이야기라는 것을 알고 있던 그녀는 유쾌하면서도 다정하게 레빈을 바라보며 웃었다. 유모 역시 그를 알고 있었고 그가 막내 아가씨에게 아주 훌륭한 배필이라는 것도 알고 있었기에 그 결혼이 성사되기를 바라고 있었다.

"함께 타고 가세요. 우리가 조금 당겨서 앉을 테니까요." 그녀가 그에게 말했다.

"괜찮습니다. 난 걸어가겠어요. 혹시 나하고 같이 말과 달리기 시합할 사람 없니?"

아이들은 레빈을 잘 모르고 있었다. 언제 봤는지도 기억 못하고 있었다. 하지만 아이들은 위선적인 어른들을 대할 때 보이는 모습을, 그로 말미암아 자주 혼나기도 하는, 어색함과 적대감이 뒤섞인 묘한 감정을 그에게 보이지 않았다. 위선이라는 것은 지극히 현명하고 통찰력이 뛰어난 사람조차 속일 수 있는 감정이다. 하지만 비록 아이들은 가장 둔감한 존재일지라도, 또한 그 위선이 아주 교묘한 감정일지라도 그것을 알아채고는 외면하곤 한다. 레빈에게는 다른 단점들이 있을지라도 위선만큼은 없었기에 아이들은 자신들의 어머니와 마찬가지로 그에게 친근한 감정을 보여 주었다. 큰 아이 둘은 그의 말을 듣고 그가 있는 쪽으로 뛰어내리며 마치 유모나 미스 굴리, 자신의 어머니와 함께 달릴 때처럼 스스럼없이 그와 달리기 시작했다. 릴리마저도 같이 가겠다고 해서 어머니는 릴리도 보내 주었다. 레빈은 릴리를 어깨 위에 앉히고 달려갔다.

"염려 마세요, 염려 마세요, 다리야 알렉산드로브나!" 그는 릴리의 어머니를 향해 웃으며 말했다. "떨어지거나 다칠 일은 절대 없을 테니까요."

민첩하면서도 힘 있고 조심스럽고 세심한, 그리고 몹시 긴장하는 그의 모습을 보며 어머니는 안심이 되어 그를 격려하듯 유쾌한 미소를 보였다.

레빈은 이렇게 시골에서 자신을 반기는 아이들과 다리야 알렉산드로브나와 함께하는 동안, 예전에도 종종 느끼곤 했던 어린아이 같은 쾌활한 기분에 빠져들었다. 다리야 알렉산드로브나는 특히 그의 이런 점에 호감을 느꼈다. 그는 아이들과 함께 달리며 체조를 가르쳐 주었고, 서툰 영어를 써서 미스 굴리를 웃게 만들었으며, 다리야 알렉산드로브나에게 자신의 시골 생활에 대한 이야기를 들려주기도 했다.

점심 식사를 마치고 다리야 알렉산드로브나는 그와 둘이 테라스에 앉아 키티에 관한 이야기를 꺼냈다.

"그거 아세요? 키티가 올여름에 이곳에 와서 함께 지내기로 했어요."

"정말인가요?" 그가 붉어진 얼굴로 대답했다. 하지만 이내 화제를 돌리며 말했다.

"암소를 두 마리 정도 보내 드릴까요? 꼭 돈을 지불하시겠다면 매달 5루블씩 주시면 됩니다. 당신이 그 일을 꺼려하지만 않으신다면요."

"아니에요. 호의는 감사하지만 여기도 잘 정리된 상태예요."

"그럼 암소나 한번 살펴볼까요. 괜찮으시면 소를 먹이는 방법을 알려 드릴게요. 그 녀석들은 어떻게 돌보느냐에 따라 달라지거든요."

그러고 나서 레빈은 화제를 돌릴 생각으로 다리야 알렉산드로브나에게, 암소는 그저 여물을 우유로 바꿔 주는 기계라는 등 낙농업에 관한 이야기를 꺼냈다. 그는 이런 이야기를 하면서도 키티에 대해 몹시 궁금해서 좀 더 자세한 이야기를 듣고 싶었다. 하지만 그러면서도 두려웠다. 그 고통을 이겨 내고 이제 겨우 안정이 되었는데 다시 무너지는 게 너무 두려 웠던 것이다.

"네, 그래도 누군가 계속 돌봐 줘야 하잖아요. 누가 그럴 수 있겠어요?" 다리야 알렉산드로브나가 썩 내키지 않는 듯한 태도로 말했다.

마트료나 필리모노브나 덕분에 지금은 어느 정도 집안이 정돈된 상태여서 그녀는 여기에 변화를 주고 싶지 않았다. 또한 그녀는 레빈의 농업 지식을 신뢰하지 않았다. 암소가 단지 우유를 생산하는 기계라는 견해도 미심쩍었다. 그런 견해는 그저 혼란만 가중시킬 뿐이라고 생각했다. 그녀는 모든 일을 단순하게 생각했다. 마트료나 필리모노브나가 이야기했듯이 페스트루하와 벨로파하에게 여물과 물을 충분히 주고, 요리사가 더러운 물을 부엌 밖으로 가지고 나와 세탁부의 암소에게 주지 못하게만 하면 되는 것이었다. 그것만은 확실했다. 하지만 곡물이나 풀을 여물로 먹인다는 그의 생각은 왠지 신뢰가 가지 않았다. 무엇보다도 그녀는 키티에 관한 이야기를 하고 싶었다.

10

"키티는 고독과 안정 외에는 아무것도 바라지 않는다고 편지에 적어 보냈어요."

잠시 침묵한 뒤에 돌리가 말했다.

"건강은 어떻습니까, 괜찮은가요?" 레빈은 흥분한 듯한 모습으로 물었다.

"네, 걱정해 주신 덕분에 완쾌되었어요. 그 애에게 폐병이 있을 거라고는 생각지도 못했어요."

"아, 정말 기쁘군요!" 레빈이 말했다. 이렇게 말한 뒤 그가 그녀를 조용히 바라봤을 때 돌리는 그의 얼굴에 드리운 불안함을 감지했다.

"그런데 콘스탄틴 드미트리치." 다리야 알렉산드로브나는 그녀 특유의 선량하면서도 익살스러운 미소를 보이며 말했다. "당신은 왜 키티에게 화난 거죠?"

"내가요? 나는 화나지 않았어요." 레빈이 말했다.

"아니, 당신은 화났어요. 그게 아니라면 왜 모스크바에 오셨을 때, 저희 집에도 부모님 댁에도 안 들르신 거죠?"

"다리야 알렉산드로브나." 그는 머리끝까지 빨개진 상태로 말했다. "당신처럼 현명하신 분이 그 이유를 모르고 있다는 게 좀 놀랍군요. 당신은 내게 연민을 느끼지 않으시나요. 이미 다 아시면서……."

"내가 뭘 알고 있다는 거죠?"

"청혼했다가 거절을 당한 사실 말입니다." 레빈이 갑자기 말했다. 그러면서 조금 전까지 그가 가지고 있던 키티에 대한 애정은 모욕감으로 말미암아 분노로 변해 버렸다.

"당신은 왜 내가 그 사실을 알고 있을 거라 생각하신 거예요?"

"다들 알고 있으니까요."

"그것 보세요. 이미 그것만으로도 당신은 오해하고 계신 거예요. 난 모르고 있었어요. 대강 짐작은 하고 있었지만요."

"아! 어쨌든 이제 확실히 알게 되셨군요."

"내가 알고 있는 건 단지 무슨 일이 있었다는 것, 그리고 그 일로 그 애가 몹시 괴로워하고 있다는 거예요. 또한 그 애는 어떤 일이 있어도 그 얘기에 대해 말하지 말라고 내게 부탁했어요. 나한테도 말하지 않을 정도였으니 분명 누구에게도 말하지 않았을 거예요. 대체 무슨 일이 있었던 거예요? 말씀해 주세요."

"이미 당신께 말씀드렸는걸요."

"언제요?"

"마지막으로 당신 댁에 찾아갔을 때요."

"그럼 지금 내가 하고 싶은 말이 뭔지 당신은 잘 아시겠군요." 다리야 알렉산드로브나가 말했다. "난 그 애가 너무 가여워서 못 견디겠어요. 당신은 단지 자존심이 상해서 힘드신 거겠지만……."

"그럴지도 모르죠." 레빈이 말했다. "하지만……."

그러자 그녀가 그의 말을 막았다.

"하지만 가엾은 그 애는, 난 그 애가 정말 불쌍해서 못 견디겠어요. 이제야 모든 걸 알게 되었네요."

"그럼, 다리야 알렉산드로브나. 죄송하지만." 그가 자리에서 일어나며 말했다. "이만 실례하겠습니다! 다리야 알렉산드로브나, 다음에 또 뵙겠습니다."

"오, 잠시만요." 그녀가 그의 옷소매를 붙들며 말했다. "잠깐만 앉았다 가세요."

"제발, 부탁이니 이제 그 얘기는 하지 마세요." 그는 자리에 앉았다. 동시에 지금껏 묻혀 있던 희망이 갑자기 다시 꿈틀거리며 솟아오르기 시작하는 것을 느끼며 말했다.

"만일 내가 당신에게 호감이 없었다면." 다리야 알렉산드로브나가 말했다. 그녀의 눈에 눈물이 맺혀 있었다. "만일 내가 당신에 대해 잘 알지 못했다면……."

이미 사라져 버렸다고 생각했던 감정이 더욱 생생하게 되살아나 레빈의 마음을 점령해 버렸다.

"그래요. 이제야 모든 게 확실해졌어요." 다리야 알렉산드로브나가 말을 이어 갔다. "하지만 당신은 잘 이해하지 못하실 거예요. 모든 걸 자유롭게 선택할 수 있는 남자들은 자신이 누구를 사랑하고 있는지 확실한 감정을 갖고 있죠. 하지만 그저 누군가를 기다리고 있는 처녀들은, 여성스럽고 아가씨다운 수줍음으로 남자들을 멀리서만 바라보며 있는 그대로를 받아들일 수밖에 없는 입장이에요. 그런 아가씨들은 자신이 누군가를 사랑하는지조차 알 수 없는, 뭐라 표현할 수도 없는 감정의 혼란을 흔히 겪곤 하죠."

"그럴 테죠. 마음이 얘기하지 않는다면요."

"아니, 마음은 얘기하고 있어요. 하지만 한번 곰곰이 생각해 보세요. 당신 같은 남자들은 어떤 아가씨에게 호감을 갖게 되면 그녀의 집에 드나들며 그녀를 관찰하고 자신이 그녀를 사랑한다는 것을 알게 될 때까지 기다린 뒤, 확신이 든 후에야 청혼하잖아요……."

"글쎄요, 꼭 그렇지는 않죠."

"어쨌든 마찬가지죠. 당신 같은 남자들은 자신의 사랑이 확고해지거나 아니면 선택을 기다리고 있는 두 여자를 비교한 뒤 청혼하죠. 하지만 여자는 그것을 바랄 수 없어요. 물론 여자도 스스로에게 선택권이 있지만 웬만해서는 불가능한 일이죠. 단지 '예.'나 '아니요.'로 대답할 수 있을 뿐이에요."

'그래, 나와 브론스키를 비교했던 거야.' 레빈은 생각했다. 그러자 그의 마음속에서 되살아났던 감정이 다시 사그라지고 그를 고통스럽게 만들었다.

"다리야 알렉산드로브나." 그가 말했다. "사람들은 옷이나 그 밖의 물건들을 고를 때 그렇게 하죠. 하지만 사랑은 아닙니다. 이미 정해져 있었고 그쪽이 좋았기 때문인 겁니다……. 반복하는 것은 불가능한 일이에요."

"아, 그건 오만이에요, 오만!" 다리야 알렉산드로브나는 여자들만의 감정을 비교해 보며 저속한 그의 감정을 경멸하듯 말했다. "당신이 청혼하셨을 때 키티는 대답할 수 없는 입장이었어요. 그 애는 당신과 브론스키를 두고 혼란스러워했어요. 브론스키는 매일 만나고 있었지만 당신은 한참 동안 만나지 못했으니까요. 만일 그 애가 나만큼 좀 더 나이가 들었다면, 그런 입장이었다 하더라도 갈등하지는 않았을 거예요. 난 처음부터 브론스키가 정말 마음에 들지 않았어요. 그러더니 결국 이렇게 되어 버렸죠."

레빈은 키티가 했던 대답을 떠올려 봤다. 그녀는 이렇게 말했었다. "아뇨, 그럴 순 없을 것 같아요……."

"다리야 알렉산드로브나." 그가 무덤덤한 어조로 말했다. "당신이 나를 신뢰해 주셔서 고맙게 생각하고 있습니다. 하지만 난 당신이 오해하고 있다고 생각해요. 어쨌든 내가 옳든 그렇지 않든 당신이 경멸하고 있는 이 오만 때문에 나는 카테리나 알렉산드로브나에 대해 어떤 생각도 할 수 없게 되었습니다. 아시겠습니까? 이젠 전혀 불가능하게 되었다는 것을요."

"한마디만 덧붙일게요. 아시겠지만, 난 내 아이들만큼 사랑하는 동생에 대한 얘기를 하고 있어요. 물론 나도 그 애가 당신을 사랑하고 있었다고 말씀드리는 건 아니에요. 다만 그때 그 애의 거절은 그 어떤 사실도 증명하는 것이 아니라는 얘기를 하고 싶었을 뿐이에요."

"모르겠습니다!" 레빈은 불쑥 자리에서 일어나며 말했다. "당신이 지금 나를 얼마나 괴롭게 하고 있는지 아십니까! 마치 당신의 아이가 죽게 되었을 때, 누군가 당신에게 이렇게 말하는 것과 같아요. '그 아이는 이런 사람이 됐겠지, 이렇게 했으면 어쩌면 살 수 있었을지도 몰라, 그랬다면 당신도 기뻐했겠지.' 이런 식으로 말입니다. 하지만 아이는 이미 죽었습니다. 죽고 말았어요……."

"당신은 정말 어리석군요." 다리야 알렉산드로브나가 씁쓸한 미소를 지은 채 흥분하는 레빈을 바라보며 말했다. "알겠어요. 이제 난 모든 것을 잘 알게 됐어요." 그녀는 생각에 잠긴 듯한 어조로 말을 이어 갔다. "그렇다면 당신은 키티가 와도 우리 집에 오지 않으시겠군요?"

"네, 그럴 겁니다. 물론 카테리나 알렉산드로브나를 피하고 싶은 생각은 없습니다. 하지만 가능한 한 그녀에게 불쾌한 내 존재를 드러내지 않으려고 노력할 생각입니다."

"오, 정말 당신은 어리석어요." 다리야 알렉산드로브나는 온화한 눈빛으로 그를 바라보며 거듭 말했다. "어쨌든, 좋아요. 그럼 우리 이 일에 관해서는 어떤 얘기도 하지 않은 걸로 하죠. 그런데 넌 왜 왔니, 타냐?" 때마침 들어온 딸아이를 보며 다리야 알렉산드로브나가 프랑스어로 말했다.

"내 모종삽 어디 있어요, 엄마?"

"엄마가 프랑스어로 얘기하고 있잖니. 너도 그렇게 해야지." 소녀는 그렇게 말하려 했으나 프랑스어로 삽이 무엇인지 기억해 내지 못했다. 그러자 어머니가 조용히 말해 준 뒤 삽이 어디에 있는지 역시 프랑스어로 알려 주었다. 레빈은 이 상황이 불쾌했다. 다리야 알렉산드로브나의 가정과 아이들이 가지고 있던 매력이 모두 빛을 바랜 것 같은 생각이 들었다.

'어째서 아이들에게 프랑스어로 말하고 있는 걸까?' 그가 생각했다. '이 얼마나 부자연스럽고 가식적인 일인가! 아이들도 이미 느끼고 있어. 프랑스어를 가르쳐 줌으로써 진실성을 버리고 있는 거야.' 그는 속으로 생각했다. 하지만 그는 다리야 알렉산드로브나가 이 문제와 관련해 이미 스무 번도 넘게 고심한 끝에, 어느 정도의 진실성을 버리고서라도 아이들에게 프랑스어를 가르치는 게 옳다고 결심했다는 사실을 알지 못했다.

"그런데 당신은 어디에 가시려는 건가요? 조금만 더 있다가세요."

레빈은 차 마시는 시간까지 머물러 있었다. 하지만 유쾌했던 그의 감정은 사라지고 그저 불편한 감정만이 남아 있었다.

차를 마신 뒤 그는 마차를 대기시키라고 지시하기 위해 방에서 나왔다. 다시 돌아온 그는 다리야 알렉산드로브나가 침울한 표정으로 눈물이 가득 고인 채 상기되어 있는 모습을 보았다. 레빈이 나갔을 때, 오늘 다리야 알렉산드로브나가 아이들에게 느꼈던 행복함과 뿌듯함을 모조리 무너뜨린 사건이 벌어졌던 것이다.

그리쉬아와 타냐가 서로 공을 차지하려고 싸웠다. 다리야 알렉산드로브나는 아이들 방에서 큰 소리가 들려 달려갔다가, 그곳에서 처참한 모습을 한 두 아이를 보았다. 타냐는 그리쉬아의 머리카락을 쥐어뜯고 있었고, 몹시 화난 그리쉬아는 찌푸린 얼굴로 타냐를 주먹으로 때리고 있었다. 그 모습을 본 순간, 다리야 알렉산드로브나는 가슴속에 있는 무언가가 모조리 찢겨 나간 기분이었다.

그녀의 삶에 시커먼 먹구름이 몰려든 것 같았다. 그토록 자랑스럽던 아이들은 그저 평범한 아이들이었을 뿐만 아니라 폭력적이고 거친 기질을 가졌으며, 교육도 제대로 받지 못한 사나운 아이들이라는 사실을 깨달았던 것이다.

그녀는 지금 이 일 말고는 그 어떤 것도 말할 수 없었고 생각조차 할 수 없었다. 그녀는 레빈에게 이 불행한 상황에 대해 말했다.

그녀가 불행해하는 모습을 본 레빈은, 이 정도의 일로 아이들의 행실이 나쁘다고 볼 수는 없고, 아이라면 이런 싸움은 누구나 다 하는 것이라며 그녀를 위로해 주려고 노력했다. 하지만 말은 그렇게 했지만 레빈은 속으로 이렇게 생각했다.

'아니, 나라면 아이들에게 프랑스어로 잘난 척하면서 말하진 않을 거야. 나라면 아이들을 이렇게 키우지 않을 거야. 버릇없는 아이로 키우지 않을 뿐만 아니라 엇나가지 않게 하는 일도 필요해. 그렇게 하면 아이들은 잘 자랄 거야. 그래, 내 아이들은 저렇게 키우지 않을 거야.'

그는 작별 인사를 하고 마차에 올랐다. 그녀도 그를 붙잡지 않았다.


## 11

7월 중순경, 포크로프스코예에서 20베르스타 정도 떨어져 있는 누님의 마을의 촌장이 레빈을 찾아왔다. 농사에 대한 경과와 풀베기에 대한 보고를 하기 위해서였다. 누님 소유지의 주요 수입은 강가 목초지에서 생겼다. 예전에 그곳의 풀은 농부들에게 1데샤티나당 20루블 정도에 팔렸으나, 레빈은 그 소유지를 관리하면서 풀을 살펴보니 그보다 훨씬 가치가 있다는 것을 알게 되었다. 그래서 그는 1데샤티나당 25루블로 값을 올렸다. 그러자 농부들은 그 값을 치르지 않았으며 레빈이 우려했던 대로 다른 구매자들도 거래하지 않으려고 했다. 그래서 레빈은 자신이 직접 그곳으로 나가 그중 일부는 인부들을 고용하고 또 일부는 할당제로 거두도록 지시했다. 마을 농부들은 갖은 방법을 동원해 이 새로운 방법을 방해했지만, 일은 순조롭게 잘 진행되어 목초지의 수입은 두 배가량 늘어 났다. 재작년에도 역시 농부들은 같은 방법으로 훼방을 놓았 으나 그는 여전히 같은 방식으로 거두어들였다.

하지만 올해는 농부들이 3분의 1의 배당금을 받기로 하고 목초지를 전담하게 되었다. 그래서 촌장은 지금 풀베기가 끝 났다는 것과 비가 올 것을 대비해 서기를 불러 그의 주도하 에 수확을 분배하고 주인의 몫으로 열한 더미를 준비했다는 것을 보고하러 온 것이었다. 하지만 레빈은 제일 큰 목초지에 서 수확한 건초의 양은 얼마나 되느냐는 질문에 모호한 답만 늘어놓고, 허락도 없이 건초를 분배한 그의 성급한 모습이 마 음에 들지 않았다. 그래서 레빈은 뭔가 꺼림칙한 생각이 들어 자신이 직접 나가서 확인해 봐야겠다고 생각했다.

점심 무렵이 되어서야 레빈은 마을에 도착했다. 그는 형의 유모의 남편인 친한 노인의 집에다 말을 매어 두고 풀베기에 대해 자세히 알아보기 위해 노인을 만나러 양봉장으로 갔다. 말이 많고 체격이 좋은 파르메느이치 노인은 레빈을 반갑게 맞이했다. 그는 자신이 하고 있는 일을 보여 주며, 자신이 기 르는 벌들과 올해의 양봉 상황에 대한 이야기를 레빈에게 상 세하게 들려주었다. 하지만 풀베기에 관련된 레빈의 질문에 는 우물쭈물하며 시원스럽게 대답하지 못했다. 그런 그의 태 도를 보자 레빈은 자신의 예상에 더욱 확신이 들었다. 그는 풀 베는 곳으로 가서 건초 더미를 살펴보았다. 그중에 쉰 수레 분량의 건초가 나올 만한 것은 없는 듯했다. 레빈은 농부들의 비리를 캐내기 위해 건초를 날랐던 수레를 가져오라고 한 뒤 한 단을 풀어 헛간으로 옮기라고 지시했다. 건초 단은 겨우 서른두 수레 분량밖에 되지 않았다.

그러자 촌장은 레빈에게 건초는 쉽게 부피가 줄어들기에 쌓아 놓으면 이렇게 될 수밖에 없다는 변명을 늘어놓았다. 또한 그가 이 모든 일에 대해 하느님 앞에 맹세할 수 있다고 말했음에도 레빈은 건초가 자신의 지시도 없이 마음대로 분배되었으니 지금처럼 한 단에 쉰 수레로 책정할 수는 없다고 강력하게 말했다. 꽤 오랜 실랑이를 벌인 뒤, 열한 단을 쉰 수레로 책정해 농부들이 인수하고, 주인의 몫은 다시 분배하기로 결정했다. 이러한 실랑이와 건초 단을 분배하는 문제는 저녁까지 이어졌다. 마지막 남은 건초마저 다 분배되자 레빈은 나머지 일은 서기에게 맡겼다. 그러고 나서 그는 버드나무 가지로 표시해 둔 건초 더미에 앉아 수많은 사람이 모여 있는 목초지를 멍하니 바라보았다.

앞쪽 작은 늪의 건너편 강이 구부러진 곳에서 명랑한 목소리로 떠드는 아낙네들의 알록달록한 무리가 보였다. 흩뿌려지듯 널려 있던 건초는 마치 구불구불한 회색 파도처럼 연녹색 풀밭 위로 쭉쭉 뻗어 나가고 있었다. 쇠스랑을 쥔 농부들이 아낙네들의 뒤를 따르고 있었고, 그 파도로부터 너비가 넓고 높게 솟아오른 건초 더미가 점점 불어나고 있었다. 목초지의 왼편은 이미 풀베기가 다 끝나 달구지가 덜컹거리고 있었고, 커다란 쇠스랑이 지나갈 때마다 건초 더미가 하나씩 사라져 갔다. 그리고 묵직하고 향기로운 건초 더미가 말 궁둥이를 덮을 만큼 달구지 위에 켜켜이 쌓여 가고 있었다.

"풀을 거두기에 딱 좋은 날씨군요! 아주 좋은 건초가 될 겁니다!" 노인이 레빈의 곁으로 다가와 앉으며 말했다. "이건 차(茶)나 마찬가지예요! 건초라 할 수 없어요! 쌓여 가는 모습을 좀 보세요! 마치 새끼 오리들한테 곡식 낟알을 뿌려 준 것 같군요!" 그는 점점 쌓여 가는 건초 더미를 가리키며 말했다. "점심때부터 시작해서 이제 반은 옮겼군요."

"그게 마지막 건초냐?" 노인은 달구지 앞에 서서 삼으로 꼰 고삐 끝을 흔들며 지나가는 젊은 농부를 향해 외쳤다.

"마지막이에요, 아버지!" 젊은이는 고삐를 잡아 말을 세우고는 웃으며, 역시나 달구지에 앉아 붉은 얼굴로 생글거리는 아낙네를 돌아보았다. 그러고는 말을 몰고 갔다.

"저 사람은 누군가? 아들인가?" 레빈이 물었다.

"저희 집 막냅니다." 노인은 사랑스러운 미소를 지으며 말했다.

"괜찮은 청년이군!"

"네, 사랑스럽지요."

"벌써 장가를 갔나?"

"네, 2년 전 대림 주간에 갔죠."

"오, 그럼 아이는?

"아이는요! 저 애는 거의 일 년 동안 아무것도 몰랐어요. 워낙 수줍음이 많아서요." 노인이 대답했다. "어쨌든 저 건초는 훌륭하군요! 진짜 차 같아요!" 그는 화제를 돌리려고 이 말을 반복했다.

레빈은 바니카 파르메노프와 그의 아내를 주시했다. 그와 그리 멀지 않은 거리에서 두 사람은 건초를 쌓고 있었다. 이반 파르메노프는 달구지 위에 올라가 있었고 젊고 아리따운 아내는 처음에는 한 아름씩 건네는 건초를 받은 뒤, 쇠스랑으로 척척 건네는 커다란 건초 더미를 받아 평평하게 잘 펴며 발로 다지고 있었다. 젊은 아내는 즐겁고도 능숙하게 일해 나갔다. 커다랗게 뭉쳐 있던 건초 더미는 쇠스랑에 한 번에 걸리지 않았다. 그녀는 우선 건초를 평평하게 해 놓은 뒤 쇠스랑을 꽂은 다음 탄력 있고 날쌘 동작으로 쇠스랑 위에 온몸의 무게를 실어 눌렀다. 그러고 나서 빨간 허리띠를 맨 허리를 굽혔다가 다시 곧게 펴고는, 하얀 앞치마 아래로 풍만한 가슴을 드러내 보이며 능숙한 동작으로 양손으로 쇠스랑을 잡아 건초 더미를 달구지 위로 높게 던졌다.

그러면 이반은 그녀의 수고를 조금이라도 덜어 주려는 듯 양팔을 크게 벌려 건초 더미를 받아들고는 달구지 위에 고르게 폈다. 아내는 마지막 남은 건초를 쇠스랑으로 들어 올려 건네고 나서는 목 언저리에 붙은 풀들을 털어 내고 햇볕에 타지 않은 하얀 이마로 내려온 빨간 두건을 고쳐 맨 뒤 달구지 밑으로 기어들어가 건초를 묶었다. 이반은 그녀에게 밧줄을 매는 방법을 알려 주었으며 그녀가 무슨 말을 건네자 크게 웃어 댔다.

두 사람의 얼굴에는 강렬하고 풋풋, 이제 막 시작된 사랑의 감정이 어려 있었다.

## 12

짐을 다 꾸리고 난 뒤 이반은 뛰어내려 살집이 좋은 말의 고삐를 붙잡았다. 아내는 달구지 위로 쇠스랑을 던져 올리고는 두 팔을 흔들며, 둥글게 모여드는 아낙네들이 있는 곳을 향해 힘찬 발걸음을 내디뎠다. 이반은 달구지를 타고 큰길로 나와 짐수레가 늘어선 대열에 합류했다. 어깨에 쇠스랑을 둘러멘 아낙네들은 선명한 빛을 반짝이며 낭랑하고 명랑한 목소리로 떠들어 대며 짐수레 뒤를 따라갔다. 아낙네 하나가 거친 목소리로 노래를 불렀는데, 그녀가 후렴까지 부르고 나자 뒤를 이어 굵은 목소리, 가는 목소리, 힘찬 목소리 등 쉰 가지 정도의 소리가 뒤섞인 목소리가 하나가 되어 같은 노래를 처음부터 반복해 부르기 시작했다.

아낙네들은 노래를 부르며 레빈에게 다가왔다. 그는 마치 소란스러운 천둥을 동반한 먹구름이 자신을 향해 몰려오고 있는 듯한 생각이 들었다. 밀려든 먹구름은 순식간에 그를 집어삼켰다. 고함 소리와 휘파람 소리, 장단을 맞추는 소리가 뒤섞여 투박하고 흥겨웠던 노랫소리는, 그가 누워 있던 건초 더미와 다른 더미와 더불어 짐수레와 저 먼 들판에 널려 있는 목초지까지 흔들고 있었다. 레빈은 활기찬 이 즐거움이 부러웠다. 그 역시 이러한 삶의 기쁨을 표출하는 그 안에 끼고 싶었다. 하지만 그가 할 수 있는 것은 아무것도 없었다. 그저 이렇게 누워서 그것을 보고 듣는 수밖에는 없었다. 노랫소리와 더불어 사람들이 시야와 귓가에서 멀어지자 레빈은 고독함과 육체적 나태함, 그리고 세상을 향한 적대감과 우수에 잠겨 버렸다.

건초 때문에 그와 심하게 다툰 농부들, 즉 그가 괴롭혔거나 또 그를 속이려 했던 사람 중의 몇 사람도 그에게 즐겁게 인사를 건넸다. 그들은 그에게 어떤 악의도 가지고 있지 않은 듯했다. 그들은 그를 속이려 했던 것을 반성하기는커녕 마치 그런 기억조차 없는 듯했고 그럴 수도 없는 것처럼 보였다. 그러한 것들은 이미 공동 노동이라는 즐거운 바다 속으로 가라앉은 듯했다. 하느님은 하루를 주었고 힘을 주었다. 그 하루와 힘 역시 노동을 위해 쓰였고 그에 대한 보상은 노동 그 자체에 있었던 것이다. 누구를 위한 노동인가? 노동의 결과는 무엇인가? 그런 생각들은 이제 쓸데없고 불필요할 뿐이었다.

레빈은 때로로 이 생활을 동경했고, 이렇게 살아가고 있는 사람들을 부러워하기도 했다. 하지만 특히 오늘은 이반 파르메노프와 그의 젊은 아내를 보며, 자신의 의지에 따라 그가 살아온 복잡하고 나태한, 인위적이고 개인적인 삶이 이렇게 성실하고 순수하며 아름다운 공동체의 삶으로 바뀔 수 있다는 것을 처음으로 확신하게 되었다.

그의 옆에 앉아 있던 노인은 오래전에 집으로 돌아가 버렸다. 사람들도 모두 흩어져 버렸다. 근처에 사는 사람들은 모두 집으로 갔고, 먼 곳에 사는 사람들은 목초지에서 저녁 식사를 준비하며 잘 준비를 하기 위해 모여 있었다. 사람들에게 잘 보이지 않았던 레빈은 건초 더미 위에 누워 이런저런 것들을 보고 들으며 줄곧 생각에 잠겨 있었다. 목초지에서 하룻밤을 보내려던 사람들은 거의 한숨도 자지 않고 짧은 여름밤을 지새우고 있었다. 저녁 식사를 하던 시간에는 유쾌한 이야기와 웃음소리가 들려왔으며 그것은 곧 노랫소리와 큰 웃음소리로 바뀌었다. 긴 하루 동안 이어진 노동은 그들에게 유쾌한 흔적만 남긴 듯했다.

새벽 무렵이 되자 모든 것이 고요해졌다. 늪에서 밤새 울어 대는 개구리 소리와 동이 트기 전 목초지를 덮고 있던 안개 속에서 들려오던 말의 콧바람 소리만 들릴 뿐이었다. 정신이 든 레빈은 건초 더미에서 일어나 별을 바라보며 자신이 밤을 새웠다는 사실을 알게 되었다.

'이제 난 어떻게 해야 하나? 어떻게 해야 하는 걸까?' 그는 짧은 밤을 지새우며 생각해 보고 느꼈던 것을 스스로에게 확실히 각인시키려는 듯 자문했다. 그가 생각하고 느꼈던 것은 세 종류로 나뉘었다. 하나는 자신의 과거와 지식의 무용함에 대한, 불필요한 교양을 부정하는 일이었다. 이것을 부정하는 일은 그에게 즐거움을 주었다. 이것은 그에게 쉽고 간단한 일이었다. 두 번째는 그가 현재 꿈꾸는 생활과 관련된 것이었다. 그는 그 생활이 소박하고 순결하며 올바른 일이라 확신하고 있었다. 그러면서 그는 그 생활을 통해 스스로도 절감하고 있던 결핍된 감정들, 즉 만족감과 안정, 가치를 찾을 수 있을 거라 굳게 믿고 있었다. 하지만 세 번째 문제는 어떻게 과거의 생활에서 새로운 생활로 진입을 할 것인가에 관한 것이었다.

이 문제와 관련해서 그는 어떤 해답도 찾지 못했다. '아내를 맞이해야 할까? 노동과 노동의 필요성을 가져야 할까? 포크로프스코예를 떠나야 하나? 땅을 사야 하나? 농민 집단에 끼어들어 볼까? 농부의 딸과 결혼해 볼까? 대체 난 어떻게 해야 하나?' 그는 거듭 자문했으나 답을 찾지 못했다. '어쨌든 난 지금 한숨도 못 잤으니 판단력이 흐려진 상태야.' 그는 스스로에게 말했다. '그러니 나중에 생각해 보자. 어쨌든 이 하룻밤은 확실히 내 운명을 결정해 주었다. 지금껏 내가 꿈꿔 왔던 가정생활은 무의미한 것이었고 잘못된 것이었어.' 그는 혼잣말을 했다. "모든 것은 훨씬 단순하고 훌륭해……."

'정말 아름답군!' 그는 자신의 머리 위 하늘 한가운데에 떠 있는 새하얀 양털 구름 속, 진주조개처럼 묘한 색채를 띤 구름 한 점을 바라보며 생각했다. '이 밤에는 모든 게 아름답구나! 그런데 언제 저 조개가 만들어졌지? 방금 전에 하늘을 봤을 때는 두 개의 하얀 띠 말고는 없었는데. 그래, 저것처럼 인생에 대한 내 생각도 어느새 변해 버렸어!'

그는 풀밭에서 나와 큰길을 거닐며 마을을 향해 갔다. 잔잔한 바람이 불어오며 하늘은 잿빛으로 흐려지고 있었다. 어둠을 완벽히 이겨 내고 빛이 찾아드는 새벽 전에 반드시 나타나는 어두운 순간이 찾아온 것이다.

레빈은 추위로 몸을 웅크린 채 바닥을 바라보며 빠른 걸음으로 나아갔다. '무슨 소리지? 누가 오나 보군.' 방울 소리가 들리자 그는 생각했다. 그러고는 고개를 들었다. 그가 걷고 있는 풀이 뒤덮인 큰 길에서 마흔 발자국 정도 떨어진 곳에 네 필의 말이 몰고 있는, 지붕 위에 큰 가방을 얹은 사륜마차가 그가 있는 쪽으로 달려오고 있었다. 수레에 묶인 말들은 수레바퀴 자국 때문에 채에 눌리고 있었으나, 마부석에 비스듬히 앉은 마부가 능숙한 솜씨로 바퀴 자국을 따라 채를 조절했기에 수레바퀴는 잘 굴러갔다.

레빈은 그저 그것만 보았을 뿐, 그 안에 누가 타고 있을지는 생각도 못 한 채 무심코 마차 안을 흘끗 들여다보았다.

마차 한구석에서는 노파가 졸고 있었다. 창가 쪽에는 이제 막 잠에서 깬 듯한 젊은 아가씨가 앉아 두 손으로 하얀 모자의 리본을 붙잡고 있었다. 그녀는 명랑하면서도 사려 깊은 듯한, 레빈과는 거리가 먼 우아하고 복잡한 내면의 삶으로 가득 찬 모습이었다. 그녀는 그의 머리 위로, 해가 떠오르는 동쪽 하늘의 아침노을을 바라보고 있었다.

이 장면이 사라지자 그녀의 정직한 눈빛이 그를 흘끗 쳐다보며 그를 알아보았다. 그러자 그녀의 얼굴은 놀라움과 환희로 환하게 빛났다.

그 눈은 이 세상에 단 하나뿐이었으므로 그가 착각했을 리는 없었다. 그녀는 그에게 삶의 빛이 되고 의미가 되는 이 세상의 유일한 존재였다. 그는 그녀가 기차역에서 예르구쉬오보로 가는 길이라는 것을 알고 있었다. 그 순간, 뜬눈으로 지새운 이 하룻밤 동안 레빈의 마음을 혼란스럽게 했던 모든 계획과 다짐들이 순식간에 사라져 버렸다. 그는 자신이 농부의 딸과 결혼할 생각을 했던 것을 떠올리며 혐오감을 느꼈다. 오직 저곳에서만, 빠른 속도로 멀어져 가며 반대편으로 가 버린 마차 속에서만, 그동안 그를 수없이 괴롭게 만들었던 인생의 실타래를 풀 수 있는 가능성이 존재했던 것이다.

그녀는 더 이상 밖을 내다보지 않았다. 마차의 삐걱대는 스프링 소리도 사라졌고 이따금 방울 소리만 들려왔다. 개가 짖어 대는 소리가 들리자 그제야 여행 마차가 마을을 지나갔다는 것을 알았다. 이제 이곳에는 텅 빈 들판과 앞쪽에 보이는 마을, 한적한 길에서 외롭게 걷고 있는 세상과는 단절된 고독한 자신만이 남아 있을 뿐이었다.

그는 방금 전까지 바라보며 감탄했던, 생각에 잠겨 있던 지난밤 자신의 감정이 모두 담겨 있는 듯한 조개를 찾으려 하늘을 올려다보았다. 하지만 하늘에는 이제 조개 같은 것은 흔적도 찾아볼 수 없었다. 닿을 수 없는 저 높은 곳에서는 이미 신비한 변화가 일어나고 있었다. 하늘의 반 정도에 걸쳐진, 점점이 흩어지고 있는 양탄자 같은 양털 구름이 펼쳐져 있을 뿐이었다. 하늘은 점점 파래지고 환해졌다. 그리고 언제나처럼 부드러우면서 아득한 곳에서 의혹이 가득한 그의 눈길에 대답하고 있었다.

"아니야." 그가 혼잣말을 했다. "내가 아무리 소박한 노동의 생활을 좋아한다 해도 이제는 돌아갈 수 없어. 난 그녀를 사랑하고 있어."


13


겉으로 보기에는 몹시 냉철하고 신중해 보이는 알렉세이

알렉산드로비치에게 그것과 상반된 약점이 하나 있다는 것을 아는 사람은 그와 가장 가까운 사람들뿐이었다. 즉, 알렉세이 알렉산드로비치는 어린아이나 여자가 눈물을 보이면 쉽게 지나칠 수 없었던 것이다. 그는 그들의 눈물을 보면 갑자기 혼란스러워진 나머지 판단력을 완전히 상실해 버렸다. 그의 그런 점을 잘 알고 있던 사무장과 비서는 여자 청원자에게 일을 성사시키고 싶다면 눈물을 보여서는 안 된다고 미리 말해 주었다. "그분이 화가 나시면 당신의 청원을 들으려 하지 않으실 테니까요." 그들은 이렇게 말했다. 실제로 그런 상황이 생기면, 눈물 때문에 알렉세이 알렉산드로비치는 정신적으로 혼란스러워진 나머지 갑자기 화를 내고는 했다. "난 할 수 없어요. 아무것도 할 수 없어요. 그러니 좀 나가 주세요!" 그럴 때마다 그는 늘 이렇게 소리쳤던 것이다.

경마에서 돌아올 때, 안나가 브론스키와의 관계를 그에게 확실히 밝히며 얼굴을 두 손으로 가리고 울었을 때, 알렉세이 알렉산드로비치는 그녀에게 몹시 화가 나면서도 동시에 그 눈물 때문에 정신이 혼미해지는 것을 느꼈다. 그 사실을 깨닫고, 또 지금 자신의 감정이 그 상황과 맞지 않다는 것을 알게 된 그는, 본능적으로 표출되는 이 감정들을 참아 내려 몹시 애썼다. 그래서 그는 미동도 하지 않았고 그녀가 있는 쪽을 보려고도 하지 않았다. 그러한 이유로 안나가 몹시 충격을 받았던, 송장처럼 괴이한 모습이 그의 얼굴에 드러났던 것이다.

집에 도착하자 그는 안나를 마차에서 내려 주고는 온 힘을 다해 자신의 감정을 절제하며 언제나처럼 다정하게 작별 인사를 한 뒤 형식적인 몇 마디를 건넸다. 그는 그녀에게 자신의 결정에 대해서는 내일 알려 주겠다고 말했다.

아내의 말은 그가 의혹을 품었던 최악의 상황을 확인시켜 주었기에 알렉세이 알렉산드로비치는 처절할 만큼 고통스러웠다. 아내의 눈물 때문에 그의 마음속에 일어난 기이한 본능적인 연민의 감정으로 말미암아 이 고통은 더욱 증폭되었다. 하지만 알렉세이 알렉산드로비치가 마차 안에 홀로 남게 되자, 그는 이러한 연민과 최근에 그를 몹시 괴롭혔던 의심과 질투로 말미암은 고통에서 완전히 해방되었음을 깨닫고는 놀라기도 하고 한편으로는 기쁘기도 했다.

마치 오래 앓고 있던 이를 빼 버린 듯한 기분이었다. 무시무시한 고통과 자신의 머리보다 더 커다란 무언가가 턱에서 쑥 뽑혀 나간 느낌이었다. 알렉세이 알렉산드로비치는 여전히 자신의 행복을 확신할 수 없는 환자처럼, 너무 오랫동안 자신을 괴롭히고 모든 정신을 집중해야만 했던 것이 이제 더 이상 존재하지 않고, 다시 자신이 이외에도 다른 것에 관심을 가지며 생활하고 생각할 수 있다는 것을 알게 되었을 때의 그런 기분을 느꼈던 것이다. 괴이하면서도 무서운 고통이었다. 하지만 이제 다 사라져 버린 것이다. 그는 자신의 삶을 되찾았으며 이제는 아내뿐만 아니라 다른 생각도 할 수 있을 거라는 사실을 알게 되었다.

'명예심도 인정도 신앙심도 없는 타락한 여자 같으니! 진작부터 알고 있었어. 늘 지켜보고 있었으니까. 그런 그녀를 가엾게 여기며 나 자신을 기만하려고 애썼지만.' 그는 스스로에게 말했다. 그는 자신이 이러한 사실을 늘 알고 있었던 것 같은 생각이 들었다. 그러면서 예전에는 그다지 나쁘다고 생각지 않았던 과거의 생활을 하나씩 떠올려 보았다. 하지만 그 모든 기억은 그녀가 예전부터 타락한 여자였다는 사실을 입증할 뿐이었다. "내 인생을 그녀와 함께했다는 것 자체가 잘못이었어. 하지만 난 비난받을 만큼의 잘못을 저지른 적이 없어. 그러니 난 불행할 이유가 없어. 비난받을 사람은 내가 아니라." 그는 혼잣말을 했다. "바로 그녀니까. 하지만 이제 난 그녀가 어찌 되든 상관없어. 이제 그녀는 내게 있어 존재하지 않는 사람이니까……"

그녀와, 그녀에 대한 감정과 마찬가지로 그의 감정이 변해 버린 아들에 대해서도 그는 전혀 신경 쓰지 않았다. 그가 지금 신경을 쓰고 있는 것은 단 한 가지뿐이었다. 타락한 그녀가 그에게 끼얹은 더러운 흙탕물을 털어 내고, 활기차고 명예롭고 유익한 자신의 삶을 위해 어떻게 해야 할지, 또 어떻게 해야 자신에게 가장 좋고 점잖고 이로울지, 결국에는 어떤 게 가장 옳은 방법일지 오직 그 하나에 대해서만 생각하고 있던 것이다.

'대단치도 않은 여자 하나가 잘못을 저질렀다고 해서 내가 불행해질 수는 없어. 난 그저 그녀가 나를 밀어 넣은 불쾌한 이 상황에서 빠져나갈 최선의 방법을 찾아야 할 뿐이야. 난 그 방법을 찾아 낼 거야.' 그는 인상을 더욱 찌푸리며 생각했다. '내가 이런 일을 최초로 겪은 사람도, 또 마지막으로 겪은 사람도 아니야.' 그러면서 역사적인 사건에 대해서까지 언급할 필요는 없었지만 최근 〈아름다운 헬레네〉로 말미암아 사람들의 기억 속에 다시 떠오른 메넬라오스를 생각해 냈다. 그러면서 알렉세이 알렉산드로비치는 오늘날 상류층에 속한 아내들이 남편에게 부정한 짓을 저질렀던 사례들을 떠올려 보았다. '다리얄로프, 폴타프스키, 카리바노프 공작, 파스쿠딘 백작, 드람…… 그래, 드람…… 그토록 성실하고 유능한 사람도 그랬었지……. 세묘노프, 챠긴, 시고닌.' 알렉세이 알렉산드로비치는 생각했다.

'이들은 합당하지 못한 조소를 받았지만 난 그들에게서 불행 외에는 아무것도 보지 못했어. 난 항상 그들에게 연민을 느꼈지.' 알렉세이 알렉산드로비치는 스스로에게 이렇게 말했으나 이것은 사실이 아니었다. 그는 이런 불행에 연민을 느끼지 않았고 남편을 배신한 아내에 대한 이야기를 들을 때마다 스스로를 높이 평가하고 있었기 때문이다. '이것은 누구에게나 생길 수 있는 불행일 뿐이야. 그것이 내게 찾아온 것뿐이고. 그러니 어떻게든 이 상황을 헤쳐 나가야 해.' 그러고 나서 그는 자신과 같은 처지에 있던 사람들이 썼던 방법을 세세하게 떠올려 보았다.

'다리얄로프는 결투했지…….'

그는 젊은 시절부터 결투에 유독 관심이 많았다. 그는 소심했으며 그 사실을 스스로도 잘 알고 있었다. 그래서 알렉세이 알렉산드로비치는 자신을 향해 겨누고 있는 권총을 두려워하지 않을 수 없었다. 그는 지금껏 한 번도 무기라는 것을 사용해 보지 않았다. 이러한 두려움 때문에 그는 젊은 시절부터 자주 결투에 대해 생각했고, 자신의 생명이 위험에 처했을 때를 대비해 계획을 세우곤 했다. 그는 사회적인 지위가 확고해지고 성공한 뒤에는 이러한 감정을 오랫동안 잊고 살았다. 하지만 이 감정은 이내 제자리를 찾으며 자신의 소심함에 대한 강렬한 두려움으로 다가왔다. 알렉세이 알렉산드로비치는 어떠한 경우라도 결투하지 않을 것임을 스스로도 잘 알고 있었지만 결투에 대해 이런저런 생각을 하며 한참을 고민하고 있었다.

'우리 사회는 확실히 영국과는 비교할 수도 없을 만큼 아직까진 매우 미개하니까 대부분 사람은(그중에는 알렉세이 알렉산드로비치가 견해를 존중하고 있던 사람들도 포함되어 있었다.) 결투를 인정할 테지. 하지만 그 결과는 어떻게 될까? 만약 내가 결투를 신청한다면.' 알렉세이 알렉산드로비치는 계속 생각했다. 결투를 신청한 뒤에 보내게 될 하룻밤과 자신을 향하게 될 권총의 모습을 생생히 떠올려 보고 나서 그는 자신도 모르게 몸서리를 쳤다. 그는 자신이 절대 그런 일은 하지 않을 것임을 깨닫게 되었다.

'만약 내가 그에게 결투를 신청한다고 생각해 보자. 사람들이 그 방법을 내게 가르쳐 준다고 생각해 보자.' 그는 계속 생각했다. '난 정해진 위치에 서서 방아쇠를 당기겠지.' 그러면서 그는 눈을 감았다. '그리고 나서 내가 그를 죽였다는 사실이 밝혀지겠지.' 알렉세이 알렉산드로비치는 스스로에게 말했다. 그러고 나서 그는 어리석은 생각을 떨쳐 내려는 듯 머리를 흔들었다. '죄지은 아내와 아들에 대한 태도를 확실히 하기 위해 살인을 저지르는 것은 어떤 의미가 있는가? 만약 그렇게 한다고 해도 아내의 문제에 대해서는 어떻게 처리해야 할지 생각해 봐야 할 것이다. 하지만 무엇보다 명백한 사실은 아무 죄도 없는 내가 희생을 당하며 살해되든가 부상을 입게 될 거라는 것이다. 이것은 더욱 무의미한 일이 아니겠는가. 게다가 이것뿐만이 아니다. 내가 먼저 결투를 신청하는 것은 옳지 못한 행동일 것이다. 사실, 내 친구들은 어떠한 경우라도 내게 결투를 권하지 않을 거라는 것을 알고 있다. 그들은 러시아에서 꼭 필요한 정치인의 생명이 위험에 처하는 것을 허락하지 않을 테니까. 그럼 결국에는 어떻게 되는 것인가? 결국 나는 상황이 이 정도로 위험에 처하지 않을 것임을 예상하면서도 결투를 신청해서 자존심을 세우려 하는 것이다. 이것은 옳지 않으며 기만일 뿐이다. 다른 사람들과 나 스스로를 속이는 짓이다. 그러니 결투는 절대 받아들일 수 없다. 게다가 누구도 내게 그것을 바라지 않는다. 지금껏 해 왔던 일들을 계속하기 위해 필요한 내 명예를 실추시키지 않는 것만이 유일한 내 목표니까.' 알렉세이 알렉산드로비치가 지금껏 큰 의미를 부여하고 있던 공직 활동이 이제는 더욱더 큰 의미로 다가왔다.

알렉세이 알렉산드로비치는 결투에 대한 생각을 떨치고 나자 이제 이혼이라는 방법을 떠올렸다. 이것은 그가 떠올린 사람 중 몇몇이 선택한 길이었다. 그는 세상에 잘 알려진 이혼 사례에 대해 하나하나 떠올려 보았지만(그러한 사례는 그가 잘 알고 있는 상류 사회에서 아주 흔한 일이었다.) 알렉세이 알렉산드로비치는 이혼하는 목적이 자신과 같은 사례를 찾을 수가 없었다. 그러한 경우 모든 사람은 아내를 양도하든가 팔고 있었다. 그리고 자신이 저지른 죄로 말미암아 재혼할 권리가 없던 여자는 새 남편과 허울뿐인 부부 관계를 맺었다. 하지만 알렉세이 알렉산드로비치는 법률상으로, 그러니까 죄를 지은 아내를 버리는 것만으로 끝나는 이혼을 한다는 것은 불가능한 일이라고 생각했다. 그는 자신이 생활하고 있는 복잡한 사정이, 아내가 저지른 추악한 증거를 법이 요구하는 대로 세상에 드러내지 못하도록 할 것임을 알고 있었다. 만일 증거가 있다고 해도 그는 자신의 생활에 스며든 품위라는 것이 그것을 적용하는 것을 용납하지 않을 것이며, 그 증거를 인정하는 것은 그녀보다 오히려 자신의 명예를 실추시키는 일이라는 것을 잘 알고 있었다.

이렇듯 이혼을 시도하는 것은, 그의 높은 사회적 지위를 비난하고 공격하려는 적들에게 기회를 주는 것이며 수치스러운 재판으로 이어질 뿐이었다. 최대한 조용히 해결하고 자신의 품위를 유지하려는 가장 중요한 목적은 이혼을 통해서도 달성할 수 없는 것이었다. 게다가 이혼하거나 이혼 수속을 밟으려고만 해도 아내는 남편과의 관계를 끝내고 애인과 결합할 것이 분명했기 때문이다. 하지만 지금 알렉세이 알렉산드로비치가 아내에게 경멸에 가까운 철저한 무관심 상태라고 해도 그녀가 아무런 난관도 겪지 않고 자신이 저지른 죄가 오히려 이득이 되어 브론스키와 결합하는 것은 결코 원하지 않았다. 그런 생각만으로도 알렉세이 알렉산드로비치는 극도로 예민해졌다. 그는 그 생각만으로도 고통을 느끼고는 신음하면서 마차 안에서 일어나 자세를 바꿔 앉아야만 했다. 그는 한참을 그렇게 얼굴을 찌푸리며 추위에 민감한 앙상한 두 다리를 포근한 담요로 감싸고 있었다.

'그럼 정식으로 이혼하는 것 말고, 카리바노프, 파스쿠딘, 성실한 드람이 썼던 방법대로 할 수도 있어. 별거하는 것 말이야.' 그는 다소 진정되자 또 생각했다. 하지만 이러한 방법 또한 이혼처럼 치욕스러운 일이었다. 이것 역시 정식 이혼과 마찬가지로 아내를 브론스키에게 넘기는 일이었기 때문이다. "아니, 그럴 수는 없어. 그렇게 할 순 없어!" 그는 담요를 다시 다리에 두르며 크게 소리쳤다. "난 불행해질 수 없어. 그리고 그녀도 그도 행복해져선 안 돼."

사건의 진상을 몰랐을 때 그를 몹시 고통스럽게 했던 질투심은 아내의 고백으로 말미암은 아픔과 더불어 이를 뽑던 순간에 사라졌다. 하지만 그에게는 곧 다른 마음이 생겨났다. 그것은 그녀가 자신의 죄를 극복하지 못하게 하고 그 죄의 대가를 치르게 하겠다는 감정이었다. 그는 그러한 감정을 의식하지 못하고 있었다. 하지만 그의 마음 깊은 곳에서는 그녀가 파괴해 버린 그의 평온함과 명예의 대가로 그녀가 고통스러워하기를 바라고 있었던 것이다. 그는 다시 한번 결투와 이혼, 별거에 대해 생각해 본 뒤 그것들은 적절하지 않다는 것을 다시 확인했다. 그러고 나서 알렉세이 알렉산드로비치는 자신의 선택지는 단 하나뿐이라는 것을 알게 되었다. 그것은 바로 이 사건을 은폐하고 그들의 관계를 끊어 놓기 위해, 또 스스로 인정하고 있지는 않았지만 그녀에게 죄의 대가를 치르도록 하기 위해 어떤 수단을 동원해서라도 그녀를 자신의 곁에 두는 것이었다.

'그녀 때문에 우리 가족이 처한 이 괴로운 상황에 대해 고심 끝에 내린 결론은, 표면적으로는 지금 생활을 유지하는 것이 서로를 위해 가장 좋은 방법이라는 것이다. 또한 그녀가 내 뜻을 따르겠다는, 그러니까 애인과의 관계를 확실히 정리한다는 조건 안에서만 내가 이 생활을 유지하는 것을 허락한다는 것을 그녀에게 확실히 알려야 해.'

이러한 결론을 내리자 알렉세이 알렉산드로비치는 이를 확인하려는 차원에서 또 다른 중요한 생각을 떠올렸다.

'이러한 결심만이 내가 종교에 부합하는 행동을 할 수 있도록 만들어 줄 거야.' 그는 스스로에게 말했다. '이 결심만이 내게 죄지은 아내를 버리지 않게 할 것이고, 그녀에게 반성의 기회를 줄 수 있을 테지. 또한 나로서는 몹시 고통스러운 일이 될지라도 내가 가진 힘의 일부분을 그녀가 회개하고 구원하는 데 쓸 거야.'

알렉세이 알렉산드로비치는 자신이 아내를 교화시킬 수 없다는 것과 이러한 반성의 기회를 가지도록 아무리 노력해봤자 그녀에게서는 거짓 외에는 어떤 것도 얻을 수 없다는 것을 알고 있었다. 하지만 이 고통스러운 몇 분간 그는 절대 종교의 교의를 찾으려는 생각을 하지 않았음에도 자신의 결심이 종교적인 요구에 부합한다는 생각이 들었다. 그러자 그는 자신의 결심이 종교적 승인을 받았다고 느끼며, 충분한 만족감과 어느 정도의 안정을 얻게 되었다. 게다가 그의 인생에서 가장 중요한 문제에 대해서도, 그가 늘 사회의 무관심 속에서도 꾸준히 기치를 높이 들어 왔던 종교의 교의에 따르지 않았다고 그 누구도 비난할 수 없다는 사실에 몹시 기뻤다.

이런저런 문제들을 세세하게 생각해 보는 동안, 알렉세이 알렉산드로비치는 아내와 자신의 관계가 왜 예전과 같을 수 없는지조차 알 수 없게 되었다. 그녀에 대한 그의 존경심을 회복하는 것은 명백히 불가능한 일일 것이다. 하지만 그녀가 행실이 나쁜 아내여서 그가 자신의 생활을 파괴하고 또 괴로워야 할 이유는 전혀 없었으며 그럴 수도 없었다. '그래, 시간은 흐르기 마련이야. 시간이 모든 것을 말끔하게 해결해 줄 거야. 그렇게 되면 이 관계도 예전처럼 회복될 테지.' 알렉세이 알렉산드로비치는 생각했다. '그러니까 내 생활이 부자연스럽다는 것을 느끼지 못할 만큼은 회복될 거야. 그녀는 불행해져야 해. 하지만 나에겐 죄가 없어. 그러니 내가 불행해져서는 안 돼.'

14

페테르부르크에 도착할 무렵 알렉세이 알렉산드로비치는 이러한 결심을 확고하게 굳혔다. 또한 아내한테 보낼 편지의 내용도 미리 생각해 놓았다. 알렉세이 알렉산드로비치는 관청에서 보낸 편지와 서류를 검토하기 위해 수위실에 들른 뒤 곧바로 그것들을 자신의 서재로 가져오라고 지시했다.

"말은 풀어 주고 아무도 들이지 말게." 그는 유독 '들이지 말게.'라는 말을 강조하며, 기분이 좋을 때 나타나는 만족감을 보이며 수위의 질문에 답했다.

알렉세이 알렉산드로비치는 서재로 들어가 방 안을 두어 번 거닌 뒤, 자신보다 먼저 들어온 하인이 여섯 개의 초를 켜 둔 커다란 책상 옆으로 다가가 멈춰 섰다. 그러고는 손가락 관절을 뚝뚝 꺾으며 필기구를 쥐고 자리에 앉았다. 그는 책상 위에 팔꿈치를 괴고는 고개를 기울이며 잠시 뭔가 생각하는 듯하더니 단숨에 편지를 써 내려갔다. 그는 편지의 첫 부분에 그녀의 이름 대신 프랑스어로 '당신'이라는 의미의 존칭 대명사를 썼다. 하지만 이 대명사는 러시아어의 존칭 대명사만큼 냉정한 느낌은 아니었다.

우리가 나눴던 마지막 대화에서 나는 이 사건과 관련된 내 결심을 추후에 알려 주겠다고 말했소. 심사숙고한 끝에 나는 지금 당신에게 그 약속을 지키기 위해 편지를 쓰고 있소. 내 결심은 이렇소. 당신의 행동이 어떠하든, 하느님이 맺어 주신 우리의 인연을 내 손으로 끊을 권리는 없다고 생각하오. 부부 중 한 사람의 죄로 말미암아, 한순간의 감정이나 독단으로 가정은 무너질 수 없는 것이오.

그러니 우리의 생활은 전처럼 계속되어야 하오. 이것은 나와 당신을 위해서, 그리고 우리의 아들을 위해서도 꼭 필요한 일이오. 나는 믿고 있소. 이 편지를 쓰게 된 원인이 된 그 사건과 관련해 당신은 이미 반성했고, 또 지금도 반성하고 있다는 것을, 게다가 우리 사이가 이렇게 된 원흉을 없애고 과거를 잊기 위해 당신이 내 생각에 동참해 줄 것을 말이오. 만약 그렇지 않는다면, 당신과 당신의 아들을 기다리고 있는 것이 무엇인지는 당신도 충분히 잘 알고 있으리라 생각하오. 그리고 이와 관련된 일에 대해서는 직접 만나서 자세히 의논하고 싶소. 별장에서 머무르는 계절도 이제 지나가고 있으니 가능한 빨리, 적어도 화요일까지는 당신이 페테르부르크로 돌아와 주기를 바라오. 당신이 돌아올 때 필요한 준비는 모두 지시해 두겠소. 그리고 나는 이러한 소망이 실행되기를 꼭 바라고 있다는 것을 명심해 두시오.

A. 카레닌

P.S. 당신이 필요한 경비를 편지에 동봉하겠소.

그는 다시 한번 편지를 읽어 보고는 흡족해했다. 특히 자신이 돈을 함께 보낼 생각을 했다는 것에 만족을 느꼈다. 냉정함도 질책도 관대함도 없었다. 이것은 아내가 집으로 돌아오도록 하기 위해 놓은 황금 다리 같았다. 그는 편지를 접어 크고 두꺼운 상아로 된 페이퍼 나이프로 반듯하게 한 뒤 돈과 함께 봉투에 넣었다. 그러고 나서 그는 잘 정리되어 있는 자신의 필기구를 쓸 때마다 느꼈던 흡족한 기분으로 벨을 눌렀다.

"별장에 있는 안나 아르카디예브나에게 내일 이것을 전하도록 사환에게 지시해 둬." 그는 이렇게 말하고는 자리에서 일어났다.

"알겠습니다, 각하. 차는 서재에 준비해 드릴까요?"

차를 서재로 가져오라고 지시한 뒤, 알렉세이 알렉산드로비치는 묵직한 페이퍼 나이프를 만지작거리며 안락의자 쪽으로 갔다. 그 옆에는 램프와 이제 막 읽기 시작한 이구비움의 청동 금속판에 관한 프랑스어 책이 놓여 있었다. 의자 위에는 유명한 화가가 멋지게 그린 안나의 타원형 초상화가 황금빛 테두리 액자 속에 담겨 걸려 있었다. 알렉세이 알렉산드로비치는 그것을 바라보았다. 그녀는 속내를 알 수 없는 눈빛으로 마지막 대화를 나누던 그날 밤처럼 조소를 보내는 것 같았고 한편으로는 뻔뻔한 표정으로 그를 바라보고 있는 것 같았다. 화가의 멋진 솜씨로 그려진 머리 위의 검은 레이스, 검은 머리카락, 그리고 넷째 손가락에 여러 개의 반지를 낀 하얗고 아름다운 손을 보자 알렉세이 알렉산드로비치는 참을 수 없는 오만함과 모욕감을 느꼈다. 그 초상화를 보고 있는 그 짧은 순간에도 알렉세이 알렉산드로비치는 입술을 떨며 '부르르' 소리를 냈고 몸서리를 치며 얼굴을 돌렸다. 그러고 나서 그는 안락의자에 앉아 책을 펼쳤다. 그는 책을 읽으려고 노력했다. 하지만 예전에 느꼈던 이구비움의 금속판과 관련된 흥미진진함은 더 이상 느낄 수 없었다.

그는 책을 보고 있었지만 생각은 다른 곳에 가 있었다. 아내에 관한 생각이 아니라 최근 그의 정치 활동과 관련된 업무상 중요했던 복잡한 사건에 대한 생각이었다. 그는 자신이 지금 이 복잡한 사건에 한층 더 깊이 관여하고 있다는 것과 이 사건과 관련해 자신의 지위를 높이고 적들을 없앤 뒤 나라에 큰 도움이 될 거라는 거대한 계획이(그는 스스로를 기만하지 않고도 확신할 수 있었다.) 시작되고 있음을 느꼈다. 하인이 차를 가져다주고 나가자마자 알렉세이 알렉산드로비치는 자리에서 일어나 책상으로 향했다. 그러고 나서 그는 현재의 업무와 관련된 서류들을 책상 한가운데에 가져다 놓고 만족감에 젖은 엷은 미소를 띠며 필통에서 연필을 꺼냈다. 그러고는 이 복잡한 사건과 관련해 그가 요청했던 어지러운 보고서를 읽는 데 정신을 집중했다.

그 복잡한 사건이란 바로 이것이었다. 능력 있는 관리라면 다음과 같은 특성은 누구나 가지고 있을 것이다. 정치가로서 알렉세이 알렉산드로비치에게는 본질적이면서도 고유한 특성인 야망과 사려 깊음, 성실함, 자신감과 더불어 관료주의에 대한 경멸, 서신의 간소화, 긴급한 문제는 직접 관여하는 것, 검소함과 같은 것들이 있었고 이것들이 그를 지금의 이 자리까지 오게 만들어 주었다. 6월 2일에 열렸던 중요한 위원회에서 자라이스크 현의 경작지와 관련된 관개 사업에 관한 문제가 제기되었다. 이것은 알렉세이 알렉산드로비치가 소속된 부서와 관련된 사업으로 비생산적인 낭비와 업무와 관련된 관료주의적 모습을 잘 드러내 주는 좋은 사례가 되었다.

알렉세이 알렉산드로비치는 이러한 문제를 제기하는 것이 옳다고 생각했다. 자라이스크 현의 토지 관개 사업은 알렉세이 알렉산드로비치의 전 전임자가 시작했던 일이었다.

이 사업과 관련해 어마어마한 돈이 지출되었으나 아직도 성과를 보지 못했으며 앞으로도 그럴 것이라 예측되었다. 그러한 이유로 알렉세이 알렉산드로비치는 부임하자마자 이 일을 시작해 보려고 했다. 하지만 처음 얼마간은 확고하지 못한 자신의 지위 때문에 많은 이해관계가 얽힌 이 사업에 착수하는 것은 현명하지 못하다는 생각이 들었다. 그러다가 시간이 흐른 뒤에는 다른 업무에 매진하느라 이 사업에 대해서는 까맣게 잊고 있었던 것이다. 하지만 다른 사업과 마찬가지로 이 일 역시 저절로 진행되고 있었다. (많은 사람이 이 사업 때문에 생계를 유지할 수 있었다. 그중에서 특히 착실하고 음악을 좋아하는 한 가족이 있었는데, 그 가족의 딸들은 모두 현악기를 잘 다루었다. 알렉세이 알렉산드로비치는 그 가족과 친하게 지냈으며 딸 중 한 명의 대부가 되었다.)

그에게 적대감을 가지고 있던 사람들이 이 문제와 관련해 부서에 의견을 제출했다. 하지만 알렉세이 알렉산드로비치의 견해에 의하면 이것은 부당한 행위였다. 관료 사회의 특성상 아무도 반기를 들지 않는 사업이 존재했기 때문이었다. 그럼에도 그에게 결투의 장갑이 던져졌으므로 그는 그것을 받아들여 특별 위원회의 제정을 요청하며 자라이스크 현의 관개 사업에 관한 위원회의 일을 조사하고 검증해야만 했던 것이다. 그 대신 그는 이제 그런 사람들에게 한 치의 양보도 하지 않았다.

그리고 그는 이민족 정리와 관련된 문제도 특별 위원회에 제기했다. 6월 2일에 열린 위원회에서 우연히 제기된 이민족 정리에 관한 문제에 대해 알렉세이 알렉산드로비치는 현재 이민족들이 처한 비참한 상황을 생각해 보면 한시도 지체할 수 없다며 온 힘을 다해 그것을 지지했다. 이 문제로 말미암아 몇몇 부서는 말싸움까지 벌이게 되었다. 알렉세이 알렉산드로비치와 적대 관계에 있는 부서 측에서는, 현재 이민족의 상황은 좋은 편이어서 이러한 개혁은 오히려 그들의 앞길을 막을 수도 있을 거라고 주장했다. 그러면서 만일 무언가 부족한 점이 있다면 그것은 알렉세이 알렉산드로비치의 부서가 법률로 제정된 방침들을 제대로 실행하고 있지 않기 때문이라는 것이었다. 그래서 지금 알렉세이 알렉산드로비치는 다음과 같은 요구 사항을 계획하고 있었다.

첫째, 이민족의 현재 상태를 조사할 새로운 위원회를 즉시 조직할 것.

둘째, 만일 이민족의 상황이 위원회가 가지고 있는 공문서에 나타난 것과 같다면, 그 비참한 상황의 원인이 어디에서 기인하는 것인지에 대해 1) 정치적, 2) 행정적, 3) 경제적, 4) 인종학적, 5) 물질적, 6) 종교적인 입장에서 조사하기 위한 새 연구 위원을 임명할 것.

셋째, 오늘날 이민족이 처한 불리한 상황을 예방하기 위해 관련 부서에서는 최근 10여 년간 어떤 방법을 도모했는지와 관련된 보고를 반대 측 부서에 요청할 것.

그리고 마지막으로 넷째, 무슨 이유로 그 부서가 위원회에 제출된 1863년 12월 5일과 1864년 6월 7일자 제17015호 및 제

18308호 보고서에 나타난 바와 같이, 법의 제18조 및 제36조의 근본 정신에 위반된 행동을 취했는지에 대한 해명을 해당 부서에 요구할 것.

알렉세이 알렉산드로비치는 이러한 계획의 개요를 빠르게 써 내려갔다. 그의 얼굴은 활기가 넘쳐 상기되어 있었다. 그는 이러한 것들을 종이 한 장에 다 쓰고 나자 벨을 눌러, 사무장에게 필요한 자료를 보내 달라는 쪽지를 전했다. 그는 방 안을 거닐며 다시 한번 초상화를 쳐다본 뒤 인상을 찌푸리고는 슬쩍 비웃었다. 그러고 나서 알렉세이 알렉산드로비치는 다시 이구비움의 금속판에 관한 책을 읽으며 흥미를 되찾기 시작했다. 그러다가 11시가 되자 침실로 향했다. 그는 침대에 누워 아내와 관련한 일을 떠올렸다. 그것은 이제 이전만큼 그에게 우울하게 다가오지 않았다.

15

그녀의 난처한 입장을 고려해 브론스키가 안나에게 모든 사실을 남편에게 고백하라고 했을 때 그녀는 화를 내며 극구 반대했다. 하지만 마음속으로 그녀는 자신의 이러한 상황이 거짓되고 모욕적이라고 생각하며 진심으로 바뀌기를 바라고 있었다. 그래서 그녀는 남편과 함께 경마장에서 돌아오는 길에 갑자기 흥분하며 모든 것을 털어놓게 된 것이다. 그녀는 몹시 괴로웠으나 오히려 잘된 일이라고 생각하며 기뻐했다. 그 일을 다 털어놓은 뒤에 남편이 그녀만 남기고 가 버리자 그녀는 '난 기뻐, 이젠 다 해결됐어. 적어도 앞으로는 거짓과 눈속임으로 살 필요는 없을 테니까.'라고 속으로 중얼거렸다. 그녀는 이제 자신의 위치가 영원히 정해질 것이라 확신하고 있었다. '새로운 상황은 힘들지도 모른다. 하지만 어떤 식으로든 결정이 될 것이며 더 이상 애매하고 거짓된 태도를 보이지 않아도 될 것이다. 모든 걸 고백했을 때 나와 남편이 느꼈던 괴로움도 이제는 모든 일을 확실히 해결하게 될 결정으로 보상받을 것이다.' 그녀는 그렇게 생각했다. 그날 밤 그녀는 브론스키를 만났다. 그녀는 자신의 상황을 확실히 하기 위해 그 일에 대해 말해야 했지만, 자신과 남편 사이에 있었던 일은 그에게 털어놓지 않았다.

다음 날 아침, 그녀가 눈을 떴을 때 가장 먼저 머릿속에 떠오른 생각은 그녀가 남편에게 했던 말들이었다. 그녀는 어떻게 그토록 저속하고 거친 말들을 했었는지 스스로도 이해할 수 없었고, 그 말들이 어떤 결과를 가져다줄지 상상할 수 없을 만큼 두려웠다. 하지만 이미 그 말들은 입 밖으로 나왔고 알렉세이 알렉산드로비치는 아무 말없이 떠나 버린 것이다.

'난 브론스키를 만나면서도 그에게 아무 말도 하지 않았어. 그가 떠나려고 할 때 그를 붙들고 얘기하고 싶었지만 처음부터 얘기하지 않은 게 마음에 걸려 그만둘 수밖에 없었던 거야. 그렇게 말하고 싶었으면서도 왜 말하지 않은 걸까?'

그녀는 이 질문에 답하듯, 몹시 부끄러워져 얼굴이 붉게 상기되었다. 그녀는 자신이 억제하고 있었던 것이 무엇이었는지를 알게 되었다. 그녀는 자신이 부끄러웠던 것이다. 그녀는 자신의 상황이 말끔히 해결된 것 같았던 어제저녁과는 달리 지금은 그 반대라는 생각이 불현듯 떠오르면서 그 상황을 헤쳐 나갈 방법이 없을 것 같다는 생각이 들었다. 예전에는 미처 생각지도 못했던 치욕스러움이 두렵게 느껴졌다. 남편이 어떤 조치를 취할지에 대한 생각만으로도 끔찍한 상상들이 떠올랐다. 집사가 당장 찾아와 자신을 쫓아낼 것만 같았고, 자신의 치부가 세상에 공개되리라는 상상을 했다. 그녀는 집에서 쫓겨나게 되면 어디로 가야 할지 자문해 봤지만 그 답을 찾을 수 없었다.

브론스키를 떠올리자 이제 그녀는 그가 자신을 더 이상 사랑하고 있지 않다는 생각이 들었다. 그리고 이미 자신은 그에게 부담스러운 존재가 된 것 같았으며 자신도 이제는 그에게 의지할 수 없을 것 같은 생각마저 들었다. 이러한 생각으로 그녀는 그에게 적대감마저 느껴졌다. 그녀는 자신이 남편에게 했던 말들, 상상 속에서 수없이 반복했던 말들이 세상 사람들을 향한 것 같았고 그들 모두가 그 말을 들은 것 같다는 생각이 들었다. 그녀는 집안사람들과 마주칠 용기가 없었다. 하녀를 부를 수도, 아래층에 있는 아들과 가정 교사를 만날 생각도 할 수 없었다.

이미 오래전부터 방문 앞에서 눈치를 보며 기다리던 하녀가 안나의 방에 들어왔다. 안나는 의아한 표정으로 그녀의 눈을 바라보더니 몹시 놀란 듯 얼굴을 붉혔다. 하녀는 벨이 울린 줄 알았다며 허락 없이 들어와서 죄송하다고 말하고는 옷과 편지를 가져다주었다. 편지는 벳시에게서 온 것이었다. 벳시는 오늘 아침 자신의 집에서 리자 메르칼로바와 쉬톨리쓰 남작 부인이 그들이 존경하고 있는 스트레모프 노인과 칼루 쥐쥐스키와 크로케 시합을 하기 위해 만날 거라는 사실을 그녀에게 확인시켜 주었다. '풍속도 연구하고 그냥 와서 보기라도 하세요. 기다릴게요.' 벳시는 이렇게 마무리했다.

편지를 읽고 난 안나는 깊은 한숨을 내쉬었다.

"아무것도, 아무것도 필요 없어." 그녀는 화장대에 있는 병과 브러시를 정리하는 안누쉬카에게 말했다. "그만 나가 봐요. 나도 옷을 갈아입고 곧 내려갈 테니. 아무것도, 아무것도 필요 없어."

안누쉬카가 나갔다. 하지만 안나는 옷을 갈아입을 생각도 하지 않고 머리와 손을 늘어뜨린 채 그대로 앉아 있었다. 그러다가 어떤 몸짓을 보이려는 듯, 그리고 무언가 이야기하려는 듯 때때로 몸을 떨다가 다시 꼼짝 않고 앉아 있었다. 그녀는 이 말만 계속 생각하고 있었다. '나의 하느님! 나의 하느님이시여!' 하지만 '하느님'도 '나의'라는 말도 이제 더 이상 의미 없는 말이 되어 버렸다. 그녀는 그동안의 종교 교육에 대해 단 한 번도 의심을 품지 않았다. 하지만 지금 자신이 처한 상황을 종교를 통해 구원받는 것은 알렉세이 알렉산드로비치에게서 구원을 찾으려는 것과 마찬가지로 불가능한 일이라는 생각이 들었다.

그녀는 종교를 통한 구원은 오직 자신의 삶에 의미를 부여하고 있는 것들을 거부할 때만 가능하다는 것을 잘 알고 있었다. 그녀는 지금껏 겪어 보지 못한 새로운 정신적 상황이 고통스러우면서도 두려워지기 시작했다. 때때로 피곤한 눈으로 바라볼 때면 사물이 이중으로 보이듯, 그녀는 이제 모든 것이 이중적으로 다가오고 있다는 생각이 들었다. 그녀는 가끔씩 자신이 무엇을 두려워하고 또 무엇을 원하는지조차 알 수 없었다. 두려워하면서도 소망하는 것은 과연 무엇이었는지, 무엇일지, 또한 자신이 진정으로 원하고 있는 것은 무엇인지 도무지 알 수가 없었다.

"아, 내가 지금 뭘 하고 있는 거야!" 그녀는 불현듯 머리의 양쪽에서 두통을 느끼고는 혼잣말을 했다. 그러고 나서 정신이 들자 그녀는 자신이 두 손으로 관자놀이 근처의 머리카락을 움켜쥐고 머리를 누르고 있다는 사실을 깨달았다. 그녀는 자리에서 벌떡 일어나 방 안을 거닐었다.

"커피를 준비해 두었습니다. 선생님께서 세료쥐아와 함께 기다리고 계세요." 안누쉬카가 다시 들어와 여전히 그대로 있는 안나에게 말했다.

"세료쥐아? 세료쥐아가 왜?" 안나의 얼굴에 화색이 돌기 시작했다. 그녀는 그날 아침 처음으로 아들을 떠올리며 물었다.

"무슨 잘못을 하신 것 같아요." 안누쉬카가 웃으며 말했다.

"잘못이라니?"

"구석방에 복숭아가 몇 개 있었는데 그것을 몰래 한 개 드신 것 같아요."

안나는 아들을 떠올리자 지금껏 절망적이었던 상태에서 벗어나게 되었다. 그녀는 지난 세월 동안 다소 지나친 감도 있었으나 진실했던, 아들을 위한 어머니로서의 자신의 모습을 떠올려 보았다. 그러면서 그녀는 이러한 상황에서도 자신이 남편이나 브론스키와는 독립된 세계를 가지고 있다는 사실에 기뻐했다. 그 세계는 바로 아들이었다. 어떠한 상황이 오더라도 그녀는 아들을 버릴 수 없을 것이다. 남편이 그녀를 모욕하고 쫓아낼지라도, 브론스키가 그녀를 냉대하고 계속 독신으로 살아간다고 해도(그녀는 그를 떠올리자 다시 분노와 비난의 감정이 일었다.) 그녀는 아들을 버릴 수는 없을 것이다. 그녀에게는 인생의 목표가 있었으므로 어떤 조치를 취해야만 했다. 아들을 빼앗기지 않기 위해서, 이 상황을 지키기 위해서는 적절한 조치를 취해야만 했다. 한시라도 빨리, 아들을 빼앗기기 전에 가능한 한 빠르게 실행해야 한다. 아들과 함께 떠나는 것이 지금 그녀가 해야 할 단 하나의 의무였다. 그녀는 마음을 진정시키고 이 괴로운 상황을 타개해 나가야 했다. 아들과 관련된 문제를 떠올리며 지금이라도 당장 그와 함께 떠나야겠다고 생각하자 그녀는 안정을 되찾기 시작했다.

그녀는 곧바로 옷을 갈아입고는 단호한 걸음으로 아래층으로 내려갔다. 그러고는 평소처럼 커피와 세료쥐아, 가정 교사가 대기하고 있는 응접실로 들어갔다. 거울 아래 테이블 옆에 있던 세료쥐아는 하얀 옷을 입고 등과 머리를 숙이고는 그녀에게는 너무도 익숙한, 아버지와 꼭 닮은 집중하는 표정으로 자신이 가져온 꽃으로 무언가를 만들고 있었다.

가정 교사는 유독 엄한 표정을 짓고 있었다. 세료쥐아는 이제 습관이 되어 버린 날카로운 목소리로 외쳤다.

"아, 엄마!"

그러고 나서 그는 잠시 망설이더니 하던 일을 멈추었다. 아마도 꽃을 팽개치고 어머니한테 인사를 하러 갈지 아니면 꽃다발을 완성해 가지고 갈지 고민하는 얼굴이었다.

인사를 건넨 가정 교사는 세료쥐아의 잘못에 대해 분명한 어조로 자세하게 설명하기 시작했다. 하지만 안나는 그 말이 귀에 들어오지 않았다. 그녀는 가정 교사도 함께 가야 할지에 대해 생각하고 있었다. '아니, 데려가지 않겠어.' 그녀는 이렇게 마음을 굳혔다. '아들만 데리고 떠나야겠어.'

"그렇군요. 정말 잘못된 일이에요." 안나는 이렇게 말한 뒤 아들의 어깨에 손을 올렸다. 그러고 나서 그녀는 엄한 얼굴은 커녕 오히려 아들을 당황스럽고 기쁘게 할 정도의 다정한 눈빛으로 그의 얼굴을 바라보며 입을 맞췄다. "이 아이는 나한테 맡겨요." 그녀는 몹시 놀란 듯한 가정 교사에게 이렇게 말하고는 아들의 손을 잡고 커피가 놓여 있는 테이블로 가서 앉았다.

"엄마! 나는…… 나는…… 아무것도……." 그는 복숭아 사건 때문에 어떤 결과를 얻게 될지를 그녀의 얼굴에서 찾아내려고 애쓰며 말했다.

"세료쥐아." 가정 교사가 방에서 나가자마자 그녀가 말했다. "그것은 잘못된 행동이야. 하지만 다시는 그러지 않을 거지? 넌 엄마를 사랑하지?"

그녀의 눈에 눈물이 차올랐다. '내가 이 아이를 사랑하지 않을 수 있을까?' 그녀는 놀라면서도 기쁨이 가득한 아들의 눈을 바라보며 자문했다. '정말 이 아이가 아버지와 한편이 되어 나를 단죄할 수 있을까? 나를 가엾게 여기지 않을 수 있을까?' 그녀의 얼굴 위로 눈물이 흐르고 있었다. 그녀는 그 모습을 감추기 위해 재빨리 일어나 뛰어가듯 테라스 쪽으로 향했다.

며칠 동안 계속되었던 천둥을 동반한 비가 그치고 쌀쌀하면서도 맑은 날씨가 되었다. 빗물에 씻긴 나뭇잎 사이로 햇볕이 내리쬐었으나 바람은 아직 차가웠다.

그녀는 이 추위와 더불어 신선한 공기를 느끼면서 마음속에 자리 잡은 새로운 두려움 때문에 몸서리쳤다.

"가 봐, 마리에트한테 가 봐." 그녀는 자신을 따르려는 세료쥐아에게 이렇게 말하고 난 뒤 테라스에 펼쳐 놓은 밀짚자리 위를 거닐었다. '그들은 나를 용서해 주지 않을까? 이렇게 될 수밖에 없었던 상황을 이해해 주지 않을까?' 그녀는 속으로 중얼거렸다.

그녀는 걸음을 멈추고 차가운 햇빛에 반사되어 빛나고 있는 빗물에 씻긴 사시나무 잎과 바람에 흔들리는 사시나무 가지를 바라보았다. 그녀는 그들이 자신을 용서해 주지 않을 것임을, 그리고 세상의 모든 것과 모든 사람이 지금 저 하늘과 푸른 잎들처럼 자신에게 차갑게 대하리라는 사실을 알 수 있었다. 그러자 그녀 마음속에서 또다시 사물이 이중으로 보이기 시작했다. '안 돼. 생각해 봤자 어쩔 수 없어.' 그녀는 혼잣말을 했다. '어쨌든 떠날 준비를 해야 해. 그런데 어디로 갈까? 언제? 누구와 함께? 그래, 모스크바로 가는 거야. 안누쉬카와 세료쥐아, 그리고 꼭 필요한 것들만 챙겨서 밤차로 떠나는 거야. 하지만 떠나기 전에 두 사람에게 편지를 꼭 써야겠어.' 그녀는 집으로 들어가 자신의 방 테이블 앞에 앉아 남편에게 편지를 썼다.

그 일이 있고 난 뒤 난 더 이상 당신의 집에 머물러 있을 수 없다는 생각이 들었습니다. 그래서 떠날 생각입니다. 아들을 데리고 가겠습니다. 나는 법에 대해 잘 모르기 때문에 아이가 부모 중 누구와 함께 살아야 하는지 모릅니다. 하지만 어쨌든 나는 아들을 데려가겠습니다. 난 그 애 없이는 도저히 살 수 없으니까요. 그러니 너그러운 마음으로 아이를 보내 주세요.

그녀는 여기까지는 한 번에 쉽게 쓸 수 있었다. 하지만 마음에도 없는 관용을 베풀어 달라는 간청과 왠지 모르게 감상적인 말로 끝맺음해야 한다는 생각에 손이 멈춰졌다.

내 잘못과 그에 대한 반성에 관해 언급하지는 않겠습니다. 왜냐하면……

그녀는 생각을 잇지 못해서 다시 손을 멈추었다. '아니.' 그녀는 자신에게 말했다. '더 이상은 아무 얘기도 할 필요가 없어.' 그녀는 이렇게 생각하며 편지를 찢은 뒤 관용과 관련된 내용을 빼고는 다시 써서 봉인했다.

또 다른 한 통은 브론스키에게 쓸 편지였다. '난 남편에게 확실히 얘기했습니다.' 그녀는 이렇게 쓰기 시작했다. 하지만 더 이상 써 내려갈 힘이 없던 그녀는 한참 동안 가만히 있었다. 이것은 너무도 저속한, 여성스럽지 못한 일이었다. '하지만 더 이상 내가 뭐라고 쓸 수 있겠어?' 그녀는 자문했다. 그러자 수치스러운 생각이 든 나머지 얼굴이 붉게 달아올랐다. 그러다가 그의 침착한 모습이 떠오르자 갑자기 그녀는 분노가 치밀어 쓰고 있던 편지를 갈기갈기 찢어 버렸다. '아무 얘기도 할 필요가 없어.' 그녀는 자신에게 이렇게 말한 뒤 압지철을 닫았다. 그러고는 2층으로 올라가 가정 교사와 하인에게 오늘 모스크바로 떠날 예정이라 일러두고는 채비하기 시작했다.

## 16

별장에 있는 모든 방마다 일꾼과 정원사 그리고 하인들이 짐을 옮기기 위해 돌아다니고 있었다. 옷장과 서랍장은 모두 열려 있었다. 노끈을 사기 위해 심부름꾼이 두 번씩이나 가게에 다녀왔고 마루에는 신문지가 널려 있었다. 트렁크 두 개, 가방 몇 개, 겹겹의 끈으로 묶인 담요들이 현관 밖으로 옮겨졌다. 현관 계단 앞에는 사륜마차 한 대와 삯마차 두 대가 대기하고 있었다. 짐을 정리하느라 바빴던 안나는 혼란스러운 생각도 잊은 채 자신의 방 테이블 앞에 서서 가방을 정리하고 있었다. 그때 안누쉬카가 삐걱거리며 들어오는 마차 쪽으로 그녀의 주의를 돌리게 했다. 안나는 창밖을 내다보았다. 알렉세이 알렉산드로비치의 사환이 현관 벨을 누르고 있었다.

"어서 가서 무슨 일인지 확인해 봐." 이렇게 말한 뒤 그녀는 어떤 경우에도 놀라지 않으리라 마음먹으며 두 손을 무릎 위에 얹고는 안락의자에 앉았다. 하인이 알렉세이 알렉산드로비치의 필체가 보이는 두꺼운 봉투를 가져왔다.

"사환에게 답장을 보내 달라고 요청하신 듯합니다."

"알겠어." 그녀가 말했다. 그녀는 그가 나가자마자 떨리는 손으로 봉투를 뜯었다. 띠를 두른 빳빳한 지폐 뭉치가 그 안에서 떨어졌다. 그녀는 편지를 펼친 뒤 끝에서부터 읽기 시작했다.

'당신이 돌아올 때 필요한 준비는 모두 지시해 두겠소. 그리고 나는 이러한 소망이 실행되기를 꼭 바라고 있다는 것을 명심해 두시오.'

그녀는 이 대목을 읽은 뒤 앞에서부터 대강 내용을 훑고는 전체적으로 한번 훑어보았다. 그리고 다시 처음부터 꼼꼼하게 읽어 내려갔다. 편지를 다 읽고 난 그녀는 두려운 나머지 온몸에 전율을 느꼈다. 그녀는 예상치 못한 무시무시한 불행이 자신에게 닥쳐왔다는 생각이 들었다.

오늘 아침에 그녀는 남편에게 고백한 것을 후회했다. 그 말을 꺼내기 전으로 되돌아갔으면 하고 간절히 바라고 있던 것이다. 이 편지는 바로 그 말을 하기 전으로 되돌리자는 내용이었으며, 그녀가 그토록 원하던 것을 주고 있었다. 하지만 그럼에도 지금 이 편지는 그녀가 상상할 수 있는 그 어떤 것보다도 무섭게 다가왔다.

'그는 옳아! 옳아!' 그녀가 중얼거렸다. '그 사람은 항상 옳았어. 그는 기독교인이기에 관대하지! 그래, 비열하고 추악한 인간이지! 이 사실은 나 말고는 아무도 모르고 있어. 앞으로도 그럴 거야. 게다가 난 이것에 대해 어떠한 설명도 할 수 없어. 세상 사람들은 그에게 이렇게 말하고 있지. 신실한 신앙심을 가진 도덕적이고 정직한, 총명한 사람이라고 말이야. 하지만 그들은 내가 알고 있는 사실에 대해서는 전혀 모르고 있어. 그들은 그가 지난 8년간 얼마나 내 삶을 죄어 왔는지, 내 안에 꿈틀대는 온갖 것들을 죄어 왔는지 모르고 있어. 그는 내가 사랑 없이는 살 수 없고, 살아 있는 여자라는 사실을 한 번도 인정해 주지 않았어. 그들은 그것을 모르고 있어. 그는 늘 나를 무시해 놓고 스스로 만족해하고 있다는 사실도 말이야. 나는 노력하지 않았던 걸까? 내 인생의 의미를 찾으려고 고군분투하지 않았던 걸까? 그를 사랑해 보려고도 하지 않았던가? 그리고 더 이상 남편을 사랑할 수 없게 되자 아들을 사랑하려고 노력하지 않았던가? 하지만 이제는 때가 되었어. 난 더 이상 내 자신을 속이고 살아갈 수 없다는 걸 알았어. 나는 살아 있는 사람이고, 내게는 죄가 없다는 것을, 그리고 하느님은 나 자신을 사랑하며 살아가도록 만들었다는 사실을 깨달았어. 그런데 지금 이 상황은 대체 뭐란 말인가? 남편이 나를 죽이거나 내가 사랑하는 그 사람을 죽인다면 오히려 이 상황을 견디며 용서할 수 있을 텐데. 하지만 그것도 아닌, 그는……. 그가 이런 식으로 나오리란 것을 난 왜 전혀 예상하지 못했던 걸까? 그는 자신의 비열한 성격에 걸맞은 행동을 할 텐데 말이야. 자신은 늘 옳기 때문에 이미 파멸해 버린 나를 더욱 비참하게 망가뜨릴 거야…….'

'당신과 당신의 아들을 기다리고 있는 것이 무엇인지는 당신도 충분히 잘 알고 있으리라 생각하오.' 그녀는 편지 내용 중에 이 대목을 떠올려 보았다. '이 말은 곧 아들을 빼앗겠다는 협박일 테지. 그들의 그 어리석은 법으로 가능한 일이겠지. 하지만 그가 어떤 생각으로 이런 말을 했는지 내가 모를 거라고 생각하는 것일까? 그는 아들을 사랑하는 내 마음도 믿지 않든가 아니면 늘 비웃듯 그것마저 경멸하고 있는 거야. 내 감정을 비웃고 있는 거야. 하지만 그는 이미 알고 있어. 내가 아들을 버리지 않을 거라는 것을, 또 버릴 수도 없다는 것을 말이야. 내가 사랑하는 사람과 함께한다 해도 아들 없이는 내 삶이 존재할 수 없다는 것을, 만약 내가 아들마저 버리고 남편에게서 도망치게 된다면 나는 세상에서 가장 비열하고 추악한 여자가 된다는 사실 또한 그는 알고 있어. 게다가 내가 그런 짓을 할 수도 없는 사람이란 것도 말이야.'

'우리의 생활은 전처럼 계속되어야 하오.' 그녀는 편지 내용 중에 다른 대목을 떠올려 보았다. '예전에도 이 생활은 무척 괴로웠어. 최근에는 특히 더 끔찍했지. 앞으로는 어떻게 될까? 그는 이제 모든 사실을 다 알고 있어. 난 숨을 쉬었고 사랑했어. 그러니 난 그것을 후회할 순 없어. 그는 그 사실을 잘 알아. 또한 그는 그것을 통해 얻을 수 있는 것은 거짓과 기만뿐이라는 것도 알고 있어. 그럼에도 그는 나를 계속 괴롭힐 테지. 나는 그 사람을 잘 알아. 그는 물속의 물고기처럼 거짓 속에서 헤엄치며 기뻐할 거야. 그러니 무슨 일이 있어도 난 그에게 그런 즐거움을 주진 않을 거야. 그가 나를 옭아매려는 거짓의 거미줄을 뜯어 버리고 말 거야. 어떻게 되든 상관없어. 그게 무엇이든 거짓과 기만보다는 나을 테니까!'

'하지만 어떻게 해야 하지? 오, 하느님! 오, 하느님! 나처럼 불행한 여자가 또 있을까요?'

"아니, 뜯어 버릴 거야, 다 뜯어 버리고 말 거야!" 그녀는 자리에서 벌떡 일어나 눈물을 참으며 소리쳤다. 그러고 나서 그에게 다시 편지를 쓰기 위해 책상 앞으로 갔다. 하지만 그녀는 자신에게는 더 이상 무언가를 뜯어 버릴 힘이 남아 있지 않다는 것과 그것이 아무리 가식적이고 수치스러운 것일지라도 자신이 지금 처해 있는 상황에서 벗어날 수 없다는 것을 잘 알고 있었다.

그녀는 책상 앞에 앉았다. 하지만 편지를 쓰는 대신 책상에 두 팔을 올리고 머리를 괸 뒤 마치 어린아이처럼 온몸을 들썩이며 울기 시작했다. 그녀는 자신의 처지가 확실해질 것을 바라던 자신의 소망이 영원히 이루어지지 못할 것임을 알았기에 슬픔에 빠졌다. 그녀는 모든 게 예전 그대로 남을 것임을, 오히려 예전보다 훨씬 더 악화될 것임을 알고 있었다. 또한 그녀가 지금껏 누리고 살았던, 오늘 아침까지 그토록 보잘것없게 여겨지던 자신의 지위가 더없이 소중하다는 것을 깨달았다. 그리고 자신이 남편과 아들을 버리고 애인에게 달려가 수치스러운 여자로 살 수 있을 만큼 대담하지 못하다는 것을, 또 아무리 자신이 노력해도 더 이상은 강해질 수 없다는 사실을 깨닫게 된 것이다. 그녀는 이제 결코 자유로운 사랑을 할 수는 없을 것이다. 그리고 자신과 함께할 수 없고, 떨어져 살아야 하는 다른 남자와의 수치스러운 관계를 유지하기 위해 남편을 기만하며 죄를 짓고 살아가는 아내라는 이름으로 영원히 남게 될 것이며, 언제 들킬지 몰라 전전긍긍하는 두려움에 시달리게 될 것이다. 결국 그녀는 모든 게 그렇게 되리라는 것을 알고 있었기에, 그 끝에 기다리고 있는 것이 무엇일지 상상조차 할 수 없을 만큼 두려워지기 시작했다. 그래서 그녀는 마치 벌을 받는 아이처럼 마음껏 울었던 것이다.

그녀는 하인의 발소리가 들리자 정신을 차렸다. 그러면서 그녀는 그가 자신의 얼굴을 보지 못하도록 편지를 쓰는 척했다.

"사환이 답장을 기다리고 있습니다." 하인이 말했다.

"답장? 알겠어." 안나가 말했다. "조금 더 기다리라고 일러 둬. 벨을 누를 테니까."

'무슨 말을 해야 할까?' 그녀는 생각했다. '나 혼자 무슨 결정을 할 수 있을까? 내가 아는 건 과연 무엇일까? 내가 원하는 것은 무엇일까? 내가 사랑하는 것은 무엇일까?' 그녀는 또다시 자신의 마음속에서 사물이 이중으로 보이고 있음을 느꼈다. 그녀는 이러한 기분에 다시 한번 놀라며, 이 생각을 떨쳐 낼 수 있을 만한 생각이 떠오르자 그것에 집중했다.

"아무래도 알렉세이를(그녀는 속으로 늘 브론스키를 이렇게 불렀다.) 만나야겠어. 그 사람만이 내가 어떻게 해야 할지 방법을 알려 줄 수 있어. 벳시를 찾아가면 그를 만날 수 있을 테지." 그녀는 어제 자신이 트베르스카야 공작 부인에게는 가지 않겠다고 하자 그 역시 가지 않겠다고 대답했던 말을 까맣게 잊은 듯 혼잣말을 했다. 그녀는 테이블 옆으로 가서 남편에게 편지를 썼다. '당신이 보내 주신 편지는 잘 받았습니다.' 그러고 나서 벨을 누른 뒤 하인에게 편지를 건네주었다.

"떠나지 않겠어." 그녀가 방으로 들어온 안누쉬카에게 말했다.

"그럼 계속 여기에 머물 계획이신가요?"

"아니, 내일까지는 일단 짐을 그대로 둬. 마차도 그대로 두고. 공작 부인한테 잠시 다녀올게."

"어떤 옷을 준비할까요?"


17

트베르스카야 공작 부인이 안나를 초대했던 크로케 시합 모임은 귀부인 두 사람과 그들을 숭배하는 사람들로 구성되어 있었다. 두 귀부인은 모방한 것을 다시 모방하는, 페테르부르크 사교계에서 새롭게 떠오르던 '세계 7대 불가사의'라 불리는 모임의 주요 인사들이었다. 그들은 지체 높은 부인들이었고, 안나가 종종 어울리던 사교계와는 적대적인 모임에

속한 사람들이었다. 게다가 페테르부르크의 주요 인사 중 한 명인 리자 메르칼로바의 숭배자 스트레모프 노인은 알렉세이 알렉산드로비치와 업무상으로 적대 관계에 있었다. 이러한 관계를 생각해 볼 때 안나는 그곳에 참석하고 싶은 마음이 들지 않았다. 또한 트베르스카야 공작 부인이 보낸 쪽지에서 그러기를 바라는 암시를 느꼈기 때문에 처음에 그녀는 이 초대를 거절하려고 했다. 하지만 지금 안나는 브론스키를 만날 수 있을 거라는 기대감 때문에 가고 싶어졌다.

안나는 가장 먼저 트베르스카야 공작 부인의 집에 도착했다.

그녀가 들어서자마자 구레나룻을 단정히 빗은 브론스키의 하인이 들어왔다. 그는 문 앞에서 멈추더니 모자를 벗고 그녀에게 길을 비켜 주었다. 안나는 그가 누군지 알아보았다. 그녀는 어제 브론스키가 오늘은 오지 않겠다고 했던 말을 기억해 냈다. 그래서 지금 그가 그와 관련된 편지를 보낸 듯했다.

그녀는 현관에서 외투를 벗으며, 하인이 하급 시종처럼 'r' 발음을 묘하게 흉내 내는 소리를 듣고 있었다. 그는 그녀에게 "백작님이 공작 부인께 보내는 쪽지입니다."라고 말하며 그 것을 건넸다.

그녀는 그에게 주인은 지금 어디에 있느냐고 묻고 싶었다. 그녀는 다시 별장으로 돌아가 그가 자신을 찾아오든지 아니면 자신이 그에게 가든지 하겠다는 편지를 보내고 싶었다. 하지만 그녀는 아무것도 할 수 없었다. 그녀가 도착했음을 알리는 벨이 울렸고, 어느새 나온 트베르스카야 공작 부인의 하인이 그녀가 안으로 들어가기를 기다리며 열린 문 뒤에 비스듬하게 서 있었기 때문이다.

"마님께선 지금 정원에 계십니다. 오셨다고 전해 드리겠습니다. 괜찮으시면 정원으로 함께 가시는 건 어떻겠습니까?" 다른 하인이 말했다.

그녀는 집에 있을 때와 마찬가지로 불안하고 모호한 상태였다. 아니, 더 심해진 듯한 기분이 들었다. 어떤 계획을 세울 수도 없고 브론스키도 만날 수 없는 곳에서, 지금 그녀의 기분과는 전혀 다른 낯선 사람들과 어울려야 하는 난감한 상황에 놓였기 때문이었다. 하지만 그녀는 지금 자신에게 잘 어울리는 차림을 하고 있었으며, 그녀 자신도 그것을 알고 있었다.

그녀는 혼자가 아니었다. 주변은 화려하면서도 여유롭고 익숙한 분위기였다. 그래서 그녀는 집에 있을 때보다 한결 기분이 나아진 것 같았다. 자신이 지금 해야 할 일이 무엇인지에 관해 고민할 필요도 없었다. 모든 일이 저절로 이루어졌다. 눈이 번쩍 뜨일 만큼 우아한, 새하얀 옷차림으로 벳시가 다가오자 안나는 평소처럼 그녀에게 살며시 미소를 지었다. 트베르스카야 공작 부인은 투쉬케비치와 또 한 사람, 그와 친척 관계인 아가씨와 함께 왔다. 그녀의 부모님은 시골에 살고 있는데 자신의 딸이 유명한 공작 부인 댁에서 여름을 보낸다는 사실을 큰 행복으로 여기고 있었다.

벳시는 안나가 평소와는 다르다는 사실을 곧 알아챘다.

"잠을 제대로 못 잤어요." 안나는 브론스키의 편지를 가져오고 있다고 생각한, 그들에게 다가오고 있는 하인을 바라보며 말했다.

"당신이 와서 정말 기뻐요." 벳시가 말했다. "난 좀 피곤해서 손님들이 오시기 전에 차를 마시려고 하던 참이었어요. 당신이……." 그녀는 투쉬케비치를 향해 말했다. "마쉬와와 함께 크로케 그라운드를 좀 살펴 주시겠어요? 저기 풀이 없는 곳이요. 그동안 우리는 차를 마시면서 재미있는 얘기 좀 나누죠. 어때요?" 그녀는 양산을 들고 있는 안나의 손을 잡고 웃으며 말했다.

"오늘은 여기 오래 머무를 순 없을 것 같아요. 브레데 노부인 댁에 가 봐야 하거든요. 이미 100년 전에 약속을 해 둔 일이라서요." 안나가 말했다.

안나는 사교계에서, 자신의 천성을 거스르는 거짓말을 너무도 쉽고 자연스럽게 하고 있었다. 심지어 그것은 그녀에게 만족감마저 주었다. 그녀는 불과 1분 전까지만 해도 생각지도 않았던 말을 왜 했는지 도저히 설명할 수 없었다. 그녀는 단지 브론스키가 이곳에 오지 않는다면 자신은 어떻게든 이곳을 빠져나가야 한다는 생각만 했고, 그와 만날 수 있는 방법을 찾아야겠다고 생각했을 뿐이었다. 하지만 하필 그녀가 많은 사람 중에 왜 늙은 궁중 시녀 브레데의 이름을 거론했는지는 설명할 방법이 없었다. 하지만 이것은 그녀가 브론스키와 만나기 위한 최선의 방법이었으며 그 외에는 어떤 방법도 찾을 수 없을 거라는 생각이 들었다.

"아뇨, 나는 절대로 당신을 보내지 않을 거예요." 벳시는 안나의 얼굴을 유심히 바라보며 대답했다. "만약 내가 당신을 좋아하지 않았더라면 분명 화를 냈을 거예요. 당신은 마치 여기에 모인 사람들과 교류하면 혹시라도 명예가 실추되지 않을까 두려워하는 사람 같아요. 자, 차는 작은 응접실로 가져와요." 그녀는 평소처럼 눈을 가늘게 뜨며 하인에게 말했다. 그러고 나서 그녀는 하인에게 쪽지 하나를 받은 뒤 재빠르게 읽어 내려갔다. "알렉세이가 거짓말하고 있네요." 그녀가 프랑스어로 말했다. "못 온다고 적어 보냈어요." 그녀는 안나에게 브론스키를 크로케의 참여자 외에는 다른 의미로 생각해 본 적이 없다는 듯, 매우 자연스럽고 꾸밈없는 어조로 말했다.

안나는 벳시가 모든 것을 알고 있다는 사실을 알았다. 하지만 안나가 브론스키와 관련된 이야기를 듣는 동안에는 그녀가 정말 아무것도 모르고 있다고 믿고 있었다.

"그렇군요!" 안나는 미소를 띠며 마치 아무 관심도 없다는 듯 무심한 어조로 말했다. "여기 모인 분들이 어떻게 누군가의 명예를 실추시키겠어요?" 다른 여자들처럼 안나도 이런 식의 말장난과 어떤 비밀을 감추려는 것에 흥미를 느꼈다. 그녀가 마음이 이끌렸던 것은, 감추려는 이유도, 목적도 아닌 무언가를 감추는 과정 자체 때문이었다. "나는 교황보다 신실한 가톨릭 신자가 될 수 없어요." 그녀가 말했다. "스트레모프와 리자 메르칼로바, 이분들은 사교계에서 특히 중요한 분들이잖아요. 어디를 가도 환대받는 분들이시죠. 나 역시……."

그녀는 특히 '나'라는 부분을 강조하며 말했다. "딱딱하고 편협하지는 않아요. 난 그저 여유가 없을 뿐이에요."

"아니, 어쩌면 당신은 스트레모프와 만나는 걸 꺼리고 있는지도 몰라요. 하지만 신경 쓰지 말아요. 그분과 알렉세이 알렉산드로비치의 위원회와 갈등이 있든 말든 신경 쓰지 말아요. 우리가 관여할 부분은 아니니까요. 하지만 내가 알고 있는 한, 그분은 사교계에서만큼은 아주 훌륭한 분이고 그저 크로케에 심취한 사람일 뿐이에요. 당신도 곧 그 사실을 알게 될 거예요. 나이가 들어 리자를 연모하는 모습이 좀 우습기도 하지만 그가 이 상황을 얼마나 잘 빠져나가는지 지켜봐야 해요! 그분은 정말 좋은 분이에요. 사포 쉬톨리쓰에 대해서도 잘 모르시죠? 그분은 정말 특이한, 새로운 분이에요."

작은 응접실에서 벳시가 이 모든 이야기를 하는 동안 안나는 그녀의 즐겁고도 총명한 눈을 바라보았다. 안나는 그녀가 자신의 처지를 어느 정도는 짐작하고 있으며, 어떤 방법을 생각해 내고 있는 중이라는 느낌이 들었다.

"어쨌든, 난 알렉세이한테 답장을 보내야겠어요." 테이블 앞에 앉은 벳시는 몇 줄 적은 뒤 봉투에 넣었다. "그에게 식사하러 오라고 적었어요. 우리 집에 오신 귀부인 한 분께서 상대가 없어서 혼자 식사하게 되었다고요. 괜찮죠? 미안하지만 잠깐 실례해야겠으니 당신이 봉인해서 하인에게 보내 주시겠어요?" 그녀가 문 앞에서 말했다. "몇 가지 지시해 둘 사항이 있어서요."

안나는 한 치의 망설임도 없이 벳시의 편지를 가져간 뒤 테이블 앞에 앉아서 읽어 보지도 않고 그 밑에 덧붙였다. '당신을 꼭 만나야 할 이유가 있어요. 브레데 댁의 정원으로 와 주세요. 6시에 거기서 기다릴게요.' 그녀가 봉인하자 벳시가 돌아와 그녀가 보는 앞에서 편지를 하인에게 전해 주었다.

시원하고 작은 응접실에서 작은 테이블 위에 놓인 차를 마시며 손님들을 기다리는 동안 트베르스카야 공작 부인이 약속했던 '재미있는 대화'가 시작되었다. 그들은 자신이 기다리고 있는 사람들의 험담을 했다. 그러다가 리자 메르칼로바에 관한 이야기에서 멈추었다.

"그분은 정말 사랑스러워요. 나는 늘 그분에게 호감을 느꼈어요." 안나가 말했다.

"당신은 그분을 사랑해야만 해요. 그분 역시 당신한테 호감을 갖고 있으니까요. 어제 경마가 끝나고 우리 집에 들렀을 때, 그분은 당신이 없다는 것을 알고서 몹시 실망했어요. 그분이 말하길, 당신은 정말 로맨스의 여주인공 같다고 하더군요. 만약 자신이 남자였다면 당신을 위해서라면 어떤 어리석은 일이라도 저지르고 말았을 거라고요. 그랬더니 스트레모프가 그분께 지금도 그렇게 하고 있지 않느냐고 하더군요."

"그런데 얘기 좀 해 줘요. 나로서는 도저히 이해할 수 없는 게 있어서요." 잠시 조용히 있던 안나는, 지금 자신의 질문이 결코 쓸데없는 것이 아니며 자신에게 몹시 중요한 것임을 강조하려는 듯한 어조로 말했다. "좀 얘기해 주세요. 그녀는 칼루쥐스키 공작, 즉 미쉬카라는 분과 어떤 관계죠?"

벳시는 미소를 지으며 안나의 얼굴을 주의 깊게 살펴보

왔다.

"새로운 방법이죠." 그녀가 말했다. "다들 이 방법을 택하더군요. 풍차 위로 모자를 던져 버렸죠. 즉 체면을 버리고 노골적으로 표현하는 방법을 택한 거죠. 그걸 버리는 방법도 여러 가지가 있더군요."

"그렇군요. 그런데 그분과 칼루쥐스키는 대체 어떤 관계인 거죠?"

벳시는 갑자기 참지 못하겠다는 듯 유쾌하게 웃어 대기 시작했다. 이것은 그녀에게 자주 있는 일은 아니었다.

"그런 질문은 먀흐카야 공작 부인의 영역을 침범하는 거예요. 그런 건 '무서운 어린아이'나 할 수 있는 질문이니까요." 벳시는 이렇게 말하며 도저히 참을 수 없다는 듯, 평소에는 잘 웃지 않던 사람이 웃을 때 드러나는 전염성이 강한 웃음을 보였다. "그런 건 당사자들한테 물어봐야 할 것 같군요." 그녀는 눈물까지 흘리면서 웃으며 말했다.

"아뇨, 당신은 지금 웃고 있지만……." 안나 역시 자신도 모르게 웃으며 말했다.

"하지만 난 도저히 이해할 수가 없어서요. 그런 상황에 처한 남편의 입장을요."

"남편이요? 리자 메르칼로바의 남편은 항상 숄을 준비하고 그녀를 따라다니며 보조하고 있어요. 하지만 그들의 본모습은 무엇인지 누구도 알고 싶어 하지 않아요. 아시다시피, 훌륭한 사교계에서는 화장하는 비결에 대해서도 세세하게 언급하지 않고 생각하지 않으니까요. 이 역시 비슷한 경우라

할 수 있죠."

"롤란다키 부인의 축하 파티에는 가실 생각인가요?" 안나
가 화제를 돌리며 물었다.

"아뇨." 벳시는 친구를 바라보지 않고 작고 투명한 찻잔에
향이 좋은 차를 조심스럽게 따르며 말했다. 그러고는 안나 쪽
으로 찻잔을 밀어 놓은 뒤에 은제 파이프에 담배를 꽂아 피우
기 시작했다.

"자, 보시다시피 난 지금 행복한 상황이에요." 그녀는 진지
한 모습으로 찻잔을 들어 올리며 말했다. "난 당신도, 리자도
이해할 수 있어요. 리자는 아직 무엇이 좋고 나쁜 것인지도
모르는 어린아이 같은 순수한 사람이에요. 젊은 시절에는 정
말 아무것도 몰랐을 거예요. 그분은 요즘도 그렇게 순수하게
사는 게 자신에게 어울린다고 생각하고 있어요. 어쩌면 지금
은 일부러 순수한 척하고 있는지도 모르죠." 벳시는 태연하게
미소를 지으며 말했다. "하지만 그분에게는 어쨌든 그런 모습
이 잘 어울리긴 해요. 어떤 사건을 두고 비극적으로 보며 괴
로워할 수도 있고, 반대로 단순하게 바라보며 기쁨으로 볼 수
도 있으니까요. 어쩌면 당신은 상황을 너무 비극적으로 보고
있는 걸지도 몰라요."

"내 자신을 아는 것만큼 다른 사람에 대해서도 알 수 있다
면 얼마나 좋을까요?" 안나는 진지하면서도 생각에 잠긴 듯
한 어조로 말했다. "난 다른 사람들과 비교했을 때 나쁜 사람
일까요, 좋은 사람일까요? 나쁜 쪽에 속한다고 생각하고 있
지만요."

"무서운 아이, 무서운 아이라니까요." 벳시가 반복했다.

"어쨌든, 다들 오고 계시네요."


## 18

발소리와 남자와 여자의 목소리, 그리고 웃음소리가 들리며 그들이 기다리던 손님들이 들어오기 시작했다. 사포 쉬톨리쓰와 활기 넘쳐 보이는 바시카라는 청년이었다. 그는 소고기와 송로버섯, 부르고뉴 포도주 같은 것들을 충분히 섭취했음이 분명해 보였다. 바시카는 부인들에게 인사를 건네고는 그들의 얼굴을 흘끗 쳐다보았다. 사포를 따라 들어온 그는 마치 그녀에게 매달려 있기라도 한 듯 그녀 곁을 한시도 떠나지 않으며 마치 집어삼킬 듯 빛나는 눈으로 그녀를 주시하고 있었다. 사포 쉬톨리쓰는 검은 눈을 지닌 금발의 부인이었다. 굽이 높은 구두를 신고 경쾌하게 발걸음을 내딛으며 방 안으로 들어선 그녀는 마치 남자처럼 힘 있게 부인들의 손을 잡았다.

여태껏 한 번도 이 새로운 유명 인사를 만난 적이 없었던 안나는, 그녀의 아름다움과 개성 있는 치장과 태도가 대담하게 느껴져 강렬한 인상을 받았다. 가발이 섞인 부드러운 금빛 머리카락은 커다랗고 불룩하게 말아 올려져 있었는데, 그 크기는 아름답고 볼록하게 한껏 드러낸 가슴과 비슷할 정도였다. 그녀의 걸음걸이는 매우 힘이 있어서 움직일 때마다 옷

위로 무릎과 허벅지의 윤곽이 그대로 드러났다. 그러자 안나는, 상체는 훤히 드러내고 등 쪽과 하체는 꽁꽁 감싸고 있는 그녀의 작고 균형 잡힌 몸이 저 뒤쪽에 봉긋하게 솟아올라 움직이는 허리 아래까지일까 하는 의문이 생겼다.

벳시는 곧바로 그녀를 안나에게 소개해 주었다.

"상상이 되나요? 하마터면 우리는 군인 두 사람을 치어 죽일 뻔했어요." 그녀는 눈짓하고는 웃었다. 그러더니 갑자기 한쪽으로 치우친 치맛자락을 끌어당기며 말했다. "바시카와 함께 왔어요. 참, 당신들은 잘 모르시겠군요." 그녀는 그의 성을 다시 부르더니 안나에게 청년을 소개해 주었다. 그러고는 처음 본 부인 앞에서 자신이 실수했다는 사실, 즉 그를 바시카라는 애칭으로 불렀다는 것을 알고는 얼굴을 붉히며 크게 웃었다. 바시카는 안나에게 다시 한번 인사를 건네고는 별다른 말을 하지 않고 사포 쪽을 바라보았다.

"당신이 졌어요. 우리가 먼저 왔으니까요. 그럼, 어서 내시죠." 그가 웃으며 말했다.

사포는 더욱 즐겁게 웃었다.

"지금 당장은 곤란해요." 그녀가 말했다.

"괜찮아요. 나중에라도 받을 거니까요."

"좋아요, 좋아. 아, 참!" 그녀가 갑자기 안주인에게 몸을 돌렸다.

"아, 깜빡했군요. 손님을 한 분 모시고 왔어요. 이분이세요."

사포와 함께 왔으나 그녀가 깜빡 잊었다는 손님은 젊지만 신분이 높은 사람이었다. 그래서 두 부인은 자리에서 일어나 그와 인사를 나누었다.

그는 사포의 새로운 숭배자였다. 바시카와 마찬가지로 그 역시 그녀의 뒤를 따라다니고 있었다.

그 뒤를 이어 칼루쥐스키 공작과 스트레모프와 함께 리 자 메르칼로바가 도착했다. 리자 메르칼로바는 동양적인 검 은 머리카락과 어두운 얼굴을 지닌, 사람들의 말처럼 묘한 매 력을 풍기는 눈동자를 가진 가녀린 여자였다. 그녀가 입고 있 는 검은 옷이 풍기는 묘한 분위기는(안나는 그것을 곧 알아채고 는 좋게 평가했다.) 그녀가 지닌 아름다움과 절묘하게 어울렸 다. 사포가 꼼꼼하고 단정한 여자라면 리자는 온화하면서도 퇴폐적인 여자였다. 하지만 안나는 리자 쪽이 훨씬 더 매력적 이라고 느꼈다. 벳시는 리자가 일부러 순진한 어린아이처럼 행동하고 있다고 안나에게 말했었다. 하지만 그녀를 보자마 자 안나는 그 말이 사실이 아니라는 것을 느낄 수 있었다. 그 녀는 몹시 순수하면서도 퇴폐적이었으며 사랑스럽고 온순한 여자였다. 사포와 마찬가지로, 그녀에게도 실로 꿰맨 듯 그녀 의 뒤를 따라다니며 그녀를 집어삼킬 듯 바라보는 젊은 남자 한 명과 나이 든 남자 한 명이 있었다.

하지만 그녀에게는 주변 사람들과는 다른 고결한 분위기 가 있었다. 그녀는 유리 안에 있는 다이아몬드처럼 빛을 품고 있었다. 그 빛은 그녀의 아름답고 매혹적인 눈 속에서 반짝 이고 있었다. 검은 눈 밑의 그늘에 둘러싸인 지친 듯하면서도 열정이 가득한 눈동자는 그녀를 진실한 사람이라고 말해 주고 있었다. 그 눈을 본 사람이라면 모두 그녀에 대해 다 알고 있는 것처럼 느껴졌으며 그것을 알면서도 그녀를 사랑하지 않을 수는 없었던 것이다. 안나를 보자 그녀의 얼굴은 기쁨에 넘치는 미소로 환해졌다.

"아, 당신을 만나게 돼서 정말 기뻐요!" 그녀가 안나에게 다가오며 말했다. "어제 경마장에서 당신에게 가려고 했는데 벌써 가셨더군요. 정말 당신을 만나고 싶었는데 말이죠. 어제는 너무 무서운 일이 벌어졌잖아요?" 그녀는 속마음을 다 드러내는 듯한 눈빛으로 안나를 바라보며 말했다.

"그래요. 나도 그 일이 그렇게 나를 흥분시킬 거라 생각하지 못했어요." 안나가 얼굴을 붉히며 말했다.

그때 다들 정원으로 나가기 위해 자리에서 일어났다.

"난 안 갈래요." 리자가 웃으며 안나 곁으로 다가와 말했다. "당신도 안 가실 거죠? 대체 크로케 시합에 왜 열광하는 건지!"

"오, 난 정말 좋아하는데요." 안나가 말했다.

"어머, 어떻게 당신은 그걸 지루해하지 않을 수 있죠? 당신을 보고 있으면 나도 즐거워져요. 당신은 정말 쾌활한 사람이니까요. 그런데 난 너무 지루하기만 하네요."

"왜 지루하신 거죠? 당신은 페테르부르크에서 가장 화려한 사교계에 속한 분이신데요." 안나가 말했다.

"어쩌면 우리 모임에 끼지 못하는 사람들이 더 지루할 수도 있겠군요. 하지만 어쨌든 우리는, 아니 나는 즐겁기는커녕 끔찍할 정도로 지루해서 못 견디겠어요."

사포는 담배에 불을 붙이고 나서 두 청년과 함께 정원으로 나갔다. 벳시와 스트레모프는 차를 마시며 자리에 앉아 있었다.

　"왜 지루하신 거죠?" 벳시가 물었다. "사포는 어제 당신 집에서 정말 즐거웠다고 하던데요."

　"아, 정말 지루했었는데 말이죠!" 리자 메르칼로바가 말했다. "경마가 끝난 뒤 다들 우리 집으로 모였어요. 하지만 늘 똑같은 사람들이다 보니 하는 일도 매번 똑같았죠! 밤새 소파 위에서 뒹굴거리기만 했는데 무슨 재미를 찾을 수 있겠어요? 그런데 당신은 어떻게 지루해하지 않을 수 있는 거죠?" 그녀는 다시 안나에게 얼굴을 돌렸다. "당신을 본 사람은 다들 이렇게 생각하고 있어요. 그녀는 행복과 불행을 떠나 지루한 걸 모르는 부인이라고 말이에요. 어떻게 하면 그럴 수 있는 건지 좀 알려 주세요."

　"특별히 뭔가를 하진 않아요." 안나는 난처한 질문에 얼굴을 붉히며 대답했다.

　"아마도 그게 최선일 거예요." 스트레모프가 끼어들었다. 쉰 살 정도 되는 반백의 스트레모프는 아직 건강해 보였다. 몹시 추남이기는 했지만 개성 있고 총명해 보이는 남자였다. 리자 메르칼로바는 그의 처조카였는데 그는 자신의 자유 시간을 모두 그녀와 함께하고 있었다. 그는 업무상 알렉세이 알렉산드로비치와 적대 관계였음에도 안나를 보자 사교적이면서도 현명한 기질을 발휘해 자신의 경쟁자의 아내에게 유독 다정하게 대하려고 노력했다.

"특별히 뭔가를 하지는 않는 것." 그가 희미하게 미소 지으며 말을 받았다. "그거야말로 최선의 방법이죠. 내가 예전부터 그렇게 말해 왔을 텐데." 그는 리자 메르칼로바를 향해 말했다. "그러니까 지루하지 않으려면 지루하다는 생각을 해서는 안 되는 거야. 불면증이 두렵다면, 잠이 오지 않을까 두려워해서는 안 되는 것과 같은 이치겠지. 안나 아르카디예브나의 말씀도 바로 그런 거야."

"제가 그렇게 말할 수 있었다면 정말 기뻤을 거예요. 현명하면서도 진실한 말씀이니까요." 안나가 조용히 웃으며 말했다.

"아니에요. 어쨌든 왜 잠을 못 이루는지, 왜 지루해하지 않을 수 없는지 그 이유에 대해 말씀해 주세요."

"잠을 자려면 일해야지. 즐겁기 위해서도 마찬가지고."

"하지만 내가 하고 있는 일을 누구도 원하지 않는다면 왜 일하겠어요? 그리고 난 일부러 그런 척할 수도 없고 또 그러고 싶지도 않아요."

"당신은 정말 어쩔 수 없는 사람이군." 스트레모프는 그녀를 쳐다보지도 않고 말한 뒤 다시 안나를 바라보았다.

그는 안나와는 거의 만나지 못했기 때문에 그녀와는 평범한 화제 외에는 나눌 만한 이야기가 없었다. 하지만 그는 그녀가 언제 페테르부르크로 돌아갈 것인지, 리디야 이바노브나 백작 부인이 그녀를 얼마나 좋아하는지에 대한 평범한 이야기를 하면서도 그녀에게 진심 어린 호감을 보이며 존경심뿐만 아니라 그것을 넘어선 무언가를 보여 주고 싶다는 표정을 지었다.

그때 투쉬케비치가 들어와 크로케 시합을 위해 사람들이 기다리고 있다고 알려 주었다.

"오, 안 돼요. 제발 가지 마세요." 리자 메르칼로바가 돌아가려는 안나를 보며 간청했다. 스트레모프 역시 같은 생각이었다.

"그렇게 되면 상황이 너무 대조적으로 될 텐데요." 그가 말했다. "여기에 계시다가 브레데 노부인 댁에 가신다면 당신은 그분께 험담할 기회를 주는 거나 마찬가지일 거예요. 하지만 이곳은 전혀 달라요. 당신은 너무도 아름다운, 험담과는 전혀 상반된 감정을 불러일으키는 분이니까요." 그가 그녀에게 말했다.

안나는 잠시 망설이며 생각에 잠겼다. 총명한 남자가 건넨 달콤한 말과 리자 메르칼로바의 순수한 호의, 그리고 익숙한 사교계의 분위기는 그녀에게 마음의 안정을 주었다. 반면에 이후 그녀를 기다리고 있는 것은, 그녀가 이곳에 조금 더 머무르면 안 될까, 모든 것을 털어놓아야 하는 고통의 시간을 조금이라도 늦추면 안 되는 것일까, 하고 망설이게 될 정도로 괴로운 일이었다. 하지만 그녀는 어떤 식으로든 마무리하지 않는다면 집에서 어떤 일이 기다리고 있을지에 관해 생각했다. 또 머리카락을 두 손으로 움켜쥐고 있는, 생각만으로도 소름이 끼치는 자신의 모습이 떠오르자 그녀는 단호하게 작별 인사를 건네고 그곳을 떠났다.

## 19

브론스키는 경박해 보이는 사교계에 몸담고 있으면서도 무질서한 것을 혐오하고 있었다. 육군 사관 학교에 다니던 젊은 시절에 그는 돈이 없어서 누군가에게 빌리려 했다가 거절 당하는 수모를 겪었다. 그 후로 그는 단 한 번도 자신을 그런 처지로 만들지 않았다. 그는 항상 자신의 상황을 질서정연하게 해 두기 위해, 일 년에 다섯 번 정도, 물론 상황에 따라 유동적이었지만, 혼자 방에 들어가 모든 일을 정리하는 시간을 가졌다. 그는 이 일을 결산 혹은 세탁이라고 불렀다.

경마가 있었던 다음 날, 브론스키는 늦은 잠에서 깨어나 면도도 샤워도 하지 않은 채 흰 셔츠 차림으로 테이블 위에 돈과 청구서, 편지 등을 늘어놓고 일을 시작했다. 페트리쓰키는 그럴 때마다 그가 유독 화를 잘 낸다는 것을 알고 있었다. 그래서 잠에서 깬 그는 친구가 책상 앞에 있는 것을 보자 방해하지 않도록 조용히 옷을 갈아입고 밖으로 나갔다.

자신에게 닥친 복잡한 일들에 대해 상세히 알게 된 모든 사람은, 그러한 일들과 그것을 해결해야 하는 어려움은 오직 자신에게만 일어난 특수한 경우라고 무의식중에 생각하게 된다. 그래서 다른 사람들도 각자 나름대로의 복잡한 상황에 놓여 있을 거라는 생각을 도저히 할 수 없게 되는 것이다. 브론스키 역시 마찬가지였다. 그래서 그는 다소 자랑스러운 생각이 들었고 또 그 나름대로의 이유로, 만일 다른 사람들이 자신과 같은 어려운 상황에 처했다면 당황한 나머지 나쁜 짓을 저질렀을 것이라고 생각했다. 하지만 자신 역시 훗날 곤혹스럽지 않기 위해서는 지금부터 정신을 바짝 차리고 자신의 상황을 정리하면서 확실히 해 두어야 한다고 느꼈다.

브론스키가 가장 먼저 시작한 일은 그가 가장 쉽다고 생각한 금전과 관련된 일이었다. 그는 특유의 작은 필체로 편지지에 자신의 빚을 모두 적은 뒤 합산해 보았다. 그 결과 그는 1만 7,000루블에(계산을 편하게 하기 위해 따로 빼 두었던) 몇백 루블의 빚이 있다는 것을 알았다. 그러고는 현재 가지고 있는 돈과 은행에 있는 돈을 합산해 본 뒤, 1,800루블밖에 없다는 것과 새해가 되기 전에는 전혀 수입이 없을 거라는 사실을 알게 되었다. 브론스키는 다시 한번 갚아야 할 빚의 목록을 살펴보고는 크게 셋으로 나누었다. 하나는 당장 갚아야 하거나 갚으라고 하면 조금도 지체할 수 없이 바로 지불해야 하는 빚이었다. 그 빚은 대략 4,000루블 정도였다. 말값으로 1,500루블을 지불해야 했고, 브론스키와 함께 있는 자리에서 사기꾼에게 노름빚을 진 동료 베네프스키의 보증금이 2,500루블이었다. 브론스키는 수중에 그만한 돈을 가지고 있었기 때문에 그때 바로 돈을 지불하려고 했지만 베네프스키와 야쉬빈이 돈을 내야 하는 사람들은 자신들이지 도박에 끼지도 않았던 브론스키가 아니라며 그를 말렸던 것이다.

그래서 그 일은 그렇게 일단락되었다. 브론스키는 단지 베네프스키에 대한 보증을 서겠다는 구두 약속을 한 것에 불과했지만, 이 추악한 사건과 관련해 사기꾼 앞에 돈을 내던지며 그가 더 이상 아무 말도 하지 못하도록 하기 위해서는 자신이 항상 2,500루블 정도의 돈을 수중에 가지고 있어야 한다고 생각했다. 그렇기 때문에 4,000루블 정도의 돈은 가장 요긴하게 쓰일 것 같았다. 두 번째는 8,000루블 정도였고 상대적으로 덜 중요한 빚이었다. 주로 경마장의 마구간에 대한 빚과 귀리와 건초 상인과 영국인 조마사, 마구상과 관련된 빚이었다. 어쨌든 2,000루블 정도는 준비해 두어야 이 빚에 대한 불안함도 없을 것이었다.

마지막으로 분류된 빚은 상점과 호텔, 양복점에 갚아야 할 빚으로서 당장은 크게 신경 쓸 필요가 없는 것이었다. 그래서 그는 지금 최소한 6,000루블이 필요했지만 현재 그가 가진 돈은 1,800루블이 전부였다. 사람들의 예상대로 브론스키의 연수입이 10만 루블이었다면 이 정도의 빚으로 그가 곤란할 필요는 없었을 것이다. 하지만 실제 그의 수입은 10만 루블과는 거리가 멀었다. 연간 20만 루블의 수입을 보장해 주는, 아버지가 남긴 어마어마한 유산은 아직 형제들에게 분배되지 않았다. 또한 아주 큰 빚이 있던 형은 한 푼도 없이 당원의 딸 공작 영애인 바랴 치르코바와 결혼했다. 그때 알렉세이는 자신은 매년 2만 5,000루블이면 된다며 아버지의 소유지에서 얻을 수 있었던 수입을 모두 형에게 넘겼다. 그때 알렉세이는 자신이 결혼하기 전까지는 그 수입으로 충분히 살아갈 수 있을 거라 말했던 것이다.

게다가 그는 자신은 결혼 또한 하지 않을 것 같다고 말했다. 형은 그 당시 가장 많은 비용이 드는 연대 중 하나의 대장이었고 결혼한 지 얼마 되지 않았던 그로서는 이 선물을 마다

할 수가 없었다. 하지만 지금껏 자신의 재산을 소유하고 있던 어머니가 매년 그의 고정 수입인 2만 5,000루블에다 2만 루블을 더 보태 주어서 그는 그것으로 생활을 유지할 수 있었다. 하지만 최근에 어머니는 그의 연애와 그가 모스크바를 떠난 것에 대해 언쟁을 벌인 뒤로 재정적인 지원을 끊어 버렸다. 4만 5,000루블에 맞는 생활에 익숙해져 있던 브론스키는 올해에는 2만 5,000루블로 살아가야 했기에 무척 곤란한 상황에 처한 것이다. 하지만 그는 자신의 궁핍한 처지 때문에 어머니에게 재정적인 지원을 요청할 수는 없었다.

또한 그가 전날 어머니에게서 받은 마지막 편지는 그를 화나게 만들었다. 어머니는 그가 사교계에서 추문을 일으키지 않는다면, 또한 사교계와 군대에서 성공하기 위해서라면 언제든 지원해 주겠다는 뜻을 내비쳤기 때문이다. 그런 식으로 그를 매수하려던 어머니의 의도는 그에게 깊은 모욕감을 주었고, 어머니에 대한 그의 마음을 더욱더 냉담하게 만들었다. 하지만 지금 그는 카레니나와의 관계로 말미암아 벌어지게 될 몇 가지 일들을 떠올리자 불안해졌고, 자신이 형을 위해 성급한 관용을 베풀었다는 것과 자신이 미혼일지라도 10만 루블의 수입이 필요할 수 있다는 사실을 깨달았다. 하지만 그렇다고 해서 한번 꺼낸 말을 도로 주워 담을 수도 없는 일이었다. 형수만 떠올려 봐도 그럴 수 없는 이유는 충분했다. 사랑스럽고 멋진 바랴는 틈날 때마다 그가 베풀어 준 호의를 잊지 않고 늘 고맙다는 인사를 했기 때문이다.

그러므로 그에게 있어 그런 일은 여자를 때린다거나 도둑질하는 것, 거짓말하는 것만큼 불가능한 일이었다. 그가 선택할 수 있는 길은 오직 한 가지뿐이었다. 브론스키는 조금도 주저하지 않고 마음을 먹었다. 고리대금업자에게 1만 루블을 빌리기로 한 것이었다. 그것은 결코 어렵지 않은 일이었다. 그리고 생활비를 줄이고 경마용 말을 팔아야겠다고 생각했다. 그는 이렇게 결심한 뒤, 지금껏 그에게 수차례 말을 사겠다고 했던 롤란다키에게 편지를 쓰기 시작했다. 그러고는 영국인과 고리대금업자를 부르기 위해 사람을 보낸 뒤, 현재 가지고 있는 돈을 계산서에 적힌 대로 나누기 시작했다. 모든 일을 끝내고 난 뒤, 그는 어머니에게 냉정하면서도 비판적인 어조로 답장을 보냈다. 그러고는 수첩에 있던 안나의 편지 세 통을 꺼내 다시 한번 읽어 본 뒤 태워 버렸다. 그는 어제 그녀와 나누었던 대화를 떠올리며 생각에 잠겼다.

20

브론스키의 생활은 유독 바람직했다. 그의 생활은 해야 할 것과 하지 말아야 할 것으로 정해진 규칙에 따라 명확히 구분되어 있었기 때문이다. 이러한 규칙 때문에 그는 극히 좁은 범위 내에서 생활을 영위해 나갔지만 그 규칙은 명확했기에 브론스키는 이 영역에서 벗어나지 않았고, 일을 실행하는 데 있어서 한 치의 망설임도 보이지 않았다. 이 규칙은 다음과 같은 것들을 명백히 규정해 주었다. 사기도박꾼에게는 돈을 갚아야 하지만 양복점에는 지불하지 않아도 된다, 남자는 거짓말해서는 안 되지만 여자는 할 수도 있다, 누구도 속여서는 안 되지만 남편은 속일 수도 있다. 누군가가 모욕감을 준 것을 용서할 수는 없지만 누군가를 모욕하는 것은 괜찮다. 이러한 것들은 모두 불합리하고 훌륭하다고 평가할 수 없는 것들이었지만 모두 명백한 것들이었다. 그래서 브론스키는 이러한 규칙들을 실행하며 안정을 느꼈고 당당히 고개를 들고 다닐 수 있었다. 하지만 최근 안나와의 일로 브론스키는 이 규칙들 또한 모든 일을 해결할 수는 없다는 사실을 깨달았다. 그러면서 그는, 자신에게 해결할 단서조차 찾지 못할 난처한 상황과 의혹이 기다리고 있을 것 같다는 생각이 들었다.

지금 그에게 안나와 남편에 대한 관계는 단순하면서도 명백한 것이었다. 지금껏 그의 삶을 이끈 규칙에 의해 확실하고 명확하게 규정되어 있었기 때문이다.

그녀는 그에게 자신의 사랑을 헌신한 훌륭한 부인이었다. 그 역시 그녀를 사랑했다. 그러므로 그녀는 법적인 아내와 마찬가지로, 아니 어쩌면 그 이상으로 존경받아야 했다. 그는 자신이 그녀를 모욕하는 태도를 보이거나 혹은 여자가 기대하는 존경심을 그녀에게 보여 주지 못하는 말을 하거나 암시를 주었다면, 자신의 손을 먼저 잘라 버렸을 것이다.

사교계에 대한 관계 또한 확실했다. 모든 사람이 그들의 관계를 알아챘고 의심할 수 있는 상황이었다. 하지만 누구도 그 사실을 입 밖으로 꺼내서는 안 되는 것이었다. 만일 누군가가 그 이야기를 꺼낸다 해도, 그는 그 말을 꺼낸 사람들의 입을 막고 그들이 자신이 사랑하는 여인의 명예(비록 그것이 존재하지 않는다고 해도)를 존중할 수 있도록 대비하고 있는 상태였다.

무엇보다도 확실한 것은 남편과의 관계였다. 안나가 브론스키를 사랑하게 된 순간부터 그는 그녀에 대한 절대적인 권리를 가지게 되었다고 생각했다. 남편이라는 존재는 그저 불필요한 장애물일 뿐이었다. 그는 분명 가여운 처지에 놓여 있었다. 하지만 그렇다고 해서 뭘 어떻게 할 수 있을까? 남편이 가진 유일한 권리는 손에 무기를 들고 결투를 신청하는 것이다. 브론스키는 이와 관련해서도 처음부터 단단히 각오하고 있었다.

하지만 최근에 그와 그녀 사이에 새로운 내적 관계가 드러나기 시작했고 그 불분명한 관계로 말미암아 브론스키는 당황할 수밖에 없었다. 그녀는 어제 임신 소식을 알렸다. 그는 이 소식이, 또한 그녀가 그에게 바라는 것이, 지금껏 그의 생활을 영위하게 했던 규칙으로는 해결할 수 없다는 것을 알게 되었다. 그는 마치 기습당한 느낌이 들었고, 그녀가 처음으로 임신 소식을 알렸을 때 그의 마음은 그녀가 남편을 버리도록 하라고 속삭이고 있었다. 그래서 그는 자신의 생각을 밝혔다. 하지만 이제 와서 차분히 생각해 보니 그러지 않는 편이 나았을 거라는 생각이 들었다. 그러면서도 그는 그 말을 속으로 되뇌며 '혹시 그게 나쁜 생각은 아닐까.' 하며 두려워했다.

'그녀에게 남편을 버리라는 것은 나와 함께 살자는 의미가 되는 거야. 그런데 나는 그럴 만한 준비가 되어 있는 것일까?

수중에 가진 돈도 없는 이런 상황에서 내가 지금 어떻게 그녀를 데리고 떠날 수 있겠는가. 돈 문제는 어떻게든 해결한다고 치자……. 하지만 군대에 소속된 내가 과연 어떻게 그녀를 데리고 나올 것인가. 그러니 그 얘기를 꺼내려거든 모든 준비를 갖춘 뒤에 시작해야만 해. 돈을 준비한 다음 퇴역해야 하는 거야.'

그러고 나서 그는 생각에 잠겼다. 퇴역에 관한 문제는 또 다른 비밀이자 자신만이 알고 있는 은밀한 문제였으나 그의 삶에서 꽤 중요한 관심사로 그를 이끌었다.

명예를 드높이는 것은 어린 시절부터 그가 줄곧 품어 왔으나 스스로 확실히 인식하지 못했던 꿈이었다. 하지만 그것은 지금도 그의 사랑과 다툴 정도로 정열적인 것이었다. 사교계와 직무와 관련된 진출은 꽤 성공적이었다. 하지만 2년 전, 그는 어처구니없는 실수를 저질렀다. 그는 자신의 독립심을 드러내며 쾌속 승진을 하기 위해서는 거절하는 것이 오히려 자신의 가치를 높이는 일이라고 여기며 어떤 지위와 관련된 제안을 거부했던 것이다. 하지만 그것은 그의 대담성을 증명했을 뿐, 상관들은 그를 그대로 내버려 두었다. 그래서 그는 스스로 독립적인 인간이라는 지위를 설정해 놓고 누구에게도 불만을 품지 않았으며, 어느 누구에게도 모욕감을 느꼈다고 생각하지 않는 것처럼 행동했다. 그러면서 자신은 지금 이대로 즐겁기 때문에 누구의 간섭도 불필요하며, 그대로 내버려두기를 바란다는 듯한 처사를 보였다. 하지만 실제로는, 그가 작년에 모스크바로 떠났을 때부터 그러한 만족감은 사라져 버렸던 것이다.

또한 그는 무슨 일이든 할 수 있음에도 아무것도 하지 않는 독립적인 인간이라는 지위의 실체가 드러났으며, 대부분 사람이 그가 정직하고 선량한 사람이지만 무능한 남자라고 생각한다는 사실도 알고 있었다. 세간에 추문을 퍼뜨리며 사람들의 이목을 집중시켰던 카레니나 부인과의 관계는 그에게 새로운 빛이 되어 그를 좀먹던 명예심이라는 벌레를 달래 주고 있었다. 하지만 그 벌레는 일주일 전부터 새로운 힘을 부여받고 눈을 뜨기 시작했다. 유년 시절부터 친구이자 동기였던 세르푸호프스코이가 두 계급이나 승진했으며, 최근에 그 젊은 장교는 좀처럼 받기 힘든 훈장을 달고 중앙아시아에서 돌아왔던 것이다. 두 사람은 같은 사교계에서 활동했고 사관 학교도 함께 다니며 졸업도 같이 했다. 또한 학업에서도 운동에서도 문제를 일으키는 것에 대해서뿐만 아니라 명예심을 드높이는 야망과 관련해서도 항상 경쟁 관계였다.

그가 페테르부르크에 도착하자 마치 새롭게 떠오른 일등성(一等星)이라도 되듯 그는 사람들의 입에 오르내리기 시작했다. 브론스키와 동갑이자 동창인 그는 이제 장군이 되어 국정에 영향을 미칠 수 있는 지위에 임명될 준비를 하고 있었다. 하지만 브론스키는 자유로운 위치에서 눈부시게 아름다운 여인의 사랑을 받고 있기는 했으나, 실상은 마음대로 독립해도 상관없는 일개 기병 대위일 뿐이었다.

'난 세르푸호프스코이를 부러워하지 않아. 또 그럴 수도 없어. 하지만 그의 성공은 그저 기회를 기다리면 된다는 것을, 나 같은 경우에는 매우 빠르게 성공할 수도 있다는 것을 알려 주고 있는 거야. 그도 3년 전에는 나와 똑같은 처지였어. 그러니 내가 퇴역하는 것은 내가 타고 있는 배에 불을 지르는 것이나 마찬가지야. 그저 군대에 몸담고 있으면 나는 잃을 것이 없을 테지. 그녀도 현재 자신의 처지를 바꾸고 싶지 않다고 했고 말이야. 그러니 그녀와 사랑하는 한, 내가 세르푸호 프스코이를 부러워할 이유는 없어.'

그는 부드러운 손짓으로 콧수염을 꼬며 책상 앞에서 일어나 방 안을 거닐기 시작했다. 그의 눈은 유독 빛나고 있었다. 그는 자신의 입장을 확실히 정리하고 나면 언제나 침착하고 평온하고 즐거운 기분이 들었다. 조금 전 모든 계산을 끝낸 것처럼 모든 게 후련하고 명백해졌다. 그는 면도하고 찬물로 샤워한 뒤 옷을 갈아입고 밖으로 나갔다.

## 21

"자네를 데리러 왔어. 오늘은 '세탁'이 꽤 오래 걸렸군." 페트리쓰키가 말했다. "어떻게, 일은 다 끝났나?"

"끝났어." 브론스키가 웃으며, 너무 활기차고 민첩한 행동 때문에 조금 전 질서정연하게 마무리한 일들이 무너질까 걱정이라도 되듯 조심스러운 태도로 수염 끝을 잡아 꼬면서 말했다.

"자네는 그 일을 끝내고 나면 항상 샤워를 마치고 난 것처럼 개운해 보이더군." 페트리쓰키가 말했다. "그리쓰카(그들은 연대장을 이렇게 불렀다.)의 숙소에 있다가 왔네. 다들 자네를 기다리고 있어."

브론스키는 아무 대답 없이 생각에 잠긴 듯한 표정으로 동료의 얼굴을 바라보았다.

"그럼 이 음악 소리는 거기서 나오는 건가?" 그는 익숙한 폴카와 왈츠가 들려오자 그렇게 말했다. "무슨 연회야?"

"세르푸호프스코이가 왔어."

"아!" 브론스키가 말했다. "그런 줄은 몰랐어."

그의 눈은 미소로 한층 더 빛나고 있었다. 자신은 사랑으로 행복하며 그것을 위해 명예심을 희생했다고 생각했기에 — 적어도 그런 의무를 부여받았다고 여기고 나니 — 브론스키는 세르푸호프스코이가 부럽지 않았다. 또한 그가 연대를 방문했으면서도 제일 먼저 자기를 찾아오지 않은 것에 대해서도 서운함을 느끼지 않았다. 세르푸호프스코이는 좋은 친구였기 때문에 브론스키는 그가 온 것이 반가웠다.

"오, 정말 기쁘군."

연대장 됴민은 지주의 커다란 저택에서 살고 있었다. 모두 널찍한 아래층 테라스에 모여 있었다. 브론스키가 밖에 나오자 가장 먼저 눈에 띈 것은, 하얀 하복을 입고 보드카 술통 옆에서 노래하는 군인들과 장교들과 함께 있는 건강하고 활기찬 연대장의 모습이었다. 그는 테라스의 가장 높은 계단 쪽으로 나와 오펜바흐의 카드리유를 연주하는 관악대 못지않은 큰 목소리로 한편에 모여 있던 사병 몇몇에게 팔을 휘두르며 뭔가를 지시하고 있었다. 병사들의 무리와 기병 상사, 몇 명의 하사관들이 브론스키와 함께 테라스로 향했다. 연대장은 테이블이 있는 곳으로 갔다가 다시 샴페인 잔을 들고 현관 계단 쪽으로 와서 축배를 들었다.

"우리의 옛 동료이자 용맹한 장군인 세르푸호프스코이 공작의 건강을 위하여, 건배!"

연대장의 뒤를 이어 세르푸호프스코이도 샴페인 잔을 쥐고는 미소를 지으며 계단 위로 나왔다.

"자네는 어째 점점 젊어지는 것 같군, 본다렌코." 그는 자신의 바로 앞에 서 있던, 두 번째 복무를 하고 있음에도 아직도 꽤 젊어 보이는, 얼굴이 불그스름한 기병 상사에게 말했다.

브론스키는 3년간 세르푸호프스코이를 만나지 못했다. 구레나룻을 기른 그는 나이가 들어 보이기는 했으나 듬직했고, 잘생겼다기보다는 온화하고 품위가 있어서 호감을 주었다. 브론스키가 알 수 있었던, 그에게 일어난 단 하나의 변화는 성공한 사람들이 그 성공을 다른 사람들에게 인정받았음을 확신하는 데서 나오는 침착한 빛이었다. 브론스키는 세르푸호프스코이에게서 나오는 그 빛을 한눈에 알아보았다.

계단을 내려오다가 브론스키를 알아본 세르푸호프스코이의 얼굴에 환한 미소가 어렸다. 그는 고갯짓을 하며 브론스키에게 인사를 건네고는 건배했다. 그러고는 아까부터 계속 몸을 내밀며 그에게 입을 맞추기 위해 입술을 내밀고 있던 기병 상사에게 가 봐야 한다는 듯한 몸짓을 했다.

"오, 왔군!" 연대장이 외쳤다. "자네가 아직도 우울해하고 있다고 야쉬빈이 그러던데."

세르푸호프스코이는 활기 넘쳐 보이는 기병 상사의 촉촉하고 건강한 입술에 입을 맞춘 뒤 손수건으로 입술을 닦고는 브론스키에게 갔다.

"오, 정말 반갑군!" 그는 브론스키의 손을 잡고는 한쪽으로 이끌며 말했다.

"저 친구를 따라가 보게!" 연대장은 브론스키 쪽을 가리키며 야쉬빈에게 말하고 난 뒤 병사들이 있는 곳으로 내려갔다.

"어제 왜 경마장에 오지 않았나? 거기서 자넬 볼 수 있을 거라 생각했는데." 브론스키가 세르푸호프스코이를 쳐다보며 말했다.

"갔었는데 늦게 도착했어. 미안하게 됐네." 그는 이렇게 말하며 부관 쪽을 바라보았다. "내가 낼 테니, 여기 있는 사람 수대로 나눠 주도록 하게." 그는 서둘러 지갑에서 100루블짜리 지폐를 석 장 꺼내며 얼굴을 붉혔다.

"브론스키! 어떤 걸 먹겠나. 아니, 뭘 좀 마시겠나?" 야쉬빈이 물었다. "이봐, 여기 있는 백작에게 드실 것 좀 갖다드려! 자, 한잔하세!"

연대장의 집에서 열린 연회는 꽤 오래 계속되었다.

모두 아주 많이 마셨다. 그리고 나서 그들은 세르푸호프스코이를 헹가래 쳤다. 뒤이어 연대장에게도 헹가래를 쳤다. 그런 뒤 연대장은 페트리쓰키와 함께 군악대 앞에서 춤추었다. 연대장은 이제 지쳤는지 정원의 벤치에 앉아 야쉬빈에게, 프로이센과 견주어 볼 때 러시아의 우수한 점에 대해, 특히 기병력의 우세함에 대해 설파하기 시작했다. 연회는 잠시 조용하게 흘러갔다. 세르푸호프스코이는 손을 씻기 위해 집 안에 있는 화장실로 들어갔다. 그는 그곳에서 브론스키를 만났다. 브론스키는 겉옷을 벗고 털로 뒤덮인 붉은 목덜미를 세면대 수도꼭지 아래에 대고는 머리와 목덜미를 씻고 있었다. 그런 뒤 브론스키는 세르푸호프스코이에게 다가갔다. 두 사람은 소파에 앉아 서로가 공감하는 흥미 있는 대화를 나누기 시작했다.

"아내한테서 줄곧 자네 얘기를 듣고 있었네." 세르푸호프스코이가 말했다. "자네가 종종 아내를 만나 줬다니 고맙네."

"자네 부인과 바랴가 친한 사이니까. 그리고 두 사람은 내가 페테르부르크에서 만나면 유일하게 즐거워지는 사람들이야." 브론스키가 웃으며 대답했다. 그는 대화가 어디로 흘러갈지 이미 알고 있었기에 즐거워하며 웃음을 보였다.

"유일하다고?" 세르푸호프스코이 역시 웃으며 되물었다.

"그래, 나도 자네에 대해 알고 있네. 자네 부인을 통해서뿐만 아니라." 브론스키가 갑자기 굳은 얼굴로 그가 내비치려는 뜻을 저지하듯 말했다. "자네가 성공해서 정말 기쁘네. 하지만 조금도 놀라진 않았어. 사실 난 그 이상을 기대하고 있었으니까."

세르푸호프스코이가 미소를 지었다. 그는 자신에 대한 그런 생각이 기뻤고, 또한 그 기쁨을 굳이 감출 필요가 없다고 생각했기 때문이었다.

"솔직히 난 그 반대로 그 이하를 예상했었지. 하지만 기쁘다네, 정말로 기뻐. 난 야망이 넘쳐. 그게 내 결점이야. 나도 잘 알고 있지만."

"하지만 자네가 만약 성공하지 못했다면 그런 얘긴 꺼내지도 않았을 거야." 브론스키가 말했다.

"그렇게 생각하진 않아." 세르푸호프스코이가 다시 웃으며 말했다. "성공 없는 인생은 살아갈 가치가 없다고 말하고 싶진 않아. 하지만 따분하긴 할 거야. 물론 내 생각이 틀릴 수도 있겠지. 하지만 내가 선택한 활동 범위 내에서만큼은 내게 재능이 있는 것 같아. 그게 어떤 권력일지라도 내게 주어진 것은 내가 아는 다른 누군가가 가진 것보다 유용하게 사용될 거라 생각해." 세르푸호프스코이는 자신의 성공에 대해 명확히 인식하며 말했다. "그래서 권력에 가까워질수록 나는 더 만족스러워진다네."

"흠, 자네는 그렇게 생각할지도 모르겠지만 자네 생각을 다른 사람들에게 일반화시킬 수는 없어. 한때는 나도 자네와 같은 생각이었지. 하지만 난 여전히 이렇게 흔들림 없이 살고 있고 성공을 위한 인생만이 가치가 있다고는 생각하지 않아." 브론스키가 말했다.

"그래, 바로 그거야! 그거라고!" 세르푸호프스코이가 웃으며 말했다. "난 자네에 대한 얘기를 들은 후부터 시작한 거야. 자네가 거절했다는 그 일 말이야……. 난 자네의 생각에 동의한다네. 하지만 모든 일에는 적절한 방법이 있어. 난 자네의 결단은 좋았지만 방법이 잘못됐다고 생각해."

"이미 끝난 일이야. 자네도 잘 알고 있겠지만, 난 내가 스스로 한 일에 대해서는 더 이상 긴 말은 하지 않는 사람이야. 난 괜찮으니까 말이야."

"괜찮다고? 얼마간은 그럴 수도 있겠지. 하지만 자넨 만족하지 못할 거야. 물론 나도 자네 형님한텐 이런 얘기를 하진 않아. 그는 그저 사랑스러운 어린아이 같으니까. 마치 이 집의 주인처럼. 저기 있군!" 그는 "만세!" 하고 외치는 소리를 들으며 말했다. "저 사람은 저것만으로도 즐거운 사람이지. 하지만 자넨 그것만으로 만족할 사람이 아니야."

"나도 만족하고 있다는 뜻은 아니야."

"그래, 나도 그것만을 말하고 있는 건 아니야. 자네 같은 사람이 필요하다는 얘기야."

"누구한테?"

"누구한테라니? 이 사회에 말이지. 러시아에는 인재가 필요해. 단합이 필요해. 그렇지 못하면 모든 게 다 엉망이 되고 말 테니까."

"그러니까 어떻게 된다는 얘기야? 러시아 공산당과 대립하고 있는 베르테네프 당을 말하는 건가?"

"아니." 세르푸호프스코이는 자신이 그렇게 어리석은 생각을 하고 있다는 의심을 받는다는 자체가 불만스러운 듯 얼굴을 찡그리며 말했다. "그런 건 말도 안 되는 소리야. 그런 건 항상 있어 왔고 앞으로도 계속될 거야. 공산당 같은 건 존재하지 않아. 물론 음모를 꾸미려는 사람들에게는 유해하고 위험한 당을 만들 필요가 있을지도 모르겠지만 그런 건 이미 오래된 장난에 불과해. 내가 말하고 싶은 건, 나나 자네 같은 독립적이고 힘 있는 사람들이 합심해야 한다는 거야."

"그런데 왜?" 브론스키가 몇 명의 유력 인사들을 언급했다. "이 사람들은 왜 독립적인 인물이 아니라는 거야?"

"그들은 경제적으로 독립된 상태가 아니고, 또 태어날 때부터 그렇지 못했기 때문이지. 즉 우리처럼 태양 가까이에서 태어난 게 아니란 말이야. 그들은 돈이나 감언이설로 얼마든지 매수할 수 있어. 또한 그들은 자신의 지위를 위해 적절한 목적을 생각해 내야만 하지. 그래서 자신들도 믿지 않는 유해한 사상과 정책을 내세우고 있는 거야. 그런데 그런 정책은 그저 관사에 있기 위한, 얼마 안 되는 봉급을 받기 위한 수단에 불과해. 그들이 쥐고 있는 패를 살펴보면 그것뿐이야. 어쩌면 내가 그들보다 못되고 어리석을지도 모르겠지만 적어도 그들보다 뒤떨어질 거라 생각하진 않아. 하지만 나나 자네는 한 가지 확실한 장점이 있어. 바로 쉽게 매수되지 않는다는 것 말이네. 지금 이 시점에서는 특히 그런 사람이 필요해."

브론스키는 그의 말을 경청했다. 하지만 이 문제는 세르푸호프스코이가 가지고 있는 관심만큼 그의 흥미를 끌지는 못했다. 그는 아직 자신의 기병 중대 외에는 관심이 없었기 때문이다. 하지만 세르푸호프스코이는 이 세계를 향한 공감과 적대감을 품으며 권력에 맞설 생각을 하고 있었다. 브론스키는 세르푸호프스코이가 사물을 관찰하고 이해하는 능력이 탁월하고 그가 속한 세계에서 찾아보기 힘든, 지성과 언변을 갖춘 훌륭한 인물이 될 것임을 알고 있었다. 그리고 이것이 몹시 수치스러운 일이라는 것을 알고 있었음에도 그는 세르푸호프스코이의 모습을 부러워할 수밖에 없었다.

"어쨌든 나한테 가장 중요한 사실 하나가 빠져 있어." 브론스키가 대답했다. "권력을 향한 욕망 말이야. 한때는 있었지만 지금은 완전히 사라져 버렸지."

"미안하지만 그건 사실이 아니야." 세르푸호프스코이가 웃으며 말했다.

"아니, 정말이야. 정말이라고! 지금으로선 그렇다네." 브론스키가 덧붙여 말했다.

"그래, 지금은 그럴 수도 있겠지. 그건 별개의 문제야. 하지만 영원히는 아닐 테지."

"그럴 수도." 브론스키가 말했다.

"자넨 그럴 수도 있다고 말하고 있지만." 세르푸호프스코이는 상대방의 마음을 훤히 꿰고 있다는 듯 말을 이어 갔다. "하지만 난 확실하다고 말하고 싶어. 그래서 난 자네를 계속 만나고 싶어 했던 거야. 자네는 당연히 해야 할 일을 했어. 물론 나도 잘 알고 있네. 하지만 계속 그렇게 행동해서는 안 돼. 내가 자네에게 바라는 건 백지 위임장을 써 달라는 거야. 그렇다고 내가 자네를 보호하겠다는 건 아니지만⋯⋯. 내가 어떻게 자네를 돕지 않을 수 있겠나? 자네가 날 얼마나 도와줬는데! 난 우리 우정이 그 이상의 가치가 있을 거라 믿고 있네." 그는 마치 여자처럼 온화한 미소를 보이며 말했다. "내게 백지 위임장을 주게. 연대에서 나오면 내가 보이지 않게 끌어올려 줄 테니까 말이야."

"하지만 난 지금 아무것도 필요하지 않아." 브론스키가 말했다. "모든 게 그대로 유지된다면 나는 현재 상태에 만족한다네."

세르푸호프스코이는 자리에서 일어나 그의 앞에 섰다.

"모든 게 그대로 유지된다면 현재 상태에 만족한다고? 무슨 뜻인지는 나도 알고 있네. 그런데 잘 들어보게. 우린 동갑이지. 그리고 숫자상으로 볼 땐 아마 나보다 자네가 여자를 더 잘 알고 있겠지." 세르푸호프스코이는 이렇게 말했다. 그는 마치 브론스키의 아픈 곳을 조심스럽게 건드릴 테니 두려워하지 말라는 듯한 미소와 몸짓을 보였다. "하지만 난 결혼한 몸이야. 누군가 말했지. 사랑하는 한 명의 아내에 대해 아는 것은 1,000명의 여자를 아는 것보다 모든 여자에 대해 잘 알고 있는 것이라고 말이야. 그러니 내 말을 믿어 보게."

"곧 가겠네!" 장교가 방 안을 들여다보며 연대장이 두 사람을 찾고 있다고 하자 브론스키가 외쳤다. 브론스키는 세르푸호프스코이의 말을 다 들어본 뒤 그의 의도가 무엇인지 알고 싶었다.

"내 생각은 이렇다네. 남자가 활동하는 데 있어 여자라는 존재는 커다란 장애물이야. 여자를 사랑하면서 무언가를 한다는 것은 참으로 어려운 일이지. 하지만 그런 방해 없이 여자를 사랑하는 딱 한 가지 방법이 있어. 바로 결혼이야. 어떻게 해야 내 생각을 자네에게 잘 전달할 수 있을까?" 비유를 좋아하는 세르푸호프스코이가 말했다. "그래, 잠깐만! 그래, 무거운 짐을 옮기면서 두 손을 자유롭게 쓸 수 있는 것은 그

짐을 등에 짊어졌을 때뿐이지. 그게 바로 결혼이라는 거야. 난 결혼하고 나서야 그 사실을 알게 되었지. 갑자기 손이 자유로워졌다는 말이네. 하지만 결혼하지 않고 이 무거운 짐을 옮기려 한다면, 손을 쓸 수 없으니 아무것도 할 수 없게 되겠지. 마잔코프와 크루포프를 좀 보게. 그들은 여자 때문에 출셋길이 완전히 막혀 버리지 않았나."

"멋진 여자들이지!" 브론스키는 그 두 사람과 관계를 맺었던 프랑스 여인과 여배우를 떠올리며 말했다.

"여자의 사회적 지위가 확고할수록 결과는 더욱 좋지 않아. 그것은 마치 양손으로 무거운 짐을 끄는 게 아니라 남의 손에서 빼앗는 거나 다름없으니까."

"자넨 한 번도 사랑해 본 적이 없지." 브론스키는 멍하니 앞을 바라보며 안나를 떠올리고는 조용히 말했다.

"그럴지도 모르지. 하지만 지금 내가 한 말을 잘 기억해 두게. 한 가지 덧붙이자면, 모든 여자는 남자들보다는 현실적이라는 거야. 우리는 사랑으로 중요한 뭔가를 만들지만 여자들에게 그것은 늘 세속적인 것이니까."

"곧 가겠네, 지금 바로!" 그는 들어온 하인에게 말했다. 하지만 하인은 그가 생각한 대로 그들을 다시 부르러 온 게 아니라 브론스키 앞으로 온 편지를 가져온 것이었다.

"트베르스카야 공작 부인의 하인이 가져온 것입니다."

편지를 읽고 난 브론스키는 갑자기 얼굴을 붉혔다.

"머리가 아파 오는군. 이만 집에 가야겠어." 그가 세르푸호프스코이에게 말했다.

"그래, 그럼 잘 가게. 백지 위임장을 주겠나?"

"그 얘기는 나중에 하지. 페테르부르크에서 만나세."


## 22

6시가 다 되어 가고 있었다. 브론스키는 제시간에 도착하기 위해, 그리고 다른 사람들이 알아볼 수 있는 자신의 마차를 타지 않으려고 야쉬빈의 삯마차에 탄 뒤 가능한 한 빨리 달리라고 지시했다. 4인승의 낡은 삯마차에는 아무도 없었다. 그는 구석에 앉아 다리를 앞으로 뻗고 생각에 잠겼다.

모든 일이 대강 마무리되었다는 막연한 생각, 세르푸호프스코이와의 우정과 그가 자신의 능력을 인정하며 칭찬했던 기억, 무엇보다 밀회에 대한 기대감 같은 것들이 한데 모여 삶의 기쁨이 되었다. 이러한 것들은 그가 무의식중에 미소를 짓게 만들 정도로 강렬했다. 그는 다리를 내린 뒤 다른 무릎 위에 한쪽 다리를 올려놓고는 어제 낙마했을 때 다쳤던 탄력 있는 종아리를 손으로 만져 보았다. 그러고는 몸을 뒤로 젖히며 몇 차례 숨을 크게 들이마셨다가 내뱉었다.

"훌륭해, 정말 훌륭해!"그가 혼잣말을 했다. 예전에도 종종 그는 자신의 몸에 자부심을 느끼곤 했지만 지금처럼 자신의 몸을, 육체를 사랑하지는 않았다. 튼튼한 다리에서 느껴지는 약간의 통증도, 숨을 쉴 때마다 느껴지는 가슴 근육의 움직임도 즐거웠다. 안나에게는 절망적이었던, 화창하면서도 쌀쌀한 8월의 날씨도 그에게는 몹시 유쾌하게 다가왔다. 그리고 물로 씻어서 벌겋게 된 얼굴과 목덜미도 상쾌하게 느껴졌다. 콧수염에서 느껴지는 향유의 냄새도 맑은 공기 속에서 유독 상쾌하게 느껴졌다. 마차의 창문 너머로 보이던 모든 것이, 쌀쌀하고 상쾌한 공기와 일몰의 희미한 빛 속에 있는 모든 것이, 자신처럼 건강하고 유쾌하며 활기차게 느껴졌다. 석양에 비쳐 반짝거리던 지붕들과 담장, 건물 모서리의 날카로운 윤곽, 때때로 눈에 띄던 행인과 마차, 흔들림 없이 푸르르던 나무와 풀들, 반듯하게 나뉜 감자밭의 두둑, 집과 나무와 덤불들, 감자밭의 두둑에 비스듬하게 드리워진 그림자, 이 모든 것이 이제 막 완성이 되어 니스를 칠한 풍경화처럼 아름답게 느껴졌다.

"더 빨리 몰아, 더 빨리!" 그는 창밖으로 고개를 내밀며 마부를 향해 말했다. 그러고는 주머니에서 3루블짜리 지폐를 꺼내 뒤를 돌아본 마부에게 건네주었다. 그러자 마부가 램프 옆에서 뭔가를 더듬어 찾더니 곧 채찍 소리가 들려왔다. 마차는 매우 빠르게 포장도로를 달렸다.

'아무것도, 아무것도 바라지 않아. 이 행복만 있다면.' 그는 창문 사이에 있는, 상아로 된 벨의 손잡이를 보며 마지막으로 보았던 안나의 모습을 떠올려 보았다. '시간이 흐를수록 난 그녀가 더욱 사랑스럽게 느껴져. 아, 벌써 브레데의 국유 별장 정원이군. 그녀는 어디쯤에 있을까? 어디쯤에? 왜? 그녀는 왜 여기서 만나자고 했던 걸까? 왜 벳시의 편지에 적어 보낸 것일까?'

그는 지금에 와서야 그것에 대해 생각해 보았다. 하지만 이제는 그런 것을 생각할 여유가 없었다. 그는 가로수 길에 이르기도 전에 마부에게 멈추라고 이르고는 문을 열고 아직 움직이는 마차에서 뛰어내려 별장을 향해 늘어선 가로수 길로 향했다. 가로수 길에는 아무도 없었다. 하지만 오른쪽을 돌아보자 그녀의 모습이 보였다. 베일에 가려져 있었으나, 그는 기쁨에 가득 찬 눈빛으로 그녀 특유의 독특한 걸음걸이와 어깨 선, 머리의 움직임을 살펴보았다. 그 순간, 마치 감전이라도 된 듯 그의 몸에 짜릿한 느낌이 들었다. 그는 탄탄한 다리의 움직임과 숨을 쉴 때마다 움직이는 폐에 뭔가 새로운 기운이 가득 차 있다는 것을 느꼈다. 그런 생각이 들자 무언가가 그의 입술을 간질이는 듯한 기분이 들었다.

그를 보자 그녀는 그의 손을 꼭 잡았다.

"내가 당신을 불러서 화난 건 아니죠? 난 당신을 꼭 만나야 할 이유가 있었어요." 그녀가 말했다. 베일 아래로 그녀의 진지하고도 엄숙해 보이는 입술이 보이자 그의 기분은 금세 바뀌어 버렸다.

"화가 나다니요! 그런데 당신은 왜 여기로 온 거예요? 이제 어디로 가려는 거죠?"

"아무래도 상관없어요." 그녀는 그의 손 위에 자신의 손을 포개며 말했다. "가요, 잠시 할 얘기가 있으니."

그는 무슨 일이 생겼다는 것을, 그리고 이 만남이 즐겁지만은 않으리라는 것을 느꼈다. 그녀와 함께 있을 때면 그는 자신의 의지대로 행동할 수 없었다. 그는 그녀가 왜 불안해하는지 알 수 없었으나 어느새 자신에게도 그 불안함이 고스란히 전해지는 것을 느꼈다.

"무슨 일이에요. 대체 무슨 일인데요?" 그는 팔꿈치로 그녀의 팔을 누르며 표정을 살펴보았다.

그녀는 잠시 침묵하며 마음을 안정시키더니 몇 걸음 정도 걷다가 갑자기 걸음을 멈추었다.

"어제는 당신에게 말하지 않았지만." 그녀는 빠르게 무거운 한숨을 내쉬며 말했다. "집으로 가는 길에 알렉세이 알렉산드로비치에게 모든 사실을 털어놓았어요……. 난 말했어요. 이제 난 그 사람의 아내로 살아갈 수 없다는 것을요……. 다 말해 버렸어요."

그는 무의식중에 몸을 숙이고 있었다. 마치 그녀의 고통을 조금이라도 덜어 주려는 듯 그녀의 말에 조심스럽게 귀 기울이고 있었다. 그녀가 말을 마치자마자 그는 몸을 곧게 펴고는 굳은 표정을 지었다.

"그래요. 그래, 그 편이 나아요. 1,000배는 나아요! 당신이 얼마나 괴로웠을지 나도 잘 알아요." 그가 말했다. 하지만 그녀는 그의 말을 듣지 않고 그의 얼굴에서 생각을 읽어 내려 하고 있었다. 하지만 그녀는, 그가 이제 결투는 불가피하게 되리라는 생각을 제일 먼저 떠올렸다는 것을 그의 표정에서 읽을 수는 없었다. 그녀는 단 한 번도 결투에 관한 생각을 해본 적이 없었기 때문이었다. 그래서 그녀는 그의 굳은 표정을 전혀 다른 의미로 받아들였다.

그녀는 남편의 편지를 받았던 순간, 자신의 모든 것은 예전과 같으리라는 것을, 자신에게는 지위와 아들을 모두 버리고 애인에게 갈 만큼의 용기가 없다는 것을 알았다. 그녀가 아침 내내 트베르스카야 공작 부인의 집에서 머무는 동안에 이러한 생각은 더욱 확고해졌다. 그럼에도 이 밀회는 그녀에게 무엇보다 소중했다. 그녀는 이 밀회로 상황이 바뀌어서 자신이 구원받기를 소망했다. 만약 그가 이 이야기를 듣자마자 한 치의 망설임도 없이 확고하고 열정적으로 모든 것을 버리고 자신과 함께 떠나자고 했다면, 그녀는 아들을 버리고 그와 함께했을 것이다. 하지만 이 소식은 그녀가 바라고 있던 것을 가져다주지 못했다. 그는 그저 무언가에 분노한 듯한 모습을 보였을 뿐이었다.

"난 전혀 괴롭지 않았어요. 그저 상황이 그렇게 되어 버렸어요." 그녀는 다급한 어조로 말했다. "이것을……." 그녀는 장갑 속에서 남편이 보낸 편지를 꺼냈다.

"알았어요, 알았어." 그는 편지를 받았지만 읽으려고 하지 않았다. 그는 그저 그녀를 달래기 위해 애쓰며 그녀의 말을 가로막았다.

"내가 바라는 것은, 내가 바라는 유일한 것은, 내 삶을 당신의 행복을 위해 바치는 거예요. 그러니 이러한 상황을 없애 버려야만 해요."

"당신은 왜 그런 말을 하세요?" 그녀가 말했다. "설마 내가 당신의 마음을 의심하고 있다고 생각해요? 만약 그렇다면……."

"저기 누가 오고 있어요." 브론스키가 갑자기 그들에게 다가오는 두 부인을 가리키며 말했다. "우리를 아는 사람들일지도 몰라요." 그는 그녀를 자신의 뒤에 숨기듯 재빨리 옆길로 들어갔다.

"오, 난 이제 어떻게 되든 상관없어요!" 그녀가 말했다. 그녀의 입술이 떨려 오기 시작했다. 그는 그녀가 베일 아래에서 적의로 가득 찬 눈으로 자신을 보고 있는 듯한 기분이 들었다. "내가 하고 싶은 말은 그런 게 아니에요. 내가 어떻게 당신을 의심할 수 있겠어요? 하지만 그 사람이 이렇게 적어 보냈어요. 읽어 보세요." 그러고 나서 그녀는 다시 걸음을 멈췄다.

편지를 읽던 브론스키는 마치 조금 전 그녀와 남편의 불화 소식을 처음 듣게 되었던 순간처럼, 배신당한 남편에 대해 자연스럽게 떠오른 감정 속으로 무의식중에 빠져들었다. 그는 이렇게 상대의 편지를 손에 들고 있으니, 오늘이나 내일쯤 자신의 손에 도전장이 쥐어질 것이라는 생각이 들었다. 그러자 지금 그의 얼굴에 드러난 냉엄하고 오만한 표정으로 허공에 총성을 울리고 배신당한 남편의 총 앞에서 결투를 벌이는 장면이 떠올랐다. 동시에 조금 전 세르푸호프스코이에게서 들은 이야기와 더 이상 자신을 구속하지 않겠다고 생각했던 아침의 일들이 떠올랐다. 하지만 이 모든 생각을 전부 그녀에게 말할 수는 없었다.

그는 편지를 다 읽은 뒤 그녀를 살펴보았다. 그의 눈빛에는 결연함이라고는 보이지 않았다. 그 순간 그녀는 그가 오래전부터 이 문제에 관해 생각하고 있었다는 것을 알았다. 그리고 그가 자신의 속마음을 모두 털어놓지는 않으리라는 것도 알았다. 그녀는 자신의 마지막 희망이 수포로 돌아갔다는 것을 깨달았다. 그녀가 바라던 것은 이런 게 아니었다.

"이제 그가 어떤 사람인지 당신도 알겠죠." 그녀가 떨리는 목소리로 말했다. "그 사람은……."

"날 용서해 줘요. 하지만 난 상황이 이렇게 돼서 오히려 기뻐요." 브론스키가 그녀의 말을 가로막았다. "제발, 내 말을 끝까지 들어줘요." 그는 설명할 기회를 달라는 듯 간절한 눈빛으로 말했다. "내가 기뻐하는 이유는, 이것이 불가능한 일이기 때문이에요. 그의 생각처럼 계속 이 생활을 유지한다는 건 도저히 불가능한 일이니까요."

"어째서 불가능하다는 거죠?" 안나는 애써 눈물을 참으며 그가 어떤 말을 하든 전혀 신경 쓰지 않는다는 듯한 어조로 말했다. 그녀는 이제 자신의 운명이 결정되었다고 생각했다.

브론스키는 이제 불가피하게 맞설 수밖에 없는 결투 후에 더 이상은 현재의 상태를 유지할 수 없을 거라 말하고 싶었으나 다른 이야기를 꺼내 버렸다.

"그것은 지금뿐만 아니라 앞으로도 불가능한 일이에요. 그래서 난 지금 당신이 그의 곁을 떠났으면 해요. 내가 바라는 건……." 그는 당황하며 얼굴을 붉혔다. "모든 걸 계획할 수 있도록 내게 맡겨 줘요. 우리가 함께하는 방법에 대해 신중하게 생각할 수 있도록 말이에요. 그리고 내일……." 그는 말을 계속하려 했으나 그녀가 가로막았다.

"내 아들은요!" 그녀가 소리쳤다. "그 사람이 뭐라고 썼는지 보셨죠? 아들을 버려야 한다고 했어요. 하지만 난 그럴 수 없어요. 그러고 싶지도 않고요."

"하지만 생각을 좀 해 봐요. 어떤 게 좋은 방법인지 말이에요. 아들을 두고 갈지 아니면 모욕적인 이 상황을 계속 유지해야 할지."

"누구에게 모욕적이라는 거죠?"

"우리에게, 특히 당신에게."

"당신은 모욕적이라 하지만……. 그렇게 말하지 마요. 그런 건 이제 내겐 아무 의미 없으니까." 그녀가 떨리는 목소리로 말했다. 그녀는 지금 그가 하는 거짓말을 듣고 싶지 않았다. 그녀에게는 오직 그의 사랑만이 존재했다. 그래서 그녀는 그를 사랑하고 싶었다. "당신도 알고 있겠죠. 당신을 사랑하면서부터 내 모든 것이 완전히 변해 버렸다는 것을요. 내게 남은 건 이제 오직 하나, 바로 당신의 사랑뿐이에요. 그러니 이제 그게 내 것이 된다면, 그 어떠한 일도 모욕적이라고 생각하지 않을 거예요. 오히려 나 자신을 자랑스럽고 꿋꿋하다고 여기게 될 거예요. 난 내 처지를 자랑스럽게 생각해요. 왜냐하면…… 자랑스러우니까……. 그 자랑스러움은……." 그녀는 수치와 절망의 눈물로 목이 메어 자신이 왜 자랑스러운지 말하지 못했다. 그녀는 걸음을 멈추고 흐느끼기 시작했다.

그 역시 목구멍까지 무언가가 차오르며 코끝이 찡할 만큼 울컥해서 난생 처음으로 울음이 터질 것 같았다. 하지만 그는 이렇게 자신의 마음을 움직이는 것이 무엇인지 확신할 수 없었다. 그는 그녀의 처지가 안타까웠지만 거기서 그녀를 구해 낼 수 없을 것 같다는 생각이 들었다. 그러면서 동시에 자신 때문에 그녀가 불행해졌고, 자신이 뭔가 나쁜 짓을 저질렀다는 생각이 들었다.

"이혼은 정말 불가능한 겁니까?" 그가 힘없이 말했다. 그녀는 대답 대신 고개만 끄덕였다.

"아들을 데리고 그와 헤어질 순 없는 건가요?"

"그래요. 그 모든 건 그 사람한테 달려 있어요. 난 그에게 가야만 해요." 그녀가 냉정한 어조로 말했다. 결국 모든 게 예전 그대로일 거라는 그녀의 예감은 틀리지 않았다.

"화요일에 페테르부르크로 가겠어요. 그때 모든 게 결정될 거예요."

"네." 그녀가 말했다. "하지만 이제 이 문제에 대해서는 더 이상 얘기하지 말기로 해요."

안나가 아까 마차를 돌려보내며 브레데 정원의 울타리 쪽으로 오라고 일러두었던 마차가 들어왔다. 그녀는 브론스키와 헤어진 뒤 집으로 향했다.


23


6월 2일 월요일에 위원회에서 정기 회의가 열렸다. 회의실에 들어선 알렉세이 알렉산드로비치는 평소처럼 위원들과 의장에게 인사를 건네고는 자리에 앉아 준비된 서류 위에 손을 얹었다. 서류에는 그에게 필요한 참고 자료와 그가 발표하려는 내용의 개요가 적혀 있었다. 하지만 그것들은 이미 그에게 불필요했다. 그에게는 해야 할 말을 되새겨 보는 것조차 필요하지 않았다. 그는 적절한 때가 되면, 자신 앞에서 일부러 냉담하게 보이려는 반대자의 얼굴을 보며 지금 준비한 것보다도 훨씬 더 멋진 말들이 자연스럽게 흘러나오리라는 것을 알고 있었다.

그는 자신의 말 한마디 한마디가 의미 있는 연설이 될 거라 생각했다. 하지만 그는 겉으로 정형화된 보고를 들으며 지극히 무심하면서도 태연한 모습을 보였다. 그는 자신의 앞에 놓인 하얀 종이의 양끝을 핏줄이 선 하얗고 기다란 손가락으로 살며시 만지며, 피곤한 얼굴로 머리를 기울이고 있었다. 누구도 곧 그의 입에서 의원들을 경악하게 만들고 서로의 발언을 방해해 의장에게 질서를 유지하도록 하는 말이 나오리라는 것을 예상하지 못했다. 보고가 끝나자 알렉세이 알렉산드로비치는 특유의 조용하면서도 가는 목소리로 이민족의 정착 문제에 관해 몇 가지 의견이 있다고 말했다.

그러자 모든 사람이 그에게 관심을 보이기 시작했다. 알렉세이 알렉산드로비치는 헛기침을 한 번 한 뒤, 연설할 때마다 늘 그러했듯 자신의 앞에 앉아 있는, 위원회에서 아직 한 번도 자신의 견해를 밝힌 적 없는 체구가 작고 온순해 보이는 노인의 얼굴을 바라보며 자신의 견해를 피력했다. 그의 견해가 근본적이면서도 조직적인 법규에 이르자 반대자가 일어나 반박하기 시작했다. 그러자 같은 위원회의 구성원이자 똑같이 급소를 찔린 스트레모프도 반박하기 시작했다. 회의장은 순식간에 아수라장이 되어 버렸지만 알렉세이 알렉산드로비치는 승리했다. 그의 제안이 받아들여져 세 명의 위원이 새롭게 임명된 것이다. 다음 날, 페테르부르크의 사교계 중 일부는 이 회의에 관한 이야기로 화제가 되었다. 알렉세이 알렉산드로비치의 성공은 그가 기대한 것 이상이었다.

다음 날, 알렉세이 알렉산드로비치는 아침에 눈을 뜨자마자 만족감을 느끼며 어제 있었던 자신의 승리를 회상했다. 그의 비위를 맞추기 위해 사무장이 위원회의 소식을 전했을 때, 그는 애써 무심한 척하려 했으나 미소를 감출 수가 없었다. 알렉세이 알렉산드로비치는 사무장과 함께 일하는 동안, 오늘이 안나 아르카디예브나에게 돌아오라고 했던 화요일이라는 사실을 잊고 있었다. 그래서 하인이 그녀가 왔다는 소식을 전했을 때 그는 몹시 놀라며 불쾌해졌다.

안나는 오전에 일찌감치 페테르부르크에 도착했다. 그는 그녀의 전보를 받은 뒤 그녀를 데려오기 위해 마차를 보냈었다. 그래서 알렉세이 알렉산드로비치도 그녀가 온다는 사실을 알고 있었지만 그녀가 집에 왔을 때 마중을 나오지 않았다. 그녀에게는 그가 아직 출근 전이며 지금 사무장과 일하고 있다는 소식을 전했다. 그녀는 남편에게 자신이 도착했음을 알리라고 일러두고는 방으로 들어가 그를 기다리며 짐을 정리했다. 하지만 한 시간이 지나도 그는 오지 않았다. 그녀는 뭔가를 지시한다는 핑계로 식당으로 내려가 일부러 큰 소리로 말하며 그가 나오기를 기다렸다. 그럼에도 그는 사무장과 함께 일하느라 서재 문 앞까지만 나오는 소리를 냈을 뿐 내려오지는 않았다. 그녀는 평소처럼 그가 곧 출근할 것임을 알고 있어서 그 전에 서로의 관계를 매듭짓기 위해 그를 만나려고 했던 것이다.

그녀는 결연한 태도로 홀을 지나 그가 있는 곳으로 향했다. 그녀가 서재로 들어섰을 때, 그는 이미 출근 준비를 마친 듯 제복을 입고 작은 테이블에 팔꿈치를 괴고 앉아 서글픈 표정으로 정면을 응시하고 있었다. 그녀는 그가 자신을 보기 전에 그를 먼저 보았다. 그녀는 그가 자신에 대해 생각하고 있음을 알 수 있었다.

그녀를 보자 그는 자리에서 일어나려다 멈추었다. 그의 얼굴은 안나가 여태껏 본 적이 없을 만큼 붉게 달아올랐다. 그는 자리에서 일어나 그녀의 눈이 아닌, 이마와 머리를 쳐다보며 그녀를 맞이했다. 그는 그녀의 옆으로 다가가 손을 잡고는 앉으라고 권했다.

"당신이 돌아와 줘서 정말 기뻐." 그는 그녀의 옆에 앉으며 말했다. 그는 무슨 이야기를 꺼내려다가 이내 침묵했다. 그후에도 몇 번 무슨 이야기를 꺼내려다가 멈추었다. 그녀는 이 자리를 대비해 단단히 마음을 먹었으며, 그를 경멸하고 비난할 생각이었다. 하지만 막상 그의 얼굴을 보니 해야 할 말이 떠오르지 않았고 오히려 그에게 연민을 느꼈다. 두 사람은 꽤 오랫동안 침묵했다. "세료쥐아는 잘 지내고 있소?" 그가 말했다. 그러고 나서 대답을 기다리지도 않고 말했다. "오늘은 집에서 식사를 못 할 것 같소. 곧 나가 봐야 하니까."

"모스크바로 갈 생각이었어요." 그녀가 말했다.

"아니, 당신이 이곳으로 돌아온 것은 정말로, 아주 잘한 선택이오." 그러고 나서 그는 다시 침묵했다. 그녀는 그가 말을 꺼내지 못할 것을 알고 먼저 말을 꺼냈다.

"알렉세이 알렉산드로비치." 그녀는 그를 바라보며 자신의 머리 위에 고정된 그의 눈을 똑바로 응시하며 말했다. "나는 부정한 짓을 저지른 추악한 여자예요. 하지만 나는 예전과 다름없어요. 그때 당신에게 말씀드렸던 그대로예요. 그래서 난 아무것도 바꿀 수 없다는 사실을 전하려고 왔어요."

"난 그것에 대해 묻지 않았소." 그는 갑자기 냉엄하면서도 증오로 가득 찬 눈빛으로 그녀를 똑바로 쳐다보며 말했다. "나도 그렇게 예상하고 있었소." 그는 분노로 말미암아 스스로를 통제할 수 있는 힘을 되찾은 듯했다. "하지만 내가 당신한테 직접 말했고, 편지에 적어 보냈던 대로." 그는 날카롭고 가는 목소리로 말을 이어 갔다. "거듭 말하지만, 내가 그것까지 알아야 할 의무는 없다는 것을 말해야겠소. 그것에 관해서는 모르는 척하겠소. 남편한테 이렇게 즐거운 소식을 전하기 위해 부지런을 떠는 당신처럼 친절한 아내도 드물 거요." 그는 '즐거운'이라는 말을 강조하며 말했다. "세상 사람들이 그 일에 대해 모르고 있는 동안은, 또 내 명성이 더럽혀지지 않는 동안은 모른 척하겠소. 하지만 우리의 관계는 지금처럼 계속 유지되어야 하며, 만일 당신이 명예를 실추시키는 행동을 했을 시에는 나도 내 명예를 회복할 수단을 강구할 거라는 사실을 명심해 두시오."

"하지만 우리가 예전과 같은 관계를 유지할 수는 없어요." 안나는 당황한 눈으로 그를 바라보며 겁에 질린 듯한 목소리로 말했다.

그녀는 다시 침착한 남편의 태도와 또한 날카롭고 어린아이 같으면서도 조롱하는 듯한 그의 목소리를 듣자 혐오감이 들어 방금 전 그녀의 마음속에 품었던 연민의 감정이 사라져 버리는 것을 느꼈다. 그녀는 이제 두려울 뿐이었다. 하지만 어찌 됐건 그녀는 자신의 입장을 확실히 정리하고 싶었다.

"난 더 이상 당신의 아내로 살아갈 수 없어요. 내가 그렇게……." 그녀는 무슨 말을 꺼내려고 했다.

그는 표독스럽고 차가운 웃음을 보였다.

"당신이 선택한 삶의 방식이 판단력에도 영향을 주었나 보군. 난 그 두 가지를 모두 존중하든가 경멸해야겠지……. 난 당신의 과거를 존중하고 있소. 하지만 현재는 경멸하지……. 내 말에 대한 당신의 해석은 내 생각과는 전혀 다른 것이었소."

안나는 깊은 한숨을 내쉬며 고개를 떨구었다.

"하지만 난 이해가 되질 않는군. 당신처럼 독립적인 사람이 말이야." 그는 몹시 흥분하며 말을 이어 갔다. "부정을 저지르고 남편에게 솔직히 다 털어놓으면서도 전혀 가책을 느끼지 않는 사람이 남편에 대한 아내의 의무를 다하는 것은 왜 꺼리고 있는 거요?"

"알렉세이 알렉산드로비치! 대체 나보고 뭘 어떻게 하라는 거예요?"

"내가 바라는 건, 당신이 여기에서 그를 만날 일이 없도록 하는 것, 그리고 세상 사람들과 하인들에게 손가락질 받게 하지 않도록 하는 것, 또한 당신 스스로도 그를 만나지 않는 거요. 이 정도의 요구는 무리가 아닐 테지. 당신이 아내로서의 의무를 다하지 않아도 권리는 충분히 누릴 수 있으니까 말이오. 내가 하고 싶은 말은 이것뿐이오. 그럼 난 이제 나가 봐야 겠소. 집에서 식사하진 않을 거요."

그는 자리에서 일어나 문 쪽으로 향했다. 안나도 함께 일어섰다. 그는 말없이 인사하고는 그녀에게 길을 비켜 주었다.


## 24

레빈이 건초 더미 위에서 보낸 하룻밤은 무의미하지 않았다. 그는 지금껏 해 온 농사일이 싫어졌고 이제는 더 이상 흥미가 생기지 않았다. 풍성한 수확이 있었음에도 올해만큼 그와 농부들 사이에 좌절과 적대감이 있었던 적은 없었다. 적어도 그는 그렇게 생각했다. 그리고 이러한 좌절과 적대감의 원인에 대해서 그는 이제야 완벽히 이해가 되었다. 그가 노동하면서 느꼈던 기쁨, 그 결과로 얻은 농부들과의 친근함, 그들의 생활에 대한 부러움, 그러한 생활로 바꾸어야겠다는 소망, 그것은 그에게 더 이상 꿈이 아닌, 실제 계획이 되었으며 그는 그 생활을 위해 세부적인 사항들까지 생각했다. 이러한 것들은 지금껏 그가 지녀 왔던 농업에 대한 생각을 완전히 바꿔 버렸다. 그래서 그는 이제 더 이상 예전처럼 농사일에 흥미가 생기지 않았으며, 인부들과 자신의 불쾌한 관계가 모든 일의 발단이 되었다는 사실을 알게 되었다.

파바처럼 우량종의 암소들, 거름을 주고 밭갈이가 잘된 땅, 버드나무로 둘러싸인 아홉 군데의 반듯한 들판, 깊이 갈아 거름을 뿌린 90데샤티나의 밭, 온갖 파종기 등 이러한 일들은 만약 그 혼자 했거나, 또는 그와 생각이 같은 사람들과 함께했다면 더없이 훌륭하게 이루어졌을 것이다. 하지만 이제 그는 확실히 알게 되었다. (농업에 있어 주된 요소는 노동자여야 한다는 농업에 관한 그의 책이 큰 도움을 주었다.) 그동안 자신이 추구했던 농업은 그저 그와 노동자들 사이의 잔인하고 지독한 투쟁이었다는 것을, 또한 이 투쟁의 이면에는, 그러니까 그는 모든 상황을 더 좋게 개선하는 방향으로 지속적인 노력을 했던 반면, 사물의 자연스러운 질서가 있었다는 것을 확실히 깨달았던 것이다.

또한 그는 자신이 온갖 노력을 기울이는 것에 반해 노동자들이 아무런 노력도 계획도 하지 않는다면 농사는 어느 쪽으로도 진행되지 않고, 훌륭한 농기구와 좋은 가축과 땅이 쓸모없게 된다는 사실을 깨달았다. 무엇보다 중요한 것은, 농업의 의미가 자신에게 확실한 의미로 다가온 지금, 그 일에 쏟아부은 힘마저 완전히 무의미한 일이 되었을 뿐만 아니라 그 힘마저도 가치 없는 일이 되었다는 사실을 그가 절감했던 것이다. 이것은 무엇을 위한 투쟁이었을까? 그는 돈 몇 푼을 더 벌기 위해 싸웠던 것이다. 그는 인부들에게 지급할 돈이 모자랄수도 있었기에 그럴 수밖에 없었다. 하지만 그들은 여유롭고 즐겁게 일했다. 다시 말해서, 그들에게 익숙한 방식대로 하기 위해 그에게 대항했던 것이다.

인부들 모두가 가능한 한 많은 일을 하고, 키나 써레, 탈곡기를 망가뜨리지 않기 위해 조심하면서 지속적으로 자신들이 하는 일에 주의하는 것은 그의 이해관계와 직결된 것이었다. 하지만 인부들은 될 수 있으면 즐겁고 편하게, 그리고 평온하게 모든 것을 잊고 아무 생각 없이 일하고 싶어 했다. 레빈은 올여름에 그러한 모습을 곳곳에서 확인했다. 그는 잡초와 쑥이 섞여 종자를 얻기 힘든 밭을 고른 뒤에 그곳에서 건초로 쓸 토끼풀을 베어 오라며 사람을 보냈다. 하지만 그들은 집사가 지시했다면서 종자를 얻을 수 있는 훌륭한 밭을 몇 데샤티나나 베어 버린 뒤에 그것은 분명 좋은 건초가 될 거라며 그를 달래 주었다. 그들이 그랬던 이유는 단 하나, 그곳이 풀을 베기 쉬운 밭이었기 때문이라는 것을 그는 너무도 잘 알고 있었다.

그는 풀을 넣어 건조시키는 기계를 보냈었다. 하지만 인부들은 첫 줄을 베자마자 그것을 망가뜨렸다. 그들은 발 아래쪽에서 날개가 돌아가는 그런 자리에 앉아 있는 것이 따분했기 때문이었다. 그들은 그에게 말했다. "걱정 마십시오. 곧 아낙네들이 넣어놓을 테니까요." 쟁기를 사용해 보기도 했으나 소용없다는 것을 깨달았다. 인부들이 쟁기에 들려 있는 보습을 내릴 생각도 않고 그저 힘만으로 뒤집으면서 말을 괴롭히고 땅을 망가뜨려 놓았기 때문이다. 그런 식으로 하면서도 그들은 레빈에게 걱정하지 말라고 했던 것이다. 게다가 말은 계속 밭으로 들어가 밀을 짓밟았다. 모든 인부는 불침번을 서는 것을 싫어해서 그래서는 안 된다고 미리 지시해 두었음에도 교대로 당번을 서다가 온종일 일하고 나서 당번을 섰던 바니카가 깜빡 잠이 들었던 것이다. 그는 자신의 잘못을 반성하며 레빈의 뜻대로 처벌해 달라고 말했다.

가장 좋은 암송아지 세 마리에게는 물통도 놓아 주지 않았고, 그들을 토끼풀이 가득한 밭에다 풀어놓아 죽게 만들었다. 그럼에도 인부들은 암송아지들이 토끼풀을 너무 많이 먹어 탈이 난 사실을 믿으려고 하지 않았다. 그러면서 레빈을 달래기 위해 이웃집에서는 사흘간 112마리가 죽었다고 말했다. 물론 이 모든 일은 그들이 레빈이나 그의 농사에 악의를 품고 일부러 한 짓은 아니었다. 오히려 반대로 인부들은 그를 좋아하고 있었으며 자신을 '소탈한 나리'(최고의 찬사였다.)로 생각하고 있다는 것 또한 알고 있었다. 그럼에도 이러한 결과가 발생한 것은, 그들은 그저 일을 즐기면서 하고 싶어 했고, 레빈의 이해(利害)가 그들에게는 몹시 낯선 것이었으며 이해조차 되지 않았기 때문이었다. 또한 그와 그들의 이해관계가 숙명적으로 대립되어 있었기 때문이기도 했다.

오래전부터 이미 레빈은 농사에 대한 자신의 태도를 못마땅해하고 있었다. 그는 자신의 보트가 침몰하는 것을 알고 있었음에도 물이 새는 구멍을 찾지 못했으며 찾으려고 애쓰지도 않았다. 그는 일부러 스스로를 기만하고 있었던 것이다. 하지만 더 이상은 자신을 속일 수 없었다. 그는 지금껏 해 온 농사일에 더 이상 흥미를 느끼지 못했으며 오히려 그것이 싫어져서 더 이상 그 일을 지속할 힘이 남아 있지 않았던 것이다.

게다가 그와 30베르스타 떨어진 곳에 그가 몹시 보고 싶어
하면서도 볼 수 없는 키티 쉬체르바쓰까야가 있었다. 그가 그
녀를 찾아갔을 때 다리야 알렉산드로브나는 그에게 다음에
또 와 달라고 말했다.

그녀는 레빈에게, 이제는 키티가 분명 그를 받아들일 거라
고 느끼게 해 주었고, 그러므로 동생에게 다시 한번 청혼하러
오라고 한 것이었다. 레빈 역시 키티 쉬체르바쓰까야와 마주
친 후에 자신이 아직까지 그녀를 사랑하고 있다는 사실을 깨
달았다. 하지만 그는 그녀가 그곳에 있다는 것을 알면서도 오
블론스키의 집을 찾아가지 못했다. 그가 그녀에게 청혼한 뒤
거절을 당한 일은 그와 그녀를 가로막는 장애물이 되어 있었
기 때문이었다.

'그녀가 자신이 원했던 사람의 아내가 될 수 없었다는 이
유만으로 내 아내가 되어 달라고 간청할 수는 없어.' 그는 자
신에게 이렇게 말했다. 이러한 생각은 그녀에게 적의를 품게
하고 그를 냉정하게 만들었다. '난 그녀를 원망하지 않고서는
그녀와 이야기를 나눌 수 없어. 또 분노의 감정 없이 그녀를
볼 수도 없을 거야. 그렇게 되면 그녀는 나를 더욱 싫어하게
될 거야. 당연한 일일 테지. 게다가 다리야 알렉산드로브나에
게 그런 말을 듣고서 어떻게 그곳을 찾아갈 수 있겠어? 그녀
가 내게 했던 말들을 이제 와서 모른 척할 수 있을까? 내가 너
그러운 마음으로 그녀를 용서하고 관용을 베풀러 간다니. 내
가 그녀 앞에서 그녀를 용서하고 그녀를 사랑하는 사람이 되

다니! 다리야 알렉산드로브나는 왜 그런 말을 했던 것일까? 우연히 그녀와 마주쳤다면 일은 저절로 해결되었을지도 몰라. 하지만 이제는 불가능한 일이야. 불가능한 일이라고!'

다리야 알렉산드로브나는 그에게 키티가 사용할 여성용 안장을 빌려 달라는 편지를 보냈다. '당신이 여성용 안장을 갖고 있다는 말을 들었어요. 당신이 직접 가져다주셨으면 해요.'

레빈은 도저히 참을 수 없었다. 그토록 현명하고 우아한 부인이 어떻게 이토록 동생을 모욕할 수 있을까! 그는 열 통의 편지를 썼지만 모두 찢어 버리고는 답장도 보내지 않고 안장만 보냈다. 그는 그곳에 갈 수 없었기 때문에 자신이 직접 가겠다고 써서 보낼 수는 없었다. 볼일이 있다거나 다른 곳을 가 봐야 하기 때문이라고 둘러대는 것도 불편한 일이었다. 그는 다음 날, 이제는 진저리가 날 만큼 지친 농사일을 집사에게 맡기고 친구 스비야쥐스키가 사는 먼 시골로 향했다. 그 친구의 집 주변에는 도요새가 서식하는 늪지가 있었다. 최근에 그 친구는 조만간 방문하겠다고 오래전부터 이야기했던 그 약속을 지켜 달라는 편지를 그에게 보냈다. 도요새가 있는 수로프 군의 늪지는 오래전부터 레빈이 눈독을 들이던 곳이었으나 농사일로 바빴기 때문에 여행을 차일피일 미루고 있었던 것이다. 그는 이제 쉬체르바쓰키 가족과 농사일에서 벗어나, 그의 슬픔에 무엇보다 큰 위안이 되는 사냥을 하러 떠날 수 있어서 몹시 기뻤다.

## 25

수로프 군에는 기차도 역마차도 없었기에 레빈은 자신의 여행용 사륜마차를 타고 가야 했다.

가는 도중에 그는 말에게 먹이를 주기 위해 어느 부유한 농가에 잠시 들렀다. 불그스름한 턱수염이 덥수룩하게 자라고 볼 언저리에 희끗희끗 수염이 난 풍채 좋은 대머리 노인이 대문 기둥에 몸을 기대고 마차가 들어올 수 있도록 대문을 열어 주었다. 널찍하고 깨끗한 마당의 처마 아래에는 가장자리가 불에 그슬린 나무 쟁기가 놓여 있었다. 노인은 마부에게 그쪽으로 들어오라 일러두고는 레빈을 응접실로 안내했다. 말끔한 옷을 입고 덧신을 신은 처녀가 허리를 굽히고 현관 마루를 닦고 있었다. 그녀는 레빈을 뒤따라 온 개를 보자 놀라며 소리쳤다. 하지만 이내 개는 아무 짓도 하지 않았는데 자신이 놀랐다는 사실을 깨닫고는 웃음을 터뜨렸다. 그녀는 소매를 걷어 올린 한 손으로 응접실의 문을 가리킨 뒤 다시 허리를 굽혀 아름다운 얼굴을 감춘 채 열심히 마루를 닦았다.

"차를 드릴까요?" 그녀가 물었다.

"네, 부탁드립니다."

레빈이 들어간 커다란 응접실은 칸막이가 쳐져 둘로 나뉘어 있었고 네덜란드식 벽난로가 놓여 있었다. 그리고 알록달록한 무늬가 있는 테이블과 벤치, 두 개의 의자가 성상 아래에 놓여 있었으며 문가에는 찬장이 있었다. 덧문은 닫혀 있고 파리도 보이지 않았다. 모든 것이 깔끔하게 정돈되어 있었기에 레빈은 오면서 진흙탕을 뒤집어쓴 라스카가 행여나 마루를 더럽힐까 봐 걱정하며 문가에 얌전히 있으라고 일러두었다. 레빈은 방을 둘러본 뒤 뒷마당으로 나갔다. 덧신을 신은 아름다운 처녀는 우물로 물을 길러 가기 위해 빈 물통이 달린 멜대를 흔들며 그의 앞으로 뛰어갔다.

"얘야, 서두르렴!" 노인이 그녀를 향해 유쾌하게 외친 뒤 레빈에게 다가왔다. "나리, 니콜라이 이바노비치 스비야쥐스키 댁에 가시는 겁니까? 그분께서도 종종 저희 집에 들르신답니다." 그는 계단 난간에 팔꿈치를 기대며 긴 이야기를 늘어놓았다.

노인이 스비야쥐스키와 자신과의 관계에 대해 한창 떠들고 있을 때, 대문에서 삐걱대는 소리가 들리더니 들에서 일을 마치고 돌아온 인부들이 쟁기와 써레를 끌고 마당으로 들어왔다. 쟁기와 써레를 달고 있던 말들은 살이 올라 있었고 체격이 좋았다. 모든 인부는 이 집안 식구인 것 같았다. 두 사람은 면으로 된 루바슈카를 입고 테 없는 모자를 쓴 젊은이였고, 나머지 두 사람은 삼베로 만든 루바슈카를 입은 하인들이었다. 하인 중 한 사람은 노인이었고 다른 한 사람은 앳된 청년이었다. 계단에 있던 노인은 말이 있는 쪽으로 다가가 쟁기와 써레를 풀기 시작했다.

"뭘 갈고 왔나?" 레빈이 물었다.

"감자밭을 갈고 오는 길입니다. 땅이 좀 있어서요. 얘야, 페도트. 거세한 말은 마구를 풀지 말고 그냥 여물통 옆으로 끌고 가. 다른 녀석에게 마구를 채우자고……"

"참, 아버지. 보습을 가져다 달라고 일러뒀는데 가지고 왔어요?" 노인의 아들로 보이는 키가 크고 듬직한 청년이 물었다.

"저기, 썰매 안에 있다." 노인은 고삐를 풀어 둘둘 감아 바닥에 던지며 말했다. "다들 밥 먹는 동안에 정리하거라."

아름다운 처녀는 물이 가득 찬 통을 메고 어깨를 축 늘어뜨린 채로 현관 앞을 지나갔다. 다른 아낙네들도 보이기 시작했다. 젊고 아리따운 아낙네들, 중년의 아낙네들, 그리고 나이 들고 인상이 험악해 보이는 늙은 아낙네들과 어린애와 함께 있는 아낙네들, 또 아이들 없는 아낙네들이 하나둘씩 모습을 드러냈다.

사모바르가 끓어오르는 소리가 들려왔다. 마구를 잘 정리한 뒤 인부들과 식구들은 밥을 먹으러 갔다. 레빈은 마차 안에서 음식을 꺼내며 노인에게 함께 차를 마시자고 권했다.

"저기, 저희는 벌써 마셨습니다." 노인은 그 제안에 기뻐하며 말했다. "그럼 말 상대라도 해 드릴 겸 조금 마실까요?"

레빈은 차를 마시며 노인이 해 온 농사일에 대해 상세한 이야기를 들었다. 노인은 10년 전, 어느 여자 지주에게서 120데샤티나의 땅을 빌려 농사를 짓다가 작년에 그 땅을 샀다고 했다. 그러고는 이웃에 사는 지주에게 300데샤티나의 땅을 또 빌렸는데, 그 땅 중에 가장 척박한 부분을 다른 사람에게 빌려주었다고 했다. 그러면서 노인은 40데샤티나의 땅에 가족과 두 명의 하인과 함께 직접 농사를 지으며 살아가고 있었는데 농사가 잘되지 않는다고 푸념을 늘어놓았다. 하지만 레빈은 그의 말은 그저 겸손의 말이었고 실제로는 농사가 잘되고 있다는 사실을 알고 있었다.

만약 농사가 정말로 잘되지 않았다면, 그는 150루블이나 내고 땅을 사지도 못했을 것이며 세 아들과 조카를 결혼시키지도 못했을 것이다. 그리고 두 번이나 화재로 피해를 입고도 이전보다 더 좋은 집을 짓는 일도 없었을 것이다. 노인은 불평을 늘어놓았지만, 스스로도 자신의 부유함과 세 아들과 조카, 며느리들, 말과 소, 특히 이 집안의 농사일을 잘 해 나가고 있다는 것을 자랑스럽게 여기고 있는 듯했다. 레빈은 노인과의 대화를 통해 그가 새로운 영농법에 대해서 반감을 가지지 않는다는 것을 알았다. 그는 주로 감자를 심고 있었다. 레빈은 오는 길에 이제 막 감자에 꽃이 피기 시작하는 것을 보았다. 하지만 이곳에서는 이미 꽃이 지고 알이 여물고 있었다. 또한 감자밭을 갈 때 지주에게서 빌린 신형 쟁기인 플루크를 쓰고 있었다. 그는 밀 농사도 짓고 있었다. 레빈은 특히 호밀밭에서 솎아 낸 것을 말의 여물로 쓰고 있다는 노인의 말에 감동을 받았다. 레빈은 훌륭한 사료가 버려지고 있는 사실에 안타까워하며 몇 번이나 그것을 활용해야겠다고 생각했으나 실행하지 못하고 있었기 때문이었다. 하지만 이 농부는 그것을 해냈다. 노인은 이 사료에 대해 아무리 찬사를 늘어놓아도 끝이 없는 듯 보였다.

"아낙네들이 따로 일할 필요도 없어요. 솎아 낸 것을 묶어서 내다 놓으면 달구지가 실어 가니까요."

"그런데 우리 지주들은 인부들이랑 단합이 잘 안 돼서 말이야." 레빈은 그에게 찻잔을 건네며 말했다.

"감사합니다." 노인은 그렇게 대답하며 찻잔을 받았다. 하지만 씹다 남은 덩어리를 가리키며 설탕은 사양했다. "인부들에게 시켜서 잘되는 일은 없을 겁니다." 그가 말을 이었다. "못 쓰게 될 뿐이지요. 스비야쥐스키 댁의 땅을 보세요. 그게 어떤 땅인지 저희는 잘 알고 있습니다. 아주 훌륭한 땅이죠. 그런데도 수확은 만족스럽지가 못하거든요. 다 소홀히 관리한 탓이죠."

"하지만 자네 역시 인부들을 시켜 농사를 짓고 있지 않나?"

"저희는 모두 농사꾼이라 하나하나 죄다 저희 손으로 하고 있죠. 쓸모없는 녀석들은 내쫓고 저희 힘으로 해 나가고 있습니다."

"아버지, 피노겐이 타르를 달래요." 덧신을 신은 처녀가 들어오며 말했다.

"그래, 그럼 나리!" 노인은 자리에서 일어나 연신 성호를 그으며 레빈에게 감사 인사를 전하고 나갔다.

레빈은 마부를 부르기 위해 일꾼들이 머무는 오두막으로 들어서면서 이 집안 남자들이 식탁에 둘러앉아 있는 모습을 보았다. 아낙네들은 시중을 들며 서 있었다. 젊고 활기찬 아들이 귀리죽을 한가득 입에 넣고 뭔가 유쾌한 이야기를 하자 모두 소리 내 웃었다. 특히 양배추 수프를 그릇에 부어 주고 있던, 덧신을 신은 처녀가 유독 즐거워하고 있었다.

레빈이 이 농가에서 받은 말끔한 인상에는 아마 덧신을 신

은 처녀의 아리따운 모습이 가장 큰 영향을 미쳤을지도 모른
다. 그것은 너무도 강렬해서 레빈은 잊을 수가 없었다. 그래
서 그는 노인의 집에서 스비야쥐스키의 집으로 가는 동안 수
차례 그 농가를 떠올렸다. 그는 유독 그 인상에 자신의 관심
을 이끄는 무언가가 있는 것처럼 느껴졌다.


## 26

스비야쥐스키는 수로프 군의 귀족 단장이었다. 그는 레빈
보다 다섯 살 많았으며 결혼한 지는 한참 되었다. 그의 집에
는 젊은 처제가 함께 살고 있었는데 그녀는 레빈을 몹시 좋아
했다. 또한 레빈은 스비야쥐스키 부부가 그녀를 그와 결혼시
키고 싶어 한다는 사실도 알고 있었다. 신랑감이라고 불리는
다른 젊은이들과 마찬가지로 그는 누구에게도 이 이야기를
하지 않았으나 그 사실을 잘 알고 있었다. 그는 자신도 결혼
을 원한다는 것과 모든 면에서 이토록 매력적인 아가씨는 틀
림없이 아름다운 아내가 되리라는 것도 알고 있었다. 그럼에
도 그가 그녀와 결혼한다는 것은 키티 쉬체르바쓰카야에 대
한 생각을 차치하고서라도 하늘로 비상하는 것만큼 불가능
하다는 사실도 알고 있었다. 이러한 이유로 그가 스비야쥐스
키를 만나러 가는 여행길에서 느꼈던 즐거움은 퇴색되었다.

레빈은 사냥하러 오라는 스비야쥐스키의 편지를 받고
이런 생각을 했다. 하지만 스비야쥐스키가 자신에 대해 그렇

게 생각하고 있다는 것은 근거 없는 공상이라고 생각하며 그를 찾아가기로 결심했던 것이다. 또한 레빈의 마음 깊은 곳에는 자신을 한 번 더 시험해 보고 싶은 생각이 있었고, 그녀에 대한 자신의 감정의 무게를 다시 가늠해 보고 싶은 생각도 있었다. 게다가 스비야쥐스키가에서의 생활은 더없이 즐거웠다. 레빈이 아는 한 스비야쥐스키는 가장 훌륭한 젬스트보 행정관이었으며 그에게 항상 강렬한 흥미를 주는 사람이었기 때문이었다.

레빈에게 있어 스비야쥐스키는 항상 기이한 인물 중 하나였다. 그의 사상은 독창적이지는 않았으나 상당히 논리적이었으며 그는 자신만의 길을 고수하고 있었다. 하지만 그의 생활 방식은 지극히 고정되고 틀에 박혀 있었기에 레빈의 사상과는 거리가 먼, 정반대로 흐르는 것이었다. 스비야쥐스키는 지극히 자유주의자였다. 그는 귀족을 경멸했고, 대부분 귀족은 나약해서 겉으로 표현하지 못할 뿐 농노제를 옹호한다고 생각했다. 그는 러시아를 터키와 마찬가지로 멸망한 국가라여기며, 러시아 정부에 대해서는 진지한 비판조차 마다할 정도로 무시하고 있었다. 하지만 그는 관리이자 모범적인 귀족 단장이었기 때문에 항상 휘장과 붉은 테가 달린 군모를 쓰고 외출했다.

그는 인간다운 생활을 영위하는 것은 오로지 외국에서만 가능하다는 입장이어서 기회가 생길 때마다 외국에서 생활했다. 하지만 동시에 그는 러시아에서도 상당히 복잡하면서도 완벽한 농업 방식을 선택해 큰 관심을 기울이며 모든 일들을 주시하고 있었기에 러시아에서 일어나는 모든 일에 대해서도 잘 알고 있었다. 그는 러시아의 농부들을 원숭이에서 인간으로 진화하는 과정에 있는 존재라고 생각했다. 하지만 그는 젬스트보 선거에서는 누구보다 먼저 농부들과 악수를 나누었고 그들의 의견에 귀를 기울였다. 그는 아마도 죽음도 믿지 않았지만 신부들의 처우를 개선하는 일과 교구를 축소하는 문제와 관련해서는 큰 관심을 가졌으며, 자신의 마을에 교회를 존속시키는 일에 유독 심혈을 기울였다.

그는 여성 문제와 관련해서는 완전한 자유를, 특히 여성이 일할 권리에 대해서는 적극적으로 지지했다. 하지만 아이가 없음에도 모두가 그의 가정생활을 부러워할 만큼 아내와 행복한 생활을 유지하고 있었다. 그러면서 그는 아내의 생활을, 그녀가 남편을 내조하며 자신들의 생활을 훌륭하고 즐겁게 만드는 일 외에는 아무것도 하지 않도록, 또 그렇게 할 수 없도록 만들고 있었다.

만약 레빈이 사람의 장점을 최우선으로 보는 사람이 아니었다면, 스비야쥐스키의 성격은 그에게 어떤 혼란스러움도, 의혹도 남기지 않았을 것이다. 스비야쥐스키는 자신을 바보나 쓰레기라고 말했을 것이고, 그로 말미암아 모든 게 분명해졌을 것이다.

하지만 그는 바보가 아니었다. 스비야쥐스키는 분명 총명했으며 교양도 풍부했지만 결코 그것을 과시하지 않는 사람이었기 때문이다. 그는 모든 것을 알고 있었지만 꼭 필요한 경우를 제외하고는 자신의 지식을 드러내려고 하지 않았다.

게다가 레빈이 그를 쓰레기라고 볼 수도 없었던 이유는 스비야쥐스키는 분명 품행이 바르고 선량하면서도 총명한 사람이었고, 즐겁고 쾌활하게 일하며 주변 사람들에게 좋은 평판을 받았기 때문이었다. 또한 그는 분명 의식적으로 나쁜 짓을 저지른 적이 없었고 그럴 수도 없는 사람이었다.

레빈은 그를 이해하려고 노력했지만 그러지 못했고, 마치 살아 있는 수수께끼를 대하듯 그와 그의 생활을 지켜보고 있었다.

레빈은 그의 가족과 친하게 지냈으므로 틈나는 대로 스비야쥐스키를 시험해 보려 했고 그의 가치관의 근원이 되는 것이 무엇인지 알아보려 했다. 하지만 그 일은 언제나 헛수고로 끝나곤 했다. 레빈은 모든 사람을 향해 열려 있는, 스비야쥐스키의 마음속에 있는 응접실의 문에서 한 발짝 더 가까이 다가가려고 할 때마다 그가 슬쩍 당황한다는 것을 알고 있었다. 그는 마치 레빈에게 그것을 들킬까 봐 두려워하듯 놀란 눈빛으로 선량하면서도 유쾌하게 저항했던 것이다.

농사일에 회의를 느끼던 레빈은 스비야쥐스키의 집에 머물고 있는 지금이 몹시 즐거웠다. 자신도, 다른 사람들도 만족스러워하고 있는 행복한 부부의 모습과 질서정연하게 자리 잡은 그들의 보금자리는 그에게 형언할 수 없을 만큼의 즐거움을 주었다. 현재 자신의 생활에 불만이 많았던 레빈은 스비야쥐스키가 일상에서 이렇게 분명하면서도 확실한 즐거움을 느낄 수 있는 비결을 알아내고 싶었다. 게다가 레빈은 스비야쥐스키를 찾아가게 되면 그 주변에 있는 지주들을 만날 수 있다는 것을 알고 있었다. 그리고 지금 그는 그들과 만나 수확이나 인부들을 고용하는 일과 관련한 농사 이야기를 나누는 것이 흥미로웠다. 물론 레빈도 그러한 이야기들이 꽤 저속하게 여겨지리라는 사실을 알고 있었지만 현재로서 레빈은 오로지 그것만이 중요하다고 생각했다.

'농노제 시대에는 이러한 것이 필요 없었겠지. 어쩌면 영국에서는 지금도 필요 없을지도 몰라. 이 두 가지 경우에는 조건 자체가 이미 정해져 있으니까. 하지만 이 모든 게 뒤섞여 버리고 이제야 겨우 제 모습을 찾아가고 있는 오늘날, 우리 러시아에서는 이 같은 조건들이 어떤 식으로 수습돼야 하는지가 가장 중요한 문제인 거야.' 레빈은 생각했다.

사냥은 레빈이 기대한 것만큼 잘되지는 않았다. 늪은 말라버렸고 도요새도 볼 수 없었다. 그는 온종일 돌아다녔지만 겨우 세 마리를 잡았을 뿐이었다. 하지만 사냥하고 돌아올 때면 항상 그랬듯 그는 식욕이 넘치며 흥분되었고, 격렬한 운동 후에 뒤따르는 활기찬 정신을 느끼며 돌아왔다. 그리고 사냥터에서는 생각하지 않았던 노인과 가족들을 다시 떠올리고 있었다. 그들이 그에게 주었던 인상은 마치 그 가족에 대해 주의하라는 요구와 더불어 그와 관련된 어떤 문제의 해결을 원하고 있는 듯한 생각이 들었다.

차를 마시는 저녁 시간에는 지주 두 사람이 후견인 문제로 찾아와서 레빈이 몹시 고대하던 아주 흥미로운 대화가 펼쳐졌다.

레빈은 안주인 옆에 자리를 잡고 앉아서 맞은편에 앉아 있던 스비야쥐스키의 처제와 대화를 나누어야만 했다. 금발에 적당한 키의 안주인은 얼굴이 둥글었으며 보조개와 미소로 환하게 빛나는 여자였다. 레빈은 그녀의 남편이 자신에게 제시한, 그에게는 아주 중요한 수수께끼를 그녀를 통해 풀어 보려고 노력했다. 하지만 그는 참을 수 없을 만큼 불편했기에 편히 생각할 수가 없었다. 그가 그토록 불편했던 이유는 스비야쥐스키의 처제가 바로 앞에 앉아, 레빈이 생각하기에는 자신에게 보이기 위해 가슴 쪽이 사다리꼴로 파인 상의를 입고 하얀 가슴을 드러내고 있었기 때문이다. 드러난 가슴은 하얬다. 그것은 너무도 하얬기 때문에 레빈은 자유롭게 생각할 수 없었는지도 모른다.

레빈의 착각일지도 모르겠지만, 그는 그녀가 그렇게 가슴을 드러낸 이유가 자신을 의식했기 때문이라고 생각했다. 그러면서 그는 자신은 그것을 볼 이유가 없다고 생각하며 애써 보지 않으려고 했다. 하지만 그는 그녀가 그런 옷을 입었다는 사실만으로도 이미 자신에게 잘못이 있다는 생각이 들었다. 레빈은 자신이 누군가를 속이고 있기에 해명이라도 해야 할 것 같은, 하지만 도저히 뭐라 설명할 수 없는 기분이 들었다. 그래서 그는 계속 얼굴이 붉어졌고 마음이 불편했다. 그의 이러한 불편함은 아리따운 처제에게도 옮겨 갔다. 하지만 안주인은 그의 마음을 눈치채지 못한 듯 일부러 동생을 대화에 끌어들였다.

"그러니까 당신은." 안주인은 말을 이어 갔다. "저 사람이 러시아에 대해 아무 관심도 없다고 하셨지만 실상은 그 반대예요. 저 사람은 정말, 외국 생활을 즐거워하지만 이곳에 있을 때만큼은 아니에요. 그는 이곳에 있을 때야말로 진정한 자신의 세계에 있는 것처럼 느끼고 있으니까요. 저이는 항상 일이 너무 많고 모든 일에 관심을 갖는 사람이에요. 아, 아직 저희 학교에 오신 적이 없으시죠?"

"가 봤습니다……. 담쟁이덩굴로 덮인 작은 건물이죠?"

"네, 나스티아가 그곳에서 일하고 있어요." 그녀가 동생을 가리키며 말했다.

"당신이 직접 가르치시나요?" 레빈은 그녀의 드러난 가슴 쪽을 애써 외면하며 물었다. 하지만 그는 그녀를 보고 있으면 다른 쪽을 봐도 가슴이 드러난 부분만 눈에 들어오는 듯한 기분이 들었다.

"네, 제가 직접 가르치고 있고 앞으로도 그럴 생각이에요. 하지만 지금은 아주 훌륭한 여선생님이 계세요. 체조도 가르치고 있어요."

"아뇨, 감사합니다만 이제 차는 그만 들겠습니다." 레빈이 말했다. 그리고 나서 그는 실례라는 생각이 들었으나 더 이상 대화를 이어 나갈 용기가 없어 얼굴을 붉히며 자리에서 일어났다. "뭔가 재미있는 얘기가 들리는 것 같군요." 그는 이렇게 말하고 나서 주인과 두 지주가 있는 다른 테이블 쪽으로 갔다. 스비야쥐스키는 테이블 앞에 비스듬히 앉아 팔꿈치를 괸 손으로 찻잔을 돌리며, 다른 손으로는 턱수염을 쓸어 코앞까지 가져가 냄새를 맡는 듯하다가 다시 제자리에 내려놓았다.

그는, 검은 눈동자를 번쩍이며 몹시 흥분해서 말하고 있는 콧수염이 희끗희끗한 지주를 빤히 바라보았다. 그는 분명 그의 이야기에 흥미를 느끼는 듯했다. 지주는 농민에 대해 불만을 늘어놓고 있었다. 레빈이 보기에 스비야쥐스키는 지주의 불만을 모두 상쇄시킬 만한 답을 알면서도 자신은 그 답을 꺼낼 수 없는 입장이라 생각하며 지주의 우스운 이야기에 나름대로 흥미를 느끼고 있는 듯했다.

콧수염이 희끗희끗한 지주는 농노제를 확고하게 지지하고 있는 시골의 장로이자 열정적인 촌주였다. 레빈은 그의 차림새를 통해서도 알 수 있었다. 평소에는 잘 입지도 않는 듯한, 다 해져 버린 구식 프록코트와 미간을 찌푸리고 있는 반짝이는 눈동자, 유창하게 구사하는 러시아어, 지주로서 오랜 습관이 밴 권위적인 모습, 약지에 낀 낡은 결혼반지와 햇볕에 그을린 크고 잘생긴 손의 단호한 움직임을 통해서 알 수 있었다.


27


"지금껏 해 온 것을…… 그렇게 많은 고생을 했는데…… 미련 없이 버릴 수만 있다면 나도 모든 것과 작별하고 니콜라이 이바노비치처럼 떠날 텐데……. 그래서 헬레네를 보러 갈 텐데 말이죠." 지주는 주름진 총명한 얼굴에 유쾌한 미소를 지으며 말했다.

"그런데 당신은 도통 단념할 생각을 안 하시잖아요." 니콜라이 이바노비치 스비야쥐스키가 말했다. "분명 뭔가 이득이 있는 것 같군요."

"좋은 점이라곤 단지 구입한 것도 빌린 것도 아닌 내 집에서 살고 있다는 것뿐이죠. 어쨌든 모두들 농민들이 좀 더 이성적으로 살기를 바라고 있어요. 믿기 어렵겠지만, 농민들은 폭음과 방탕함에 빠져 있어요. 말이며 소며 죄다 술로 바꿔 버리니까요. 당장 굶어 죽을 것 같은 녀석을 일꾼으로 들여와 보세요. 당신한테 온갖 신세를 지고도 오히려 당신이 치안 판사 앞에 불려 나가게 만들 테니까요."

"그럼 당신도 치안 판사에게 고소하면 되지 않겠어요?" 스비야쥐스키가 말했다.

"고소하라고요? 그렇게 하면 아마 세상이 온통 시끄러워져서 버틸 수 없을 거예요! 얼마 전에도 공장 인부 하나가 계약금만 챙기고 도망가 버린 일이 있었죠. 그런데 판사가 어떻게 판결을 내렸는지 아세요? 무죄라고 합디다. 이럴 때 도움이 되는 건 그저 면 재판소랑 면장뿐이죠. 거기서는 옛날 방식으로 매질하니까요. 그렇지 않으면 우리는 다 포기하고 세상 끝까지 달아나 버려야 할 테니까요!"

지주는 분명 스비야쥐스키를 상대로 빈정대고 있었다. 하지만 스비야쥐스키는 화를 내기는커녕 오히려 흥미를 가지고 있었다.

"하지만 우리는 굳이 그렇게 하지 않아도 농사를 잘 짓고 있어요." 그가 미소를 지으며 말했다. "나도 물론이고, 레빈도, 그리고 이분들도 마찬가지죠."

그는 다른 지주 한 사람을 가리키며 말했다.

"그래요. 미하일 페트로비치도 그런 대로 잘하고 있죠. 하지만 한번 물어보세요. 그게 합리적인 농업인지 말이에요." 지주는 과시라도 하듯 '합리적'이라는 말을 썼다.

"내가 쓰는 방법은 아주 단순한 거예요." 미하일 페트로비치가 말했다. "다 하느님의 은혜 덕분이죠. 그 방법이란 그저 가을에 낼 조세를 대비해 돈을 저축하는 거예요. 그럼 농부들이 찾아와 이렇게 말하죠. '어르신, 제발 도와주십쇼!'라고 말이죠. 내가 데리고 있는 농부들은 모두 이웃이니까 사정이 참 딱해요. 그래서 난 세금의 3분의 1이라도 낼 수 있게 돈을 빌려주며 이렇게 말하죠. '이보게, 명심해 두게. 자네들이 어려울 때 내가 도와줬으니 자네들도 내가 도움이 필요할 때 꼭 도와주게. 귀리를 심거나 풀을 벨 때, 또 수확할 때도 말이야.' 이렇게 일러두고는 할당된 돈에 맞는 작업 양을 알려 주지요. 물론 농부 중에 양심이 없는 사람도 있긴 합니다. 사실이에요."

오래전부터 이런 권위적인 수법을 알고 있었던 레빈은 스비야쥐스키에게 눈짓하며 미하일 페트로비치의 말을 가로막았다. 그러고는 콧수염이 희끗희끗한 지주를 바라보며 말했다.

"당신 생각은 어떻습니까?" 레빈이 물었다. "요즘은 어떤 식으로 농사를 지어야 하죠?"

"글쎄요. 미하일 페트로비치처럼 하는 것도 나쁘진 않겠죠. 물론 땅을 빌려주고 수확량의 반을 소작료로 받는다든지 아니면 세를 받고 농부들에게 빌려주든지 하는 방법도 있어요. 하지만 그런 식으로 한다면 국가의 재정 상태만 악화될 뿐이에요. 농노 제도가 있던 시대에는 농사만 잘되면 내 땅에서 아홉 배의 수익이 나던 것이 수확량을 반으로 나누게 되니까 겨우 세 배밖에 안 된다는 겁니다. 즉 내 말은, 농노 해방이 오히려 러시아 사회를 망가뜨렸다는 거예요!"

스비야쥐스키는 미소 띤 눈빛으로 레빈을 바라보며 희미하게 조소의 빛을 드러냈다. 하지만 레빈은 지주의 말이 우습다고 여기지 않았다. 그는 스비야쥐스키의 말보다 오히려 지주의 말에 수긍이 갔다. 게다가 그는, 농노 해방이 왜 러시아 사회를 망쳐 놓았는지 입증하려는 지주의 말들이 진실하면서도 새롭게 다가왔으며 그에 반박할 수 없다는 생각이 들었다. 지주는 자신의 확고한 생각에 대해 말하고 있었는데 그런 경우는 극히 드물었다. 그런 생각은 머릿속으로 계획해서 나온 것이 아닌, 경험으로 체득한, 고독한 시골 생활 속에서 반복된 고뇌의 산물이었기 때문이었다.

"그러니까 문제는 바로 진보는 오직 권력에 의해서만 만들어진다는 것이죠." 그는 자신이 교양 있는 사람이라는 것을 드러내기 위해 애쓰며 말했다. "표트르 대제와 예카테리나 여제, 알렉산드르 2세가 이뤄 낸 개혁과 유럽의 역사를 생각해 보세요. 무엇보다 우선 진보된 농업을 생각해 보세요. 감자만 해도 우리나라에 강제로 도입되었죠. 우리 시대의 지주들은 농노제 하에서 개량된 농기구를 도입해 농사를 지어 왔죠. 건조기나 키, 비료 운반기 등을 비롯한 모든 농기구를 우리가 직접 들여왔으니까요. 처음엔 농부들이 반대했지만 나중엔 우리를 따라 하게 되었죠. 그런데 농노제가 폐지되고 난 뒤 우리는 권력을 잃었고 이미 수준이 높아진 농업도 야만적이고 원시적인 상태로 되돌아가려 하고 있어요. 내 생각은 이렇습니다."

"그건 대체 왜 그런 거죠? 만일 그게 합리적이라면 당신도 인부들에게 임금을 주고서라도 일을 시킬 수 있었을 텐데 말이죠." 스비야쥐스키가 말했다.

"권력이 없으니까요. 그럼 한번 물어보죠. 대체 난 누구와 농사를 지어야 하는 겁니까?"

'그래, 바로 이거야. 노동력, 이것이야말로 농업에서 가장 중요한 거야.' 레빈은 생각했다.

"당연히 노동자들이죠."

"하지만 노동자들은 좋은 농기구로 열심히 일하려 하지 않아요. 그들이 아는 것은 그저 돼지처럼 술을 퍼마시고 거나하게 취해서 우리가 준 것들을 죄다 망가뜨리는 것뿐이에요. 말한테 물을 잔뜩 먹이고, 좋은 마구를 못 쓰게 만들고, 수레바퀴를 빼서 술로 바꿔 마시고, 또 탈곡기를 고장 내려고 안에다 이음 볼트를 넣는다니까요. 어쨌든 그들은 자기 방식과 다른 건 싫어해요. 농업의 수준이 떨어진 것도 다 그러한 이유 때문이죠. 버려진 땅엔 잡초만 수북이 자라고, 또 100만 체트베르티의 수확을 얻을 수 있었던 토지를 농부들한테 나눠 주니 2, 30만밖에 나오지 않으니까요. 그러니까 전반적으로 부가 줄어들고 있는 셈이죠. 결과는 같을지라도 따져 보면······."

그러고 나서 그는 어쩌면 이런 문제를 해결해 줄 수도 있을 농노 해방과 관련된 자신의 생각을 덧붙였다. 그의 계획이 실행된다면 이런 불편함은 사라질 수도 있을 것이다.

레빈은 이 부분에는 관심이 가지 않았다. 그래서 레빈은 지주가 말을 마치자마자 처음에 나누었던 화제로 돌아가 스비야쥐스키와 대화를 나누며 그가 자신의 견해를 펼칠 수 있도록 자극했다.

"농업의 수준이 낮아지고 있는 현실과 지금 우리와 노동자들의 관계를 고려해 볼 때, 이러한 상태에서 수익을 얻을 수 있는 합리적인 농업을 시작할 수는 없어요. 그건 맞는 말씀이에요." 그가 말했다.

"내 생각은 그렇지 않아요." 스비야쥐스키가 진지한 표정으로 반박했다. "우리는 그저 농업을 할 능력이 없을 뿐이에요. 게다가 농노제 시절에 해 왔던 농업은 수준이 높기는커녕 오히려 지극히 수준이 낮았다는 생각이 듭니다. 우리는 기계도, 좋은 가축도, 관리 계획도 없고 계산을 할 줄도 모르니까요. 어떤 지주라도 한번 붙들고 물어보세요. 그들은 자신에게 어떤 게 이득이고 아닌지조차 모를 테니까요."

"이탈리아식 계산법 말인가요?" 지주가 빈정거리듯 말했다. "그런 식으로 계산하면 죄다 엉망이 될 뿐, 이익은 한 푼도 남지 않아요."

"어째서 엉망이 된다는 거죠? 약한 탈곡기나 당신네들의 러시아식 디딤판은 망가질지도 모르겠지만 내 증기식 기계는 그럴 리가 없어요. 러시아의 말은 또 어떻고요. 그저 꼬리만 달고 있는 게으른 말은 버려질 테지만, 페르슈롱이나 짐말을 부린다면 아무 걱정도, 문제도 없을 테니까요. 우리는 농업 수준을 지금보다 훨씬 더 끌어올려야만 해요."

"물론 그럴 수 있다면요. 니콜라이 이바노비치! 당신에겐 가능한 일이겠죠. 하지만 난 대학에 다니는 아들 하나와 김나지움에 다니는 작은 아들놈들이 있어요. 그러니 페르슈롱을 살 수 있을 만큼의 여유가 없어요."

"그래서 은행이 존재하는 것 아니겠습니까."

"그럼 모든 재산을 털어서 경매에 부치라는 겁니까? 아뇨, 사양하겠습니다!"

"난 농업의 수준을 끌어올리는 게 꼭 필요하다거나 그게 가능하다는 의견에는 동조할 수 없어요." 레빈이 말했다. "난 지금도 그렇게 하고 있고 또 방법도 알고 있지만 내가 할 수 있는 건 아무것도 없었어요. 은행이란 건 대체 누구를 위한 건지도 모르겠고 말이죠. 농업에 바친 돈은 모두 날렸거든요. 가축도, 기계도 말이죠."

"그건 분명한 사실이지요." 콧수염이 희끗희끗한 지주가 만족스러운 듯 웃으며 수긍했다.

"게다가 나만 그런 게 아니에요." 레빈이 말을 이었다. "난 지금 합리적인 방법을 사용하는 모든 지주에 관한 얘기를 하고 있는 겁니다. 물론 가끔 예외도 있지만 거의 모두 손해를 보고 있어요. 어디 한번 얘기해 보시죠. 농사를 통해 이득을 얻었는지 말이에요." 레빈이 말했다. 그 순간, 스비야쥐스키의 눈에서 레빈이 그의 마음속에 있는 응접실로 한 발자국씩 더 가까이 다가갈 때마다 느껴졌던 놀라움이 비쳤다.

레빈에게 있어 이 질문에 전혀 나쁜 뜻이 없다고는 할 수 없었다. 조금 전 차를 마시며, 안주인이 그에게, 올여름에 모스크바에서 불러온 독일인 부기 전문가에게 500루블을 주고 손익을 검토해 본 결과, 3,000루블 정도의 손해를 보았다고 말해 주었던 것이다. 그녀는 액수가 정확하지는 않지만, 독일인은 4분의 1 코페이카까지 계산하고 갔다고 전했다.

지주는 스비야쥐스키의 농사의 이윤에 대한 이야기가 나오자, 자신의 이웃인 귀족 단장의 이윤에 대해 잘 안다는 듯 웃음을 보였다.

"어쩌면 이익이 없었을지도 모릅니다." 스비야쥐스키가 대답했다. "하지만 그건 내가 지주로서 무능하다거나 아니면 지대를 늘리기 위한 비용을 지출했다는 것을 입증할 뿐이죠."

"아, 지대라니!" 레빈이 끔찍하다는 어조로 외쳤다. "지대라는 건 어쩌면 유럽에서는 가능할지도 모르죠. 노동력을 이용하면 토질이 좋아질 테니까요. 하지만 우리나라에서는 노동력을 투자하면 오히려 토질이 나빠지고 있어요. 다시 말해 땅이 메말라 가고 있다는 뜻이죠. 그렇게 되면 지대라는 건 존재할 수가 없어요."

"왜 지대가 없다는 거죠? 그건 법으로 정해진 건데 말이죠."

"그럼 우리는 법의 테두리 밖에 있는 거겠죠. 지대라는 건 우리에게 그 어떤 부연 설명도 해 주지 않아요. 아니, 오히려 혼란만 가중시킬 뿐이죠. 그러니까 당신이 한번 그 지대라는 것에 대해 설명해 보세요."

"요구르트 좀 드시겠어요? 마쉬아, 요구르트와 산딸기를 좀 가져다줘요." 그는 아내를 돌아보았다. "올해는 산딸기가 꽤 오래 남아 있군요."

그러고 나서 스비야쥐스키는 유쾌하게 자리에서 일어나 걸음을 옮겼다. 그는 레빈이 이제 막 시작한 이야기를 이미 끝난 것으로 생각하고 있는 듯했다.

대화 상대가 없어지자 레빈은 지주를 상대로, 이러한 문제는 우리가 노동자들의 특성이나 습관을 이해하려 하지 않기 때문에 생기는 것이라며, 그것을 증명하기 위해 애썼다.

하지만 지주는, 자신의 생각에 대해서는 철저히 고민하는 대부분 사람이 그러하듯, 다른 사람의 생각을 이해하는 데는 둔감했고 오직 자신의 생각에만 집중했다. 그에 따르면 러시아의 농부는 돼지나 마찬가지며, 그들은 돼지처럼 생활하는 환경을 좋아한다. 그러니 그들을 그런 상태에서 벗어나게 하기 위해서는 권력이 필요하며, 권력이 없다면 몽둥이가 필요하다. 하지만 오늘날 우리는 자유주의자로서, 1,000년이나 사용하던 몽둥이를 갑자기 변호사며 투옥 같은 것으로 바꿔 놓았다. 그러면서 쓸모없고 악취를 풍기는 농부들에게 좋은 수프를 먹이며 몇 세 제곱미터나 되는 공기를 주고 있다. 그는 이런 식의 주장을 펼쳤다.

"어째서 그런 생각을 하는 거죠?" 레빈이 중요한 문제로 되돌아가려고 애쓰면서 말했다. "생산적인 노동으로 만들 수 있는 노동력과의 연관성을 찾을 수 없다는 겁니까?"

"러시아 농민들한테서는 그런 것을 기대할 수 없어요! 권력이 없으니까요." 지주가 대답했다.

"대체 어떻게 해야 새로운 방법을 찾을 수 있을까요?" 요구르트를 먹고 난 스비야쥐스키가 담배에 불을 붙인 후 다시 그들에게 다가오며 말했다. "노동력과 관계된 모든 연구는 이미 다 결론이 난 상태예요." 그가 말했다. "구시대의 유물인, 원시 공동체는 연대 책임으로 자멸했고 농노제도 폐지되었으니 이제 남은 건 자율적인 노동뿐이죠. 형식은 이미 결정되었고 정리되었으니 그걸 선택해야 합니다. 머슴이나 일용직 일꾼, 소작농 같은 것 말고는 달리 선택할 것이 없을 테니까요."

"하지만 유럽은 그런 형식에 불만을 갖고 있어요."

"만족하지 못하니 새로운 것을 찾고 있는 거겠죠. 분명 무언가를 찾게 될 겁니다."

"내 말이 바로 그겁니다." 레빈이 말했다. "우리는 왜 스스로 그것을 찾으려 하지 않는 걸까요?"

"그건 아마도 새로운 철도를 건설하는 방법을 찾는 것과 비슷하기 때문이겠죠. 형식은 이미 다 고안된 상태니까요."

"하지만 만일 그게 우리와 맞지 않는다면요? 형편없는 것이라면 어쩌죠?" 레빈이 말했다. 그러자 스비야쥐스키의 눈에는 또다시 놀라움이 비쳤다.

"그래요. 누군가는 우리가 유럽이 찾고 있는 것을 발견했다고 말하죠. 물론 나도 잘 알고 있어요. 하지만 당신은 현재 유럽에서 벌어지고 있는 노동조합의 문제에 대해 알고 있습니까?"

"아뇨, 잘 모릅니다."

"이게 바로 현재 유럽 최고의 지식인들이 고심하고 있는 문제입니다. 슐체-델리치 운동…… 그리고 지극히 자유주의적인 라살레 운동과 관련된 노동 문제에 대한 방대한 저술…… 뮐하우스의 제도 같은 것들은 이미 현실로 드러나고 있어요. 당신도 알고 있겠죠."

"알고는 있지만 대략적인 것만 알고 있죠."

"아니, 당신은 그저 말만 그렇게 하시지 이 모든 일과 관련해 나보다 훨씬 더 잘 알고 있을 겁니다. 물론 난 사회학 교수는 아니지만 이 문제에 관심을 갖고 있어요. 만약 당신이 정말 관심이 있다면 한번 연구해 보세요."

"그래서 그들은 결국 어떻게 결론을 내렸습니까?"

"잠깐, 실례 좀 하겠습니다."

지주들이 자리에서 일어나자 스비야쥐스키는 다시 자신의 마음속에 있는 방을 들여다보려는 레빈의 불쾌한 버릇을 저지하며 손님들을 배웅하기 위해 나갔다.


28


그날 밤, 레빈은 부인들과 함께 있는 자리가 몹시 지루했다. 그가 지금껏 경험해 왔던 농사에 관한 불만은 단지 개인적인 것이 아니라 러시아 농업 전반에 걸친 문제라는 것, 또한 오는 도중에 그가 농가에서 보았던 노동자들의 태도는 단지 공상으로만 머물 것이 아니라 지금 당장 변화시켜야 할 문제라는 것. 이러한 생각들이 그의 마음을 몹시 어지럽혔다. 또한 그는 이 문제를 해결할 수 있고, 또 반드시 해결하기 위해 노력해야 한다고 생각했다.

그는 부인들과 작별 인사를 나누며 내일 다들 함께 말을 타고 국유림에 있는 흥미로운 낭떠러지를 보러 가기 위해 하루 더 머물 것을 약속했다. 그러고 나서 레빈은 스비야쥐스키가 추천해 줬던 노동에 관한 책을 가지러 그의 서재로 향했다. 스비야쥐스키의 서재는 책장으로 둘러싸여 있었고 두 개의 테이블이 놓인 널찍한 방이었다. 그중 하나는 방 한가운데에 놓여 있는 커다란 책상이었고 다른 하나는 원형 테이블로서 램프 주변에 세계 각국의 언어로 된 최신 신문과 잡지가 별 모양으로 놓여 있었다. 책상 옆에는 여러 종류의 서류를 보관해 놓은, 금빛 라벨로 분류된 서랍장이 있었다. 스비야쥐스키는 책을 들고 흔들의자에 앉아 있었다.

"뭘 보고 있습니까?" 그가 원형 테이블 옆에 서서 잡지가 꽂혀 있는 책장을 살피던 레빈을 향해 말했다. "아, 거기에 흥미로운 논문이 실려 있어요." 스비야쥐스키는 레빈이 들고 있던 잡지를 보며 말했다. "그 논문은 결국⋯⋯." 그는 경쾌한 어조로 덧붙였다. "분할된 폴란드의 책임자는 프리드리히가 아니었다고 하면서 결국⋯⋯."

그는 새롭고도 중요한 이 흥미로운 발견에 대해 특유의 명쾌한 어조로 간략히 설명해 주었다. 레빈은 지금 온통 농사에 관한 생각뿐이었음에도 집주인의 이야기를 들으며 자문했다. '그의 마음속엔 대체 뭐가 있는 걸까?' 그러고 나서 레빈은 스비야쥐스키가 말을 마쳤을 때 무의식중에 이런 질문을 했다. "그래서 그게 어쨌다는 겁니까?" 하지만 그 이상의 것은 없었다. 단지 '결국 그렇게 되었다.'라는 것이 흥미로웠다는 이야기였다. 하지만 스비야쥐스키는 왜 그것이 흥미로웠는지 설명하지 않았고 그럴 필요성도 느끼지 못했다.

"어쨌든 나는 툭 하면 불평을 늘어놓는 그 지주가 정말 재미있더군요." 레빈이 한숨을 쉬며 말했다. "그는 현명한 사람이에요. 그가 얘기한 것들 대부분이 진실이기도 하고요."

"아니, 그게 대체 무슨 소리예요! 그는 그저 철저한 농노주의자일 뿐이에요. 그 무리가 다 그렇듯 말이죠!" 스비야쥐스키가 말했다.

"하지만 당신이 그 무리의 귀족 단장 아닙니까……."

"그건 그렇지만, 난 그들을 다른 쪽으로 선도하고 있어요." 스비야쥐스키가 웃으며 말했다.

"내가 흥미로웠던 이유는……." 레빈이 말했다. "그 사람의 말이 사실이기 때문입니다. 우리가 하는 합리적인 농업은 제대로 되지 않으면서 그 지주가 하고 있는 고리대금업식 농업이나 원시적인 농업은 잘되고 있으니까요. 이건 대체 누구의 잘못인 걸까요?"

"물론 우리의 잘못이죠. 하지만 합리적 농업이 잘 이뤄지지 않고 있다는 말은 사실이 아니에요. 현재 바실리치코프네에선 잘되고 있으니까 말이죠."

"그건 공장만……."

"하지만 난 아직도 당신이 무엇 때문에 그렇게 놀라는지 잘 모르겠군요. 물질적으로나 정신적으로 볼 때 러시아 농민들의 수준은 상당히 낮으니 그들이 자신에게 낯선 것들에 거부감을 느낀다고 해도 전혀 이상할 건 없죠. 합리적 농업이 유럽에서 발달할 수 있었던 이유는 농민들이 교육을 받았기 때문이에요. 그러니까 러시아에서도 농민들의 교육을 결코 소홀히 해서는 안 돼요. 그게 핵심이죠."

"하지만 농민들을 어떤 식으로 교육하겠다는 겁니까?"

"농민들의 교육을 위해선 세 가지가 필요해요. 첫째도 학교, 둘째도 학교, 셋째도 학교."

"하지만 방금 당신은 농민들이 물질적으로도 수준이 몹시 낮다고 하지 않았나요? 그런 상태에서 학교가 무슨 소용이 있다는 거죠?"

"보세요. 당신 말을 들으니 '어느 환자의 충고'라는 이야기가 갑자기 떠오르는군요. '지사제를 써 보면 괜찮아질 겁니다.', '써 봤지만 더 나빠질 뿐이에요.', '거머리를 한번 써 보시죠.', '그것도 써 봤지만 더 나빠질 뿐이에요.', '그럼 하느님께 기도를 드려 보세요.', '그것도 해 봤지만 더 나빠졌어요.' 지금 당신과 내 모습이 딱 그래요. 내가 경제 정책에 관해 말하면 당신은 더 나빠질 거라 하고, 내가 사회주의를 말하면 당신은 역시 나빠질 거라 말하죠. 또 교육에 대해 말해도 그 역시 나빠질 거라 말하고 있으니까요."

"그럼, 학교가 어떤 식으로 도움이 된다는 겁니까?"

"그들이 새로운 요구를 할 수 있도록 해 주죠."

"난 바로 그 부분이 이해가 되지 않는다는 겁니다." 레빈이 흥분하며 반박했다. "학교가 어떤 식으로 그들의 물질적 상태를 개선하는 데 도움이 된다는 겁니까? 당신은 학교라는 건, 즉 교육이란 건 그들에게 새로운 요구를 할 수 있도록 도와준다고 했죠. 하지만 그렇게 되면 상황은 더욱 나빠질 뿐이에요. 그들은 농민들의 요구를 충족시킬 만큼의 힘이 없기 때문이죠. 그래서 난 덧셈이나 뺄셈, 교리에 관한 문답이 그들의 물질적 상태를 개선하는 데 어떤 식으로 도움이 될지 전혀 이해할 수 없어요. 그저께 저녁에 갓난아이를 안고 있는 아낙네를 만났죠. 그래서 어디를 가냐고 물었어요. 그러자 아낙네는 '산파를 만나고 오는 길이에요. 아이가 경기를 일으켜서 고치기 위해 데려갔었어요.'라고 하더군요. 그래서 난, 산파가 어떻게 경기를 고칠 수 있냐고 물었죠. 그러자 그녀는 '닭장 속 횃대 위에 아이를 앉혀 놓고 주문을 외웠어요.'라고 하더군요."

"그것 봐요. 당신도 그렇게 말하고 있잖아요! 아낙네가 경기를 고치기 위해 어린아이를 횃대에다 앉혀 놓는 짓 따위를 못하게 하려면……." 스비야쥐스키가 유쾌하게 웃으며 말했다.

"아, 아니에요!" 레빈이 불만스러운 얼굴로 말했다. "내가 하고 싶은 말은, 학교에서 농민을 교육하는 것은 이러한 방법과 마찬가지라는 겁니다. 농민은 가난하고 무지해요. 그 아낙네가 어린아이가 울어서 병이 났다는 것을 알고 있는 것처럼, 우리도 그 사실을 분명히 알고 있어요. 하지만 학교가 가난과 무지 속에서 농민을 구하려는 것은 닭장 속 횃대 위에 있는 암탉들이 경기를 치료하는 방법을 알 수 없는 것처럼 불가능한 일이에요. 우리가 구제해야 하는 것은 농민이 빈곤하게 된 그 원인이에요."

"그럼 당신은 그러한 점에서는 당신이 그토록 싫어하는 스펜서와 견해가 일치하는군요. 그 역시 교육은 읽고 계산하는 능력에서 비롯되는 것이 아니라 거대한 부와 편리한 생활, 그러니까 자주 씻는 것에서 비롯될 수도 있다고 말하고 있으니까요."

"흠, 내 견해가 스펜서와 일치하다니 정말 기쁘면서도 유감스럽군요. 어쨌든 난 오래전부터 알고 있었어요. 농민들에게 도움이 되는 건 학교가 아니라 그들이 좀 더 부유해지고 더욱 여유롭게 만드는 경제 조직이라는 걸 말이죠. 그렇게 되면 학교라는 것도 자연스럽게 생겨나겠죠."

"하지만 현재 유럽에서는 학교 교육이 의무화되어 있어요."

"그럼 당신은 이 문제와 관련해서 스펜서의 견해에 동조하고 있나요?" 레빈이 물었다.

스비야쥐스키의 눈에 또다시 놀라움이 어렸지만 그는 웃으며 말했다.

"아뇨, 하지만 경기를 일으킨 아이에 대한 얘기는 정말 흥미롭군요! 정말 직접 들은 얘긴가요?"

레빈은 이런 식으로는 도저히 그의 생활과 사상의 연관성을 찾기 어렵다고 판단했다. 그는 분명 자신의 논점이 어디로 향하는지 전혀 신경 쓰지 않는 듯했다. 그에게 필요한 것은 단지 논의하는 과정인 것 같았다. 그 과정이 그를 막다른 길로 이끌고 갈 때면 그는 논의를 꺼려했으며 그것을 싫어했을 뿐만 아니라 유쾌한 화제로 전환해 그것을 피하려고 했다.

하루 동안 모든 사고를 지배했던, 오는 도중에 들렀던 농가에서 받은 인상을 비롯한 그날의 인상은 레빈의 마음을 강렬하게 자극했다. 선량한 스비야쥐스키는 사회적으로 도움이 될 만한 생각을 하면서도 레빈에게는 숨기고 있는 다른 생활 신념을 가지고 있었다. 또한 그는 '다수자'라 불리는 무리와 더불어 자신과는 상관없는 사상으로 여론을 모으고 있었다. 고통스러운 실제의 경험을 통해 얻은 견해 자체는 옳았지만 러시아 계급 전체를 향한, 즉 최상위층을 향한 분노는 옳다고 볼 수 없는 불만이 가득했던 지주, 일과 관련된 레빈 자신의 불만과 모든 상황을 개선하기 위해 품었던 막연한 희망 같은 것들이 그의 마음속에 동요를 일으켰다. 그러면서 이 모든 것은, 어쩌면 해결 방안은 그리 멀지 않은 곳에 있을지도 모른다는 그의 기대감과 어우러졌다.

자신의 방에서 혼자, 조금만 움직여도 흔들리던 스프링이 달린 침대에 누워 있던 레빈은 한동안 잠을 이룰 수가 없었다. 스비야쥐스키가 재치 있게 이야기를 했음에도 레빈은 그와의 대화에 전혀 흥미를 느끼지 못했다. 하지만 지주의 견해는 그에게 더 많은 생각을 할 수 있도록 해 주었다. 레빈은 무의식중에 그가 한 말을 모두 떠올려 보고는 자신이 했던 대답들을 마음속으로 고쳐 보았다.

'그래, 난 이렇게 말해야 했어. 당신은 우리나라의 농업이 발달하지 못한 이유가 농부들이 개량을 싫어하기 때문이니 권력으로 그들을 휘어잡아야 한다고 하셨지요. 만일 농업이라는 것을 개량 없이는 결코 성공할 수 없는 것이라고 한다면 당신의 생각은 옳을 겁니다. 하지만 오늘날에는, 적어도 내가 목격했던 노인의 집의 노동자들은 그들만의 습관에 따라 일하고 있었으며 그곳의 농사는 잘되고 있었습니다. 그러니까 결국 나와 당신이 지닌 농업에 대한 공통된 불만은, 잘못은 농부들에게 있는 것이 아니라 바로 우리 자신에게 있다는 것을 증명하는 셈입니다. 우리는 오랫동안 노동력의 본질에 관해서는 생각해 보지도 않고 유럽식 방법을 적용해 실패를 거듭해 왔습니다. 그러니 이제 우리는 노동력에 대해 관념적으로 생각할 것이 아니라 본능을 지닌 러시아의 농부로서 그들을 받아들이고, 그들에게 적응할 수 있도록 생각을 정리해 봅시다. 그리고 또 이렇게 말했어야 했어. 만약 지금 당신이 그 노인과 같은 방법으로 농사를 짓는다고 생각해 봅시다. 노동자들이 일과 관련된 성공에 대해 관심을 갖게 하는 방법을 찾았고, 그들도 수긍할 수 있는 중도적인 개량법을 찾아냈다고 해 봅시다. 그러면 당신은 이제 땅을 황폐화시키지 않고 예전보다 두세 배 정도의 이득을 얻게 될 것입니다. 그러면 그것을 반으로 나누어 그 반을 노동자들에게 주는 겁니다. 그렇게 되면 당신의 이득도 많아질 것이고 노동자들이 얻게 되는 이득도 많아질 것입니다. 하지만 이 모든 것을 위해서는 농업의 수준을 낮춰 노동자들이 농업의 성공에 관심을 갖도록 유도해야 합니다. 어떤 식으로 해야 하는가의 문제는 결코 단순하지 않지만 그 모든 것이 가능하다는 점은 확실합니다.'

이러한 생각은 레빈을 극도로 흥분시켰다. 그는 자신의 생각을 구체적으로 실행할 방법에 대해 생각하느라 그날 밤을 거의 뜬눈으로 지새웠다. 그는 다음 날 돌아갈 예정은 아니었으나 갑자기 날이 밝자마자 집으로 돌아가야겠다는 생각이 들었다. 또한 가슴이 드러난 옷을 입은 처제가, 그가 몹시 나쁜 짓을 저질렀을 때 느꼈던 수치심과 같은 감정을 불러일으켰다. 그는 더 이상 지체하지 않고 서둘러 집으로 돌아가야 했다. 그는 새로운 토대 위에서 파종할 수 있도록 가을같이가 시작되기 전에 농부들에게 새로운 계획을 알려 주어야 했다. 그는 지금까지 고수해 왔던 농업 방침을 전부 다 바꿔야겠다고 생각했다.

29

레빈이 계획을 실행하기까지는 많은 어려움이 뒤따랐다. 하지만 그는 최선을 다했고 비록 원하는 만큼의 목적을 달성하지는 못했지만 자신을 속이지 않고도 노력한 보람이 있다고 믿을 수 있을 만큼의 결과를 이루어 냈다. 하지만 한 가지 가장 곤란했던 문제는 농사가 이미 시작되었기에 그것을 중단하고 새로 시작할 수 없었으므로 중간에 기계를 교체해야만 했던 것이었다.

그는 그날 저녁 집으로 돌아와 집사에게 자신의 계획을 알렸다. 그러자 집사는 만족스러운 얼굴로, 레빈이 지금껏 해왔던 일들은 죄다 어리석고 불필요한 일들이었다고 말한 부분에 만족감을 느끼며 동의의 뜻을 비쳤다. 그러면서 집사는 자신이 오래전부터 그렇게 말했었지만 누구 하나 자신의 생각을 들어주지 않았다고 말했다. 하지만 레빈이 자신도 이 집단의 구성원이자 농장의 지주로서 소작인들과 함께 농업 전반에 대한 계획에 관여하겠다고 제안하자, 집사는 확실한 의사를 밝히지 않고 불만스러운 기색을 보였다. 그러고 나서 그는 내일 남아 있는 호밀 더미를 다 나르고 두벌갈이(논이나 밭을 두 번째로 가는 일)를 하러 사람을 보내야 한다는 이야기를 꺼냈다. 그래서 레빈은 지금 당장은 이 계획을 실행에 옮길 때가 아니라고 생각했다.

그는 농부들에게 이러한 계획에 대해 알리고 그들에게 새로운 조건으로 땅을 임대해 주겠다고 제안했다. 하지만 그들은 매일 고된 노동에 시달렸으므로 이 계획에 관한 이해관계를 따져 볼 겨를이 없었다. 레빈은 이 일로 큰 난항을 겪게 되었다.

가축을 돌보는 순박한 농부 이반은, 축사에서 얻는 이익을 그와 그의 가족들에게도 할당해 준다는 레빈의 제안을 잘 이해하고 동의하는 듯했다. 하지만 레빈이 앞으로의 수익에 대해 설명하자 이반의 얼굴에는 불안함과 후회감이 밀려드는 듯했다. 그러면서 그는 그 말을 끝까지 다 들을 수 없다는 듯 미안한 표정을 보였다. 그러고는 지금 자신이 급하게 처리해 야 할 일을 떠올리며 쇠스랑을 들고 마구간에서 건초를 꺼냈 고, 통에 물을 붓기도 했으며, 두엄을 치우기도 했다.

또 다른 난항은, 지주란 본래 자신의 욕망을 채우기 위해 그들로부터 최대한 많은 것을 빼앗으려는 목적밖에는 없는 사람이라고 생각하는 농민들의 완고한 불신이었다. 그들은 지주들의 진짜 목적은, 그가 뭐라고 말하든 항상 그들에게 말 하지 않은 것 중에 있을 거라 확신하고 있었다. 그래서 그들 역시 여러 의견을 내놓았지만, 자신들의 진짜 목적에 대해서 는 말하지 않았다. 게다가(레빈은 그 깐깐한 지주의 말이 옳았다 는 것을 깨달았다.) 농부들은 계약하면서 새로운 농사법이나 새 로운 기구의 사용을 강요하지 않을 것을 가장 중요한 첫 번째 조건으로 내세웠다.

그들은 쇠로 된 쟁기가 더 잘 든다는 것과 노면 파쇄기로 훨씬 더 많은 일을 할 수 있다는 점에 동의하면서도 그 모든 것을 사용할 수 없는 수많은 이유를 늘어놓았다. 레빈은 농업 수준을 낮추기 위해 굳게 마음을 먹고 있었지만, 그들이 이렇 게 확실한 개량법을 받아들이지 못하는 것을 매우 유감스럽 게 생각했다. 하지만 이러한 모든 난관에 부딪히면서도 그는 자신의 계획을 실행해 가을에는 꽤 발전된 결과를 이루어 냈 다. 적어도 그의 눈에는 그렇게 보였다.

레빈은 처음에 새로운 농부들과 노동자들, 집사에게 농사 전반을 맡기려고 했다. 하지만 곧 불가능한 일이라는 것을 깨닫고는 축사, 채소밭, 목초지, 경작지 등 여러 종류로 나눠 농사일을 구분할 계획이었다. 레빈의 계획에 대해서만큼은 누구보다 잘 알고 있다고 생각했던 가축지기 이반은, 대부분 조합원을 자신의 가족으로 선발해 축사의 공동 경영자가 되었다. 그리고 8년간 휴경지로 방치해 두었던, 멀리 떨어져 있는 밭은 영리한 농부 표도르 레주노프가 새로운 조합 조직을 기반으로 여섯 농가에 인수되었다. 농부 쉬우라예프도 같은 조건으로 채소밭을 모두 인수하기로 했다. 나머지 땅은 지금껏 해온 방식대로 경작되었으나, 레빈은 새로운 조직의 시작을 알리는 이 세 종류의 조합에 모든 신경이 집중되어 있었다.

현재까지 상황을 보면 축사의 사정은 예전보다 크게 나아지지 않았다. 이반은 차가운 환경으로 만들어 주어야 암소가 여물을 덜 먹고, 발효된 농축 크림으로 버터를 만들어야 이윤이 더 남는다고 말했다. 그러면서 암소들을 따뜻한 곳에 두는 것과 생크림으로 버터를 만드는 것을 극구 반대했다. 그리고 그는 예전 방식대로 급료를 받기를 원했으며, 지금 자신이 받는 돈은 급료가 아닌 앞으로 받게 될 이익금의 선금이라는 사실에 전혀 관심을 보이지 않았다.

계약했던 사실과는 다르게, 표도르 레주노프의 조합은 바쁘다는 핑계를 대며 파종하기 전에 두벌갈이를 하지 않기도 했다. 이 조합의 농부들은 새로운 방식으로 경작한다는 계약을 했으면서도 이것은 조합이 공동으로 하는 작업이 아닌, 지주와 농민이 수확량을 반씩 나누는 것이라 생각하고 있었다. 그래서 이 조합의 농부들뿐만 아니라 레주노프까지도 레빈에게 몇 차례 이런 이야기를 했다. "나리께서 지대를 받으시면 나리께서도 편하실 테고 저희 또한 편해질 텐데요." 게다가 이 조합의 농부들은 겨울을 대비해 축사와 곡물 창고를 짓기로 했던 약속을 온갖 평계를 대며 미루다가 결국 겨울까지 그 일을 늦춰 버렸다.

쉬우라예프는 자신이 인수한 채소밭을 작게 나누어 농부들에게 임대하려고 술수를 부리기도 했다. 그는 토지를 인수할 때의 계약 조건을 완전히 다르게 해석했던 것이다. 어쩌면 일부러 그렇게 했는지도 모른다.

또한 레빈이 농부들과 대화를 나누며 새로운 계획과 관련된 장점에 대해 설명할 때도 그들은 그저 그의 목소리를 듣고 있었을 뿐, 그가 어떤 이야기를 하든 절대 속아 넘어가지 않을 거라고 결심하고 있는 듯한 인상을 주었다. 특히 농부 중에 가장 영리한 레주노프와 이야기할 때 더욱 그러했다. 레빈은 그의 번뜩이는 눈빛에서 자신을 향한 조소와, 만일 누군가가 속아 넘어가더라도 레주노프 자신만은 절대 그러지 않을 거라는 확고한 의지를 읽어 낼 수 있었다.

하지만 수많은 문제에도 레빈은 자신의 사업이 나름대로 잘 진행되고 있다고 생각했다. 그러면서 그는 계산을 철저히 하고 끝까지 자신의 입장을 고수하며 이 방식이 그들에게도 이득이 될 거라는 사실을 증명해 보이겠노라고, 또 그렇게 되면 분명 이 일은 순조롭게 진행될 거라 생각하고 있었다.

레빈은 여름 내내 이 모든 일과 그가 해야 할 다른 농사일들, 그리고 서재에서 책을 쓰는 작업에 몰두했기에 사냥도 거의 나가지 않았다. 8월 말 즈음에 그는 안장을 돌려주러 온 하인을 통해 오블론스키 가족이 모스크바로 떠났다는 사실을 알게 되었다. 그는 다리야 알렉산드로브나에게 답장을 보내지도 않았고, 무례하게 굴었던 일을 떠올리며 부끄러움에 얼굴이 붉어졌다. 그러면서 그는 자신에게 주어진 기회를 던져 버린 것과 마찬가지라고 여기며 다시는 그들을 만날 수 없을 거라 생각했다. 그는 스비야쥐스키 가족한테도 작별 인사도 하지 않고 왔기에 그들에게도 마찬가지 짓을 저지른 것이었다. 하지만 이제는 그들을 찾아갈 일도 없을 테니 어찌되든 상관없었다.

그에게는 자신의 농장에 새로 만든 조직과 관련된 일이 세상 어떤 일보다 중요했기 때문이었다. 그는 스비야쥐스키한 테서 빌려 온 책을 훑어보았으나 예상대로 자신의 계획과 관련된 내용은 찾을 수가 없었다. 그는 정치 경제학과 관련된, 그가 처음에 자신의 마음을 이끈 문제를 해결하기 위해 열정적으로 연구했던 밀의 책 속에서 유럽의 농업에서 유추해 낸 법칙을 찾아냈다. 하지만 그는 러시아에는 적용될 수 없는 이 법칙이 왜 보편적인 이론인지 이해할 수 없었다. 사회주의와 관련된 책에서도 마찬가지였다.

그가 학창 시절에 큰 관심을 가졌던 사회주의 이론에 관한 책에는 아름답지만 실현 불가능한 공상과 그 당시 유럽의 상황을 수정하고 개선해 나갈 수 있는 방법에 대한 내용이 담겨 있었다. 그것은 러시아의 농업과는 전혀 상관없는 것들이었다. 정치 경제학에서는 유럽의 경제를 발전시켜 왔으며 지금도 발전시키고 있는 법칙이 보편적이고 명백한 법칙이라 말하고 있었다. 그리고 사회주의 서적에서는 그러한 법칙으로 이루어진 발전은 결국 파멸하게 될 거라 말하고 있었다. 하지만 그 두 가지의 이론 중 어느 것도 레빈과 러시아의 농부, 지주들에게, 공공복지를 위한 생산적인 활동을 하기 위해 몇 백만의 노동력과 땅으로 어떻게 해야 하는지에 대한 해답은 물론 희미한 단서를 제공해 주지 못했다.

이 문제에 집중하게 된 레빈은 자신이 고민하던 주제와 관련된 모든 서적을 탐독했다. 그리고 이 문제에 관해 지금껏 그래 왔던 것처럼, 더 이상은 사소한 문제에 부딪히며 곤란을 겪지 않기 위해 가을에 외국으로 떠날 계획을 하고 있었다. 지금껏 그는 때때로 상대방의 사상을 이해하고 자신의 견해를 펼칠 때마다 이런 이야기를 듣곤 했다. "카우프만, 존스, 뒤부아, 미첼리는 어떤가요? 당신은 아직 그 책들을 읽지 않으셨군요. 한번 읽어 보세요. 그들은 이 문제와 관련해 연구하고 있으니까요."

그는 이제 카우프만이나 미첼리가 자신에게 들려줄 이야기는 아무것도 없을 거라는 사실을 확실히 깨달았다. 그는 자신이 원하는 게 무엇인지 알고 있었다. 그는 러시아에 훌륭한 땅과 훌륭한 노동자들이 있다는 것, 전에 들렀던 농가의 경우처럼 노동자들과 땅을 통해 많은 수확을 거둘 수도 있으나 유럽식으로 자금이 투입되는 경우에는 오히려 수확량이 감소한다는 것, 그 이유는 노동자들이 자신들의 뜻대로 일하고 싶어 하고, 또 그렇게 했기 때문이라는 것, 그러한 반발심은 우연한 것이 아닌, 그들이 지닌 국민성이라는 항구적 현상이라는 것을 알게 되었다. 그리고 러시아 민중은 광활하고 황량한 들판을 개간해야 하는 운명이며 또한 그들은 그 모든 땅이 개간될 때까지 필요한 방법을 의식적으로 고수할 것이라는 것을 알았다. 하지만 그는 이런 방법이 일반적으로 사람들이 생각하듯 그렇게 비난받을 일은 아니라고 생각했다. 그러면서 그는 자신의 책을 통해 이론적으로, 그리고 자신의 농업을 통해 실제적으로 그것을 입증해야겠다고 생각했다.

## 30

9월 말이 되자 조합에 분배된 토지에 축사를 짓기 위해 목재를 운반했고, 암소에서 나온 버터를 팔아 얻은 수익을 분배했다. 적어도 레빈이 보기에는 이 정도면 일이 잘 진행되고 있는 것이었다. 이제 그가 바라던 대로 이 모든 것을 이론적으로 증명하기 위해, 그는 정치 경제학을 크게 뒤흔들어 놓은 뒤 농민과 토지의 관계에 대한 새로운 학문의 기초를 정립하게 될 자신의 책을 완성해야 했다. 그러기 위해서는 외국에 가서 현장을 답사하고 그곳에서 시행되는 일들은 모두 러시아에는 불필요하다는 증거를 입수하면 되는 것이었다. 레빈은 밀을 판매한 돈으로 외국으로 가기 위해 밀이 들어올 날만을 기다리고 있었다. 하지만 폭우가 쏟아져 들에 있는 곡식과 감자를 수확하는 일이 불가능해졌기에 들일을 비롯한 밀의 거래마저 중단되었다. 길은 온통 진흙탕이라 걸어 다니기조차 힘들었고 물이 범람해 제분기 두 대가 떠내려갔으며 날씨는 점점 더 악화되고 있었다.

9월 30일 아침이 되자 해가 떠올랐다. 레빈은 이제 날씨가 좋아질 거라 생각하며 출발할 채비를 했다. 그는 밀을 운반할 준비를 하라고 지시해 두고, 돈을 받기 위해 집사를 상인한테 보낸 뒤 농장을 한번 둘러보며 출발 전 마지막 지시를 했다. 그는 자신이 해야 할 일들을 어느 정도 다 해결한 뒤, 저녁 무렵이 되어서야 가죽 외투의 목덜미와 장화 속으로 들어온 빗물에 젖은 채 몹시 긴장되고 흥분된 상태로 집으로 향했다. 저녁이 되자 날씨는 점점 더 나빠지기 시작했다. 말은 온몸이 흠뻑 젖은 채 귀와 머리를 덜덜 떨고 있었으며, 우박까지 내려서 똑바로 달리지도 못했다.

하지만 레빈은 두건을 쓰고 있어서 괜찮았다. 그는 즐겁게 주변의 풍경을 둘러보았다. 수레바퀴 자국을 따라 흘러내리는 흙탕물을, 앙상해진 나뭇가지에 맺힌 물방울을, 다리의 판자 위에 아직 녹지 않은 하얀 눈을, 앙상한 나무 주변에 짙푸르게 층을 이루며 살지고 물기 많은 느릅나무 잎사귀들을 보았다. 주변은 다소 음울했지만 그는 묘하게 흥분되었다. 그는 멀리 떨어진 마을에 사는 농부들과 나눈 대화를 통해 그들이 새로운 노동 조건에 점점 익숙해지고 있다는 것을 느꼈다. 그가 옷을 말리기 위해 잠시 들렀던 집의 나이 든 관리인은 레빈의 계획에 동조하며 자신도 가축을 사서 조합에 가입하고 싶다는 뜻을 내비쳤다.

'오로지 목표를 향해 전념하면 되는 거야. 그렇게 되면 분명 그 목표를 이룰 수 있을 거야.' 레빈은 생각했다. '일하며 고생하는 건 다 이유가 있는 법이야. 이것은 나 혼자만 관계된 일이 아니라 공공의 행복에 관한 문제야. 농업 제도를 비롯한 전반적인 농민의 처우가 근본적으로 개선되어야 해. 빈곤 대신 전체의 부와 만족감, 적대감 대신 이해관계의 조화와 일치, 즉 무혈(無血) 혁명이 되어야 하는 거야. 이것은 처음엔 우리 군에서 시작된 작은 구역의 일이겠지만, 곧 현과 러시아에까지 전파되고, 더 나아가 전 세계에 영향을 미칠 대혁명이 될 테니까. 올바른 사상은 필연적으로 결과를 수반하기 때문이지. 그래, 이것이야말로 노력할 가치가 있는 목표야. 그리고 이 일을 실행해야 할 사람은 바로 나, 코스티아 레빈이야. 검은 넥타이를 두르고 무도회장에 가서 쉬체르바쓰카야에게 거절을 당한 뒤 자괴감에 빠진 바로 나란 말이야. 이제 그런 일은 내게 아무런 문제도 되지 않아. 과거를 회상해 봤을 때 프랭클린 역시 나처럼 자신의 존재를 하찮게 여기며 스스로를 믿지 못했겠지. 하지만 그 일은 결국 아무 의미도 없는 것이었어. 그리고 분명 그에게도 자신의 비밀을 털어놓을 수 있는, 아가피야 미하일로브나 같은 사람이 있었을 테지.'

레빈은 이런 생각을 하며 날이 어둑어둑해져서야 집으로 돌아왔다.

상인에게 보냈던 집사도 밀의 대금 일부를 받아서 돌아왔다. 집 관리인과의 계약도 성사되었다. 집사는 오는 도중에 확인한 바에 따르면 다른 집 들판에는 곳곳에 곡식이 널려 있으니, 아직 수확하지 못한 160더미의 우리 곡식은 다른 사람들에 비하면 별것 아니라는 말을 전했다.

식사를 마친 뒤 레빈은 평소처럼 안락의자에 앉아 책을 읽으며 이 책과 관련된, 곧 떠나게 될 자신의 여행에 관해 생각했다. 그날 밤 그는 유독 자신의 사업의 의미가 분명해지고, 사상의 핵심이 저절로 머릿속에서 떠오르는 것을 느꼈다. '이건 적어 둬야지.' 그는 생각했다. '이제 예전엔 내가 불필요하다고 여겼던 머리말이 짤막하게 만들어졌군.' 그가 책상 쪽으로 가기 위해 일어서자 발치에 누워 있던 라스카가 기지개를 죽 펴며 자리에서 일어나 마치 어디를 가느냐고 묻는 듯한 얼굴로 그를 바라보았다. 하지만 그에게는 생각을 적을 여유가 없었다. 조합을 대표하는 농부들이 작업에 관한 지시를 듣기 위해 한꺼번에 찾아왔기 때문이었다. 레빈은 그들을 맞으러 현관으로 향했다.

레빈은 내일 해야 될 일에 관한 지시를 모두 마치고 그에게 볼일이 있어 찾아온 농부들을 모두 만난 뒤 서재로 돌아와 일을 시작했다. 라스카는 테이블 아래에 누웠다. 아가피야 미하일로브나는 양말을 들고 자기 자리에 앉았다.

잠시 글을 쓰던 레빈은 불현듯 그 어느 때보다도 키티를, 그녀의 거절을, 그리고 마지막 만남을 또렷하게 떠올렸다. 그는 일어나서 방 안을 거닐었다.

"그렇게 지루해하지 마세요." 아가피야 미하일로브나가 그에게 말했다. "왜 늘 집에만 계시는 거예요? 온천이라도 다녀오시지. 이제 여행 준비도 다 되었으니 말이에요."

"안 그래도 모레쯤엔 떠날 생각이에요, 아가피야 미하일로브나. 그런데 그 전에 일을 마쳐야 해서."

"대체 무슨 일을 또 하신다는 거예요! 농부들한테 그 정도 하셨으면 됐지 뭐가 부족한 게 있다고요! 다들 그렇게 말하고 있어요. 나리께서는 이 일로 분명 황제께 은총을 받으실 거라고요. 그런데 좀 이상하네요. 나리께서는 왜 그렇게 농부들을 걱정하시는 거예요?"

"난 그들을 걱정하는 게 아니라 나 자신을 위해서 그렇게 하고 있는 거예요."

아가피야 미하일로브나는 레빈의 농사 계획에 대해 아주 잘 알고 있었다. 레빈은 종종 자신의 생각을 그녀에게 상세히 들려주었고 그럴 때마다 그녀와 의견 충돌이 생겨 그녀의 견해에 반박하기도 했다. 하지만 지금 그녀는 그의 말을 전혀 다르게 해석하고 있었다.

"물론 자신의 영혼에 대해서는 그래야겠죠. 가장 깊이 생각해야 할 문제니까요." 그녀는 한숨을 쉬며 말했다. "파르펜 제니스이치는 무지한 사람이었지만 하느님의 축복을 받은 죽음을 맞이했죠." 그녀는 얼마 전에 죽은 하인에 대해 말했다. "성찬식도 성유식도 모두 받았으니까요."

"난 지금 그런 얘길 하는 게 아니에요." 그가 말했다. "난 나 자신의 이익을 위해 일하고 있다고 말하고 있는 거예요. 농부들이 일을 잘해 주면, 결국엔 내게 이익이 돌아오니까."

"나리께서 그렇게 신경 쓰셔도 농부가 게으르다면 결국 헛수고가 될 뿐이에요. 양심이 있다면 일하겠지만, 그게 없는 자라면 아무것도 하지 않을 테니까요."

"하지만 당신도 이반이 가축을 더 잘 돌보고 있다고 말했잖아요?"

"한 말씀만 드릴게요." 아가피야 미하일로브나는 지금 갑자기 생각난 말이 아닌, 고심 끝에 하는 말이라는 듯 대답했다. "나리께선 반드시 결혼하셔야 해요. 그게 가장 중요한 일이에요!"

그가 지금 생각하고 있었던 일을 아가피야 미하일로브나가 따끔하게 건드렸기에 그는 화가 나기도 하면서 모욕감이 들었다. 레빈은 얼굴을 찌푸리고는 그녀에게 아무 대답도 하지 않은 채 다시 책상 앞으로 가서 자신의 일이 지닌 의미에 대해 다시 한번 생각해 보았다. 그는 조용한 가운데 때때로 아가피야 미하일로브나의 뜨개질 소리에 귀를 기울이곤 했다. 그러자 기억하고 싶지 않은 일들이 떠올라 다시 얼굴을 찌푸렸다.

9시가 됐을 무렵, 방울 소리와 마차가 흔들리며 진흙탕 속에서 삐걱대는 소리가 들려왔다.

"오, 손님이 오셨나 봐요. 이제 지루하지 않으시겠어요." 아가피야 미하일로브나가 자리에서 일어나 문 쪽으로 향했으나 레빈이 그녀보다 먼저 나갔다. 때마침 일이 잘 진척되지 않았던 상태였기에 그는 누구라도 자신을 찾아온 것이 기뻤다.

## 31

계단의 중간까지 달려가던 레빈은 현관에서 들려오는 익숙한 기침 소리를 들었다. 하지만 자신의 발소리와 섞여 확실하게 들리지 않았기에 그는 속으로 자신이 잘못 들었기를 바랐다. 하지만 그 순간, 길쭉하고 비쩍 마른 익숙한 모습이 나타나자 그는 더 이상 자신을 속일 수 없었다. 하지만 그는 여전히 자신이 잘못 봤기를, 외투를 벗으면서 기침하며 휘청거리는 남자가 니콜라이 형이 아니기를 바랐다.

레빈은 형을 사랑했으나 그와 함께 있는 것은 항상 괴로웠다. 특히 수많은 생각과 아가피야 미하일로브나의 충고가 뒤섞인 현재의 기분으로서는 형과의 만남이 더욱 괴롭게 느껴졌다. 그는 내심 바라고 있던, 혼란스러운 자신의 기분을 없애 줄 유쾌하고 건강한 손님 대신, 자신의 마음속을 훤히 들여다보며 온갖 생각을 불러일으키며 모든 사실을 털어놓게 만드는 형과 마주해야 했다. 그는 이 상황이 견딜 수 없을 만큼 싫었다.

레빈은 자신의 혐오스러운 감정에 화내며 현관으로 뛰어내려갔다. 하지만 막상 형을 가까이서 보자 환멸 대신 측은함이 느껴졌다. 예전에도 니콜라이 형의 초췌하고 병약한 모습은 끔찍했지만, 지금 그는 더욱 약해지고 야위어 있었다. 마치 살가죽만 남은 해골 같은 모습이었다.

그는 길고 앙상한 목을 경련을 일으키듯 떨며 현관에 서서 목도리를 풀었다. 그러면서 기이할 만큼 안쓰러운 미소를 보였다. 그의 조용하고 순종적인 미소를 보자 레빈은 목구멍에 경련이 일어나 꽉 막히는 듯한 기분이 들었다.

"결국 너한테 오고 말았어." 니콜라이는 동생의 얼굴을 주시하며 작은 목소리로 말했다. "진즉에 오고 싶었는데 몸이 영 말을 듣지 않아서 말이야. 그래도 요즘 부쩍 좋아졌어." 그는 뼈만 앙상하게 남은 큼직한 손바닥으로 턱수염을 쓸며 말했다.

"그래요, 정말 그래!" 레빈이 대답했다. 그러고 나서 레빈은 형에게 입을 맞추며 형의 피부가 예전보다 훨씬 메말라 있다는 것을 느꼈다. 그러면서 가까이에서 크고 야릇하게 빛나는 그의 눈을 보자 레빈은 전보다 더욱 섬뜩한 기분이 들었다.

콘스탄틴 레빈은 몇 주 전, 아직 분배되지 않은 재산의 일부를 매각해서 형의 몫으로 약 2,000루블 정도가 생겼다고 편지에 적어 보냈다.

니콜라이는 그 돈을 받기 위해, 하지만 무엇보다 자신의 유년 시절을 보낸 곳에서 잠시 머물며 예전의 용사들처럼, 앞으로 해야 할 일들을 위해 고향의 정기를 얻으러 온 것이라 말했다. 그의 허리는 예전보다 훨씬 더 굽었고 큰 키 때문에 초췌한 모습이 유독 눈에 띄었지만 그는 여전히 민첩하고 성급하게 행동했다. 레빈은 그를 서재로 안내했다. 그는 예전과는 다른 모습으로 유독 옷을 신경 써서 갈아입고 가늘고 빳빳한 머리카락을 빗은 뒤 웃으며 2층으로 올라갔다.

그는 지금 레빈이 어렸을 때 자주 보았던 것처럼 다정하면서도 유쾌한 모습을 보이고 있었다. 세르게이 이바노비치에 관한 이야기를 꺼낼 때도 전혀 불쾌한 모습을 보이지 않았다. 그리고 아가피야 미하일로브나를 보자 그녀에게 농담을 건네기도 하고 예전에 있었던 하인들의 안부를 묻기도 했다. 파르펜 제니스이치의 죽음에 관한 소식을 전하자 그는 충격을 받은 듯했다. 그의 얼굴에는 놀라운 기색이 드러났으나 곧 안정되었다.

"하긴, 나이가 꽤 많았으니까." 그는 이렇게 말하며 화제를 돌렸다. "어쨌든 난 너희 집에서 두 달 정도 머물다가 모스크바로 갈 생각이야. 마흐코프가 일자리를 마련해 주겠다고 했거든. 나도 곧 취직하게 될 것 같아. 이젠 내 생활을 완전히 바꿔 보려고." 그가 말을 이었다. "그래서 그 여자도 쫓아버렸지."

"마리야 니콜라예브나요? 왜요, 무슨 일이 있었어요?"

"아, 정말 못된 계집이라니까! 나한테 얼마나 불쾌한 짓을 많이 했는데." 하지만 그는 그 불쾌한 짓이 무엇인지는 말하지 않았다. 그는 그녀가 차를 타는 게 서툴렀고, 또한 자신을 환자처럼 다루었기 때문에 마리야 니콜라예브나를 내쫓았다고 말할 수는 없었던 것이다.

"어쨌든, 이제 나는 내 생활에 변화를 주고 싶어. 물론 나역시 다른 사람들이 그러했듯 어리석게 살아왔지. 하지만 재산 같은 건 나중에 생각할 문제야. 난 그것에 대해서는 전혀 아깝다는 생각을 하지 않으니까. 몸만 건강하다면 그걸로 충분해. 최근엔 건강도 완전히 회복되었고 말이야."

레빈은 형의 말을 들으며 곰곰이 생각했지만 딱히 뭐라고 답해야 할지 몰랐다. 니콜라이도 같은 생각이었는지 동생에게 농사에 관해 물었다. 레빈은 자신의 일에 대한 이야기를 꺼낼 수 있어서 기뻤다. 그는 그 일과 관련해서는 어떠한 거짓도 없이 말할 수 있었기 때문이었다. 그는 형에게 자신의 계획과 활동에 대해 이야기했다. 형은 그의 말을 주의 깊게 듣고 있었으나 관심을 가지고 있지는 않은 듯했다.

둘은 서로 다정하면서도 친밀한 사이였기에 아주 작은 몸짓과 어조만으로도 말보다 훨씬 더 많은 것을 주고받을 수 있었다.

두 사람은 지금 같은 생각을 하고 있었기에 다른 생각은 전혀 할 수가 없었다. 그것은 바로 니콜라이의 병과 이제 그의 죽음이 임박했다는 생각이었다. 하지만 두 사람은 그 사실을 차마 입 밖으로 꺼낼 수가 없었다. 그래서 그들이 지금 무슨 이야기를 나누든, 두 사람의 마음을 누르고 있는 그 생각에 관해 이야기를 꺼내지 않는 한 모든 이야기들은 거짓이 되는 것이었다. 그래서 레빈은 그날, 밤이 깊어져 잠을 청할 시간이 된 사실이 유독 기뻤다. 누군가를 만났을 때도, 어떤 의례적인 방문을 했을 때도 지금처럼 어색하고 가식적이었던 적은 없었다. 이 어색함에 대한 의식과 그에 대한 안타까움이 레빈을 더욱 어색하게 만들었다. 그는 죽어 가고 있는 사랑하는 형을 위해 울고 싶을 뿐이었다. 그럼에도 그는 형의 계획에 관한 이야기를 들으며 그것과 관련된 이야기를 해야만 했던 것이다.

집 안은 대체적으로 습했고 불을 땐 방은 하나밖에 없었기에 레빈은 자신의 침실에 칸막이를 세워 형의 자리를 마련해 주었다.

　형은 잠이 들었다. 하지만 자고 있는 것인지 아닌지 알 수 없었으며, 환자들이 그러하듯 때때로 몸을 뒤척이며 기침했다. 기침이 멈추지 않을 때면 중얼거리며 툴툴거리기도 했다. 그러다가 깊은 한숨을 내쉬며 "오, 하느님!"이라고 말하기도 했다. 또 그러다가 가끔 숨이 막힐 때면 짜증을 내며 "젠장! 빌어먹을!"이라고 말했다. 레빈은 그 소리들 때문에 한참 동안 잠을 이루지 못했다. 그의 마음속에는 수많은 생각이 떠올랐지만 그 생각의 끝은 오직 하나, 바로 죽음이었다.

　모두에게 불가피한 마지막인 죽음이 처음으로 그의 앞에 불가항력적으로 다가왔다. 이 죽음, 잠결에 신음하며 버릇처럼 하느님을 찾고, 때로는 악마를 찾는, 사랑하는 형의 안에 있는 죽음이라는 것은 그가 지금껏 생각했던 만큼 멀리 있는 것이 아니었다. 죽음은 그의 안에도 있었다. 그는 그것을 느낄 수 있었다. 오늘 아니면 내일, 그것도 아니면 30년 후, 어쨌든 결국에는 마찬가지일 것이다. 하지만 그는 불가피한 이 죽음이 무엇인지 알 수 없었고, 지금껏 단 한 번도 생각해 본 적도 없었으며, 그것을 생각할 만큼의 능력도 용기도 없었다. '난 일하고 있고, 무언가를 성취하고 싶어. 하지만 이 모든 것은 결국엔 끝난다는 사실을, 바로 죽음이 존재한다는 사실을 잊고 있었어.'

　그는 침대에서 일어나 어둠 속에서 허리를 굽혀 무릎을 끌어안고 웅크리고 앉아 몹시 긴장한 상태로 조용히 생각에 잠겼다. 하지만 긴장할수록 그것은 명백한 사실임을, 인생에서 단 하나의 작은 사실, 죽음은 모든 것을 끝낸다는 것, 그러니 아무것도 시작할 가치가 없다는 것, 어떠한 수단을 동원해도 결코 죽음을 피할 수 없다는 사실을 지금껏 잊고 있었다는 생각이 더욱 선명해질 뿐이었다. 무서운 일이지만 그것은 사실이었다.

'하지만 난 아직 살아 있어. 그럼 난 어떻게 해야 하는 것인가. 무엇을 해야 하는 것인가?' 그는 절망적으로 외쳤다. 그는 초에 불을 켜고 조용히 일어나 거울 쪽으로 다가갔다. 그러고 나서 자신의 얼굴과 머리를 비추었다. '음, 관자놀이 근처가 희끗희끗해졌군.' 그러고는 입을 벌리자 썩어 가는 어금니가 보였다. 그는 자신의 탄탄한 팔을 걷었다. '그래, 힘은 아직 충분해. 하지만 저기 누워 있는, 남은 폐로 숨 쉬고 있는 니콜레니카 형도 한때는 나처럼 건강한 육체를 갖고 있었지.' 그때 갑자기 레빈의 머릿속에 자신들의 어린 시절이 떠올랐다. 그들이 함께 침대에 누워 표도르 보그다느이치가 방에서 나갈 때만을 기다리다가 베개를 던지며 서로 깔깔대며 웃던 일. 그들은 표도르 보그다느이치가 두려웠음에도 가슴속에서 넘쳐 오르던 행복을 억제할 수 없었던 것이다. '그랬던 모습이 지금은 저렇게 구부정하게 변해 텅 빈 가슴만 남았으니……. 그러니 이제 내게도 무슨 일이 벌어질지 아무도 모르는 거야……'

"콜록! 콜록! 이런, 젠장! 넌 안 자고 뭐하고 있어?" 형이 그에게 말했다.

"그러게요. 그냥 잠이 오지 않아서요."

"난 아주 푹 잤어. 이제 식은땀도 흘리지 않아. 여기, 루바
슈카를 만져 봐. 땀을 안 흘렸지?"

레빈은 형의 루바슈카를 만져 본 뒤 칸막이 뒤로 돌아와
촛불을 껐다. 하지만 한참 동안 잠을 이룰 수 없었다. 어떻게
살아야 할지에 관한 의문이 어느 정도 풀리자 새로운 문제,
그로서는 해결하기 어려운 죽음이라는 문제가 눈앞에 나타
난 것이다.

'아, 형은 죽어 가고 있어. 내년 봄까지 살 순 없을 거야. 하
지만 내가 형에게 무슨 도움이 될 수 있을까? 형에게 무슨 말
을 할 수 있을까? 죽음에 대해 내가 알고 있는 건 무엇일까?
난 죽음이 존재한다는 사실조차 잊고 살았는데.'

32

오래전부터 레빈은 겸손하면서도 온순하던 사람이 갑자
기 예민해지고 퉁명스러워지면서 도저히 어떻게 할 수 없는
상황이 종종 생길 수도 있다고 생각하고 있었다. 그는 형에게
도 마찬가지로 이러한 일이 생길 것이라 생각했다. 실제로도
니콜라이 형의 온순한 모습은 그리 오래가지 못했다. 다음 날
아침이 되자 그가 갑자기 몹시 화를 내면서 트집을 잡으며 그
의 상처를 건드리기 시작했던 것이다.

레빈은 자신이 잘못하고 있다고 생각하면서도 그 행동을 고칠 수가 없었다. 만일 두 사람이 그들의 솔직한 마음을 털어놓으며 진심으로 대화를 나눈다면, 자신들이 생각하고 느끼고 있는 그대로를 말하게 된다면, 서로의 눈빛만으로도 그는 '형은 죽어 가고 있다, 형은 죽어 가고 있어, 형은 죽어 가고 있어!'라고 말할 것이며, 형은 '나도 내가 죽는다는 사실을 알고 있지만 두려워, 두려워, 두려워!'라고 대답할 것이라 생각했기 때문이었다. 진심만을 말해야 한다면 그들은 더 이상 할 이야기가 없었을 것이다. 하지만 그런 식으로 지낼 수는 없었다. 그래서 콘스탄틴은 지금껏 계속 시도했으나 할 수 없었던, 그가 본 바에 의하면 수많은 사람이 잘 해내고 있으며 그렇게 하지 않고는 살아갈 수 없는 일을 다시 시도해 보려고 했다. 그것은 바로 그가 마음에도 없는 말을 하는 것이었다. 하지만 그는, 그것은 언제나 가식이 되어 버린다는 것, 그리고 형은 곧 그것을 알아채고 더욱 화를 낼 거라는 것을 끊임없이 느끼고 있었다.

도착한 지 사흘째 되던 날, 니콜라이는 동생에게 그의 계획을 털어놓도록 강요했다. 그러고는 그것에 대해 비난했으며 일부러 공산주의와 연관시키며 조롱했다.

"넌 그저 남의 사상을 가져다 왜곡한 다음 적용할 수 없는 곳에 적용하려 했던 것뿐이야."

"아뇨, 그것은 공산주의와 전혀 관계가 없어요. 그들은 사유 재산과 자본, 유산 상속의 정당성을 부정하지만, 난 그런 주요 스티물러스를(레빈은 원래 이런 말을 사용하는 것을 좋아하지 않았으나 책을 쓰는 일에 몰두하면서 자신도 모르게 종종 러시아어가 아닌 말을 사용하게 되었다.) 부정하진 않아요. 난 그저 노동을 균일하게 하고 싶은 거예요."

"그것 봐! 넌 남의 사상을 가져와 그 사상의 근거를 죄다 도려 낸 다음 남은 것을 가지고 마치 새로운 것인 듯 믿으려 하고 있잖아." 니콜라이는 신경질적으로 넥타이를 잡아당기며 말했다.

"하지만 그건 내 사상과 전혀 관계가 없어요……."

그러자 니콜라이 레빈은 무섭게 눈을 번뜩이며 조롱하는 듯한 미소를 띠며 말했다. "공산주의에는 적어도 기하학적인, 명쾌하면서도 확실한 아름다움이란 게 있지. 어쩌면 그건 그저 이상향일지도 몰라. 하지만 과거의 모든 것들을 백지화해서 재산도 없고 가족도 없는 상태로 만든다면 노동 역시 정리가 되겠지. 하지만 네 사상에는 아무것도 없다는 얘기야……."

"형님은 어째서 그것들을 뒤섞어 버리는 겁니까? 난 단 한 번도 공산주의자였던 적이 없어요."

"하지만 난 한때 공산주의자였지. 그리고 지금은 좀 이르긴 하지만, 공산주의는 훌륭한 사상이니까 초창기의 기독교처럼 전망이 있을 거라 생각해."

"내 생각은 그저 노동력이란 것은 자연 과학의 관점에서 검토해 봐야 한다는 거예요. 그러니까 노동력을 연구해서 그 특성을 발견하고 또……."

"아니, 그건 정말 쓸데없는 짓이야. 그 힘은 발전 단계에 따라 스스로 활동 방법을 찾아내고 있어. 예전에는 어디에나 노예가 존재했고, 그 후에는 소작인이 등장했지. 그리고 우리나라에는 수확량을 반으로 나누는 노동자도 있고 임대 노동자도, 일용직 노동자도 있잖아. 그런데 네가 추구하는 건 대체 뭐냐?"

그 말을 듣자 레빈은 갑자기 버럭 화를 냈다. 그것이 사실일지도 모른다는 생각에 두려웠기 때문이었다. 그가 공산주의와 기존 형식의 균형을 찾고 있다는 말이 사실이라면, 그것은 도저히 불가능하다는 말 또한 사실이기 때문이었다.

"난 나와 노동자들을 위해서 생산적으로 일할 방법을 찾고 있어요. 내가 만들고 싶은 건……." 그는 열띤 어조로 말했다.

"실은 넌 아무것도 만들고 싶지 않은 거야. 단지 넌 지금껏 영위하던 네 생활 방식대로 괴짜로 살고 싶을 뿐이지. 그러면서 넌, 단지 농부들을 이용하고 있는 게 아니라 이상을 품고 일하고 있다는 것을 남들에게 보여 주고 싶을 뿐인 거야."

"그래요, 마음대로 생각해요!" 레빈은 억제할 수 없을 만큼, 왼쪽 뺨의 근육이 경련을 일으키는 것을 느끼며 대답했다.

"넌 예전부터 신념이라는 게 없었어. 지금도 마찬가지고 말이야. 넌 단지 네 자존심을 만족시키면 그만일 뿐이지."

"그래요, 알았으니까 이제 그만 좀 내버려 두시죠!"

"그래, 내버려 두지! 진작 돌아갈걸. 여길 찾아온 게 후회되는군!"

그러자 레빈은 형을 진정시키려 애썼다. 하지만 니콜라이는 들은 척도 하지 않았다. 그저 이렇게 서로 헤어지는 게 훨씬 나을 거라는 말만 하고 있을 뿐이었다. 콘스탄틴은 형이 이제 더 이상 이 삶을 견뎌 낼 수 없을 것 같다는 생각이 들었다.

콘스탄틴은 다시 한번 형에게 가서 혹시 기분이 상했다면 용서해 달라고 어색한 어조로 말했다 하지만 이미 니콜라이는 떠날 채비를 마친 상태였다.

"오, 너그럽기도 하지!" 니콜라이는 이렇게 말하며 미소를 지었다. "만일 네가 옳다고 믿고 싶다면, 내가 그 만족을 네게 양보하마. 네가 옳아어. 하지만 이제 난 떠나야겠구나!"

니콜라이는 떠나기 직전에 그에게 입을 맞춘 뒤 이상하리만큼 진지한 모습으로 동생을 바라보며 말했다.

"어쨌든 나를 나쁘게 생각하진 말아 다오, 코스티아." 이렇게 말하는 그의 목소리는 떨리고 있었다.

이것은 그의 진심이 담긴 유일한 말이었다. 레빈은 그의 말에 '넌 내 상태가 좋지 않다는 것을 봐서 알고 있겠지. 아마 우리는 이제 더 이상 만날 수 없을 거야.'라는 의미가 담겨 있다는 것을 느낄 수 있었다. 그러자 레빈의 두 눈에서 눈물이 흘러내렸다. 그는 형에게 또 한 번 키스했지만 아무 말도 할 수 없었다.

형이 떠난 지 사흘째 되던 날, 레빈도 외국으로 떠났다. 그는 기차에서 키티의 사촌 오빠인 쉬체르바쓰키를 만났다. 그는 레빈의 어두운 얼굴을 보고 몹시 놀랐다.

"무슨 일이라도 있는 건가?" 쉬체르바쓰키가 물었다.

"아니, 별일 없네. 하지만 이 세상엔 좀처럼 즐거운 일이 없어서 말이야."

"왜 없다는 거야? 그럼 뮐하우스에 가지 말고 나하고 파리로 가세. 거기 가면 즐거운 일이 얼마든지 있을 테니까!"

"아니, 난 끝났어. 이제는 죽을 때가 됐어."

"무슨 소리!" 쉬체르바쓰키가 웃으며 말했다. "난 이제 막 시작할 준비를 하고 있는데."

"그래, 나 역시 얼마 전까지는 그렇게 생각했지. 그런데 머지않아 나도 죽게 되리라는 것을 최근에 알게 됐어."

레빈은 요즘 들어 자신이 심각하게 고민하고 있던 것에 대해 말했다. 그가 보는 모든 것에 죽음이 있었고, 그는 죽음과 가까운 것만 보였다. 하지만 그럴수록 그의 계획은 그를 더욱 강렬하게 이끌었다. 죽음이 다가오는 날까지 어떻게든 살아가야 했다. 그의 모든 것은 어둠으로 뒤덮인 듯했다. 하지만 이 어둠 때문에 그는 자신의 일이 유일한 삶의 지표라고 느껴졌다. 그래서 그는 온힘을 다해 그것을 붙들며 그 일에 매진하고 있었던 것이다.

제4부

**Anna
Karenina**

1

카레닌 부부는 여전히 함께 살면서 매일 얼굴을 보고 있었
지만 그들은 이미 남이나 다름없었다. 하인들이 조금이라도
이상하게 여길까 봐 알렉세이 알렉산드로비치는 매일 아내
와 규칙적으로 만났지만 집에서 식사하지 않았다. 브론스키
가 알렉세이 알렉산드로비치의 집으로 온 적은 한 번도 없었
지만 안나는 집 밖에서 그를 만나고 있었다. 남편 역시 그 사
실을 잘 알고 있었다.

이것은 세 사람 모두에게 고통스러운 일이었다. 만약 어떻
게든 상황은 변하게 될 것이고, 곧 지나가 버릴 일시적인 고
통이라는 기대마저 없었다면 그들은 하루도 이 생활을 유지
할 수 없었을 것이다. 알렉세이 알렉산드로비치는 모든 일이
그렇게 지나가듯, 이 열정도 곧 지나갈 거라고, 그래서 모두
이 문제를 잊고 자신의 명예도 실추되지 않게 잘 마무리될 거
라 기대하고 있었다. 이런 상황을 만든 장본인인 안나는 그러
한 이유로 가장 고통스러워했다. 하지만 그녀는 곧 이 상황
의 엉킨 매듭이 풀릴 거라 기대했고, 또 그럴 거라 확신했기
에 견뎌 낼 수 있었다. 그녀는 대체 무엇이 이 상황을 해결해
줄지 알 수 없었으나 조만간 기대하던 일이 생길 거라는 확신
에 차 있었다. 브론스키도 무의식중에 그녀의 영향으로 자신
과는 상관없는 어떤 일이 벌어져 이 모든 괴로움을 해결해 줄
거라 믿고 있었다.

어느 추운 겨울날, 브론스키는 몹시 따분한 일주일을 보냈

다. 그는 페테르부르크에 온 어느 외국 왕자를 접대하라는 지시를 받고 왕자와 함께 페테르부르크를 돌아다니며 명소와 명물을 소개해 주었다. 브론스키는 체격이 듬직했고 기품 있게 처신하는 능력이 있었기에 이러한 접대에 익숙했다. 그래서 그는 왕자를 수행하는 임무를 맡게 된 것이었다. 하지만 이 일은 그에게 몹시 괴로움을 주었다. 왕자는 자신의 나라에 돌아갔을 때, 러시아에서 보고 왔느냐는 질문을 받을 법한 것들은 하나도 빼놓지 않고 하려고 결심했다. 게다가 그 스스로도 가능한 한 러시아의 많은 향락을 경험하고 싶어 했다. 그래서 브론스키는 그를 이곳저곳으로 안내해 주었다. 그들은 아침에는 마차를 타고 유적지를 둘러보았고, 밤이 되면 러시아의 향락을 즐겼다. 왕자는 왕족 중에서도 보기 드문 강인한 체력을 가지고 있었다.

그는 체조와 세심한 건강 관리를 통해 강한 체력을 비축하고 있었기에 유흥을 즐기며 체력을 소모해도 푸릇푸릇하고 반질반질한 네덜란드산 오이처럼 여전히 생기가 넘쳐흘렀다. 왕자는 여행을 꽤나 즐기는 사람이었다. 그는 교통수단이 발달한 오늘날에 가장 중요한 이점은 세계 여러 나라의 향락을 쉽게 즐길 수 있는 것이라 생각하고 있었다. 그가 스페인을 방문했을 때 그는 거기서 세레나데를 부르고 만돌린을 연주하는 스페인 여자와 사귀기도 했다. 스위스에서는 영양을 사냥했고, 영국에서는 붉은색 연미복을 입고 말을 타고 울타리를 뛰어넘기도 했으며, 내기를 건 사냥에서는 200마리의 꿩을 잡기도 했다. 터키에서는 하렘을 찾았고, 인도에서는 코끼리를 탔으며, 러시아에 온 지금은 이곳의 고유한 향락의 세계를 즐기려 하고 있었다.

그의 의전관이라 할 수 있었던 브론스키에게, 분야마다 각각의 사람이 제안하는 러시아식 유흥을 분류하는 것은 무척 힘든 일이었다. 러시아에는 경마도 있고, 블린(팬케이크의 한 종류)도 있었다. 또한 곰 사냥과 트로이카, 집시 여자들과 그릇을 깨뜨리는 축제도 있었다. 왕자는 러시아의 기질에 빠져들어 그릇이 잔뜩 쌓인 쟁반을 깨뜨리기도 했고, 여자 집시를 무릎 위에 앉히기도 했다. 그는 그러면서도 '이외에 다른 러시아의 정신은 뭐가 있는가? 더 이상은 없는가?' 하고 묻는 것 같았다.

실제로 러시아의 온갖 향락 중에서 왕자가 가장 마음에 들어 했던 것은 프랑스 여배우들과 발레리나, 그리고 흰색으로 봉인된 샴페인이었다. 브론스키는 왕족들을 수행하는 일에 익숙했으나 요즘 자신이 변한 탓인지, 아니면 왕자와 너무 가깝게 지냈던 탓인지는 몰라도 그 일주일이 몹시 괴롭게 느껴졌다. 일주일 동안 그는, 마치 위험한 미치광이를 뒤치다꺼리하는 사람이 그 미치광이를 두려워하면서도 동시에 그와 가깝게 지내야 하기에 자신의 이성마저 걱정해야 하는 듯한 느낌이 들었던 것이다. 브론스키는 스스로 멸시당하지 않기 위해 계속해서 엄격하고 공적이면서도 정중한 태도를 지녀야 한다고 생각했다. 브론스키는, 왕자가 러시아의 향락을 즐길 수 있도록 모든 것을 제공하려고 최선을 다하는 사람들을 무시하는 그의 태도 때문에 적잖이 놀랐다. 그는 러시아 여자들에 대해 연구하고 싶어 했으나 그녀들에 대한 그의 생각은 브론스키가 수차례 얼굴을 붉힐 정도로 분노를 일으켰다.

브론스키가 유독 왕자의 태도를 참을 수 없었던 이유는 무의식중에 이 왕자에게서 자신의 모습을 발견했기 때문이었다. 그는 이 거울 속에서 본 모습 때문에 자존심이 상했다. 그것은 몹시 어리고 자존심이 센, 건강하고 말끔한 사내의 모습이었다. 하지만 그게 전부였다. 왕자는 신사였다. 그것은 사실이었으며 브론스키 역시 부정하지 않았다. 그는 지체 높은 사람들에게 한결같은 모습을 보이며 아첨하지 않았고, 비슷한 계급에게는 편안하고 솔직하게 대했으며, 신분이 낮은 사람에게는 지나칠 정도로 다정하게 대했다. 브론스키 역시 마찬가지였으며 그는 그러한 모습을 미덕이라 생각하고 있었다. 하지만 왕자의 입장에서 볼 때, 브론스키는 신분이 낮은 사람이었기에 모욕적일 만큼의 왕자의 다정함은 그를 불편하게 만들었다.

'황소처럼 멍청한 녀석 같으니! 그런데 나 역시 저런 모습은 아닐까?' 그는 생각했다.

어쨌든 일주일이 되던 날, 왕자가 모스크바로 떠나면서 그에게 감사 인사를 전했을 때, 브론스키는 드디어 이 불편한 상황과 불쾌한 거울에서 벗어날 수 있다는 생각에 몹시 기뻤다. 그는 러시아식 용맹의 의미로 밤을 지새우며, 왕자와 함께 곰 사냥을 한 뒤 기차역에서 왕자와 작별 인사를 나누었다.

## 2

집으로 돌아온 브론스키는 자신의 방에 있던 안나에게서 온 편지를 보았다. 그녀는 이렇게 적어 보냈다.

'난 지금 아프고 힘들어요. 외출할 수도 없어요. 하지만 당신을 만나지 않고는 더 이상 못 견디겠어요. 오늘 밤에 와 주세요. 알렉세이 알렉산드로비치는 7시에 회의에 나가 10시까지는 오지 않을 거예요.'

남편이 그를 집으로 불러들이지 말라고 했음에도 그녀가 자신을 집으로 오라고 한 것이 조금 미심쩍었으나 그는 안나를 찾아가기로 결심했다.

올겨울, 브론스키는 대령으로 진급해서 연대에서 나와 혼자 살고 있었다. 아침 식사를 먹은 뒤 소파에 눕자, 최근에 그가 보았던 흉측한 광경과 안나의 모습, 곰 사냥에서 중요한 몰이꾼을 했던 농부의 모습이 뒤섞여 5분 정도 그의 눈앞에 펼쳐졌다. 하지만 곧 그는 잠이 들었다. 그러고 나서 어두컴컴해지자 그는 공포에 몸서리를 치며 잠에서 깼다. 그는 곧바로 초에 불을 붙였다.

'그건 뭐지? 꿈에서 봤던 무서운 그건 대체 뭘까? 그래, 맞아. 수염이 덥수룩한 작고 험악한 인상의 농부가 허리를 굽히고 뭔가를 하고 있었어. 그러다가 갑자기 프랑스어로 뭔가 이상한 말을 중얼거렸지. 그래, 그게 꿈의 전부였어.' 그는 혼잣말을 했다. '그런데 왜 그게 그토록 무서웠던 것일까?' 그러고 나서 그는 다시 한번 농부와 농부가 중얼거리던 알 수 없는 프랑스어를 떠올려 보았다. 그러자 싸늘한 공포가 밀려와 등골이 오싹해졌다.

'이런 어리석은 생각을 하다니!' 브론스키는 시계를 들여다보았다.

시계는 벌써 8시 30분을 가리키고 있었다. 그는 벨을 눌러 하인을 불렀다. 그러고 나서 서둘러 옷을 갈아입은 뒤 꿈 같은 것은 모두 다 잊고, 늦었다는 생각에 걱정하며 현관 계단 쪽으로 나갔다. 카레닌 저택의 현관 근처에 다다르자 그는 다시 시계를 들여다보고는 10분 전 9시라는 것을 확인했다. 회색 말 두 필을 채워 놓은 높고 좁은 사륜 여행 마차가 현관 앞에 대기하고 있었다. 그는 그것이 안나의 마차임을 알 수 있었다.

'아, 나한테 오려고 했던 거군.' 브론스키는 생각했다. "오히려 그게 낫겠어. 내가 이 집 안에 들어가는 건 썩 내키지 않는 일이니까. 하지만 어쨌거나 마찬가지야. 숨을 수는 없어." 그는 혼잣말을 했다. 그러고 나서 그는 마치 어린 시절부터 몸에 밴 습관처럼, 어떤 거리낌도 없이 당당하게 썰매에서 내린 뒤 문 쪽으로 향했다.

문이 열리며 숄을 든 수위가 마차를 불렀다. 브론스키는 원래 사소한 것에는 신경을 쓰지 않는 편이었으나 그때만큼은 자신을 흘끗 쳐다보며 깜짝 놀라던 수위의 표정을 읽어 낼 수 있었다. 브론스키는 하마터면 문 앞에서 알렉세이 알렉산드로비치와 부딪칠 뻔했다. 가스등의 불빛이 검은 모자 아래의 파리한 얼굴과 수달 가죽 코트 아래에서 빛나는 하얀 넥타이를 비추고 있었다. 미동조차 없는 흐릿한 카레닌의 눈이 브론스키의 얼굴에서 멈췄다. 브론스키는 고개를 숙이며 인사했다. 그러자 알렉세이 알렉산드로비치는 이를 악물고 모자에 한 손을 가져다 댄 뒤 그대로 지나가 버렸다. 브론스키는 그가 뒤도 돌아보지 않고 마차에 탄 뒤, 창문을 통해 숄과 오페라글라스를 건네받고는 몸을 숨기는 것을 보았다. 브론스키는 현관에 들어섰다. 그의 눈썹은 찌푸려졌고 두 눈은 번뜩이는 오만한 독기를 품고 있었다.

'이거 난처하게 됐군!' 그는 생각했다. '만약 그가 나와 싸워 자신의 명예를 지키려는 생각이 있다면 나도 방법을 동원해 내 생각을 드러낼 텐데 저렇게 나약하고 비겁하다니…….' 그는 내가 사기꾼이라도 되길 바라고 있어. 하지만 난 원래부터 그런 인간은 질색이었고 지금도 마찬가지야.' 브레데의 정원에서 안나와 대화를 나눈 이후 브론스키는 생각이 바뀌었다. 연약한 안나는 그에게 자신의 모든 것을 의지하며 앞으로도 그럴 것이라며 자신의 운명을 그에게 맡겼다. 그래서 그는 이 관계를 정리할 수 있을 거라는 생각은 이미 오래전부터 하지 않고 있었다. 포부가 가득했던 그의 계획은 다시 뒷걸음치게 되었다. 그는 이미 정해져 있던 범위에서 모든 일이 벗어나 버린 것 같다는 생각을 하면서도 그 감정에 기대고 있었다. 그러자 이 감정은 그를 더욱 강렬하게 그녀에게 빠지도록 만들었다.

그는 현관에 서서 멀어지는 그녀의 발소리를 듣고 있었다. 그는 그녀가 자신을 기다리며 귀를 기울이고 있다가 지금 응접실로 돌아가는 중이라는 것을 알았다.

"아니에요!" 그를 보자 그녀가 소리쳤다. 이 목소리가 나옴과 동시에 그녀의 눈에 눈물이 맺혔다.

"이건 아니에요. 계속 이런 식이라면 훨씬 빨리, 더 빨리 모든 게 끝나고 말 거예요!"

"대체 무슨 일이에요?"

"무슨 일이냐고요? 난 정말 괴로워하면서 당신을 기다렸었어요. 한 시간, 두 시간…… 아니, 더 이상 아무 말도 하지 않을 거예요! 난 당신과 말싸움하고 싶지 않아요. 분명 피치 못할 사정이 있었겠죠. 그러니 더 이상 아무 말도 하지 않을 거예요!"

그녀는 그의 어깨 위에 두 손을 얹었다. 그러고 나서 그렇게 한참 동안 기쁨에 가득 찬 깊은 눈으로, 마치 뭔가를 알아내려는 듯한 눈빛으로 그를 바라보고 있었다. 그녀는 그를 만나지 못했던 시간을 보상이라도 받으려는 듯 그의 얼굴을 뚫어지게 바라보았다. 그녀는 그를 만날 때면 늘 그랬듯 그의 모습을, 상상 속에서만 존재하며 현실에서는 결코 찾을 수 없는, 그의 실제 모습과는 비교할 수 없을 만큼 훌륭한 모습을 함께 떠올리고 있었다.


3


"당신, 그 사람을 만났어요?" 두 사람이 램프 아래에 있는 테이블 옆에 앉았을 때 그녀가 물었다. "당신이 늦게 오신 벌이에요."

"그래요, 그런데 어떻게 된 거죠? 회의에 나가 있을 시간 아닌가요?"

"갔다가 온 거예요. 그리고 나서 또 어딘가 나간 거죠. 하지만 이제 그런 건 아무 상관없어요. 이런 얘기는 이제 그만하죠. 그런데 당신은 지금껏 어디에 있었던 거예요? 그 왕자와 계속 함께 있었던 거예요?" 그녀는 그의 사소한 생활까지도 세세하게 다 알고 있었다. 그는 행복으로 가득 찬 그녀의 얼굴을 보자, 어젯밤에 한숨도 못 자서 깜빡 잠이 들어 버렸다고 차마 말할 수 없었다. 그래서 그는 왕자가 떠났다는 보고를 하러 갔었다고 말했다.

"그럼 이제 그 일은 다 끝난 거예요? 그분은 떠나신 거죠?"

"다행히 겨우 마무리되었어요. 그동안 얼마나 괴로웠는지 당신은 믿지 못할 거예요."

"어머, 어째서요? 그 일은 젊은 남자들의 일상이나 마찬가지일 텐데요." 그녀가 눈썹을 찡그리며 말했다. 그러고 나서 테이블 위에 있던 뜨개질감을 들고는 브론스키를 쳐다보지도 않은 채 뜨개질바늘을 풀어냈다.

"그런 생활은 오래전에 청산했어요." 그는 그녀의 표정 변화를 눈치채고는 놀라며 거기에 담긴 뜻을 읽어 내기 위해 애쓰며 말했다. "솔직히 말하면." 그는 고르고 하얀 이를 드러내고는 웃으며 말했다. "지난 일주일간 그의 생활을 지켜보면서 마치 거울 속 내 모습을 들여다보고 있는 기분이 들어 참을 수 없을 만큼 불쾌했어요."

그녀는 손에 뜨개질감을 들고 있으면서도 뜨개질은 하지 않은 채 기묘하고 냉정한 눈빛으로 그를 바라보았다.

"오늘 아침에 리자가 나를 찾아왔어요. 그녀는 리디야 이바노브나 백작 부인과 상관없이 자주 나를 찾아오고 있어요." 그러고 나서 그녀는 덧붙였다. "그리고 그녀는 당신들이 즐겼던 '아테네의 밤(러시아에서는 방탕한 행위를 하는 모임을 뜻한다.)'에 대해 모든 얘기를 들려주었어요. 어떻게 그런!"

"나도 그 얘길 막 하려던 참이에요……."

그녀는 그의 말을 가로막았다.

"그 테레즈라는 여배우는 전부터 알던 사이죠?"

"안 그래도 지금 그 얘기를 하려고……."

"당신네 남자들이란 왜 그렇게 지저분한지 모르겠어요! 남자들은 여자들이 웬만해선 그런 일은 잊지 못한다는 사실을 왜 모르는 걸까요?" 그녀는 한층 더 흥분하며 자신이 화가 난 이유를 드러냈다.

"당신들의 생활에 대해 전혀 알 수 없는 여자는 더욱 그래요. 내가 뭘 알겠어요? 뭘 알고 있겠냐고요?" 그녀가 말했다. "그저 당신이 해 준 얘기만 알고 있을 뿐이잖아요. 게다가 당신이 진실을 말하는지 아닌지 내가 어떻게 알 수 있겠어요……."

"안나! 당신은 날 모욕하고 있어요. 당신은 날 못 믿겠다는 건가요? 전에도 말했잖아요. 당신에게 말하지 못할 일은 하나도 없다고 말이에요!"

"네, 그랬죠." 그녀는 질투심을 떨쳐 내기 위해 애쓰며 말했다. "하지만 당신이 내가 얼마나 괴로운지 알고 있다면! 난 당신을 믿어요, 믿고 있어요……. 그런데 당신이 하고 싶었던 말은 뭐죠?"

하지만 그는 자신이 말하려 했던 것을 금방 생각해 낼 수 없었다. 최근에 점점 더 자주 보게 되는 그녀의 질투심은 그를 두렵게 만들었고 그의 감정을 자연스레 식어 버리게 했다. 물론 그녀가 질투하는 이유는 자신을 사랑하기 때문이라는 것을 알고 있었다. 그는 이러한 그녀의 사랑은 행복이라며 스스로를 수없이 타이르곤 했다. 실제로도 그녀는, 그 어떤 행복보다 사랑을 가장 소중하게 여기는 여자만이 가능한 사랑을 그에게 주었다. 하지만 그는 그녀를 뒤따라 모스크바에서 돌아오던 때보다 행복하다고 느껴지지 않았다. 당시에 그는 스스로를 불행하다고 여기고 있었지만 행복이 눈앞에 있다고 믿고 있었다. 하지만 이제 와 생각해 보니 최고의 행복은 이미 과거가 되어 버린 것 같다는 생각이 들었던 것이다.

그녀는 더 이상 그가 처음 만났을 때의 그녀가 아니었다. 정신적으로도 육체적으로도 부정적으로 변해 버렸다. 그녀의 몸은 불어 있었고, 조금 전 여배우를 언급했을 때는 아름다운 얼굴을 일그러뜨리는 날카로운 표정이 드러났다. 그는 아름다운 꽃을 꺾어 버려 쓸모없게 만든 후에야 그것의 아름다움을 깨달은, 이미 자신의 손에서 시들어 버린 꽃을 바라보는 사람의 심정으로 그녀를 보고 있었다. 그럼에도 그는 사랑에 대한 열정이 강했고 원한다면 자신의 가슴속에서 그 사랑을 빼낼 수도 있다고 생각했던 예전보다도 그녀를 조금도 사랑하고 있지 않다는 생각이 드는 지금, 오히려 자신과 그녀의 관계를 깨뜨릴 수 없다는 사실을 깨닫게 되었다.

"그러니까 왕자에 관해 하려던 얘기가 뭐예요? 난 이제 다 쫓아냈어요. 악마를 쫓아냈어요." 그녀가 덧붙여 말했다. 두 사람은 질투심을 '악마'라 부르고 있었다. "정말, 왕자에 대해 무슨 얘기를 하려고 했던 거예요? 왜 그와 함께 있는 게 그토록 괴로웠던 거죠?"

"아, 정말 견딜 수 없었어요!" 그는 잊고 있었던 기억을 되찾으려고 애쓰며 말했다. "그는 가까워질수록 더 안 좋은 사람이에요. 정의를 내리자면, 품평회에서는 일등을 할 만큼 멋지고 살이 오른 가축, 딱 그 정도의 사람이에요." 그가 화가 난 듯 말하자 그녀는 그의 어조에 흥미를 느꼈다.

"어머, 그건 왜죠?" 그녀가 물었다. "그는 견문이 넓고 교양도 갖췄잖아요."

"그건 전혀 다른 부류의 교양이에요. 그러니까 그런 부류의 사람들만이 가진 교양이죠. 그는 마치 교양을 경멸하기 위한 권리를 갖기 위해 교양을 쌓은 것처럼 보이거든요. 그런 사람들은 동물적인 쾌락 외에는 모든 것을 경멸하죠."

"하지만 남자들은 그런 동물적 쾌락을 좋아하잖아요." 그녀가 말했다. 그때 그는 또 한 번 그를 피하는 듯한 그녀의 어두운 눈동자를 보았다.

"그런데 당신은 어째서 그를 이렇게 두둔하는 거죠?" 그가 미소를 띠며 말했다.

"난 어느 누구도 두둔하지 않아요. 나하고는 상관없는 일이니까. 하지만 만약 당신이 그런 종류의 쾌락을 싫어한다면 거절할 수도 있었을 거예요. 이브의 옷을 입은 테레즈를 보며 당신도 즐거워했을 테죠……."

"또, 악마가 나타났군요!" 브론스키는 테이블 위에 놓인 그녀의 손에 입을 맞추며 말했다.

"그래요, 하지만 나로선 그렇게밖에 생각할 수 없어요! 당신을 기다리는 동안 내가 얼마나 외로웠는지 모를 거예요! 난 내가 질투심이 많은 여자라고 생각하진 않아요. 난 질투심이 많은 여자가 아니에요. 당신이 나와 함께 있는 순간만큼은 당신을 절대적으로 믿고 있지만 당신 혼자서 내가 모르고 있는 곳에서 생활하고 있을 때에는……."

그녀는 그의 곁에서 물러나 뜨개질감에서 바늘을 풀어냈다. 그러고는 램프의 불빛 아래에서 집게손가락으로 반짝이는 하얀 털실의 코를 뜨기 시작했다. 그녀는 수놓인 소매 속에서 가녀린 손목을 빠르고 신경질적으로 움직이고 있었다.

"참, 어떻게 됐어요? 알렉세이 알렉산드로비치는 어디서 만난 거죠?" 갑자기 그녀의 목소리가 어색하게 들려왔다.

"입구에서 마주치고 말았어요."

"그가 당신한테 이렇게 인사했죠?"

그녀는 고개를 들고는 눈을 반쯤 감은 채 표정을 바꾸며 두 손을 모았다. 그러자 그는 아름다운 그녀의 얼굴에서 알렉세이 알렉산드로비치가 자신에게 인사했을 때의 그 표정을 보았다. 그가 싱긋 웃자 그녀는 그녀만의 특별한 매력인, 가슴속에서 우러나오는 듯한 유쾌하고 사랑스러운 웃음을 보였다.

"난 그를 전혀 이해하지 못하겠어요." 브론스키가 말했다. "만일 별장에서 당신의 고백을 들은 후에 헤어졌다면, 또 나에게 결투 신청을 했다면 이해할 수 있겠지만요……. 그런 게 아니니 진심을 모르겠어요. 그는 이런 상황을 어떻게 견뎌 낼 수 있는 걸까요? 그도 분명 괴로워하고 있어요. 그건 확실해요."

"그 사람이요?" 그녀가 냉소적으로 말했다. "그는 아주 만족스러워하고 있어요."

"마음만 먹으면 좋게 해결될 수도 있을 텐데, 왜 우리 모두가 이렇게 괴로워해야 하는 걸까요?"

"그 사람은 아니에요. 내가 그 사람을 모르겠어요? 그의 온몸에 배어 있는 허위를 모르겠어요? 만약 그가 조금이라도 인간적인 감정을 갖고 있다면 나와 이런 식으로 생활하는 게 가능하겠어요? 그는 아무것도 이해 못하고 아무것도 느끼지 못해요. 뭔가를 느낄 수 있는 사람이라면 부정을 저지른 아내와 어떻게 함께 살 수 있겠어요? 그 아내와 어떻게 말을 섞을 수 있겠어요? 어떻게 '여보'라고 부를 수 있겠어요?"

그리고 그녀는 또다시 남편의 흉내를 냈다. "당신, 여보, 자기, 안나!"

"그는 남자답지 못해요. 인간이 아니에요. 인형이라고요. 아무도 모른다 해도 난 잘 알고 있어요. 아, 만약 내가 그 사람이었다면 난 벌써 아내를 죽였을 거예요. 찢어 죽였을 거라고요. 나 같은 아내에게 '여보, 안나.'라고 절대 말할 수 없을 거예요. 그 사람은 정말이지 인간이 아니라 관청의 기계예요. 그는 내가 당신의 아내라는 것을, 이제 나에게 그는 남이고 쓸모없는 인간이라는 것을 모르고 있어요…… 이제 이런 얘긴 그만하죠. 그만해요!"

"그건 잘못된 생각이에요, 안나." 브론스키는 그녀를 진정시키려고 애쓰며 말했다. "하지만 어찌 됐건 상관없어요. 그 얘긴 그만하기로 하죠. 이제 당신의 근황에 대해 말해 봐요. 무슨 일이 있었던 거예요? 무슨 병이에요? 의사는 뭐라던가요?"

그녀는 기묘하면서도 즐거운 얼굴로 그를 바라보았다. 분명 남편의 우습고 추악한 면을 찾아내 그것을 말할 기회를 기다리는 듯했다.

하지만 그는 계속 말을 이어 갔다.

"내 생각엔 병 때문이 아니라 당신의 몸 상태 때문인 것 같아요. 그런데 대체 그건 언제쯤이죠?"

그녀의 눈에 어려 있던 장난스러운 번쩍임이 사라지고 그로서는 알 수 없는 어떤 깨달음과 조용한 슬픔이 어린 미소가 다시 그녀의 얼굴에 비쳤다.

"곧, 조만간이에요. 당신은 우리의 괴로운 상황을 어떤 식으로든 빨리 매듭지어야 한다고 했었죠. 하지만 나 역시 그 일로 얼마나 힘든지 알았으면 해요. 난 당신을 자유롭게, 마음껏 사랑하기 위해서는 어떤 대가라도 치를 준비가 되어 있어요! 그럴 수만 있다면 지금처럼 질투심으로 당신을 괴롭히지 않고 내 자신을 괴롭히지 않을 텐데……. 그런 날도 이제 머지않았어요. 하지만 우리가 원하는 대로 되진 않겠죠."

하지만 그 일의 결말에 대해 생각하자 그녀는 자신이 너무 가엾게 느껴져 눈물이 차올라 말을 잇지 못했다. 그녀는 자신의 하얀 손을 조용히 그의 소매 위에 얹었다. 그녀의 하얀 피부와 반지가 램프 아래에서 빛나고 있었다.

"그 일은 우리의 생각대로 되진 않을 거예요. 난 이런 얘기는 하고 싶지 않지만 당신이 이런 말을 꺼내게 만드니 어쩔 수 없군요. 조만간, 정말이지 모든 게 곧 마무리될 거예요. 그렇게 되면 우린 모두 진정이 될 테고 더 이상 고통받지 않을 거예요."

"난 도저히 모르겠군요." 그는 잘 알고 있으면서도 이렇게 말했다.

"언제냐고 물었었죠? 조만간이라고요. 아마도 그냥 넘어가진 않을 거예요. 내 말을 좀 들어봐요!" 그녀는 계속 말을 이어 갔다. "난 알아요. 분명히 알고 있어요. 난 죽게 될 거예요. 죽어서라도 나와 당신을 구할 수 있게 돼서 정말 기뻐요."

그녀의 두 눈에 눈물이 흘렀다. 그는 그녀의 손 위로 몸을 굽히고는 자신의 마음이 흔들리고 있는 것을 감추며 그녀에게 입을 맞췄다. 그는 아무 이유도 없이 자신의 마음이 이렇게 흔들리고 있다는 것을 알았으나 억제할 수 없었다.

"그래요, 그렇게 해야 해요. 그게 더 나아요." 그녀는 그의 손을 힘껏 쥐며 말했다. "그것만이 우리에게 남은 유일한 방법이에요."

그는 정신을 차리며 고개를 들었다.

"쓸데없는 소리예요! 왜 그렇게 쓸데없고 바보 같은 소리를 해요!"

"아니, 진실이에요."

"뭐가, 대체 뭐가 진실이라는 거죠?"

"내가 죽는다는 사실이요. 꿈을 꿨어요."

"꿈?" 브론스키는 거듭 반복한 뒤, 자신이 꿈속에서 보았던 농부를 떠올렸다.

"네, 꿈이요." 그녀가 말했다. "이미 오래전에 꾸었어요. 뭔가 가져올 게 있어서 그걸 찾으려고 내 방으로 달려갔었죠. 아시다시피 꿈속에선 종종 그런 일이 있잖아요." 그녀는 두려운 나머지 눈을 크게 뜨며 말했다. "그런데 무슨 일이 있었냐면, 침실 구석에 뭔가가 서 있었던 거예요."

"아, 왜 그렇게 바보 같은 소리를! 그런 걸 왜 믿어요……."

하지만 그녀는 그가 자신의 말을 가로막도록 내버려 두지 않았다. 그녀가 지금 하고 있는 이야기가 너무 중요했기 때문이다.

"그리고 무언가가 이쪽을 향해 돌아봤어요. 수염이 덥수룩한, 체구가 작고 인상이 험악한 농부였어요. 그래서 난 도망가려 했죠. 그런데 그가 포대 위로 몸을 굽히고는 두 손으로 뭔가를 한참 찾고 있는 거예요……."

그녀는 농부가 포대 속에서 뭔가를 찾는 흉내를 내고 있었다. 그녀는 두려워하고 있었다. 브론스키 역시 자신의 꿈을 떠올리며 그녀와 마찬가지로 두려움을 느끼고 있었다.

"그 남자는 그렇게 계속 뒤적거리며 'r' 발음을 목구멍을 울리듯 아주 빠르게 굴리며 프랑스어로 중얼거렸어요. '쇠를 두들겨서 잘게 부숴야 해……'라고 말이죠. 난 너무 무서운 나머지 빨리 잠에서 깨야겠다고 생각해서 곧 잠에서 깼죠……. 그런데 그것도 꿈이었어요. 잠에서 깬 것마저도 꿈이었어요. 대체 이게 무슨 꿈일까 하고 자문했죠. 그러자 코르네이가 '당신은 산고(産苦)로 돌아가실 거예요. 산고로, 산고로요, 마님……'이라고 말했어요. 그때서야 난 진짜 잠에서 깨어났죠……."

"쓸데없는 소리 말아요, 왜 그렇게 바보 같은 소리를 해요!" 브론스키가 말했다. 하지만 자신도 그 말에 아무런 확신이 없다는 것을 느꼈다.

"이런 얘긴 이제 그만해요. 참, 벨을 좀 눌러 줘요. 차를 들여오라고 할 테니까요. 아, 잠시만요. 조금 전에 난……." 그녀는 갑자기 하던 말을 멈췄다. 그녀의 표정은 순식간에 공포와 흥분에서 조용하면서도 진지하고 행복에 가득 찬 긴장감으로 바뀌었다. 그는 그러한 변화를 이해하지 못했다. 그녀는 자신의 몸속에서 새 생명의 태동을 느꼈던 것이다.


4


알렉세이 알렉산드로비치는 집 앞 현관 계단에서 브론스키와 마주친 후에도 예정대로 이탈리아 오페라 극장으로 말을 몰고 갔다. 그는 2막이 끝날 때까지 그곳에 머물며 만날 사람들을 모두 만나고 왔다. 그러고는 집으로 돌아와 옷걸이를 주의 깊게 살펴보았다. 군복 외투가 없는 것을 확인한 그는 평소처럼 곧바로 자신의 방으로 갔다. 하지만 평소와는 달리 그는 잠을 자지 않고 새벽 3시까지 서재 안을 거닐었다. 그는 품위를 지키려 노력하지도 않는, 집으로 애인을 불러들이지 말라는 유일한 조건조차도 무시했던 아내에게 분노가 치민 나머지 안정을 취할 수가 없었던 것이다. 그녀는 그가 요구한 것을 실행하지 않았다. 그는 이제 그녀에게 칫값을 치르게 하기 위해 이혼을 요구하고 아들을 빼앗겠다고 위협했던 일을 실행에 옮겨야 할 상황이 되었다.

그는 그 일을 실행하기 위해서는 온갖 어려움이 뒤따른다는 것을 알았다. 하지만 그는 이미 그렇게 할 거라 말해 둔 상태였기에 그 일을 실행에 옮기지 않으면 안 되었다. 리디야 이바노브나 백작 부인은 그가 지금의 상황에서 벗어나기 위해서는 그 방법이 최선이라며 수차례 암시를 주었다. 또한 요즘의 이혼 절차는 그렇게 까다롭지 않기에 알렉세이 알렉산드로비치가 형식상 겪어야 하는 어려움 정도는 이겨 낼 수 있을 것이라는 것도 알고 있었다. 하지만 설상가상으로 지금 알렉세이 알렉산드로비치는 이민족을 정리하는 일과 자라이스크 현의 경지에 대한 관개 문제 때문에 업무상으로도 몹시 불쾌한 상태였다. 그래서 그는 요즘 극도로 불안정한 상태였다.

그는 한숨도 잠을 이루지 못했다. 그의 분노는 절정에 이르러 아침이 되자 극도로 치닫게 되었다. 그는 재빨리 옷을 갈아입었다. 그러고 나서 분노가 가득한 상태로 찻잔을 옮기며 혹시라도 엎지를까 봐 걱정하면서, 그러면서도 그 분노와 함께 아내와의 일을 담판 짓기 위해 필요한 힘마저 잃을까 두려워하면서, 그는 아내가 일어난 기척을 느끼자마자 곧장 아내의 방으로 향했다.

평소에 안다는 남편에 대해 모든 것을 다 안다고 생각하고 있었으나 지금 자신의 방으로 들어온 그의 낯빛을 보자 몹시 놀랐다. 그는 이마를 찡그리며 그녀의 시선을 회피한 채 우울한 모습으로 정면을 바라보고 있었으며, 경멸의 빛을 띤 입을 꼭 다물고 있었다. 또한 걸음걸이나 몸짓, 목소리에서도 아내가 지금껏 본 적이 없는 결연함과 단호함이 보였다. 그는 그녀의 방으로 들어오자마자 그녀에게 인사도 건네지 않고 곧바로 책상 쪽으로 가서 열쇠로 서랍을 열기 시작했다.

"뭐가 필요한데요?" 그녀가 외쳤다.

"당신 애인이 쓴 편지." 그가 말했다.

"그런 건 없어요." 그녀가 서랍을 닫으며 말했다. 하지만 그는 그녀의 태도를 보고는 자신의 짐작이 맞았다는 것을 알았다. 그는 그녀의 손을 거칠게 뿌리치고, 그도 이미 잘 알고 있는, 그녀가 가장 중요한 서류를 보관하는 서류함을 재빨리 붙잡았다. 그러자 그녀는 서류함을 빼앗으려 했고 그는 그런 그녀를 밀쳤다.

"앉아요! 당신한테 꼭 할 말이 있으니." 그는 겨드랑이에 서류함을 끼우고, 어깨가 들릴 만큼 팔꿈치로 꽉 누르며 말했다.

몹시 놀란 그녀는 머뭇거리며 말없이 그를 바라보았다.

"난 이미 당신한테 정부를 집에 불러들이지 말라고 얘기 했소."

"그 사람을 꼭 만나야 할 피치 못할 사정이 있었어요. 그 건……."

그녀는 핑계를 찾아내지 못하고 말을 멈추었다.

"아내가 정부를 만나야 할 이유를 들어야 할 필요는 없소."

"그러고 싶었어요. 난 다만……." 그녀는 상기된 얼굴로 말 했다. 그의 거친 태도는 그녀를 자극하며 그녀에게 용기를 주 었다. "당신은 날 모욕하는 것쯤은 대수롭지 않게 여기나 보 군요?" 그녀가 말했다.

"행실이 바른 남자나 바른 여자에게는 모욕이라 할 수 있 겠지. 하지만 도둑을 도둑이라 하는 것은 그저 사실을 확인하 는 거나 마찬가지 아니겠소?"

"당신이 이렇게 잔인한 사람인지 미처 몰랐군요."

"남편이 아내에게 체면 하나만 유지할 수 있게 해 달라는 유일한 조건을 내세우며 명예를 지켜 주고 자유를 주는 것을 당신은 잔인하다고 하는군. 그게 잔인한 거요?"

"잔인함보다 더 나빠요. 당신이 알고 싶어 한다면 말하죠. 그런 걸 비열함이라고 하는 거예요!"

안나는 증오로 가득한 목소리로 이렇게 외치고는 자리에 서 일어나 나가려고 했다.

"안 돼!" 그는 특유의 날카로운 목소리를 평소보다 더 높 이며 소리쳤다. 그러고 나서 큼직한 손으로 빨갛게 팔찌 자국

이 남을 정도로 그녀의 손목을 세게 붙들고는 강압적으로 자리에 앉혔다. "비열이라고? 그런 식으로 말하고 싶다면 얼마든지 해 주지. 정부 때문에 남편과 아들을 버리고도 뻔뻔스럽게 남편의 빵을 먹고 있는 것, 그것이야말로 진짜 비열함이겠지!"

그녀는 고개를 떨구었다. 그녀가 전날 밤에 애인에게 말했던, 당신이 내 남편이고 현재의 남편은 쓸모없는 인간이라고 했던 말은 꺼내지도 않았으며 떠올리지도 않았다. 그녀는 그의 말이 옳다고 생각하며 조용히 말했다.

"당신이 무슨 말을 해도, 내가 생각하는 나 자신보다 더 나쁘게 내 상황에 대해 말할 수는 없을 테죠. 그런데 왜 그런 말을 하는 거예요?"

"내가 왜 그런 말을 하냐고? 왜 그러는 거냐고?" 그는 아직도 분이 풀리지 않은 듯한 어조로 말했다. "체면만이라도 지켜 달라는 내 요구를 당신이 무시했으니까. 그래서 나도 이 상황을 끝내기 위한 조치를 취하겠다는 것을 당신한테 통보하려는 것이오."

"어차피 곧 끝날 거예요." 그녀가 말했다. 그리고 이제는 그녀의 소망이기도 한 눈앞의 죽음에 대한 생각을 떠올리자 그녀의 눈가에 다시 눈물이 어렸다.

"당신과 당신 정부가 생각하고 있는 것보다 훨씬 빨리 끝나겠지! 당신들에게 필요한 건 오직 동물적인 욕정을 만족시키는 것뿐일 테니까……."

"알렉세이 알렉산드로비치! 당신이 관대하지 않다고 말하

진 않겠지만 너무 점잖지 못하군요. 이미 넘어져 있는 사람을
또 때리다니."

"그래, 당신은 당신 생각만 하지. 한때 당신의 남편이었던
사람의 고뇌 같은 건 안중에도 없으니. 당신은 그 사람의 인
생을 망치더라도, 그 사람이, 그 사람이, 게…… 게……로워
하더라도, 전혀 신경 쓰지 않을 테니까."

너무 급하게 말하는 바람에 혀가 꼬인 알렉세이 알렉산드
로비치는 이 단어를 제대로 발음하지 못했다. 그래서 '게로
워하더라도'로 발음해 버린 것이다. 그녀는 우스웠다. 하지
만 이런 상황에서도 무언가를 우습게 여기는 자신이 부끄러
웠다. 그리고 처음으로 그에게 동정심을 느끼며 그의 처지가
가엾다는 생각이 들었다. 하지만 이제 와서 그녀가 무슨 이야
기를 하고 어떤 행동을 할 수 있겠는가? 그녀는 고개를 떨군
채 가만히 있었다. 그 역시 한동안 침묵했다. 하지만 곧 아까
보다는 덜 날카롭고 차가운 목소리로, 아무 의미도 없이 꺼낸
말에 힘을 주며 말했다.

"당신한테 이 얘기를 하려고 왔소……." 그가 말했다.

그녀는 그를 흘끗 쳐다보았다. '아니, 내 착각이었던 거야.'
그녀는 그가 혀가 꼬여 '게로워하더라도'라고 발음했을 때의
표정을 떠올리며 말했다. '아니야, 저런 몽롱한 눈빛으로 스
스로 흡족해하고 있는 사람이 뭘 느낄 수 있겠어?'

"내가 바꿀 수 있는 건 아무것도 없어요." 그녀가 속삭이듯
말했다.

"난 내일 모스크바로 가겠소. 다시는 이 집에 발을 들이지

않을 생각이오. 그리고 당신은 곧 이혼 수속을 맡은 변호사한 테 내 결정을 보고받게 될 거요. 난 그저 당신한테 이 얘기를 하러 온 것뿐이오. 그리고 내 아들은 누님께 보내겠소." 알렉 세이 알렉산드로비치는 아들에 대한 이야기를 꺼내려 했던 것을 간신히 생각해 낸 뒤 말했다.

"당신은 그저 날 괴롭히기 위해 세료쥐아가 필요한 거예 요." 그녀는 눈을 치켜뜨고 그를 보며 말했다. "당신은 그 애 를 사랑하지 않아요. 그러니 제발, 세료쥐아는 그냥 놔두고 가요!"

"그렇소, 난 아들에 대한 사랑마저도 잃었소. 당신에 대한 혐오감이 그 애에게 옮겨 갔기 때문이오. 어쨌든 난 그 애를 데려가겠소. 그럼!"

그가 나가려고 하자 이번에는 그녀가 그를 붙들었다.

"알렉세이 알렉산드로비치, 세료쥐아는 그냥 두고 가요!" 그녀가 또다시 속삭이듯 말했다. "난 더 이상 할 말이 없어요. 다만 세료쥐아를, 세료쥐아만 제발 놔두고 가세요…… 곧 있 으면 난 아이를 낳게 돼요. 그 애는 두고 가요!"

알렉세이 알렉산드로비치는 얼굴을 붉히고 나서 그녀의 손을 뿌리친 뒤 말없이 방에서 나왔다.


5


알렉세이 알렉산드로비치가 페테르부르크에서 유명한 변

호사의 대기실로 들어섰을 때 그곳은 이미 수많은 사람으로 가득 차 있었다. 노파와 젊은 여자, 장사꾼의 아내, 그리고 신사 세 명이 눈에 띄었다. 한 명은 반지를 낀 독일인 은행원이었고 또 한 명은 턱수염이 난 장사꾼, 다른 한 명은 제복을 입고 십자가를 목에 건 굳은 표정을 하고 있던 관리였는데 이 남자는 꽤 오래 대기하고 있는 듯했다. 비서 두 사람은 책상 앞에 앉아 펜대를 움직이면서 무언가를 적고 있었다. 그 주변에 있는 문구 용품은 그 방면으로는 꽤 능통한 알렉세이 알렉산드로비치가 보기에 매우 훌륭한 것이었다.

알렉세이 알렉산드로비치는 그것을 주의 깊게 살펴보았다. 비서 한 명은 자리에서 일어나지도 않은 채 얼굴을 찌푸리며 못마땅한 표정으로 알렉세이 알렉산드로비치를 바라보았다.

"무슨 일로 오셨습니까?"

"변호사님을 좀 뵙고 싶어서 왔습니다."

"변호사님께선 지금 업무 중이십니다." 비서는 대기하고 있는 사람들을 펜으로 가리키며 딱딱한 어조로 말했다. 그러고 나서 계속 무언가를 적었다.

"잠깐 만나 뵐 수 없겠습니까?" 알렉세이 알렉산드로비치가 말했다.

"그분께는 여유로운 시간이 없습니다. 항상 바쁘시니까요. 잠깐 기다리십시오."

"그럼, 미안하지만 이 명함을 좀 전해 주시겠습니까?" 알렉세이 알렉산드로비치는 자신의 신분과 이름을 밝혀야겠다는 생각이 들어 위엄 있는 어조로 말했다.

비서는 그것을 건네받고는 거기에 적혀 있는 내용이 못마땅하다는 듯한 얼굴로 문을 열고 들어갔다.

알렉세이 알렉산드로비치는 공개 재판에 대해서는 원칙적으로 찬성하고 있었다. 하지만 그것을 러시아에서 적용할 때, 몇 가지 세부 사항과 관련해서는 고위 공직자라는 자신의 신분상의 위치 때문에 전적으로 동의하지는 않았다. 그러면서 그는 최고의 권위로 제정된 무언가를 비판할 때는 자신이 할 수 있는 한도 내에서만 그렇게 하고 있었다. 그의 일상은 행정이라는 활동 안에서 유지되고 있었다. 그래서 그가 어떠한 것에 동의하지 않을 때도 자신의 그러한 반감에 대해서는, 어떤 일에서든 오류는 존재하고, 또 그런 것쯤은 바로잡을 수 있다고 인식하며 심각하게 생각하지 않았던 것이다. 새로운 제도 중에서 그는 변호사 제도에 대해서는 동조하지 않았다. 그는 지금껏 변호사에게 용건이 없었기 때문에 이론적으로 그 제도에 찬성을 표하지 않았던 것이었다. 하지만 지금은 변호사 대기실에서 받은 인상 때문에 그 반감은 더욱 심해졌다.

"곧 나오실 겁니다." 비서가 말했다. 2분 정도 지나자 변호사와 그와 상담 중이던 몸이 호리호리한 노(老)법률가가 문 앞으로 나왔다.

변호사는 짙은 갈색의 턱수염과 하얗고 긴 눈썹, 툭 불거진 이마를 지닌 체구가 왜소한 대머리 남자였다. 그는 넥타이와 두 줄로 된 시곗줄, 에나멜가죽으로 된 구두를 착용해서 마치 새신랑처럼 단장한 것 같았다. 얼굴은 영리한 시골뜨기처럼 생겼으나 차림새는 유독 사치스럽고 저속해 보였다.

"들어오십시오." 변호사가 알렉세이 알렉산드로비치에게 말했다. 그러고 나서 가라앉은 모습으로 카레닌을 먼저 들여보낸 뒤 문을 닫았다.

"그럼, 자리에 앉으실까요?" 그는 온갖 서류가 놓인 책상 옆의 안락의자를 가리켰다. 그러고 나서 그는 상석에 앉아 짧은 손가락에 하얀 털이 수북이 덮인 작은 두 손을 포개어 문지르며 고개를 기울였다. 그가 그렇게 하자마자 책상 위로 나방 한 마리가 날아갔다. 그러자 변호사는 그와 전혀 어울리지 않는 재빠른 동작으로 손을 뻗어 나방을 잡았다. 그러고 나서 다시 좀 전의 자세대로 자리를 잡았다.

"용건을 말하기 전에." 알렉세이 알렉산드로비치는 놀란 얼굴로 변호사의 모습을 지켜본 후에 말했다. "미리 말씀드리지만, 당신께 의뢰하는 사건에 대해서는 철저히 비밀을 엄수해 주시길 바랍니다."

희미한 미소가 변호사의 축 늘어진 붉은 콧수염을 움직이게 만들었다.

"사건에 대한 비밀을 지키지 않는다면 어디 변호사라 할 수 있겠습니까. 하지만 공증을 원하신다면……."

알렉세이 알렉산드로비치는 그의 얼굴을 흘끗 바라보았다. 그의 총명한 회색 눈동자에 떠오른 미소는 이미 모든 것을 간파하고 있는 것처럼 보였다.

"제 이름은 알고 계십니까?" 알렉세이 알렉산드로비치가 말을 이어 갔다.

"알고 있습니다. 그리고 당신께서." 그는 다시 나방을 잡았다. "정치 활동을 훌륭하게 하고 계시다는 것도 알고 있습니다. 러시아 사람이라면 다 알고 있는 사실이죠." 변호사는 고개를 숙이며 말했다.

알렉세이 알렉산드로비치는 힘을 모아 깊은 한숨을 내쉬었다. 하지만 일단 마음을 정하고 나자 더 이상 망설이지 않고 더듬지도 않으며 몇 개의 단어를 강조하면서 특유의 날카로운 목소리로 말을 이어 갔다.

"불행히도 나는." 알렉세이 알렉산드로비치가 말을 꺼냈다.

"배신당한 남편입니다. 그래서 아내와 법적 관계를 정리해야겠다, 그러니 이혼해야겠다고 생각했습니다. 그리고 아들을 그 엄마에게 맡기고 싶지 않습니다."

변호사의 회색빛 두 눈은 애써 웃음을 참고 있었다. 하지만 그 눈은 억제할 수 없는 기쁨으로 빛나고 있었다. 알렉세이 알렉산드로비치는 그것이 단지 돈이 될 만한 의뢰를 받은 사람의 기쁨뿐만 아니라 승리감에 도취된 기쁨이라는 것을 알았다. 또한 한때 그의 아내의 눈에서도 보았던 기분 나쁜 광채도 볼 수 있었다.

"그럼 당신은 이혼하기 위해 내 도움이 필요하다는 말씀이신가요?"

"맞습니다. 말 그대롭니다. 하지만 미리 말씀드릴 것은, 내가 당신의 노력을 헛되게 할 수도 있다는 것입니다. 그래서 당신과 미리 상의하기 위해 찾아온 겁니다. 난 이혼을 바라고는 있지만 무엇보다 중요한 것은 이혼 수속 절차입니다. 만약 그 절차가 내 요구 사항과 일치하지 않는다면 법적인 절차를 밟는 것을 중단할 것입니다."

"오, 그건 어떤 경우에나 마찬가집니다." 변호사가 말했다. "그리고 그 부분에 대해서는 원하시는 대로 하셔도 좋습니다."

변호사는 억제할 수 없는 기쁨을 그대로 드러내는 것은 의뢰인의 기분을 상하게 할 수도 있다는 생각이 들어서 알렉세이 알렉산드로비치의 발밑으로 시선을 떨구었다. 그는 자신의 코앞에서 날고 있는 나방을 손을 뻗어 잡으려다가 알렉세이 알렉산드로비치를 존중하는 입장에서 그것을 포기했다.

"이 문제와 관련된 법률상의 규정은 알고 있습니다만." 알렉세이 알렉산드로비치가 말을 이어 갔다. "실제로 어떻게 처리되는지 그 전반적인 형식에 대해 알고 싶습니다."

"당신이 원하시는 건." 변호사는 눈을 들어 올리지도 않고는 싫지 않은 듯한 기색을 보이며 의뢰인의 어조에 맞추어 대답했다. "당신이 원하는 것을 실현하기 위한 절차에 대해 상세히 알고 싶다는 말씀이시군요."

알렉세이 알렉산드로비치가 고개를 끄덕이자 그는 때때로 알렉세이 알렉산드로비치의 얼굴에 드러난 붉은 반점을 흘끗거리며 말을 이어 갔다.

"우리나라의 법률에 따르면 이혼은." 그는 러시아의 법률에 대해 다소 불만스러운 듯한 어조로 말했다. "아시다시피 이러한 경우에만 가능합니다……. 잠깐 기다리라고 해!" 그는 문으로 고개를 들이민 비서에게 말했다. 하지만 결국에는 자리에서 일어나 몇 마디를 건네고 나서 다시 자리에 앉았다. "그러니까 이러한 경우에 가능합니다. 배우자의 육체적인 결함, 5년 동안 연락이 두절되어 행방불명일 경우……." 그는 털이 잔뜩 덮인 손가락을 꼽으며 말했다. "그리고 간통(그는 이 단어를 꽤 만족스러워하며 발음했다.)을 했을 경우입니다. 이를 좀 더 세분화하면(그는 굵은 손가락을 계속 꼽았다. 앞서 말한 세 가지 경우와 세분화된 사항을 어떻게 동시에 배치할 수 있는지 알 수 없었지만 말이다.) 남편이나 아내의 육체적 결함, 그리고 남편이나 아내의 간통." 그는 손가락 다섯 개가 다 꼽히자 다시 편 뒤에 말을 이어 갔다.

"하지만 이것은 어디까지나 이론상의 얘기입니다. 당신은 지금 이것이 실제로는 어떤 식으로 적용되는지 알고 싶어서 찾아오신 거라 생각합니다. 그래서 저는 지금껏 다루었던 판례를 참조해 실제로 이혼은 다음과 같은 경우에 발생한다는 사실을 말씀드리겠습니다. 제 생각으로는 육체적인 결함 같은 문제는 흔히 있는 일이 아니죠. 행방불명도 마찬가지고요……."

알렉세이 알렉산드로비치가 그의 말에 수긍하듯 고개를 떨구었다.

"그럼 거의 다음과 같은 경우에 발생하게 되는 것이죠. 배우자 중에 한 사람이 간통했고 상호 합의로 유책 배우자의 죄가 입증된 경우, 또 합의가 없어도 죄가 입증된 경우, 하지만 마지막 경우는 거의 없습니다." 변호사가 말했다. 그러고 나서 그는 알렉세이 알렉산드로비치의 얼굴을 힐끔 쳐다보고는 말을 멈추었다. 마치 총기류 판매업자가 다른 무기들의 효능에 대해 실컷 떠들어 댄 후에 고객의 선택을 기다리듯 말이다. 하지만 알렉세이 알렉산드로비치는 아무 말도 없었다. 변호사는 계속 말을 이어 갔다. "제 생각에 가장 흔하고 단순하면서도 합리적인 방법은 상호 합의에 의한 간통을 증명하는 것입니다. 물론 저도 교양이 없는 사람과 이야기할 때는 이런 식의 표현은 쓰지 않습니다." 변호사가 말했다. "하지만 당신은 제 말을 충분히 이해하실 거라 생각합니다."

하지만 심란한 상태였던 알렉세이 알렉산드로비치는 상호 합의에 의한 간통을 입증하는 것이 가장 합리적이라는 말을 쉽게 이해할 수 없어서 미심쩍은 눈빛으로 그를 바라보았다. 그러자 변호사가 곧 그를 도와주었다.

"그런 일이 발생한 뒤에는 누구도 함께 살아갈 수는 없습니다. 그러니 만약 상호 합의하에 동의한다면 그 뒤에 따르는 여러 형식적인 절차는 큰 문제가 되지 않습니다. 이것이 가장 단순하면서도 확실한 방법입니다."

알렉세이 알렉산드로비치는 이제야 분명히 이해가 되었다. 하지만 그에게는 종교적인 입장도 있었기에 그 방법을 선택할 수는 없었다.

"그것은 내 경우에는 해당되지 않는군요." 그가 말했다. "그러니 내가 취할 수 있는 방법은 하나뿐입니다. 내가 가지고 있는 몇 통의 편지로 죄를 입증하는 것이죠."

편지 이야기가 나오자 변호사는 잠자코 있다가 동정하면

서도 조롱하는 듯한 날카로운 목소리로 말했다.

"글쎄요. 생각해 보세요." 그가 말을 시작했다. "아시다시피 이런 종류의 사건들은 종무성에서 결정하니까요. 또한 사제장들은 이런 종류의 사건과 관련해 아주 상세하게 관여하니까요." 그는 사제장의 취향에 공감한다는 듯한 미소를 지으며 말했다. "물론 편지로도 어느 정도 입증이 가능합니다만 직접적인 증거는 증인으로부터 얻어야 합니다. 즉 다시 말해서, 당신이 내게 이 사건을 의뢰하시겠다면 어떤 방법을 택할지에 대해서는 전적으로 내게 일임하셨으면 합니다. 결과를 얻기를 바라는 자는 수단을 가리지 않으니까요."

"그럼……." 갑자기 안색이 창백해진 알렉세이 알렉산드로비치가 말했다. 하지만 그때 비서가 문을 열어 말을 막자 변호사가 자리에서 일어나 문가로 향했다.

"그 부인한테 우린 사소한 사건은 취급하지 않는다고 전해!" 그러고 나서 그는 알렉세이 알렉산드로비치에게 돌아왔다.

그는 자리로 돌아오며 다시 슬며시 나방 한 마리를 잡았다.

'여름쯤에는 멋진 가구가 생기겠군!' 그는 인상을 찌푸리며 생각했다.

"그렇다면 당신의 말씀은……." 그가 말했다.

"내 결정과 관련해서는 서면을 통해 전달해 드리겠습니다." 알렉세이 알렉산드로비치는 그렇게 말하고는 자리에서 일어나며 책상을 붙들었다. 그는 그렇게 잠시 멍하니 서 있다가 말했다. "당신 말씀을 듣고 나니 어쨌든 난 이혼을 결심할 것 같습니다. 그러니 당신이 원하는 조건에 대해서도 알려주십시오."

"내게 뜻대로 움직일 자유만 주신다면 무슨 일이든 가능합니다." 변호사는 마지막 질문에는 대답도 하지 않고 말했다. "그럼 언제쯤 통보를 받을 수 있을까요?" 변호사가 문 쪽으로 가면서 말했다. 그의 두 눈과 에나멜가죽 구두가 반짝거렸다.

"일주일 후에요. 그럼 당신 측에서도 이 사건을 맡으실지에 대한 여부와 조건에 대해 답장을 주십시오."

"알겠습니다."

변호사는 예의를 갖춰 인사한 뒤 의뢰인을 문 밖까지 배웅해 주었다. 그러고 나서 혼자 있게 되자 기쁨에 도취되었다. 그는 몹시 기분이 좋아졌다. 그래서 무의식중에 평소 규정과 어긋나게 수임료를 깎아 달라는 부인의 부탁을 들어주었다. 그리고 겨울이 오기 전에 시고닌의 사무실처럼 사무실의 모든 가구를 벨벳으로 씌워야겠다고 마음먹은 뒤 나방을 잡는 일을 멈추었다.


6


8월 17일에 열린 위원회에서 알렉세이 알렉산드로비치는 완벽하게 승리했지만 그 결과는 오히려 그를 난처하게 만들었다. 알렉세이 알렉산드로비치는 이민족의 생활에 대해 연구할 수 있는 새로운 위원회의 길을 열어 주었고 빠른 속도로 힘 있는 조직을 만들어 현지에 파견했다. 그리고 석 달 후에 보고서를 받게 되었다. 이민족의 생활은 정치적, 행정적, 경제적, 민속학적, 물질적, 종교적인 관점에서 연구되었으며 여러 문제에 관해 훌륭한 답변이 제시되었다. 그 모든 것은 항상 오류를 범하기 쉬운 인간의 사고에서 비롯된 산물이 아닌 공적 활동에서 비롯된 것이었기에 의심의 여지가 없는 확실한 답이었다. 그 모든 답변은 군수와 교구장의 보고를 토대로 한 현지사와 주교들의 보고였으며, 또한 군수와 교구장의 보고는 읍장과 교구 사제의 보고를 토대로 한 공식적인 자료였다.

예를 들면, 때때로 왜 흉작이 되는지, 주민은 왜 자신의 신앙을 고수하려 하는지 등에 관한 제반 문제, 즉 편의를 제공하는 공공기관 없이는 해결할 수 없고, 또 영원히 해결하지 못할 문제에 관해 명확하고 확실한 해답을 얻을 수 있었던 것이다. 또한 그 모든 해답은 알렉세이 알렉산드로비치의 견해와 뜻을 같이했다. 하지만 지난 회의에서 자신의 약점을 간파당했다고 느꼈던 스트레모프는 위원회의 보고를 받자마자 알렉세이 알렉산드로비치가 상상도 못할 계략을 꾸몄다. 몇명의 위원을 자신의 편으로 끌어들인 스트레모프는 돌연 알렉세이 알렉산드로비치의 편으로 돌아섰던 것이다. 그는 카레닌이 제안한 법안의 실행을 적극 지지하면서 그보다 더 극단적인 법안을 제시했던 것이다. 그 법안은 알렉세이 알렉산드로비치의 본래 취지에서 벗어난 뒤에 더욱 강화된 것이었으며, 그것이 채택된 후에서야 비로소 그는 스트레모프의 계략이었다는 것을 알게 되었다.

다시 말해, 이러한 방법들은 지나치게 극단적으로 흘러가서 허점을 드러내기 시작했던 것이다. 정부 각료들, 여론, 총명한 부인들, 그리고 신문 또한 이 법안과 이를 제안한 알렉세이 알렉산드로비치에 대해 분노를 드러내며 이 법안을 공격했다. 그러자 스트레모프는 자신은 그저 카레닌의 정책을 따랐을 뿐이며, 상황이 이렇게까지 된 것에 자신도 놀라 몹시 분노하고 있다며 발뺌을 했다. 이 일로 말미암아 알렉세이 알렉산드로비치는 꽤 타격을 받았다. 하지만 건강도 점점 악화되고 집안일 때문에 불행했음에도 알렉세이 알렉산드로비치는 굴복하지 않았다. 곧 위원회 내부에서 분열이 생기기 시작했다.

스트레모프가 수장으로 있던 곳의 몇몇 위원은 알렉세이 알렉산드로비치가 주도한 조사 위원회의 보고를 믿은 것이 실수였다며 자신들의 잘못에 대해 변명을 늘어놓았다. 게다가 그 위원회의 보고는 형편없는 것이며 그저 휴지 조각에 불과하다고 말했다. 보고서의 내용마저 비약하는 이들의 위험성을 인지한 알렉세이 알렉산드로비치는 자신을 지지하는 몇몇 위원과 함께 조사 위원회가 작성한 자료를 옹호하기 시작했다. 그 결과, 상류층뿐만 아니라 일반 대중도 모두 혼란스러워했다.

이 문제는 수많은 사람의 관심을 유도했으나 실제로는 이민족이 빈곤과 파멸에 상태에 이르렀는지, 아니면 발전하고 있는지에 대해서는 누구도 알지 못했다. 알렉세이 알렉산드로비치의 입장은 이 일로 말미암아, 그리고 아내의 부정으로 말미암은 수치심 때문에 몹시 난처한 상태였다. 이러한 상황에서 알렉세이 알렉산드로비치는 중요한 결단을 내렸다. 그가 직접 이 사건에 대해 조사하기 위해 현지로 출장을 가겠다고 발표한 것이었다. 위원회 사람들은 몹시 놀랐다. 허가를 받은 알렉세이 알렉산드로비치는 멀리 떨어진 몇 곳의 현을 향해 떠났다. 알렉세이 알렉산드로비치의 출발은 큰 화제를 불러일으켰다. 게다가 그는 출발 전에 여비로 지급된 역마 열두 필의 값을 정식적인 절차를 밟아 서면으로 반송해서 더욱 화제가 되었다.

"정말 점잖은 행동이었어요." 이 일과 관련해 벳시는 먀흐카야 공작 부인과 이야기를 나누었다.

"지금은 어느 곳이든 철도가 있다는 사실을 모두 다 알고 있는데 왜 역마비를 지급했을까요?"

하지만 먀흐카야 공작 부인은 그 의견에 동의하지 않았고, 트베르스카야 공작 부인의 생각에 오히려 화를 냈다.

"당신들은 그렇게 말할 수 있겠죠." 그녀가 말했다. "나 같은 사람은 감히 상상도 할 수 없는 몇백 만이라는 재산이 있을 테니까요. 하지만 나 같은 사람에게는 여름에 남편이 출장을 떠나는 것은 대단한 즐거움이죠. 여행은 그의 건강을 위해서도 좋고 유쾌한 일이니까요. 게다가 난 그 출장비로 사륜마차와 마부를 고용할 수 있으니까요."

알렉세이 알렉산드로비치는 멀리 떨어진 몇 개의 현을 방문하던 중에 모스크바에서 사흘간 머물렀다.

모스크바에 도착한 다음 날, 그는 총독을 만나기 위해 마차를 몰았다. 알렉세이 알렉산드로비치는 사륜마차와 삯마차로 항상 붐비던 가제트니 사거리에서 갑자기 자신의 이름을 유쾌하게 부르는 목소리를 들어서 뒤돌아보지 않을 수 없었다. 도로 한편에, 최신 유행하는 짧은 코트와 중절모자를 비스듬히 착용한 스테판 아르카디이치가 붉은 입술을 벌리고 하얀 이를 반짝이며 미소 짓고 있었던 것이다. 그는 젊고 활력이 넘쳤으며 환하게 빛나는 모습으로 서 있었다.

그는 단호하면서도 고집스럽게 소리치며 카레닌의 마차를 세우려 했다. 그는 도로 한편에 멈춰 있는 마차의 창문을 한 손으로 붙들고 웃으며 매제를 불렀다. 창문 안에서는 벨벳 모자를 쓴 부인과 두 아이가 고개를 내밀고 있었다. 부인 또한 선량한 미소를 지으며 손을 흔들며 알렉세이 알렉산드로비치를 불렀다. 그들은 돌리와 그녀의 아이들이었다.

알렉세이 알렉산드로비치는 모스크바에서 누구도 만나고 싶지 않았다. 특히 아내의 오빠는 더욱 그러했다. 그는 모자를 살며시 들어 올리고는 그냥 가려고 했다. 하지만 스테판 아르카디이치가 그의 마부에게 마차를 세우라고 소리치며 눈길을 뛰어왔다.

"아니, 왔으면서 연락도 안 하다니 이거 너무한 거 아닌가! 온 지는 오래됐나? 어제 뒤소 호텔 숙박부에서 '카레닌'이라는 이름을 보긴 했지만 자네일 거라고는 생각도 못했는데 말이야!" 스테판 아르카디이치가 마차의 창으로 머리를 들이밀며 말했다. "자네인 줄 알았다면 들렀을 텐데. 어쨌든 만나서 정말 반갑네!" 그는 두 발을 부딪치며 눈을 털어 낸 후 말했다. "왔다는 걸 알리지도 않다니 정말 너무했어!" 그는 거듭 반복했다.

"시간이 없었어요. 몹시 바빴거든요." 알렉세이 알렉산드로비치는 무뚝뚝하게 대답했다.

"자, 저기 집사람 있는 곳까지 가세. 자네를 몹시 만나고 싶어 하니까 말이야."

알렉세이 알렉산드로비치는 추위를 잘 타는 다리를 감싸고 있던 담요를 걷어 내고는 마차에서 내려와 눈 속을 겨우 걸어 다리야 알렉산드로브나에게로 갔다.

"대체 어찌된 일이에요, 알렉세이 알렉산드로비치. 왜 우릴 보고 달아나려 했던 거예요?" 돌리가 웃으며 말했다.

"너무 바빠서요. 하지만 이렇게 만나게 돼서 정말 반갑습니다." 그는 당황한 기색이 역력한 어조로 말했다. "건강은 어떠세요?"

"그보다 우리 사랑스러운 안나는 잘 지내나요?"

알렉세이 알렉산드로비치는 뭐라고 적당히 둘러댄 뒤 자리를 떠나려 했다. 하지만 스테판 아르카디이치가 그를 붙잡았다.

"내일 이렇게 합시다. 돌리, 이 사람을 만찬에 초대합시다! 코즈니셰프와 페스쪼프도 불러서 이 사람한테 모스크바의 인텔리를 대접합시다."

"그래요, 꼭 오세요." 돌리가 말했다. "집에서 기다릴 테니

5시까지 오세요. 만약 힘드시다면 6시도 괜찮아요. 우리 사랑스러운 안나는 어떻게 지내고 있나요? 만난 지 너무 오래돼서……."

"잘 지내고 있습니다." 알렉세이 알렉산드로비치는 눈썹을 찌푸리며 중얼거리듯 말했다. "만나서 반가웠습니다!" 그는 이렇게 말하고는 자신의 마차가 있는 곳으로 향했다.

"꼭 오실 거죠?" 돌리가 외쳤다.

알렉세이 알렉산드로비치가 뭐라고 말했으나, 지나가는 마차들의 달그락거리는 소음 때문에 돌리는 그 말을 제대로 듣지 못했다.

"내가 내일 자네한테 들르겠네!" 스테판 아르카디이치가 그를 향해 외쳤다. 알렉세이 알렉산드로비치는 마차에 올라탔다. 그러고 나서 밖을 내다보지도 않고는 자리 깊숙이 몸을 숨겨 자신의 모습이 보이지 않도록 했다.

"이상한 사람이군!" 스테판 아르카디이치가 아내에게 말했다. 그러고 나서 그는 시계를 들여다본 뒤 아내와 아이들을 향한 애정의 표시로 손을 흔들며 도로 위를 힘차게 걸어갔다.

"스티바! 스티바!" 얼굴이 빨개진 돌리가 외치자 그가 뒤돌아보았다.

"그리쉬아랑 타냐한테 외투를 사 줘야 해요. 돈이 필요해요!"

"괜찮아, 계산은 나중에 내가 할 거라고 일러둬." 그러고 나서 그는 마침 마차를 타고 지나가던 지인에게 유쾌하게 인사를 건네고는 모습을 감췄다.

## 7

다음 날은 일요일이었다. 스테판 아르카디이치는 발레 리허설을 보기 위해 볼쇼이 극장으로 향했다. 그곳에서 그의 소개로 입단한 아름다운 무용수 마쉬아 치비소바에게 전날 밤에 약속한 산호 목걸이를 선물로 주었다. 그러고는 한낮에도 어두운 극장의 무대 뒤편에서 선물을 받고 기뻐하는 아름다운 그녀의 얼굴에 키스했다. 산호 목걸이 선물뿐만 아니라 그는 공연이 끝난 후에 그녀를 만나기로 했다. 그는 공연이 시작되기 전까지는 도저히 올 수 없는 이유에 대해 설명하고는 마지막 막이 내리기 전에는 기필코 와서 그녀와 만찬에 함께 가겠다고 약속했다.

스테판 아르카디이치는 극장 밖으로 나와 오호트느이 거리에 들러 만찬에 올릴 생선과 아스파라거스를 직접 골랐고, 12시에는 이미 뒤소 호텔에 도착해 있었다. 그는 그곳에서 묵고 있는 세 사람과 만나야만 했다. 한 사람은 얼마 전 외국에서 돌아와 이곳에 머물던 레빈이었고, 다른 한 사람은 최근에 승진해서 모스크바를 시찰하러 나온 자신의 부서에 새로운 장관이었으며, 나머지 한 사람은 만찬에 꼭 함께 가야 했던 매제 카레닌이었다.

스테판 아르카디이치는 만찬을 여는 것을 좋아했다. 특히 간소하면서도 먹을 음식이나 마실 것, 손님의 취향을 배려한 만찬을 베푸는 것을 좋아했다. 그는 오늘 만찬의 메뉴에 흡족해하고 있었다. 활어로 준비한 농어와 아스파라거스, 단순하지만 훌륭한 로스트비프가 메인 요리로 준비되어 있었으며 그는 이 음식들과 어울리는 술도 마련해 두었다. 키티와 레빈이 손님으로 오기로 예정되어 있었기에 그들이 눈에 띄지 않도록 사촌 여동생과 젊은 쉬체르바쓰키도 초대했다.

손님 중에서 메인이 될 사람은 세르게이 코즈니셰프와 알렉세이 알렉산드로비치였다. 세르게이 이바노비치는 모스크바의 철학자였으며, 알렉세이 알렉산드로비치는 페테르부르크의 정치가였다. 그는 이들 외에도 기이하면서도 정열적인 자유주의 사상가 페스쏘프 역시 초대할 예정이었다. 그는 궤변론자이자 음악가였으며 역사가인, 쉰 살의 나이에도 청년 같은 사람이었다. 그는 코즈니셰프와 카레닌에게 소스와 양념 역할을 해 줄 것이며, 그들을 자극해 열띤 논쟁을 유도할 것이다.

숲을 매각하고 상인한테서 받은 두 번째 대금은 아직 그대로 있었다. 최근에는 돌리도 아주 유쾌하고 다정했다. 그래서 이번 만찬 계획은 여러 면에서 스테판 아르카디이치를 즐겁게 해 주었다. 그는 정말 즐거웠다. 조금 꺼림칙한 두 가지 문제가 있기는 했으나 그 문제 역시 스테판 아르카디이치의 마음속에서 넘실대는 관대한 즐거움의 바다 속으로 침잠해 버렸다. 그 두 가지 문제는 바로 이것이었다. 하나는 어제 길에서 만났던 알렉세이 알렉산드로비치가 자신에게 어색하고 냉담하게 대했다는 것과 알렉세이 알렉산드로비치의 안색, 또한 그가 모스크바에 왔으면서도 자신을 찾아오지도 않고 왔다는 사실조차 알리지 않은 일 때문이었다. 안나와 브론스키에 관한 소문은 이미 들었기 때문에 그 사건과 연관 지어 생각한다면, 분명 그들 부부 사이에 문제가 있다는 것을 짐작할 수 있었다. 바로 이것이 그의 불쾌한 일 중에 하나였다.

또 다른 하나는, 신임 장관이라면 으레 그러하듯, 이번에 새로 부임한 장관이 아침 6시부터 일어나 말처럼 일하고 부하들에게도 그렇게 하기를 요구하는 무시무시한 인간이라고 불린다는 사실이었다. 게다가 이 신임 장관은 곰처럼 사나운 남자라는 소문도 있었다. 또한 풍문에 의하면, 그는 전임 장관과 현재 스테판 아르카디이치가 고수해 온 성향과는 정반대인 사람이라는 것이었다. 어제 스테판 아르카디이치가 제복을 입고 출근하자, 신임 장관은 오블론스키에게 아주 다정하면서도 오랜 지인을 대하듯 말을 건넸다. 그래서 스테판 아르카디이치는 오늘도 프록코트를 입고 정장을 하고 그를 찾아가는 것이 자신의 의무라고 생각했다.

하지만 혹시라도 신임 장관이 이것을 이상하게 여기지 않을까 하는 생각이 또 하나의 불쾌한 문제였던 것이다. 하지만 스테판 아르카디이치는 모든 일이 깨끗이 마무리되리라는 것을 본능적으로 감지하고 있었다. '누구든 마찬가지로 우리는 모두 다 똑같은 죄인이야. 그러니 무엇 때문에 서로 화를 내며 싸워야 하는 것인가?' 그는 호텔로 들어가면서 이렇게 생각했다.

"오, 바실리." 그는 모자를 비스듬히 쓰고 복도를 지나가다가 낯익은 급사를 보고는 이렇게 말했다. "구레나룻을 길렀군? 레빈은 7호실에 있었던가? 안내를 좀 해 주게. 그리고 아니치킨 백작께(그가 바로 신임 장관이었다.) 지금 만나 뵐 수 있는지도 좀 여쭤봐 주게나."

"알겠습니다." 바실리가 웃으며 대답했다. "정말 오랜만에 오셨군요."

"어제도 왔었어. 다른 입구로 들어왔었지. 여기가 7호실인가?"

스테판 아르카디이치가 안으로 들어갔을 때 레빈은 트베리 출신의 농부와 함께 방 한가운데에 서서 자를 들고 금방 잡은 듯한 곰 가죽의 치수를 재고 있었다.

"오, 자네들이 잡은 건가?" 스테판 아르카디이치가 외쳤다. "정말 좋은 가죽이군! 암놈인가? 이봐, 아르히프!"

그는 농부와 악수한 뒤 외투도 모자도 벗지 않은 채 의자에 앉았다.

"모자라도 좀 벗고 앉지!" 레빈이 그의 모자를 벗겨 주며 말했다.

"아니, 그럴 시간이 없네. 잠깐 들른 거야." 스테판 아르카디이치는 이렇게 대답하며 외투의 단추만 풀었다. 하지만 곧 완전히 벗어 버리고는 레빈에게 사냥 이야기를 비롯한 속마음을 털어놓으며 한 시간이나 머물러 있었다. "자, 이제 좀 말해 보게. 외국에선 뭘 하고 온 건가? 어디에 있었나?" 농부가 나가자 스테판 아르카디이치가 말했다.

"독일과 프로이센, 프랑스와 영국을 둘러보았지. 하지만 수도에 갔던 건 아니고 공업 지역에만 갔었네. 거기서 새로운 것들을 모두 보고 왔지. 어쨌든 가길 잘한 것 같아."

"그렇군, 노동자들의 생활 문제에 관한 자네의 견해는 나도 잘 알고 있네."

"아니, 그 얘기가 아니야. 러시아엔 노동 문제 같은 건 있을 수 없어. 러시아에는 그저 노동하는 농민과 토지와의 관계라는 문제가 존재할 뿐이지. 물론 유럽에도 이와 비슷한 문제가 있긴 해. 하지만 그와 같은 경우는 고장 난 것을 수리하는 정도지만 우리나라 같은 경우는……."

스테판 아르카디이치는 레빈의 말을 경청하고 있었다.

"그래, 그럴지도 모르지!" 그가 말했다. "하지만 무엇보다 난 자네가 활력이 넘친다는 사실이 기쁘다네. 곰 사냥을 하고, 일에 몰두하고, 온갖 문제에 관심을 갖는다는 사실이 기뻐. 그런데 쉬체르바쓰키가 자네를 만났다며 이런 얘길 하더군. 자네가 아주 우울한 모습으로 계속 죽음에 관한 얘기만 한다고 말이야……."

"그게 어쨌다는 건가? 난 여전히 죽음에 대해 생각하고 있어." 레빈이 말했다. "지금 당장 죽는다 해도 난 놀라지 않을 거야. 모든 게 다 부질없어. 말이 나온 김에 자네한테 내 진심을 털어놔야겠군. 나는 내 사상과 일을 아주 소중하게 생각하고 있네. 하지만 자네도 생각해 보게. 우리가 사는 이 세상은 작은 행성에 핀 곰팡이에 불과해. 또한 우리는 이 세상에서 사상이라든가 일과 관련해서 대단한 것을 성취할 거라고 생각하고 있지. 하지만 그것들은 그저 모래알에 불과한 거야."

"하지만 그건 이 세상만큼 고루한 생각이야!"

"그래, 고루하지. 하지만 이 사실을 분명히 인지하게 되면 모든 게 무의미해진다네. 나는 오늘내일 중으로 죽게 되고 그렇게 되면 남는 건 아무것도 없다는 사실이 모든 걸 허무하게 만들어 버리지! 나도 물론 내 사상을 아주 소중하게 생각하고 있어. 하지만 그게 실행된다고 해도 그것은 이 암곰을 만지고 있는 것만큼이나 부질없는 일이 되어 버리겠지. 그래서 사람은 단지 죽음을 떠올리지 않기 위해 사냥하고 일하면서 살아가고 있는 것이지."

레빈의 이야기를 듣고 난 스테판 아르카디이치는 부드러운 미소를 희미하게 보였다.

"그렇긴 하지! 자네도 이제는 나와 비슷해지고 있는 셈이야. 자넨 내가 쾌락만 좇고 있다면서 공격했었지? 그러니 도덕주의자여, 그렇게 딱딱한 얘기만 하지 말게!"

"아니, 하지만 인생에는 역시 아름다운 것이 존재하기 마련이지……." 레빈이 망설였다. "아니, 모르겠네. 내가 알고 있는 건 단지 사람은 곧 죽는다는 사실뿐이야."

"어째서 곧이지?"

"죽음을 떠올리면 인생에 대한 매력은 반감되겠지만, 대신 마음은 훨씬 더 평온해진다네."

"아니야, 오히려 반대야. 마지막이 다가올수록 오히려 더 즐거워지는 법이지. 어쨌든 난 그만 가 봐야겠네." 그렇게 열 번쯤은 자리에서 일어났던 스테판 아르카디이치가 말했다.

"아니, 조금만 더 있다 가지!" 레빈이 그를 붙들며 말했다. "우린 언제 또 보게 될까? 난 내일 떠나야 하네."

"이런, 내 정신 좀 보게! 그 일 때문에 일부러 온 건데…….

오늘 우리 집 만찬에 꼭 들러주게. 자네 형님도 오시고 내 매제 카레닌도 올 테니까."

"그 남자도 여기 와 있나?" 레빈이 말했다. 그는 키티의 안부를 묻고 싶었다. 올겨울 초에 그녀가, 외교관의 아내가 된 페테르부르크에 사는 언니에게 갔다는 이야기를 듣기는 했으나 돌아왔는지 여부에 대해서는 모르고 있었다. 하지만 그는 물어보려다가 그만두었다. '돌아왔든 말든 나하고는 상관없는 일이야.'

"그럼, 꼭 올 거지?"

"물론이지."

"5시에 프록코트를 입고 오게."

자리에서 일어난 스테판 아르카디이치는 아래층에 있는 신임 장관을 찾아갔다. 스테판 아르카디이치의 직감은 틀리지 않았다. 무섭다는 소문이 자자했던 신임 장관은 온화한 사람이었다. 그래서 스테판 아르카디이치는 그와 점심 식사를 한 뒤, 그곳에 계속 머물며 4시가 다 되어서야 알렉세이 알렉산드로비치를 찾아갔다.

8

예배를 드리고 돌아온 알렉세이 알렉산드로비치는 아침 내내 호텔에 머물렀다. 그날 아침에 그에게 급하게 처리해야 할 두 가지 일이 있었기 때문이었다.

하나는 페테르부르크로 가면서 현재 모스크바에 머물고 있는 이민족 대표자들과 만나 적절한 지시를 해야 하는 것이었고, 다른 하나는 약속대로 변호사에게 편지를 보내야 했던 것이었다. 알렉세이 알렉산드로비치의 제안에 따라 이민족 대표자들이 소환되었으나, 이런저런 난처한 이유로 회견은 위험에 빠질 위기에 처해 있었다. 그래서 알렉세이 알렉산드로비치는 그들을 모스크바에서 만나게 된 것이 무척이나 기뻤다. 이 대표자들의 집단은 자신들의 역할이나 임무에 대해서 아무것도 모르고 있었다.

그들은 그저 자신들의 필요에 따른 현재 상황을 설명하며 정부의 지원을 요청하는 것만이 자신들이 해야 할 일이라고 확신하고 있었다. 그들은 그러한 진정과 요구 중의 일부가 오히려 반대 세력을 옹호하는 일이며, 그로 말미암아 모든 일을 망칠 수도 있다는 사실은 전혀 모르고 있었던 것이다. 알렉세이 알렉산드로비치는 그들과 한참 동안 이야기를 나눈 뒤 그들이 해야 할 일을 계획해 주었으며, 그들을 모두 돌려보내고 나서야 페테르부르크로 그들의 지도를 부탁한다는 편지를 썼다. 이 문제와 관련해서는 리디야 이바노브나 백작 부인이 가장 큰 힘이 될 것이었다. 그녀는 대표자의 업무와 관련해서는 전문가였기 때문에 그 누구도 그녀만큼 대표자들을 격려하고 올바른 방향으로 지도할 수 없었다. 그 일을 마친 뒤 알렉세이 알렉산드로비치는 변호사에게 보낼 편지를 썼다. 그는 한 치의 망설임도 없이 변호사가 마음껏 행동할 수 있도록 허락해 주었다. 그는 그 편지 속에 안나에게서 빼앗은, 서류함에 들어 있던 브론스키가 안나에게 보낸 세 통의 편지를 동봉했다.

알렉세이 알렉산드로비치가 다시는 가정으로 돌아가지 않겠다는 결심을 하고 집을 나섰을 때부터, 또 변호사를 찾아가, 물론 단 한 명이기는 했으나, 자신의 계획을 말했을 때부터, 특히 실제적인 문제를 서류상으로 이행했을 때부터 그는 그 계획에 익숙해지기 시작했다. 그리고 이제는 그 실행 가능성이 더욱 선명하게 다가왔다.

그가 변호사에게 보낼 편지를 봉인하고 있을 때 스테판 아르카디이치의 소란스러운 목소리가 들려왔다. 스테판 아르카디이치는 알렉세이 알렉산드로비치의 하인에게 자신이 찾아온 것을 주인에게 전하라며 언성을 높이며 고집을 부리고 있었다.

'어차피 달라질 건 없어.' 알렉세이 알렉산드로비치는 생각했다. '어쩌면 잘된 일일지도 몰라. 지금 당장 그의 여동생에 대한 내 입장을 말해야겠어. 내가 왜 만찬에 참석할 수 없는지에 대해서 말이야.'

"들어오시라고 전해!" 그는 서류들을 모아 서류철에 끼우며 큰 소리로 말했다.

"저것 봐, 자네가 거짓말을 했잖아. 안에 계시잖아!" 스테판 아르카디이치가 자신을 안으로 들이지 않으려 했던 하인에게 큰 소리로 말했다. 오블론스키는 외투를 벗으며 방으로 들어왔다. "아, 마침 자네가 있어서 다행이군! 그래서……." 스테판 아르카디이치가 유쾌하게 말을 건넸다.

"난 갈 수 없습니다." 알렉세이 알렉산드로비치는 손님에게 자리를 권하지도 않고 선 채로 냉정하게 말했다.

알렉세이 알렉산드로비치는 자신이 지금 이혼 소송을 준비 중인 아내의 오빠에게 지금 당장 냉담한 모습을 보여야 한다고 생각했다. 하지만 그는 스테판 아르카디이치의 바다처럼 넓은 마음을 미처 생각하지 못했다.

스테판 아르카디이치는 쾌활하게 빛나는 눈을 크게 떴다.

"왜 올 수가 없다는 건가? 무슨 이유라도 있나?" 그는 난감한 표정을 지으며 프랑스어로 말했다. "하지만 이미 선약한 게 아닌가. 우린 모두 자네가 올 거라고 생각하고 있어."

"그럼 집으로 찾아갈 수 없는 이유에 대해 말씀드리죠. 그 이유는 바로 친척이었던 우리의 관계가 머지않아 끊어질 것이기 때문입니다."

"어째서? 대체 그게 무슨 뜻인가? 도대체 왜?" 스테판 아르카디이치가 미소를 지으며 말했다.

"그 이유는 바로 당신의 누이, 그러니까 내 아내와 이혼 소송을 준비하고 있기 때문입니다. 그러니까 난 어쩔 수 없이……"

하지만 알렉세이 알렉산드로비치가 말을 채 끝내기도 전에 스테판 아르카디이치는 그가 전혀 예상하지 못했던 모습을 보였다. 스테판 아르카디이치가 탄식한 뒤 안락의자에 주저앉았던 것이다.

"아니, 알렉세이 알렉산드로비치! 대체 그게 무슨 소린가!" 오블론스키가 외쳤다. 그의 얼굴에는 고뇌하는 기색이 역력했다.

"하지만 사실입니다."

"미안하지만, 나는 도저히, 도저히 그 말을 믿지 못하겠어……."

알렉세이 알렉산드로비치는 자신의 말이 기대와는 다르게 효력이 없었다는 것을 느끼며 좀 더 자세한 부연 설명을 해야겠다고 생각했다. 하지만 그는 아무리 설명해도 자신과 그와의 관계는 변함이 없으리라는 것을 느끼며 자리에 앉았다.

"난 지금 이혼을 요구해야만 하는 괴로운 상황에 처해 있습니다." 그가 말했다.

"한마디만 하지, 알렉세이 알렉산드로비치! 난 자네가 훌륭하고 공정한 남자라는 걸 알아. 그리고 안나 역시, 미안하지만 내 생각은 바뀌지 않네. 그 애가 아름답고 훌륭한 여자라는 것도 잘 알고 있네. 그래서 미안한 얘기지만 난 그 말을 믿을 수가 없어. 분명 무슨 오해가 있었을 거라고 생각하는 수밖에……."

"그래요, 그게 단지 오해라면……."

"아니, 나도 알겠네." 스테판 아르카디이치가 말을 막았다. "하지만 물론…… 한마디만 하지. 서두르지는 말게, 서두르지는 마. 성급하게 굴지 말게."

"서두르는 게 아닙니다." 알렉세이 알렉산드로비치가 차갑게 말했다. "이런 일은 누군가와 상의할 수도 없는 것이니까요. 내 결심은 확고합니다."

"끔찍한 일이군!" 스테판 아르카디이치는 깊은 한숨을 내쉬며 말했다. "한 가지 부탁할 게 있네, 알렉세이 알렉산드로비치. 제발 부탁이니 이렇게 해 주게!" 그가 말했다. "내 짐작으로는 아직 수속 절차를 밟지는 않은 것 같군. 그러니 수속을 시작하기 전에 내 아내를 한번 만나 주게. 그녀는 안나를 동생처럼 여기고 자네 역시 좋아하고 있어. 그녀는 대단한 여자야. 그러니 제발, 그녀와 한번 대화를 나눠 보게! 제발 부탁이네. 우리의 우정을 생각해서라도 한 번만!"

알렉세이 알렉산드로비치는 잠시 생각했다. 스테판 아르카디이치는 침묵을 깨지 않고 연민이 담긴 눈빛으로 그를 바라보고 있었다.

"그녀를 만나 주겠지?"

"글쎄요, 잘 모르겠군요. 내가 지금껏 가지 않았던 것도 그 이유 때문이었죠. 이제 우리의 관계도 당연히 바뀌어야 한다고 생각하니까요."

"그건 왜? 난 도무지 모르겠네. 난 자네가 나와 그저 친척 관계라는 사실 외에도 내가 늘 자네에게 갖고 있는 우정과…… 진심 어린 존경의 감정을 자네 역시 조금이라도 갖고 있다고 믿네." 스테판 아르카디이치가 그의 손을 잡으며 말했다. "그래서 만약 자네 말대로 그 최악의 상상이 사실이라 할지라도 난 어느 쪽도 비난하지 않을 거고 앞으로도 그럴 거라네. 그렇기 때문에 난 우리의 관계가 왜 바뀌어야 하는지 모르겠어. 하지만 어쨌든 지금은 내 말대로 해 주게. 내 아내를 만나 주게나."

"이 문제에 관해 우리는 전혀 생각이 다르군요." 알렉세이 알렉산드로비치가 냉정하게 말했다. "이제 이 이야기는 더 이상 하지 말죠."

"아니, 그렇다 해도 오늘 저녁에 식사하러 잠깐 들르는 것도 안 된단 말인가? 아내가 자네를 기다리고 있어. 그러니 제발 와 주게. 무엇보다 그녀와 먼저 대화를 나눠 보게. 그녀는 대단한 여자야. 그러니 부탁이네. 무릎이라도 꿇고 빌겠네."

"그렇게 원하신다면 가겠습니다." 알렉세이 알렉산드로비치가 한숨을 내쉬며 말했다.

그러자 화제를 전환하기 위해 그는 서로 관심을 가지고 있는 문제에 대해서, 아직 그럴 나이도 아닌데 갑자기 고위직으로 임명되어 스테판 아르카디이치가 상사로 모시게 된 신임 장관에 대해 물었다.

알렉세이 알렉산드로비치는 예전부터 아니치킨 백작을 좋아하지 않았고 그와는 늘 견해가 엇갈렸다. 게다가 지금 그는 업무상 패배한 사람이 승진한 사람에게 느낄 법한 증오심, 공직자라면 이해할 수 있는 그 증오심을 억제하지 못하고 있었다.

"어때요, 그 사람은 만나 봤습니까?" 알렉세이 알렉산드로비치가 얄궂은 조소를 보이며 말했다.

"그럼, 물론이지. 어제 우리 사무실로 찾아왔었네. 업무 파악도 잘하는 편이고 아주 활발하게 활동하는 것 같아."

"그렇군요. 하지만 그는 무엇을 위해 활동하는 겁니까?" 알렉세이 알렉산드로비치가 말했다. "뭔가 대단한 일을 시작하기 위해선가요, 아니면 이미 진행되고 있는 일을 개선하기 위해선가요? 우리나라의 불행은 탁상행정에서 비롯되었죠. 그가 그것을 대표하는 훌륭한 인물이고요."

"하지만 난 그 사람의 어떤 점을 비난해야 할지 모르겠네. 게다가 난 그 사람의 성향을 잘 모르니까. 하지만 이거 하나만은 알 수 있겠어. 그는 대단히 훌륭한 사람이라는 것 말이야." 스테판 아르카디이치가 대답했다. "어쩌다 보니 방금 전까지 그 사람과 함께 있었는데 정말 훌륭한 사람이더군. 나는 그와 점심 식사를 함께하고 그에게 오렌지를 넣은 포도주를 담그는 방법을 알려 주었지. 자네도 알 거야. 아주 청량한 맛이 나지. 그가 그걸 몰랐다는 사실이 좀 놀라웠지만. 그는 그술을 몹시 마음에 들어 하는 것 같더군. 정말 멋진 사람이야."

스테판 아르카디이치는 시계를 꺼내 들여다보았다.

"아, 이런 큰일이군, 벌써 4시잖아. 난 돌고부쉰을 만나러 가야 하네! 그럼 꼭 식사하러 오게나. 만약 오지 않는다면 자네가 상상할 수도 없을 만큼 나와 아내는 상심하게 될 거야."

알렉세이 알렉산드로비치는 그를 맞이했을 때와는 전혀 달라진 모습으로 처남을 배웅했다.

"약속했으니 반드시 가겠습니다." 그는 침울한 모습으로 대답했다.

"내가 자네에게 정말 고마워한다는 사실을 믿어 주게. 자네 역시 후회하지 않을 거야." 스테판 아르카디이치가 웃으며 대답했다. 그러고 나서 그는 걸어가면서 외투를 입다가 한 손이 하인의 머리에 부딪치자 웃으며 밖으로 나갔다.

"5시까지 프록코트를 입고 오게, 꼭!" 그는 다시 문가로 되돌아와 소리쳤다.

9

집주인이 집으로 돌아왔을 때는 이미 5시가 넘어가고 있었기에 이미 손님 서너 명이 와 있었다. 그는 세르게이 이바노비치 코즈니셰프와 페스쏘프를 현관 앞에서 만나서 함께 안으로 들어왔다. 이 두 사람이 오블론스키가 말했던 모스크바 지식인을 대표하는 주요 인사들이었다. 두 사람은 성품이나 교양적인 측면에서도 충분히 존경을 받을 만한 인물들이었고, 또 서로 존중하고 있었다. 하지만 두 사람은 안타깝게도 거의 모든 문제에서 대립하고 있었다. 이는 두 사람이 서로 반대파였기 때문이 아니라 같은 당파였음에도(반대파들은 그들을 혼동하고 있었다.) 그 안에서 각자 고유의 특색을 지녔기 때문이었다.

이렇게 반(半)추상적인 문제에 관한 의견의 대립은 불가피한 것이었기에 그들은 지금껏 단 한 번도 의견이 일치된 적이 없었다. 게다가 그들은 이미 오래전부터 서로에게 화를 내지도 않았으며 바로잡을 수 없는 상대의 오류에 관해서는 그저 습관처럼 대수롭지 않게 여겼던 것이다.

스테판 아르카디이치는 그들이 날씨에 관해 대화를 나누며 문으로 들어섰을 때 그들과 만났다. 응접실에는 오블론스키의 장인인 알렉산드르 드미트리예비치 노공작과 젊은 쉬체르바쓰키, 투로프쓰인, 키티와 카레닌이 앉아 있었다. 스테판 아르카디이치는 곧 자신이 자리에 없었기 때문에 분위기가 어색하다는 것을 알아챘다. 회색 실크 드레스를 입고 앉아 있던 다리야 알렉산드로브나는 따로 식사 준비를 해야 할 아이들과 아직 도착하지 않은 남편 때문에 신경을 쓰고 있는 듯했다. 그녀는 남편 없이는 이곳에 모인 사람들을 잘 어울리게 할 수 없었던 것이다.

노공작의 표현을 빌리자면, 손님들은 다들 자신들이 왜 여기에 왔는지 이유조차 모르겠다는 얼굴로, 마치 초대받은 사제의 딸처럼 단지 침묵을 깨기 위해 간신히 대화를 이어 가고 있었다. 성격이 좋은 투로프쓰인은 분명 자신과 맞지 않는 곳에 와 있다고 생각하는 듯했다. 스테판 아르카디이치와 마주쳤을 때 그의 두꺼운 입술에 어린 미소는 '이봐, 자넨 날 신성한 사람들 속에 던져 놨군! 샤토 데 플뢰르에서 한잔하는 거라면 내 세상과 다름없을 텐데.'라고 말하는 듯했다. 노공작은 눈을 반짝이며 카레닌을 흘끔흘끔 바라보며 조용히 앉아 있었다. 그 모습을 보며 스테판 아르카디이치는 그가, 사람들의 시선을 한 몸에 받는 철갑상어 요리 같은 고위직 정치인에게 뭔가 딱 들어맞는 표현을 찾았다는 것을 알 수 있었다.

콘스탄틴 레빈이 들어오더라도 얼굴을 붉히지 않겠다고 굳게 결심한 키티는 문가를 바라보고 있었다. 카레닌과 아직 인사를 나누지 못한 젊은 쉬체르바쓰키는, 자신은 그런 것에 전혀 개의치 않는다는 듯한 모습을 보이기 위해 애쓰고 있었다. 카레닌은 페테르부르크에서 부인들과 함께하는 연회에 갈 때처럼 연미복에 하얀 넥타이 차림으로 왔다. 그의 표정을 살피던 스테판 아르카디이치는, 그가 단지 자신과의 약속을 지키기 위해 왔으며, 이런 자리에 얼굴을 비치는 것만으로도 괴로워한다는 것을 알았다. 스테판 아르카디이치가 얼굴을 비칠 때까지 냉랭한 분위기를 만들어 손님들을 얼어붙게 한 사람이 바로 그였기 때문이다.

스테판 아르카디이치는 응접실로 들어서면서 어느 공작에게 붙들렸다고 변명을 늘어놓으며 사과했다. 그는 모임에 늦거나 참석하지 못할 때면 항상 이 공작의 핑계를 대곤했다. 그는 곧 서로를 소개해 주었고, 알렉세이 알렉산드로비치와 세르게이 코즈니셰프에게 폴란드의 러시아화 문제에 관해 논의하도록 화제를 주었다. 그러자 두 사람은 페스쏘프와 함께 곧 논의를 시작했다. 그는 투로프쓰인의 어깨를 툭치며 농담을 건네고는 그를 자신의 아내와 노공작의 옆에 앉혔다. 그러고는 키티에게 오늘 밤 무척 아름답다고 말한 뒤, 쉬체르바쓰키를 카레닌에게 소개해 주었다.

그가 순식간에 이 교제의 반죽을 잘 섞어 놓아서 응접실 안에는 활기 넘치는 대화가 계속 오고 갔다. 다만 콘스탄틴 레빈만이 아직 모습을 드러내지 않고 있었다. 하지만 오히려 다행이었다. 스테판 아르카디이치가 식당에 들어가 확인해 보니 놀랍게도 배달된 포트와인과 셰리주는 레베 상점의 것이 아닌 테프레 상점의 것이었다. 그는 최대한 빨리 마부를 레베로 보내라고 지시한 뒤 다시 응접실로 향했다.

그러다가 그는 식당에서 콘스탄틴 레빈과 마주쳤다.

"내가 늦은 건가?"

"자네가 늦지 않을 리가 있나!" 스테판 아르카디이치가 그의 팔을 붙들고 말했다.

"많이들 오셨나 보군? 누가 온 거야?" 레빈은 무의식중에 얼굴을 붉히며 장갑으로 모자의 눈을 털어 내면서 물었다.

"다 아는 사람들이지. 키티도 와 있어. 자, 어서 가자고. 카레닌을 소개해 줄 테니."

자유주의적 성향을 가지고 있던 스테판 아르카디이치였으나, 그는 카레닌과 교류하는 것은 누구라도 기뻐할 것이라고 생각했다. 그래서 그는 자신의 친구들에게는 늘 이 기쁨을 맛보게 해 주었던 것이다. 하지만 지금 콘스탄틴 레빈은 이러한 교류를 기뻐할 만한 처지가 아니었다. 그는 브론스키를 만났던 잊을 수 없는 그날 밤 이후로, 시골에서 우연히 흘끗 보았던 것을 제외하면 키티를 한 번도 만나지 못했던 것이다.

그는 오늘 밤 이곳에서 그녀와 만나게 되리라는 것을 내심 짐작하고 있었다. 하지만 그는 당황하지 않기 위해, 자신은 그런 것에 전혀 신경을 쓰지 않는다고 믿으려 애쓰고 있었다. 그런데 지금 그녀가 이곳에 와 있다는 말을 듣는 순간, 갑자기 숨이 막히고, 말로 표현할 수 없을 만큼의 기쁨과 두려움을 동시에 느꼈던 것이다.

'그녀는 어떤 모습을 하고 있을까? 예전 그대로일까, 아니면 마차 안에서 보았던 그때의 모습일까? 만약 다리야 알렉산드로브나의 말이 사실이라면? 하지만 또 사실이 아니라면?' 그는 생각했다.

"오, 그래. 카레닌을 소개해 주게." 그는 겨우 이 말을 하고는 단호한 걸음으로 응접실에 들어섰다. 그리고 그녀를 보았다.

그녀는 예전 모습이 아니었으며, 마차 안에서 보았던 모습과도 달랐다. 마치 전혀 다른 사람처럼 느껴졌다.

그녀는 몹시 놀라고 망설이며 수줍은 듯한 모습이었다. 그래서 더욱 아름다웠다. 그녀는 그가 응접실로 들어오자마자 그를 보았다. 그녀는 그를 기다리고 있었기에 기뻤고, 그 기쁨으로 말미암아 어쩔 줄을 몰라 하고 있었다. 그가 돌리 곁으로 다가와 다시 그녀를 흘끗 보았을 때 그녀도, 그도, 또 이 모든 장면을 지켜보던 돌리도 그녀가 결국 울음을 터뜨릴 거라고 생각할 정도로 당황했다.

그녀는 얼굴이 붉어졌다 창백해졌다를 반복하면서 긴장하고 있었다. 그러다가 다시 붉어졌고 파르르 떨리던 입술은 굳어져, 그가 다가오기만을 기다리고 있었다. 그는 그녀에게 다가와 인사를 건네며 말없이 손을 내밀었다. 만약 가볍게 떨리던 입술과 눈에 어린 눈물의 반짝임을 보지 못했다면, 그가 다음과 같이 말했을 때 보였던 그녀의 미소는 침착해 보였을 것이다.

"정말 오랜만이에요!" 그녀는 이렇게 말하며 대담할 만큼 단호하면서도 차가운 손으로 그의 손을 잡았다.

"당신은 날 못 보셨을 테지만 난 당신을 보았었죠." 레빈은 행복한 미소를 띠며 말했다. "당신은 마차를 타고 기차역에서 예르구쉬오보로 가고 있었죠."

"언제요?" 깜짝 놀란 그녀가 물었다.

"예르구쉬오보로 가셨을 때요." 레빈은 이렇게 말하며 벅차오르는 행복으로 숨이 막혀 왔다. '이렇게 진심 어린 모습을 보이는 사람에 대해 난 어떻게 그토록 불순한 생각을 했을까! 어쩌면 다리야 알렉산드로브나의 말이 사실일지도 몰라.' 그는 생각했다.

스테판 아르카디이치는 레빈의 손을 잡고는 카레닌에게 데려갔다.

"서로 인사들 하지." 그는 두 사람의 이름을 말했다.

"다시 만나게 돼서 정말 반갑습니다." 알렉세이 알렉산드로비치는 레빈의 손을 잡으며 차가운 어조로 말했다.

"자네들 서로 아는 사인가?" 깜짝 놀란 스테판 아르카디이치가 물었다.

"얼마 전 기차에서 세 시간 정도 함께 있었지." 레빈이 웃으며 말했다. "그런데 가면무도회에서 헤어진 것처럼 아쉽게 헤어졌지. 적어도 내 생각은 그렇다네."

"그렇군! 그럼, 모두들!" 스테판 아르카디이치가 식당을 가리키며 말했다.

남자들은 식당으로 들어가 자쿠스카가 놓인 테이블로 갔다. 거기에는 여섯 종류의 보드카와 그만큼의 치즈(은제 나이프가 딸린 것도 있었고 없는 것도 있었다.)와 캐비어, 청어, 온갖 종류의 통조림, 얇게 썬 프랑스빵이 담긴 접시가 놓여 있었다.

남자들은 향이 좋은 보드카와 자쿠스카가 있는 주변에 서 있었다. 폴란드의 러시아화라는 문제에 대해 대화를 나누던 세르게이 이바노비치 코즈니셰프와 카레닌, 페스쏘프도 조용히 식사를 기다리고 있었다.

세르게이 이바노비치에게는 아테네의 소금(고상한 유머를 뜻한다.)을 뿌리며 상대의 기분을 전환시키는 특별한 재능이 있었다. 그래서 그는 추상적이고 진지한 논쟁을 마무리하기 위해 재빠르게 그 기지를 발휘했다.

알렉세이 알렉산드로비치는 폴란드의 러시아화는 오직 정부에 의해서만, 또한 최고의 정책에 대한 결과로써만 이루어질 수 있을 거라고 말했다.

페스쏘프는 다른 민족을 자국에 동화시키기 위해서는 더 많은 이민족을 자국의 땅으로 이주시켜야 한다고 주장했다.

코즈니셰프는 양측의 견해를 모두 인정했다. 하지만 제한을 두었다. 그들이 응접실에서 나오자 코즈니셰프는 이 논쟁을 마무리하기 위해 미소를 지으며 말했다. "즉 이민족을 러시아화하기 위해서는 이 방법밖엔 없습니다. 가능한 한 출산율을 높여야 한다는 겁니다. 그런 점에서 볼 때, 나와 이 친구는 그 역할을 제대로 하지 못하고 있다고 볼 수 있겠죠. 하지만 당신들처럼 결혼하신 분들은, 특히 스테판 아르카디이치는 나라를 위해 활약하신 애국자인 셈이죠. 당신은 아이가 몇 이었죠?" 그는 주인에게 다정한 웃음을 보이며 작은 술잔을 내밀었다.

그러자 다들 크게 웃었다. 특히 스테판 아르카디이치는 유쾌한 웃음을 보였다.

"그래요, 아주 좋은 방법이군요!" 그는 치즈를 씹으며, 내민 술잔에 특별한 보드카를 따르며 말했다. 이 농담으로 말미암아 토론은 완전히 마무리되었다.

"이 치즈 괜찮군요. 어떻습니까?" 주인이 말했다. "자네 또 운동을 시작했다며?" 그는 레빈을 바라보며, 왼손으로 그의 근육을 만지면서 말했다. 레빈은 미소를 지으며 팔에 힘을 주었다. 그러자 스테판 아르카디이치의 손가락 아래 얇은 프록코트 안에서 둥근 치즈 모양의 단단한 알통이 불끈 솟아올랐다.

"오, 이게 이두박근이로군! 마치 삼손 같군!"

"곰 사냥을 위해서는 체력이 필요할 테죠." 사냥과 관련해서는 그저 추상적인 지식밖에 없던 알렉세이 알렉산드로비치가 거미줄처럼 얇게 썬 부드러운 빵에 치즈를 바른 뒤 찢으며 말했다.

그러자 레빈이 미소를 지었다.

"아뇨, 전혀 그렇지 않아요. 어린아이도 곰을 잡을 수 있어요." 그는 안주인과 함께 자쿠스카가 있는 테이블 쪽으로 온 부인들에게 가벼운 인사를 건네고는 길을 비켜 주며 말했다.

"참, 곰을 잡으셨다면서요? 사람들한테 들었어요." 하얀 팔이 비치는 하늘하늘한 레이스를 입은 키티가 자꾸만 미끄러지는 버섯을 포크로 찍으려고 애쓰며 말했다. "당신이 사는 곳에는 정말 곰이 있어요?" 그녀는 그에게 아름다운 얼굴을 살짝 돌리고는 미소를 지으며 덧붙였다.

그녀의 말에 특별한 의미는 없었다. 하지만 그는 그녀의 한마디 한마디에, 입술과 눈동자, 손짓 하나하나에 뭐라 형언할 수 없는 의미가 담겨 있는 것처럼 느껴졌다. 거기에는 용서를 구하는 마음과 그를 향한 믿음이 있었고, 온화하면서도 수줍은 듯한 애교와 약속, 희망, 그리고 그를 향한 애정이 담겨 있었다. 그는 그 애정을 믿을 수밖에 없었다. 그는 행복감에 젖어 숨이 막혀 왔다.

"아뇨, 우린 트베리 현으로 갔었죠. 거기서 오는 길이었어요. 그때 당신의 형부, 아니, 당신 형부의 매제를 기차에서 만났죠." 그가 웃으며 말했다. "정말 우스운 만남이었죠." 그렇게 말한 뒤 그는 유쾌하고 재미있게, 밤새 한숨도 못 잔 뒤 낡은 반코트를 입고 알렉세이 알렉산드로비치가 타고 있던 기차에 올라탔었던 이야기를 시작했다.

"차장이란 자는 속담과는 다르게 내 옷차림을 훑어보고는 날 내쫓으려고 했죠. 그래서 난 큰소리를 쳤죠. 그랬더니…… 당신도." 그는 상대의 이름을 잊어서 카레닌을 돌아보며 말했다. "처음엔 낡은 반코트 차림의 나를 보고는 내쫓으려고 하다가 나중에 내 편을 들어주셨죠……. 그때 일은 정말 감사했습니다."

"일반적으로 승객의 좌석 선택권에 질서가 없어서죠." 알렉세이 알렉산드로비치가 손수건으로 손가락 끝을 닦으며 말했다.

"난 당신이 나를 보며 망설이고 있는 것을 알았죠." 레빈이 선한 미소를 지으며 말했다. "그래서 난 내 초라한 차림새를 보완하기 위해 서둘러 어려운 얘기를 꺼냈던 겁니다."

안주인과 계속 대화를 나누면서도 세르게이 이바노비치는 동생의 말을 듣고 있었다. 그러면서 흘끗 그의 얼굴을 쳐다보았다. '저 녀석이 오늘 웬일이지? 왜 이렇게 자신만만한 거야?' 그는 생각했다. 그는 지금 레빈이 날개가 돋친 듯한 기분이라는 것을 모르고 있었다. 레빈은 그녀가 자신의 말을 듣고 있으며, 또 즐거워하고 있다는 사실을 알고 있었다. 그의 마음은 오직 그 사실 하나만으로 가득 차 있었다. 그의 마음 속에는 이 방과 전 세계를 포함해 갑자기 아주 큰 의미와 가치를 얻게 된 자신과 그녀, 오직 두 사람만 존재할 뿐이었다. 그는 자신만이 눈앞이 어지러울 정도로 높은 곳에 있고, 카레닌과 오블론스키처럼 선량한 모든 사람들과 전 세계는 멀리 떨어진 저 아래에 존재한다는 생각이 들었다.

스테판 아르카디이치는 두 사람의 얼굴을 쳐다보지도 않고 이제 더 이상 다른 곳에는 자리가 없다는 듯한 태도로 레빈과 키티를 나란히 앉혔다.

"자, 자네는 우선 여기 앉게." 그는 레빈에게 조용히 말했다.

스테판 아르카디이치가 전문적인 지식을 가지고 있는 식기만큼 식사 역시 훌륭했다. 마리 루이즈식의 수프도 몹시 훌륭했고 입에서 살살 녹는 작은 피로그도 완벽했다. 하얀 넥타이를 맨 하인 두 사람과 마트베이는 눈에 띄지 않기 위해 조용하면서도 재빠르게 음식과 술을 나르고 있었다. 이렇듯 만찬은 물질적인 면에서도, 비물질적인 면에서도 성공적이었다. 때로는 전체적으로, 때로는 부분적으로 오고 가던 대화는 끊임없이 이어지고 있었기에 식사를 마칠 때까지도 화기애애한 분위기였다. 남자들은 자리에서 일어나면서도 계속 대화를 나누었고, 알렉세이 알렉산드로비치마저도 활기를 보일 정도였다.


10


페스쪼프는 집요하게 파고들며 논쟁하고 싶어 했다. 그래서 그는 세르게이 이바노비치의 견해에도 만족스러워하지 않았다. 게다가 자신의 견해도 옳지 않다는 생각이 들어서 불만은 한층 더 심해졌다.

"난 결코……" 수프를 다 먹고 난 그가 알렉세이 알렉산드로비치에게 말했다. "단순히 인구 밀도에 관해서만 얘기하는 게 아닙니다. 어떠한 원칙보다는 근본적인 문제에 대해 말씀드렸던 겁니다."

"내 생각에는……" 알렉세이 알렉산드로비치가 천천히, 무심하게 대답했다. "어쨌거나 결국은 마찬가지라고 생각합니다. 이민족을 동화시키는 일은 그보다 훌륭한 민족만이 할 수 있는 일이기 때문이죠. 그리고……"

"하지만 그것이 또 문제죠." 페스쪼프가 특유의 낮은 목소리로, 늘 그랬듯 부산한 모습으로 자신의 말에 전력을 기울이듯 말했다. "더 훌륭한 문화라는 것의 기준은 뭘까요? 영국인과 프랑스인, 독일인들 중에 누가 더 높은 위치에 있는 거죠?

그들 중 누가 다른 민족을 동화시킬 수 있을까요? 라인 지방이 프랑스화되었다는 사실을 우리 모두가 알고 있지만, 그렇다고 해서 독일인들의 문화가 프랑스인들의 문화보다 뒤처진다고 할 수는 없으니까요!" 그가 소리쳤다. "그러니 거기엔 다른 법칙이 존재하는 겁니다."

"하지만 누군가를 감화할 수 있는 능력은 항상 진정한 교양을 갖춘 쪽에 존재한다고 생각합니다." 알렉세이 알렉산드로비치가 눈썹을 살짝 치켜세우며 말했다.

"하지만 어디서 진정한 교양의 특징을 찾을 수 있을까요?" 페스쏘프가 말했다.

"그건 이미 다들 알고 있으리라 생각합니다." 알렉세이 알렉산드로비치가 말했다.

"정확히 알고 있다고 할 수 있을까요?" 세르게이 이바노비치가 희미한 미소를 지으며 대화에 끼어들었다. "진정한 교양이란 오늘날에는 완전히 고전적인 것이어야 한다는 생각이 지배적입니다. 하지만 양측에서 격렬한 논쟁을 벌이는 모습을 보니, 반대파 쪽에도 합당한 논거가 있다는 생각이 드는군요."

"당신은 고전주의자로군요, 세르게이 이바노비치. 적포도주 좀 드시겠습니까?" 스테판 아르카디이치가 말했다.

"난 어느 한쪽의 교육 방법에 대해 말하고 있는 게 아닙니다." 세르게이 이바노비치가 마치 어린아이를 대하듯 인자한 미소를 짓고는 잔을 내밀며 말했다. "내가 하고 싶은 말은 양쪽 다 그럴듯한 논거를 가지고 있다는 겁니다." 그는 알렉세이 알렉산드로비치를 보며 말을 이어 갔다. "그동안 내가 받은 교육으로 미루어 본다면 나는 고전주의자에 속합니다. 하지만 개인적인 입장에서 볼 때, 나는 이 논쟁에서 내 입장을 명확히 할 수 없군요. 고전적인 학문이 실제적 학문보다 우월하다는 확실한 근거를 찾을 수 없으니까요."

"자연 과학도 그와 마찬가지로 교육적 가치가 있죠." 페스쏘프가 재빨리 말을 받았다. "천문학만 봐도 그렇죠. 식물학도 그렇고요. 또 일반적 법칙을 가진 동물학도 마찬가지죠."

"난 그 의견에는 전혀 동의할 수 없군요." 알렉세이 알렉산드로비치가 말했다. "언어의 형태를 연구하는 과정은 지능 계발에 긍정적인 영향을 미치죠. 또한 고전주의자들은 지극히 도덕적인 영향을 미치지만, 불행하게도 자연 과학 교육은 유해하고 거짓된 학문과 관련되어 현대 사회에 악영향을 미치고 있으니까요."

세르게이 이바노비치는 뭔가 할 말이 있는 듯했다. 하지만 페스쏘프가 특유의 저음으로 그의 말을 가로막았다. 그는 카레닌의 견해가 틀렸다는 것을 열심히 논증하고 있었다. 반박의 여지가 없는 명백한 반론을 준비하는 듯, 세르게이 이바노비치는 침착한 태도로 그의 말이 끝나기만을 기다리고 있었다.

"하지만 한 말씀 드리자면……." 세르게이 이바노비치가 엷은 미소를 띠고 카레닌을 보며 말했다. "고전적인 학문과 과학적 학문이 주는 유익하고 유해한 영향을 정확히 판단하는 것은 매우 어려운 일이죠. 또한 당신이 조금 전에 말씀하셨던 것처럼 도덕적인 영향, 그러니까 고전 교육에 반허무주의적 영향의 우월성이 없다면, 어떤 학문을 우위에 두어야 할지에 대해서 그토록 빠르고 결정적인 해결을 할 수 없었다는 것을 인정해야만 할 겁니다."

"물론 그렇습니다."

"만약 고전적인 학문이 반허무주의적 영향이라는 우월함을 지니지 못했다면, 우리는 양측의 논거를 신중하게 비교해 봐야겠죠." 세르게이 이바노비치가 희미한 미소를 띠며 말했다. "우리는 이 두 가지 교육 방법에 자유를 주어야만 합니다. 우리는 고전 교육이라는 환약이 반허무주의라는 효과를 지니고 있다는 사실을 알고 있죠. 그래서 오늘날 환자들에게 그것을 주고 있는 셈입니다……. 하지만 만약 효험이 없다면 어떻게 되겠습니까?" 그는 아테네의 소금을 뿌리며 마무리 지었다.

세르게이 이바노비치가 언급한 환약은 모두를 웃게 했다. 특히 토론을 경청하며 언제쯤 재미있는 이야기가 나올까 기다리고 있던 투로프쓰인은 한층 더 목소리를 높여 즐겁게 웃어 댔다.

스테판 아르카디이치가 페스쏘프를 초대한 것은 현명한 선택이었다. 페스쏘프 덕분에 지적인 대화가 끊임없이 이어졌던 것이다. 세르게이 이바노비치가 기지를 발휘해 대화를 마무리 짓자마자 페스쏘프는 이때다 싶어 새로운 화제를 꺼냈다.

"내 생각은 이렇습니다." 그가 말했다. "정부가 특정 의도를 갖고 있다는 의견에는 동의할 수 없어요. 틀림없이 정부는 그들이 채택한 정책이 어떠한 영향을 미치는지에 대해서는 전혀 관심이 없고, 그저 일반적인 생각을 따르고 있는 것이죠. 예를 들면, 유해한 것으로 봐야 할 여성 교육과 관련된 문제에 대해서도 정부는 여성들을 위해 고등학교와 대학교를 개방하고 있으니까요."

대화는 곧 여성 교육과 관련된 새로운 화제로 넘어가고 있었다.

알렉세이 알렉산드로비치는 여성 교육이 여성 해방이라는 문제와 혼동되고 있다는 이유만으로 유해한 것이라 보고 있다는 견해를 드러냈다.

"하지만 내 생각은 다릅니다. 이 두 가지는 결코 떼어 놓을 수 없는 문제라고 봅니다." 페스쏘프가 말했다. "일종의 악순환인 것이죠. 제대로 된 교육을 받지 못한 여성들은 자신의 권리를 빼앗기고 있습니다. 하지만 부족한 교육은 역시 부족한 권리에서 나오는 것이죠. 여성의 억압은 뿌리 깊은 오랜 역사를 지녔기에, 우리 남자들은 대부분 우리와 여성들을 구분 짓는 근원에 대해 이해하려 들지 않고 있죠." 그가 말했다.

"방금 권리라고 말씀하셨는데……." 페스쏘프의 말이 끝나기를 기다렸던 세르게이 이바노비치가 말했다. "그러니까 배심원과 지방 자치회 의원이 될 권리, 장관의 직무를 맡을 권리, 관리가 될 권리, 국회 의원이 될 권리 등을 말씀하시는 건가요?"

"물론입니다."

"하지만 아주 희박하긴 하지만 예외적으로 여성이 그런 지위에 오른다고 하더라도 당신이 조금 전 말씀하신 '권리'라는 말은 적절치 않은 것 같군요. 오히려 '의무'라는 말이 더 합당하지 않을까 싶습니다. 배심원이나 지방 자치회 의원, 전신 관리원 같은 직무를 수행하면서 우리는 모두가 일종의 의무를 수행하고 있다고 느끼잖아요. 그런 의미에서 여성들은 자신들의 의무를 찾고 있으며, 완전히 합법적인 방법으로 찾고 있다고 말하는 것이 옳을 듯합니다. 그러므로 사회를 위해 일하는 남성들의 일반적인 업무를 도우려는 그들의 소망에 공감하는 바입니다."

"전적으로 옳은 말씀입니다." 알렉세이 알렉산드로비치가 동조하며 말했다. "문제는 여성들이 그러한 의무를 수행할 수 있느냐 없느냐의 여부에 달려 있다고 생각합니다."

"여성들은 그럴 만한 능력을 갖게 될 겁니다." 스테판 아르카디이치가 끼어들었다. "여성들에게도 교육의 기회가 주어진다면요. 이미 우리도 알고 있듯이……."

"이런 속담이 있죠." 오래전부터 그들의 견해를 경청하던 공작이 비웃는 듯한 어조로 작은 눈을 빛내며 말했다. "딸들이 여기 있긴 하지만 뭐 괜찮겠죠. 여자들은 머리카락이 길지만(머리카락이 길면 머리가 좋지 않다는 속담)……."

"노예 해방이 이루어지기 전 흑인들에 대해 그렇게 생각했었죠." 페스쏘프는 화가 난 듯한 어조로 말했다.

"난 여성들이 새로운 의무를 찾는다는 게 이상하군요." 세르게이 이바노비치가 말했다. "우리의 관점에서 볼 때, 유감스럽게도 남자들 대부분은 그런 의무에서 벗어나려고 하고 있는데 말이죠."

"의무와 권리는 떼어 놓을 수 없는 관계니까요. 다시 말해, 여성들이 추구하고자 하는 것은 권력, 돈, 명예 같은 것들이죠." 페스쏘프가 말했다.

"그렇다면 내가 유모가 될 권리를 찾겠다면서 여성만 유모로 고용하고 나를 고용하지 않는 것을 수치스럽게 생각한다는 논리나 비슷한 거군요." 노공작이 말했다.

그러자 투로프쓰인은 갑자기 크게 웃음을 터뜨렸다. 그래서 세르게이 이바노비치는 자신이 그 말을 하지 못한 것을 안타깝게 생각했다. 알렉세이 알렉산드로비치마저도 웃음을 보였다.

"그래요. 남자는 젖을 먹일 수 없으니까요." 페스쏘프가 말했다. "하지만 여성은……."

"아니에요. 어느 영국인 남자는 배 위에서 자신의 갓난아이를 기르기도 했어요." 노공작은 자신의 딸들 앞에서 스스럼없이 이런 이야기를 했다.

"그런 영국 남자들의 숫자만큼 여성들도 관리가 될 테죠." 세르게이 이바노비치가 재빨리 대답했다.

"그래요. 하지만 가정을 이루지 못한 처녀는 어찌해야 하는 걸까요?" 스테판 아르카디이치는 내내 머릿속에 떠올리던 치비소바를 생각하며 페스쏘프의 견해에 공감하고 그의 주장에 동조하면서 끼어들었다.

"하지만 그런 처녀들의 이력을 잘 살펴보면, 아마도 그녀는 여자로서 할 수 있는 일을 찾아낼 수 있었던 자신의 집이나 언니 집과 같은 가정을 저버렸을 거예요." 그때 화가 난 듯한 다리야 알렉산드로브나가 갑자기 대화에 끼어들었다. 아마도 그녀는 스테판 아르카디이치가 생각하고 있는 처녀가 누구인지 짐작하고 있는 듯했다.

"하지만 우린 원칙과 이상을 추구하고 있어요!" 페스쏘프가 명쾌한 저음으로 반박했다. "여성들은 자신들이 교육받은, 독립된 인간이 될 권리를 갖고 싶어 해요. 하지만 그건 불가능하다는 인식 때문에 스스로 포기하고 있는 것이죠."

"하지만 난 보육원에서 날 유모로 고용하지 않는 의식에 억압돼서 굴복하고 있죠." 노공작이 또 한마디했기에 투로프쓰인은 너무 재미있어 하며 크게 웃다가 아스파라거스의 굵은 끄트머리를 소스 위에 떨어뜨리고 말았다.

11

키티와 레빈을 제외하고는 그 자리에 있던 모든 사람이 이 대화에 참여했다. 처음에 한 민족이 다른 민족에게 미치는 영향에 대한 대화가 오고 갔을 때는 레빈도 그 주제와 관련해 자신도 하고 싶은 말이 있다고 생각했다. 하지만 예전 같았으면 그에게 아주 중요하게 여겨졌을 법한 이러한 생각들도 지금은 마치 꿈속처럼 어렴풋하게 머릿속에 떠오르고 있었을 뿐 그에게 전혀 흥미를 주지 못했다. 오히려 그는, 그들이 무슨 이유로, 누구와도 상관없는 일에 저렇게 열띤 토론을 하고 있는지 기이하게 여겨질 뿐이었다. 키티 또한 여성의 교육과 권리에 대한 대화에 흥미를 가져야 했다. 그동안 키티는 외국에 있는 친구 바레니카와 함께 자신의 괴로운 생활에 대해 얼마나 많은 생각을 해 왔던가.

그리고 만약 결혼하지 않는다면 자신은 앞으로 어떻게 될 것인가 하며 스스로에 대해 많은 생각을 했었다. 게다가 그 문제로 말미암아 언니와 많은 다툼이 있었다. 그럼에도 지금 그녀는 이러한 일들에 전혀 흥미를 느끼지 못했다. 그녀는 레빈과 자신들만의 대화를 나누고 있었던 것이다. 아니, 대화가 아니었다. 이것은 은밀한 교감이었고, 시간이 흐름에 따라 두 사람의 사이를 점점 더 가깝게 만들며, 두 사람에게 미지의 세계를 향한 즐거운 두려움을 주었던 것이다.

지난해에 마차 안에서 어떻게 자신을 보았느냐고 묻는 키티의 질문에 레빈은 풀을 베고 돌아오는 길에 그녀를 보았다며 그때의 이야기를 처음으로 들려주었다.

"아주 이른 아침이었죠. 아마 당신이 잠에서 막 깨어났을 때쯤일 거예요. 어머님께선 마차 한구석에서 주무시고 계시더군요. 정말 아름다운 아침이었어요. 난 길을 걸으며 저 여행 마차에 누가 타고 있을까 생각하고 있었죠. 방울을 달고 있는 말 네 필이 끄는 멋진 마차였으니까요. 그때 당신의 모습이 보이더군요. 그래서 창문을 들여다보니 당신은 모자 끈을 두 손으로 잡고 생각에 잠겨 있었어요." 그가 웃으며 말했다. "그때 당신이 무슨 생각을 하고 있었는지 난 참 궁금했어요. 중요한 생각이었겠죠?"

'너무 혼란스러운 모습이었나?' 그녀는 생각했다. 하지만 이렇게 세세한 것들에 대한 기억으로 기쁨에 넘치는 그의 미소를 보며, 그녀는 자신이 그에게 상당히 좋은 인상을 주었다고 느꼈다. 그녀는 얼굴을 붉히며 즐거운 미소를 보였다.

"난 도무지 기억이 나질 않아요."

"투로프쓰인은 정말 웃음이 많군요!" 레빈은 너무 웃은 나머지 눈물까지 글썽이는 그의 눈과 흔들리는 몸을 바라보며 말했다.

"예전부터 저분을 알고 계셨나요?" 키티가 물었다.

"그를 모르는 사람은 아마 없을 겁니다."

"당신은 저분을 좋지 않게 생각하시죠?"

"나쁜 사람은 아니에요. 하지만 쓸모없는 사람이죠."

"그건 잘못된 생각이에요. 이제는 절대 그렇게 생각하시면 안 돼요!" 키티가 말했다. "한때는 나도 저분에 대해 안 좋은 생각을 갖고 있었어요. 하지만 저분은 정말 친절하고 놀라울 만큼 좋은 분이세요. 마음이 정말 황금 같은 분이세요."

"어떻게 그에 대해 잘 아십니까?"

"저하고 저분은 아주 친한 친구예요. 그래서 저분에 대해 아주 잘 알고 있죠. 지난겨울, 그러니까…… 당신이 저희 집에 다녀가신 그 후부터……." 그녀는 몹시 미안한 듯하면서도 신뢰하는 듯한 미소를 보이며 말했다. "돌리 언니네 아이들이 모두 성홍열에 걸렸던 적이 있었는데, 때마침 저분이 언니 집에 오셨었죠. 그때 무슨 일이 있었냐 하면요." 그녀가 작은 목소리로 말했다. "저분께서 언니의 처지를 안타깝게 여기시고 언니를 도와 아이들을 돌봐 주셨어요. 3주간 머무르면서 보모처럼 아이들을 보살펴 주셨죠."

"지금 아이들이 성홍열에 걸렸을 때 투로프쓰인과 관련한 얘기를 콘스탄틴 드미트리치 씨께 들려드리고 있어요." 그녀가 언니 쪽으로 몸을 돌리며 말했다.

"맞아요, 정말 대단히 훌륭한 분이세요!" 돌리는 마치, 자신에 대한 이야기를 하고 있다는 것을 알아챈 듯한 투로프쓰인 쪽을 바라보며 부드러운 미소를 지으며 말했다. 레빈은 다시 한번 투로프쓰인을 쳐다보았다. 그리고 지금껏 자신이 그의 매력에 대해 모르고 있었다는 사실에 놀랐다.

"미안합니다, 미안합니다. 이제부터는 어떠한 경우에도 다른 사람을 부정적으로 생각하지 않도록 하겠습니다!" 레빈은 진심 어린 마음으로 유쾌하게 말했다.


12


대화는 여성의 권리에 대한 주제로 옮겨 갔다. 이 대화에는 여성들 앞에서 말하기 껄끄러운, 결혼 생활에 따르는 권리의 불평등에 관한 문제도 언급되었다. 이 문제에 관해, 식사하는 동안 페스쏘프가 몇 차례 집요하게 매달렸으나 세르게이 이바노비치와 스테판 아르카디이치가 슬며시 화제를 다른 곳으로 돌렸다.

남자들과 부인들이 자리에서 일어났다. 페스쏘프는 그들을 따라가지 않고 알렉세이 알렉산드로비치에게로 가 부부 간의 불평등을 유발하는 원인에 대해 이야기를 시작했다. 그의 견해에 따르면, 아내와 남편의 부정한 행위가 법적으로도 또 사회적으로도 불평등하게 처벌되고 있기 때문이라는 것이었다.

스테판 아르카디이치가 재빨리 알렉세이 알렉산드로비치에게 다가가 담배를 권했다.

"아뇨, 생각 없습니다." 알렉세이 알렉산드로비치가 침착한 태도로 대답했다. 그러면서 그는 자신이 이런 이야기를 꺼리지 않는다는 사실을 일부러 보여 주려는 듯 냉소를 띠며 페스쏘프를 바라보았다.

"난 그런 견해의 근본적 원인은 사건 자체에 있다고 생각합니다." 그는 이렇게 말하고 난 뒤 응접실 쪽으로 가려고 했다. 그때 갑자기 투로프쓰인이 알렉세이 알렉산드로비치에게 말을 걸었다.

"혹시 프랴치니코프 얘기에 관해 들으셨습니까?" 샴페인을 마셔서 기분이 한층 고조된 투로프쓰인은 괴로웠던 이 침묵을 깰 기회를 엿보고 있었던 것처럼 말했다. "바샤 프랴치니코프 말입니다." 그는 촉촉한 붉은 입술에 선량한 미소를 띠며, 이 모임의 주인공인 알렉세이 알렉산드로비치를 바라보며 말했다. "오늘 그가 트베리에서 크브이트스키와 결투해서 상대를 죽였다는 소식을 들었습니다."

사람들은 종종 누군가 고의로 자신의 아픈 곳을 찌른다고 생각하듯, 지금 스테판 아르카디이치도 이야기가 나올 때마다 알렉세이 알렉산드로비치의 아픈 곳을 겨냥하고 있다는 생각이 들었다. 그래서 그는 다시 매제를 데리고 그 자리에서 벗어나야겠다고 생각했다. 하지만 알렉세이 알렉산드로비치는 오히려 호기심을 보이며 물었다.

"프랴치니코프는 왜 결투했던 거죠?"

"부인 때문이죠. 남자답게 해 버렸죠! 결투를 신청한 뒤 죽였으니까요!"

"아!" 알렉세이 알렉산드로비치는 크게 관심이 없다는 어조로 대답했다. 그러고 나서 눈썹을 찌푸리며 응접실로 향했다.

"정말 잘 오셨어요." 거실에 있던 돌리가 그와 마주치자 놀란 듯 미소를 지으며 말했다. "당신께 꼭 드릴 말씀이 있어요. 여기 좀 앉으시죠."

여전히 눈썹을 치켜세우고 무표정한 얼굴을 하고 있던 알렉세이 알렉산드로비치는 다리야 알렉산드로브나의 옆에 앉아 억지웃음을 짓고 있었다.

"안 그래도 부인께 양해를 구하고 인사를 드리러 가려던 중이었는데 잘됐군요. 내일 떠나야 해서요." 그가 말했다.

다리야 알렉산드로브나는 안나가 결백하다고 확신하고 있었기 때문에 죄 없는 자신의 친구를 아무렇지 않게 무너뜨릴 계획을 가지고 있는 냉정하고 무정한 인간에 대해 분노가 일었다. 그녀는 얼굴이 창백해지고 입술이 떨려 오는 것을 느꼈다.

"알렉세이 알렉산드로비치." 그녀는 단호한 태도로 그의 눈을 바라보며 말했다. "당신께 안나의 안부에 대해 물어봤는데도 아무 말씀도 안 해 주셨어요. 안나는 잘 지내고 있나요?"

"잘 지내고 있을 겁니다, 다리야 알렉산드로브나." 알렉세이 알렉산드로비치는 그녀의 시선을 피한 채 대답했다.

"알렉세이 알렉산드로비치, 정말 죄송합니다. 나한테 그럴 만한 권리가 없다는 것을 잘 알지만……. 난 안나를 친자매처럼 생각하고 사랑하고 또 존경하고 있어요. 그러니 두 사람 사이에 무슨 일이 있었는지 말씀해 주세요. 부탁이에요. 당신은 무슨 일로 그녀를 나쁘게 생각하고 있는 건가요?"

알렉세이 알렉산드로비치는 인상을 찡그렸다. 그러고 나서 거의 눈을 감다시피 하면서 고개를 떨구었다.

"내가 안나 아르카디예브나와 지금까지 유지해 왔던 관계를 끊어야 하는 이유에 대해서는 남편분께 들으셨을 텐데요." 그는 그녀의 시선을 피한 채 때마침 거실을 지나가던 쉬체르바쓰키를 흘끗 쳐다보며 말했다.

"난 믿지 못하겠어요. 믿을 수 없어요. 그런 얘기를 믿을 수가 없어요!" 돌리는 야윈 두 손을 앞으로 내밀어 굳게 쥐며 힘차게 말했다. 그러고는 재빨리 일어나서 한 손을 알렉세이 알렉산드로비치의 옷소매 위에 얹었다. "여긴 사람들한테 방해가 돼요. 자, 이쪽으로 오세요."

흥분한 돌리의 모습은 알렉세이 알렉산드로비치에게도 영향을 미쳤다. 그는 자리에서 일어나 그녀를 따라 아이들의 공부방으로 향했다. 그들은 책상 앞에 앉았다. 책상을 덮고 있던 방수포에는 주머니칼로 이곳저곳 긁힌 흔적들이 보였다.

"난 믿을 수 없어요. 그런 얘긴 믿을 수 없어요!" 돌리는 자신의 시선을 피하려 하는 그를 붙잡으려고 애쓰며 말했다.

"그 사실을 믿지 않을 수 없습니다, 다리야 알렉산드로브나." 그는 사실이라는 말을 강조하며 말했다.

"하지만 그녀가 무슨 짓을 했다는 거죠?" 다리야 알렉산드로브나가 말했다. "대체 무슨 일이 있었는지 말씀해 보세요."

"자신의 도리를 저버리고 남편을 배신했습니다. 이게 바로 그녀가 저지른 짓입니다." 그가 말했다.

"아니, 아니에요. 그럴 리가 없어요! 아니에요, 분명 당신이 오해하신 거예요!" 돌리는 양손으로 관자놀이를 누르며 눈을 감으며 말했다.

알렉세이 알렉산드로비치는 자신의 말이 확실하다는 것을 보여 주려는 듯 입술만 움직이며 냉소를 지었다. 그녀의 열띤 변호도 그의 마음을 움직이지는 못했으나 그의 상처를 자극한 것만은 틀림없었다. 그 역시 매우 흥분하며 이야기를 시작했다.

"그 사실을 아내가 직접 남편에게 밝혔을 경우, 오해한다는 것은 힘든 일이죠. 어쨌든 그녀는 8년간의 결혼 생활과 아들, 모두가 잘못되었으니 처음부터 다시 시작하고 싶다고 했습니다." 그는 숨을 가쁘게 쉬며 분노 어린 어조로 말했다.

"안나와 타락, 난 이 두 가지를 연관 지어 생각할 수 없어요. 믿을 수 없으니까요."

"다리야 알렉산드로브나!" 그는 이제야 돌리의 흥분된 선량한 얼굴을 바로 쳐다보며, 어느새 자신도 말이 많아지고 있다는 것을 느끼며 말했다. "아직 의심의 여지라도 남아 있다면 좋겠습니다. 끊임없이 의심하면서 괴롭긴 했지만 그래도 지금보다는 나았죠. 의심의 여지가 있다는 것은 희망이 있다는 것이니까요. 하지만 이젠 희망조차 남아 있지 않아요. 심지어 나는 모든 것을 의심하고 있습니다. 모든 걸 의심하고 있기에 아들마저 미워하게 됐어요. 때때로 나는 그 애가 내 아들이 맞나 싶은 생각이 들기도 합니다. 난 정말 불행합니다."

그는 굳이 그 이야기까지 할 필요는 없었다. 다리야 알렉산드로브나는 그가 자신의 얼굴을 바라보던 순간 깨달았던 것이다. 그러자 그녀는 그에게 연민을 느꼈고 친구가 결백하다는 믿음도 어느새 흔들리고 있었다.

"아! 정말 끔찍한 일이에요, 끔찍해요! 하지만 이혼 얘기는 진심이 아니시겠죠?"

"최후의 방법으로 선택한 겁니다. 더 이상 다른 방법이 없으니까요."

"다른 방법이 없다, 다른 방법이 없다······." 그녀는 눈물을 글썽이며 말했다. "아니, 다른 방법이 있을 거예요!" 그녀가 말했다.

"이런 종류의 슬픔이 끔찍한 이유는 상실이나 죽음처럼 참고 버틸 수가 없기 때문입니다. 이런 경우에는 어떤 수단이라도 강구해야 하기 때문이죠." 그는 그녀의 생각을 이미 알고 있다는 듯한 어조로 말했다. "그러니까 이 굴욕적인 상황에서 빠져나와야 합니다. 세 사람이 이 생활을 그대로 유지한다는 건 불가능한 일이니까요."

"알았어요, 잘 알았어요." 돌리는 고개를 떨구었다. 그녀는 자신과 자신의 가정의 슬픔을 떠올리며 잠시 말을 멈추었다가 갑자기 힘차게 고개를 들고 간절히 호소하듯 두 손을 모았다. "하지만 조금만 기다려 주세요! 당신은 기독교인이잖아요! 그러니 안나를 조금만 생각해 주세요! 당신이 그녀를 버린다면 안나는 어떻게 되겠어요?"

"나도 생각해 봤습니다, 다리야 알렉산드로브나. 그것도 아주 많은 생각을요." 알렉세이 알렉산드로비치가 말했다. 흥분된 얼굴은 울긋불긋해졌다. 그는 흐려진 눈빛으로 그녀를 똑바로 쳐다보고 있었다. 다리야 알렉산드로브나는 이제 진심으로 그가 가여워졌다. "난 그녀가 스스로 이 수치스러운 일에 대해 알렸을 때부터 방금 말씀하신 것처럼 해 왔습니다. 난 모든 걸 그대로 묻어 두려 했습니다. 그리고 그녀에게 다시 한번 기회를 주며 그녀를 구원하기 위해 노력했습니다. 하지만 어떻게 됐는지 아십니까? 그녀는 아주 손쉬운 내 요구, 내 체면을 지켜달라는 요구조차 들어주지 않았습니다." 그는 흥분하며 말했다. "파멸되기를 원치 않는 사람이라면 어떻게든 구원할 수 있겠죠. 하지만 본성 자체가 부패하고 타락해 파멸에서 구원을 찾는 사람에게 더 이상 무엇을 할 수 있겠습니까?"

"어떠한 방법이라도 좋으니 제발 이혼만은 말아 주세요!"

다리야 알렉산드로브나가 대답했다.

"그 어떠한 방법이라는 것은 대체 무엇을 의미하는 겁니까?"

"아니에요. 이혼이란 건 정말 끔찍한 일이에요. 그렇게 되면 그녀는 이제 누구의 아내도 되지 못하고 결국 파멸해 버릴 거예요!"

"하지만 이제 와서 내가 무엇을 할 수 있겠어요?" 알렉세이 알렉산드로비치는 어깨와 눈썹을 치켜올리며 말했다. 아내의 마지막 행동을 떠올리자 그는 몹시 화가 나 처음 이야기를 꺼냈을 때처럼 다시 냉정한 모습으로 바뀌었다. "안타깝게 생각해 주신 것에 대해서는 정말 감사합니다. 하지만 이제 그만 가 봐야겠군요." 그가 자리에서 일어서며 말했다.

"아니, 잠시만요! 당신은 그녀를 절대 버려서는 안 돼요. 내 얘기를 들려드릴 테니 조금만 더 기다려 주세요. 난 결혼했지만 남편은 나를 배신했어요. 분노와 질투 때문에 모든 걸 다 버리고 싶었죠. 내 자신조차도 말이에요……. 하지만 난 정신을 차리게 됐어요. 누구 덕분인지 아세요? 안나가 나를 구해 줬어요. 그래서 지금 이렇게 살고 있어요. 아이들은 점점 커 가고, 남편은 가정으로 돌아왔어요. 그는 지난날의 과오를 뉘우치고 더 좋은 사람이 되어 주었고, 난 이렇게 살아가고 있고, 난 다 용서했어요. 그러니 당신도 용서해 주신다면……."

알렉세이 알렉산드로비치는 그녀의 말을 조용히 듣고 있었다. 하지만 그녀의 말은 더 이상 그의 마음을 움직이지 못했다. 그의 마음속에는 그가 이혼을 결심했던 그날의 미움이 고개를 들고 다시 살아나고 있었다. 그는 몸서리를 치며 날카롭고 큰 목소리로 말했다.

"용서할 수 없습니다. 그리고 용서하고 싶지도 않습니다. 그렇게 하는 건 옳은 일이 아니니까요. 난 그녀를 위해 모든 방법을 다 동원해 봤습니다. 하지만 그녀는 모든 것을 자신의 본성에 걸맞은 진흙탕 속에 던져 버렸습니다. 난 나쁜 사람은 아닙니다. 난 지금껏 단 한 번도 누군가를 미워한 적이 없습니다. 하지만 그녀만은 진심으로 미워하고 있습니다. 그녀가 내게 한 그 악독한 짓 때문에 분노가 솟구쳐 이제 용서조차 할 수 없습니다." 그의 목소리에서 증오로 가득 찬 슬픔이 느껴졌다.

"당신을 미워하는 자를 사랑하라는 말도 있잖아요⋯⋯." 다리야 알렉산드로브나는 부끄러워하며 말했다.

알렉세이 알렉산드로비치는 차가운 웃음을 보였다. 이미 예전부터 알고 있는 말이었다. 하지만 그 말은 이 경우에 맞지 않는 것이었다.

"나를 미워하는 자를 사랑할 수는 있습니다. 하지만 내가 미워하고 있는 사람을 사랑할 수는 없습니다. 괜한 걱정을 끼친 것 같아 유감이군요. 다들 각자의 슬픔만으로도 벅찬데 말이죠!" 알렉세이 알렉산드로비치는 이렇게 말한 뒤 침착한 모습으로 작별 인사를 하고 떠났다.

## 13

테이블에 앉아 있던 사람들이 모두 자리에서 일어나자 레빈은 키티를 따라 응접실로 가고 싶었다. 하지만 그는 자신이 너무 적극적으로 구애하는 마음을 드러내는 것 같아 혹시라도 그녀가 불쾌하지 않을까 걱정되었다. 그래서 그는 남자들 틈에 앉아 대화에 끼어들었다. 그는 키티를 보고 있지 않았으나 그녀의 행동이나 시선을, 또 그녀가 응접실 어디쯤에 앉아 있는지를 분명히 느낄 수 있었다.

그는 이제 자신이 그녀에게 했던 약속, 즉 모든 사람을 좋게 생각하고 또 그들을 사랑하는 일을 어렵지 않게 실행하고 있었다. 대화는 페스쏘프가 특이한 원리를 발견해 '합창의 원칙'라 부르던 농촌 공동체에 관한 화제로 전환되었다. 레빈은 페스쏘프의 견해에 동의하지 않았다. 그리고 늘 러시아 농촌 공동체의 중요성에 대해 인정하는 듯했다가 또 그렇지 않은 듯한 형의 견해에도 동의하지 않았다.

하지만 그는 두 사람의 의견을 조율하고 그들의 대립을 완화하기 위해 애쓰며 이야기하고 있었다. 그는 자신이 하는 말에 전혀 흥미를 느끼지 않았으며, 그들의 대화 내용에 대해서는 더욱 흥미가 없었다. 그가 바라는 것은 오직 한 가지뿐이었다. 그것은 바로 두 사람뿐만 아니라 다른 사람들을 기쁘고 즐겁게 만드는 일이었다. 그는 이제 단 한 사람만이 중요하다는 사실을 깨달았다. 그리고 그 유일한 사람은 처음에 응접실에 있다가 점점 그에게 다가와 문가 쪽에 멈춰 서 있었다. 그는 돌아보지 않아도 자신을 향한 시선과 미소를 느낄 수 있었기에 그쪽으로 몸을 돌릴 수밖에 없었다. 그녀는 쉬체르바쓰키와 함께 문 쪽에 서서 그를 바라보고 있었다.

"난 당신이 피아노가 있는 곳으로 가시는 줄 알았어요." 레빈이 그녀에게 다가가며 말했다. "음악은 시골에서 내가 갈망하는 유일한 것이죠."

"아니에요. 우린 당신을 부르러 온 거예요. 감사해요." 그녀는 마치 선물 같은 미소로 그를 맞으며 말했다. "당신이 이곳에 와 주셔서 말이에요. 그런데 다들 왜 저렇게 토론을 좋아하시는 거죠? 어차피 상대를 설득할 수도 없을 텐데 말이죠."

"맞아요. 정말 그래요." 레빈이 말했다. "사람들은 종종 상대의 말이 이해되지 않는다는 이유로 무조건 열을 올리며 토론하기도 하지요."

레빈은 때때로 아주 현명한 사람들의 논쟁에서도 이런 모습을 본 적이 있었다. 그들은 대단한 노력을 하면서 화려한 논리적 기교와 말들을 한참 늘어놓은 후에야 자신들이 시간을 할애하며 논증하던 내용은 이미 토론을 시작하기 한참 전부터 서로가 알고 있던 내용이며, 다만 서로 선호하는 것이 다르기 때문이라는 것을 알게 된다. 그러면서 종종 그들은 상대가 반박하지 못하도록 자신이 좋아하는 것을 언급하지 않았다는 사실을 느끼게 되는 것이다.

또한 그는 때때로 다른 사람들과 한창 토론하다가 무의식 중에 상대가 좋아하는 것에 대해 확실히 이해하게 되면서 갑자기 자신도 상대의 견해에 동조하게 되어 지금까지의 논쟁이 전혀 소용없는 것이 되는 경험을 한 적이 있었다. 반면에 그는 때때로 그와 반대되는 경우를 경험한 적도 있었다. 그러 니까 자신이 선호하는 것에 대한 논거를 훌륭하고 호소력 있 게 드러냈을 때 갑자기 상대가 거기에 동조하며 논쟁을 멈추 게 되는 경우도 종종 있었던 것이다. 그는 바로 이런 경우에 대해 말하고 싶었던 것이다.

그녀는 이마를 찌푸리며 그가 하는 이야기를 이해하기 위 해 노력했다. 그리고 그가 설명하기 시작하자 곧바로 이해하 게 되었다.

"알겠어요. 그렇다면 먼저 상대가 논쟁하고 있는 이유 와 상대가 무엇을 선호하는지를 파악해야겠군요. 그렇게 되 면⋯⋯."

그녀는 서툴게 표현된 그의 생각을 잘 이해한 후 말했다. 레빈은 기뻐하는 듯한 미소를 지었다. 그는 길고 복잡하게 얽 힌, 페스쪼프와 형과의 논쟁이 이렇듯 거의 말을 사용하지 않 고 지극히 간결하고 명료한 한마디로 표현할 수 있는 교감에 큰 감동을 받은 것이다.

쉬체르바쓰키가 그들 곁을 떠나 다른 곳으로 가자, 키티는 카드 게임을 하는 테이블 쪽으로 가서 자리를 잡았다. 그러더 니 분필을 쥐고 푸른색 새 테이블보 위에 동그라미를 그리기 시작했다.

그들은 식사하던 중에 언급되었던 여성의 자유와 직업과 관련된 화제에 대해 다시 대화를 나누기 시작했다. 레빈은 미 혼 여성이라면 가정에서 자신이 할 수 있는 일을 찾아야 한다는 다리야 알렉산드로브나의 견해에 동조했다. 그는 집안일을 도와주는 여자 없이는 어떠한 살림도 꾸려 나갈 수 없으며, 형편이 어렵든 부유하든, 또 고용을 하든 집안사람을 쓰든 유모는 반드시 있으며 또 있어야 한다는 이유로 그 의견에 동의했던 것이다.

"아니에요." 키티는 얼굴을 붉히며, 눈동자에 진심을 담아 예전의 그녀보다 훨씬 더 대담한 모습으로 그를 바라보며 말했다. "어쩌면 미혼 여성들은 굴욕감을 느끼지 않고서는 다른 사람의 집에 들어갈 수 없을지도 몰라요. 그녀 자신의 가정이라면 다르겠지만……."

그는 여기까지만 듣고서도 그녀의 말뜻을 이해할 수 있었다.

"네, 맞습니다!" 그가 말했다. "그럼요, 맞습니다. 당신의 말씀이 옳아요. 당신 말씀이 맞습니다!"

그는 키티의 마음속에 독신으로 사는 것에 대한 굴욕감과 두려움이 있다는 것을 알게 되었다. 그리고 식사 중에 페스쏘프가 언급했던 여성의 자유와 관련된 문제에 대해서도 이해할 수 있었다. 그는 그녀를 사랑했기에 그 두려움과 굴욕감을 감지할 수 있었으므로 자신의 논증을 그만두기로 했다.

침묵의 순간이 이어졌다. 그녀는 테이블 위에 분필로 계속 선을 그어 대고 있었다. 그녀의 눈은 조용히 빛났다. 그녀에게 감화된 그 역시 오롯한 자신의 존재 속에서 고조되는 행복한 긴장감을 느꼈다.

"어머, 내가 테이블에 쓸데없는 짓을 해 버렸군요!" 그녀는 문득 이렇게 말하고 나서 분필을 내려놓고는 자리에서 일어나려는 듯한 움직임을 보였다.

'그녀가 가 버리면 나 혼자 어떻게 남아 있지?' 그는 두려움을 느끼며 분필을 집어 들었다. "잠시만 기다려 주세요." 그가 테이블 옆에 앉으며 말했다. "오래전부터 당신께 묻고 싶은 게 있었습니다."

그는 놀란 듯하면서 다정한 그녀의 눈을 똑바로 쳐다보며 말했다.

"네, 말씀하세요."

"이겁니다." 그는 이렇게 말하고 난 뒤에 단어의 첫머리만 적었다. '그, 당, 내, 그, 수, 없, 하, 그, 말, 영, 뜻, 아, 그, 뜻.' 이 글자의 뜻은 바로 이것이었다. '그때 당신은 내게 그럴 수 없다고 하셨는데 그 말은 영원히라는 뜻이었습니까, 아니면 그때만이라는 뜻이었습니까?' 그녀가 난해하고도 복잡한 이 말을 해석하리라고는 절대 기대할 수 없었다. 하지만 그는 마치 그녀가 이 말뜻을 해석할 수 있는지의 여부에 자신의 목숨이 달린 듯한 얼굴로 그녀를 바라보았다.

그녀도 자못 심각한 얼굴로 그를 바라보다가 찡그린 이마를 한 손으로 짚으며 글자를 읽기 시작했다. 때때로 그녀의 눈빛은 그를 바라보며 이렇게 물었다. '내 짐작이 맞나요?'

"알겠어요." 그녀가 얼굴을 붉히며 말했다.

"그럼 이건 무슨 의미죠?" 그는 '영원히'를 의미하는 첫 글자를 가리키며 말했다.

"'영원히'라는 뜻이죠?" 그녀가 말했다. "하지만 그건 사실이 아니에요!"

그는 자신이 쓴 글자를 재빨리 지우고 나서 그녀에게 분필을 건네고는 자리에서 일어났다. 그녀가 쓰기 시작했다. '그, 나, 그, 말, 수, 없.'

돌리는 이 두 사람의 모습을 보면서 알렉세이 알렉산드로비치와 나누었던 대화로 슬펐던 자신의 마음을 위로할 수 있었다. 그녀는 분필을 쥐고 수줍어하며 행복한 미소로 레빈을 바라보고 있는 키티와 테이블 위로 몸을 구부리고 타오르는 듯한 눈빛으로 테이블과 키티를 번갈아 바라보며 서 있는 레빈의 아름다운 모습을 보았던 것이다. 레빈의 얼굴이 갑자기 환해졌다. 그는 알게 된 것이다. 그것은 바로 이런 뜻이었다. '그때 나는 그렇게 말할 수밖에 없었어요.'

그는 망설이는 듯한 눈빛으로 그녀를 바라보았다.

'그럼 그때뿐이었던 이야기였습니까?'

'네.' 그녀가 미소로 대답했다.

"그렇다면 지…… 지금은요?" 그가 물었다.

"이걸 읽어 보세요. 내가 원하는 것을 말씀드릴게요. 진심으로 바라는 것을요!" 그녀가 글자의 첫머리를 쓰기 시작했다.

'당, 그, 일, 잊, 주, 또, 용, 주.' 이 말뜻은 이러한 것이었다. '당신이 그때의 일을 잊어 주신다면, 또 용서해 주신다면요.'

그는 긴장한 나머지 떨리는 손으로 분필을 잡다가 부러뜨렸다. 그러고 나서 그는 다음과 같은 뜻의 첫머리 글자를 썼다. '내게는 잊을 것도 용서할 것도 없습니다. 그때도 지금도 난 여전히 당신을 사랑하고 있으니까요.'

그녀는 미소를 지으며 그를 바라보았다.

"알겠어요." 그녀가 속삭이듯 말했다.

그는 자리에 앉아 긴 문장을 적어 나갔다. 그녀는 이제 굳이 확인하지 않아도 모든 것을 이해할 수 있었다. 그녀는 분필을 쥐고 곧바로 대답을 써 내려갔다.

그는 한참 동안 그녀가 적은 것을 이해하지 못해서 몇 번이나 그녀의 눈을 바라보았다. 그는 행복으로 정신이 혼미해진 상태였다. 그는 도저히 그녀가 적은 단어의 의미를 이해할 수 없었다. 하지만 행복감에 젖어 빛나던 아름다운 그녀의 눈을 통해 그가 알고 싶어 하던 모든 것을 다 알아낼 수 있었다. 그는 첫머리 글자 세 개를 적었다. 그가 미처 다 쓰기도 전에 그녀는 그의 손동작으로 의미를 파악해 내고는 '네.'라는 대답을 적었다.

"왜 서기 흉내를 내고 있는 건가?" 노공작이 다가와 말했다. "제시간에 맞춰 극장에 가려면 이제 그만 가 봐야 해."

레빈은 자리에서 일어나 문 앞까지 키티를 배웅해 주었다.

이런 식의 대화로 그들은 서로의 마음을 다 이야기했다. 그녀가 그를 사랑하는 것도, 또한 그가 내일 아침 방문하겠다는 뜻을 부모님께 전해드리겠다는 사실도 말이다.


14


키티가 떠나고 혼자 남은 레빈은 그녀와 떨어지자 몹시 불안해지기 시작했다. 그녀와 다시 만나 영원히 하나가 될 내일 아침이 어서 빨리 왔으면 하는 바람을 참을 수가 없었다. 그는 그녀 없이 지내게 될 열네 시간이 마치 죽음처럼 두려워지기 시작했다. 그는 혼자 있지 않기 위해, 또 어떻게든 시간을 보내기 위해 대화 상대를 찾아야만 했다. 그런 그에게 있어 스테판 아르카디이치는 더없이 좋은 말벗이었다. 하지만 그는 만찬에 간다는 핑계로 발레 공연을 보러 가 버렸다. 그래서 레빈은 그에게 자신은 행복하다고, 그리고 그를 사랑하고 있으며 그가 자신을 위해 해 주었던 일을 잊지 않겠다는 말만 겨우 전했을 뿐이었다. 스테판 아르카디이치의 미소와 눈빛은 그가 레빈의 이러한 마음을 확실히 이해하고 있는 듯한 모습을 보여 주었다.

"그래, 아직 죽을 때는 아니지?" 스테판 아르카디이치가 감격한 나머지 레빈의 손을 잡으며 말했다.

"물론이지!" 레빈이 말했다.

그와 작별 인사를 나누던 다리야 알렉산드로브나도 그에게 축복의 말을 건넸다.

"당신이 키티를 다시 만나러 와 주셔서 정말 기뻐요. 이 오랜 우정을 소중히 지켜 나가길 바랄게요."

하지만 레빈은 다리야 알렉산드로브나의 말이 불쾌하게 느껴졌다. 그녀는 이 모든 일이 얼마만큼 고결하고 이루기 어려운 일이었는지 이해하지 못했다. 그녀는 그 말을 섣불리 입 밖으로 꺼내서는 안 되는 것이었다. 레빈은 그들과 헤어졌으나 혼자 있기 싫어 형을 찾아갔다.

"형님은 어디로 가실 겁니까?"

"회의하러 가야지."

"저도 같이 가요. 괜찮죠?"

"그럼, 괜찮지. 같이 가자." 세르게이 이바노비치가 웃으며 말했다. "오늘은 어찌된 일이냐?"

"저요? 행복합니다!" 레빈은 타고 있던 마차의 창문을 내리며 말했다. "열어도 괜찮죠? 너무 더워서요. 저는 행복합니다! 형님은 왜 여태 결혼하지 않으신 겁니까?"

세르게이 이바노비치가 미소를 지었다.

"나도 기쁘구나. 그녀는 정말 훌륭한 아가씨……." 세르게이 이바노비치가 말을 꺼내기 시작했다.

"말하지 마세요, 말하지 마세요!" 레빈은 자신의 외투 깃을 두 손으로 여미며 소리쳤다. '그녀는 정말 훌륭한 아가씨다.'라는 말은 그의 감정과 맞지 않는 너무 평범한 말이었기 때문이다.

그러자 세르게이 이바노비치는 평소와 달리 유쾌하게 웃었다.

"그래, 어쨌든 내가 그 일에 대해서 정말 기뻐하고 있다는 얘기는 해도 되잖아."

"그 말도 내일 하세요, 내일. 더 이상은 아무 말도 하지 마세요! 제발, 제발, 그냥 있어 주세요!" 레빈이 말했다. 그러면서 다시 한번 외투 깃을 매만지며 말했다. "난 형님을 정말 좋아합니다! 어쨌든, 제가 회의에 함께 가도 되겠죠?"

"그럼, 괜찮고말고."

"오늘 회의에서는 무슨 말씀을 하실 겁니까?" 여전히 미소

띤 얼굴로 레빈이 물었다.

두 사람은 마침내 회의장에 도착했다. 레빈은 비서가 분명 스스로도 이해하지 못하는 듯한 회의록을 더듬거리며 읽는 것을 듣고 있었다. 하지만 비서의 표정을 보며 레빈은 그가 대단히 성실하고 선량하며 순수한 사람임을 알 수 있었다. 그가 회의록을 읽으며 당황해하던 모습을 통해 분명히 알 수 있었던 것이다. 논의가 시작되었다. 일정 금액의 지출과 철관을 부설하는 문제에 관한 논쟁이었다. 세르게이 이바노비치는 위원 두 사람을 거세게 몰아붙이며 의기양양한 모습으로 한참 동안 자신의 견해를 피력했다. 그 후 다른 위원이 종이에 무언가를 적은 다음 처음에는 좀 주저하는 듯하다가 나중에는 아주 명쾌한 답변을 했다.

그다음에는 스비야쥐스키(그도 그 자리에 참석 중이었다.)가 품위 있고 점잖은 태도로 이야기를 시작했다. 레빈은 그들의 말에 귀 기울이고 있었다. 그는 할당된 금액, 철관 같은 것은 결코 중요한 문제가 아니며, 그들은 화가 난 게 아니라는 것을, 또 그들은 모두 선량하고 훌륭한 사람들이라는 것을, 그래서 이 모든 일이 유쾌하고 원만하게 잘 진행되고 있다는 것을 분명히 알 수 있었다. 그들은 어느 누구에게도 해를 끼치려 하지 않았으며 모두 유쾌해 보였다. 레빈이 특히 감명 깊었던 것은, 오늘 그가 모두의 속마음을 들여다볼 수 있었다는 사실 때문이었다. 그는, 전에는 결코 보이지 않았던 사소한 암시만으로도 사람들의 속마음을 알아챌 수 있었고, 또한 그들 모두가 선량하다는 사실을 분명히 알게 된 것이었다. 게

다가 이날은 유독 모두가 레빈을 몹시 사랑해 주었다. 그들이 그와 대화를 나눌 때의 모습과 심지어 그를 알지 못하는 사람들마저도 온화하고 다정한 눈빛으로 그를 바라보는 모습을 통해 확신할 수 있었다.

"어때, 재미있었니?" 세르게이 이바노비치가 그에게 물었다.

"네, 아주 좋았어요. 이 정도로 재미있을 줄은 몰랐습니다! 정말 멋졌어요. 훌륭해요!"

스비야쥐스키가 레빈에게 다가와 자신의 집으로 차를 마시러 가자고 권했다. 레빈은 자신이 지금껏 어째서 스비야쥐스키한테 불만을 가지고 있었는지, 또 그에게 무엇을 원하고 있었는지 이해할 수 없었고 생각해 낼 수도 없었다. 그는 총명하고 대단히 선량한 사람이었다.

"정말 고맙군요." 레빈이 말했다. 그러고 나서 그의 아내와 처제의 안부를 물었다. 레빈은 스비야쥐스키의 처제에 대한 생각이 결혼으로 연결되는 기이한 연상 작용으로, 자신의 행복에 대해 이야기할 상대로 스비야쥐스키의 아내와 처제만큼 좋은 사람은 없을 거라는 생각이 들었다. 이 때문에 그는 그들의 집에 방문하는 것이 매우 기뻤다.

늘 그랬듯 스비야쥐스키는 유럽에서 실행되지 않은 일이 결코 이곳에서 실행될 수 없다는 어조로 레빈에게 시골 생활에 대해 물었다. 하지만 지금 레빈에게는 그것마저도 전혀 불쾌하다고 느껴지지 않았다. 심지어 그는 스비야쥐스키의 생각이 옳다고 여겨졌고, 그러한 일들은 모두 하찮은 것들이라고 느껴졌다. 그는 스비야쥐스키가 지극히 온화하고 점잖은 태도로 자신의 견해가 확실히 옳다고 피력하는 것을 자제하고 있음을 알았다. 스비야쥐스키가의 부인들은 유독 사랑스러운 사람들이었다. 레빈은 그들이 모든 것을 알고 있으며 자신의 생각에 공감하고 있었지만 굳이 언급하지 않고 자제하고 있는 것이라고 생각했다.

그는 여러 가지 대화를 나누며 한 시간, 두 시간, 세 시간 동안 자리에 머물러 있었지만 그의 마음속에 가득한 오직 한 가지 생각 때문에 자신이 그들을 매우 따분하게 만들고 있으며, 그들이 자야 할 시간이 이미 한참 전에 지났다는 것을 알아채지 못하고 있었다. 스비야쥐스키는 하품하면서 그를 현관 앞까지 배웅해 주었다. 그러면서 그는 어딘가 모르게 달라진 친구의 모습에 놀라워했다. 시간은 벌써 1시를 넘어서고 있었다. 레빈은 호텔로 돌아갔다. 하지만 아직도 열 시간이나 남아 있었다. 그는 힘겨운 기다림을 어떻게 버텨 낼 것인지에 대해 생각하자 당황스러웠다. 그를 위해 당직 사환이 촛불을 켜고 나가려고 하자 레빈은 그를 불러 세웠다. 예고르라고 불리는 그 사환은 레빈이 전에는 미처 알아보지 못했으나 매우 총명하고 선량해 보이는, 인상이 좋은 남자였다.

"예고르, 자네는 어떤가. 뜬눈으로 밤을 새운다는 건 정말 괴로운 일이 아닌가?"

"어쩔 수 없는 일인걸요! 이게 저희의 일이니까요. 물론 나리들 댁에 있으면 훨씬 더 편하지만, 이곳이 수입이 더 좋으니까요."

예고르는 아들 셋에 삯바느질을 하는 딸이 하나 있었는데, 딸을 마구 가게의 점원한테 시집을 보낼 생각이라고 레빈에게 말했다.

그 이야기가 나오자 레빈은 예고르에게 결혼에서 가장 중요한 것은 사랑이며, 행복이라는 것은 사람의 마음속에 있는 유일한 것이기 때문에 사랑만 있다면 사람은 늘 행복할 수 있다고 말했다.

예고르는 그의 말에 귀 기울였다. 그는 레빈의 말을 충분히 이해한 것 같았고, 그 말에 응수할 생각으로 레빈이 생각지도 못한 이야기를 꺼냈다. 그는 예전에 어느 훌륭한 주인댁에 있었는데 항상 주인들에게 만족했으며, 현재의 주인은 프랑스인이기는 하지만 매우 만족스럽다는 것이었다.

'매우 선량한 사람이군.' 레빈은 생각했다. "그런데 예고르, 자네는 결혼할 때 아내를 사랑했었나?"

"사랑하지 않을 수 없었죠." 예고르가 대답했다.

레빈은 예고르 역시 기쁨에 가득 차 자신의 유쾌한 감정을 모두 털어놓고 싶어 한다는 것을 알았다.

"제 인생에도 참 놀라운 일이 많았죠. 저는 어릴 때부터……." 그는 마치 전염되는 하품처럼 레빈의 기쁨에 전염된 듯 눈을 반짝이며 이야기를 시작했다.

하지만 그때 벨이 울렸다. 예고르가 떠나자 레빈은 홀로 남았다. 그는 만찬에서도 거의 먹지 않았고 스비야쥐스키의 집에서도 차와 식사를 사양했다. 하지만 여전히 식사하고 싶은 생각이 들지 않았다. 그는 전날 밤 잠을 이루지 못했지만 잠자고 싶다는 생각도 들지 않았다. 방 안은 시원했지만 그는 더워서 숨이 막혀 왔다. 그는 환풍구 두 개를 열었다. 그러고 나서 그 앞에 있는 테이블 위에 앉았다. 눈 쌓인 지붕 건너편에 사슬이 달린 무늬 있는 십자가가 보였다. 그리고 그 위로 마부 자리의 세모꼴과 황금빛을 뿜고 있는 카펠라성이 보였다. 그는 십자가와 별을 차례로 바라보았다.

그러고 나서 그는 방 안으로 들어오는 신선하고 차가운 공기를 들이마시며, 마치 꿈처럼 상상 속에 떠오르는 이미지들과 기억을 좇고 있었다. 그는 3시가 지났을 무렵, 복도에서 들려오는 발소리를 듣고는 문틈으로 내다보았다. 그도 이미 잘 알고 있는 도박꾼 먀스킨이 클럽에서 돌아오는 길이었다. 그는 잔뜩 찌푸린 우울한 얼굴로 기침하며 걸어오고 있었다. '정말 가엾은, 가엾은 사람 같으니!' 레빈은 생각했다. 그러면서 그에 대한 애정과 연민으로 눈물이 고이기 시작했다. 그는 그와 이야기를 나누며 그를 위로해 주고 싶었지만 지금 자신이 루바슈카만 입고 있다는 생각이 들자 생각을 바꾸었다. 그는 다시 창가 쪽으로 가서 찬바람을 쐬었다. 그러면서 자신에게 특별한 의미가 있는 십자가와 황금빛을 내며 점점 높아지고 있는 별을 바라보았다. 6시가 지나자 복도를 청소하는 인부들의 기척이 느껴졌고, 서비스 벨이 울리기 시작했다. 그제야 레빈은 몸에 한기를 느끼기 시작했다. 그는 창문을 닫은 뒤 세수하고는 옷을 갈아입고 길을 나섰다.

## 15

거리는 아직 한산했다. 레빈은 쉬체르바쓰키가로 향하고
있었다. 문은 아직 잠겨 있었고 모두 잠들어 있었다. 그는 발
길을 돌려 다시 자신의 호텔 방으로 들어가 커피를 주문했다.
예고르 대신 다른 사환이 커피를 가져왔다. 레빈은 그와 대화
를 나누고 싶었으나 때마침 울린 벨 소리 때문에 그는 자리
를 떴다. 레빈은 커피를 마시기 위해 빵을 입에 넣었으나 그
의 입은 빵을 어떻게 해야 할지 모르고 있었다. 레빈은 빵을
뱉어 낸 뒤 외투를 입고 다시 밖으로 나가 걸었다. 그가 다시
쉬체르바쓰키 현관 계단에 도착한 때는 9시가 넘어서였다.
그 집 사람들은 이제 막 잠에서 깬 듯했으며, 요리사가 식료
품을 사러 나오고 있었다. 아마도 두 시간은 더 기다려야 할
것 같았다.

레빈은 지난밤부터 아침까지 아무 생각도 할 수 없었고,
마치 자신이 물질적인 모든 것에게서 완전히 해방된 듯한 느
낌이 들었다. 그는 온종일 아무것도 먹지 않았다. 그리고 이
틀 밤을 꼬박 새웠고 외투를 입지 않은 채로 몇 시간 동안 혹
독한 추위 속에 있었다. 그러면서도 그는 예전에는 느껴 보지
못한 활기차고 건강한 기운을 느꼈으며 마치 스스로가 육체
라는 것을 초월한 듯한 느낌이 들었다. 그는 근육에 힘을 주
지 않고도 움직였으며 어떤 일이든 다 해낼 수 있을 것 같은
생각이 들었다. 그는 필요하다면 하늘을 날아오를 수도, 또
집의 한 귀퉁이를 밀어 낼 수도 있다는 확신이 들었다. 그는

남은 시간 동안 계속 시계를 들여다보고 주변을 둘러보기도 하면서 거리를 배회했다.

그때 그가 보았던 것들은 그날 이후로 다시는 볼 수 없을 것들이었다. 학교를 가던 두 어린아이, 지붕에서 보도로 내려앉은 회색빛 비둘기들, 얼굴은 보이지 않지만 누군가가 손으로 진열하고 있었던 밀가루가 흩뿌려진 흰 빵이 그를 감동시켰다. 흰 빵과 비둘기들, 두 소년은 마치 이 세상의 존재가 아닌 듯한 착각이 들었다. 게다가 그것들은 동시에 나타났다. 비둘기 근처로 달려오던 한 소년이 웃으며 레빈을 바라보았다. 비둘기는 날개를 푸드득거리며 공중에 흩날리던 눈가루 속에서 햇빛을 받아 반짝이며 날아갔다. 갓 구운 빵 냄새가 풍겨 왔고, 빵 가게 창가에는 곧 흰 빵이 진열되었다. 이 모든 것은 평소에는 느껴 보지 못했던 너무나 좋은 감정이었기에 레빈은 자신도 모르게 웃음을 터뜨리다가 환희에 가득 차 울컥했다.

그는 가제트느이 거리에서 키슬로프카 거리 쪽으로 멀리 돌아와 다시 호텔로 향했다. 그러고는 시계를 앞에다 놓고 12시가 되기만을 기다리며 앉아 있었다. 옆방에서는 어떤 기계와 속임수에 대한 이야기가 들려왔고, 아침이면 흔히 그렇듯 기침 소리가 들려왔다. 시곗바늘이 이미 12시를 향해 가고 있다는 것을 아무도 모르는 듯했다. 시곗바늘이 12시에 다다랐다. 레빈은 현관 계단으로 나갔다. 삯썰매를 끄는 마부들은 이미 모든 것을 다 아는 듯한 모습이었다. 그들은 레빈을 에워싸고는 행복한 얼굴로 서로 다투며 자신의 썰매를 타라고 권했다. 레빈은 다른 마부들을 달랠 생각으로 그들에게 다음 번에는 꼭 타겠노라 약속하며 그중 하나를 고른 뒤 쉬체르바쓰키가로 가자고 말했다.

마부는 건강해 보이는 붉은 목을 감싸고 있는 루바슈카의 하얀 칼라를 카프탄 밖으로 꺼내 입은 말끔한 사내였다. 그의 썰매는 높고 편해서 레빈은 그 후로 그런 썰매를 타 보지 못했을 정도였다. 말도 훌륭했다. 말은 속도를 내려고 애썼으나 그만큼의 움직임은 느껴지지 않았다. 마부는 쉬체르바쓰키가를 알고 있었다. 그는 승객에게 공손한 태도를 갖추며 두 손을 둥글게 모으고는 "도착이요!"라고 말하며 입구에서 썰매를 멈췄다. 쉬체르바쓰키가의 수위도 모든 것을 알고 있는 듯했다. 그의 눈에 어린 미소와 그가 했던 말로 미루어 보아 확실했다.

"정말 오랜만입니다, 콘스탄틴 드미트리치!"

그는 모든 것을 다 알고 있을 뿐만 아니라 벅차오르는 기쁨을 애써 감추려는 듯했다. 레빈은 노인의 선량한 눈을 보자 자신의 행복에 새로운 무언가가 더해진 느낌이 들었다.

"다들 일어나셨나?"

"어서 들어가시지요! 그건 이쪽에 두시면 됩니다." 레빈이 모자를 가지러 돌아서려 하자 그가 웃으며 말했다. 그 말에도 어떤 의미가 있는 것 같았다.

"어느 분께 전해 드릴까요?" 하인이 물었다.

그는 새로 온 하인 중 한 명이었으며 멋 부리기를 좋아하는 젊은 하인이었다. 하지만 매우 선량하고 성실했고 그 역시 모든 것을 다 알고 있었다.

"공작 부인께…… 공작님께…… 아가씨께……." 레빈이
말했다.

그가 제일 처음 만난 사람은 마드무아젤 리농이었다. 홀에
서 걸어오던 그녀의 곱슬머리와 얼굴이 반짝이고 있었다. 그
가 그녀에게 몇 마디를 건네려 하자마자 갑자기 문 뒤에서 옷
자락이 스치는 소리가 들려왔다. 그러자 어느새 레빈의 시야
에서 마드무아젤 리농의 모습은 사라지고 자신의 행복이 가
까이 오고 있다는 즐거운 두려움이 전해져 왔다. 마드무아젤
리농은 그를 두고 빠른 걸음으로 다른 문을 향해 나갔다. 그
녀가 나가자마자 민첩하고 경쾌한 발소리가 마루에서 들리
기 시작했다. 마침내 그의 행복, 그의 생명, 그 자신이, 아니
어쩌면 자신보다 더 소중한 그토록 오랜 시간 그가 찾아 헤매
던 소망이 그에게 빠른 속도로 다가오고 있었다. 그녀는 걸어
온 것이 아니라 보이지 않는 어떤 힘에 이끌려 그에게 온 것
이었다.

그는 그녀의 맑고 순수한 눈을, 그의 마음을 가득 채운 것
과 같은 사랑의 환희로 두려워하고 있는 눈을 바라보고 있을
뿐이었다. 그 눈은 사랑이 가득 담긴 빛을 내며 환히 빛났고
점점 가까이 다가오고 있었다. 그녀는 그의 곁에 기대어 섰
다. 그러고는 두 손을 들어 그의 어깨 위에 얹었다.

그녀는 자신이 할 수 있는 모든 것을 다했다. 그는 그의 곁
으로 다가와, 두려워하면서도 기쁨으로 벅차오르는 자신을
그에게 맡겼다. 그는 그녀를 끌어안고 그의 키스를 바라는 그

녀의 입에 자신의 입술을 가져갔다.

그녀 역시 뜬눈으로 밤을 지새우며 아침 내내 그를 기다리고 있었다. 어머니와 아버지도 전적으로 동의했고, 행복한 그녀의 모습을 보며 기뻐하고 있었다. 그녀는 그를 기다리고 있었다. 다른 누구보다도 그에게 먼저 자신과 그의 행복을 전해 주고 싶었던 것이다. 그녀는 혼자서 그를 맞이할 준비를 했고, 그 생각을 하며 기뻐하고 당황하다가 또 부끄러워했다. 하지만 무엇을 어떻게 해야 할지 몰랐다. 그녀는 그의 발소리와 목소리를 듣고는 문 뒤에서 마드무아젤 리농이 나가기를 기다리고 있었다. 그리고 마드무아젤 리농이 자리를 뜨자 그녀는 무엇을 어떻게 해야 할지 생각도 해 보지 않고 그의 옆으로 다가가 지금처럼 행동했던 것이다.

"엄마한테 가요!" 그녀는 그의 손을 잡으며 말했다. 그는 한동안 아무 말도 할 수 없었다. 자신의 숭고한 감정이 말 때문에 훼손되는 것이 두려워서가 아니었다. 무슨 말을 꺼내려 할 때마다 말 대신 행복의 눈물이 쏟아질 것 같았기 때문이었다. 그는 그녀의 손을 잡고는 입을 맞췄다.

"이게 정말 현실일까요?" 마침내 그가 목이 멘 소리로 말했다. "믿을 수가 없어요. 당신이 나를 사랑하다니!"

그녀는 다정한 그의 말투와 자신을 바라보며 수줍어하는 그의 모습에 미소를 지었다.

"그래요!" 그녀는 진지한 어조로 천천히 말했다. "난 지금 너무 행복해요."

그녀는 그의 손을 놓지 않고 응접실로 향했다. 그들의 모습을 보자 공작 부인은 갑자기 호흡을 가다듬더니 눈물을 흘리기 시작했다. 그러더니 갑자기 웃으며 레빈이 전혀 예상하지 못한 모습으로 힘차게 달려와 그의 머리를 끌어안고는 입을 맞추며 그의 뺨을 눈물로 적셨다.

"이제 다 끝났어! 정말 기뻐. 이 아이를 사랑해 줘요. 난 기쁘구나…… 키티!"

"정말 눈 깜짝할 사이에 끝냈군!" 노공작은 평정심을 잃지 않으려고 애쓰며 말했다. 하지만 레빈은 그가 자신을 향해 얼굴을 돌렸을 때 그의 눈가가 촉촉하게 젖어 있는 것을 보았다. "난 오래전부터 항상 이렇게 되길 바라고 있었지!" 공작은 레빈의 손을 잡고는 끌어당기며 말했다. "이미 그때부터 말이야. 이 철부지가 그 쓸데없는……"

"아버지!" 키티가 소리치며 두 손으로 그의 입을 막았다.

"알겠다. 말하지 않으마!" 그가 말했다. "난 정말, 너무 기쁘구…… 아! 난 왜 이렇게 어리석은지……"

그는 키티를 끌어안고는 그녀의 얼굴과 손에, 그리고 다시 얼굴에 입을 맞춘 뒤 성호를 그어 주었다.

키티가 한동안 다정하게 아버지의 두툼한 손에 입을 맞추는 모습을 보자, 레빈은 지금껏 남이었던 노공작에게 새로운 애정을 느끼게 되었다.

## 16

공작 부인은 말없이 웃으며 안락의자에 앉아 있었다. 공작도 그녀의 옆에 앉았다. 키티 역시 아버지의 손을 잡은 채 그의 안락의자 옆에 서 있었다. 모두 아무 말도 하지 않았다.

공작 부인이 가장 먼저 침묵을 깨고 모든 생각과 감정을 현실로 드러내 주었다. 하지만 처음에는 모두가 기이할 만큼, 이것에 대해 가슴 아파했다.

"언제가 좋을까요? 축복 기도와 피로연도 해야 하니까요. 결혼식은 언제쯤 하는 것이 좋을까요? 당신 생각은 어때요, 알렉산드르?"

"이 사람한테 물어봐야지." 노공작이 레빈을 가리키며 말했다. "주인공은 바로 이 사람이잖아."

"언제가 좋겠냐고 하셨습니까?" 레빈이 얼굴을 붉히며 말했다. "내일 하기로 하죠. 제게 물으신다면, 저는 오늘 축복 기도식을 마치고 내일 결혼식을 하는 것이……."

"어머, 이 사람이 무슨 말도 안 되는 소리를!"

"그럼 일주일 후에."

"오, 이 사람이 정말 제정신이 아니네."

"아니, 왜 안 되는 겁니까?"

"말도 안 되지!" 공작 부인은 서두르는 레빈의 모습이 즐거운 듯 웃으며 말했다. "혼수 준비도 해야 하지 않겠어요?"

'혼수 같은 것이 꼭 필요한 것일까?' 레빈은 깜짝 놀라며 생각했다. '혼수며 축복 기도 같은 것들이 내 행복을 방해하진 않을까? 아니, 그럴 리 없어!' 그는 키티의 얼굴을 흘끗 바라보았다. 그러고는 혼수에 대한 생각이 그녀에게 전혀 모욕감을 주지 않았다는 것을 알았다. '역시 필요한 것인가.' 그는 생각했다.

"저는 아무것도 모르겠습니다. 단지 제 생각을 말씀드린 겁니다." 그는 용서를 구하듯 말했다.

"그럼 잘 상의해서 결정하기로 하세. 축복 기도나 피로연은 지금이라도 할 수 있으니까. 그렇게 하세."

공작 부인은 남편에게 다가가 입을 맞춘 뒤 나가려고 했다. 하지만 그는 마치 새신랑처럼 다정하게 웃으며 그녀를 끌어안고는 몇 차례 키스했다. 두 노인은 순간 머리가 복잡해진 나머지 다시 사랑을 시작하게 된 이들이 자기들인지 아니면 자기 딸인지 헷갈린 듯했다. 공작 부부가 자리를 뜨자 레빈은 약혼녀 곁으로 다가가 그녀의 손을 잡았다. 그는 이제 정신을 차리고 이야기할 수 있었다. 그는 그녀에게 하고 싶은 말이 많았다. 하지만 그는 불필요한 이야기들만 늘어놓고 있었다.

"난 이렇게 될 것을 알고 있었어요! 물론 전혀 기대한 적은 없지만 마음속으로는 항상 믿고 있었습니다." 그가 말했다. "난 이것이 운명이라 믿고 있어요."

"난 말이죠." 그녀가 말했다. "실은 그때도……." 그녀는 잠시 말을 멈추었다가 진심이 담긴 눈으로 단호하게 그를 바라보며 말을 이어 갔다. "내가 나 스스로의 행복을 저버렸던 그때도 난 당신만을 사랑하고 있었어요. 하지만 그때 난 어떤 유혹에 빠져 있었던 거죠. 그걸 꼭 말씀드리고 싶었어요…….

그때의 일을 잊어 주실 수 있을까요?"

"오히려 그 일이 있었기에 더 잘된 것인지도 모르겠습니다. 내게도 당신에게 용서를 구할 일들이 많아요. 내가 당신에게 하고 싶은 말은……."

그것은 그가 그녀에게 꼭 말해야겠다고 결심했던 일 중 하나였다. 그는 처음부터 그녀에게 두 가지 사실을 전해야겠다고 마음먹고 있었다. 하나는 그가 그녀처럼 순결하지 않다는 것, 그리고 다른 하나는 그가 무신론자라는 것이었다. 이것은 무척 괴로운 일이었지만 그는 이 두 가지 사실을 꼭 말해야만 한다고 생각했다.

"아니, 지금 말고 나중에요!" 그가 말했다.

"그래요. 그럼 나중에 말해 주세요. 난 아무것도 두렵지 않아요. 난 무엇이든 알고 싶어요. 이젠 모든 게 결정되었으니까요."

그가 덧붙여 말했다.

"내가 어떤 사람이든, 이제 나를 받아들이기로 했으니 갑자기 나를 거부하지는 않겠죠, 네?"

"네, 그럼요."

두 사람의 대화는 마드무아젤 리농 때문에 중단되었다. 그녀는 어색하지만 다정한 미소를 지으며 사랑하는 제자를 축복해 주기 위해 온 것이었다. 그녀가 자리를 뜨기도 전에 하인들도 다가와 축하 인사를 건넸다. 그 후에는 친척들이 찾아와 행복한 소란이 벌어졌고, 레빈은 결혼식 다음 날까지 그 상황에서 헤어 나오지 못했다. 레빈은 온종일 불편하고 따분하기는 했지만 행복한 긴장감은 점점 커져만 갔다. 그는 자신도 모르는 많은 것을 계속 요구받는 기분이 들었지만, 사람들이 자신에게 원하는 것을 들어주었고, 그것은 그에게 행복을 가져다주었다. 그는 어떠한 경우에도 자신의 결혼은 보통의 결혼과는 달라야 한다며, 흔한 결혼은 자신만의 특별한 행복을 방해한다고 생각했다. 하지만 그 역시 다른 사람들의 결혼을 그대로 따라야만 했다. 하지만 그의 행복은 오히려 그 때문에 더욱 커져 갔고, 지금까지의 어떤 결혼과도 같지 않은 특별한 것이 되어 버렸다.

"이제 우리 과자를 먹어요." 마드무아젤 리농이 말했다. 그러자 레빈은 그 과자를 사러 가기 위해 밖으로 나왔다.

"아, 정말 기쁘군요." 스비야쥐스키가 말했다. "꽃다발은 포민의 가게에서 사는 게 좋겠어요."

"아, 그런가요?" 레빈은 포민의 가게로 향했다.

형은 그에게 선물 같은 것을 준비하려면 꽤 돈이 들 테니 미리 돈을 준비해 놓으라고 일렀다.

"선물이 필요한가요?" 그는 풀더 보석 가게로 향했다.

그는 과자 상점에서도 포민의 꽃집에서도 또 풀더 보석 가게에서도 모두 그를 기다리고 있다가 그가 최근에 만났던 사람들이 그랬듯 기뻐하며 그의 행복을 축하해 주고 있음을 알게 되었다. 게다가 더욱 기이한 일은 다들 그를 사랑해 주었을 뿐만 아니라 전에는 그에게 냉담하고 무관심했던 사람들조차 기뻐하며 그의 뜻을 따라 주었다는 것이다. 또한 그의 감정을 고려해 모두 다정하고 조심스럽게 대해 주었고, 자신은 가장 완벽한 약혼녀를 맞이한 세상에서 가장 행복한 사람이라고 확신했던 그에게 공감하고 있었다.

키티도 그와 같은 생각이었다. 언젠가 노르드스톤 백작 부인이 은연중에 좀 더 괜찮은 신랑감을 바라고 있었다는 뜻을 내비치자, 키티는 몹시 화를 내며 이 세상에 레빈보다 훌륭한 사람은 없다고 단호하게 말했었다. 그러자 노르드스톤 백작 부인도 그 사실을 인정했고, 키티가 보는 앞에서 즐겁게 웃으며 레빈을 대했다.

레빈이 고백하겠노라 약속했던 것들은 그에게 괴로움을 주었다. 그는 노공작과 상의한 후에 허락을 구하고 자신을 괴롭히는 내용이 적힌 일기장을 키티에게 건네주었다. 그는 당시 이 일기를 미래의 아내가 될 사람을 생각하며 적은 것이었다. 그를 괴롭히는 것은 두 가지 사실 때문이었다. 그것은 바로 자신이 순결하지 않은 것과 무신론자라는 것이었다. 그가 종교를 가지고 있지 않다는 고백은 별문제 없이 넘어갔다. 키티는 신앙심이 깊었으므로 종교의 진리에 대해 지금껏 단 한 번도 의혹을 품은 적이 없었다. 하지만 표면적으로 드러난, 종교를 가지고 있지 않은 그의 모습은 그녀의 마음을 조금도 자극하지 않았다. 그녀는 사랑으로 그의 모든 마음을 꿰뚫어보고 있었고, 그의 마음속에 자신이 원하는 것이 존재한다는 것을 알았다. 그러므로 그녀는 그의 정신이 종교가 없는 상태라 해도 전혀 상관없었던 것이다. 하지만 또 다른 그의 고백은 그녀를 몹시 슬프게 했다.

레빈이 아무런 고민 없이 자신의 일기장을 그녀에게 건

넸던 것은 아니었다. 그는 자신과 그녀 사이에 어떠한 비밀도 있어서는 안 된다고 생각했기 때문에 그것을 보여 주겠다고 마음먹은 것이다. 하지만 그것이 그녀에게 어떤 영향을 미칠지에 대해서는 제대로 생각해 보지 않았고, 그녀의 입장에서 고려해 보지도 않았다. 그날 저녁, 그는 극장에 가기 전 그녀의 집에 들러 방으로 들어갔다. 그는 자신이 초래한 돌이킬 수 없는 슬픔으로 눈물에 젖은 가엾고 사랑스러운 그녀의 얼굴을 보았다. 그때에서야 그는 자신의 부끄러운 과거와 그녀의 비둘기 같은 순결을 구분 짓는 그녀의 심연을 깨닫게 되었고, 자신이 저지른 행동에 놀랐다.

"가져가세요. 이 끔찍한 것들을 다 가져가세요!" 그녀는 테이블 위에 놓은 노트를 밀어젖히며 말했다. "어째서 당신은 내게 이런 걸 보여 주신 거죠? 아니, 그래도 이렇게 하길 잘했어요." 그녀는 절망에 빠진 듯한 그의 얼굴을 보며 연민을 느낀 나머지 이렇게 말했다. "그래도 이건 끔찍해요, 정말 끔찍하다고요!"

그는 고개를 떨군 채 침묵했다. 그는 어떤 말도 할 수가 없었다.

"당신은 나를 용서하지 않겠죠." 그가 속삭이듯 말했다.

"아니에요. 난 용서했어요. 하지만 이건 끔찍한 일이에요!"

하지만 그의 행복은 너무도 컸기 때문에 이러한 고백에도 무너지지 않았다. 오히려 거기에 새로운 느낌을 더해 주었을 뿐이었다. 그녀는 그를 용서해 주었다. 하지만 그는 그 후로 그녀 앞에서 자신을 좀 더 낮추고 도덕적으로도 더욱 겸허한 마음을 가졌다. 그리고 자신에게 과분한 이 행복을 한층 더 소중히 여겼다.


## 17


알렉세이 알렉산드로비치는 만찬 시간 동안 나누었던 말들과 그 후의 대화들을 무의식중에 되뇌며 적막한 호텔로 돌아왔다. 아내를 용서하라던 다리야 알렉산드로브나의 말은 그저 그를 분노하게 만들었을 뿐이었다. 기독교의 교리가 자신의 경우에도 적용이 되는 것인지의 여부는 굉장히 어려운 문제였고, 또한 이 문제는 이미 오래전에 알렉세이 알렉산드로비치가 부정적인 결론을 내렸던 것이었다. 그날 그가 들었던 여러 가지 이야기 중에 그에게 가장 강렬한 인상을 주었던 것은 어리석지만 선량한 투로프쓰인이 했던 말이었다. '남자답게 했어요. 결투를 신청해서 죽였으니까요.' 예의상 아무도 입 밖으로 꺼내지는 않았지만 다들 분명 그 말에 동감하는 듯 했다.

"하지만 이 문제는 이미 끝났어. 더 이상 재고의 여지가 없어." 알렉세이 알렉산드로비치가 혼잣말을 했다. 그는 앞으로 있을 여행과 조사와 관련된 업무만을 생각하며 방으로 들어갔다. 그러고는 자신을 따라온 수위에게 하인은 어디에 있느냐고 물었다. 수위는 조금 전에 나갔다고 말했다. 알렉세이 알렉산드로비치는 차를 주문한 뒤 테이블 앞에 앉아 『프룸』

을 집어 들고 여행 계획을 세우기 시작했다.

"전보 두 통이 와 있습니다." 하인이 방으로 들어오며 말했다. "죄송합니다, 각하. 제가 잠시 자리를 비웠습니다."

전보를 받아 든 알렉세이 알렉산드로비치는 겉봉을 뜯었다. 첫 번째 전보는 카레닌이 기대하고 있던 자리에 스트레모프가 임명되었다는 소식이었다. 알렉세이 알렉산드로비치는 전보를 내던지고 상기된 얼굴로 자리에서 일어나 방 안을 거닐기 시작했다. '신은 파멸하고자 하는 자를 먼저 미치게 만든다.' 그는 임명에 관련된 사람들을 '신'에 빗대며 말했다. 그는 그 지위에 자신이 아닌 다른 사람이 임명되어, 자신이 따돌림을 당했다는 사실에 화가 났던 것이 아니었다. 그는 수다스러운 허풍쟁이 스트레모프가 그 자리에 어울리지 않는다는 것을 사람들이 모르고 있다는 사실을 도무지 이해할 수 없었기에 놀랐을 뿐이었다. 그들은 그 임명이 그들 스스로를 파멸시키고 그들의 위신을 떨어뜨린다는 사실을 왜 모르고 있는 것일까!

"이것도 그런 내용일 테지." 그는 다음 전보를 뜯으며 쓸쓸히 혼잣말을 했다. 그것은 아내에게서 온 것이었다. 푸른색으로 쓴 '안나'라는 서명이 제일 먼저 눈에 띄었다. '난 죽을 것 같아요. 부탁이니 제발 돌아와 주세요. 용서해 주신다면 마음 편히 죽겠습니다.' 그는 전보를 읽고 난 뒤 경멸하듯 웃으며 그것을 집어던졌다. '거짓말도 적당히 해야지. 계략이야, 확실해.' 그는 생각했다.

'그녀는 어떤 거짓말이든 할 수 있을 테니까. 분명 출산했을 거야. 그 때문에 병이 생긴 것일지도 모르지. 그런데 대체 어쩔 셈이지? 낳은 아이를 내 아이라며 내 명예를 훼손해서 이혼을 방해하려는 속셈인가.' 그는 다시 전보를 읽었다. 그 순간, 그는 거기에 적혀 있는 말뜻을 이해하고는 놀랐다. "하지만 만약 사실이라면?" 그가 혼잣말을 했다. "그녀가 참혹한 상황 속에서 고통스러워하며 진심으로 반성하고 있는데도 내가 거짓으로 오해하고 가지 않는다면? 그건 잔인할 뿐만 아니라 모두에게 비난받을 일일 거야. 그리고 나 자신에게도 어리석은 짓이야."

"표트르, 마차를 대기시켜. 페테르부르크에 다녀와야겠어." 그가 하인에게 말했다.

알렉세이 알렉산드로비치는 페테르부르크로 가서 아내를 만나야겠다고 마음먹었다. '만약 그녀가 아프다는 게 거짓이라면 아무 말도 하지 않고 그냥 떠날 테다. 하지만 정말 아픈 거라면, 그래서 죽기 전에 나를 만나고 싶어 하는 거라면 난 그녀를 용서할 거야. 숨을 거두기 전에 만날 수 있다면 말이야. 하지만 만약 제때에 도착하지 못한다 해도 마지막까지 내 의무를 다할 것이다.'

그는 가는 동안 자신의 의무 외에 다른 생각은 하지 않았다.

알렉세이 알렉산드로비치는 기차 안에서 하룻밤을 보냈기에 피곤하고 찜찜한 상태로 페테르부르크의 아침 안개에 싸인 텅 빈 네프스키 거리로 마차를 몰았다. 그는 자신을 기다리는 일에 대해서는 전혀 생각하지 않고 앞만 보고 있었다.

그는 그것에 대해 생각할 수 없었다. 앞으로의 일들을 생각하면, 그녀의 죽음으로 말미암아 자신이 처한 괴로운 상황이 단번에 해결될 것이라는 생각을 떨칠 수 없었기 때문이었다. 빵 가게들과 닫힌 상점들, 밤을 새운 삯마차꾼들과 보도를 청소하는 수위들의 모습이 그의 눈에 띄었다.

그는 자신을 기다리고 있는, 결코 바라서는 안 되지만 바라고 있는 일에 대한 생각을 떨쳐 버리려고 애쓰며 그것들을 주시했다. 그는 현관 계단 쪽에 마차를 세웠다. 마부가 잠들어 있는 여행 마차와 삯마차가 도로변에 서 있었다. 알렉세이 알렉산드로비치는 현관에 들어서면서 마치 뇌의 한구석에서 자신의 결심을 끌어내기라도 하듯 또다시 되뇌었다. '만약 거짓말이라면 아무렇지 않게 경멸해 버리고 돌아설 것, 사실이라면 적절히 행동할 것'이라고 결심했다.

알렉세이 알렉산드로비치가 벨을 울리기도 전에 수위가 문을 열어 주었다. 수위 페트로프, 일명 카피토느이차라고 불리는 그는 낡은 프록코트에 넥타이도 매지 않은 슬리퍼 차림이어서 기이하게 보였다.

"마님은 어떠신가?"

"어제 순산하셨습니다."

알렉세이 알렉산드로비치는 걸음을 멈추었다. 그의 안색이 바뀌었다. 그때서야 그는 자신이 그녀의 죽음을 얼마나 강렬하게 원하고 있었는지 확실히 깨달았다.

"건강은 어떤가?"

때마침 앞치마 차림의 코르네이가 계단에서 뛰어 내려

왔다.

"아주 좋지 않습니다." 그가 대답했다. "어제 의사 선생님들께서 모이셨습니다. 지금도 와 계십니다."

"짐을 부탁하네." 알렉세이 알렉산드로비치가 말했다. 그러고는 아직은 죽음을 기대해도 좋을 소식에 조금 위안을 삼으며 현관으로 들어섰다.

옷걸이에 군복 외투가 걸려 있었다. 그것을 본 알렉세이 알렉산드로비치가 물었다.

"누가 와 있는 건가?"

"의사 선생님과 산파, 그리고 브론스키 백작님이십니다."

알렉세이 알렉산드로비치는 집 안으로 들어갔다.

응접실은 텅 비어 있었다. 그의 발소리를 듣고는 라일락빛 리본이 달린 모자를 쓴 산파가 나왔다.

그녀는 알렉세이 알렉산드로비치에게 다가왔다. 그러고는 누군가의 죽음이 임박했을 때 보이는 다정한 모습으로 그의 손을 잡고는 침실 쪽으로 향했다.

"정말 잘 오셨습니다! 마님께선 계속 나리 얘기만 하셨어요." 그녀가 말했다.

"빨리 얼음을 가져오세요." 침실 쪽에서 의사가 지시하는 목소리가 들려왔다.

알렉세이 알렉산드로비치는 안나의 거실로 들어섰다. 테이블 옆에 놓인 낮은 의자에는 브론스키가 몸을 돌리고 앉아 두 손으로 얼굴을 가린 채 울고 있었다. 그는 의사의 목소리가 들리자 자리에서 벌떡 일어나 얼굴에서 손을 떼다가 알렉세이 알렉산드로비치를 보았다. 안나의 남편의 모습을 본 그는 몹시 당황해하며 목을 움츠리더니 다시 자리에 앉아 버렸다. 하지만 용기를 내 다시 자리에서 일어나 말했다.

"이제 안나는 가망이 없습니다. 의사들이 절망적인 상황이라고 합니다. 난 당신의 뜻에 따르겠습니다. 하지만 제발 여기에 있도록 해 주십시오……. 난 당신의 뜻대로 하겠습니다. 난……."

브론스키의 눈물을 보자 알렉세이 알렉산드로비치는 누군가가 괴로워하는 모습을 볼 때마다 항상 느꼈던 정신적 혼란이 밀려왔다. 그는 고개를 돌리고는 상대의 말이 끝나기도 전에 서둘러 문가로 향했다. 침실 쪽에서 뭐라 말하고 있는 안나의 목소리가 들려왔다. 그녀의 목소리는 밝고 쾌활했으며 발음도 또렷했다. 침실로 들어간 알렉세이 알렉산드로비치는 침대 쪽으로 다가갔다. 그녀는 그가 있는 쪽으로 얼굴을 향한 채 누워 있었다. 뺨은 불그스름했고, 눈은 빛났다. 그녀는 잠옷 소매 밖으로 나온 작고 하얀 손으로 담요의 가장자리를 만지작거리고 있었다. 겉모습만으로는 건강하고 활기가 넘쳐 보였으며 기분도 몹시 좋아 보였다. 그녀는 빠르면서도 명랑하게, 또 명확하고 진실한 어조로 말했다.

"왜냐하면 알렉세이는, 알렉세이 알렉산드로비치를 말하고 있는 거예요. 두 사람 다 알렉세이라니 정말 기묘하고 무서운 운명이죠? 알렉세이는 내 말을 거절하지 않을 거예요. 난 잊을 거고 그 사람도 용서해 줄 거라 믿어요……. 그런데 왜 그 사람은 오지 않는 거죠? 그 사람은 자신이 얼마나 선량한 사람인지 모르고 있어요. 아! 너무, 너무 괴로워요, 아, 어서 물을 갖다 줘요! 오, 그런 식으로 하면 내 아이한테 안 좋아요. 오, 됐어요. 그 아이를 유모한테 맡겨요. 그래요. 나도 좋아요. 그렇게 하는 게 나아요. 그 사람은 반드시 올 거예요. 그 사람은 저 아이를 보는 게 괴로울 거예요. 그러니 저 아이는 유모에게 데려가요."

"안나 아르카디예브나, 나리께서 도착하셨어요. 여기 오셨어요!" 산파는 안나의 시선을 알렉세이 알렉산드로비치에게 돌리려고 했다.

"아, 말도 안 되는 소리를!" 안나는 남편을 쳐다보지 않고 말을 이었다. "그 아이를 내게 데려와요. 내 딸아이를! 그 사람은 아직 안 왔어요. 당신은 그 사람을 잘 모르니 용서하지 않을 거라 말하는 걸 테죠. 그 사람의 마음은 아무도 몰라요. 나밖에 모른다고요. 그런데도 나 역시 그걸 알기까지는 힘이 들었어요. 그 사람의 눈은 정말 세료쥐아와 똑같다니까요. 그래서 난 그 아이의 눈을 차마 쳐다볼 수 없어요. 세료쥐아한테 식사는 전해 줬나요? 분명 다들 잊고 있을 테죠. 하지만 그 사람이라면 잊지 않았을 거예요. 마리에트에게 세료쥐아를 데리고 구석방에서 함께 자라고 일러 줘요."

그러다가 그녀는 갑자기 몸을 움츠리더니 조용해졌다. 그러고는 몹시 놀란 얼굴로 무언가로부터 방어라도 하듯 두 손으로 얼굴을 가렸다. 남편이 온 것을 알아챈 것이다.

"아니, 아니에요." 그녀가 말을 꺼냈다. "나는 그 사람이 두려운 게 아니에요. 죽음이 두려운 거예요. 알렉세이, 이쪽으로 와요. 난 지금 서둘러야 해요. 시간이 없다고요. 난 이제 살 날이 얼마 남지 않았으니까요. 열이 오르면 난 이제 아무것도 모르게 될 거예요. 지금은 잘 알고 있어요. 뭐든지 다 알 수 있고 다 볼 수 있어요."

알렉세이 알렉산드로비치는 얼굴을 찡그리며 고뇌하고 있었다. 그는 그녀의 손을 잡으며 무슨 말이라도 꺼내고 싶었으나 아무 말도 하지 못했다. 그의 아래턱이 덜덜 떨리고 있었다. 하지만 그는 여전히 마음속에 일렁이는 감정들과 싸우며 때때로 그녀의 얼굴을 바라보고 있었다. 그럴 때마다 그는 지금껏 한 번도 보지 못한, 기쁨에 가득 찬 따뜻하고도 진심 어린 표정으로 자신을 바라보는 그녀의 눈을 볼 수 있었다.

"조금만 더 기다려 줘요. 당신은 아무것도 몰라요. 조금만 기다려요. 조금만 더요." 그녀는 생각을 정리하려는 듯 침묵했다. "그래요." 그녀는 다시 말을 꺼냈다. "네, 그래요. 그래요. 내가 하고 싶었던 얘기는 바로 이거예요. 놀라지 마세요. 난 예전 그대로예요……. 하지만 내 안에는 다른 여자가 있어요. 난 그녀가 너무 두려워요. 그녀가 그 사람한테 빠져서 난 당신을 미워했어요. 그래도 난 예전의 나를 잊지 못해요. 그 여자는 내가 아니에요. 지금의 내가 진정한 나예요. 예전 그대로의 나라고요. 난 지금 죽어 가고 있어요. 나도 내가 죽을 거라는 걸 알고 있어요. 저 사람한테 물어봐요. 지금 난 손과 발, 또 손가락 위에 무거운 뭔가가 올려져 있는 느낌이에요. 이 손가락, 이렇게 커다란 손가락이라니! 하지만 이 모든 것은 곧 끝날 거예요……."

"하지만 한 가지 꼭 부탁하고 싶은 게 있어요. 제발 날 용서해 줘요. 깨끗하게 용서해 줘요! 난 정말 끔찍한 여자예요. 하지만 유모가 내게 말해 줬어요. 어떤 성스러운 여순교자가, 그녀의 이름이 뭐였더라. 어쨌든 그녀는 나보다 더 나쁜 여자였대요. 나도 로마에 갈래요. 그곳엔 광야가 있으니 누구에게도 방해가 되지 않을 테죠. 난 세료쥐아와 이 아이를 데려갈 거예요……. 아니, 당신은 용서하지 않을 테죠! 나도 잘 알고 있어요. 쉽게 용서할 수 없는 일이란 걸요! 아니, 아니, 가 버려요. 당신은 정말 선량한 사람이에요!" 그녀는 열이 나는 한 손으로 그의 손을 잡고 다른 한 손으로는 그를 밀치고 있었다.

마음속에서 점점 더 크게 동요가 일었던 알렉세이 알렉산드로비치는 이제 그것과의 싸움을 그만두었다. 그러자 갑자기 그는, 단지 마음속의 동요라고만 생각했던 것이 오히려 지금껏 알지 못했던 새로운 행복을 가져다준 정신적 상태임을 느꼈다. 그는 자신이 일생 동안 따르려고 했던 기독교의 교리가 그에게 적을 용서하고 사랑하라는 지시를 내렸다고 생각하지는 않았다. 하지만 그의 마음속에는 적을 사랑하는 마음과 용서의 기쁨이 가득했다. 그는 무릎을 꿇었다. 그러고 나서 잠옷 위로 느껴지는 불덩이처럼 뜨거운 그녀의 팔꿈치에 머리를 대고 어린아이처럼 울었다. 그녀는 그의 머리를 끌어안고 그에게 몸을 바짝 붙이며 오연한 눈빛으로 올려다보았다.

"저기 그 사람이 있네요. 난 그를 알아요! 안녕, 모두들 안녕! 오, 그들이 또 왔어요. 그런데 왜 돌아가지 않는 거죠? 아, 이 모피 외투 좀 벗겨 줘요!"

의사는 그에게서 그녀의 손을 떼어 낸 뒤 그녀를 조심스럽게 베개 위에 눕히고는 담요를 어깨까지 덮어 주었다. 그녀는 누워서 조용히 천장을 바라보며 빛나는 눈으로 앞을 바라보았다.

"이제 아시겠죠? 내가 바라는 건 단 하나, 용서뿐이에요. 이젠 더 이상 아무것도 바랄 게 없어요……. 그런데 왜 그 사람은 오지 않는 거죠?" 그녀는 문가에 있는 브론스키를 부르듯 고개를 돌리며 말했다. "어서 와요. 이리로 가까이 와요! 저 사람하고 악수해 줘요."

브론스키가 침대로 다가왔다. 안나를 보자 그는 다시 두 손으로 얼굴을 가렸다.

"손을 내리고 이분을 좀 봐요. 이분은 성자예요." 그녀가 말했다. "손을 내려요. 손을 내리라고요!" 그녀가 차갑게 말했다. "알렉세이 알렉산드로비치, 저 사람의 손을 좀 떼어 줘요. 난 그의 얼굴이 보고 싶어요."

알렉세이 알렉산드로비치는 브론스키의 손을 잡고는 고통과 수치스러움으로 험하게 일그러진 그의 얼굴에서 손을 떼어 냈다.

"그에게 손을 내밀어 줘요. 그리고 용서해 주세요."

알렉세이 알렉산드로비치는 흐르는 눈물을 참지 못한 채 그에게 손을 내밀었다.

"오, 감사합니다. 감사합니다." 그녀가 말했다. "이제 다 끝

낮어요. 다리를 좀 더 펴게 해 줘요. 네, 좋아요. 그런데 이 꽃들은 왜 이렇게 이상하게 생긴 걸까? 전혀 제비꽃 같지가 않네요." 그녀가 벽지를 가리키며 말했다. "오, 하느님! 하느님! 이 상황은 언제쯤 끝이 날까요? 내게 모르핀을 놔 줘요, 의사 선생님! 모르핀을 줘요. 오, 하느님, 하느님!"

그러고 나서 그녀는 침대 위에서 몸부림치기 시작했다.

이것은 산욕열 증상으로서 안나의 주치의와 다른 의사들도 모두 100명 중 99명은 죽게 되는 병이라고 했다. 그녀는 온종일 열이 오르고 헛소리를 했으며 쓰러지기를 반복했다. 이윽고 밤이 되자, 환자는 완전히 감각을 잃었고 맥박도 거의 뛰지 않았다.

순간마다 모두 마지막을 준비하고 있었다.

브론스키는 집으로 돌아갔다. 하지만 그녀의 상태를 확인하기 위해 다음 날 아침에 다시 찾아왔다. 현관에서 그를 맞이한 알렉세이 알렉산드로비치가 말했다.

"여기에 있어 주시오. 분명 당신을 찾을 테니." 그러고 나서 그는 브론스키를 아내의 거실까지 데려다주었다. 아침이 되자 그녀는 다시 활기와 사고를 되찾았다. 하지만 다시 헛소리를 했으며 실신해 버렸다. 사흘째 되던 날도 마찬가지였다. 하지만 의사는 가망이 있다는 말을 전했다. 그날 알렉세이 알렉산드로비치는 브론스키가 있는 아내의 거실로 가서 문을 걸어 잠근 뒤 그와 마주 앉았다.

"알렉세이 알렉산드로비치." 변명해야 할 때가 왔다고 생각한 브론스키가 말했다. "난 할 말이 없습니다. 그리고 아무것도 모르겠습니다. 제발 날 용서해 주십시오! 당신이 무척 괴롭다는 사실을 잘 알고 있습니다. 하지만 난 훨씬 더 고통스럽다는 것을 믿어 주십시오."

그가 자리에서 일어나려고 했다. 하지만 알렉세이 알렉산드로비치가 그의 팔을 붙들며 말했다.

"내 말을 들어주십시오. 정말 중요한 얘기니까요. 나는 당신이 나를 오해하지 않도록, 내 감정에 대해, 지금껏 나를 이끌어 왔고 앞으로 이끌어 가게 될 이 감정에 대해 설명해야겠습니다. 아시다시피 난 이혼을 결심하고 수속을 밟고 있었습니다. 하지만 솔직히 말하자면, 난 이혼 수속을 하면서 몹시 망설이고 괴로워했습니다. 사실대로 말하면, 난 당신과 그녀한테 복수하고 싶었습니다. 그래서 전보를 받았을 때도 그런 마음으로 여기에 온 겁니다. 좀 더 솔직히 말하면, 난 그녀가 죽기를 바라고 있었습니다. 하지만……."

그는 자신의 감정을 솔직히 이야기해야 할지 말아야 할지 망설이는 듯 잠시 말을 멈추었다. "하지만 난 그녀를 보자 용서할 수밖에 없었습니다. 그리고 용서라는 행복이 내가 해야 할 일을 확실하게 해 주었습니다. 난 깨끗이 용서했습니다. 난 다른 쪽 뺨도 대 줄 수 있습니다. 내게서 외투를 빼앗으려 하는 자에게 속옷도 내줄 생각입니다. 단지 나는 하느님께서 용서의 행복만을 빼앗아 가지 않기를 바라고 있을 뿐입니다!" 그의 눈에 눈물이 고였다. 그의 깨끗하고 조용한 눈동자가 브론스키의 마음을 자극했다. "이것이 내 생각입니다. 당신이 나를 진흙탕에 밀어 넣어도 좋습니다. 세상의 조롱거리로 만들어도 상관없습니다. 난 그녀를 버리지 않을 겁니다. 그리고 절대 당신을 비난하는 말을 하지 않을 겁니다." 그는 말을 이어 갔다. "내 의무는 확실합니다. 난 그녀와 함께 있어야만 한다는 것이며 또한 그럴 생각입니다. 만약 그녀가 당신을 만나고 싶어 한다면 당신께 알려드리겠습니다. 하지만 지금은 잠시 떨어져 있는 것이 당신에게도 더 좋을 거라 생각합니다."

그는 자리에서 일어났으나 흐느끼느라 말을 잇지 못했다. 브론스키도 자리에서 일어나 구부정한 자세로 상대의 표정을 살폈다. 그는 알렉세이 알렉산드로비치의 감정을 이해할 수 없었다. 하지만 그것은 어딘가 모르게 숭고한, 자신의 세계관으로는 진입할 수 없는 무언가처럼 느껴졌다.


18


브론스키는 알렉세이 알렉산드로비치와 대화를 나눈 뒤 카레닌가의 현관 입구 쪽으로 나왔다. 그는 자신이 지금 어디에 있는지 또 어디로 가야 할지를 한참을 생각하며 그곳에 서 있었다. 그는 수치스러웠고 모욕감을 느꼈다. 그리고 이제는 그 수치스러움을 속죄할 힘마저 남아 있지 않다는 생각이 들었다. 그리고 자신이 지금껏 자랑스럽고 활발하게 활동하던 궤도에서 이탈된 것 같은 느낌이 들었다. 확신에 가득 차 있던 자신의 생활 방식과 규칙이 갑작스레 허무하고 거짓된 것처럼 여겨졌다. 지금껏 자신의 행복을 가로막았던 일시적 장애물이라 여겼던, 조금 우습고 가엾은 배신당한 남편이 갑자기 그녀 앞으로 불려와 높은 자리에 올라서는 자신의 비열함을 깨닫게 해 주었던 것이다. 높은 자리에 올라서자 남편은 고약하고 위선적이며 우스운 인간이 아닌, 선량하면서 진실하고 위대한 존재가 되어 버렸다.

브론스키는 그렇게 느꼈다. 갑자기 두 사람의 역할이 바뀐 것이었다. 브론스키는 그의 고결함과 자신의 비열함을, 그의 정직함과 자신의 부정함을 느끼고 있었다. 남편은 슬픔 속에서도 관대했으며, 자신은 기만 속에서 저열하고 하찮은 인간이라고 느껴졌다. 하지만 그가 부당하게 멸시하던 사람 앞에서 자신의 비열함을 느끼는 것은 그의 슬픔 중 지극히 작은 일부에 불과했다. 지금 그가 스스로 말할 수 없이 불행하다고 느꼈던 이유는, 최근에 식었다고 생각했던 그녀를 향한 열정이 그녀를 영원히 잃는다는 생각이 들자 강렬하게 타올랐기 때문이었다. 그는 그녀가 병을 앓는 동안 그녀의 모든 것에 대해 알게 되었고 진심을 이해하게 되었다.

그러자 그는 지금껏 그녀를 전혀 사랑하지 않았던 것처럼 느껴졌다. 그리고 그녀를 완전히 알게 된 지금, 그녀를 사랑하지 않을 수 없다는 것을 깨달았고 그녀 앞에서 굴욕을 당하고 그녀 마음속에 수치스러운 기억만 남긴 채 그녀를 영영 잃게 된 것이었다. 무엇보다 가장 두려웠던 것은 알렉세이 알렉산드로비치가, 치욕을 느끼던 자신의 얼굴에서 손을 떼어 냈을 때 보였던 우습고 수치스러운 자신의 모습이었다. 그는 카레닌가 입구 계단에서 무엇을 어떻게 해야 할지 몰라 멍하니 서 있었다.

"삯마차를 부를까요?" 수위가 물었다.

"그래, 삯마차를 불러."

사흘째 한숨도 못 잔 브론스키는 집으로 돌아오자 옷도 벗지 않고 깍지를 낀 두 손을 머리 위에 올리고는 소파 위에 엎드렸다. 그는 머리가 무거웠다. 상상과 기억, 온갖 기이한 생각들이 아주 빠르고 선명하게 연달아 떠오르고 있었다. 그 상념은 환자에게 숟가락에 따라 주다가 쏟은 약이기도 했고, 산파의 하얀 팔이기도 했으며, 침대 앞에서 무릎을 꿇고 있는 기이한 자세의 알렉세이 알렉산드로비치의 모습으로 나타나기도 했다.

"자야 해! 잊어야 해!" 그는 피곤할 때 자려고 마음만 먹으면 바로 잠들 수 있을 거라는, 건강한 사람다운 태도로 침착하게 자신감을 가지고 말했다. 그렇게 생각하자 실제로 순간 머리가 멍해지면서 망각의 상태로 깊이 빠져들기 시작했다. 머리 위에서 무의식의 파도가 부서졌다. 그러자 갑자기 강력한 전류가 몸을 관통하는 듯한 기분이 들었다. 그는 몸이 튕겨 오를 만큼 소파의 스프링 위에서 강하게 몸서리를 치며 양손을 짚고는 당황한 나머지 무릎을 꿇고 튕겨 일어났다. 그의 눈은 한숨도 자지 못한 사람처럼 퀭했다. 불과 1분 전까지 느껴졌던 머리의 무거움과 온몸의 찌뿌둥한 느낌은 순식간에 사라져 버렸다.

'당신이 나를 진흙탕에 밀어 넣어도 좋습니다.' 그는 다시 알렉세이 알렉산드로비치의 목소리를 들었고 그의 모습을 보았다. 그리고 열로 상기되어 붉어진 얼굴에 드러난 온화함과 사랑이 담긴 눈을 빛내며, 자신이 아닌 알렉세이 알렉산드로비치를 천천히 바라보던 안나의 얼굴을 보았다. 또한 그는 알렉세이 알렉산드로비치가 자신의 얼굴에서 손을 떼어 냈을 때, 바보 같고 우스꽝스럽게 느껴졌던 자신의 모습을 보았다. 그는 다리를 쭉 뻗은 뒤 처음처럼 소파 위에 드러누워 눈을 감았다.

'자야만 해! 자야 해!' 그는 속으로 반복했다. 하지만 눈을 감자 잊을 수 없는 그날이, 경마가 있던 날 밤에 보았던 안나의 얼굴이 한층 더 선명하게 다가왔다.

"이런 일은 더 이상 없을 거야. 앞으로도 그럴 거고. 그녀 또한 그 일을 기억에서 지우려 하고 있어. 하지만 난 그녀 없이 살아갈 수 없어. 어떻게 해야 화해할 수 있을까? 대체 어떻게 해야만 화해할 수 있을까?" 그는 소리 내 말하며 자신도 모르게 이 말을 반복하고 있었다. 그는 이렇게 함으로써 가슴속에 솟구치는 새로운 형상들과 과거의 기억들이 떠오르지 못하게 하고 있었던 것이다. 하지만 효과는 오래가지 못했다. 그에게 있어 가장 행복했던 순간과 방금 전 느꼈던 수치스러움이 또다시 매우 빠른 속도로 눈앞에 보이기 시작했던 것이다. "저 손을 떼어 줘요." 안나의 목소리가 그렇게 말한다. 그는 손을 떼어 낸다. 그러고 나서 그는 자신의 얼굴에 드러난 수치스럽고도 어리석은 표정을 느낀다.

그는 이제 더 이상 잠들 희망이 없다고 느끼면서도 잠들기를 바라며 계속 누워 있었다. 그리고 조용한 목소리로 반복하면서, 수많은 생각으로부터 뻗어 나오는 온갖 말들과 새로운 이미지가 떠오르지 않도록 애쓰고 있었다.

그는 귀를 기울였다. 그러자 기이하면서도 정신 나간 듯 중얼거리는, 자신이 반복하고 있는 말들이 들리기 시작했다. '가치를 모르고 누리지도 못했던 거야. 가치를 모르고 누리지도 못했어.'

'이건 대체 뭐지? 내가 미쳐 가고 있는 걸까?' 그는 자신에게 말했다. '어쩌면 그럴지도 모르지. 인간은 이런 상황에서 미치기도 하고 자살도 하지 않던가?' 그는 자문자답했다. 그러다가 눈을 떴을 때, 그는 형수 바랴가 수를 놓아 만들어 준 머리맡에 있는 베개를 보며 놀랐다. 그는 베개의 술을 만지면서 바랴와 그녀를 마지막으로 만났던 때를 회상해 보려고 했다. 하지만 다른 생각을 하는 것은 괴로운 일이었다. '아니, 자야만 해!' 그는 베개를 끌고 와 머리를 파묻었다. 하지만 조용히 눈을 감고 있기 위해서는 많은 노력이 필요했다. 그는 갑자기 벌떡 일어나 앉았다. '모든 게 다 끝난 거야.' 그는 자신에게 말했다. '이젠 무엇을 어떻게 해야 할지 생각해 봐야 해. 내게 남은 건 무엇일까?' 그의 생각은 안나를 향한 사랑 외에 자신의 인생에 대한 생각으로 급히 넘어가고 있었다.

'야망? 세르푸호프스코이? 사교계? 궁정?' 하지만 어느 것도 아니었다. 예전에는 그것 모두가 의미를 지니고 있었으나 지금은 아무것도 아닌 것이 되어 버렸다. 그는 소파에서 일어나 외투를 벗고 허리띠를 풀었다. 그리고 나서 편히 호흡하기 위해 털이 수북한 가슴을 풀어헤치고 방 안을 거닐었다. '이런 식으로 인간은 미쳐 가는 거군.' 그는 거듭 반복했다. "이렇게 총으로 쏘는 거지……. 수치스러움을 떨치기 위해." 그는 천천히 덧붙여 말했다.

그는 문가로 다가가 문을 잠갔다. 그러고는 눈을 크게 뜨고 이를 악물며 테이블 옆으로 가서 권총을 들었다. 그는 권총을 살펴본 뒤 잠금장치를 풀고 나서 생각했다. 그는 2분 정도 고개를 떨구고는 권총을 손에 쥔 채 긴장된 얼굴로 미동조차 하지 않고 생각에 잠겨 있었다.

"물론이지."

그는 논리적이고 연속적인 명쾌한 사고 과정이 확실한 결론으로 자신을 이끌기라도 하듯 혼잣말을 했다. 하지만 그가 확신하고 있던 '물론'이라는 것도, 한 시간째 열 번이나 반복했던 회상과 이미지를 또다시 되풀이한 결과에 불과했다. 영원히 잃게 된 행복에 대한 회상도 마찬가지였고, 미래는 전부 다 의미 없다는 생각도 그러했다. 그리고 자괴감 역시 마찬가지였으며 이러한 생각과 감정은 순서마저도 일치했다.

'물론이지.'

그는 마치 무언가에 홀리기라도 한 듯 세 번째로 회상과 이미지의 고리를 반복하며 거듭 되풀이했다. 그러고는 왼쪽 가슴에 권총을 대고는 마치 그것을 주먹으로 부서뜨리기라도 하듯 경련을 일으킬 정도로 손에 힘을 주며 방아쇠를 당겼다. 그는 총소리를 듣지 못했지만 가슴에 느껴진 강한 충격에 쓰러지고 말았다. 그는 테이블 모서리를 잡으려다 권총을 떨어뜨렸고, 비틀거리다 바닥에 주저앉아 놀란 눈으로 주위를 두리번거렸다. 그는 구부러진 테이블 다리와 휴지통, 호피 양탄자를 올려다보며 순간적으로 자신의 방이라는 사실을 깨닫지 못했다. 그러다가 응접실을 지나오던 하인의 삐걱대는 발소리에 정신이 들었다. 그는 정신을 차리려고 애썼다. 그러자 곧 자신이 바닥에 주저앉아 있다는 사실을 깨달았고, 호피 양탄자와 팔에 묻은 피를 보며 자신이 권총 자살을 시도했음을 알게 되었다.

"어리석기도 하지! 빗맞다니." 그는 권총을 찾기 위해 한 손을 더듬거리며 말했다. 권총은 그의 옆에 있었으나 그는 계속 먼 곳에서 찾고 있었다. 그는 계속 더듬으며 반대쪽으로 몸을 뻗다가 균형을 잃고는 피를 흘리며 쓰러졌다. 전부터 지인들에게 자신은 신경이 약하다고 투덜대던 구레나룻이 깔끔한 하인이, 마룻바닥에 쓰러져 있는 주인을 보고는 크게 놀라, 피가 흐르는 주인을 그대로 방치한 채 도움을 요청하러 달려갔다. 한 시간 후에 형수 바랴가 달려와 이곳저곳으로 사람을 보냈고, 세 명의 의사가 함께 도착해 부상당한 환자를 침대로 옮겨 주었다. 그녀는 그를 간호하기 위해 그의 집에 남았다.


19


알렉세이 알렉산드로비치의 실수는, 그가 아내를 만나기 전에 결심했던, 그녀가 진심으로 반성해서 그 역시 용서했으나 만약 그녀가 죽지 않을 경우를 생각해 보지 않았다는 것이었다. 그 실수는 그가 모스크바에서 돌아온 뒤 두 달이 지나고 나서야 그 의미를 확실히 드러냈다. 하지만 그의 잘못은 이런 경우를 생각해 보지 않았던 것뿐만 아니라, 사경을 헤매던 아내를 만나던 그날까지 정작 자신의 마음을 몰랐던 것이었다. 그는 아픈 아내의 병상 앞에서 처음으로, 그가 예전부터 자신의 약점이라 여기며 부끄러워하던, 다른 사람의 고통을 볼 때마다 생겨났던 연민의 감정에 굴복했던 것이다.

게다가 그녀를 향한 연민과 그녀의 죽음을 바라던 자신에 대한 반성, 그리고 누군가를 용서하면서 얻게 되는 기쁨은 그에게 고통의 감정을 덜어 주었으며, 지금껏 그가 경험해 보지 못한 평온함을 가져다주었다. 그는 갑자기 고뇌의 근원이 정신적 기쁨의 원천이 되었음을 느꼈다. 또한 그가 비난하고 질책하며 미워하는 동안에는 결코 해결될 수 없었던 일이 용서와 사랑으로 마무리되자 간결하고 명백해졌음을 느꼈던 것이다.

그는 아내를 용서했으며 그녀의 고뇌와 반성에 대해 연민을 느꼈다. 또한 그는 브론스키를 용서했고, 특히 그의 절망적인 행위에 대한 소식을 들은 뒤에는 그를 더욱 가엾게 여겼다. 그는 아들도 예전보다 한층 더 가엾게 여기며 지금껏 너무 소홀했던 자신을 질책했다. 하지만 새로 태어난 여자아이에 대해서는 연민의 감정뿐만 아니라 온화함이 뒤섞인 특별한 감정을 느꼈다. 처음에는, 자신의 딸도 아니었지만 연약한 어린아이라는 동정심에서 시작되었다. 아픈 어머니 때문에 보살핌을 받지 못했으므로 그는 만약 자기가 돌봐 주지 않았다면 죽었을지도 모를 여자아이에게 계속 관심을 쏟고 있었던 것이다.

그는 자신이 그 아이를 얼마만큼 사랑하는지 전혀 알지 못하면서 하루에도 수차례씩 아이 방으로 들어가 한참을 머물러 있었다. 처음에는 그를 낯설어하던 유모와 보모도 이젠 익숙해진 듯했다. 그는 때때로 곤히 잠들어 있는 갓난아이의 솜털이 덮인 불그스름하고 주름진, 자그마한 노란빛 얼굴을 말없이 30분이나 바라보기도 했으며, 찡그린 이마를 움찔거리는 모습과 주먹을 꽉 쥐고 눈이나 콧등을 문지르는 통통한 주먹을 바라보기도 했다. 그럴 때면 알렉세이 알렉산드로비치는 온전히 평온해지면서 자신의 내면이 조화를 이룬 것 같은 생각이 들었고, 자신이 처한 상황에서 이상한 것도, 변화시켜야 할 것도 없는 것처럼 느껴졌다.

하지만 그는 시간이 흐름에 따라 현재의 이 상황이 자신에게 아무리 자연스럽게 느껴진다고 해도 영원히 이렇게 보낼 수는 없다는 사실을 분명히 인식하게 되었다. 그는 자신의 영혼을 이끄는 행복한 정신력 외에도, 그와 마찬가지인, 어쩌면 그보다 더 강력한, 자신의 생활을 이끄는 또 다른 힘이 존재한다는 사실을 느꼈다. 그리고 이것은 그가 바라는 겸허한 평온의 상태를 가져다주지 못하리라는 사실을 깨달았다. 그는 사람들이 의혹에 가득 찬 놀라운 눈빛으로 자신을 보고 있다는 것과 자신을 이해하지 못한다는 것, 그리고 자신에게 어떠한 행동을 기대한다는 것을 느꼈다. 특히 자신과 아내의 관계에서 견고하지 못한, 어색한 무엇이 존재한다는 사실을 느끼고 있었다.

죽음이 다가옴으로써 유순해졌던 그녀의 마음은 시간이 흐름에 따라 사라져 버렸고, 알렉세이 알렉산드로비치는 안나가 자신을 두려워하고 불편해하며 자신의 눈을 똑바로 쳐다보지 못한다는 사실을 알게 되었다. 그녀는 마치 그에게 뭔가 하고 싶은 말이 있음에도 망설이고 있는 듯한 모습이었다. 그녀 역시 두 사람의 관계가 이렇게 지속될 수 없다는 것을 느끼고는 그에게 뭔가 기대를 가지고 있는 듯했다.

2월 말에 태어난 안나의 딸의 이름 역시 안나였다. 그 갓난아이가 병에 걸리는 일이 발생했다. 아침이 되자 알렉세이 알렉산드로비치는 아이 방으로 가서 의사를 부르라는 지시를 한 뒤 마차를 타고 관청으로 향했다. 그는 일을 끝내고 3시가 지나서야 집으로 돌아왔다. 현관에 들어설 때 그는, 끈으로 장식된 제복을 입고 곰 가죽 망토를 두른 잘생긴 하인이 하얀 모피 외투를 들고 서 있는 모습을 보았다.

"누가 오신 건가?" 알렉세이 알렉산드로비치가 물었다.

"엘리자베타 표도로브나 트베르스카야 공작 부인이 오셨습니다." 하인이 미소를 지으며(알렉세이 알렉산드로비치는 그렇게 느꼈다.) 대답했다.

알렉세이 알렉산드로비치는 고통스러웠던 지난 몇 달 동안 사교계의 지인들, 특히 여자들이 자신의 아내에게 특별한 관심을 가지고 있다는 사실을 알고 있었다. 그는 지인들의 눈에 겨우 숨겨진 어떤 기쁨을 알아챘다. 그것은 변호사의 눈에서, 또 지금은 하인의 눈에서 보았던 것과 같은 만족의 빛이었다. 그들은 마치 누군가를 시집보내기라도 하듯 기쁨에 가득 차 있는 듯했다. 그러면서 그들은 그를 만날 때면 간신히 그 기쁨을 감추며 안나의 건강에 대해 묻곤 했던 것이다.

그녀와 관련된 기억을 더듬어 봤을 때 트베르스카야 공작 부인의 방문은, 그녀를 좋아하지 않았던 알렉세이 알렉산드로비치에게는 불쾌한 일이었다. 그래서 그는 곧바로 아이 방으로 들어갔다. 첫 번째 아이 방에서는 세료쥐아가 책상에 가슴을 바짝 붙이고 엎드려 의자에 두 발을 올려놓은 채 즐겁게 떠들며 그림을 그리고 있었다. 안나가 앓고 있는 동안 프랑스인 여교사의 후임으로 온 영국인 여교사는 아이 옆에서 목도리를 뜨고 있다가 허겁지겁 일어나 인사한 뒤 자리에 앉아 세료쥐아를 끌어당겼다.

알렉세이 알렉산드로비치는 한 손으로 아들의 머리를 쓰다듬으며 아내의 건강 상태를 묻는 가정 교사의 질문에 대답한 뒤, 의사가 아이의 상태에 대해 무슨 말을 했는지 물었다.

"의사 선생님께서 전혀 위험하진 않다고 하시면서 목욕을 시키라고 하셨어요."

"하지만 아직 아파 보이는군요." 알렉세이 알렉산드로비치가 옆방에서 들리는 갓난아이의 울음소리에 귀를 기울이며 말했다.

"아무래도 유모 때문인 듯해요, 나리." 영국인 여자가 단호한 어조로 말했다.

"왜 그렇게 생각하죠?" 그가 머뭇거리며 물었다.

"폴 백작 부인 댁에서도 같은 일이 있었죠, 나리. 갓난아이 한테 온갖 약을 다 써 봤어요. 그런데 알고 보니 그 아이는 그 저 젖이 부족했던 거였어요. 유모에게서 젖이 안 나왔던 거지요, 나리."

알렉세이 알렉산드로비치는 생각에 잠겼다. 그는 잠시 서 있다가 옆방으로 갔다. 유모에게 안긴 갓난아이는 고개를 젖힌 채 몸부림을 치며 눈앞에 있는 퉁퉁 불어 오른 젖을 물려고도 하지 않았고, 유모와 보모가 몸을 굽혀 소리를 내며 달래도 울음을 그치려 하지 않았다.

"아직도 나아지지 않았나?" 알렉세이 알렉산드로비치가 말했다.

"정말 걱정돼요." 보모가 속삭이듯 대답했다.

"미스 에드워드는 유모의 젖이 말랐을지도 모른다고 하던 데." 그가 말했다.

"제 생각도 그렇습니다, 알렉세이 알렉산드로비치."

"그럼 왜 그렇다고 말해 주지 않았나?"

"누구에게 말해야 하죠? 안나 아르카디예브나는 계속 편찮으신데요." 보모가 퉁명스럽게 말했다.

보모는 오래전부터 이 집에 있던 하녀였다. 그래서 알렉세이 알렉산드로비치는 그녀의 이러한 단순한 말 한마디에도 자신의 처지를 암시하는 듯한 느낌이 들었다.

몸부림을 치던 갓난아이는 쉰 목소리로 더욱 크게 울어 댔다. 손을 내젓던 보모는 유모에게 다가가 갓난아이를 받아들고는 어르면서 걸어 다니기 시작했다.

"의사한테 유모를 진찰해달라고 해야겠어." 알렉세이 알렉산드로비치가 말했다.

겉으로는 건강해 보이는 유모는 자신이 해고될지도 모른다는 생각에 몹시 놀라 혼잣말로 중얼거렸다. 그러고 나서 커다란 젖가슴을 감싸며 자신의 젖을 의심하는 것에 대해 비웃는 듯한 미소를 지었다. 알렉세이 알렉산드로비치는 그 미소 속에서도 자신의 처지를 조롱하는 듯한 느낌을 받았다.

"가엾은 아가!" 이렇게 말하며 보모는 갓난아이를 달래며 계속 방 안을 거닐었다.

알렉세이 알렉산드로비치는 고통스럽고 침울한 표정으로 의자에 앉아 이리저리 거니는 보모를 멍하니 바라보았다.

보모는 겨우 울음을 멈춘 갓난아이를 포근한 침대에 눕힌 뒤 베개를 잘 놓아 주고는 자리를 떠났다. 알렉세이 알렉산드로비치는 자리에서 일어나 갓난아이를 향해 조심스럽게 다가갔다. 그는 한동안 침묵한 채 침울한 얼굴로 갓난아이를 바라보았다. 그런데 갑자기 그의 머리카락과 이마의 피부가 움직이며 얼굴에 미소가 번졌다. 그러고 나서 그는 조용히 방에서 나왔다.

그는 식당에서 벨을 울린 뒤 하인이 들어오자 다시 의사를 부르라고 지시했다. 그는 이 귀여운 갓난아이를 전혀 돌보지 않는 안나에게 몹시 화가 났다. 그는 이런 기분으로 그녀에게 가고 싶지 않았으며 벳시 공작 부인 또한 만나고 싶지 않았다. 하지만 그는 아내가 평소와는 다르게 왜 자신에게 들르지 않는지 이상하게 여길 것 같아서 화를 억누르며 침실 쪽으로 향했다. 그는 부드러운 카펫 위를 지나 문가로 향하다가 의도치 않게 듣고 싶지 않은 말을 엿듣게 되었다.

"만약 그가 떠나지 않는다면 나도 당신과 그의 거절을 이해할 수 있었을 거예요. 하지만 당신 남편은 그런 걸 개의치 않으실 거예요." 벳시가 말했다.

"남편 때문이 아니라 나 자신을 위해서라도 그렇게 하고 싶지 않아요. 그러니 이제 그 얘긴 그만하죠!" 안나가 흥분한 목소리로 대답했다.

"네, 하지만 당신 때문에 자살 시도까지 했던 사람과 마지막 인사도 하지 않을 순 없잖아요."

"그래서 더 싫다는 거예요."

알렉세이 알렉산드로비치는 몹시 놀라 잠시 걸음을 멈추었다가 다시 돌아가려고 했다. 하지만 굳이 그럴 필요까지는 없을 거라고 생각하며 다시 발길을 돌려 헛기침을 하고는 침실 쪽으로 다가갔다. 순간 대화가 끊겼다. 그는 방으로 들어갔다.

회색 가운을 입고 있던 안나는 소파에 앉아 있었다. 그녀의 짧게 자른 검은 머리카락은 둥그런 머리 위에서 무성한 솔방울처럼 보였다. 그녀는 남편과 마주할 때면 늘 그랬듯 활기찬 기운이 갑자기 사그라지곤 했다. 그녀는 고개를 떨구며 불안한 모습으로 벳시를 흘끗 바라보았다. 벳시는 최신 유행하는 옷을 입고 있었다. 그녀는 머리에 높이 솟아오른 전등갓처럼 생긴 모자를 쓰고, 상의는 사선 모양의 가는 줄무늬가 있는 옷을 입었으며, 치마는 그 반대 방향으로 향하는 무늬의

진한 남색의 옷을 입고는 가녀리고 긴 상반신을 꼿꼿하게 세운 채 안나 옆에 앉아 있었다. 그녀는 고개를 돌리며 비웃는 듯한 미소를 지으며 알렉세이 알렉산드로비치를 맞이했다.

"어머나!"

그녀가 몹시 놀란 듯 말했다. "집에 계셨다니 정말 반가워요. 안나가 아픈 이후로는 만나 뵐 수가 없었네요. 하지만 다 들었어요. 당신의 배려심에 대해서 말이에요. 당신은 정말, 훌륭한 분이세요!" 그녀는 아내를 향한 그의 관대한 행동에 훈장이라도 주듯 의미심장한 태도로 다정하게 말했다.

알렉세이 알렉산드로비치는 차갑게 인사를 건넸다. 그러고는 아내의 손에 입을 맞춘 뒤 그녀의 건강에 대해 물었다.

"좀 나아진 것 같아요." 그녀는 그의 시선을 피하며 말했다.

"하지만 아직도 열이 좀 있는 것 같은 얼굴이군." 그는 '열'이라는 말을 강조하며 말했다.

"너무 많은 얘기를 해서 그런 걸 거예요." 벳시가 말했다. "내가 너무 내 생각만 했던 것 같아요. 그럼 전 이만 가 봐야겠어요."

그녀가 자리에서 일어났다. 하지만 안나가 갑자기 상기된 얼굴로 그녀의 손을 잡았다.

"아니요. 조금만 더 있어 줘요. 부탁할게요. 당신께 할 말이 있어요……. 아니, 당신한테요." 그녀는 알렉세이 알렉산드로비치에게 얼굴을 돌렸다. 그녀는 목에서부터 이마까지 벌겋게 물들어 있었다. "난 당신께 아무것도 감추기 싫고 또 그럴 수도 없어요." 그녀가 말했다.

알렉세이 알렉산드로비치는 손가락 마디를 똑똑 꺾으며 고개를 숙였다.

"벳시가 말하길, 브론스키 백작이 타쉬켄트로 떠나기 전에 작별 인사를 하러 우리 집으로 왔으면 한다더군요." 그녀는 남편을 쳐다보지도 않고 말했다. 그녀는 분명 그 말을 꺼내는 게 몹시 고통스러울지라도 한시라도 빨리 다 말해 버리려는 듯한 모습이었다. "그래서 만날 수 없다고 말했어요."

"잠깐만, 그건 알렉세이 알렉산드로비치에게 달려 있다고 했잖아요." 벳시가 안나의 말을 정정했다.

"아뇨, 아니에요. 난 그 사람을 만날 수 없어요. 그래 봤자 아무 소용도 없을 테고……."

갑자기 말을 멈춘 그녀가 남편의 눈치를 살피듯 그의 얼굴을 흘끗 바라보았다. 그는 그녀를 쳐다보고 있지 않았다.

"어쨌든 난 그러고 싶지 않으니……."

알렉세이 알렉산드로비치가 그녀에게 다가가 그녀의 손을 잡으려고 했다.

그러자 처음에 그녀는 굵은 핏줄이 불거지고 축축한 그의 손을 피하며 손을 뒤로 빼려 했다. 하지만 이내 참아 내며 그의 손을 잡았다.

"당신이 나를 믿어 준 것에 대해 정말 고맙게 생각하오. 하지만……." 그는 만약 혼자였다면 간단하고 명쾌하게 해결 가능한 일을 트베르스카야 공작 부인 앞에서는 제대로 할 수 없는 것에 불안함과 분노를 느끼며 말했다. 그는 트베르스카야 공작 부인이 그의 인생을 지배하며 그가 사랑과 용서의 감정에 따라 움직이지 못하도록 하는 무서운 힘을 지닌 화신처럼 느껴졌다.

"그럼 이만 실례할게요, 안나." 벳시가 자리에서 일어나며 말했다. 그녀는 안나에게 키스한 뒤 방에서 나갔다. 알렉세이 알렉산드로비치가 그녀를 배웅해 주었다.

"알렉세이 알렉산드로비치! 난 당신이 정말로 관대한 분이라는 것을 알고 있어요." 작은 응접실에서 걸음을 멈춘 벳시가 그의 손을 다시 한번 꽉 잡으며 말했다. "난 아무 상관없는 사람이에요. 하지만 안나를 진심으로 사랑하고 당신을 존경하기에 이런 말씀을 드리는 거예요. 그가 올 수 있게 해 주세요. 알렉세이 브론스키는 명예를 지키려 하고 있어요. 그는 지금 타쉬켄트로 떠나려 하고 있어요."

"공작 부인, 당신의 관심과 조언에 대해 감사하게 생각합니다. 하지만 아내가 누구를 만날 것인지는 그녀 스스로가 결정할 겁니다."

그는 늘 그랬듯 위엄 있는 모습으로 눈썹을 치켜세우며 말했다. 하지만 그는 지금 자신이 무슨 이야기를 해도 현재 자신의 처지에서는 위엄 있는 모습이 나올 수 없을 거라는 생각이 들었다. 그는 이 사실을 그의 말이 끝난 뒤 자신을 흘끗 바라보며 희미하지만 경멸하듯 비웃는 듯한 그녀의 모습을 통해 느낄 수 있었다.

## 20

알렉세이 알렉산드로비치는 홀에서 벳시에게 인사를 건 넨 뒤 아내에게 돌아왔다. 자리에 누워 있던 그녀는 그의 발소리를 듣자 재빨리 일어나 조금 전과 같은 자세로 앉아 놀란 얼굴로 그를 바라보았다. 그는 그녀가 울었다는 것을 알았다.

"나를 믿어 준 것에 대해서는 정말 고맙게 생각하오." 그는 벳시가 있을 때 프랑스어로 했던 말을 다시 부드럽게 러시아어로 반복한 뒤 그녀 옆에 앉았다. 그가 러시아어로 안나에게 '당신'이라고 하자 그것은 견딜 수 없을 만큼 안나의 마음을 자극했다. "당신의 결정에 대해서도 정말 고맙게 생각하오. 어차피 떠날 예정이라면 나 또한 브론스키 백작이 이곳에 올 필요는 전혀 없다고 생각하고 있으니까. 하지만."

"그래요. 그래서 그렇게 말한 거예요. 그런데 왜 또 반복하시는 거예요?" 안나는 마음을 억누르지 못한 채 그의 말을 가로막았다. '전혀 올 필요가 없다고?' 그녀는 생각했다. '그녀를 사랑하고, 그녀를 위해 기꺼이 몸을 희생하고, 또 실제로도 그녀를 위해 목숨까지 버리려 했는데, 또한 그녀 역시 그 사람 없이는 살 수가 없는데, 그럼에도 그녀에게 작별 인사를 하러 올 필요가 전혀 없다는 말인가?' 그녀는 입술을 깨물었다. 그러고는 빛나는 두 눈으로, 그가 조용히 마주 비비고 있는 힘줄이 불거진 그의 두 손을 바라보았다.

"이제 그 얘기는 다시 언급하지 말았으면 해요." 다소 마음을 진정시킨 그녀가 말했다.

"난 이 문제를 마무리 짓는 일에 대해서는 전부 당신에게 맡겼소. 그리고 정말 기쁘게 생각하오. 당신이……." 알렉세이 알렉산드로비치가 말을 꺼냈다.

"내 희망과 당신의 희망이 일치했다는 사실 말인가요?" 그녀가 재빨리 그의 말을 가로막으며 말했다. 그녀는 속마음이 빤히 보임에도 차분하게 읊어 대는 그의 태도에 화가 났던 것이다.

"그렇소." 그가 고개를 끄덕였다. "참, 트베르스카야 공작 부인은 지극히 예민한 남의 가정사에 쓸데없이 참견하고 있소. 또한 그녀는."

"그녀에 대해 누가 뭐라 해도 난 전혀 신경 쓰지 않아요." 안나가 재빨리 말했다. "난 그녀가 날 진심으로 사랑하고 있다는 것을 알고 있으니까요."

알렉세이 알렉산드로비치는 한숨을 내쉬며 침묵했다. 그녀는 그에게 견딜 수 없는 육체적 혐오감을 느끼며 불안정한 모습으로 가운의 술을 만지작거리며 그를 바라보고 있었다. 그녀는 이러한 자신의 감정을 질책했으나 어쩔 수 없었다. 그녀가 바라는 건 이제 단 하나, 진저리나는 그에게서 벗어나야겠다는 생각뿐이었다.

"조금 전 의사를 데려오라고 사람을 보냈소." 알렉세이 알렉산드로비치가 말했다.

"난 건강해요. 그런데 왜 의사가 필요해요?"

"아니, 갓난아이가 울고 있소. 유모의 젖이 부족하다고 하더군."

"내가 그렇게 애원했는데도 왜 당신은 내가 그 아이에게 젖을 물리는 걸 허락하지 않는 거죠? 그래도(알렉세이 알렉산드로비치는 '그래도'라는 말의 뜻을 잘 알고 있었다.) 그 아이는 갓난아기일 뿐이잖아요. 다들 그 아이를 죽이려 하고 있어요." 그녀는 벨을 눌러 아이를 데려오라고 말했다. "내가 젖을 물리고 싶다고 그렇게 애원했는데도 허락하지 않더니 이제 와서 다들 나를 탓하는군요."

"당신을 탓하는 게 아니오……."

"아니, 비난하고 있어요! 아! 난 왜 죽지 않았을까!" 그녀는 흐느끼기 시작했다. "미안해요. 내가 흥분했나 봐요. 내가 좀 이상해진 것 같아요." 그녀가 정신을 차리며 말했다. "이제 좀 나가 줘요……."

'그래, 언제까지 이렇게 살 순 없어.' 아내의 방에서 나오며 알렉세이 알렉산드로비치는 속으로 단호하게 말했다.

사회적 지위를 고려한 자신의 체면을 위해서라도 더 이상 이 생활을 지속할 수 없다는 사실과 그를 향한 아내의 증오, 그리고 그의 정신세계와는 상반되는, 그의 인생 전체를 지배하며 자신의 의지를 실행해 아내를 향한 그의 태도가 바뀌기를 바라는 그 신비하고도 무시무시한 힘의 위력이 오늘만큼 명백하게 모습을 드러낸 적은 없었다.

그는 세상 사람들과 아내가 자신에게 무언가를 바라고 있다는 것을 확실히 알게 되었다. 하지만 그게 무엇인지에 대해서는 정확히 알지 못했다. 그래서 그는 자신의 내면에서 평온함과 도덕성을 파괴하는 나쁜 생각이 솟구치고 있다는 것을 느꼈다. 그는 안나를 위해서 그녀가 브론스키와의 관계를 끊어야만 한다고 생각했다. 하지만 두 사람 다 그것을 불가능하다고 한다면, 그는 아이들에게 모욕감을 주거나 그들을 잃거나 또한 자신의 처지를 변화시키지 않는 선에서 그들의 관계를 허락하려는 생각까지 하고 있었다. 그게 아무리 나쁜 짓이라 하더라도 그녀를 구해 낼 수 없는 치욕스러운 상황에 방치한 채 그 역시 사랑하는 모든 것을 잃게 되는 완전한 파멸보다는 낫다고 생각했기 때문이다. 하지만 그는 마음 깊은 곳에서 자신의 무력함을 느꼈다. 그는 이미 알고 있었다. 모두가 자신의 생각에 반대한다는 것을, 또한 그들은 지금 그에게는 몹시 자연스러우면서도 옳다고 생각되는 일을 허락하지 않을 것이며 그 대신, 나쁘지만 그들이 당연시하고 있는 일들을 그에게 강요하려 한다는 것을 말이다.

21

벳시가 응접실에서 막 나오려던 순간, 그녀는 싱싱한 굴을 사기 위해 옐리세예프의 가게에 갔다 오던 스테판 아르카디이치와 문 앞에서 마주쳤다.

"아! 부인! 정말 반갑군요!" 그가 말했다. "조금 전 댁에 들렀었죠."

"이렇게나마 잠시 만나게 되는군요. 지금 막 돌아가려던 참이었거든요." 벳시가 미소를 띤 채 장갑을 끼며 말했다.

"오, 잠시만요, 부인. 장갑을 끼는 걸 조금 미뤄 주시고 그 손에 키스할 수 있게 해 주세요. 부활한 옛 관습 중에서 손에 입을 맞추는 일은 언제나 고맙게 느껴지지요." 그는 벳시의 손에 입을 맞추었다. "언제 다시 만날까요?"

"당신은 그럴 자격이 없어요." 벳시가 웃으며 대답했다.

"아니, 충분합니다. 난 정말 착실한 사람이 되었거든요. 내 가정뿐만 아니라 남의 가정사까지 잘 수습하려고 노력하고 있습니다." 그는 의미심장한 표정으로 말했다.

"아, 그건 정말 기쁜 일이군요!" 벳시는 곧바로 그가 안나에 대한 이야기를 하고 있다는 것을 알아채고는 대답했다. 그러고 나서 그녀는 그와 함께 다시 홀로 돌아와 구석에 섰다.

"그 사람은 안나를 죽일 거예요." 벳시가 의미심장한 어조로 속삭이듯 말했다. "그렇게 내버려 둘 순 없어요. 그럴 순 없어요."

"당신이 그렇게까지 생각해 주시다니 정말 기쁘군요." 굳은 얼굴로 침울한 표정을 지은 스테판 아르카디이치가 고개를 저으며 말했다. "내가 페테르부르크에 온 것도 바로 그 일 때문입니다."

"온 도시가 그 이야기를 하고 있어요." 그녀가 말했다. "정말 견딜 수 없을 정도예요. 그녀는 점점 야위어 가고 있어요. 그분은 안나가 자신의 감정을 무시할 수 없는 여자라는 걸 모르고 있어요. 둘 중 하나를 택해야 해요. 그분에게서 단호하게 안나를 떼어 내 어딘가로 보내든가 이혼하든가 말이죠. 그렇지 않으면 안나는 숨조차 쉴 수 없을 거예요."

"네, 그래요. 그렇죠……. 그러니까……." 오블론스키가 한숨을 내쉬며 말했다. "그래서 온 거예요. 꼭 그것 때문만은 아니지만……. 이번에 상급 시종관으로 임명돼서 인사차 왔습니다. 하지만 가장 중요한 목적은 그 문제를 마무리 짓기 위해서죠."

"오, 신의 은총이 함께하기를!" 벳시가 말했다.

스테판 아르카디이치는 벳시 공작 부인을 현관까지 배웅한 뒤, 장갑 위로 맥박이 뛰고 있는 그녀의 손목에 다시 한번 입을 맞추었다. 그 후 그녀가 화내야 할지 웃어야 할지 모를 민망한 농담을 던지고는 누이동생의 방으로 들어갔다. 그는 울고 있는 안나를 보았다.

스테판 아르카디이치는 기뻐서 어쩔 줄 모를 만큼 몹시 즐거웠음에도 곧바로 그녀의 기분에 맞춰 감상적이면서도 연민이 담긴 기분으로 바뀌었다. 그는 그녀에게 건강은 괜찮은지, 오늘 아침은 어땠는지 물었다.

"아주, 아주 나빠요. 오후에도, 오전에도, 지금도, 앞으로도, 전부 다요." 그녀가 말했다.

"아무래도 더 이상 견딜 수 없을 만큼 힘든 것 같구나. 그래도 기운을 내야지. 현실을 직시해야 돼. 물론 괴롭겠지. 네가 괴롭다는 건 알아. 하지만……."

"여자는 남자의 결점도 사랑해야 한다고도 하지만." 안나가 갑자기 말을 꺼냈다. "난 그 사람의 선행 때문에 오히려 그를 증오해요. 난 그 사람과 함께 살 수 없어요. 그의 얼굴을 보는 것만으로도 혐오스러워요. 화가 솟구쳐 이성을 잃고 만다고요. 정말 참을 수가 없어요. 그 사람과 더 이상 함께 살 수 없어요. 난 대체 어떻게 해야 하죠? 난 예전부터 불행했기에 더 이상 불행해질 일은 없다고 생각했어요. 하지만 그때는 지금처럼 이렇게 끔찍한 경우는 상상조차 할 수 없었어요. 그 사람이 선량하고 훌륭하다는 걸 알면서도, 그에 비하면 난 티끌만큼도 못한 존재라는 걸 알면서도 그를 미워할 수밖에 없는 내 심정을 믿을 수 있겠어요? 난 그 사람이 관대하기 때문에 미워하고 있어요. 나한테 이젠 다른 방법은 없어요. 오로지……."

그녀는 '죽음'이라는 말을 언급하려고 했다. 하지만 스테판 아르카디이치가 그녀의 말을 가로막았다.

"아파서 더 예민해진 거야." 그가 말했다. "너무 확대해서 생각하지는 마라. 별일 아닐 거다. 그 정도로 무서운 일은 아니야."

그러고 나서 스테판 아르카디이치는 빙긋 웃었다. 스테판 아르카디이치가 아니었다면 그 누구도 이런 절망적인 상황에서 미소를 보일 수는 없을 것이다. (그 미소는 무례함으로 비칠 것이다.) 하지만 그의 미소는 선량함으로 가득하고 여성적인 온화함이 깃들어 있었기에 불쾌하기는커녕 오히려 마음을 진정시키고 평온해지도록 만들었다. 그의 나긋나긋한 이야기와 미소는 평온함을 주는 윤활유가 되었다. 안나도 그것을 느꼈다.

"아니에요, 스티바." 그녀가 말했다. "난 파멸했어요, 파멸해 버렸다고요! 아니, 파멸보다 더 나빠요. 난 아직 파멸한 상태는 아니에요. 아직은 끝났다고 말하고 싶지 않아요. 아니, 오히려 난 아직 끝나지 않았다는 걸 느껴요. 난 팽팽하게 당겨진 줄과 마찬가지예요. 언젠가는 분명 끊어질 테죠. 하지만 아직 끊어지진 않았어요…… 이제 곧 끔찍하게 끊어질 테지만."

"무슨 소릴 하는 거야. 그 줄을 조금 느슨하게 할 수도 있잖니. 해결 방법이 없는 상황이란 건 없어."

"난 생각하고 또 생각해 봤어요. 출구는 오직 하나뿐이에요……"

그는 이번에도 두려움에 가득 찬 그녀의 눈을 통해 그녀가 생각하는 유일한 출구가 죽음이라는 것을 알아채고는 그녀의 말을 가로막았다.

"아니, 그렇지 않아." 그가 말했다. "잘 들어봐. 넌 나처럼 네 상황을 파악할 순 없어. 내 생각을 솔직하게 털어놓을 수 있게 해 주렴." 그는 다시 한번 조심스레 윤활유 같은 미소를 보였다. "그럼, 처음부터 이야기하자면, 넌 너보다 스무 살이나 많은 사람과 결혼했지. 사랑 없이, 사랑이란 게 뭔지도 모른 채 말이야. 그게 잘못된 거야."

"끔찍한 잘못이었죠!" 안나가 말했다.

"하지만 다시 한번 말하지만, 그건 이미 일어난 일이야. 그리고 넌, 알다시피 남편이 아닌 다른 사람을 사랑하는 불행을 겪고 있어. 불행하지만 그 역시 이미 일어난 일이야. 그리고 네 남편은 그 사실을 알면서도 용서했고." 그는 한마디 할 때마다 말을 끊어 가며 그녀가 반박하기를 기다렸다. 하지만 그녀는 아무 말도 하지 않았다. "이런 상황이야. 그러니까 문제는 바로 이거야. 네가 지금의 남편과 계속 함께 살 수 있는가, 또 네가 그것을 원하는가, 그는 그것을 원하고 있는가 하는 것 말이야."

"난 아무것도, 아무것도 모르겠어요."

"하지만 네가 직접 말했잖아. 그를 견딜 수 없다고."

"아니에요. 난 그런 말한 적 없어요. 취소할게요. 난 아무것도 모르겠어요. 아무것도 모르겠다고요."

"그래, 하지만⋯⋯."

"오빠는 모르고 있어요. 난 절벽 아래로 곤두박질치는 기분이에요. 하지만 난 나를 구해선 안 돼요. 구할 수도 없고요."

"걱정하지 마. 우리가 그 밑에 그물을 쳐 놓고 널 받아 줄 테니까. 난 네 심정을 잘 알아. 네가 네 희망이나 감정을 직접 얘기할 수 없다는 사실을 말이야."

"난 아무것도, 아무것도 바라지 않아요⋯⋯. 다만 모든 게 하루빨리 끝나기를 바랄 뿐이에요."

"하지만 그 역시 이 상황을 지켜보고 있고, 알고 있어. 넌 이 문제로 그 사람이 너보다 더 괴로워하고 있다고 생각하긴 하니? 너도 괴롭지만 그 역시 괴로워하고 있어. 그러니 대체 어떻게 하겠다는 거야? 이혼만 하면 말끔히 해결될 문제잖아." 스테판 아르카디이치는 마침내 자신의 중요한 생각을 말하고는 의미심장한 눈빛으로 그녀를 바라보았다.

그녀는 아무 대답도 하지 않고 부정의 의미로 짧게 자른 머리카락을 흔들었다. 하지만 그 순간, 그는 그녀의 표정이

전처럼 아름답게 빛나고 있는 것을 보며 깨달았다. 그녀의 부정은 단지 그것이 불가능한 행복이라고 생각했기 때문이라는 것을 말이다.

"난 두 사람이 너무 가엾어서 견딜 수가 없구나! 이 일만 잘 해결된다면 나 역시 정말 행복할 텐데!" 스테판 아르카디이치는 어느새 대담하게 미소를 지으며 말했다. "이젠 말하지 마라. 아무 말도 하지 마! 하느님께서 내가 느끼고 있는 것을 전부 다 털어놓을 수 있게 해 주시면 참 좋을 텐데. 그럼 이제 그에게 다녀오마."

안나는 생각에 잠긴 반짝이는 눈빛으로 그를 물끄러미 쳐다보았으나 아무 말도 하지 않았다.

22

스테판 아르카디이치는 관청의 상석에 앉아 있을 때처럼 다소 냉엄한 얼굴로 알렉세이 알렉산드로비치의 서재를 찾았다. 알렉세이 알렉산드로비치는 뒷짐을 지고 방 안을 거닐며, 스테판 아르카디이치가 조금 전 안나와 나누었던 대화에 대해 생각하고 있었다.

"내가 방해한 건가?" 매제의 얼굴을 보자 스테판 아르카디이치는 갑자기 당혹스러움을 느끼며 말했다. 그는 난감함을 감추기 위해, 여는 방법이 새로워진 새로 산 담배 케이스를 꺼내 가죽 냄새를 맡으며 담배 한 개비를 뽑아 들었다.

"무슨 일이신지?" 알렉세이 알렉산드로비치는 마지못해 대답했다.

"그게, 난, 저기……. 할 얘기가 좀 있어서 말이야……. 그래, 그러니까 자네에게 꼭 하고 싶은 얘기가 있어서." 스테판 아르카디이치는 예전에는 미처 느껴 보지 못한 자신의 위축감에 놀라며 말했다.

이것은 생각지도 못한 감정이었고 기묘한 것이었기에 스테판 아르카디이치는 지금 자신이 하려는 일이 옳지 않은 것임을 알려 주는 양심의 소리라고 믿을 수 없었다. 스테판 아르카디이치는 온 힘을 다해 위축된 감정을 떨쳐 버렸다.

"난 자네가 누이를 향한 내 사랑과 자네를 향한 내 진정한 우정과 존경심을 믿어 줄 거라 생각하네." 그가 붉어진 얼굴로 말했다.

걸음을 멈춘 알렉세이 알렉산드로비치는 아무 대답도 하지 않았다. 하지만 그의 얼굴에 드러난 희생양 같은 순종적인 표정이 스테판 아르카디이치의 마음을 움직였다.

"누이에 대해서, 또 자네를 비롯한 두 사람의 입장과 관련해 하고 싶은 얘기가 좀 있어서 말이야." 스테판 아르카디이치는 여전히 위축감과 싸우며 말했다.

알렉세이 알렉산드로비치는 쓴웃음을 지으며 멍하니 처남을 바라보았다. 그러고는 아무 말도 하지 않고 테이블 쪽으로 가서 쓰다 만 편지를 처남에게 건네주었다.

"그 문제와 관련해서는 나도 계속 생각 중입니다. 그래서 편지로 얘기하는 게 나을 거라 생각했어요. 지금 막 편지를 쓰기 시작했습니다. 내가 직접 가면 그녀를 자극하게 될 테니까요."

그가 편지를 건네며 말했다.

편지를 받은 스테판 아르카디이치는 의아해하면서도 놀란 모습으로 자신에게 서서히 멈춰 있는 그의 흐린 눈을 바라보았다. 그러고는 편지를 읽기 시작했다.

'내가 당신을 괴롭게 한다는 것은 알고 있소. 그렇게 믿는 건 몹시 괴로운 일이지만 사실이니 어쩔 수 없다는 것을 잘 알고 있소. 난 당신을 비난하지 않겠소. 하늘에 맹세할 수 있소. 난 당신이 앓아누웠을 때 진심으로 우리에게 있었던 모든 일을 다 잊고 새롭게 시작하겠다고 마음먹었소. 난 내가 한 일을 후회하지 않고 앞으로도 절대 후회하지 않을 것이오. 하지만 난 오로지 당신의 행복, 영혼의 안식을 원했소. 그리고 그 소망이 이뤄지지 않았다는 것을 이제야 알게 되었소. 그러니 당신에게 진정 행복한 것, 영혼의 평온을 가져다주는 게 무엇인지 당신이 직접 말해 줬으면 하오. 난 당신의 의지와 정의로움에 내 모든 걸 맡길 생각이오.'

스테판 아르카디이치는 편지를 되돌려 주었다. 하지만 그는 여전히 무슨 말을 해야 할지 모른 채 의아한 얼굴로 매제의 얼굴을 천천히 바라볼 뿐이었다. 그들에게 있어 이 침묵은 몹시 불편한 것이었다. 그래서 스테판 아르카디이치가 카레닌의 얼굴을 뚫어지게 바라보며 침묵하고 있는 동안 그의 입술에 병적인 경련이 일어났다.

"이것이 바로 내가 그녀에게 하고 싶었던 말입니다." 알렉세이 알렉산드로비치가 얼굴을 돌리며 말했다.

"그래, 알았네." 스테판 아르카디이치가 말했다. 그는 목이 메어 제대로 대답할 수가 없었다. "그래, 알아. 자네 심정이 어떤지 잘 알고 있어." 그가 겨우 입을 뗐다.

"난 그녀가 원하는 게 뭔지 알고 싶어요." 알렉세이 알렉산드로비치가 말했다.

"난 그 애 역시 자신의 처지를 모르고 있다는 생각이 들어. 그 애는 판사가 아니니까." 기력을 회복한 스테판 아르카디이치가 말했다. "그 애는 억눌려 있어. 그러니까 자네의 관대함에 완전히 압도된 상태란 말이네. 만약 그 애가 이 편지를 읽는다면 아무 말도 못하고 그저 고개만 숙이고 있을 거야."

"그래요. 그럼 내가 어떻게 해야 할까요? 어떻게 설명해야…… 그녀가 원하는 것을 알아낼 수 있을까요?"

"자네가 내 생각을 듣기를 원한다면 말해 보겠는데, 이런 상황을 마무리 짓기 위해 필요한 방법을 선택하는 것은 오로지 자네한테 달렸다고 보네."

"이 상황을 끝내야 한다고 생각하시는 건가요?" 알렉세이 알렉산드로비치가 그의 말을 막았다. "그럼 대체 어떻게 해야 하는 겁니까?" 그는 평소와 다르게 두 손을 눈앞에서 내저으며 덧붙였다. "아무리 생각해도 이 상황에서 벗어날 방법이 없어요."

"어떤 상황에서도 벗어날 방법은 있어." 스테판 아르카디이치가 자리에서 일어나 쾌활하게 말했다. "자넨 언젠가 이혼하고 싶다고 말했었지……. 만일 지금 자네가 둘 다 서로를 행복하게 할 수 없다는 확신이 든다면 말이야……."

"행복은 다양하게 해석될 수 있죠. 하지만 내가 어떤 조건도 수락하고 아무것도 바라지 않는다면, 우리가 이 상황에서 벗어날 수 있는 방법은 어떤 게 있을까요?"

"내 생각이 궁금하다면." 스테판 아르카디이치는 안나와 대화를 나눌 때처럼 상대의 기분을 누그러뜨리는 윤활유 같은 온화한 미소를 보이며 말했다. 선량한 그 미소는 꽤 효험이 있었다. 알렉세이 알렉산드로비치조차도 자신의 나약함을 느끼며 그 감정에 이끌려 자신도 모르게 스테판 아르카디이치가 하는 말을 믿으려고 할 정도였다. "그 애는 그런 말을 결코 꺼내진 않을 거야. 하지만 이런 상황에서 할 수 있는 일은 하나야. 그 애도 그걸 바랄 거고." 스테판 아르카디이치가 말을 이어 갔다. "두 사람의 관계와 또 그것과 관련된 모든 기억을 끊는 거야. 난 서로의 새로운 관계를 확실하게 하는 것이 필요하다고 생각하네. 그리고 그런 관계는 오로지 서로 자유로워질 때만 가능한 것이지."

"이혼 얘기군요." 알렉세이 알렉산드로비치는 혐오스러운 빛을 띠며 그의 말을 가로막았다.

"그래, 이혼 말이야. 그래, 이혼이야." 스테판 아르카디이치는 얼굴을 붉히며 반복했다. "자네들의 경우와 같은 부부에게는 모든 점에서 그것이 가장 현명한 방법이야. 부부가 함께 살 수 없다고 느꼈을 때 달리 무슨 방법이 있겠는가? 이런 경우는 세상에 흔한 일이야." 알렉세이 알렉산드로비치는 깊은 한숨을 쉬며 눈을 감았다. "이 경우에 한 가지 생각해야 할 것은 부부 중 어느 한 사람이 다른 사람과 재혼을 원하느냐 원치 않느냐 하는 문제야. 그렇지 않다면 이건 아주 쉬운 문제지." 스테판 아르카디이치는 처음에 느꼈던 위축감에서 점점 벗어나며 말했다.

흥분한 알렉세이 알렉산드로비치는 인상을 몹시 찌푸리며 혼잣말로 중얼거렸을 뿐 아무 대답도 하지 않았다. 스테판 아르카디이치에게 아주 쉬워 보이는 이 일은 알렉세이 알렉산드로비치가 수천 번은 더 생각해 봤던 일이었다. 그에게 이 문제는 전혀 쉬운 게 아니었으며, 심지어 그는 완전히 불가능한 일이라고 생각했던 것이다. 이혼에 대해서는 이미 상세히 조사해 봤지만, 현재의 그로서는 불가능한 일이라고 여겨진 것이다. 자신의 체면과 종교에 대한 경외심이 아내를 무시무시한 간통죄로 고소하도록 만들지 않았으며 더구나 자신이 이미 용서했고 사랑하는 아내의 죄가 세상에 드러나 그녀가 모욕을 당하게 할 수는 없었기 때문이었다.

그는 그보다 더 중요한 이유 때문이라도 이혼은 불가능하다고 생각했다. 만약 이혼하게 된다면 아들은 어떻게 되는 것인가. 어머니와 함께 살게 하는 것은 결코 불가능한 일이었다. 이혼한 어머니는 합법적이지 않은 가정을 이루게 될 것이다. 또한 그런 가정에서 의붓아들의 처지와 교육은 절대 좋지 않을 것이다. 그렇다면 자신이 데리고 있는 것은 어떤가? 그러한 경우에는 일종의 복수가 되리라는 것을 알고 있었지만 그는 그것을 원치 않았다. 하지만 이러한 이유 말고도 알렉세이 알렉산드로비치가 이혼이 불가능하다고 여겼던 이유는 그가 이혼을 수락하는 것은 곧 안나의 파멸을 의미하는 것이기 때문이었다.

그의 가슴속에는 다리야 알렉산드로브나가 모스크바에서 했던 말, 그러니까 그가 이혼을 결심한 것은 자신만 생각하는 일이며, 그것이 안나를 파멸시키게 될 거라는 생각은 하지 않고 있다는 말이 깊숙이 남아 있었다. 그래서 그는 이 말을 용서와 아들에 대한 애정과 연관 지어 자신의 방식대로 해석했던 것이다. 그의 생각에, 이혼을 받아들이고 그녀를 자유롭게 해 주는 것은 자신에게서 마지막 연결 고리인 사랑하는 아들을 빼앗는 것이며, 그녀에게서 선량한 길로 나아갈 수 있는 최후의 보루를 빼앗으며 그녀를 파멸시키는 것이었다. 그는 그녀가 이혼녀가 된다면 브론스키와 결합할 것임을 알고 있었다. 그 결합은 비합법적이며 범죄가 될 것이다. 남편이 살아 있는 동안 아내는 재혼할 수 없다는 교회법이 있기 때문이다.

'그녀는 그와 합칠 거야. 또한 1, 2년 안에 그가 그녀를 버리든가 아니면 그녀가 새로운 남자를 만나든가 할 테지.' 알렉세이 알렉산드로비치는 생각했다. '그러면 난 불법적인 이혼을 수락했으니 그녀를 파멸시키는 데 일조하는 셈이 되겠지.' 그는 이런 것들을 수백 번도 더 생각했기 때문에, 처남의 말처럼 이혼은 그렇게 쉽지 않은 것이며 전혀 불가능한 일이라고 확신했던 것이다. 그는 스테판 아르카디이치의 말을 전혀 믿지 않았고, 그의 한마디 한마디에 반박할 수 있었지만 아무 말도 하지 않았다. 하지만 그는 자신을 굴복시키며, 결국에는 그것에 따를 수밖에 없는 강력하고 사나운 힘이 상대의 말을 통해 드러나고 있다고 느끼며 그의 말을 경청했다.

"다만 자네가 어떤 식으로, 또 어떤 조건으로 이혼을 수락할 것인지가 문제인 셈이지. 그 애는 아무것도 원치 않아. 자네한테 뭘 부탁하지는 못할 거야. 그 애는 자네의 관대함에 모든 걸 맡기고 있으니까 말이야."

'정말 큰일이군! 큰일이야! 대체 이게 무슨 일인가?' 알렉세이 알렉산드로비치는 생각했다. 그는 남편이 모든 책임을 받아들여야 하는 이혼 수속의 세세한 절차를 떠올리며, 마치 브론스키가 얼굴을 가렸을 때처럼 수치스러움에 두 손으로 얼굴을 가렸다.

"자넨 흥분하고 있어. 그래, 이해하네. 하지만 잘 생각해 보게……."

'누군가 오른뺨을 때리거든 왼뺨마저 대 주고, 카프탄을 가져가려 하거든 루바슈카까지 내어주어라.' 알렉세이 알렉산드로비치는 생각했다.

"알겠어요, 알겠다고요!" 그는 날카로운 소리로 외쳤다. "치욕스러움도 내가 감당하죠. 아들도 보낼게요. 하지만…… 하지만 그러지 않는 편이 좋지 않을까요? 하지만 이제 마음대로 하세요……."

그러고 나서 그는 처남에게 얼굴을 보이지 않으려고 상대를 피해 창가 의자로 다가가 앉았다. 그는 가슴이 아팠고 수치스러웠다. 하지만 슬픔과 치욕을 느낌과 동시에 자신이 보여 준 고상한 겸손함에 기쁨과 감동을 느끼고 있었다.

스테판 아르카디이치 역시 감동을 받았다. 그는 한참 동안 침묵했다.

"알렉세이 알렉산드로비치, 날 믿게. 그 애는 자네의 관대함에 분명 고마워할 거야." 그가 말했다. "하지만 이 모든 건 하느님의 뜻일지도 몰라." 그가 덧붙여 말했다. 하지만 이렇게 말하고 난 뒤 그는 자신이 너무도 어리석었다는 생각이 들어 자신에 대한 조소를 겨우 참아 냈다.

알렉세이 알렉산드로비치는 뭐라 대답하고 싶었지만 눈물이 그를 가로막았다.

"이건 운명적인 불행이야. 그렇게 생각해야 돼. 난 이 불행을 정해진 것으로 받아들이고 그 애한테도 자네한테도 도움이 되도록 노력하겠네."

매제 방에서 나온 스테판 아르카디이치는 몹시 감동한 상태였다. 하지만 이 문제를 잘 해결했다는 만족감을 해칠 정도는 아니었다. 그는 알렉세이 알렉산드로비치가 자신의 말을 무시하지 않을 거라고 확신하고 있었기 때문이다. 또한 이 만족감 안에는 이 문제가 무사히 해결되면 아내와 지인들에게 다음과 같은 질문을 해 봐야겠다는 생각도 들어 있었다.

'나와 군주는 어떤 차이가 있는가? 군주는 라즈보드(군대의 배치)를 지시했지만 그로 말미암아 누구 하나 이득을 보지 못했다. 하지만 난 라즈보드(이혼)를 성공시켜 세 사람이 이득을 보게 만들었다……' 아니면 이런 문제는 어떨까? "나와 군주는 어떤 유사점이 있는가? 아니, 그건 그때 가서 좀 더 생각해 보자." 그는 미소를 지으며 혼잣말을 했다.

## 23

총알이 심장을 빗나갔으나 브론스키는 중상을 입었다. 그는 며칠간 생사의 갈림길에 있었다. 그러다가 그가 처음으로 입을 움직였을 때 그의 방에는 형수 바랴만 있었다.

"바랴!" 그는 냉엄한 얼굴로 그녀를 바라보며 말했다. "난 의도치 않게 날 쐈어요. 그러니 제발 이 얘기는 어떤 일이 있어도 발설하지 말아 주세요. 다른 사람들에게도 그렇게 전해 주시고요. 그렇지 않으면 내 꼴이 너무 우스워지니까요!"

바랴는 아무 대답 없이 그의 위로 몸을 굽히고는 유쾌한 미소를 지으며 그의 얼굴을 천천히 들여다보았다. 열이 내려 그의 눈빛은 맑아졌으나 표정은 굳어 있었다.

"진짜, 천만다행이에요!" 그녀가 말했다. "아프진 않아요?"

"여기가 좀." 그는 가슴을 가리켰다.

"붕대를 갈아 드릴게요."

그녀가 붕대를 가는 동안 그는 아무 말도 하지 않고 자신의 강한 턱을 악물며 그녀를 바라보았다. 붕대를 다 감고 나자 그가 말했다.

"그냥 하는 말이 아니에요. 그러니 내가 자살 시도를 했다는 말이 나오지 않도록 해 주세요."

"아무도 그렇게 말하지 않아요. 그러니 다시는 충동적으로 방아쇠를 당기지 마세요." 그녀는 미심쩍은 미소를 지으며 말했다.

"이제 그런 일은 없을 거예요. 하지만 차라리 그렇게 되었다면……."

그가 침울한 미소를 지었다.

그의 말과 미소는 바랴를 놀라게 만들었다. 그의 몸은 열이 내리면서 회복되기 시작했다. 그러자 그는 슬픔의 일부에서 완전히 벗어난 듯한 느낌이 들었다. 그는 마치 그러한 행동으로 지금껏 느껴 왔던 수치와 굴욕감을 스스로 씻어 낸 듯한 기분이 들었다. 그는 이제 알렉세이 알렉산드로비치를 냉정하게 바라볼 수 있었다. 그는 카레닌의 관대함을 완전히 인정했지만 그렇다고 자신이 비열한 인간이라고 생각하지는 않았다. 또한 그는 다시 이전의 생활로 돌아오게 되었다. 그는 이제 수치심 없이 사람들의 눈을 바라볼 수 있었고 자신의 습관대로 생활할 수 있게 되었다. 그가 계속해서 싸우고 있었으나 자신의 마음에서 떨쳐 낼 수 없었던 유일한 것은 그녀를 영원히 잃게 되었다는 절망에 가까운 회한이었다.

그는 안나의 남편 앞에서 속죄했으니 어떠한 경우에도 그녀와의 관계를 깨끗이 정리할 것이며, 앞으로도 과거의 잘못을 반성하며 새롭게 마음을 다잡은 그녀와 남편 사이에 끼어들지 않겠다는 확고한 결심을 내렸다. 하지만 그는 그녀를 잃은 안타까움을 자신의 마음속에서 떨쳐 낼 수는 없었다. 그리고 당시에는 이 정도로 느껴지지는 않았지만 지금은 상당히 매력적인 기억으로 그를 고통스럽게 하는 행복한 순간들을 떨쳐 버릴 수 없었다.

세르푸호프스코이는 그에게 타쉬켄트에서 근무할 것을 권했다. 그러자 브론스키는 한 치의 망설임도 없이 동의했다.

하지만 출발 시간이 다가오자 그는 자신의 의무라고 생각하며 희생하려 했던 마음이 점점 고통스럽게 느껴졌다.

그는 상처가 아물자 타쉬켄트로 떠날 준비를 하기 위해 이곳저곳을 돌아다녔다.

'일단 그녀를 한번 만난 뒤에 종적을 감추든 죽든지 해야겠어.' 그는 이런 생각을 하며 벳시에게 작별 인사를 하러 갔을 때 그녀에게 자신의 속마음을 털어놓았다. 벳시는 그의 부탁을 들어주기 위해 안나를 찾아갔다. 그러고는 그에게 부정적인 대답을 전해 주었다.

'어쩌면 잘된 일인지도 몰라.' 그 대답을 듣고 난 브론스키는 생각했다. '그 나약함이 내 마지막 남은 의지를 없애 버릴 수도 있으니까.'

다음 날 아침, 벳시가 브론스키를 찾아와 알렉세이 알렉산드로비치가 이혼을 수락했으니 이제 그가 안나를 만날 수 있다며, 오블론스키에게서 그 소식을 들었다고 전해 주었다.

그러자 브론스키는 지금껏 마음먹었던 일들을 모두 잊고 언제 만나게 될지, 남편이 어디 있는지조차 묻지도 않고 벳시를 배웅하는 일도 잊은 채 곧바로 카레닌가로 마차를 몰았다. 그는 누구에게도, 어떤 것에도 눈길을 주지 않은 채 계단으로 뛰어 올라갔다. 그는 자신의 마음을 겨우 억누른 채 빠른 걸음으로 그녀의 방으로 들어갔다. 그러고는 방에 누가 있는지 생각하지도, 살펴보지도 않은 채 별안간 그녀를 끌어안고 그녀의 얼굴과 손, 그리고 목에 키스를 퍼부었다.

안나는 그와 만날 것을 예상하고 있었으며 그에게 해야 할 말도 준비해 두었다. 하지만 그녀는 어떤 말도 꺼낼 수가 없었다. 그의 열정이 그녀를 온통 뒤덮어 버렸기 때문이다. 그녀는 그를 진정시키고 또한 자신도 진정하려고 애썼지만 이미 늦어 버렸다. 그의 감정은 어느새 그녀에게 옮겨진 것이었다. 그녀는 입술이 파르르 떨려 와 한참 동안 아무 말도 할 수 없었다.

"아, 당신은 나를 사로잡아 버리고 말았어요. 이제 난 당신 거예요." 마침내 그녀는 그의 손을 자신의 가슴에 가져다 대며 말했다.

"이게 당연한 거예요!" 그가 말했다. "우리가 살아 있는 한 이렇게 돼야만 해요. 이제야 그걸 알았어요."

"그래요." 안색이 점점 창백해지고 있는 그녀가 그의 머리를 끌어안으며 말했다. "결국 이렇게 되어 버렸지만 이 안에 뭔가 끔찍한 게 있을 것만 같아요."

"결국엔 지나갈 거예요. 전부 다 지나갈 거예요. 우린 이제 행복해질 겁니다! 우리 사랑이 더 견고해진다면 아마도 이 안에 끔찍한 것이 있기 때문이겠죠." 그는 고개를 들고는 가지런한 이를 드러내고 미소를 지으며 말했다.

그녀 역시 미소로 답했다. 그의 말이 아닌, 사랑이 넘치는 그의 눈에 대한 답이었다. 그녀는 그의 손을 잡고는 차갑게 식은 자신의 뺨과 짧게 자른 머리카락을 쓰다듬었다.

"머리가 짧아져서 못 알아볼 뻔했어요. 정말 예뻐졌군요. 소년 같아요. 그런데 안색이 너무 창백하군요!"

"그래요. 내가 너무 약해졌나 봐요." 그녀가 웃으며 말했다. 그러자 그녀의 입술이 다시 떨려 오기 시작했다.

"우리 이탈리아로 떠나요. 그렇게 되면 당신도 좋아질 거 예요." 그가 말했다.

"하지만 우리가 남편과 아내로 사는 게 가능할까요? 당신 과 함께 가정을 이루는 게 말이에요." 그녀는 가까이 다가가 그의 눈을 들여다보며 말했다.

"오히려 난 지금껏 그러지 못한 게 억울해요."

"스티바의 말에 따르면, 그 사람이 어떤 것이든 동의하겠 다고 했다던데, 난 그의 관대함을 받아들일 수 없어요." 그녀 는 생각에 잠긴 듯 브론스키의 옆모습을 보며 말했다. "난 이 혼하고 싶지 않아요. 난 이제 어떻게 되든 마찬가지예요. 다 만 그 사람이 세료쥐아를 어떻게 할지 모르겠어요."

그는 그녀가 이렇게 자신과 마주하고 있는 순간에도 아들 과 이혼에 대해 떠올린다는 것을 이해할 수 없었다. 그런 일 은 아무래도 상관없지 않은가?

"그 얘긴 그만하죠. 그만 생각해요." 그는 자신의 손 안에 있는 그녀의 손을 매만지며 그녀의 생각을 자신에게 집중시 키려 애쓰며 말했다.

"아, 왜 난 죽지 않은 걸까요. 오히려 그게 나았을 텐데!" 그 녀가 말했다. 그녀의 뺨에 눈물이 흘러내렸다. 하지만 그녀는 그를 슬프게 하지 않기 위해 억지로 미소를 지었다.

위험하지만 영광스러운, 타쉬켄트로의 임명을 거부하는 것은 기존의 브론스키의 사고방식에 따르면 치욕스러우면서 도 불가능한 일이었다. 하지만 그는 한 치의 망설임도 없이 그것을 떨쳐 내 버렸다. 그러고는 자신의 행동에 대해 상관들이 비난하는 것을 느끼자 바로 퇴역해 버렸다.

한 달이 지나자 알렉세이 알렉산드로비치는 아들과 단둘이 집에 남게 되었다. 그리고 안나와 브론스키는 이혼을 수락하지 않은 채, 단호하게 그것을 거부한 뒤 외국으로 떠났다.

제5부

# Anna
# Karenina

1

쉬체르바쓰키 공작 부인은 5주밖에 남지 않은 사순절 전까지 결혼식을 올리는 것은 절대 불가능한 일이라고 생각했다. 그때까지는 혼수를 반도 준비 못할 것 같았기 때문이었다. 하지만 사순절 후에 치르면 너무 늦어질 거라는 레빈의 말에도 동의할 수밖에 없었다. 쉬체르바쓰키 공작의 연로한 숙모가 중병을 앓고 있어 임종을 앞두고 있었기에, 만약 상(喪)을 치르게 된다면 결혼식은 더욱 미뤄질 것이기 때문이었다. 그래서 공작 부인은 혼수를 크고 작은 두 종류로 나누어 준비하기로 결정한 뒤 사순절 전까지는 결혼식을 치르는 것에 동의했다.

그녀는 작은 혼수는 지금 모두 준비하고 큰 것은 추후에 보내기로 했다. 하지만 레빈이 그에 대한 동의 여부를 진지하게 대답하지 않자 별안간 그녀는 그에게 화를 내 버렸다. 결혼식이 끝나는 대로 두 신혼부부는 큰 혼수가 필요 없는 시골로 내려가기로 했기 때문에 그녀의 의견에 따르는 것이 편했기 때문이다.

레빈은 여전히 무아지경에 빠져 있었다. 그는 자신과 자신의 행복이 이 세상에서 가장 중요하며 유일한 목적이라고 생각되었고, 현재의 자신이라면 어떠한 일에 대해서도 생각하고 걱정할 필요가 없다는 생각이 들었다. 또한 어떠한 일이라도 자신을 위해 다른 사람들이 기꺼이 해 주고 있으며, 또 해줄 것 같은 생각이 들었던 것이다. 그는 앞으로의 계획도 목표도 생각하지 않았다. 그저 모든 게 다 잘될 거라고 생각하며 그 결정을 다른 사람들에게 맡기고 있었다. 세르게이 이바노비치 형과 스테판 아르카디이치, 그리고 공작 부인이 그가 해야 할 일을 알려 주었다. 그는 다만 그들이 하는 말에 전적으로 동의할 뿐이었다. 형은 그에게 돈을 보태 주었고 공작 부인은 결혼식이 끝나는 대로 모스크바를 떠나라고 권했다. 스테판 아르카디이치는 외국으로 가기를 권했다. 그는 모든 의견에 동의했다.

'그게 당신들을 즐겁게 하는 일이라면 그렇게 하지요. 난 행복하니까요. 그리고 내 행복은 당신들이 어떻게 한다 해도 더 커지지도, 작아지지도 않을 테니까요.' 그는 이렇게 생각했다. 그가 외국으로 떠나라는 스테판 아르카디이치의 조언을 키티에게 전하자 그녀는 그 의견에 동의하지 않았다. 레빈은 그녀가 두 사람의 미래에 대해 자신만의 확고한 계획을 가지고 있다는 사실에 몹시 놀랐다. 그녀는 레빈이 시골에서 해야 할 일이 있고 그 생활을 아주 좋아한다는 것을 알고 있었다. 그는 그녀가 그 일에 대해 이해하지 못하고 있으며 이해할 생각도 없을 거라 여기고 있었다. 하지만 그것은 그녀가 그 일을 중요하게 생각하는 것을 전혀 방해하지 못했다.

또한 그녀는 시골이 자신의 생활 터전이 될 것임을 알고 있었다. 그래서 외국보다는 바로 자신들이 살게 될 시골로 가기를 원했던 것이다. 이렇듯 그녀의 확고한 생각은 레빈을 놀라게 만들었다. 하지만 그는 어떤 것도 좋았기 때문에 스테판 아르카디이치에게 시골에 가서 그의 풍부한 취향대로 그가 할 수 있는 준비를 해 달라며, 그것이 마치 그의 의무인 것처럼 부탁했다.

"그런데 참." 신혼살림에 필요한 만반의 준비를 해 놓고 시골에서 돌아온 스테판 아르카디이치가 레빈에게 말했다. "고해 성사를 봤다는 증서는 갖고 있지?"

"아니, 그건 왜?"

"그게 없으면 결혼식을 올릴 수 없어."

"아니, 아니, 아니!" 레빈이 소리쳤다. "난 이미 9년간 성찬을 받지 못했어. 그건 생각지도 못했어."

"큰일 났군!" 스테판 아르카디이치가 웃으며 말했다. "그러면서 나한테 허무주의자라는 둥 뭐라고 했던 건가! 하지만 어쨌든 그러면 안 될 테니 성찬을 받아야만 해."

"하지만 언제? 겨우 나흘밖에 남지 않았는데."

스테판 아르카디이치는 이 문제 역시 잘 도와주었다. 그래서 레빈은 성찬을 받게 되었다. 종교는 없지만 다른 사람의 종교를 존중하는 레빈 같은 사람에게 교회의 모든 의식을 치른다는 것은 꽤 고통스러운 일이었다. 특히 마음이 온화하고 모든 일에 예민한 현재로서는 이런 식으로 스스로를 기만하는 일은 고통스러울 뿐만 아니라 도저히 불가능한 일이라고 생각되었다. 그는 지금 이토록 자랑스럽고 영광스러운 시기에 거짓말하고 신성함을 모독해야만 했던 것이다. 그는 도무지 어느 쪽도 가능하지 않을 것 같은 생각이 들었다. 그래서 그는 성찬을 받지 않고 증서를 얻는 방법은 없냐고 스테판 아르카디이치에게 몇 차례 물어보았다. 하지만 스테판 아르카디이치는 불가능하다고 단호하게 말했다.

"뭐가 그렇게 힘든 거야? 겨우 이틀이잖아? 그리고 그 사제는 선량하고 재치 있는 노인이야. 아마 그는 자네가 전혀 의식하지 못하는 사이에 이(齒)를 뽑아 줄 거야."

레빈은 열여섯에서 열일곱 살이 되던 때 처음으로 느꼈던 강렬한 종교적 감정을 떠올려 보기 위해 노력했다. 하지만 곧 그것은 불가능한 일이라는 것을 알게 되었다. 그는 그러한 의식을 사람들이 누군가를 방문할 때의 예절처럼 아무 의미 없는 공허한 관습이라고 생각하기에 이르렀다.

하지만 그는 이것조차도 불가능할 것 같은 생각이 들었다. 종교와 관련해 레빈은 동시대의 수많은 사람처럼 아주 애매한 입장에 있었던 것이다. 그는 믿을 수 없었다. 하지만 그러면서도 그 모든 게 전부 그르다고 확신할 수도 없었다. 그래서 그는 자신이 하고 있는 일이 지닌 의미를 신뢰할 수도, 허례허식이라며 냉정하게 바라볼 수도 없는 입장이 되어 의식을 치르는 동안에도 자신을 이해할 수 없었다. 그의 내면의 소리가 그에게 위선적이고 옳지 않은 일을 한다고 속삭이는 듯한 기분이 들었기에 그는 기이하면서도 불편하며 수치스러운 감정을 느꼈다.

그는 예배를 보면서 자신의 견해에 어긋나지 않는 의미를 기도에 부여하려고 노력했다. 그러면서 묵묵히 경청하기도 하고 또 자신은 도저히 이해할 수 없으니 그것을 비판하는 게 마땅하다고 생각하며 가능하면 듣지 않으려고도 했다. 또한 교회에서 멍하니 서 있는 동안 머릿속에서 맴돌며 활기를 띠는 자신의 사상과 관찰, 기억들로 지루한 시간을 달래고 있었다.

그는 아침 예배와 저녁 예배, 밤 예배까지 마쳤다. 그리고 다음 날, 아침 기도를 듣고 고해 성사를 하기 위해 평소보다 일찍 일어나 차도 마시지 않고 8시가 되자 교회로 향했다.

교회에는 행색이 초라한 병사 한 명과 노파 두 사람, 교회지기밖에 없었다.

젊은 보좌 사제가 그를 맞이했다. 그의 얇은 사제복 아래로 긴 속옷의 등 쪽이 둘로 나뉘어 비치고 있었다. 그는 벽 쪽의 작은 테이블로 가서 기도문을 읽기 시작했다. 그가 기도문을 읽는 동안 유독 '용서하셨도다, 용서하셨도다(파밀로스).'라고 들리는 '하느님이시여, 자비를 베푸소서(파밀루이)!'라는 말이 빠르게 반복되고 있었다. 그러자 레빈은 자신의 사고가 막혀 버리고 봉인되어 이제 더 이상 그것을 만져서도 움직여서도 안 되며, 잘못하다가는 엉망이 될 것 같은 생각이 들었다. 그래서 그는 보좌 사제 뒤에 서서 그의 말을 들으려 하지도 않고 계속해서 자신의 생각만 하고 있었다.

'그녀의 손에는 정말 많은 표정이 담겨 있어.' 그는 어제 두 사람이 구석 쪽 테이블에 앉았던 때를 떠올려 보았다. 늘 그랬듯이, 두 사람은 특별히 할 이야기가 없었다. 그녀는 테이블 위에 한 손을 올려놓고는 쥐었다 폈다 하면서 그 움직임을 바라보며 혼자 웃었다. 그는 그 손에 입을 맞췄던 것과 그 후에 장밋빛 손바닥의 손금을 보았던 일을 떠올려 보았다.

'또 용서받았군.' 레빈은 성호를 긋고 예배를 드리며, 그와 마찬가지로 똑같이 예배를 드리는 보좌 사제의 등이 부드럽게 움직이는 것을 보며 생각했다. '그리고 그녀는 내 손을 잡고 손금을 봐 주었지. 그러고 나서 정말 멋진 손이라고 말했어.' 그는 자신의 손과 보좌 사제의 뭉툭한 손을 번갈아 보았다. '아, 이제 곧 끝나려나 보군.' 그는 생각했다. '이런, 처음부터 다시 시작할 모양인가.' 그는 기도문을 들으며 생각에 잠겼다. '아니, 끝나 가고 있어. 저기 있는 사제가 몸을 깊숙이 숙여 절하고 있잖아. 저건 항상 끝날 때 하는 행동이니까.'

부제는 벨벳 소매 속에 감춰진 손으로 3루블짜리 지폐를 슬쩍 받으며 등록해 놓겠다고 말했다. 그러고 나서 그는 텅 빈 교회의 바닥에 새 장화 소리를 크게 울리며 제단으로 향했다. 1, 2분 정도 지나자, 그가 얼굴을 내밀며 레빈에게 손짓했다. 그러자 지금껏 막혀 있던 레빈의 사고가 머릿속에서 솟구쳐 올랐다. 하지만 그는 그것들을 서둘러 떨쳐 내 버렸다.

'어떻게든 되겠지.'

그는 이렇게 생각하며 설교대로 향했다. 계단에 올라 오른쪽으로 돌아보니 사제가 보였다. 성글고 희끗희끗한 턱수염과 피로해 보이지만 선량한 눈을 가진 노사제는 설교대 옆에서 기도문 책을 보고 있었다. 그는 레빈에게 가볍게 목례하고는 평소와 같은 목소리로 그것을 읽어 내려갔다. 기도문을 다 읽자 그는 땅에 닿을 만큼 몸을 깊이 숙여 절하고는 레빈을 바라보았다.

"보이지는 않지만 그리스도께서는 당신의 고해를 듣고 계십니다." 그가 십자가 위의 그리스도를 가리키며 말했다. "당신은 거룩한 사도들의 교회의 가르침을 전부 믿으십니까?"
레빈에게서 얼굴을 돌린 사제가 성대 아래에서 두 손을 맞잡으며 말을 이어 갔다.

"전 모든 걸 의심해 왔고 지금도 의심하고 있습니다." 레빈은 자신이 생각하기에도 불쾌한 목소리로 말하고 나서는 말을 멈추었다.

사제는 그가 더 할 말이 남아 있지 않을까 하며 몇 초간 기다렸다. 그러고 나서 그는 눈을 감고 'O' 음을 빠르게 발음하는 블라디미르 지역 방언으로 말했다.

"의심이란 것은 나약한 인간이 지닌 특성이지요. 하지만 우리는 자비로우신 하느님께서 우리의 마음을 강하게 만드시도록 기도 드려야 합니다. 당신은 죄라고 불릴 만한 행동을 한 적이 있습니까?" 그는 시간을 낭비하지 않으려는 듯 조금도 지체하지 않으며 말했다.

"저의 가장 큰 죄는 의심하는 겁니다. 저는 모든 것을 의심하고 있습니다. 또한 항상 의심 속에 살아가고 있습니다."

"의심이란 것은 보통의 인간이 지닌 약점이지요." 사제는 같은 말을 되풀이했다. "당신은 주로 어떤 것을 의심하나요?"

"저는 모든 것을 의심하고 있습니다. 때때로 하느님의 존재마저도 의심하기도 합니다."

자신도 모르게 이렇게 말해 버린 레빈은 이것이 너무 무례한 짓이라는 생각에 몹시 놀랐다. 하지만 사제는 개의치 않는 듯했다.

"하느님의 존재에 의심이란 게 있을 수 있을까요?" 그는 희미한 미소를 띠며 곧바로 말했다.

레빈은 아무 말도 하지 않았다.

"하느님께서 창조하신 것을 보고 있으면서 어떻게 창조주에 대한 의심을 가질 수 있습니까?" 사제는 습관인 듯한 빠른 말투로 말을 이어 나갔다. "그럼 하늘의 둥근 천장을 별들로 장식하신 분은 누구입니까? 대지에 아름다움을 주신 분은 누구입니까? 창조주가 존재하지 않는다면 어떻게 이것이 가능하겠습니까?" 그는 레빈을 의아한 눈빛으로 쳐다보며 말했다.

사제와 철학적인 논쟁을 벌이는 것은 옳지 않다고 생각한 레빈은 질문과 직접적인 관련이 있는 것에 대해서만 대답했다.

"잘 모르겠습니다."

"모르신다는 말씀입니까? 그렇다면 어째서 당신은 하느님께서 만물을 창조하신 사실을 의심하시는 겁니까?" 사제가 당황한 듯한 모습으로 말했다.

"전 아무것도 모릅니다." 얼굴이 빨개진 레빈은 자신의 말이 어리석다는 것과 또한 이런 상황에서는 그럴 수밖에 없다는 사실을 느끼며 말했다.

"하느님께 기도를 드리시고 모든 걸 맡기십시오. 덕망이 높은 사제들도 의심을 품고 있었습니다. 그들은 자신의 믿음을 강하게 해 달라며 하느님께 기도 드렸습니다. 악마의 힘은 대단합니다. 우리는 그것에 굴복해서는 안 됩니다. 하느님께 기도 드리시고 모든 걸 맡기십시오. 하느님께 기도 드리세요." 그는 빠르게 반복했다.

잠시 생각에 잠긴 듯한 사제는 한동안 아무 말이 없었다.

"당신은 내 교구의 신도이자 하느님의 아들인 쉬체르바쓰키 공작의 영애와 결혼할 예정이라고 들었습니다만." 그가 웃으며 말했다. "정말 훌륭한 아가씨죠!"

"네." 사제의 말에 레빈이 얼굴을 붉히며 대답했다. '고해성사를 하는데 무슨 이유로 이런 질문을 하는 것일까?' 그는 생각했다.

그러자 그러한 생각에 답하듯 사제가 말했다.

"당신은 결혼할 예정입니다. 그리고 하느님께서는 분명 당신에게 자손을 내리실 겁니다. 그렇지 않습니까? 하지만 당신이 믿음을 저버리고 당신을 유혹하는 악마의 유혹에 넘어간다면 당신은 자식들에게 어떤 가르침을 줄 수 있을까요?"

그는 부드럽게 질책하는 듯한 어조로 말했다. "당신이 자식을 사랑한다면 당신은 선량한 아버지로서 자식에게 부와 사치, 명예를 주고 싶어 하겠죠. 또한 동시에 자식에 대한 구원을, 자식들의 영혼에 진리의 빛이 깃들기를 바랄 겁니다. 그렇지 않겠습니까? 그리고 죄가 없고 순수한 아이들이 당신에게 '아버지, 저를 즐겁게 하는 이 세상의 모든 것들, 땅, 물, 해, 꽃, 풀 같은 것은 누가 만들었어요?'라고 묻는다면 당신은 어떤 대답을 들려주시겠습니까? '나는 모른다.'라고 말씀하시겠습니까? 위대한 자비로움으로 하느님께서 당신에게 모든 걸 보여 주셨음에도 당신이 그것을 모른다고 하실 수는 없을 겁니다. 그리고 당신의 자식들이 '사람이 죽으면 어떻게 돼요?'라고 묻는다면, 그리고 당신이 아무것도 모르고 있다면 아이에게 어떻게 대답하실 겁니까? 당신은 그 아이를 세상과 악마의 유혹 속에 내버려 두실 겁니까? 그건 옳지 않습니다!"

그는 그렇게 말을 끝맺었다. 그러고는 고개를 옆으로 기울이며 선량하고 온화한 눈으로 레빈을 바라보았다.

레빈은 아무 대답도 하지 않았다. 사제와 논쟁하고 싶지 않아서가 아니라 지금껏 자신에게 이런 질문을 던진 사람은 아무도 없었기 때문이었다. 그리고 자식들이 그에게 이런 질문을 할 때까지 무슨 대답을 해야 할지 생각할 여유가 충분히 있다는 생각이 들었기 때문이었다.

"당신은 지금 인생의 황금기에 들어서려 하고 있습니다." 사제가 말을 이어 갔다. "당신은 이제 길을 선택해 굳은 의지를 지니고 앞으로 나아가야 합니다. 하느님께 기도하세요. 자비로움으로 당신을 도우실 수 있도록, 은총을 내려 주실 수 있도록 말입니다." 그가 말을 맺었다. "우리의 주님, 우리의 하느님, 예수 그리스도께서 자비로움과 은총으로 이 아들을 용서해 주시기를……." 용서의 기도를 마친 사제는 그에게 축복을 내리며 그를 보내 주었다.

집으로 돌아온 레빈은 불편한 볼일이 끝났다는 것과 거짓말하지 않고도 그 일을 끝냈다는 것에 몹시 기분이 좋아졌다. 또한 그의 마음속에는, 선량하고 친절한 노인이 말했던 것은 그가 처음에 생각했던 만큼 어리석지 않으며 그 속에는 자신이 분명 이해하고 알아야 할 무언가가 있다는 생각이 어렴풋하게 들었다.

'지금 당장 그래야 하는 것은 아니야.' 레빈은 생각했다. '하지만 먼 훗날 언젠가.' 그러자 레빈은 자신의 영혼 속에 불순함이 존재한다는 것을 더욱 강하게 느꼈다. 종교와 관련해 그가 타인을 통해 확실하게 보았던, 즉 친구인 스비야쥐스키를 비난했던 것과 비슷한 심정이라는 것이 느껴졌다.

그날 저녁, 레빈은 약혼녀와 함께 돌리의 집에서 즐거운 시간을 보냈다. 그는 스테판 아르카디이치에게 한껏 고조된 자신의 기분에 대해 말했다. 그러면서 그는 마치 고리를 통과하도록 훈련받은 개가 통과하는 요령을 터득한 뒤 그것을 멋지게 해내고는 기쁨에 넘쳐 짖어 대며 꼬리를 흔들고 테이블과 창문 위로 뛰어오르는 것처럼 즐겁다고 말했다.


2


레빈은 결혼식 날, 관습에 따라(공작 부인과 다리야 알렉산드로브나는 모든 관습을 철저히 지키기를 요구했다.) 자신의 약혼녀와 만나지 않았다. 그는 세 명의 미혼 남자들, 세르게이 이바노비치, 대학 시절 친구였고 현재 자연 과학 교수인 카타바소프(레빈은 그를 길에서 만나 데려왔다.) 그리고 모스크바의 조정 판사이자 레빈과 곰 사냥을 함께 나가는 신랑의 들러리 치리코프를 우연히 만나 자신의 호텔 방으로 초대해 함께 식사했다. 식사는 아주 유쾌했다. 세르게이 이바노비치는 몹시 기분이 좋아서 카타바소프의 특이한 면모에 유쾌함을 느꼈다. 카타바소프는 상대가 자신을 특별하게 생각하며 높이 평가해주자 흥분하며 자신만만해했다. 치리코프는 유쾌하고 온화한 어조로 모든 대화에 응수해 주었다.

"그러니까 말입니다." 강단에서 하던 습관대로 카타바소프는 말을 길게 늘이며 말했다. "우리의 친구 콘스탄틴 드미트리치는 장래가 촉망되는 청년이었습니다. 하지만 난 과거의 일을 말하고 있는 겁니다. 왜냐하면 예전의 그는 더 이상 존재하지 않기 때문입니다. 대학을 졸업할 무렵 그는 과학을 사랑하고 인간에 대한 연구에 관심이 있었습니다. 하지만 그 능력의 절반은 현재 자신을 기만하는 데 썼고 나머지는 그 기만을 옹호하는 데 쓰고 있지요."

"당신처럼 완벽하게 결혼을 반대하는 사람은 본 적이 없습니다." 세르게이 이바노비치가 말했다.

"아니, 난 반대하지 않습니다. 그저 노동의 분업을 지지하고 있을 뿐입니다. 할 줄 아는 게 아무것도 없는 사람들은 인간이라도 만들어야겠지요. 하지만 그 외의 사람들은 인간의 계몽과 행복에 힘을 써야 합니다. 내 생각은 이렇습니다. 이두 가지를 혼동하는 사람들이 상당히 많지만 난 그런 사람은 아닙니다."

"자네가 사랑한다면 난 정말 행복할 텐데!" 레빈이 말했다. "결혼식에 나를 꼭 초대해 주게."

"난 이미 사랑하는 중이네."

"그래, 오징어하고 말이야. 형님도 아시겠지만." 레빈이 형을 바라보았다. "미하일 세묘느이치는 영양(營養)에 대한 책을 쓰고 있어요. 게다가……."

"이봐, 문제를 혼란스럽게 만들지 말게! 무슨 연구든 상관 없어. 문제는 내가 오징어와 사랑에 빠졌다는 거야."

"하지만 오징어는 자네와 아내의 사랑을 방해하진 않아."

"물론 오징어는 그럴 테지만 아내가 방해할 테지."

"무슨 이유로?"

"곧 알게 될 거야. 자넨 지금 농사와 사냥과 사랑에 빠졌지. 하지만 두고 봐!"

"참, 아르히프가 오늘 찾아와서는 프루드노예에 커다란 사슴이 무척 많고 곰도 두 마리나 있다고 하던데." 치리코프가 말했다.

"그럼 내가 없어도 가서 좀 잡아 오지."

"그럴 생각이야." 세르게이 이바노비치가 말했다. "넌 지금부터라도 곰 사냥에서 손을 떼야 할 거야. 아내가 보내 주지 않을 테니까."

레빈이 싱긋 웃었다. 아내가 자신을 보내 주지 않는다는 상상을 하자 몹시 즐거워진 그는 곰 사냥의 기쁨을 이제 영영 포기하겠다는 생각마저 든 것이다.

"하지만 자네 없이 곰 두 마리를 잡는 건 역시나 아쉬운 일이야. 하필로보에서 있었던 일 기억나나? 분명 멋진 사냥이 될 거야." 치리코프가 말했다.

레빈은 사냥 없이도 재미있는 일은 어디에나 있다는 말을 하려다가 상대의 기분을 망칠 것 같은 생각에 아무 말도 하지 않았다.

"독신 생활에서 벗어나는 건 그냥 되는 일이 아니야." 세르게이 이바노비치가 말했다. "아무리 행복하다고 해도 자유는 그리운 법이니까."

"자, 어서 말해 봐. 고골의 새신랑처럼 창밖으로 뛰쳐나가고 싶다고 말이야."

"물론 당연히 그렇겠지. 하지만 인정하진 않을 거야!" 카타바소프는 이렇게 말하며 크게 웃어 댔다.

"자, 창문은 열려 있어…… 당장 트베리로 떠납시다! 암곰한 마리가 있고 굴까지 갈 수 있다고. 정말이라니까. 5시 기차로 떠나지 않겠나? 그곳에 가면 마음대로 할 수 있어." 치리코프가 웃으며 말했다.

"그런데 난 정말……." 레빈이 웃으며 말했다. "내 마음속에서 자유를 잃는다는 아쉬움은 찾을 수가 없어."

"오, 자네의 마음은 지금 분별력을 잃을 만큼 혼란스러운 상태야." 카타바소프가 말했다. "잠깐 기다려 봐. 좀 진정이되면 알게 될 테니까."

"아니, 만약 그렇다면 난 내 감정(그는 친구들 앞에서 사랑이라는 말을 언급하고 싶지는 않았다.)과 행복 외에 자유를 잃게 되는 것을 조금이라도 안타깝게 여길 텐데 말이야. 그런데 난 오히려 자유를 잃는다는 게 기쁠 정도야."

"이런! 정말 구제 불능이로군!" 카타바소프가 말했다. "자, 레빈의 회복을 위해 축배를 듭시다. 아니, 그의 공상이 100분의 1이라도 실행되기를 빌어 줍시다. 만약 그렇게 된다면 지금껏 세상에 존재하지 않던 크나큰 행복이 실현되는 것이니까요."

식사를 마친 손님들은 결혼식에 참석할 준비를 하기 위해 돌아갔다.

혼자 남은 레빈은 조금 전 독신자들과의 대화를 떠올리며 또 한 번 자문해 봤다. 그들의 말처럼, 자신의 마음속에 자유를 아쉬워하는 감정이 남아 있는 걸까? 그는 싱긋 웃었다.

'자유? 무엇을 위한 자유인가? 행복은 오로지 그녀의 소망과 사상을 사랑하고 희망하고 생각하는 데에 존재할 뿐이야. 그러니 자유는 없어. 이게 바로 행복이야!'

'하지만 난 그녀의 사상과 희망, 감정에 대해 알고 있기나 한 걸까?' 문득 어떤 목소리가 그에게 속삭였다. 그러자 그는 얼굴에서 미소를 지운 채 생각에 잠겼다. 그 순간 그의 마음속에 기이한 감정이 나타났다. 그의 마음속에 모든 것에 대한 공포와 의심이 생긴 것이다.

'만약 그녀가 나를 사랑하지 않는다면 어떻게 해야 하나? 단지 결혼을 위해 날 선택한 것이라면? 그녀 역시 자신이 무슨 일을 하고 있는 건지 모르고 있다면?' 그는 스스로에게 물어보았다. '그녀는 정신이 번쩍 들 테지. 그리고 결혼한 후에야 비로소 자신이 나를 사랑하지 않는다는 것을, 나를 사랑할 수 없다는 것을 깨닫게 되겠지.' 그런 생각을 하자 그의 머릿속에 그녀에 대한 기이하고 몹시 안 좋은 생각이 떠올랐다. 그는 브론스키와 함께 있던 그녀를 보았던 일 년 전 그날 밤이 바로 어제 일이라도 되는 듯 브론스키에게 질투를 느꼈다.

그러면서 그는 그녀가 자신에게 모든 걸 털어놓지 않았을지도 모른다는 생각이 들었다.

그는 자리에서 벌떡 일어났다. "그래, 이렇게 내버려 둘 순 없어!" 그는 절망에 잠겨 혼잣말을 했다. "그녀를 찾아가 마지막으로 물어봐야겠어. 우린 아직 자유롭습니다. 만약 원치 않는다면 지금이라도 결혼을 그만두는 게 나을 겁니다. 그것이 영원한 불행과 굴욕, 불신보다는 나을 테니까요!" 그는 호텔에서 나와 절망에 빠진 모든 사람에 대해, 그리고 자신과 그녀에 대해 악의를 품으며 그녀의 집을 향해 마차를 몰았다.

그가 방문하리라고 예상한 사람은 아무도 없었다. 그는 안쪽 방으로 들어가 그녀를 만났다. 트렁크 위에 앉아 있던 그녀는 의자 등받이와 바닥에 널브러진 총천연색의 옷들을 가리키며 하녀에게 뭔가 지시하고 있었다.

"어머!" 그를 본 그녀는 기쁨에 가득 차 온몸에 빛을 내며 외쳤다. "어떻게 당신(트이)이, 어떻게 당신(브이)이?(아직까지도 그녀는 그에게 다정한 호칭인 '트이'와 정중한 호칭인 '브이'를 함께 사용하고 있었다.) 상상도 못했어요! 난 지금 입던 옷을 정리하고 있었어요. 누구에게 어떤 옷을 줘야 하나 하면서……."

"아! 그거 좋은 생각이군요!" 그는 침울한 얼굴로 하녀를 바라보며 말했다.

"자리 좀 비켜 줘, 두냐쉬아. 나중에 부를게." 키티가 말했다. "당신, 혹시 무슨 일 있어요?" 그녀는 하녀가 나가자마자 그에게 '당신(트이)'이라고 부르며 말했다. 그녀는 흥분되고 침울하면서도 기묘한 그의 낯빛을 읽어 낼 수 있었다. 그러자 그녀의 마음에 두려움이 밀려왔다.

"키티, 난 괴로워하고 있어요. 그렇다고 이렇게 혼자 괴로워하고 있을 수만은 없어요." 그는 그녀 앞에 멈춰 서서 간절함에 호소하듯 그녀의 눈을 바라보며 절망적인 목소리로 말했다. 그는 그녀의 사랑스럽고 진심 어린 얼굴을 보자 자신이 꺼내려던 말을 한마디도 할 수 없었다. 하지만 그는 이 문제를 그녀가 직접 해결해야 한다고 생각했다.

"아직 늦지 않았다는 말을 하고 싶어서 왔어요. 아직은 모든 걸 무효로 할 수 있고 제자리로 돌려놓을 수 있으니까요."

"뭐라고 하셨어요? 무슨 말인지 전혀 이해가 안 돼요. 혹시 무슨 일 있어요?"

"이미 수없이 꺼냈던 이야기지만, 그래도 이 생각을 떨쳐버릴 수가 없어서……. 난 당신과 맺어질 자격이 없어요. 당신은 나와의 결혼을 수락할 리가 없다는 겁니다. 잘 생각해 봐요. 당신이 실수했어요. 그러니 다시 잘 생각해 봐요. 당신은 나 같은 사람을 사랑할 수 없어요……. 만약…… 말해 주세요." 그는 그녀를 쳐다보지도 않은 채 말했다. "난 불행해질 겁니다. 다른 사람들이 뭐라고 해도 상관없어요. 그 어떤 것도 불행보다는 나을 테니까요……. 어떤 일이든 아직 시간이 있으니……."

"대체 무슨 얘기를 하는 건지 모르겠네요." 그녀가 놀란 얼굴로 대답했다. "그러니까 당신은 결혼을 무효로 한다는 얘기인 건가요? 결혼할 수 없다는 건가요?"

"그래요. 당신이 나를 사랑하지 않는다면."

"당신, 정신이 좀 이상해진 거 아니에요?" 화가 난 그녀가 얼굴을 붉히며 소리쳤다. 하지만 차마 쳐다볼 수 없을 만큼 그의 낯빛이 침울했기에 그녀는 화를 억눌렀다. 그러고는 안락의자에 걸린 옷을 치우고는 그의 곁에 다가가 앉았다. "대체 무슨 생각을 하는 거예요? 전부 다 얘기해 봐요."

"당신이 나를 사랑하는 일은 결코 있을 수 없다는 생각을 하고 있었어요. 당신이 어째서 나 같은 사람을 사랑할 수 있겠어요?"

"오, 하느님. 난 어떻게 해야 하나요." 그녀는 이렇게 말하며 울음을 터뜨렸다.

"아, 대체 내가 무슨 짓을 한 거지!" 그가 외쳤다. 그러고는 그녀 앞에 무릎을 꿇으며 그녀의 손에 키스했다.

5분 후, 공작 부인이 방으로 들어왔을 때 이미 두 사람은 화해한 상태였다. 키티는 자신이 그를 사랑하고 있음을 확인해 주었다. 또한 자신이 왜 그를 사랑하는지 그 이유에 대해 설명하며 그의 질문에 답해 주었다. 그녀는 자신이 그를 너무도 잘 이해하고 있고, 그가 자신을 사랑하는 것을 잘 알고 있으며, 그가 사랑하는 모든 것은 전부 훌륭하다는 것을 알기 때문이라고 그에게 말했다. 그녀의 말은 그를 분명하고도 충분하게 납득시켰다. 공작 부인이 들어왔을 때, 트렁크 위에 앉아 있던 두 사람은 언쟁을 벌이고 있었다. 키티가 레빈이 청혼했을 때 자신이 입고 있던 갈색 드레스를 두냐쉬아에게 주겠다고 하자 그는 그 옷을 아무에게도 주지 말라며 그녀에게 푸른색 옷을 주라고 했기 때문이다.

"당신은 왜 모르는 걸까요? 그녀는 갈색 머리잖아요. 그러니 어울리지 않아요……. 난 그 생각까지 미리 다 해 뒀는데."

공작 부인은 그가 찾아온 이유를 알게 되자 농담과 진담이 섞인 어조로 화냈다. 그러고는 곧 샤를르가 방문할 예정이니 키티가 머리를 단장하는 것을 방해하지 말고 옷을 갈아입으러 가라며 그를 집에서 내쫓았다.

"안 그래도 저 애가 요즘 도통 아무것도 먹지 못해서 야위어 가고 있는데, 자네까지 쓸데없는 소리로 저 애를 괴롭히니." 그녀가 그에게 말했다. "자, 이제 그만 돌아가게, 돌아가."

레빈은 죄를 지어 창피를 당한 기분이었지만 한편으로는 마음이 다소 진정된 상태로 호텔로 돌아왔다. 그의 형과 다리야 알렉산드로브나, 그리고 스테판 아르카디이치가 말끔하게 몸단장을 하고 성상(聖像)으로 그를 축복하기 위해 그를 기다리고 있었다. 이제 더 이상 지체할 시간이 없었다. 다리야 알렉산드로브나는 다시 집에 들러 곱슬머리에 포마드 기름을 바른 아들을 데려와야 했다. 그 아이가 신부를 위해 성상을 나르기로 되어 있었기 때문이다. 그리고 마차 한 대를 보내 신랑 들러리를 데려와야 했고 세르게이 이바노비치가 타고 간 마차 한 대를 다시 불러야 했다. 정신없고 복잡한 일들이 많이 남아 있었다. 한 가지 확실한 사실은 벌써 6시 30분이 되었기에 더 이상 지체할 시간이 없다는 것뿐이었다.

성상으로 축복하는 의식은 무사히 끝났다. 스테판 아르카디이치는 우스울 만큼 정중한 태도로 아내와 함께 서서 성상을 잡고 있었다. 그는 레빈에게 이마가 땅에 닿도록 절하라고 말한 뒤, 온화하면서도 놀려 대는 듯한 미소로 그를 축복하며 그에게 세 번 키스했다. 다리야 알렉산드로브나도 그와 똑같이 했다. 그들은 바로 마차를 타기 위해 서둘렀으나 행선지를 정하는 일 때문에 다시 혼선이 빚어졌다.

"그럼, 이렇게 하죠. 자네는 우리 마차로 그를 데리러 가고, 번거로우시겠지만 세르게이 이바노비치 형님께선 도착하시자마자 마차를 돌려보내 주세요."

"물론이지, 알았네."

"그럼 우린 바로 그를 데려오겠네. 짐은 보냈나?" 스테판 아르카디이치가 말했다.

"보냈어." 레빈이 대답했다. 그러고는 쿠지마에게 옷을 갈아입는 것을 도와달라고 말했다.


3


결혼식을 위해 수많은 사람이, 특히 여자들이 화려하게 불이 켜진 교회 주변을 에워싸고 있었다. 미처 안으로 들어가지 못한 사람들은 창가에 모여 서로 밀치며 몸싸움을 벌이기도 하고 창문 너머로 들여다보기도 했다.

헌병의 지휘 아래 스무 대가 넘는 마차가 도로에 대기하고 있었다. 강추위에도 경관은 제복을 빛내며 입구 쪽에 서 있었다. 마차가 끊임없이 들어오고 있었다. 머리를 꽃으로 장식하고 치맛자락을 들어 올린 부인들과 군모와 검은 모자를 벗어든 남자들이 교회 안으로 들어갔다. 교회 안에는 한 쌍의 샹들리에와 성상 앞에 곳곳에 세워진 초들이 환하게 불을 밝히고 있었다.

성상에 드리운 휘장의 붉은 바탕 위에서 빛나는 황금빛 광채, 성상에 새긴 금빛 조각, 대형 샹들리에와 촛대의 은, 마룻바닥과 양탄자, 성가대 위쪽에 걸린 교회의 깃발, 설교대의 계단, 때가 타 거무스름한 낡은 책들, 사제복 아래에 입는 긴 속옷과 미사 제복 등 모든 것이 빛으로 반짝였다. 훈훈한 기운이 감도는 교회의 오른편에서는 연미복과 하얀 넥타이, 제복과 무늬가 두드러지게 짠 옷감, 벨벳, 새틴, 머리카락, 꽃, 살결이 드러난 어깨와 팔, 손목이 긴 장갑의 무리 속에서 조심스럽고도 유쾌한 대화가 오가며 높고 둥근 천장에 기묘한 울림을 주었다. 문이 열리며 삐걱대는 소리가 들릴 때마다 대화는 중단되었고, 다들 신랑과 신부의 입장을 보기 위해 두리번거렸다. 벌써 열 번이나 문이 열렸지만 그때마다 들어온 사람은 늦게 온 손님이거나 오른쪽에 있는 초대석으로 가는 손님이었으며, 경관을 속여 동정심을 유발해 왼쪽에 있는 일반 하객석 무리에 끼어들려는 구경꾼이었다. 이제 친척들도 일반 구경꾼들도 기다림에 지쳐 가고 있었다.

사람들은 처음에 신랑과 신부가 곧 도착할 거라 생각하며 그들이 늦는 것에 대해 크게 개의치 않았다. 하지만 시간이 지나면서 사람들은 점점 문 쪽을 쳐다보며 혹시 무슨 일이 생긴 것이 아닐까 하며 웅성거리기 시작했다. 그러면서 식이 지체된다는 사실이 왠지 모르게 불편해지기 시작했다. 그래서 친척들과 손님들은 신랑에 대해 생각하고 있는 게 아니라 자신들의 대화에 집중하고 있는 것처럼 보이려고 노력했다.

자신의 시간이 중요하다는 것을 알아 달라는 듯 보좌 사제장은 창문 유리가 떨릴 만큼 마른기침을 했다. 기다림에 지친 성가대 대원들이 목을 가다듬기도 하고 코를 풀기도 하는 소리가 들려왔다. 사제는 계속해서 하급 신부와 부제를 보내 신랑이 도착했는지 여부를 알아보게 했다.

그러면서 연보랏빛 제복과 수놓은 띠를 두른 자신 역시 신랑을 기다리다 지친 나머지 문 쪽으로 계속 나가 보기도 했다. 마침내 부인 한 사람이 시계를 들여다보며 이렇게 말했다.

"아무래도 좀 이상해요!"

그러자 하객 모두 불안한 생각이 들어 놀라움과 불만을 표하며 소란스러워지기 시작했다. 신부 들러리 중 한 사람이 어떻게 된 일인지 알아보기 위해 마차를 몰았다. 이미 한참 전에 모든 준비를 말끔히 마친 키티는 하얀 드레스에 긴 베일을 두르고, 오렌지 꽃 화관을 쓰고는 결혼식의 대모를 맡은 언니 리보바와 함께 쉬체르바쓰키가 홀에서 30분 넘게 서 있었다. 그녀는 신랑이 교회에 도착했다는 들러리의 보고를 기다리며 멍하니 창문을 바라보고 있었다.

그때까지 레빈은 바지만 입고 조끼도 연미복도 입지 않은 채 창밖으로 고개를 내밀어 복도를 둘러보며 자신의 방 안을 서성이고 있었다. 하지만 복도에 그가 기다리고 있는 사람은 보이지 않았다. 실망한 그는 다시 돌아와 두 손을 마구 휘저으며, 여유 있게 담배를 피우던 스테판 아르카디이치에게 말했다.

"이렇게 어리석은 수모를 겪는 사람이 또 있을까!" 그가 말했다.

"맞아, 어리석어." 스테판 아르카디이치가 위로하는 듯한 미소를 지으며 응수했다.

"이럴 순 없어, 정말!" 레빈은 솟구치는 화를 억누르며 말했다. "이 멍청하게 앞이 파인 조끼는 정말 참을 수가 없군! 그는 가슴 부분이 구겨진 루바슈카를 보며 말했다. "그런데 내 짐이 기차역으로 이미 보내졌으면 어쩌지!" 그는 절망적으로 소리쳤다.

"그럼 내 옷을 입어."

"진작 그랬어야 했어."

"하지만 우습게 보이면 안 되니까……. 조금만 더 기다려 보게! 다 잘될 거야."

이런 상황이었던 것이다. 레빈이 옷을 갈아입겠다고 했을 때 그의 늙은 하인 쿠지마가 연미복과 조끼, 그 외의 필요한 물품들을 가져왔다.

"루바슈카는!" 레빈이 소리쳤다.

"루바슈카는 입고 계시지 않습니까." 쿠지마가 침착하게 미소를 지으며 대답했다. 쿠지마는 여벌의 새 루바슈카를 준비할 생각을 미처 하지 못했다. 그래서 시골로 떠날 예정인 두 사람이 오늘 밤 머무를 쉬체르바쓰키가로 짐을 가져다 놓으라는 지시를 받았을 때, 그는 연미복 한 벌만 남겨 두고 나머지는 짐을 싸서 지시대로 했던 것이다. 하지만 아침부터 레빈이 입고 있던 루바슈카는 이미 구겨진 상태였으므로 가슴이 넓게 트여 있는, 요즘 유행하는 조끼를 입을 수 없었다. 사람을 시켜 쉐체르바쓰키가로 보내기에는 너무 멀었다. 그래서 새 루바슈카를 사 오라고 사람을 보냈던 것이다. 하인이 돌아왔다. 그는 일요일이라 문이 열린 곳이 없다고 전했다. 그래서 이번에는 스테판 아르카디이치의 집으로 사람을 보내 루바슈카를 가져오라고 일렀다.

하지만 그것은 입지 못할 만큼 품이 크고 짧았다. 그래서 결국 사람을 시켜 쉐체르바쓰키가에서 짐을 풀도록 했다. 교회 안의 사람들은 모두 신랑을 기다리고 있었다. 그는 우리 안의 짐승처럼 복도를 내다보며, 자신이 키티에게 했던 말들과 지금쯤 그녀가 무슨 생각을 하고 있을지를 생각하며 두려움과 절망에 빠진 채 불안하게 방 안을 서성이고 있었던 것이다.

마침내 죄인 쿠지마가 루바슈카를 들고 허겁지겁 방으로 뛰어들어 왔다.

"아슬아슬했습니다. 벌써 짐마차에 싣고 있던 중이었습니다." 쿠지마가 말했다.

3분 후, 레빈은 더 이상 속상해하지 않기 위해 시계도 보지 않고 서둘러 복도를 뛰어나갔다.

"그런다고 달라질 건 없을 텐데." 그의 뒤를 여유롭게 따라가던 스테판 아르카디이치가 미소를 지으며 말했다.

"잘될 거야, 다 잘될 거야……."

## 4

"왔어요!"

"저기요, 저 사람이요!"

"누구라고요?"

"젊은 사람 말이죠?"

"어머, 신부는 살았는지 죽었는지 모르겠네요!" 입구에서 신부를 만난 레빈이 그녀와 함께 교회 안으로 들어서자 사람들이 수군거렸다.

스테판 아르카디이치는 아내에게 레빈이 지각한 이유에 대해 말했다. 그러자 하객들은 미소를 지으며 속닥거렸다. 레빈은 어떤 것도 그 누구도 보이지 않았다. 그는 그저 한시도 눈을 떼지 않고 자신의 신부만 바라보았다.

다들 그녀가 요즘 얼굴이 초췌해졌다며, 화관을 쓴 모습이 평소보다 못하다는 이야기를 하고 있었다. 하지만 레빈의 눈에는 그렇지 않았다. 그는 길고 하얀 베일 속에 하얀 꽃 장식을 달아 높게 올린 머리와 특히 처녀답게, 긴 목의 양 옆을 감추고 앞쪽만 드러낸, 주름을 잡아 높게 세운 칼라와 놀라울 만큼 가느다란 허리를 바라보았다. 그는 어느 때보다 그녀가 아름답다고 생각했다. 하지만 그것은 꽃과 베일, 파리에서 주문한 드레스가 그녀의 아름다움을 돋보이게 해 주어서가 아니었다. 이렇게 인위적이고 화려한 치장 속에서도 그녀의 사랑스러운 얼굴과 눈동자, 입술이 평소처럼 순수하고 진심 어린 모습을 담고 있었기 때문이었다.

"난 정말 당신이 도망간 줄 알았어요." 그녀는 이렇게 말하며 미소를 지었다.

"정말 웃지 못할 일이 있었어요. 차마 말하기도 부끄럽군요!" 그는 얼굴을 붉히며 말하고는 곁으로 다가온 세르게이 이바노비치 쪽을 돌아보았다.

"네 루바슈카 이야기는 정말 대단하더구나!" 세르게이 이바노비치가 고개를 저으며 웃으면서 말했다.

"네, 맞아요." 레빈은 그가 자신에게 무슨 말을 하는지도 모른 채 대답했다.

"그런데 코스티아, 지금 서둘러 결정할 일이 있어서 말이야." 스테판 아르카디이치가 곤란한 듯한 표정으로 말했다. "중요한 문제야. 상황이 이러니 자네는 이 문제의 심각성을 충분히 이해할 수 있을 거야. 사람들이 나한테 묻더군. 쓰던 양초를 켤지 아니면 새것으로 켤지 말이야. 10루블 차이가 나거든." 그는 금방이라도 웃음이 터질 것 같은 입술로 덧붙였다. "물론 난 결정했지만 자네의 동의가 없으면 곤란해서 말이야."

레빈은 그가 농담하고 있는 것을 알았지만 차마 웃을 수 없었다.

"그러니 어떻게 하겠어? 새 양초로 할 것인가, 쓰다 남은 양초로 할 것인가, 이것이 문제로다."

"물론이지! 새 양초로 해야지."

"그래, 정말 기쁘군! 이제 문제는 해결됐어!" 스테판 아르카디이치가 웃으며 말했다. "이런 상황에서 사람들은 멍청해지기 마련이거든." 그는 레빈이 멍하게 치리코프를 바라본 뒤 신부를 향해 가 버리자 치리코프에게 말했다.

"알았죠, 키티? 당신이 먼저 주단 위에 올라서는 거예요." 노르드스톤 백작 부인이 키티 곁으로 다가와 말했다. "멋지군요!" 그녀는 레빈을 바라보며 말했다.

"어떠니, 두렵진 않니?" 연로한 고모인 마리야 드미트리예브나가 말했다.

"춥니? 얼굴이 창백하구나. 고개 좀 잠깐 숙여 보렴!" 키티의 언니 리보바 부인이 이렇게 말하며 통통한 팔을 들고 미소를 지으며 키티의 머리 위에 있는 꽃 장식을 매만져 주었다.

옆으로 다가온 돌리는 무슨 말을 하려고 했으나 차마 아무 말도 하지 못하고 어색하게 울먹이다가 다시 웃었다.

레빈과 마찬가지로 키티는 멍한 눈으로 모두를 바라보고 있었다. 그녀는 너무도 자연스러운 모습으로 사람들이 건네는 말에 행복한 미소로 화답했다.

그러는 동안 제의를 입은 성직자들이 보좌 사제를 거느리며 교회 정면에 마련된 성서대 쪽으로 나왔다. 사제는 무언가 이야기하며 레빈을 돌아보았다. 레빈은 사제의 말을 잘 알아듣지 못했다.

"신부의 손을 잡고 데려가십시오." 들러리가 레빈에게 속삭였다.

레빈은 그렇게 한참 동안 무엇을 하라는 것인지 이해하지 못했다. 그래서 사람들은 한참을 그의 행동을 바로잡아 주려다가 그냥 내버려 두어야겠다고 생각했다. 왜냐하면 그는 아무리 말해도 다른 손을 내밀거나 신부의 다른 손을 잡곤 했기 때문이다. 그러다가 마침내 그는 겨우, 위치를 바꾸지 않고 자신의 오른손으로 신부의 오른손을 잡아야 한다는 사실을 알게 되었다. 그렇게 그가 신부의 손을 제대로 잡자 사제가 그들 앞으로 몇 걸음 걸어 나와 성서대 앞에 섰다. 친지들은 수군거리기도 하고 또 치맛자락이 스치는 소리를 내며 두 사람의 뒤를 따르고 있었다. 누군가가 허리를 굽혀 신부의 치맛자락을 매만져 주었다. 촛농이 떨어지는 소리마저 들릴 정도로 교회 안은 정적이 감돌았다.

노사제는 카밀라프카를 쓰고 귀 뒤로 쓸어 넘긴 희끗희끗한 곱슬머리를 반짝이며 등에 황금빛 십자가가 달린 묵직한 은빛 제의 아래로 작고 늙은 손을 내밀고는 성서대 앞에서 무언가를 뒤적이며 서 있었다.

조심스럽게 사제 옆으로 다가간 스테판 아르카디이치는 무언가를 속삭이고는 레빈에게 눈짓한 뒤 제자리로 돌아왔다.

사제는 꽃으로 장식된 양초 두 자루에 불을 붙인 뒤 왼손에 들고는 촛농이 서서히 떨어지도록 비스듬히 기울이며 신랑과 신부 쪽을 바라보았다. 레빈이 고해 성사를 했던 그 사제였다. 그는 슬픔에 잠긴 눈으로 신랑과 신부를 바라보며 깊은 한숨을 내쉬었다. 그러고 나서 제의 밑에서 오른손을 내밀어 신랑을 축복한 뒤 좀 더 조심스럽게, 고개를 숙인 키티의 머리 위에 깍지 낀 손가락을 얹었다. 그러고 나서 그는 그들에게 초를 건네고는 향로를 들고 천천히 물러났다.

'이게 정말 현실인 걸까?' 레빈은 이렇게 생각하며 신부를 돌아보았다. 그녀의 옆모습이 조금 내려다보였다. 그는 그녀의 입술과 속눈썹의 희미한 움직임을 보며 그녀가 자신의 시선을 느끼고 있다는 사실을 알았다. 그녀는 돌아보지 않았다. 하지만 주름 잡힌 높은 깃이 장밋빛으로 물든 그녀의 아리따운 귀 쪽으로 올라가며 떨리고 있었다. 그는 그녀의 한숨이 가슴 한가운데에서 멈춰지고, 긴 장갑을 낀 채 초를 들고 있는 자그마한 손이 떨리는 것을 보았다.

루바슈카와 지각, 정신없었던 분주함, 지인들과 친척들의 대화와 그들의 불만, 우스꽝스러운 자신의 처지 같은 것들이 순식간에 사라져 버렸다. 그는 기쁘기도 하면서 한편으로는 두려운 기분에 사로잡혔다.

은빛 제의를 입고 곱슬머리를 양옆으로 말아 빗어 넘긴 미남형에 키가 큰 부제가 민첩하게 앞으로 나와 능숙한 동작으로 두 손가락으로 천을 들어 올린 뒤 사제와 마주섰다.

"주-여, 축복을-내려-주시옵소서!" 한마디 한마디가 천천히 진동하며 위엄 있는 사제의 느린 목소리가 울려 퍼졌다.

"우리 하느님께서는 언제나 찬양받으시도다, 지금도, 언제까지나, 영원히." 노사제가 성서대 위에서 계속 무언가를 뒤적거리며 노래하듯 부드럽게 대답했다. 그러자 창문에서부터 둥근 천장까지, 모습도 보이지 않는 성가대의 노래가 교회 전체에 조화롭게 널리 울려 퍼지며 고조되다가 잠시 멈추더니 조용히 잦아들었다.

늘 그랬듯, 그들은 하늘이 내려 주시는 평화와 구원을 위해, 시노드를 위해, 그리고 군주를 위해 기도했다. 또한 오늘 결혼하는 하느님의 종 콘스탄틴과 카테리나를 위해 기도했다.

"오, 하느님이시여. 이들에게 더욱 평온한 사랑을 내려 주시고 이들을 도와주시기를 기도하나이다." 교회 전체가 보좌 사제장의 목소리에 맞춰 호흡하는 듯한 느낌이었다.

레빈은 그 말에 귀를 기울이고 있었다. 그러다가 그는 깜짝 놀랐다. '그들은 어떻게 도움이라는 것을 알아낸 걸까?' 그는 최근에 자신이 품은 의심과 공포에 대해 떠올려 봤다. '내가 알 수 있는 건 무엇일까. 이 무시무시한 일들 중에 내가 할 수 있는 건 과연 무엇일까?' 그는 생각했다. '도움이 없다면? 그래, 지금 내게 가장 필요한 건 바로 도움이야.'

보좌 사제가 기도문을 다 읽은 뒤 사제는 책을 들고 신랑과 신부를 향해 돌아섰다.

"떨어져 있는 두 사람을 하나로 결합해 주신 영원한 하느님이시여!" 그는 부드럽게 노래하는 듯한 어조로 읽었다. "그들에게 깨지지 않는 거룩한 사랑의 결합을 맺어 주시고, 이삭과 리브가를 축복하시며 그들에게 당신이 약속하신 자손을 내려 주신 하느님이시여. 당신의 종 콘스탄틴과 카테리나에게 축복을 내려 주시고 그들을 행복의 길로 인도하여 주시길 바라나이다. 당신께선 자비롭고 인간을 사랑하시니, 당신께 영광이 있으시기를 바라나이다. 성부와 성자와 성령의 이름으로 지금도, 언제까지나, 영원히."

"아멘."

다시 한번, 보이지 않는 성가대의 합창이 흘러나오며 공기를 가득 채웠다.

'떨어져 있는 두 사람을 하나로 묶고 사랑의 결합을 맺어 주신다, 참으로 의미 있는 말이야. 이 순간 인간이 느낄 수 있는 감정과 잘 들어맞는 얘기야!' 레빈은 생각했다. '그녀도 나와 같은 생각을 하고 있을까?'

그가 돌아본 순간, 그는 그녀와 눈이 마주쳤다.

그는 그녀의 눈빛을 통해 자신과 같은 생각을 하고 있다는 것을 알 수 있었다. 하지만 그것은 잘못된 생각이었다. 그녀는 기도의 말을 거의 이해하지 못했다. 게다가 약혼 기도를 드릴 때는 듣고 있지도 않았다. 그녀는 그것에 귀를 기울일 수도 이해할 수도 없었다. 그녀의 가슴속에 가득 찬 하나의 감정, 계속 커져만 가는 그 감정이 너무도 강렬했기 때문이었다. 그것은 이미 한 달 반 동안 그녀의 마음속에 자리 잡고 있었던 감정이었으며, 그녀를 기쁘게 하고 또 괴롭게도 하던 일이 지금 완벽하게 이루어짐으로써 느끼는 기쁨이었던 것이다.

그녀가 갈색 드레스를 입고 아르바트 거리에 있는 자신의 집 응접실에서 그에게 다가가 손을 내밀었던 그때, 그녀의 마음속은 이미 예전의 모든 생활로부터 완전히 벗어나 새로운 미지의 생활이 시작되었던 것이다. 실제로는 예전과 같은 생활이 유지되고 있었지만 그녀에게 있어 지난 6주는 가장 행복하면서도 괴로웠던 시간이었다. 아직은 잘 알지 못하는 한 남자에게 그녀의 모든 생활과 바람, 그리고 희망이 집중되어 있었다. 그런 그와 그녀를 맺어 준 것은, 그 남자 자체보다 더욱 미지의, 때로는 서로를 끌어당기고 또 때로는 서로를 밀어 내는 듯한 감정이었다. 그러면서 그녀는 예전과 같은 생활 조건 속에서 살아가고 있었다. 그녀는 자신의 모든 과거와 물건들, 그리고 습관, 또한 자신을 사랑해 주었고 지금도 사랑해 주고 있는 사람들과 자신의 무관심에 슬퍼하는 어머니, 그리고 지금껏 세상 어느 누구보다 사랑했던 다정하고 온화한 아버지에 대해서도 소홀해질 수밖에 없는 자신의 모습이 두려웠던 것이다.

그녀는 때때로 이 무관심이 두려웠으나 또 때로는 이 무관심에 이끌린 자신이 기쁘기도 했다. 그녀는 그와의 생활 외에는 어떤 것도 생각할 수도, 소망할 수도 없었다. 하지만 새로운 생활은 아직 실현되지 않았기에 구체적으로 생각해 볼 수는 없었다. 단지 기대감, 새로운 미지의 세계를 향한 두려움과 기쁨만이 존재할 뿐이었다. 마침내 기대와 미지, 예전의 생활을 버려야 하는 회한 등 모든 게 끝나고 드디어 새로운 생활이 시작되려는 순간이었다. 이 새로운 생활 역시 불확실한 것이었기 때문에 두려울 수밖에 없었다. 하지만 두렵든 그렇지 않든 그것은 그녀의 마음속에서 이미 6주 전에 다 완성된 것이었으므로, 지금은 다만 오래전 그녀의 마음속에서 결정된 것이 빛을 발하고 있을 뿐이었다.

다시 성서대로 돌아온 사제는 키티의 작은 반지를 힘겹게 쥐고는 레빈에게 손을 달라고 한 뒤 약지 첫 번째 마디에 반지를 끼워 주었다. "하느님의 종 콘스탄틴과 하느님의 종 카테리나의 혼인이 성사되었습니다." 그러고 나서 사제는, 너무 가녀린 탓에 안쓰럽기까지 한 그녀의 장밋빛 손가락에 커다란 반지를 끼우고는 같은 말을 반복했다.

신랑과 신부는 자신들이 해야 할 일에 대해 수차례 생각했으나 그때마다 틀려서 사제가 귓속말로 바로잡아 주었다.

사제는 마침내 해야 할 일을 모두 마치자 반지로 성호를 긋고는 다시 키티에게 큰 반지를, 레빈에게 작은 반지를 건넸다. 하지만 두 사람은 여전히 무엇을 어떻게 해야 할지 몰랐다. 반지는 두 번이나 손을 거쳤으나 절차에 맞게 제대로 진행되지 못했다.

돌리와 치리코프, 스테판 아르카디이치가 그것을 바로잡기 위해 앞으로 나갔다. 소란함과 속삭임, 미소가 번지기 시작했다. 하지만 결혼하는 두 사람의 감동 어린 엄숙함은 그대로였다. 오히려 손이 계속 엇갈렸음에도 두 사람은 전보다 더욱 진지하고 엄숙한 눈빛이었다. 그래서 스테판 아르카디이치가 각자 자신의 반지를 끼라고 속삭이며 지었던 미소는 그의 입술 위에서 얼어붙었다. 어떤 미소도 두 사람 앞에서는 그들을 모욕하는 일이 될 것 같았기 때문이었다.

"하느님이시여! 태초에 당신께선 남자와 여자를 창조하셨습니다." 반지 교환이 끝나자 사제는 뒤를 이어 기도문을 낭독했다. "당신께선 아내가 남편을 내조하고, 또 자식을 낳도록 만드셨습니다. 우리 하느님이신 주님이시여. 그러므로 당신의 자손과 언약에 진실한 축복을 내려 주시고, 당신이 선택하신 당신의 남종인 콘스탄틴과 당신의 여종인 카테리나를 보살펴 주시고, 그들의 혼인을 믿음과 한마음으로, 진리로,

사랑으로 견고해지도록 해 주소서."

레빈은 점점 결혼에 대한 자신의 생각들, 자신의 삶을 어떻게 계획할 것인가에 대한 공상과 같은 것들은 어린아이들의 장난 같은 것이었으며, 그것은 지금껏 그가 해결하지 못하는, 지금 자신을 위해 이렇게 실행되고 있음에도 오히려 알 수 없는 무엇이라는 생각이 들었다. 그의 가슴속에는 점점 더 강렬한 전율이 흘렀고 스스로도 억제할 수 없는 눈물이 두 눈에 가득 차올랐다.

5

모스크바의 친척들과 지인들이 교회에 모두 모여 있었다. 결혼식이 진행되는 동안, 불빛으로 반짝이는 교회 안에서 성장한 부인들과 아가씨들, 그리고 하얀 넥타이에 연미복과 제복을 입은 남자들이 공손하고 조용하게 끊임없이 대화를 나누고 있었다. 부인들은 언제나 그녀들의 마음에 강렬한 자극을 주는 의식을 주의 깊게 관찰하는 데 정신을 쏟고 있었다.

신부와 가장 가까운 사람들은 그녀의 두 언니, 큰언니 돌리와 외국에서 온 침착하고 아름다운 리보바 부인이었다.

"대체 마리는 왜 결혼식에 검정색 같은 보랏빛 옷을 입었을까요?" 코르순스키 부인이 말했다.

"얼굴색 때문에 그렇죠. 저 차림이 최선이에요……." 드루베스키 부인이 대답했다. "어쨌든 난 놀랐다니까요. 저녁에 결혼식을 하다니. 정말 장삿속 아닌가요……."

"저녁에 하는 게 더 아름다워요. 나도 저녁에 했어요." 코르순스키 부인이 대답했다. 그러면서 그녀는 그날 자신이 얼마나 예뻤고 남편이 얼마나 어리석어 보일 만큼 자신에게 푹 빠졌었는지 회상하면서 지금은 이 모든 것이 변했다는 사실을 깨닫고는 깊은 한숨을 내쉬었다.

"결혼식 들러리를 열 번 이상 하면 결혼할 수 없다는 속설이 있어요. 그래서 난 확실히 해 두기 위해 열 번째 들러리를 서려고 했었는데 자리가 없더군요." 시냐빈 백작이 마음에 두고 있는 아름다운 차르스카야 공작 영애에게 이렇게 말했다.

차르스카야는 그저 미소로 답할 뿐이었다. 그녀는 자신이 시냐빈 백작과 함께, 지금 키티가 있는 자리에 서게 될 때를 생각하고 그때가 되면 그에게 지금 했던 농담을 상기시켜 주리라 생각하며 키티를 바라보았다.

쉬체르바쓰키는 키티의 행복을 위해 그녀의 가채 위에 관을 씌워 줄 생각이라며 나이가 많은 궁녀인 니콜라예바에게 말했다.

"시뇽을 달 필요까진 없었는데 말이죠." 이미 오래전부터 만약 자신이 나이 많은 홀아비를 만나 결혼하게 된다면 정말 간소하게 식을 올려야겠다고 생각했던 니콜라예바가 대답했다.

"난 저런 거추장스러운 것은 좋아하지 않거든요."

세르게이 이바노비치는 다리야 드미트리예브나에게 결혼 후에 여행을 가는 풍습은 신혼부부가 조금은 수줍어하기 때문일 거라며 농담 섞인 어조로 주장했다.

"동생분은 영광으로 생각하고 있을 거예요. 신부가 정말 아름다우니까요. 당신도 부러우실 것 같은데요?"

"그런 시절은 이미 다 지나가 버렸어요, 다리야 드미트리 예브나." 그가 대답했다. 그 순간 그의 얼굴은 뜻밖에도 쓸쓸하면서도 진지한 얼굴이 되어 버렸다.

스테판 아르카디이치는 처제에게 이혼과 관련해 농담하고 있었다.

"화관을 바로잡아 줘야 하는데." 그녀는 그가 말하는 것을 듣지도 않은 채 대답했다.

"키티의 얼굴이 저렇게 안 좋아지다니 안타까워요." 노르드스톤 백작 부인이 리보바에게 말했다. "그래도 신랑은 신부의 발끝에도 못 미쳐요. 안 그래요?"

"아뇨, 난 그가 정말 마음에 들어요. 저 사람이 내 동생의 남편이 되기 때문에 하는 얘기가 아니에요." 리보바가 대답했다. "저 사람의 태도는 정말 훌륭했어요. 이런 상황에서 올바른 모습을 보이며 우스꽝스럽게 보이지 않는다는 건 정말 어려운 일인데 말이죠. 그런데 저 사람은 우스꽝스럽지도 굳어 있지도 않았어요. 분명 감격해하고 있긴 했지만 말이죠."

"당신은 이날을 기다려 온 거군요?"

"그럼요. 키티는 항상 그를 생각하고 있었어요."

"자, 그럼 누가 먼저 주단 위에 서는지 보자고요. 내가 키티한테 가르쳐 주긴 했지만."

"어떻게 되든 상관없어요." 리보바가 대답했다. "우린 다

착실한 아내예요. 우리 가풍이 그런걸요."

"난 일부러 바실리보다 먼저 주단 위에 섰는걸요. 당신은 어땠어요, 돌리?"

그들의 대화를 들으며 옆에 서 있던 돌리는 아무 대답도 하지 않았다. 그녀는 마음 깊이 감격한 나머지 눈에 눈물이 어렸다. 그리고 말하려고 할 때마다 눈물이 나올 것만 같았다. 돌리는 키티와 레빈의 결혼을 기뻐했다. 그러면서 마음속으로는 자신이 결혼하던 날로 돌아가 빛나는 스테판 아르카디이치의 모습을 떠올리고 있었다. 그 순간 그녀는 현재의 일은 모두 다 잊고 순수한 첫사랑만 떠올렸다. 그녀는 자신의 경우뿐만 아니라 모든 여자 친구들과 지인들의 경우를 생각해 보았다.

그녀는 오늘의 키티처럼 모든 사람이 과거의 생활에서 벗어나 사랑과 희망, 두려움을 느끼며 신비로운 미래로 진입하기 위해 화관을 쓰고 섰을 그때를, 인생에 단 한 번뿐인 엄숙한 순간을 떠올려 보았다. 그리고 그녀의 기억 속에 떠오른 수많은 신부 중에 이혼 이야기가 오고 간다는 소식을 최근에서야 접하게 된 사랑스러운 안나를 생각해 보았다. 그녀도 그때는 지금의 키티처럼 오렌지 꽃과 베일에 싸인 순결한 모습으로 서 있었을 것이다. 하지만 지금은 어떠한가? "믿을 수가 없어!" 그녀는 혼잣말을 했다.

하나도 빠짐없이 예식을 세세하게 지켜본 사람들은 신부의 언니들과 친구들, 친지들뿐만이 아니었다. 전혀 상관없는 처녀들과 구경하러 온 아낙네들까지 신랑, 신부의 행동과 표정 하나하나를 떨리는 마음으로 숨죽여 가며 주시했다. 그녀들은, 더러 무관심을 보이며 농담하고 상관없는 말을 하는 남자들의 말에는 콧방귀를 끼며 대꾸도 하지 않았고 그들의 말을 들으려 하지도 않았다. "그런데 신부는 왜 저렇게 눈이 부은 걸까요? 원치 않는 결혼일까요?"

"저렇게 멋진 사람하고 결혼하는데 싫을 이유가 있을까요? 더구나 공작이라면서요. 안 그래요?"

"저 하얀색 새틴 옷을 입은 여자가 언니죠? 자, 좀 들어보세요. 보좌 사제가 굵은 목소리로 '그리고 남편을 두려워할지어다.' 하고 외치고 있잖아요."

"츄도보 수도원 사람들인가요?"

"교회에서 온 사람들이에요."

"내가 하인에게 물어봤어요. 신랑이 신부를 시골에 있는 자기 소유지로 데려간대요. 대단한 부자인가 봐요. 그러니 시집을 보내는 거겠죠."

"하지만 잘 어울리는 부부죠."

"보세요, 마리야 블라시예브나. 언젠가 당신이 크리놀리느를 따로 입는 거라 했던 적이 있었죠? 하지만 저 짙은 갈색 드레스를 입은 부인을 좀 봐요. 대사 부인이라고 하던데. 저 부인의 치마는 저렇게 양쪽으로 부풀려 있잖아요."

"신부가 정말 사랑스러워요! 마치 꽃으로 장식한 어린 양 같아요! 어찌됐든 우리는 여자 쪽에 마음이 가는군요." 교회 문을 통해 몰래 들어온 여자들은 이런 대화를 주고받았다.

6

　결혼식이 끝나자 교회지기가 교회 중앙의 성서대 앞에다
가 장밋빛 주단을 깔았다. 베이스와 테너의 합창으로 이루어
진 숙련된 성가대는 다소 복잡한 찬송가를 부르기 시작했다.
그러자 사제는 신혼부부 두 사람을 바라보며 장밋빛 주단을
가리켰다. 두 사람 모두, 주단을 먼저 밟는 사람이 집안의 주
도권을 잡는다는 말을 수없이 들어왔지만, 레빈도 키티도 그
곳으로 몇 발자국 걸어갈 때는 그 말을 기억해 낼 여유가 없
었다. 어떤 쪽에서는 남자가 먼저였다고 하고 또 어떤 쪽에서
는 둘이 동시에 밟았다며 소란스러운 말들과 언쟁이 오고 갔
지만 두 사람은 신경 쓰지 않았다.

　두 사람은 결혼을 원하고 있는가, 따로 약속한 사람은 없
는가와 같은 의례적인 질문을 받고 그들 자신에게도 낯설게
들린 대답을 마치자 다시 기도가 시작되었다. 키티는 기도의
의미를 이해하기 위해 노력했지만 이해할 수 없었다. 예식이
진행되면서 느꼈던 뿌듯함과 밝은 기쁨의 감정이 그녀 마음
속에 더욱 강렬하게 자리 잡아서 도저히 집중할 수가 없었던
것이다.

　그들은 기도했다. "이들에게 순결함과 모태의 열매를 내려
주시옵소서. 아들과 딸을 보는 기쁨을 누리게 해 주옵소서."
그러고 나서 하느님이 아담의 갈비뼈로 아내를 창조했다는
말을 하고 난 뒤에, "이제 부모에게서 벗어나 아내를 만나고
두 사람은 하나가 됩니다."라고 말하며 "이것은 위대한 신비

로다."라고 말했다. 뒤를 이어 하느님이 이삭과 리브가에게, 요셉에게, 모세와 십보라에게 주신 것처럼 다산과 축복을 내려 주시고, 두 사람의 아들의 아들도 볼 수 있게 해 달라는 기도를 드렸다.

'모두 다 좋은 말씀이야.' 그 말들을 들으며 키티는 생각했다. '모두 다 이뤄졌으면 좋겠어.' 그녀의 얼굴은 기쁨의 미소로 빛났고 그것은 그녀를 보고 있던 사람들에게도 번져 갔다.

"잘 씌워 주세요!" 사제가 그들에게 관을 씌워 주려 할 때 어디선가 이런 소리가 들려왔다. 그러자 세 개의 단추가 달린 장갑을 낀 손을 떨고 있던 쉬체르바쓰키가 키티의 머리 위로 관을 받았다.

"씌워 주세요!" 그녀가 미소를 지으며 속삭였다.

레빈은 그녀를 돌아보았다. 그녀의 얼굴에서 기쁨의 빛을 본 그는 깊은 감명을 받았다. 그녀의 감정은 어느새 그에게 전해졌다. 그 역시 그녀와 마찬가지로 유쾌하고 즐거워졌다.

두 사람은 「사도행전」을 듣는 것도, 구경꾼들이 밖에서 가슴 졸이며 기다리던, 마지막 시를 낭독하는 보좌 사제장의 굵은 목소리를 듣는 것도 즐거웠다. 물을 탄 따뜻한 적포도주를 바닥이 평평한 잔에 담아 마시는 일 역시 즐거웠다. 하지만 가장 즐거웠던 것은 사제복을 벗어 던진 뒤 사제가 두 사람의 손을 맞잡고 "이사야여, 기뻐하라."라고 하며 노래를 부르는 베이스의 경쾌한 리듬에 맞춰 성서대 주위를 돌았을 때였다. 관을 들고 있던 쉬체르바쓰키와 치리코프는 때때로 신부의 치맛자락에 걸려 휘청거리며 웃기도 했고, 사제가 걸음을 멈출 때마다 뒤로 물러났다가 신랑, 신부와 부딪치기도 했다. 키티의 얼굴에 타오르는 환희의 불꽃은 교회 안에 있던 모든 사람에게 옮겨진 것 같았다. 레빈의 눈에는 사제와 보좌 사제 역시 자신처럼 웃고 싶어 하는 것처럼 보였다.

사제는 두 사람의 머리 위에 있던 관을 벗기고 마지막 기도를 드리며 신랑, 신부에게 축복을 내려 주었다. 레빈은 키티를 흘끗 바라보았다. 그는 지금껏 한 번도 이러한 그녀의 모습을 본 적이 없었다. 그녀의 얼굴은 새로운 행복의 빛으로 반짝거려서 더욱 아름다웠다. 그는 그녀에게 무슨 말을 하고 싶었으나 식이 끝났는지 여부를 알 수 없었다. 그러자 사제가 그를 난처한 상황에서 구해 주었다. 그는 선량한 입가에 미소를 띠며 나지막이 말했다.

"아내에게 키스하세요. 그리고 남편에게 키스하세요." 그러고 나서 그는 두 사람의 손에서 초를 건네받았다.

레빈은 조심스럽게 그녀의 미소 띤 입술에 키스하고는 그녀에게 손을 내밀었다. 그러고는 새롭고도 기묘한 다정함을 느끼며 교회 밖으로 나왔다. 그는 이것이 정녕 현실이라는 것을 믿지 못했다. 아니, 믿을 수 없었다. 마침내 놀라면서도 수줍어하는 두 사람의 눈동자가 마주치자 그때에야 비로소 그는 이 사실을 믿을 수 있게 되었다. 자신들은 이제 하나라는 것을 느꼈던 것이다.

그날 밤, 만찬이 끝나자 신랑과 신부는 시골로 향했다.

## 7

브론스키와 안나는 석 달 가까이 유럽 여행을 즐기고 있었다. 두 사람은 베네치아와 로마, 나폴리를 여행한 뒤 이탈리아의 한 소도시에 막 도착했고 그곳에 얼마간 머무를 예정이었다.

미남형인 지배인은 포마드를 바른 풍성한 머리카락을 목덜미에서부터 가르마를 타고, 하얀 셔츠의 가슴 부분이 드러난 셔츠에 연미복을 입고 불룩하게 튀어나온 둥그런 배 위에 시곗줄을 늘어뜨리고 있었다. 그는 주머니에 두 손을 찔러 넣은 채 옆에 선 신사를 무시하듯 인상을 찌푸리며 그의 말에 대꾸하고 있었다. 그러다가 현관 앞 다른 쪽 계단에서 발소리가 들리자 그쪽을 돌아보았다. 그러고는 이 호텔에서 가장 좋은 방에 투숙 중인 러시아 백작을 보자 그는 주머니에서 두 손을 빼고는 예의를 갖춰 허리를 숙여 인사했다. 그러면서 심부름꾼이 다녀갔다는 것과 팔라초(저택)를 빌리는 문제가 해결되었다고 보고했다. 지배인은 계약서에 서명할 준비를 갖춰 놓았다.

"아! 그것 참 잘됐군." 브론스키가 말했다. "마님은 안에 계신가, 아니면 외출하셨나?"

"산책을 나가셨다가 조금 전에 돌아오셨습니다." 지배인이 대답했다.

브론스키는 챙이 넓은 부드러운 모자를 벗은 뒤 땀에 젖은 이마와 머리숱이 없는 부분을 가리기 위해 귀의 중간까지 길러 뒤로 넘긴 머리카락을 손수건으로 닦았다. 그리고 나서 아직도 멍하니 서서 그를 바라보던 신사 쪽을 흘끗 쳐다본 뒤 그대로 지나치려고 했다.

"이 러시아 손님께서 나리를 뵙고 싶어 하십니다." 지배인이 말했다. 어디를 가도 지인을 만나게 된다는 불만과 더불어 자신의 단조로운 생활에서 벗어나고 싶다는 희망이 뒤섞인 감정으로 브론스키는 가려던 걸음을 멈춘 뒤 신사가 있는 쪽을 돌아보았다.

그러자 두 사람의 눈이 동시에 빛났다.

"골레니쉐체프!"

"브론스키!"

그는 브론스키의 중앙 육군 사관 학교 시절 동기 골레니쉐체프였다. 학창 시절 골레니쉐체프는 자유주의 성향을 지니고 있었다. 그는 문관으로 학교를 졸업했지만 어느 곳에도 근무하지 않았다. 두 사람은 졸업한 이후 연락이 두절되었다가 그 후로 딱 한 번 만난 적이 있었다.

그를 만나자 브론스키는 골레니쉐체프가 썩 괜찮은 자유주의 활동을 찾았고 그로 말미암아 브론스키가 하는 일과 그의 지위를 무시하려 한다는 것을 알게 되었다. 그래서 브론스키는 자신의 습관대로 골레니쉐체프에게 냉담하고 오만한 모습을 보였다. 이러한 그의 모습은 '내 생활 방식이 당신들의 마음에 들든 아니든 전혀 상관없다. 나에 대해 알고 싶다면 당신들은 나를 존경해야만 할 것이다.'라는 의미를 담고 있었다. 그러자 골레니쉐체프도 브론스키의 태도를 경멸하며 냉정하게 대했다. 그래서 두 사람의 관계는 더욱 멀어져 갔다. 하지만 지금 두 사람은 서로를 알아보자 기뻐하며 소리 쳤다.

브론스키는 골레니쉬체프와의 만남이 이 정도로 기쁘리라곤 전혀 생각지 못했다. 아마도 지금 자신이 얼마나 답답한 상황인지 자각하지 못했기 때문일 것이다. 그는 과거의 불쾌한 만남에 대한 기억을 지우고 기쁜 얼굴로 옛 동료에게 손을 내밀었다. 그러자 지금껏 불안한 얼굴을 하고 있던 골레니쉬체프 역시 기쁜 표정을 지었다.

"아, 자네를 만나게 돼서 정말 기쁘군!" 브론스키가 다정한 미소를 띠고 건강해 보이는 하얀 이를 드러내며 말했다.

"브론스키라는 이름을 듣긴 했지만 어떤 브론스키인지 몰랐지. 정말 너무 반갑군!"

"어서 들어가지. 그런데 요즘 자넨 무슨 일을 하고 있나?"

"난 여기에 온 지 벌써 2년이 되었네. 사업하고 있어."

"아!" 브론스키는 흥미를 보이며 말했다. "자, 들어가세."

그는 러시아 귀족의 공통된 습관에 따라 하인들에게 감추고 싶은 말은 러시아어 대신 프랑스어로 하기 시작했다.

"자넨 카레닌 부인을 알고 있나? 난 그 사람과 함께 여행 중이라네. 지금 그녀에게 가는 길이야." 그는 골레니쉬체프의 얼굴을 찬찬히 살피며 프랑스어로 말했다.

"아! 난 전혀 몰랐네(사실은 알고 있었다.)." 골레니쉬체프가 태연하게 대답했다. "자넨 여기 온 지 꽤 됐나?" 그가 덧붙였다.

"나? 오늘이 나흘째야." 브론스키가 다시 한번 동료의 얼굴을 찬찬히 살펴며 대답했다.

'그래, 이 친구는 점잖은 사람이야. 사태를 바르게 파악할 줄 아는 사람이지.' 브론스키는 골레니쉬체프가 표정과 화제를 바꾼 의미를 이해하며 속으로 중얼거렸다.

'이 친구에겐 안나를 소개해 줘도 괜찮을 테지. 그는 제대로 볼 줄 아는 사람이니까.'

안나와 함께 외국에서 보낸 석 달 동안 브론스키는 새로운 사람을 만날 때마다 항상 그가 자신과 안나의 관계를 어떻게 볼 것인가에 대해 자문하곤 했다. 남자일 경우에는 거의 모두가 그가 어쩔 수 없었음을 이해한다는 것을 알게 되었다. 하지만 만약 그가 '어쩔 수 없었다.'라고 말하는 사람들에게 왜 그렇게 생각하느냐고 묻는다면 다들 몹시 난감해했을 것이다.

브론스키가 생각하기에 '어쩔 수 없었다.'라고 말했던 사람들 역시 사실은 진정으로 이해했던 것은 아니었다. 그것은 단지 인생에서 복잡하고 해결 불가능한 수많은 문제를 대할 때 취하는, 소위 교양이 풍부한 자들의 예의로서, 어떤 암시나 불쾌한 질문을 회피하기 위함이었던 것이다. 그들은 브론스키가 처한 현재의 상황을 잘 이해하는 듯하며 그것을 인정함과 동시에 옹호까지 했지만, 그것에 대해 설명하는 것은 불필요한 일이라고 생각하는 듯했다.

브론스키는 이내 골레니쉬체프도 그런 사람 중 하나라는 것을 알게 되어서 그와의 만남이 두 배로 기뻤던 것이다. 또한 실제로 골레니쉬체프에게 카레니나를 소개했을 때 그는 브론스키가 바랐던 만큼의 모습을 보여 주었다. 그는 전혀 힘들이지 않고도 불편한 분위기를 만들 만한 이야기는 꺼내지 않았다.

그는 안나를 알지 못했으나 그녀의 아름다움과 더불어 그녀가 자신의 처지를 솔직히 드러내는 것을 보며 큰 감명을 받았다. 그녀는 브론스키가 골레니쉬체프와 함께 들어오자 얼굴을 붉혔다. 그녀의 솔직하고 아름다운 얼굴에 드리워진 어린아이 같은 홍조는 그의 마음을 움직였다.

하지만 특히 그의 마음을 이끈 것은 그녀가 다른 사람에게 오해를 사지 않기 위해 망설임 없이 브론스키를 알렉세이라고 부르며, 자신들은 이제 팔라초라고 불리는 집으로 이사를 가기로 했다고 말한 점이었다. 자신의 처지에 대해 솔직하면서도 분명한 태도는 골레니쉬체프의 마음을 사로잡았다. 안나의 선량하면서도 쾌활한, 활기 넘치는 모습을 보자 알렉세이 알렉산드로비치도 브론스키도 알고 있던 골레니쉬체프는 그녀를 완전히 이해할 수 있을 것 같은 생각이 들었다. 그는 그녀 자신조차도 전혀 알 수 없는, 남편을 불행하게 만들고 그와 아들을 버리고 명예를 다 잃은 뒤에도 어떻게 이렇게 활기차고 유쾌하면서도 행복하게 지낼 수 있는지를 알 것 같았다.

"거긴 관광 안내서에도 있는 곳이야." 골레니쉬체프는 브론스키가 빌린 팔라초에 대해 말했다. "거기엔 틴토레토의 멋진 작품이 걸려 있지. 말년의 그의 작품이야."

"자, 어때요? 날씨도 화창하니 가서 다시 한번 보고 옵시다." 브론스키가 안나를 향해 말했다.

"좋아요. 그럼 모자를 좀 쓰고 올게요. 날이 덥다고 했죠?" 그녀는 문가에 서서 브론스키를 의아한 얼굴로 바라보며 물었다. 그녀의 얼굴이 다시 새빨개졌다.

브론스키는 그녀의 눈빛을 통해 그녀가 어떤 식으로 골레니쉬체프를 대해야 할지 모른다는 것을, 그래서 그녀 자신의 태도가 그가 바라는 것과 어긋나지는 않을까 염려하고 있다는 사실을 알았다.

그는 줄곧 온화한 눈빛으로 그녀를 바라보았다.

"아니, 그다지 덥지는 않아요." 그가 말했다.

그러자 그녀는 그때서야 모든 게 분명히 이해되는 것 같았고 그가 자신의 태도에 만족스러워하고 있다는 것을 알게 되었다. 그녀는 그에게 미소를 지으며 경쾌하게 방에서 나갔다.

두 친구는 서로의 얼굴을 마주보았다. 그러자 두 사람의 얼굴에 망설임의 기색이 드러났다. 분명 그녀에게 감명받은 듯한 골레니쉬체프는 그녀에 대해 무슨 말이라도 하고 싶었지만 뭐라고 해야 할지 모르는 듯했고, 브론스키 역시 무슨 말이든 해 주기를 바라고 있으면서도 두려워하는 듯한 모습이었다.

"그러니까." 브론스키는 뭔가 이야기하기 위해 말을 꺼냈다. "여기서 계속 살았던 건가? 계속 같은 일을 하면서?" 그는 골레니쉬체프가 무언가를 쓰고 있다는 소식을 들었던 것을 떠올리며 말을 이었다.

"그렇다네. 『두 개의 원리』의 제2권을 쓰고 있는 중이야."

골레니쉐체프는 이 질문에 기뻐하듯 얼굴을 붉히며 말했다. "정확히 말하자면, 내용을 세밀하게 구상하기 위해 아직 시작은 하지 않았어. 자료를 수집하면서 준비하고 있는 중이야. 생각보다 더 광범위하게 모든 문제를 다룰 예정이야. 러시아인들은 우리가 비잔틴의 후예라는 것을 인정하지 않고 있지만 말이야." 그는 장황하게 열변을 토했다.

브론스키는 저자가 마치 그 책을 모든 사람이 다 알고 있다고 생각하는 듯 언급한 『두 개의 원리』에 대해 자신은 전혀 모르고 있었기 때문에 처음에는 불편하게 느껴졌다. 하지만 골레니쉐체프가 곧 자신의 사상에 대해 설명하며 내용을 언급하자 『두 개의 원리』에 대해 전혀 모르고 있던 브론스키도 골레니쉐체프의 이야기에 흥미를 느끼며 그의 말에 집중했다. 하지만 골레니쉐체프가 자신이 몰두하고 있던 문제에 관해 언급하며 몹시 흥분하는 모습을 보자 브론스키는 놀랐고 괴롭기도 했다. 이야기가 진행될수록 그의 눈은 한층 더 충혈되었고, 그는 가상의 반대자를 향해 다급하게 반박하며 얼굴에 불안함과 분노를 드러내기 시작했다.

브론스키는, 사관 학교 시절에 늘 수석을 차지하며 마르고 활기 넘치고 선량한, 명문가의 청년이었던 골레니쉐체프의 모습을 떠올리자 그가 왜 이토록 흥분하는지 이해할 수 없었고 또 인정할 수도 없었다. 특히나 그에게 실망했던 이유는 골레니쉐체프가 특권 계층이었음에도 그의 분노를 유발한 저급한 무리와 비슷한 수준으로 그들에게 화냈기 때문이었다. 이것이 과연 그럴 만한 가치가 있는 일일까? 설사 그렇다 치더라도 브론스키는 그러한 행동을 못마땅하게 여겼다. 그러면서도 그는 골레니쉬체프가 불행하다는 생각이 들어 그가 견딜 수 없이 애처롭게 느껴졌다. 골레니쉬체프는 안나가 들어온 사실조차 모른 채 불같이 열을 올리며 자신의 견해를 끊임없이 피력했다. 그의 잘생긴 얼굴에는 정신 착란에 가까운 듯한 불안정한 모습이 보였다.

모자와 반코트 차림으로 나온 안나가 아름다운 손으로 양산을 만지며 자신의 곁으로 다가오자 브론스키는 자신에게 집중된 골레니쉬체프의 간절한 눈빛을 피하며 아름답고 사랑스러우면서도 활기찬 자신의 연인을 새로운 사랑의 눈길로 바라보았다. 겨우 제정신을 차린 듯한 골레니쉬체프는 여전히 침울한 낯빛을 하고 있었다. 하지만 모든 사람에게 상냥했던 안나는(그 무렵 안나는 그런 모습이었다.) 그녀 특유의 솔직하고 유쾌한 모습으로 그의 마음을 편안하게 만들어 주었다. 그녀는 다양한 화제를 언급한 뒤에 그림에 관한 이야기로 대화의 방향을 잡았다. 그가 그림에 대해 당당하게 많은 이야기를 늘어놓자 그녀는 그의 말에 귀를 기울였다. 그들은 새로 빌린 집까지 걸어가 그곳을 둘러보았다.

"정말 기쁜 일이 있어요." 되돌아오는 길에 안나가 골레니쉬체프를 보며 말했다. "알렉세이에게 곧 멋진 아틀리에가 생길 거예요. 꼭 그 방을 쓰세요." 그녀는 러시아어로 다정하게 당신이라고 부르며 브론스키에게 말했다. 그녀는 자신들과 골레니쉬체프가 가깝게 지내리라는 것을, 그래서 그의 앞에서는 군이 뭔가를 숨길 필요가 없다는 것을 알아챘기 때문이었다.

"자네, 그림을 그리나?" 골레니쉬체프가 재빨리 브론스키를 돌아보며 말했다.

"그렇다네. 예전에 조금 그렸었지. 최근에 다시 시작해 보고 있는 중이야." 브론스키가 얼굴을 붉히며 말했다.

"이 사람은 훌륭한 재능을 갖고 있어요." 안나가 유쾌한 미소를 띠며 말했다. "물론 저는 비평가는 아니지만 전문가들도 그렇게 말하고 있으니까요."


8


안나가 자유로워지고 빠르게 건강이 회복되었던 처음 그 시기에는 그녀 스스로도 미안하다고 생각될 만큼 행복이 넘치는 생의 기쁨을 느끼고 있었다. 불행한 남편을 떠올릴 때도 그녀의 행복은 훼손되지 않았다. 그 기억은 지극히 끔찍스러웠지만 남편을 불행하게 만든 자신의 행동을 후회하기에는 그녀에게 다가온 지금의 행복이 너무도 컸다. 그녀가 병상에서 일어난 뒤 떠올렸던 모든 일들, 즉 남편과의 화해, 결별, 브론스키의 부상 소식, 그의 방문, 이혼 수속 준비, 집을 나온 것, 아들과의 이별 등은 그녀가 브론스키와 함께 외국에 와서야 떨쳐 버릴 수 있었던 악몽 같았다.

그녀는 자신이 남편에게 저지른 악행을 떠올릴 때면 마치 물에 빠진 사람이 자신에게 매달릴 때 뿌리치는 듯한 기분처럼 말로 형언할 수 없을 만큼의 진저리가 났다. 그는 익사했다. 물론 그것은 나쁜 짓이었다. 하지만 그것은 그녀 자신을 구할 수 있는 유일한 방법이었으므로 그 끔찍한 일을 세세하게 떠올리지 않는 편이 나았다.

그녀는 남편과 헤어지던 순간에 자신의 행동에 위안이 되는 생각이 떠올랐다. 그래서 그녀는 과거의 모든 일을 회상할 때면 위안이 되던 그 생각을 상기해 봤다.

'내가 그를 불행하게 만들었던 건 어쩔 수 없었던 일이야.' 그녀는 생각했다. '하지만 난 그 불행을 이용하고 싶지 않아. 나 또한 그로 말미암아 고통받고 있고 앞으로도 그럴 테니까. 난 가장 소중히 여기던 것을 잃고 말았어. 명예와 아들을 잃었다고. 난 나쁜 짓을 저질렀으니 행복도 이혼도 바라지 않아. 난 수치심과 아들과의 이별 때문에 늘 고통 속에서 살아가게 될 거야.'

하지만 안나는 진심으로 괴로워하려고 해도 그럴 수가 없었다. 수치심도 전혀 느껴지지 않았다. 외국에서 두 사람 모두 러시아인들의 눈을 피해 다니며 스스로를 기만해야 하는 일을 만들지 않았기 때문이다. 게다가 그들은 자신들이 이해하고 있는 것보다 더욱 두 사람의 입장을 잘 이해하는 듯한 사람들을 곳곳에서 마주쳤다. 그녀가 그토록 사랑하던 아들과의 이별도 처음에는 그녀를 괴롭히지 않았다. 브론스키와 낳은 딸이 사랑스러웠고 자신에게 남은 유일한 아이라는 생각이 들자 그녀의 신경은 온통 그곳에 가 있었기에 아들에 대한 생각은 거의 하지 못했던 것이다.

안나는 건강을 되찾으면서 삶에 대한 욕구가 한층 더 강렬해졌다. 또한 새로운 생활 환경이 몹시 마음에 들어서 자신에게도 미안할 만큼 행복했다. 그녀는 브론스키에 대해 점점 더 많이 알게 될수록 그를 더욱 사랑하게 되었다. 그녀는 자신을 향한 그의 사랑을 사랑했다. 그녀에게는 그를 완전히 소유했다는 사실이 가장 큰 기쁨이었다. 그의 곁에 있는 것은 항상 즐거웠다. 그리고 시간이 흐를수록 그의 성격에 대해 점점 더 많은 것을 알게 되면서 그가 더욱 소중하게 느껴졌다. 군복을 벗고 평상복으로 갈아입은 그의 모습은 너무도 새롭게 느껴져 그녀는 사랑에 빠진 아가씨처럼 그에게 이끌렸다. 그녀는 그가 말하고 생각하는 모든 것에서 고결하고 우아한 무언가를 보았다.

그를 향한 그녀의 뜨거운 열정은 종종 그녀 자신조차도 놀라게 만들었다. 그녀는 눈을 씻고 찾아보아도 그에게서 아름답지 않은 점을 도저히 발견할 수가 없었다. 그녀는 그의 앞에서 자신의 열등감을 드러낼 수 없었다. 만약 그가 그것을 알게 된다면 당장이라도 자신에 대한 사랑이 식어 버릴 것만 같았기 때문이다. 현재로서는 그녀가 그 점을 두려워할 필요는 없었지만 그의 사랑을 잃게 되는 것보다 두려운 일은 없었다. 하지만 그녀는 자신을 향한 그의 태도에 고마워했고 또한 자신이 그 점에 대해 얼마나 고마워하고 있는지 표현해야만 했다. 그녀가 생각하기에 브론스키는, 나라에 특별한 사명감을 가지고 일하며 그 안에서 핵심적인 역할을 수행할 수 있는 사람이었다. 그런 그가 그녀를 위해 야망을 버리고도 털끝만큼의 후회도 드러내지 않았던 것이다.

그는 전보다 그녀에 대한 애정이 더욱 깊어지고 있었다. 그러면서 그녀가 현재의 상황을 불편해하지 않도록 배려해야겠다는 생각이 끊임없이 그의 머릿속에 머물렀다. 그토록 남성적이었던 그였지만, 그는 그녀가 하는 모든 일을 존중했으며, 자신의 의지보다는 그저 그녀가 원하는 모든 것을 고려해야겠다고 생각했다. 그녀는 그의 세심한 관심과 배려의 분위기가 부담스럽기도 했지만 그것에 대해 고맙게 생각했다.

브론스키는 그토록 오랫동안 소망하던 일이 완벽하게 실현되었지만 완전한 행복을 느낄 수 없었다. 이렇게 실현된 욕구는 단지 자신이 기대했던 행복이라는 산에서 모래 한 알을 가져온 것에 불과하다는 생각이 들었기 때문이다. 이것은 욕망의 실현이 행복이라 믿는 사람들이 흔히 저지르는 영원불변의 착오였던 것이다. 그는 그녀와 하나가 되어 평복으로 갈아입은 뒤 처음 얼마동안, 예전에는 모르고 있던 자유와 사랑의 자유에 대한 매력에 대체적으로 만족했다. 하지만 이것은 오래가지 못했다. 그는 곧 자신의 내면에서 욕망을 갈구하는 마음과 감상이 솟구치는 것을 느꼈다. 그는 자신의 의지와 상관없이 매 순간마다 일어나는 변화를 욕망과 목적이라 생각하며 붙들려고 했다.

그는 하루 중 열여섯 시간을 무슨 일이든 하면서 보내야만 했다. 페테르부르크에서 거의 모든 시간을 차지했던 사회생활에서 벗어나 외국에서 자유로운 생활을 누리고 있었기 때문이었다. 지금껏 브론스키가 외국 여행에서 누려 왔던 독신으로서의 즐거움은 생각조차 할 수 없었다. 그가 그런 일을 시도하기만 해도, 지인들과 늦은 만찬을 즐기고 오기만 해도, 안나는 몹시 우울하게 변했기 때문이었다. 또한 그들은 자신들의 불분명한 신분 때문에 이곳 사람들과도 러시아인과도 교류할 수 없었다. 명승지를 둘러보는 일도 이미 다 끝낸 상태였다. 러시아인이며 총명한 그였기에 이런 상황에서도 특별한 의미를 부여했을 영국인처럼 행동할 수는 없었다.

배고픈 짐승이 먹이를 찾기 위해 이것저것 기웃거리듯, 브론스키 또한 무의식중에 정치와 신간 서적을, 그리고 그림에 관심을 가졌다.

그는 어린 시절부터 그림에 재능이 있었다. 지금은 돈을 어디에 써야 될지 몰라 판화를 수집했다. 그래서 그는 그림을 그리는 일에 관심을 가지게 되었다. 그러면서 거기에 어떠한 만족을 원하는, 채울 수 없는 축적된 욕망을 집중시켰다.

그는 미술을 이해했고 그것에 관심이 있었으며 게다가 그림을 정확하게 모사하는 재능이 있었다. 그는 스스로도 화가로서의 재능이 있다고 느끼며 어떤 종류의 그림을 그릴지 생각해 보았다. 그는 종교화나 역사화, 혹은 풍속화, 그것도 아니면 사실화를 선택할지 잠깐 고민한 뒤에 되는 대로 그리기 시작했다. 그는 어떠한 그림도 이해할 수 있었고 어떠한 그림에서도 영감을 얻을 수 있었다.

하지만 그는 어떤 종류의 그림이 존재하는지도 알지 못했고 자신이 그리고 있는 것이 어떤 장르에 속하는지에 대해서도 전혀 신경 쓰지 않았다. 또한 자신의 내면을 통해 직접적인 영감을 얻을 수 있다는 것은 상상조차 하지 못했다. 그는 이러한 사실을 모른 채 직접적인 삶 자체가 아닌 예술로 형상화된 간접적인 삶에서 영감을 얻었다. 그래서 몹시 빠르고 손쉽게 영감을 얻었으며, 그토록 빠르고 손쉽게 그려 낸 그의 그림은 그가 모방하려던 유파의 작품과 매우 비슷해지기 시작했다.

그는 여러 유파 중에서도 우아하고 인상적인 프랑스 미술을 좋아했다. 그래서 그는 그 화법에 따라 이탈리아 의상을 입은 안나의 초상화를 그리기 시작했다. 그것은 자신을 비롯해 그 작품을 본 다른 사람들에게도 몹시 훌륭하다는 인상을 주었다.


9


오래되고 황폐한 팔라초의 높다란 천장은 조각으로 장식되어 있었고, 벽에는 수많은 벽화가 걸려 있었으며, 바닥은 모자이크로 되어 있었다. 높은 창문에는 무거운 노란색 다마스크 커튼이 쳐져 있었으며 화장대와 벽난로 위에는 화병이 놓여 있었다. 브론스키는 조각으로 장식된 문들과 수많은 그림이 걸린 어두운 홀이 있는 팔라초의 외관을 보자 황홀한 기분이 들었다. 그는 자신이 러시아의 지주나 퇴직한 장교가 아닌, 교양을 갖춘 미술 애호가이자 후원자이며 사랑하는 여인을 위해 사회와 가족, 명예도 버린 겸허한 화가라는 환상에 빠졌던 것이다.

브론스키가 팔라초로 이사하면서 선택한 역할은 완벽하게 성공적이었다. 또한 그는 골레니쉬체프의 소개로 흥미 있는 몇몇 사람과 교류하면서 얼마간은 안정된 생활을 할 수 있었다. 그는 한 이탈리아인 회화 교수의 지도 아래 자연을 대상으로 한 그림을 그렸고, 중세 이탈리아인의 생활을 연구하기도 했다. 또한 최근에는 중세 이탈리아인의 생활 양식에 큰 관심이 생겨 모자나 외투도 중세풍으로 착용했다. 그러한 차림은 그에게 아주 잘 어울렸다.

"이곳에 살면서도 우린 아무것도 모르고 있어." 어느 날 아침, 브론스키가 자신을 찾아온 골레니쉬체프에게 말했다. "혹시 미하일로프의 그림을 본 적 있나?" 그는 그날 아침에 받은 러시아 신문을 골레니쉬체프에게 건네면서, 그들과 같은 도시에 살고 있으며 예전부터 소문이 돌면서 작품이 완성되기도 전에 구매자가 내정되어 있던 한 러시아 화가의 기사를 가리키며 말했다. 신문 기사에는 이토록 훌륭한 화가가 어떠한 후원이나 지원도 받지 못하는 것에 대해 정부와 아카데미를 비난하는 내용이 담겨 있었다.

"봤지." 골레니쉬체프가 대답했다. "그는 분명 재능이 있긴 하지만 완전히 잘못된 길을 가고 있어. 그리스도와 종교화에 대해서 그는 이바노프식, 슈트라우스식, 르낭식으로 가고 있거든."

"그 그림의 주제는 뭔가요?" 안나가 물었다.

"빌라도 앞에 선 그리스도예요. 사실주의의 새 유파가 그리스도를 유대인으로 묘사했지요." 골레니쉬체프는 작품의 내용에 관한 질문이, 자신이 가장 흥미를 가지고 있던 주제와 관련되자 들뜬 마음으로 설명을 늘어놓았다.

"그들은 어째서 그렇게 큰 실수를 저지른 건지 난 이해할 수가 없어. 그리스도는 이미 위대한 작가들의 예술 작품 속에서 훌륭하게 묘사되어 뚜렷하게 표현되어 있어. 그들이 신이 아닌 혁명가나 성현을 그리고 싶었다면, 소크라테스나 프랭클린, 샤를로트 코르데 같은 역사적 인물들을 선택해야 했어. 그러니까 내 말은 그리스도만 제외하면 된다는 말이야. 그들은 예술을 위해서 택해서는 안 될 인물을 고른 거란 말이지. 게다가……."

"어쨌든 말이지. 그 미하일로프라는 사람이 그렇게 형편이 어려운가?" 그 작품이 훌륭한가 아닌가에 상관없이 브론스키는 러시아 예술 애호가로서 그 화가를 도와줘야겠다는 생각이 들어 이렇게 물었다.

"뭐라고 해야 하나. 어쨌든 그는 훌륭한 초상화가야. 혹시 그가 그린 바실리치코바의 초상화를 본 적 있나? 하지만 그는 이제 더 이상 초상화를 그리고 싶어 하지 않는 것 같아. 아니, 어쩌면 어렵다는 말이 맞는지도 몰라. 그러니까 말하자면……."

"그럼 그에게 안나 아르카디예브나의 초상화를 부탁해 볼 순 없을까?" 브론스키가 말했다.

"무엇 때문에 내 초상화를 그려요?" 안나가 말했다. "당신이 그려 준 게 있는데 말이죠. 다른 건 필요 없어요. 아냐(그녀는 자신의 딸을 이렇게 불렀다.)를 그려 달라고 하는 게 오히려 낫겠어요. 저기 좀 보세요. 그 아이가 저기 있어요."

그녀는 이렇게 말한 뒤 창문 너머로, 정원으로 아이와 함께 나온 아름다운 이탈리아인 유모를 바라보았다. 그러면서 동시에 브론스키를 흘끗 돌아보았다. 자신의 그림을 위해 브론스키가 얼굴을 모델로 삼았던 아름다운 유모는 안나의 생활 속에 숨겨진 단 하나의 슬픔이 되었다. 그녀를 그리는 동안 브론스키는 그녀의 아름다움과 중세적인 분위기에 대해 찬사를 늘어놓았다. 하지만 안나는 자신이 유모에게 질투를 느낄까 봐 두려워하고 있다는 것을 인정할 용기가 없었다. 그래서 안나는 그녀와 그녀의 어린 아들을 유독 잘 돌봐 주며 아껴 주었다. 브론스키 역시 창문 쪽을 쳐다본 뒤 안나의 눈을 바라보았다. 하지만 곧바로 골레니쉬체프에게 시선을 돌리며 말했다.

"자넨 그 미하일로프라는 사람을 알고 있나?"

"만나 본 적은 있어. 그런데 아무리 생각해도 기이한 사람이야. 게다가 교양이라곤 찾아볼 수가 없어. 그러니까 요즘 흔히 보이는 야만인 중 하나라 볼 수 있지. 무신론과 부정, 유물주의 사상을 제멋대로 받아들인 자유사상가 중 하나야. 예전에는······."

골레니쉬체프는 안나와 브론스키가 무언가 이야기하고 싶어 하는 것에 개의치 않고, 또 주의도 하지 않은 채 말을 이어 갔다.

"예전에는 자유사상가라 하면 종교나 법률, 도덕 같은 가치관에서 육성된, 투쟁과 노력으로 자유사상에 도달한 사람을 일컫는 말이었지. 하지만 오늘날엔 선천적인 자유사상가라는 새로운 유형이 등장하기 시작했어. 그 사람들은 도덕이나 종교의 법칙, 권위라는 것에 대해 전혀 신경 쓰지 않고 온갖 것을 부정하는 가치관 속에서 야만인으로 성장한 사람들이지. 그가 바로 그런 사람이야. 그는 분명 모스크바 궁정의 하인 아들로 태어나 전혀 교육을 받지 않았을 거야. 그러다가 아카데미에 들어가면서부터 유명해지자 스스로 교양을 쌓고 싶어 했겠지. 그도 어리석진 않았으니까. 그래서 그는 자신이 교양을 쌓을 수 있는 근원이라 생각했던 잡지에 의존했어. 예전에는 교양을 쌓으려는 자들은, 프랑스인들이 그랬던 것처럼, 신학자, 비극 작가, 역사가, 철학자 등 모든 고전 속에서 정신적 산물을 찾아 연구하려고 했었지. 하지만 요즘 사람들은 점점 허무주의적인 문학에 접근하면서 허무주의 학문의 요약본들을 매우 **빠른** 속도로 습득하고 있지. 그게 전부야. 게다가 인간은 불과 20년 전만 해도 문학 속에서 권위와 투쟁하고 낡은 시대적 사조와 투쟁하는 흔적을 찾아냈지. 또한 그 투쟁 속에서 또 다른 무엇이 존재한다는 것을 깨닫곤 했어. 하지만 지금은 낡은 시대정신을 논하려는 시도조차 하지 않는 학문에만 빠져서 이렇게 말하지. '아무것도 없고 진화와 적자생존, 생존 투쟁이 전부다.' 난 내가 쓴 논문에서……."

"그렇다면 말이죠." 이미 오래전부터 브론스키와 시선을 교환하며 브론스키가 화가의 교양 따위에는 전혀 흥미가 없

고, 단지 그를 도와주기 위해 그에게 초상화를 의뢰할 생각만
하고 있다는 것을 알아챈 안나가 말했다. "그렇다면 말이에
요." 그녀는 단호한 어조로 한창 떠들고 있는 골레니쉐체프의
말을 가로막았다. "그를 만나러 가요."

정신을 차린 골레니쉐체프가 흔쾌히 찬성했다. 하지만 화
가는 멀리 떨어진 곳에 살고 있었기에 마차를 타고 가기로
했다.

안나와 골레니쉐체프는 나란히 자리에 앉았고 맞은편에
브론스키가 앉았다. 한 시간 뒤에 그들은, 새롭게 지었으나
썩 아름답지는 않은 어떤 집에 도착했다. 수위의 아내가 그들
을 맞이했다. 그녀는 미하일로프가 늘 자신의 작업실에서 손
님을 맞이했으나 지금은 조금 떨어진 집에 있다고 말했다. 그
러자 그들은 그녀에게 명함을 건네며 그의 그림을 보고 싶어
한다는 뜻을 전했다.


10


화가 미하일로프는 브론스키 백작과 골레니쉐체프의 명
함을 건네받았을 때 평소처럼 작업 중이었다. 그는 아침부터
작업실에서 대형 그림을 그리고 있었다. 그러고는 집으로 돌
아온 뒤 아내에게, 돈을 받으러 온 집주인 여자를 적당히 다
루어 돌려보내지 않았다며 무척 화를 냈다.

"벌써 스무 번이나 말했잖아. 더 이상 참견하지 말라고. 당

신은 원래부터 멍청했지만 이탈리아어로 떠들어 댈 때면 세 배는 더 멍청해 보여." 그는 오랜 언쟁 후에 그녀에게 이렇게 말했다.

"그럼 당신이 가만두지 말았어야죠. 내 잘못이 아니라고요. 나도 돈만 있으면……"

"제발 나를 괴롭히지 말아 줘!" 눈물로 목이 멘 미하일로프가 버럭 소리를 지르고는 귀를 막고서 칸막이 뒤 작업실로 들어가 문을 잠갔다. "멍청한 계집 같으니!" 그는 혼잣말을 하며 테이블 앞에 앉았다. 그러고는 판지를 펼친 뒤 대단한 열정으로 작업 중이던 그림에 몰입하기 시작했다.

그는 삶에 지쳐 있을 때, 특히 아내와 말다툼하고 난 뒤에 더 열정적으로 작업했다.

'아! 어디로든 사라져 버렸으면!' 그는 이런 생각을 하며 계속 작업했다. 그는 분노하는 인물의 모습을 그리는 중이었다. 전에도 한 번 그린 적이 있었지만 만족스럽지 못했다. '아니, 그게 더 나았어……. 그걸 어디에 두었더라?' 그는 아내를 찾아갔다. 하지만 그는 인상을 찌푸리며 그녀를 쳐다보지도 않은 채 큰딸에게 얼마 전 자신이 주었던 종이를 어디에 두었느냐고 물었다. 그는 그림을 그리다 만 그 종이를 찾기는 했으나 종이는 스테아린으로 얼룩져 더러워진 상태였다. 그는 그것을 가져가 자신의 테이블 위에 놓고는 조금 멀리 떨어져 실눈을 뜨고 바라보았다. 그러다가 갑자기 그는 매우 기쁜 듯 웃으며 양손을 흔들었다.

"그래! 좋아!" 그는 이렇게 말하고 난 뒤 바로 연필을 잡고는 빠르게 그려 나가기 시작했다. 스테아린의 얼룩이 그에게 새로운 구도를 만들어 준 것이다.

그는 이 새로운 구도를 그리기 시작했다. 그러자 갑자기 턱이 튀어나온 담배 가게 주인의 활기 찬 얼굴이 떠올랐다. 그러자 그는 그림 속 인물에 그 얼굴과 턱을 그려 넣었다. 그는 기쁨에 찬 웃음을 지었다. 머릿속에서 형성된 생명력이 없던 그 인물은 갑자기 손을 댈 필요가 없는 활력이 넘치는 인물로 바뀐 것이었다. 그 인물은 살아 있었고 또한 의심할 여지가 없이 확실한 것이었다. 이제 그는 그 인물이 원하는 대로 그림을 수정할 수 있었다. 그는 두 다리를 다르게 배치하고 왼손의 위치를 완전히 바꾸었으며 머리카락을 쓸어 넘기게 할 수도 있었다.

하지만 그는 이런 식으로 수정하면서도 결코 인물을 바꾸지 않았다. 단지 인물을 덮고 있던 것을 없앨 뿐이었다. 그러니까 그 인물의 전체적인 모습을 가리고 있던 덮개를 걷어 낸 것이었다. 새롭게 그린 선 하나하나가 인물에 생기를 부여했으며, 스테아린의 얼룩 때문에 전체적인 모습이 한층 더 돋보였다. 그가 명함을 건네받은 것은 때마침 조심스럽게 그 그림을 마무리하고 있을 때였다.

"거의 다 끝났어. 끝났다고!"

그는 아내에게로 갔다.

"이제 그만해, 사쉬아. 화내지 마!" 그는 멋쩍게 부드러운 미소를 지으며 그녀에게 말했다. "당신도 잘못했어. 나도 잘못했고. 하지만 내가 모든 걸 다 마무리할게." 그는 이렇게 아내와 화해한 뒤 벨벳 칼라가 달린 올리브색 외투에 모자를 착용한 뒤 작업실로 들어갔다. 인물화를 성공했다는 사실은 벌써 까맣게 잊은 듯했다. 지금은 그저 마차를 타고 자신의 작업실을 찾아온 지체 높은 러시아인들의 방문이 그의 마음을 기쁘게 하고 흥분시켰을 뿐이었다.

그는 화실의 이젤에 놓인 자신의 작품에 대해 하나의 신념을 가지고 있었다. 지금껏 어떤 누구도 이런 그림을 그린 적이 없다는 것에 대한 신념이었다. 그는 자신의 그림이 라파엘로의 작품보다 훌륭하다고 생각하지는 않았다. 하지만 그는 자신이 이 그림을 통해 표현하고자 했던 것과 표현해 낸 것은 지금껏 어떤 누구도 표현하지 않은 것임을 알고 있었다. 그 점에 대해서는 분명히 알고 있었다. 그는 이미 오래전, 그 그림을 그리기 시작할 때부터 확실히 알고 있었던 것이다. 하지만 사람들의 의견은, 그게 어떤 내용이라 할지라도 그에게 의미가 있었고 그의 마음 깊은 곳까지 자극했다. 그 생각이 아무리 쓸모없다 할지라도, 혹 그것이 그들이 그림을 통해 본 지극히 작은 일부에 불과할지라도 그의 마음 깊은 곳까지 동요시켰던 것이다. 그는 그들이 자신보다 훨씬 더 이해력이 깊다고 생각했다. 그러면서 그는 항상 자신의 작품 속에서 스스로 보지 못했던 무언가를 그들이 찾아내기를 기대했다. 그는 관람자들의 비평 속에서 종종 자신이 그것을 찾아낸다는 느낌이 들었다.

그는 경쾌한 발걸음으로 작업실 문을 향해 갔다. 그는 마음이 동요된 상태임에도 그늘진 입구 쪽에서 안나에게 무슨 이야기를 하고 있는 골레니쉬체프의 이야기를 들으며, 동시에 자신들을 향해 다가오던 화가 쪽으로 몸을 돌리려 하는, 그녀의 온화하게 빛나는 모습에 감명을 받았다. 그는 그들에게 다가가면서, 마치 담배 가게 주인의 턱처럼, 자신이 어느새 그들의 인상을 포착한 뒤 먼 훗날 필요할 때 꺼낼 수 있도록 어딘가에 저장해 두었다는 사실을 인식하지 못했다.

골레니쉬체프에게 화가에 대한 이야기를 듣고 이미 환멸을 느끼고 있던 방문객들은 그의 모습을 보자 더욱 실망했다. 체격이 건장한 중간 키의 미하일로프는 걸음걸이가 불안정했고 갈색모자에 올리브색 외투 차림이었다. 그리고 이미 한참 전부터 통이 넓은 바지가 유행하고 있었음에도 그는 통이 좁은 바지를 입고 있었으며, 넓적한 얼굴에 수줍어하면서도 위엄을 드러내려고 하는 욕구가 뒤섞여 기분 나쁜 인상을 주었다.

"자, 어서 들어오시죠." 그는 무심한 척하려고 애쓰며 말했다. 그러고는 현관에 들어서면서 주머니에서 열쇠를 꺼내 문을 열었다.


11


작업실로 들어서던 미하일로프는 손님들을 한 번 더 흘끗 바라보며 상상 속에서 브론스키의 표정을, 특히 광대뼈를 그려 보았다. 그는 화가로서 자신의 감정을 위해 지속적으로 재료를 모으며 작업했음에도, 자신의 작품에 대한 비평의 시간이 다가오자 점점 흥분되었다. 그러면서도 그는 그들이 눈치채지 못할 만큼 속으로 빠르고 세심하게 세 사람에 대한 생각을 정리하고 있었다. '저 사람(골레니쉐체프)은 이 마을에 사는 러시아인이야.' 미하일로프는 그의 이름도, 그와 어디에서 만났고 무슨 대화를 나누었는지도 기억하지 못했다. 그는 한 번이라도 만난 적이 있는 사람들은 전부 다 기억하고 있어서 단지 그의 얼굴만 기억하고 있을 뿐이었다.

또한 그는 그 얼굴은 자신의 상상 속에서 표정이 풍부하지 않은, 수많은 얼굴 중 하나이기에 그다지 중요하지 않다는 사실도 기억했다. 풍성한 머리카락은 좁은 미간 위에 모여 있었고 널찍한 이마와 어린아이 같은 불안정한 표정을 지닌 얼굴이었다. 미하일로프는 브론스키와 카레닌 부인을 보며 지체 높고 부유한 러시아인으로서 그런 부류의 사람들이 으레 그러하듯, 예술에 대해서는 아무것도 모르면서 애호가나 감식가라도 되는 것처럼 행동하는 사람임이 틀림없다고 생각했다. '분명 고전 작품을 전부 돌아보고 와서 신인들이나 독일의 어설픈 그림쟁이, 혹은 영국의 라파엘 전파를 따라 하는 멍청이들의 화실을 둘러보는 중이겠지. 지금 나를 찾아온 이유도 단지 견문을 넓히기 위해서일 테지.' 그는 이렇게 생각했다.

그는 '미술은 타락했으며 새로운 작품을 볼수록 옛날 거장의 작품이 얼마나 모방하기 어려운 것인가를 깨닫게 되었다.'와 같은 말을 하기 위한 목적으로 현대 미술가들의 화실을 둘러보고 있는 애호가들(그들이 총명할수록 더욱 참기 힘들었다.)에 대해 훤히 꿰뚫고 있었다. 그는 그들도 분명 그런 부류라고 생각했다. 그들의 얼굴을 통해서, 주고받는 대화를 통해서, 또 마네킹과 흉상을 보며 그림의 덮개를 걷어 내기를 기다리 며 이곳저곳 자유롭게 돌아다니는 무심하고 조심성 없는 태 도를 통해 알 수 있었다. 하지만 그럼에도 그들이 자신의 작 품을 하나하나 들춰 보며 커튼을 걷어 올리고 덮개를 걷을 때 마다 그의 가슴은 세차게 요동치기 시작했다. 그는 평소에 지 체 높고 부유한 러시아인은 전부 짐승 같은 멍청이라고 확신 하고 있었음에도 이러한 느낌은 브론스키, 특히 안나에게 호 감이 있었기 때문에 한층 더 강렬하게 다가왔다.

"자, 이건 어떻습니까?" 그는 불안정한 걸음걸이로 물러나 자신의 작품을 가리키며 말했다. "이것은 '빌라도의 훈계'입 니다. 「마태복음」 27장이지요." 그는 자신의 입술이 흥분으로 떨리고 있는 것을 느끼며 말했다. 그는 물러난 뒤 그들 뒤에 섰다.

방문객들이 몇 초간 조용히 그림을 바라보고 있는 동안 미 하일로프 역시 무심한 눈길로 그것을 바라보았다. 그 몇 초간 그는, 자신이 불과 1분 전까지 그토록 경멸하던 이 방문객들 이 가장 엄격하고 공정한 판단을 내릴 것임을 기대하고 있었 다. 그는 그림을 그리면서 지난 3년간 생각해 왔던 것들을 모 조리 잊어버렸다. 그는 한 치의 의심도 없었던 그 그림의 가 치를 모조리 잊어버렸던 것이다.

그는 무심한 타인의 시선으로 새롭게 그림을 보았다. 그리고 그 속에서 어떤 아름다움도 찾아내지 못했다. 그는 그림의 앞쪽에서 노기 어린 빌라도의 얼굴과 평온한 그리스도의 얼굴을, 배경에서는 빌라도의 종들과 무슨 일이 벌어졌는지 살펴보는 요한의 얼굴을 보았다. 수많은 시행착오와 수정을 통해 가까스로 그의 마음속에서 개성을 갖춘 모습으로 형상화되었던 모든 얼굴과 그에게 깊은 고뇌와 기쁨을 주었던 각각의 얼굴, 전체적인 조화를 위해 수차례 수정했던 모든 얼굴, 그리고 온갖 노력 끝에 전체적인 조화를 이룬 색채와 음영. 이 모든 것을 새로운 시선으로 마주하자 그에게는 이미 수없이 반복되어 온 쓸모없는 일처럼 느껴졌다.

새로운 시선으로 보게 된 지금, 그에게 있어 가장 소중한 얼굴이자 그림의 중심이었던, 그리고 그에게 굉장한 기쁨을 주었던 그리스도의 얼굴도 가치를 잃은 것 같았다. 그는 거기에서 티치아노와 라파엘로, 루벤스 등이 수없이 그려 왔던 그리스도와 병사들, 그리고 잘 그려진 빌라도의 복제품을 보았다. (아니, 잘 그렸다고 할 수도 없었다. 그는 지금 그 안에서 수많은 단점을 생생하게 보고 있었다.) 그 모든 것은 전부 쓸모없고 허술했으며 진부하고 미숙한 실력이었다. 또한 어울리지 않는 색채였으며 힘이 없었다. 만약 방문객들이 화가 앞에서는 점잖은 말을 늘어놓다가 그들만 남게 되었을 때 그를 동정하며 조소한다고 해도 그들을 비난할 수 없을 것 같았다.

그는 침묵의 순간이 너무 괴로웠다. (고작 1분도 채 되지 않았지만) 그는 침묵을 깨뜨리며 자신이 동요하고 있지 않다는 것을 보여 주기 위해 골레니쉬체프 쪽을 바라보았다.

"언젠가 당신을 뵈었던 적이 있었죠." 그는 그들의 표정에서 드러난 특징을 하나도 놓치지 않으려는 듯 불안한 눈빛으로 브론스키와 안나를 번갈아 보며 그에게 말했다.

"그랬었죠! 로시 댁에서 뵀었죠. 기억하실 겁니다. 그 이탈리아 아가씨, 새로운 라셸이 낭독했던 파티에서 말이죠." 골레니쉬체프는 조금의 미련도 없이 그림에서 시선을 거두고는 화가 쪽으로 돌아서며 과감한 어조로 말했다.

하지만 그는 미하일로프가 그 그림에 대한 평가를 기다린다는 사실을 알아채고는 이렇게 말했다.

"당신의 그림은 전에 봤을 때보다 훨씬 더 발전했군요. 물론 그때도 그랬지만 지금 유독 내 마음을 이끄는 건 역시 빌라도의 모습이에요. 사람들은 이 인물을 선량하고 훌륭하지만 자신이 무엇을 하는지 이해하지 못하는, 영혼 깊은 곳까지 관료적인 인물이라고 해석하고 있죠. 하지만 내 생각은……."

불안정해 보이던 미하일로프의 얼굴에 돌연 환한 빛이 떠올랐다. 두 눈은 선명하게 반짝였다. 그는 무언가 이야기하고 싶었지만 흥분 때문에 말을 꺼낼 수 없었으므로 기침하는 척했다.

그가 아무리 미술에 대한 골레니쉬체프의 이해력을 낮게 평가한다고 해도, 관리로서의 빌라도의 표정을 정확히 포착해 낸 정당한 평가가 아무리 하찮다고 해도, 그리고 중요한 사실보다 이렇게 하찮은 이야기를 먼저 꺼낸 상대의 평가가 불만족스럽다고 해도 미하일로프는 환희에 가득 차 있었다.

그 역시 빌라도의 모습에 대해 골레니쉐체프와 같은 생각이었다. 이 생각이 미하일로프가 옳다고 확신했던 수많은 비평 중 하나라는 사실도 골레니쉐체프의 견해의 가치를 축소시키지 못했다. 그는 그 견해 때문에 골레니쉐체프에게 호감을 느꼈으며, 침울했던 기분이 갑자기 환희로 바뀌어 버렸다.

그 순간, 그림 전체가 형언할 수 없는 복잡한 활기를 띠며 그의 앞에 되살아났다. 미하일로프는 자신 역시 빌라도에 대해 그렇게 생각한다고 다시 한번 말하려고 했으나 입술이 떨려 차마 말을 꺼낼 수가 없었다. 브론스키와 안나도 낮은 목소리로 대화를 나누고 있었다. 혹시라도 화가의 감정이 상할까 봐, 또 미술 전시회에서 흔히 대화를 나눌 때처럼 무심코 내뱉는 가벼운 이야기들을 큰 소리로 떠들지 않기 위해서였다. 미하일로프는 자신의 그림이 그들에게 뭔가 영향을 미친 것 같은 기분이었다. 그는 그들에게 다가갔다.

"그리스도의 표정은 정말 놀라워요!" 안나가 말했다. 그녀는 자신이 본 것 중에 이 표정이 가장 마음에 들었다. 게다가 이 작품이 그림의 중심이므로 이러한 찬사에 분명 화가도 기뻐할 것이라 생각했던 것이다. "빌라도를 향한 그리스도의 연민이 정말 잘 느껴져요."

이 또한 그의 그림과 그리스도의 모습을 통해 쉽게 찾을 수 있는 확실한 견해 중 하나였다. 그녀는 그리스도가 빌라도에게 연민을 느끼고 있다고 말했다. 그리스도의 표정에는 연민이 드러나야만 했다. 그의 표정에는 사랑과 천상의 평온함, 죽음에 대한 각오와 말의 공허함을 의식하는 표정이 있기 때문이다. 물론 하나는 육욕적인 생활이 담겨 있고 다른 하나에는 정신적인 생활을 담았기에 빌라도가 관료의 표정이고 그리스도가 연민의 표정인 것은 당연했다. 미하일로프의 마음속에는 이러한 생각들과 수많은 상념이 번쩍이고 있었다. 그의 얼굴은 다시 환희로 빛났다.

"맞습니다. 또한 이 인물의 인품이 얼마나 잘 표현되었는지 보세요. 공기는 또 얼마나 많고요! 그 주변을 걸을 수 있을 것 같군요." 이 말을 통해 골레니쉬체프는 자신은 그 인물이 지닌 의미와 표현에 동조하지 않는다는 뜻을 분명하게 밝혔다.

"아니, 정말 훌륭하군!" 브론스키가 말했다. "배경에 있는 이 형상은 정말 훌륭하군! 이런 게 바로 '기교'지." 그는 골레니쉬체프 쪽으로 몸을 돌리며 말했다. 그는 이 말을 통해 자신은 이제 이런 기교를 습득하기를 단념했다고 말했던, 두 사람이 나누었던 대화를 슬며시 상기시켰다.

"네, 그래요. 정말 놀랍군요!" 골레니쉬체프와 안나가 맞장구를 쳤다. 미하일로프는 몹시 흥분한 상태였으나 기교와 관련된 비평을 듣자 마음이 아파 왔다. 그는 화가 난 얼굴로 브론스키를 바라보다가 갑자기 침울해졌다. 그는 종종 기교라는 말을 들어 왔다.

하지만 그는 어떤 의미에서 그런 말을 하는지는 전혀 이해하지 못했다. 그는 사람들이 내용과는 전혀 상관없는 것을 사용하거나 묘사하는 기계적 능력을 일컬을 때 이 말을 사용한다는 것을 알고 있었다. 그는 지금의 찬사처럼, 사람들은 기교라는 것을 흔히 나쁜 것을 잘 그리는 능력이나 내면의 가치와 상반되는 어떤 것이라 여기고 있다는 사실을 알고 있었다. 그는 덮개를 걷어 낼 때 작품이 훼손되지 않게 하기 위해서, 또 완전히 걷어 내기 위해서는 세심한 주의가 필요하다는 것을 알고 있었다. 하지만 그리는 기술 자체에는 어떠한 기교도 없었다. 만약 어린아이나 자기 집 하녀에게 그가 본 것과 똑같은 것이 보였다면, 그들도 자신이 본 것을 잘 드러낼 수 있을 것이다.

하지만 아무리 능수능란한 전문 화가일지라도 그려야 할 범위가 미리 주어지지 않는다면 기계적 재능만으로는 어떤 것도 그려 낼 수 없다. 게다가 기교를 문제 삼는다면, 기교와 관련해서 자신을 칭찬하는 것은 말도 안 되는 일이었다. 그는 자신이 과거에 그렸고 현재 그리고 있는 그림들에서 덮개를 걷어 낼 때 조심하지 않아서 생겼던, 지금은 작품 전체를 망가뜨리지 않고서는 결코 수정할 수 없는 두드러진 결점을 분명히 보았던 것이다. 그리고 그는 아직 완전히 걷어 내지 않은 덮개의 흔적이 대부분의 형상과 모든 얼굴에 남아 그림을 훼손하고 있는 것을 보았다.

"한마디 덧붙이고 싶군요. 이런 말씀을 드려도 된다면……." 골레니쉬체프가 말했다.

"아, 그럼요. 정말 기쁘군요. 말씀하시죠." 미하일로프가 억지웃음을 지으며 말했다.

"당신의 그리스도는 신인(神人)이 아닌 인신(人神)이라는 말을 하고 싶었습니다. 물론 당신이 의도하신 것임을 알고 있지만요."

"마음에도 없는 그리스도를 그릴 순 없으니까요." 미하일로프는 침울한 어조로 대답했다.

"그렇습니다. 하지만 만약 내 견해를 말해도 된다면⋯⋯ 당신의 그림은 너무 훌륭하기에 내 의견 때문에 훼손될 순 없을 겁니다. 물론 사견입니다. 당신은 당신의 견해가 있으실 테죠. 모티프가 다를 테니까요. 이바노프를 예로 들자면, 만약 그가 그리스도를 역사적인 인물로 끌어내릴 생각이었다면 오히려 새로운, 아직 누구도 다루지 않은 새로운 주제를 택하는 편이 좋았을 거란 생각이 듭니다."

"하지만 이것이 예술에 주어진 가장 큰 주제라 한다면요?"

"찾으려고 마음만 먹으면 다른 주제도 찾아낼 수 있을 겁니다. 하지만 예술에 있어 중요한 것은 논쟁이나 비평을 넘어선다는 것입니다. 그런데 이바노프의 그림을 볼 때면, 신자든 아니든 이것은 과연 신일까 아닐까 하는 의문이 생깁니다. 그래서 감상에 대한 통일성이 깨져 버리죠."

"어째서 그런 거죠? 교양 있는 지식인들에게." 미하일로프가 말했다. "그런 논쟁은 필요 없을 것 같은데요."

골레니쉐체프는 그 말에 동조하지 않았다. 그는 예술은 필수적으로 감상의 통일성을 갖추어야 한다는 자신의 견해를 고수하며 미하일로프의 견해를 반박했다.

미하일로프는 흥분했지만 자신의 견해를 옹호하기 위한 어떤 말도 할 수 없었다.

## 12

안나와 브론스키는, 아는 척하며 수다를 늘어놓는 일행의 모습을 못마땅해하며 아까부터 서로 시선을 주고받고 있었다. 브론스키는 주인의 안내를 기다리다 못해 그리 크지 않은 다음 그림이 있는 곳으로 자리를 옮겼다.

"아, 아름답군. 정말 아름다워! 놀라워요! 정말 아름다워!" 두 사람은 입을 모아 외쳤다.

'뭐가 그렇게 마음에 든 것일까?' 미하일로프는 생각했다. 그는 3년 전 그렸던 그림에 대해서는 까맣게 잊고 있었다. 몇 달간 밤낮으로 매진하며 느꼈던 수많은 고민과 희열에 대해 까맣게 잊고 있었던 것이다. 그는 이미 완성된 그림에 대해서는 늘 그렇게 잊고 있었다. 그는 그 그림을 보는 것조차도 싫었지만, 그 작품을 구매하겠다는 영국인의 방문이 예정되어 있어서 꺼내 놓았던 것이다.

"오래전에 그린 습작일 뿐입니다." 그가 말했다.

"아, 이 작품은 정말 훌륭하군!" 골레니쉬체프 역시 그 아름다운 그림에 매료된 듯 진심 어린 어조로 말했다.

버드나무 그늘 아래에서 두 소년이 낚시하고 있었다. 나이가 많아 보이는 아이는 지금 막 낚싯줄을 던지고 거기에 몰두하면서 덤불 뒤에서 찌를 당기고 있었다. 그보다 좀 어린 아이는 풀밭에 누워 흐트러진 금발 머리에 팔꿈치를 대고 생각에 잠긴 채 푸른 눈으로 수면을 응시하고 있었다. 아이는 무슨 생각을 하고 있을까?

미하일로프의 마음은 이 작품에 대한 탄성으로 다시 흥분되었다. 하지만 그는 이미 지나간 것에 대한 감정의 소모가 두려웠고 썩 유쾌하지도 않았다. 그래서 그러한 찬사가 기뻤음에도 방문객들을 세 번째 그림이 있는 곳으로 안내하려고 했다.

그때 브론스키가 그에게 그 그림을 자신에게 팔지 않겠냐고 물었다. 방문객들로 흥분해 있던 현재의 미하일로프에게 금전적 이야기는 상당히 불쾌하게 다가왔다.

"그 그림은 판매하기 위해 내놓은 겁니다." 그는 우울하게 인상을 찌푸리며 대답했다.

방문객들이 돌아가고 난 뒤 미하일로프는 빌라도와 그리스도의 그림 앞에 앉았다. 그는 조금 전 그들이 꺼냈던 이야기와, 언급되지는 않았지만 슬며시 암시했던 이야기들을 상기해 보았다. 그 순간, 그들이 이곳에 있었고 자신이 그들의 관점에서 바라봤을 때는 그토록 중요하게 다가왔던 모든 것의 의미가 퇴색해 버렸다. 그는 완전한 예술가의 시선으로 자신의 그림을 바라보았다. 그러자 그는 자신의 그림은 완전하기 때문에 그것이 소중하다고 믿기 시작했다. 그것은 다른 모든 것에 대한 관심을 없애고 긴장감을 주기 위해 그에게 필요한 감정이었으며, 그로 말미암아 그는 작업을 시작할 수 있었다.

하지만 밑에서 올려다보고 있는 듯이 그려진 그리스도의 한쪽 발은 만족스럽지 못했다. 그는 팔레트를 들고 작업을 시작했다. 그는 발을 수정해 나가면서도 배경에 그려진 요한의 모습을 계속 주시했다. 방문객들은 크게 신경 쓰지 않았지만 그는 요한의 모습이 완벽함을 넘어선 것임을 알고 있었다. 그는 발을 수정한 뒤 요한 역시 작업하려 했으나 그러기에는 자신이 너무 흥분한 상태라는 생각이 들었다. 그는 감정이 너무 식어 이성적일 때도, 또 너무 온화한 상태라서 모든 것이 뚜렷하게 다가올 때도 작업할 수가 없었다. 그가 일을 시작할 수 있는 상태는 오로지 냉정에서 흥분으로 넘어가는 그 과정뿐이었다. 하지만 지금 그는 몹시 흥분한 상태였다. 그래서 그는 그림에 덮개를 씌우려고 했다. 하지만 걸음을 멈추고 한 손에 덮개를 든 채 행복한 미소를 지으며 요한의 모습을 한참 동안 주시했다. 그러다가 마침내 그는 그림과 떨어지기 아쉽다는 듯 덮개를 씌운 뒤 피곤하지만 몹시 행복한 기분으로 집 안으로 돌아갔다.

브론스키와 안나, 골레니쉬체프는 집으로 돌아오는 길에 유독 활기 넘치고 유쾌한 기분이었다. 그들은 미하일로프와 그의 그림에 관한 대화를 나누었다. 그들은 '재능'이라는 말을, 이성이나 감성에서 독립된, 그래서 육체적 능력처럼 여겨지는 선천적인 능력이라고 생각했다. 재능이라는 말은 그들이 전혀 이해할 수 없는 주제와 관련해 무언가 이야기를 꺼내고 싶을 때 꼭 필요한 것이었기에 그들의 대화에는 이 말이 자주 등장했다. 그들은 미하일로프에게 재능은 있지만 교양이 부족한 탓에, 이는 러시아 미술가들의 공통된 불행이지만, 제대로 발전할 수 없어서 불행하다고 말했다. 하지만 두 소년의 모습을 그린 그의 작품은 그들의 뇌리에 깊은 인상을 남겼다.

그래서 그들은 종종 그 그림에 대한 이야기로 화제를 돌리곤 했다.

"정말 아름다웠어! 정말 훌륭했어. 게다가 그 간결함이란! 그런데 그는 그 그림이 얼마나 대단한 작품인지 모르고 있어. 그걸 다른 사람에게 넘겨서는 안 돼. 꼭 사야겠어." 브론스키가 말했다.

<br>

13

미하일로프는 자신의 그림을 브론스키에게 팔고 안나의 초상화를 그리기로 했다. 그는 약속된 날에 찾아와 작업을 시작했다.

그가 다섯 번째로 찾아오던 날, 그 초상화는 모든 사람을, 특히 브론스키를 놀라게 만들었다. 그 초상화는 안나와 너무도 닮았을 뿐만 아니라 특별한 아름다움으로 빛났기 때문이었다. 미하일로프가 어떻게 그녀의 특별한 아름다움을 찾아냈는지 신기할 따름이었다.

'그토록 사랑스러운 그녀의 내면의 표정을 찾기 위해서는 나만큼 그녀를 이해하고 사랑해야 해.' 브론스키 역시 이 초상화를 통해 그녀의 사랑스러운 내면의 표정을 찾아냈으면서도 이렇게 생각했다. 하지만 그 표정은 다른 사람들도 이미 오래전부터 알고 있었던 것처럼 지극히 사실적이었다. "난 정말 오랜 시간을 고심했지만 아무것도 이루지 못했어." 브론스키는 자신의 초상화에 대해 말했다. "하지만 그는 안나를 보자마자 그리기 시작했어. 그게 바로 기교라는 거겠지."

"자네도 곧 그렇게 되겠지." 골레니쉐체프가 그를 위로해 주었다. 그는 브론스키가 재능도 있고 특히 예술에 대해서 훌륭한 교양을 갖추었다고 생각했다. 하지만 브론스키의 재능과 관련한 골레니쉐체프의 확신은, 그가 자신의 논문과 사상에 대한 브론스키의 찬사가 필요했다는 이유로 더욱 효력이 있었다. 그는 찬사나 옹호는 상호적이어야 한다고 생각했다.

다른 사람의 집에 있을 때, 특히 브론스키의 팔라초에 있을 때의 미하일로프는 자신의 작업실에 있을 때와는 전혀 다른 사람이었다. 그는 마치 자신이 존경하지 않는 사람들과 친분이 생기는 것을 두려워하듯 어색하게 예의를 차렸다. 그는 브론스키를 각하라 불렀고 안나와 브론스키가 저녁 식사를 함께하자고 권해도 남아 있지 않았다. 그는 그림을 그릴 때를 제외하고는 단 한 번도 찾아오려고 하지 않았다. 안나는 누구보다 그를 다정하게 대했고 자신의 초상화를 그려 준 것에 대해 감사한 마음을 가지고 있었다. 브론스키 역시 그에게 점점 예의를 갖추기 시작했고 자신의 그림에 대한 이 화가의 평가를 원하는 듯했다. 골레니쉐체프는 미하일로프에게 진정한 예술의 의미에 대해 이해시키려고 했다.

하지만 미하일로프는 모두에게 똑같이 냉담하게 대했다. 안나는 그의 눈빛을 통해 그가 자신을 바라보는 것을 좋아한다고 느꼈다. 하지만 그는 그녀와 대화를 나누려고 하지 않았다. 브론스키가 그의 그림에 대해 말할 때도 그는 철저히 침묵했고 브론스키의 그림을 보면서도 아무 말도 하지 않았다. 그는 골레니쉬체프의 이야기에는 왠지 모를 중압감을 느꼈지만 반론을 제기하지는 않았다.

그들은 미하일로프의 무언가에 억압된 듯한, 불쾌하면서도 적의를 품은 듯한 태도로 말미암아 점점 더 그를 꺼려하기 시작했다. 그래서 그들은 작업이 마무리되어 훌륭한 초상화가 남겨지고 그가 더 이상 오지 않게 되자 몹시 기뻐했다.

골레니쉬체프가 모든 사람이 속에 담고 있었던 생각을 제일 먼저 꺼냈다. 그는 미하일로프가 브론스키를 부러워하고 있다고 말했다.

"만일 그가 자네의 재능을 부러워하지 않는다고 해도, 어쨌든 젊은 관리이자 부유한, 또 백작이라는 자가(그런 사람들은 이런 것들을 전부 미워하고 있겠지.) 특별한 노력도 없이, 물론 그것에 인생을 바치고 있는 자신보다 뛰어나진 않겠지만, 어쨌든 자신과 같은 일을 하고 있다는 이유만으로 그는 불만을 품고 있을 거야. 가장 중요한 것은 교양인데 그에겐 그게 없으니까."

브론스키는 미하일로프를 변호했다. 하지만 자신도 속으로는 그렇게 생각하고 있었다. 그는 신분이 미천한 사람은 당연히 다른 사람을 부러워할 거라고 생각했기 때문이었다.

안나의 초상화, 똑같은 인물을 두고 브론스키와 미하일로프 두 사람이 그린 초상화는 브론스키가 보기에 그와 미하일로프 간에 존재하는 차이점을 보여 주었을 것이다. 하지만 브론스키의 눈에는 그것이 보이지 않았다. 그는 미하일로프의 작품이 완성되자 자신이 그리는 것은 더 이상 쓸모없다고 생각하며 안나의 초상화를 그리는 작업을 중단했다. 그 후로 그는 중세의 풍속에 관한 그림만 그렸다. 그 그림은 자신과 골레니쉬체프에게, 특히 안나에게 굉장히 훌륭한 그림으로 여겨졌다. 그 그림은 미하일로프의 것보다 훨씬 더 고전 명화와 흡사했기 때문이다.

미하일로프는 안나의 초상화에 몹시 마음이 끌렸음에도 그 작업이 끝나자 더 이상은 골레니쉬체프의 설교를 듣지 않아도 되고, 또 브론스키의 그림을 잊을 수 있게 되었기에 그들보다 더 기뻐했다. 그는 브론스키가 그림을 재미로 여기는 것에 대해 어찌할 방법이 없다는 사실을 알았다. 또한 그는 브론스키를 비롯한 모든 애호가가 자신이 좋아하는 것을 자유롭게 그릴 권리가 있다는 것도 알고 있었다. 하지만 그는 그 점이 불쾌했다. 커다란 밀랍 인형을 만든 누군가가 거기에 키스하는 것을 말릴 수는 없다. 하지만 그 사람이, 사랑에 빠진 남자 앞에 그 인형을 가져와 마치 그 남자가 사랑하는 여자를 애무하듯 그 인형을 애무한다면 그 남자는 분명 불쾌할 것이다. 이러한 불쾌함은 미하일로프가 브론스키의 그림을 볼 때마다 느끼는 것이었다. 그는 그것이 우습기도 했고 화가 나기도 했으며 한편으로는 안타깝고 불쾌했던 것이다.

그림과 중세 시대에 빠져 있던 브론스키의 열정은 오래가지 않았다. 그는 그림에 취미가 있기는 했지만 자신의 그림을 완성할 정도는 아니었다. 그림을 그리는 일은 곧 중단되었다. 그는 처음에는 크게 두드러지지 않았던 그림에 대한 결점이,

계속 그리다 보면 결국에는 눈에 띄는 결점이 되리라는 사실을 막연하게 느꼈던 것이다. 그는, 자신은 더 이상 아무런 할 말이 없다고 생각하면서도 아직 사상이 무르익지 않은 것이라고, 그래서 그는 지금 사상을 견고하게 다지면서 자료를 모으는 중이라고 여기며 끊임없이 자신을 기만하는 골레니쉬체프와 같은 감정의 동요를 일으키고 있었다. 골레니쉬체프는 이 감정 때문에 스스로 격분하고 괴롭기도 했으나 브론스키는 스스로를 기만할 수도 괴롭힐 수도 없었기 때문에 격분할 수조차 없었다. 그래서 그는 단호하게 결심하며 어떤 변명이나 설명 없이 그림 그리는 일을 과감하게 중단했던 것이다.

하지만 그 일이 사라지자 이탈리아 소도시에서의 생활은 그에게 너무 지루하게 느껴졌다. 그의 갑작스러운 환멸에 놀란 안나 역시 이 생활이 몹시 따분하게 느껴졌다. 팔라초는 갑자기 몹시 낡고 지저분해 보였으며, 커튼의 얼룩과 마룻바닥의 틈새, 천장에서 떨어진 장식 조각이 몹시 불쾌하게 느껴지기 시작했다. 그들은 골레니쉬체프와 이탈리아인 교수의 변함없는 모습과 독일인 여행가가 견딜 수 없을 만큼 지겨워져서 생활에 변화를 주어야겠다고 결심했다. 그래서 그들은 러시아의 시골로 돌아가려고 마음먹었다. 페테르부르크에서 브론스키는 형과 재산을 분배할 예정이었고 안나는 아들을 보러 가야겠다고 생각했다. 그리고 두 사람은 브론스키의 넓은 영지에서 여름을 보낼 계획이었다.

## 14

레빈이 결혼한 지도 벌써 석 달이 지났다. 그는 행복했지만 자신이 기대했던 것과는 전혀 다른 생활이 펼쳐졌다. 과거에 품었던 환상은 점점 사라지고 새로운 매력을 발견했던 것이다. 레빈은 행복했지만 가정생활을 시작하자 발을 내딛는 순간마다 자신의 상상과는 전혀 다르다는 것을 깨닫게 되었다.

그는 한 걸음 뗄 때마다 호수 위에 떠가는 작은 배의 매끄럽고도 행복한 모습을 황홀하게 바라보던 사람이 직접 그 배에 올라탔을 때와 같은 기분을 경험한 것이었다. 다시 말해, 그는 단지 흔들리지 않게 배 위에 가만히 올라타고 있는 것만으로는 부족하다는 것과 어디로 가야 할지 한순간도 잊어서는 안 된다는 사실을 깨달은 것이다. 그리고 발아래에 있는 물을 노를 저어 가야 한다는 것과 손에 익지 않은 탓에 그 일은 몹시 힘들다는 것, 이 모든 일은 단지 바라보기만 할 때는 쉬워 보였지만 직접 해 보니 즐겁기는 해도 몹시 고된 일이라는 것을 알게 된 것이다.

그는 독신이었을 때 다른 사람들의 결혼 생활을 지켜보면서 그들이 사소한 일로 다투고 질투하는 것을 보며 속으로 비웃곤 했었다. 그는 앞으로 펼쳐질 자신의 결혼 생활에는 결코 그런 일들이 벌어질 수 없을 것이며 외형적인 모습까지도 다른 사람들과는 완전히 다를 것이라고 믿었다. 하지만 놀랍게도 그의 결혼 생활은 모든 면에서 남들과 다르기는커녕 오히려 그가 예전에 그토록 경멸하던 몹시 하찮고 사소한 일들로 가득했을 뿐이었다. 또한 그 하찮은 일들은 그의 의지를 거스르지 못하는 특별한 의미를 가지게 되었다. 레빈은 이러한 하찮고 사소한 일들을 처리하는 것이 결코 쉬운 일이 아니라는 것을 알게 되었다.

레빈은 자신이 가정생활에 대한 명확한 견해를 가지고 있다고 생각했지만 그 역시 다른 남자들과 마찬가지였다. 그는 무의식적으로 가정생활에는 어떠한 장애도 있을 수 없으며 사소한 일에 마음을 쓸 필요가 없다고 생각했던 것이다. 그는 자신의 일에 최선을 다하고 사랑의 행복 안에서 휴식을 취해야 한다고 생각했다. 그녀는 사랑을 받아야만 하는 존재, 단지 그런 존재일 뿐이었다. 하지만 그는 다른 남자들처럼 그녀 역시 일해야 한다는 사실을 잊고 있었다. 그래서 그는 시처럼 아름다운 그녀 키티가 결혼 생활을 시작하게 된 첫 주는커녕 첫날부터 테이블보와 가구, 손님용 침구와 쟁반, 요리사와 식사 등 그 외의 것들에 대해 신경을 쓰고 기억하면서 직접 살피기도 하는 모습에 상당히 놀랐다.

두 사람이 결혼식을 올리기 전, 그녀가 외국으로 신혼여행을 가자는 제의를 거절하고 그보다 더 중요한 일이 무엇인지 안다는 듯, 그리고 사랑 이외의 다른 일도 생각하고 있다는 듯한 모습을 보이며 시골로 가자고 했을 때 그는 그녀의 결단력에 몹시 놀랐다. 그때 그 일로 그는 몹시 불쾌했었다. 그런데 지금은 그녀의 불필요한 근심과 걱정거리들이 그를 수차례 불쾌하게 만들었다. 하지만 그는 이제 그러한 걱정거리들이 그녀에게 꼭 필요한 것임을 알게 되었다. 그는 그녀가 무슨 이유로 걱정하는지 몰랐기 때문에 그런 걱정을 대수롭지 않게 여겼다. 하지만 그는 그녀를 사랑해서 그런 그녀의 모습에 감탄할 수밖에 없었다.

그녀는 모스크바에서 가져온 가구를 배치하고 자신과 그의 방을 새롭게 단장하며 커튼을 새로 달고, 앞으로 방문하게 될 손님들과 돌리를 위해 방을 준비해 놓기도 했다. 또한 자신의 새로운 하녀가 사용할 방을 마련했고 요리사 영감에게 식사 준비에 대해 지시했으며 아가피야 미하일로브나를 주방 일에서 손을 떼게 하며 그녀와 언쟁을 벌이기도 했다. 그는 이러한 그녀의 모습을 보면서도 그저 웃어넘겼다. 그는 요리사 영감이 그녀에게 감탄하며 그녀의 어설프고 불가능한 지시를 받으면서도 웃고 있는 모습을 보았다. 그리고 젊은 마님의 새로운 식료품 저장 방법에 대해 생각하며 온화한 모습으로 고개를 내젓는 아가피야 미하일로브나의 모습도 보았다.

그는 키티가 때로는 웃기도 하고 눈물을 보이면서 하녀 마쉬아가 여전히 자신을 아가씨로 생각하며 자신이 하는 말은 아무도 귀담아 듣지 않는다고 툴툴거릴 때도 그녀가 사랑스러워 보였다. 그럴 때마다 그는 그녀가 사랑스럽게 느껴지기는 했지만 의아하게 여겨지기도 했다. 그래서 그는 이런 일은 차라리 없는 게 나을 거라는 생각이 들었다.

그는 결혼 후에 그녀가 겪고 있는 감정의 변화를 알아채지 못했다. 그녀는 친정에서 살았을 때 가끔씩 크바스나 양배추,

과자가 부족해도 마음껏 가질 수는 없었다. 하지만 지금 그녀는 원하는 것은 무엇이든 지시할 수 있었고 과자 따위는 산더미처럼 쌓을 수가 있었다. 게다가 원하는 만큼의 돈을 쓸 수 있었고 케이크 같은 것도 마음대로 주문할 수 있었다.

그녀는 돌리가 아이들을 데리고 올 날만을 즐겁게 기다렸다. 그녀는 아이들이 각자 좋아하는 케이크를 주문할 수 있었고, 분명 돌리는 자신의 신혼집에 대해 칭찬해 줄 거라 생각했기 때문에 몹시 기뻤던 것이다. 그녀는 무슨 이유 때문인지, 또 무엇 때문인지 알 수 없었으나 집안 살림을 꾸려 나가는 일에 큰 즐거움을 느꼈다. 그녀는 본능적으로 봄이 다가오고 있음을 느꼈다. 그러면서 날씨가 좋지 않은 날도 있을 거라는 생각에 열심히 자신만의 보금자리를 만들어 갔으며 또한 그것을 만드는 법을 익히기 위해 허둥거리며 분주하게 보냈다.

키티의 사소한 걱정거리들은 레빈이 처음에 지니고 있던 행복이라는 높은 이상에 반하는 것이었기에 그는 환멸을 느낄 수밖에 없었다. 그는 그 귀여운 걱정을 이해할 수 없었지만 그것은 그가 사랑할 수밖에 없는 새로운 매력이기도 했다.

또 다른 환멸이자 매력은 말다툼이었다. 레빈은 자신과 아내 사이에 온화함과 존경, 사랑 외에는 그 어떤 것도 존재할 수 없다고 확신했다. 그런데 두 사람은 신혼 초부터 싸우고 말았다. 그녀가 그에게 '당신은 나를 사랑하는 게 아니라 단지 자기 자신을 사랑하고 있는 것이다.'라고 말하며 눈물을 흘리고 두 손을 내저었기 때문이었다.

최초의 말다툼은 레빈이 새 농장을 둘러보러 나왔을 때 지름길로 가려다 길을 헤매 30분 정도 늦게 돌아왔던 일 때문에 벌어졌다. 그는 집으로 돌아오면서 오직 그녀와 그녀의 사랑, 그리고 자신의 행복에 대해서만 생각하고 있었다. 그래서 집이 가까워질수록 그의 마음속에는 그녀에 대한 뜨거운 사랑만이 강하게 솟구쳐 올랐다. 그는 언젠가 청혼하기 위해 쉬체르바쓰키가를 찾아갔을 때처럼, 아니 어쩌면 그때보다 한층 더 강렬해진 사랑의 감정을 가슴에 품고 방으로 달려갔다. 하지만 그를 기다리고 있던 것은 지금껏 단 한 번도 본 적이 없었던 그녀의 침울한 표정이었다. 그는 그녀에게 키스하려고 했지만 그녀는 그를 밀쳤다.

"무슨 일 있어요?"

"당신은 즐거워 보이네요……." 그녀는 침착함을 유지하려고 애쓰면서도 화가 난 모습으로 말했다.

하지만 그녀가 말을 꺼내기 시작하자마자, 이유 모를 질투와 미동조차 하지 않은 채 창가에서 30분을 머물렀을 때 그녀를 괴롭히던 온갖 비난이 그녀에게서 쏟아져 나왔다. 그제야 그는 결혼식이 끝나고 교회에서 그녀와 함께 나왔을 때 이해되지 않았던 일들이 분명하게 이해되기 시작했다. 그는 그녀가 자신과 가까운 존재임과 동시에 어디까지가 그녀의 모습이고 또 어디서부터가 자신인지 모르게 되었음을 깨닫게 된 것이다. 그는 자신이 순간적으로 경험한, 둘로 나뉜다는 고통으로 말미암아 깨닫게 된 것이다. 처음에는 그도 화를 냈지만, 곧 자신은 그녀에게 모욕감을 느끼게 할 수 없다는 사실을, 그녀가 곧 자신이라는 사실을 알게 된 것이다. 그러자 그는 가장 먼저, 갑자기 누군가에게 뒤에서 가격을 당한 사람이 복수심에 불타올라 상대를 찾기 위해 뒤를 돌아보았다가 자신을 친 사람은 그 누구도 아닌 자신이었다는 것을 알아채고는 누구에게도 화낼 수 없어 아픔을 참아 내야만 한다는 사실을 알았을 때와 비슷한 기분을 경험했다.

그 후로 그는 단 한 번도 이때만큼 강렬한 느낌을 받은 적이 없었지만, 이러한 첫 경험으로 말미암아 그는 한동안 정신을 차릴 수 없었다. 레빈의 솔직한 심정은, 그가 자신을 변호하고 그녀가 잘못했음을 입증하기를 원하고 있었다. 하지만 그녀의 잘못을 입증하게 된다면 그녀의 분노는 더욱 커지고 고통의 불씨를 더욱 키우게 될 뿐이었다.

다만 그의 습관적인 감정은 그를 질책하며 자신의 잘못을 그녀에게 떠넘기라고 하고 있었다. 하지만 또 다른 강렬한 감정은 지금의 불화가 더욱 커지기 전에 가능한 한 빨리 그것을 꺼뜨리려고 애쓰고 있었다. 부당하게 비난을 받고도 그냥 넘어간다는 것은 괴로운 일이었다. 하지만 자신을 정당화하기 위해 그녀를 아프게 하는 것은 더욱 나쁜 짓이었다. 육체적 고통으로 깊은 잠에 들지 못해 고통스러워하는 사람처럼, 그는 자신의 육체에서 아픈 부분을 도려내고 싶었다. 하지만 제정신이 들자 아팠던 자리는 바로 자신이라는 것을 깨달았다. 그는 그저 그 상처를 견디기 쉽도록 단련하는 수밖에 없었다. 그래서 그는 한동안 그렇게 하려고 노력했다.

그들은 화해했다. 그녀는 자신의 잘못을 깨달았고 그것에 관해 언급하지는 않았지만 그에게 더욱 온화한 모습을 보였다. 두 사람은 새롭게 커진 사랑의 행복을 느꼈다. 하지만 사소하고 예상치 못한 원인으로 말미암은 충돌은 그치지 않았고, 그 후에도 자주 다투게 되었다. 두 사람은 아직 서로에게 중요한 것이 무엇인지 알지 못했고, 또한 신혼 초에는 두 사람 다 자주 기분이 언짢아졌기에 종종 충돌이 일어났다. 한 사람이 기분이 좋지 않더라도 다른 한 사람의 기분이 좋다면 평화가 유지될 수 있었다. 하지만 두 사람 다 기분이 좋지 않은 상태일 때는 나중에는 무슨 이유로 그렇게 싸웠는지조차 이해할 수 없을 만큼 사소한 이유로 다투게 되었다. 실제로 두 사람 다 기분이 좋을 때는 그들의 즐거움은 커져 갔다. 하지만 그들에게 신혼 초기는 힘든 시간이었다.

그들은 신혼 생활 동안 서로에게 연결된 사슬을 양쪽에서 잡아당기는 듯한 팽팽한 긴장감을 생생하게 느꼈다. 모두 그러하듯 결혼 직후 한 달 동안 레빈은 많은 기대를 했었지만, 이 시기는 달콤하기는커녕 오히려 그들의 기억 속에 가장 고통스럽고 힘든 시기로 남아 있었다. 그 후에 그들은 오히려 평범한 상태였던 적이 거의 없었을 정도로 자기 자신의 모습으로 살아가지 못했던, 건전하지 못하고 추하고 수치스러운 사건들을 기억 속에서 떨쳐 내기 위해 몹시 애썼다.

결혼한 지 석 달이 지난 뒤, 그들이 한 달간 모스크바에서 머물고 돌아온 후에야 그들의 생활은 좀 더 편안해지기 시작했다.

## 15

그들은 이제 막 모스크바에서 돌아와 둘만 있게 된 것을 기뻐했다. 레빈은 서재의 책상 앞에 앉아 글을 쓰고 있었다. 그녀는 결혼 후 며칠간 입고 있었던 라일락 빛깔의 드레스, 그의 기억 속에서 소중한 그 옷을 다시 꺼내 입고는 레빈의 할아버지와 아버지 때부터 늘 서재에 있었던 오래된 가죽 소파에 앉아 영국 자수를 놓고 있었다. 그는 그녀가 자신의 곁에 있는 것을 기뻐하며 생각에 잠기기도 하고 글을 쓰기도 했다. 그는 농사일도, 새로운 농법의 기초가 되는 책을 쓰는 작업도 계속하고 있었다. 하지만 예전에는 이러한 일들이 그의 생애에 드리운 어둠에 비하면 불필요하고 사소한 것으로 여겨졌듯이, 눈이 부시도록 행복한 빛으로 가득한 지금의 생활에 비하면 역시나 불필요하고 쓸모없게 여겨졌다. 그는 자신의 일을 꾸준히 하고 있었지만 이제 그는 자신의 관심이 다른 곳으로 옮겨졌으며, 지금까지와는 전혀 다른 현명한 시선으로 자신의 일을 바라볼 수 있게 되었음을 느꼈다. 과거에 이 일은 그에게 있어 현실 생활로부터의 도피였다. 만약 이 일이 없었다면 그는 자신의 생활이 너무 우울할 것 같은 생각이 들었다. 하지만 지금 이 일들은 그의 생활을 너무 단조롭고 밝게 만들지 않기 위해 필요한 것이었다. 그는 예전에 썼던 원고를 다시 읽으면서 만족스러움을 느꼈고, 그 일에 최선을 다할 만큼의 가치를 느꼈다. 그는 과거의 대부분 생각이 그에게 불필요하고 극단적으로 치우쳤다는 생각이 들었다. 하지만 기억 속에서 전체적인 틀을 새롭게 보자 수많은 결점이 선명하게 다가왔다.

그는 현재 러시아에서 농업이 부진한 원인에 대한 새로운 장(章)을 쓰고 있었다. 그는 러시아가 빈곤해진 원인은 토지 소유권의 적절치 못한 분배와 잘못된 개혁 때문만은 아니라고 보았다. 최근 들어 러시아에 유입된 외국 문명, 특히 도시로 집중된, 사치를 조장하며 농업을 황폐화한 교통수단과 철도의 보급, 공업과 신용 거래, 그리고 그에 따른 투기의 활성화가 원인이었다. 그는 한 나라의 경제가 올바르게 발전하고 있다면 이 모든 현상은 농업에 대한 노력을 쏟은 뒤 정상적이고 안정된 상태가 되었을 때 발생되어야 한다고 생각했다.

게다가 한 나라의 부는 일정 비율로, 무엇보다 농업을 제외한 수입이 농업을 능가하지 않는 수준으로 증가해야 하고, 교통수단 역시 농업의 상태에 비례한 적절한 것이어야 했다. 지금처럼 토지가 잘못 이용되고 있는 시기에 도입된 철도는 경제적 필요에 의해서가 아닌 정치적 필요에 의한 것이므로 시기상조이며, 그것은 농업을 발달시키고 육성할 것이라는 기대와는 달리 농업을 능가하는 공업의 발달과 신용 대출을 촉진하는 결과를 가져왔다. 이것은 마치 동물의 어느 한 기관이 너무 빠르게 발달해서 전반적인 발달을 저해하는 것과 비슷한 현상이었던 것이다. 러시아의 부를 증대시켜야 하는 측면에서 볼 때, 현재 유럽에서 실행되고 있으며 반드시 필요한 신용 대출이나 교통수단, 공업의 발달은 러시아에서 가장 시급한 농업에 관한 문제를 제쳐 두고 악영향만 끼친다고 생각한 것이다.

그가 이런 생각을 하며 글을 쓰고 있는 동안 그녀는 자신들이 모스크바를 떠나기로 했던 전날 밤, 젊은 공작 차르스키가 그녀에게 은근한 호감을 드러냈을 때 남편이 그에게 얼마나 부자연스러운 관심을 보였는지에 대해 회상하고 있었다.

'이 사람은 이상하게 질투한다니까.' 그녀는 생각했다. '아! 이 사람은 왜 그리 귀엽고 바보 같을까. 나 때문에 질투하다니! 나에게 그런 사람들은 모두 요리사 표트르나 마찬가지라는 사실을 그 사람이 알게 된다면.'

그녀는 스스로도 기이하게 느껴질 만큼의 소유욕을 품은 채 그의 뒤통수와 붉은 목덜미를 바라보며 생각했다. '일을 방해하는 건 미안하지만 그래도 크게 급한 일은 아니니까 괜찮을 테지! 난 저 사람의 얼굴을 꼭 봐야겠어. 그는 내가 보고 있다는 것을 느끼고 있을까? 이쪽을 좀 돌아봐 주면 좋으련만…….. 아, 정말!' 그녀는 자신의 강렬한 시선이 그에게 느껴지기를 바라면서 한참 동안 눈을 크게 뜨고 있었다.

"그래, 그들은 나라의 단물을 빨아먹고 껍데기만 내보이고 있을 뿐이야." 그는 쓰던 것을 멈추고 중얼거렸다. 그러다가 그녀가 자신을 보며 웃고 있는 것을 느끼고는 뒤돌아보았다.

"왜요?" 그가 미소를 지으며 자리에서 일어나 물었다.

'아, 돌아봤어.' 그녀는 생각했다.

"아무것도 아니에요. 난 그저 당신이 이쪽을 한번 봐 줬으면 해서요." 그녀는 그의 얼굴을 조심스럽게 바라보며 자신이 그의 일을 방해한 것에 그가 화났는지를 살피며 말했다.

"아, 정말. 이렇게 단둘이 있으니 좋군요! 난 그래요." 그는 그녀 곁으로 다가가 행복한 미소를 지으며 말했다.

"나도 그래요! 이젠 아무 데도 가고 싶지 않아요. 특히 모스크바 같은 곳은요."

"무슨 생각을 하고 있었어요?"

"나요? 나는, 그러니까…… 아니에요…… 아니에요. 그냥 가서 계속 쓰세요. 다른 일에 신경 쓰지 마시고요." 그녀는 입술을 오므리며 말했다. "나도 이 구멍을 오려야 하니까요. 알겠죠?"

그녀는 가위를 집어 들고 천을 오리기 시작했다.

"아니, 그냥 말해 봐요. 무슨 생각을 하고 있었어요?" 그는 그녀의 옆에 앉아 작은 가위가 둥글게 움직이는 모습을 보며 말했다.

"아, 내가 무슨 생각을 하고 있었더라? 난 모스크바에 대해 생각 중이었어요. 그리고 당신의 목덜미에 대해서도."

"이런 행복이 어떻게 내게 온 걸까요? 너무 좋아서 낯설 정도예요." 그는 그녀의 손에 키스하며 말했다.

"어머, 난 오히려 좋아질수록 더 자연스러워지던데요."

"그런데 당신의 머리카락이 좀 헝클어졌어요." 그는 그녀의 머리를 조심스럽게 움직이며 말했다. "조금 꼬였어요. 여기, 아니, 아니, 이제 우리 일을 시작합시다."

하지만 더 이상 일할 수가 없었다. 쿠지마가 차가 준비되었다는 말을 전하러 왔을 때 그들은 마치 나쁜 짓을 하다가 들킨 사람처럼 몹시 놀라 서로에게서 급히 떨어졌다.

"다들 시내에서 돌아왔나?" 레빈이 쿠지마에게 물었다.

"막 돌아와서 짐을 풀고 있습니다."

"빨리 오세요, 알겠죠?" 서재를 나서며 그녀가 그에게 말했다. "그렇지 않으면 나 혼자 편지를 읽을 거예요. 그리고 우리 같이 피아노를 쳐요."

그는 홀로 남자 그녀가 새로 사 온 서류철에 자기의 노트를 끼워 넣고는 이 집에 그녀와 함께 새로 들어온 화려한 장식이 달린 세면대에서 손을 씻었다. 레빈은 혼자 생각에 잠겨 미소를 지었고 그런 생각을 한 자신을 질책하듯 고개를 저었다. 후회와 비슷한 감정이 밀려와 그를 괴롭혔다. 지금 그의 생활은 왠지 부끄러우면서도 나약한, 그러니까 카푸아적인 면이 있었기 때문이다.

'언제까지 이런 식으로 생활할 순 없어.' 그는 생각했다. "곧 있으면 결혼한 지 석 달이 돼. 그런데 내가 한 일은 아무것도 없어. 오늘 처음으로 진지하게 일을 시작했지만 대체 이게 뭐란 말인가? 시작하자마자 그만두다니. 매일 하던 일마저도 거의 방치해 버렸어. 그리고 걸어가든 마차로 가든 영지 또한 한참을 둘러보지 못했어. 그녀를 혼자 남겨 두고 가면 쓸쓸할 것 같아 걱정이 됐으니까. 난 결혼 전의 생활은 멋대로 흘러가는 것이라 생각했고 결혼한 후에야 비로소 진정한 생활이 시작된다고 생각했지. 하지만 지금 어떻게 되어 가고 있는가. 곧 있으면 석 달이 되는데 지금껏 난 한 번도 그랬던 적이 없을 만큼 아무것도 하지 않고 쓸데없이 시간을 보내고 있어. 안 돼, 이래서는 안 돼. 일을 시작해야만 해. 물론 그

녀의 탓은 아니야. 그녀를 탓할 이유는 전혀 없어. 나 스스로
가 남자로서 확고하게 독립적인 태도를 고수해야 하는 거야.
그렇지 않으면 나도 이런 식의 생활에 익숙해질 테고 그녀 역
시 그렇게 되고 말 거야……. 물론 그녀의 탓은 아니야." 그는
혼잣말을 했다.

　하지만 불만을 품고 있는 사람은 그 원인에 대해 다른 사
람을, 특히 자신과 가장 가까운 사람을 탓할 수밖에 없는 것
이다. 그러한 이유로 레빈의 머릿속에는 다음과 같은 생각이
희미하게 떠올랐다. '그녀에게는 잘못이 없지만(어떤 식으로
든 그녀의 탓으로 돌릴 수는 없다.) 그녀가 받아 왔던 지나치게 피
상적이고 깊이가 없는 교육 때문이야. 그 멍청한 차르스키!
난 다 알고 있어. 그녀는 자신에게 그가 이상한 짓을 하지 못
하도록 애썼지만 그러지 못했다는 것을. 그래, 그녀는 살림에
관심이 있긴 하지만, 화장이나 영국 자수 외에는 진지한 취미
가 없어. 자신의 일과 농사에도, 농부들에게도, 상당히 재능
이 있는 음악에도, 독서에도 전혀 관심이 없어. 그녀는 아무
것도 하지 않고 있으면서도 몹시 만족스러워하고 있어.' 레빈
은 속으로 이렇게 질책했다.

　하지만 그는 그녀가 미래를 위한 준비를, 한 남자의 아내
이자 집안의 안주인이 된 이후에 아이들을 양육하면서 해야
할 일에 대해서, 그녀에게 반드시 다가올 그날을 위해 준비하
고 있다는 사실을 모르고 있었다.

　그는 그녀가 본능적으로 그것을 염두에 두고 힘겨운 준비
를 하고 있다는 것을, 그녀가 현재는 기쁜 마음으로 미래의

보금자리를 만들어 가고 있어서 평온함과 사랑의 행복한 순
간들을 마음껏 즐기는 자신을 질책하지 않고 있다는 사실을
알지 못했던 것이다.


## 16

레빈이 위층으로 올라갔을 때, 그의 아내는 새 찻잔 세트
를 앞에 놓고 새 은제 사모바르 옆에 앉아 있었다. 그녀는 차
가 가득 담긴 찻잔을 받쳐 들고 있는 나이 든 하녀 아가피야
미하일로브나를 작은 테이블 옆에 앉힌 뒤, 자신과 계속해서
편지를 주고받는 돌리에게서 온 편지를 읽고 있었다.

"보세요. 마님이 저를 여기에 앉으라고 하셨어요. 옆에 같
이 앉자고 하시면서요." 아가피야 미하일로브나가 키티를 향
해 다정하게 웃으며 말했다.

레빈은 아가피야 미하일로브나의 말을 통해 최근에 아가
피야 미하일로브나와 키티 사이에 있었던 복잡한 문제가 해
결되었다는 것을 알게 되었다. 집안 살림의 주도권을 빼앗긴
아가피야 미하일로브나는 새 안주인에게 좋지 않은 감정을
가지고 있었는데, 어떻게 했는지 키티가 마침내 그녀를 이기
고 그녀가 자신을 좋아하도록 만들었던 것이다.

"보세요. 당신에게 온 편지도 뜯었어요." 키티는 품위 없이
써 내려간 편지를 그에게 건네며 말했다. "아마 그녀한테서
온 것 같아요. 당신 형님의⋯⋯." 그녀가 말했다. "난 읽어 보

지 않았어요. 그리고 이건 우리 집과 돌리에게서 온 거예요. 그런데 저기, 여보! 돌리가 사르마트스키 댁에서 열린 어린이 무도회에 그리쉬아와 타냐를 데려갔었대요. 타냐가 후작 부인으로 분장했었다고 하네요."

하지만 레빈은 그녀의 말을 듣고 있지 않았다. 그는 붉어진 얼굴로 니콜라이 형의 정부였던 마리야 니콜라예브나에게서 온 편지를 읽기 시작했다. 마리야 니콜라예브나에게서 온 두 번째 편지였다. 마리야 니콜라예브나는 처음에 보낸 편지에서 그의 형이 아무 잘못이 없는 자신을 내쫓았다고 했다. 그러면서 마음을 자극하는 솔직한 어조로, 자신은 거지와 다름없는 처지가 되었지만 무언가를 부탁하거나 바라지는 않는다고 했다. 하지만 자신이 곁에 없으면 니콜라이 드미트리치는 건강이 악화돼 잘못될 수도 있고, 그런 생각을 하니 몹시 슬프다며 형에게 관심을 가져 달라고 호소했다.

하지만 이번 편지는 전혀 달랐다. 그녀는 니콜라이 드미트리치를 찾아 다시 모스크바에서 함께 살다가 그가 어느 현청이 있는 곳에 일자리를 얻었다고 했다. 하지만 그는 그곳에서 상사와 다툰 뒤 다시 모스크바로 오는 도중에 건강이 악화돼서 회복할 수 있을지 여부를 알 수 없다는 내용이었다.

'계속 당신 얘기만 하고 있어요. 그리고 이젠 한 푼도 남아 있지 않아요.'

"여기 좀 보세요. 돌리가 당신 얘기를 하고 있어요." 키티는 웃으며 말을 꺼냈으나 남편의 표정이 달라진 것을 눈치채고는 곧바로 미소를 거두었다.

"왜 그래요, 여보? 무슨 일 있어요?"

"니콜라이 형이, 형이 위독하대요. 다녀와야겠어요."

갑자기 키티의 안색이 변했다. 그러면서 후작 부인으로 변장한 타냐와 돌리에 관한 생각은 사라져 버렸다.

"언제 떠날 생각이에요?" 그녀가 말했다.

"내일요."

"나도 같이 가요. 괜찮죠?" 그녀가 말했다.

"키티! 대체 그게 무슨 소리예요?" 그가 질책하듯 말했다.

"무슨 소리라니요?" 그녀는 자신의 제의를 내켜 하지 않는 듯한 그의 불쾌한 태도에 모욕감을 느끼며 말했다. "왜 내가 가면 안 되는 거죠? 내가 당신을 방해할까 봐 그래요?"

"내가 가는 이유는 형이 위독하기 때문이에요." 레빈이 말했다. "그런데 당신은 무슨 이유로……."

"무슨 이유라뇨? 당신이 가는 이유와 마찬가지죠."

'내겐 이렇게 중요한 일인데 그녀는 그저 혼자 있는 게 따분할 거라는 생각만 하고 있을 뿐이야.' 레빈은 이렇게 생각했다. 이렇게 심각한 상황에서 그런 평계는 그의 화를 더욱 돋우었다.

"안 돼요." 그가 단호하게 말했다.

싸움이 벌어질 것 같자 아가피야 미하일로브나는 조용히 찻잔을 내려놓고 나갔다. 키티는 그것을 알아채지 못했다. 방금 전 남편의 말투는 그녀를 화나게 만들었다.

"그러니까 내 말은, 당신이 가면 나도 함께 가겠다는 거예요. 난 꼭 가겠어요." 그녀는 몹시 분한 듯 재빨리 말했다. "대체 왜 안 된다는 거죠? 무슨 이유로 안 된다는 거예요?"

"어디로 가고 어떤 길로 갈지, 또 어디에 머물러야 할지 모르기 때문이에요. 당신이 함께 가면 번거로워질 뿐이에요." 레빈은 냉정하게 말하려고 애썼다.

"아니에요, 전혀. 난 아무것도 필요 없어요. 당신이 가는 곳이라면 나 역시."

"하지만 그곳에 당신이 가까이 할 수 없는 그 여자가 있다는 사실 하나만으로도 안 돼요."

"그곳에 누가 있고 무엇이 있는지 난 전혀 알지 못해요. 물론 알고 싶지도 않고요. 내가 아는 건 단지 내 남편의 형님이 위독한 상태라는 것과 남편이 거기에 가려 한다는 사실뿐이에요. 그래서 나도 남편과 함께 가려는 것이고⋯⋯."

"키티, 화내지 마요. 하지만 당신도 생각해 봐요. 이건 정말 중요한 일이에요. 그래서 난 이 일과 당신이 혼자 집에 남기 싫어하는 나약한 마음이 섞인다는 사실이 마음 아파요. 만약 혼자 있기 외로울 것 같으면 모스크바에 있는 게 어때요."

"그것 봐요. 당신은 늘 내가 현명하지 못하다고 생각하죠." 그녀는 굴욕감과 분노로 눈물을 글썽이며 말했다. "그런 뜻이 아니에요. 마음이 약해져서 그런 게 절대 아니에요. 나는 단지 남편이 힘들 때 남편 곁에 있는 것이 내 의무라고 생각할 뿐이에요. 하지만 당신은 일부러 나를 괴롭히고 있어요. 알면서도 모르는 척하고 있다고요."

"아, 정말 끔찍하군. 노예가 된 것 같아!" 분노를 억제할 수 없었던 레빈은 자리에서 일어나며 소리쳤다. 하지만 곧바로 그는 자신이 스스로에게 채찍질하고 있다는 기분이 들었다.

"그렇다면 당신은 왜 결혼한 거죠? 자유롭게 지내지 왜 결혼했어요? 이렇게 후회할 거라면 대체 왜." 그녀는 이렇게 말하고는 자리에서 벌떡 일어나 응접실을 향해 뛰어갔다.

그가 뒤따라가 보니 그녀는 흐느끼며 울고 있었다.

그는 그녀를 설득하기보다는 그녀를 달랠 수 있는 말을 찾으려고 애쓰며 말했다. 하지만 그녀는 그의 말을 듣지 않았고 어떤 이야기도 받아들이려고 하지 않았다. 그는 그녀를 향해 몸을 굽히고 자신을 뿌리치는 그녀의 손을 잡았다. 그는 그녀의 손에, 머리에, 그리고 다시 손에 키스했다. 그녀는 그렇게 가만히 있었다. 하지만 그가 두 손으로 그녀의 얼굴을 감싸며 "키티!"라고 부르자 그녀는 갑자기 정신을 차린 듯 조금 울더니 곧 진정되었다.

두 사람은 다음 날 함께 떠나기로 결정했다. 레빈은 아내에게 그녀가 조금이나마 자신에게 도움이 되기 위해 함께 가려 한다는 말을 믿는다고 말해 주었다. 그리고 마리야 니콜라예브나가 형의 곁에 있는 것이 전혀 불편하지 않다는 그녀의 말에도 동의했다. 하지만 그는 마음속으로는 여전히 그녀와 자신에게 불만을 품은 채 여행길에 올랐다. 그는 이런 상황에서 자신을 혼자 가게 내버려 두어야 했음에도 그렇게 해 주지 않은 그녀에게 불만을 품었다. (불과 얼마 전까지만 해도 자신이 그녀에게 사랑을 받고 있다는 행복을 믿을 수 없었는데, 지금은 그녀가 너무 많은 사랑을 주어서 스스로 불행하다고 생각하고 있으니 이 얼마나 아이러니한 일인가!)

그가 자신에게 불만을 품었던 이유는 자신의 의지대로 하지 못했기 때문이었다. 또한 형과 함께 있는 여자가 그녀에게 아무런 상관도 없다는 말에 더욱 깊은 불만을 품고 있었다. 그는 앞으로 벌어질 모든 문제를 떠올리자 두려워졌다. 그러자 그는 키티가 그런 여자와 한 방에 있게 된다는 사실만으로도 혐오와 공포를 느끼며 몸서리를 쳤다.

17

니콜라이 레빈이 앓아누운 현청 소재지에 위치한 호텔은 깨끗하고 편안했다. 이곳은 우아함을 추구하는 최신 건축 양식에 맞게 지어진 시골 호텔 중 하나였다. 하지만 호텔을 드나드는 투숙객들로 말미암아 이러한 호텔은 순식간에 외관만 현대식인 불결한 술집 같은 분위기로 변해 버린다. 게다가 그러한 의도 때문에 오히려 지저분하고 오래된 여인숙보다도 더욱 불쾌한 분위기가 되어 버리고 마는 것이다. 이 호텔 역시 그런 상태로 변해 있었다. 더러운 군복을 입고 호텔 입구에서 담배를 피우던 수위, 철제 모서리가 낡은 음침하고 불쾌한 계단, 지저분한 연미복 차림의 행동이 굼뜬 직원, 커다란 홀의 테이블을 장식하고 있던 먼지가 가득 쌓인 밀랍으로 만든 조화, 호텔 곳곳에서 보이는 먼지와 불결함, 그와 더불어 이 호텔만의 새롭고 현대적인 자부심 가득한 서비스, 이러한 것들은 레빈 부부에게 신혼살림을 시작한 이후에 가장 큰 괴로움을 주었다. 게다가 이 호텔이 가지고 있던 가식적인 인상은 그들을 기다리고 있는 일과 전혀 어울리지 않아서 더욱 그렇게 느껴졌다.

호텔 측은 으레 그러하듯 그들에게 어떤 방을 원하는지 물어보고는 좋은 방은 지금 없다고 말했다. 좋은 방 중 하나는 철도 검찰관이, 다른 하나는 모스크바에서 온 변호사가, 세 번째 방은 시골에서 온 아스타피예바 공작 부인이 쓰고 있다는 것이었다. 남아 있는 것은 다소 지저분한 방 하나뿐이며, 그 옆의 다른 빈 방은 저녁쯤에 빈다고 말했다. 레빈의 예상대로, 그는 형의 상태가 어떨까 하는 생각 때문에 가슴 졸이는 상황에서 곧장 형을 만나러 가는 대신에 이곳에 오자마자 아내에 대한 걱정을 해야 하는 상황 때문에 불쾌해졌다. 레빈은 아내를 데리고 지정된 방으로 향했다.

"가요. 어서 가 보세요!" 그녀는 안타깝고 미안해하는 듯한 눈빛으로 그의 얼굴을 바라보며 말했다.

그는 조용히 방에서 나왔다. 그러고 나서 그가 왔다는 소식을 듣고 그곳까지 왔지만 차마 방 안에 들어오지 못하고 있던 마리야 니콜라예브나와 마주쳤다. 그녀는 모스크바에서 만났을 때와 똑같은 모습이었다. 똑같은 모직 옷과 드러난 팔과 목, 선량하지만 답답해 보이는 얽은 얼굴에는 살이 올라 있었다.

"어떤가요? 형의 상태는요? 어떻습니까?"

"정말 안 좋아요. 이제 일어나지 못할 거예요. 당신만 기다리셨어요. 그 사람은…… 당신이…… 부인과 함께……."

레빈은 처음에 그녀가 왜 그렇게 당황하는지 알 수 없었다. 하지만 그녀는 곧 이유를 설명해 주었다.

"전 저쪽에 가 있을게요. 부엌에 있을게요." 그녀가 말했다. "그분은 분명 기뻐하실 거예요. 그분은 이미 소식을 들어서 알고 있어요. 전에 외국에서 부인을 만났던 일도 기억하고 있고요."

레빈은 그녀가 자신의 아내에 대한 이야기를 하고 있다는 사실을 알았으나 무슨 말을 해야 할지 몰랐다.

"갑시다, 가요!" 그가 말했다.

하지만 그가 걸음을 떼자마자 방문이 열리고 키티가 모습을 드러냈다. 레빈은 그녀와 남편을 난감하게 만든 아내에 대한 부끄러움과 분노로 얼굴이 빨개졌다. 레빈보다 더 얼굴이 빨개진 마리야 니콜라예브나는 몸을 움츠리며 눈물을 글썽거렸다. 그녀는 두 손으로 옷을 붙잡고 무슨 말을 해야 할지, 또 무엇을 어떻게 해야 할지 몰라 붉은 손가락으로 옷자락만 꼬아 대고 있었다.

그 순간 레빈은 키티의 눈 속에서, 도저히 이해할 수 없는 끔찍한 여자를 본 탐욕스러운 호기심을 보았다. 하지만 그것은 아주 잠시뿐이었다.

"어떤가요? 형님의 상태는 좀 어때요?" 키티는 남편을, 그리고 그녀를 바라보았다.

"이 얘길 복도에서 할 순 없잖아요!" 레빈은 때마침, 다리를 건들거리며 복도를 바삐 지나가던 신사를 못마땅한 눈으로 바라보며 말했다.

"참, 그렇죠. 어서 들어오세요." 키티는 이제야 정신을 차린 듯한 마리야 니콜라예브나를 바라보며 말했다. 하지만 놀란 듯한 남편의 표정을 보고는 "아니면 가 보세요. 나중에라도 저를 불러 주세요."라고 말한 뒤 방으로 들어갔다. 레빈은 형을 만나러 갔다.

그는 형의 방에서 전혀 예상치 못한 것을 보고 느꼈다. 그는 폐병 환자에게서 흔히 보이는 증상과 가을에 형이 찾아왔을 때 그를 매우 놀라게 했던 자기기만의 증상을 보리라고 생각했었다. 또한 형에게 죽음을 목전에 둔 사람의 육체적 증상이 뚜렷하게 드러나면서 그가 더욱 쇠약해지고 초췌해지거나 전과 비슷한 상태일 거라고 예상했다. 그러면서 그는 자신이 사랑하는 형을 잃게 되는 연민과 죽음에 대한 공포 그리고 전에도 한 번 경험했지만 그보다 더욱 심한 공포를 느낄 거라 생각했다. 그래서 그는 마음의 준비를 하고 있었다. 하지만 그는 전혀 다른 것을 보았다.

페인트로 칠한 작고 지저분한 방의 벽에는 침 자국이 있었고, 얇은 칸막이 뒤쪽에서 말소리가 들려왔다. 공기에는 숨이 막힐 듯한 악취가 가득했다. 벽에서 좀 떨어진 침대 위에는 담요를 덮은 육체가 있었다. 한쪽 손은 담요 위로 나와 있고, 마치 갈퀴처럼 커다란 그 손은, 가운데까지 가늘고 일정한 긴 팔뚝에 기이한 모습으로 붙어 있었다. 머리는 베개 위에 비스듬히 뉘어져 있었다. 레빈은 관자놀이 위의, 땀에 흠뻑 젖은 듬성듬성한 머리카락과 피부가 벗겨져 투명해 보이기까지 하는 이마를 보았다.

'이 끔찍한 육체가 니콜라이 형이라니, 그럴 리 없어.' 레빈은 생각했다. 하지만 가까이 다가가 얼굴을 들여다보자 더 이상 의심할 수 없었다. 이 무서운 변화를 보면서도, 레빈은 송장이나 다름없는 이 육체가 살아 있는 형이라는 끔찍한 진실을 이해해야만 했다. 그가 방으로 들어오자 그의 모습을 보며 눈에 생기를 보이던, 콧수염 아래에서 조금씩 움직이던 입술을 보는 것만으로도 레빈은 그가 형이라는 사실을 충분히 알 수 있었다.

유독 반짝이는 듯한 두 눈은 동생을 꾸짖듯 냉엄하게 바라보고 있었다. 그러자 그 순간, 그 눈빛으로 산 사람들의 살아 있는 관계가 형성되었다. 레빈은 이내 자신을 빤히 쳐다보는 그의 눈동자에서 비난의 감정을 알아챘으며 자신의 행복에 대한 미안함을 느꼈다.

콘스탄틴이 손을 잡자 니콜라이가 미소로 화답했다. 하지만 그 미소는 겨우 보일 듯 말 듯 희미한 것이었다. 그 미소에도 그의 냉엄한 눈빛은 변함이 없었다.

"내가 이렇게 되리라고는 생각도 못했겠지." 그가 겨우 입을 뗐다.

"네……. 아니에요." 레빈은 머뭇거리며 말했다. "미리 알려 주지 그랬어요? 결혼식을 올릴 때쯤이라도요. 여기저기 수소문을 했었는데."

침묵을 깨뜨리기 위해 말을 꺼내기는 했지만 레빈은 무슨 말을 해야 할지 몰랐다.

특히 형이 아무 대답도 없이 그에게 시선을 고정하고 바라보기만 하면서, 그가 말할 때마다 그 의미를 곱씹고 있는 것 같아서 더욱 그랬다. 레빈은 아내와 함께 왔다는 사실을 형에게 알려 주었다. 니콜라이는 흡족해했으나 자신의 몰골을 보고 그녀가 놀랄까 봐 두렵다고 했다. 다시 침묵의 순간이 찾아왔다. 그러다가 갑자기 니콜라이는 몸을 움직이며 무슨 말을 꺼내려 했다. 레빈은 그의 표정을 살피며 뭔가 특별하고 중요한 말이 나오리라 기다리고 있었다. 하지만 니콜라이는 자신의 건강에 대해 말했다. 그는 한참 동안 의사의 흉을 본 뒤 이곳에 모스크바와 같은 명의가 없다는 사실을 안타까워했다. 레빈은 그런 모습을 보며 그가 아직 희망을 버리지 않았다는 사실을 알게 되었다.

다시 침묵이 찾아왔다. 레빈은 1분이라도 이 고통스러운 상황에서 벗어나기 위해 아내를 데리러 다녀오겠다며 자리에서 일어났다.

"그래, 그렇게 해라. 그동안 난 여기를 좀 치우도록 해야겠다. 너무 더러워서 냄새가 심할 테니까. 마슈아, 여기 좀 치워줘." 환자는 간신히 말을 꺼냈다. "그리고 다 치우면 밖에 나가 있어." 그는 슬며시 동생의 눈치를 살피며 말했다.

레빈은 아무 대답도 하지 않았다. 그는 복도로 나오자 발길을 멈추었다. 그는 아내를 데려오겠다고 말했다. 하지만 지금 자신이 느낀 것들을 떠올리자 오히려 그녀가 환자에게 가지 못하도록 말려야겠다는 생각이 들었다.

'무슨 이유로 그녀가 나와 똑같은 괴로움을 느껴야 하나?' 그는 생각했다.

"좀 어때요? 어떠세요?" 키티가 두려운 듯한 얼굴로 물었다.

"아, 정말 끔찍한 일이야. 끔찍해! 당신은 뭐 하러 여기까지 따라왔어요?" 레빈이 말했다.

키티는 간절한 눈빛으로 남편을 조심스럽게 바라보며 잠시 침묵했다. 그러고 나서 그녀는 그에게 다가와 두 손으로 그의 팔꿈치를 붙들었다.

"코스티아, 나를 그분께 데려다 줘요. 우리가 함께 있어야 마음이 조금이라도 편해질 거예요. 그러니 나를 데려다 줘요. 제발 데려다 줘요. 진심이에요. 그리고 당신은 나가 계세요." 그녀가 말했다. "당신을 보면서 그분을 보지 못한다는 것이 내게 얼마나 고통스러운 일인지 당신은 모르실 거예요. 그곳에 가면 난 당신한테도 그분께도 도움이 될 거예요. 그러니 나를 데려다 줘요!" 그녀는 마치 자신의 일생의 행복이 이 일에 달려 있는 듯한 모습으로 남편에게 애원했다.

레빈은 승낙할 수밖에 없었다. 그래서 그는 마음을 바꾸고 마리야 니콜라예브나에 대한 생각을 깨끗이 떨쳐 내고는 키티와 함께 다시 형이 있는 곳으로 향했다.

그녀는 가벼운 발걸음을 내딛으며 가는 내내 남편을 바라보았다. 그러고는 용기 있고 연민이 담긴 표정으로 환자의 방으로 들어갔다. 그녀는 몸을 천천히 돌려 소리가 나지 않도록 문을 닫았다. 그러고는 발소리가 나지 않게 조심스럽게 환자의 침대로 가서 환자가 고개를 돌리지 않아도 되는 방향으로 돌아갔다. 그런 뒤 그녀는 자신의 젊고 생기 넘치는 손으로 뼈만 앙상한 커다란 그의 손을 꽉 잡았다. 그러면서 여성 특유의, 다른 사람의 마음을 보듬어 줄 수 있는 애정이 담긴, 나지막하면서도 생기 있는 어조로 그와 대화를 나누었다.

"소덴에서 뵌 적이 있어요. 서로 인사를 나누진 못했지만요." 그녀가 말했다. "제가 당신의 제수가 되리라고는 생각 못 하셨겠죠."

"당신은 저를 모르실 텐데요?" 그는 그녀에게 환한 미소를 지으며 말했다.

"아니, 알고 있어요. 정말 저희에게 잘 연락하셨어요! 코스티아는 늘 당신 걱정을 했어요."

하지만 환자의 기운은 오래 지속되지 못했다.

그녀가 말을 마치기도 전에 그의 얼굴에 다시 죽음에 임박한 사람이 산 사람을 부러워하며 질책하는 듯한 냉엄한 표정이 드러났던 것이다.

"제 생각에 이 방은 좋지 않은 듯해요." 그녀는 그의 시선에서 얼굴을 돌리고는 방 안을 둘러보며 말했다. "주인한테 말해서 다른 방으로 바꿔야겠어요." 그녀는 남편에게 말했다. "가능하면 우리 방과 가까운 곳으로요."

18

레빈은 침착하게 형을 바라볼 수 없었고, 또한 형을 바라보며 자연스럽고 차분한 모습으로 있을 수 없었다. 그의 눈과 신경은 환자의 방에 들어서자마자 무의식적으로 흐려져 형의 모습을 자세히 살펴볼 수도, 판단할 수도 없었던 것이다. 그는 지독한 냄새와 불결함, 혼란 속에서 고통스러워하며 신음하는 형의 모습을 보며, 형을 구해 낼 수 없을 거라는 생각이 들었다. 그의 머릿속에는 아무 생각도 떠오르지 않았다. 환자의 상태를 자세히 살펴야겠다, 저 육체가 담요 속에서 어떻게 있는지, 또 저 앙상한 다리와 허리와 등이 어떻게 굽어 있는지, 조금이라도 더 편하게 눕힐 수는 없는지, 지금보다 더 나아질 수는 없더라도 더 악화되지 않는 방법을 찾아야겠다는 생각조차 할 수 없었다. 그렇게 세세하게 생각할수록 그의 등줄기에는 싸늘한 기운이 흘렀다.

그는 이제 무엇으로도 생명을 연장하거나 고통을 덜 수 없다고 확신했다. 하지만 환자는 그 어떤 방법도 불가능하다는 것을 레빈이 인정하고 있다는 사실을 알았기에 분노했다. 그래서 레빈은 다시 괴로운 처지가 되었다. 그는 환자의 방에 있다는 사실 자체가 무척 괴로웠다. 하지만 그곳에 있지 않는 것은 더욱 괴로웠다. 그래서 그는 온갖 핑계를 대며 밖으로 나왔지만 혼자 있지 못해서 다시 들어갔다.

하지만 키티는 그와 전혀 다르게 생각하고 느끼고 행동했다. 그녀는 환자를 보며 연민을 느꼈다. 이러한 연민의 감정은 남편이 느꼈던 공포와 혐오의 감정과는 달리 환자의 상태를 자세히 살펴본 뒤 그를 도와야겠다는 생각이 들게 만들었다. 그녀는 자신이 그를 꼭 도와야겠다는 마음에 한 치의 의심도 없었기 때문에 실현 가능성조차 의심하지 않았다. 그녀는 곧 일을 시작했다. 남편은 생각만으로도 몸서리쳤던 번잡한 모든 일을 그녀가 맡아서 시작했다.

그녀는 사람을 보내 의사를 데려오게 했고, 약국으로 사람을 보내기도 했다. 그리고 자신이 데려온 하녀와 마리야 니콜라예브나에게 방을 쓸고 먼지를 털고 마루를 닦게 했다. 그리고 그녀 자신도 무언가를 씻고 빨래하고 담요 아래에 무언가를 넣어 주기도 했다. 그녀의 지시에 따라 환자의 방에 무언가가 들어가기도 했고 나오기도 했다. 그녀는 복도에서 수많은 사람과 마주치는 것에 전혀 신경 쓰지 않고 수차례 자신의 방에 드나들며 시트와 베갯잇, 수건과 셔츠 같은 것을 가져왔다.

기사(技師)들의 식사 준비를 하느라 홀에서 분주하던 사환은 화난 얼굴로 그녀가 부르면 몇 번이고 다녀갔다. 그녀가 거절할 수 없게끔 부드럽고 집요하게 지시했기 때문에 그는 그것에 따를 수밖에 없었다. 레빈은 이러한 사실을 못마땅하게 여겼다. 이런 것들은 환자에게 아무런 도움이 되지 않을 것 같았다. 게다가 그는 혹시라도 환자가 화내지 않을까 걱정되었다. 하지만 환자는 이러한 일에 무관심한 듯 화내지 않았고, 다소 불편하게 생각하는 듯했으나 그녀가 자신에게 신경을 써 주는 일들을 흥미롭게 바라보았다.

키티가 부탁한 대로 의사를 데려와 문을 열었을 때, 레빈은 그녀의 지시에 따라 환자의 셔츠를 갈아입히는 모습을 보았다. 툭 불거진 커다란 어깨뼈와 앙상한 갈비뼈, 그리고 척추로 이루어진 하얀 등의 뼈대가 드러났다. 마리야 니콜라예브나와 사환은 축 늘어진 긴 팔을 루바슈카 소매에 끼우지 못해 당황하고 있었다. 레빈이 들어오자 키티는 재빨리 문을 닫고 환자 쪽을 보지 않고 있었다. 하지만 환자가 신음을 내자 그녀는 서둘러 그에게로 갔다.

"서둘러요." 그녀가 말했다.

"오지 말아요." 환자가 퉁명스럽게 말했다. "내가 알아서……"

"네, 뭐라고 하셨어요?" 마리야 니콜라예브나가 되물었다.

하지만 키티는 그 말을 알아듣고는 환자가 자신이 벗고 있는 모습을 수치스럽고 불쾌하게 여긴다는 것을 알았다.

"안 볼게요, 안 봐요!" 그녀가 손을 바로잡아 주며 말했다. "마리야 니콜라예브나, 저쪽으로 돌아가서 바로잡아 줘요." 그녀가 덧붙여 말했다.

"당신은 내 방에 가서 손가방에 있는 작은 유리병 좀 가져다주세요." 그녀가 남편을 보며 말했다. "옆 주머니에 있을 테니 좀 가져다줘요. 난 그동안 여기를 깨끗이 치우고 있을게요."

레빈이 유리병을 가지고 돌아왔을 때 환자는 다시 자리를 잡고 누워 있었으며 그의 주변은 확연히 달라져 있었다. 퀴퀴한 냄새는 향기가 섞인 식초 냄새로 바뀌었다. 키티가 입술을 내밀고 불그스름한 볼을 부풀리며 작은 빨대로 그것을 뿜어내고 있었던 것이다. 먼지는 한 톨도 보이지 않았고 침대 아래에는 양탄자가 깔려 있었다. 테이블 위에는 약병과 물병이 잘 정리되어 있었고 필요한 속옷이 잘 개켜 있었으며 키티가 수놓은 영국 자수도 있었다. 환자의 침대 옆 또 다른 테이블 위에는 음료와 초, 가루약이 놓여 있었다. 환자는 깨끗이 씻은 뒤 머리를 잘 빗고 어색하게 느껴질 만큼 가느다란 목에 하얀 깃이 달린 새 셔츠를 입고는 깨끗한 시트 위에서 높은 베개를 베고 누워 있었다. 그는 새로운 희망이 담긴 눈으로 키티를 바라보았다.

레빈이 클럽에서 찾아 데려온 의사는 지금껏 니콜라이 레빈이 치료를 받으며 불만을 품고 있던 의사가 아니었다. 새로 온 의사는 환자를 청진하고 고개를 갸웃하더니 처방전을 적어 주었다. 그러고는 약을 복용하는 방법과 식이 요법에 대해 매우 상세하게 설명해 주었다. 그는 날계란이나 반숙을 먹게 하고 적절하게 데워진 우유와 젤테르 광천수를 마시는 것이 좋다고 권해 주었다. 의사가 다녀간 뒤 환자는 동생에게 무슨 말을 꺼냈으나 레빈은 "너의 카티아."라는 마지막 말만 알아들을 수 있었다. 하지만 레빈은 형이 그녀를 바라보는 눈빛을 통해 그녀를 칭찬했음을 알 수 있었다. 레빈은 카티아에게 가까이 오라고 일렀다.

"난 정말 많이 좋아진 것 같아요." 그가 말했다. "당신과 이렇게 계속 함께 있었다면 벌써 나았을 거예요. 정말 기분이 좋군요!" 그는 그녀의 손을 잡고 자신의 입술 쪽으로 가져갔다. 하지만 그녀가 불쾌하게 여길 것을 염려해 생각을 바꾸고는 손을 내려놓은 뒤 어루만졌다. 그러자 키티는 두 손으로 그의 손을 꼭 잡아 주었다.

"왼쪽으로 돌려 눕혀 주고 이제 그만 가서 자요." 그가 말했다.

아무도 그의 말을 알아듣지 못했다. 단 한 사람, 키티만이 그의 말을 알아들었을 뿐이었다. 그녀가 그 말을 알아들을 수 있었던 것은 마음속으로 계속 그에게 필요한 것이 무엇인지 생각하고 있었기 때문이었다.

"반대쪽으로 돌아누우시겠데요." 그녀가 남편에게 말했다. "항상 저쪽으로 주무신대요. 돌려 눕혀요. 사환을 부르긴 싫어요. 하지만 난 할 수 없는데, 당신이 할 수 있겠어요?" 그녀는 마리야 니콜라예브나를 보며 말했다.

"저도 할 수 없어요." 마리야 니콜라예브나가 대답했다.

레빈은 이 끔찍한 육체를 두 손으로 안고, 알고 싶지 않은 담요 속에 있는 것을 들어 올려야 한다는 사실이 두려웠다. 하지만 그는 아내의 기세 때문에 그녀가 잘 알고 있는 단호한 표정을 지으며 담요 밑에 두 손을 넣고 들어 올리기 시작했다. 하지만 그는 자신의 강한 힘에도 앙상한 육체의 기이한 무게에 놀랄 수밖에 없었다. 그가 자신의 목에 커다랗고 앙상한 손이 감겨 있음을 느끼며 환자를 돌려 눕히는 동안 키티는 조용하고도 재빠르게 베개를 뒤집어 두드린 뒤 환자의 머리 뒤에 받쳐 주었다. 그러고는 관자놀이에 붙은 성긴 머리카락을 매만져 주었다.

환자는 자신의 손 안에 있던 동생의 손을 꽉 쥐었다. 레빈은 그가 그 손으로 무엇을 하려고 한다는 것과 어딘가로 가져가려고 한다는 것을 느꼈다. 레빈은 멍하니 그가 하는 대로 따르고 있었다. 형은 그 손을 자신의 입에 가져다 대고는 입을 맞추었다. 감정이 북받친 레빈은 몸을 들썩거렸다. 아무 말도 할 수 없었던 레빈은 방에서 나와 버렸다.


## 19

'지혜로운 자에게는 숨기시고 어린아이와 무지한 자에게 드러내셨도다.' 그날 밤 레빈은 아내와 대화를 나누며 그녀에 대해 생각했다.

레빈이 성서의 잠언을 떠올린 것은 자신이 지혜로운 자라고 생각했기 때문은 결코 아니었다. 그는 자신이 지혜롭다고 생각하지는 않았으나 아내나 아가피야 미하일로브나보다는 현명하다고 생각했다. 그러면서 그는 죽음을 떠올릴 때면 온 마음을 다해 생각했다는 사실을 인정할 수밖에 없었다. 그는 교양을 갖춘 훌륭한 수많은 남성의 죽음에 대해 생각했으며, 또 그들의 사상이 담긴 책을 읽었지만 그들은 현재 자신의 아내와 아가피야 미하일로브나가 아는 것의 100분의 1도 모른다는 것을 알게 되었다. 아가피야 미하일로브나와 카티아(니콜라이 형은 키티를 이렇게 불렸고 지금은 레빈도 그녀를 기꺼이 이렇게 부르고 있었다.)는 서로 많이 달랐지만 이러한 점에서는 아주 비슷했다. 두 사람은 인생과 죽음에 대해 확실히 알고 있었다.

그들은 레빈이 직면한 문제들에 관해 어떠한 대답도 하지 못하고 의미조차 이해할 수 없을지라도 이 현상에 대해서는 두 사람 다 어떠한 의심도 품지 않았다. 그들은 자신들뿐만 아니라 수백만 명의 사람들과 견해를 공유하며 같은 시각으로 죽음을 바라보고 있었다. 그들이 죽음에 대해 확실히 알고 있다는 증거는, 죽음을 목전에 둔 사람을 어떻게 대해야 하는지 알고 있었고 그 사람을 전혀 두려워하지 않는다는 점이었다. 레빈을 비롯한 다른 사람들은 죽음에 관해 수많은 것을 언급하면서 막상 사람이 죽어 가고 있는 순간에는 무엇을 해야 할지 전혀 몰랐다. 만약 지금 레빈이 니콜라이 형과 단둘이 있었다면 그는 두려운 마음으로 형을 바라보면서 더욱 큰 공포를 느끼며 죽음을 기다리는 일 외에는 아무것도 할 수 없었을 것이다.

게다가 그는 지금 형 앞에서 무슨 말을 꺼내야 할지, 어떻게 바라봐야 할지, 또 어떤 식으로 걸어야 할지도 몰랐다. 형과 상관없는 말을 꺼내는 것은 그를 모욕하는 일이 될 것 같아 차마 할 수 없었다. 죽음이나 우울한 것에 대해 말할 수도 없었다. 그렇다고 해서 아무것도 하지 않을 수도 없었다. '내가 바라보고 있으면 형은 내가 자신의 모습을 살피며 두려워하고 있다고 여길 테지. 그렇다고 해서 바라보지 않으면 형은 내가 다른 생각을 하고 있다고 느낄 거야. 발끝으로 걸어 다니면 불쾌하게 생각하겠지. 그렇다고 해서 발을 다 딛고 걷는 건 미안한 일이잖아.' 하지만 키티는 자신에 대해서는 생각하지도 않았고 그럴 여유조차 없어 보였다. 그녀는 오로지 환자만 생각했기에 어떻게 해야 할지 알았고 모든 일을 잘 해 나가고 있었다.

그녀는 자신과 결혼에 대해 이야기했다. 그러고는 웃으며 연민의 감정을 드러내기도 했고 그를 달래 주기도 했으며 그가 회복될 경우에 대해 이야기를 나누기도 했다. 그녀는 자신이 어떻게 처신해야 하는지 잘 알고 있었다. 그녀는 자신이 해야 할 일들을 스스로 깨닫고 있었다. 그녀와 아가피야 미하일로브나의 행동이 그저 본능적이고 감성적인, 분별없는 행동이 아니라는 증거는 그녀들이 육체를 보살펴 주고 고통을 경감시켜 주는 일 외에도 죽음을 앞둔 사람에게 그보다 더 중요한 것을 원하고 있었다는 점에 있었다. 아가피야 미하일로브나는 얼마 전에 죽은 노인의 이야기를 언급하며 이렇게 말했다. "아, 그는 다행히도 성찬식과 성유식을 받았어요. 제발 하느님, 모든 사람이 그러한 죽음을 맞이할 수 있게 해 주소서." 카티아 역시 셔츠와 욕창, 마실 것을 신경 쓰는 일 외에도 이곳에 온 첫날부터 이미 환자에게 성찬식과 성유식의 필요성을 설득하고 있었다.

밤이 되자 다들 환자의 방에서 자신들의 방으로 돌아왔다. 레빈은 무슨 일을 해야 할지 몰라 고개를 떨구고 앉아 있었다. 그는 저녁 식사를 한다거나 잠을 청하는 일, 혹은 이제부터 무슨 일을 해야 할지에 대해 생각하기는커녕 아내와 대화를 나눌 수도 없었다. 그는 부끄러웠다. 하지만 키티는 그와 반대로 평소보다 더 활발하게 움직였다. 평소보다 더욱 활기차 보이기도 했다. 그녀는 저녁 식사를 가져오라고 지시한 뒤 짐을 풀며 잠자리를 준비하는 것을 돕기도 했고 살충제를 뿌리기도 했다. 그녀의 마음속에는 흥분과 빠른 판단력이 있었다. 마치 아주 중요한 전쟁이나 경기를 앞둔 사람처럼, 일생에서 단 한

번 남자가 자신의 가치를 입증하면서 과거의 노력들이 헛되지 않았음을 보여 주기 위해, 오로지 그 순간을 위해 준비해 왔다는 것을 보이려 하는 행동처럼 느껴졌던 것이다.

그녀의 손길이 닿자 모든 일이 잘 진행되었다. 자정이 되기도 전에 모든 짐이 깔끔하게 정리되어서 이 호텔 방은 마치 그녀의 방처럼 변해 갔다. 침대가 정리되었고 솔과 빗, 거울이 놓였으며 냅킨도 펼쳐졌다.

레빈은 여전히 식사하거나 잠을 청하는 일, 대화를 나누는 일을 용납할 수 없었다. 그러면서 자신의 모든 행동이 적절치 않다고 느껴졌다. 하지만 그녀는 솔들을 정리했고 그러한 행동은 남에게 불쾌함을 주려는 의도가 전혀 없다는 듯한 모습이었다.

하지만 그들은 아무것도 먹을 수 없었고 오래 잠을 잘 수도 없었다. 심지어 한동안 잠을 이룰 수도 없었다.

"난 너무 기뻐요. 내일 성유식을 받을 수 있게 그분을 잘 설득했으니까요." 그녀는 접이식 화장대 앞에 잠옷 차림으로 앉아 촘촘한 빗으로 향기롭고 부드러운 머리카락을 빗으며 말했다. "지금껏 한 번도 본 적은 없지만 성유식이 회복을 위한 기도라는 것을 엄마한테 들었어요."

"당신은 형의 상태가 정말 좋아질 거라 생각해요?" 레빈은 그녀가 앞으로 머리를 빗을 때마다 사라지곤 하는 둥글고 작은 머리 뒤편에 있는 좁은 가르마를 보며 말했다.

"의사한테 물어봤어요. 사흘을 못 넘길 거라 하더군요. 하지만 의사라고 해서 모든 걸 다 알 수 있는 건 아니니까요. 어쨌든 난 그분을 설득해서 정말 기뻐요." 그녀는 머리카락 사이로 남편을 흘끗 바라보며 말했다. "무슨 일이든 일어날 수있어요." 그녀가 종교에 관해 언급할 때면 늘 나타나는 특유의 미묘한 표정으로 말했다.

그들은 약혼했을 무렵에 종교에 관한 대화를 나눈 이후, 지금껏 그 문제와 관련해 아무런 언급도 하지 않았다. 하지만 그녀는 항상 그것이 꼭 필요한 일이라는 듯 매일같이 조용히 교회에 나가 기도를 드렸다. 그리고 그의 신념이 그녀와는 반대였음에도 그녀는 그 또한 자신처럼, 아니 자신보다 더욱 훌륭한 기독교인이라고 생각했다. 그러니까 그가 종교에 관해언급하는 말은, 마치 그가 그녀의 영국 자수를 보며, 선량한 사람들은 구멍을 메우고 있는데 그녀는 일부러 구멍을 내고있다고 말하는 것처럼 그저 남자들의 우스꽝스러운 말들 중하나라고 여겼던 것이다.

"그래, 이런 일은 그 여자, 마리야 니콜라예브나가 처리하기는 힘들 테지." 레빈이 말했다. "그래서…… 난 당신이 함께온 것을 정말, 정말 기뻐하고 있어요. 당신은 너무 순수하니까……." 그는 그녀의 손을 잡았다. 하지만 키스는 하지 않고(죽음을 목전에 둔 상황에서 그녀의 손에 키스하는 것은 그에게 너무천박하게 느껴졌다.) 쑥스러운 표정으로 그녀의 환한 눈동자를바라보며 그녀의 손을 꼭 잡았다.

"당신 혼자였다면 몹시 난감했을 거예요." 그녀가 말했다. 그러고는 만족감에 젖은 듯 붉게 상기된 양쪽 뺨을 덮고 있던, 머리 뒤쪽으로 늘어진 머리카락을 양손을 높이 들어 말아

올린 뒤 핀으로 고정했다. "맞아요." 그녀는 말을 이어 갔다. "그분은 잘 모르고 있어요······ 다행히 난 소덴에서 여러 가지를 배웠었죠."

"거기에도 아픈 사람들이 많이 있었어요?"

"그럼요. 더 안 좋은 경우도 있었죠."

"난 형의 젊은 시절의 모습이 생각나 두려워요······ 믿을지 모르겠지만 형은 정말 멋진 청년이었죠. 하지만 그때의 난 형을 잘 이해하지 못했어요."

"믿어요. 진심으로 믿어요. 나 역시 그분과 함께였다면 더욱 친한 사이가 되었을 거라 생각해요." 그녀는 이렇게 말한 뒤 자신이 한 말에 몹시 놀라 남편을 바라보았다. 그녀의 눈에 눈물이 글썽거렸다.

"그래요. 그랬을 거예요." 그는 슬픈 어조로 말했다. "형은 사람들이 흔히 말하는, 이 세상 사람이 아닌 것 같은 사람이었으니까."

"어쨌든 우린 앞으로도 여러 날을 간호해야 하니 이제 잠을 청해야만 해요." 키티가 작은 시계를 꺼내 들여다보며 말했다.


20


다음 날 환자는 성찬식과 성유식을 받았다. 니콜라이 레빈은 의식을 치르는 동안 열심히 기도했다. 그의 퀭한 눈은 꽃

무늬 테이블보로 덮인 카드 게임용 테이블 위의 성상에 고정되어 있었다. 그 눈빛에는 레빈이 차마 바라보기 두려울 만큼의 간절한 소망과 희망의 빛이 어려 있었다. 레빈은 그 간절한 소망과 희망은 그가 그토록 사랑하는 삶과의 이별을 더욱 괴롭게 할 것이라 생각했다. 레빈은 형에 대해서, 또 그의 사상의 방향에 대해서도 알고 있었다. 그는 형이 종교를 가지지 않은 이유가 신앙 없이 사는 게 편해서가 아니라 세상의 모든 현상에 대한 근대적 과학이 밝혀 낸 원리가 신앙을 차츰 밀어냈기 때문이라는 것을 알고 있었다. 그러므로 이제 와서 형이 신앙을 찾은 것은 똑같은 사상의 경로를 거쳐 완성된 것이 아니라 오직 자신의 병을 고치기 위한 부조리한 희망에 근거한 일시적이고 탐욕스러운 이유에서 비롯된 것임을 알고 있었다.

레빈은 또한 키티가 어디선가 들었던 희귀병 사례에 관한 이야기를 그에게 해 줌으로써 그 희망을 더욱 강하게 만들었다는 사실도 알고 있었다. 레빈은 이 모든 것을 알고 있었다. 그래서 그는 간절한 희망이 가득한 형의 눈동자와 힘 있게 당겨진 눈썹 위로 겨우 들어 올려 성호를 긋고 있는 앙상한 손목, 그리고 환자가 갈망하는 생명을 더 이상은 받아들이지 못하는 가녀린 어깨와 숨을 가쁘게 몰아쉬고 있는 텅 빈 가슴을 보는 것이 너무도 고통스러웠다. 레빈은 의식이 치러지는 동안 무신론자로서 그가 수천 번이나 했던 일을 다시 반복했다. 그는 하느님께 말했다.

'진정 당신이 존재하신다면 형을 낫게 해 주소서(이 말은 그가 수없이 되뇌던 말이었다.). 그렇게 해 주신다면 당신은 그와

저를 구원해 주시는 겁니다.'

성유식을 마치자 환자의 상태가 갑자기 좋아진 듯했다. 그는 한 시간 동안 한 번도 기침하지 않았고 웃으며 눈물을 글썽이기도 했다. 그리고 키티에게 고맙다는 인사를 전하며 그녀의 손에 키스했다. 그러면서 자신은 이제 정말 건강해져서 아픈 데가 없으며 식욕도 생기고 기운이 나는 것 같다고 말했다. 수프를 들여오자 그는 혼자 일어서기도 했고 커틀릿을 요구하기도 했다. 그의 상태가 아무리 절망적이라 해도, 누구라도 그를 봤을 때 도무지 회복될 가망이 없어 보인다는 확신이 든다 해도, 이 한 시간만큼은 레빈과 키티 모두 행복했으며 그러면서도 혹시라도 자신들이 잘못 생각하고 있는 게 아닐까 두려워하며 흥분했다.

"좋아졌어요."

"네, 정말 좋아졌어요."

"놀랍군."

"전혀 놀랄 것 없어요."

"어쨌든 좋아졌군요."

그들은 서로 웃으며 속삭였다.

하지만 이러한 눈속임도 오래가지는 못했다. 환자는 잠이 들었지만 30분 정도 지나자 기침 때문에 깨어났기 때문이다. 그 순간, 주변 사람들의 가슴속에 있던, 또 그 자신의 가슴속에 있던 모든 희망이 물거품이 되어 버렸다. 레빈과 키티, 그리고 환자의 가슴속에 있던 희망을, 지금껏 지녀 왔던 희망의 흔적조차 남지 않을 만큼 의심의 여지가 없는 고통스러운 현실이 그것을 모조리 무너뜨렸던 것이다.

환자는 30분 전에 자신이 믿고 있었던 것을 잊은 듯, 게다가 그 일을 떠올리는 것조차 수치스러운 듯 종이에 감싸 흡입할 수 있게 구멍을 뚫은 요오드 병을 달라고 했다. 레빈이 그에게 병을 건네주었다. 그러자 그는 동생에게 시선을 고정시키며 성유식을 받을 때처럼 간절한 희망을 담아, 요오드를 흡입함으로써 기적이 일어날 수도 있다고 말했던 의사의 말에 동의를 구하고 있었다.

"아, 키티가 안 보이는군?" 그는 레빈이 어쩔 수 없이 의사의 말에 동의하자 주변을 둘러보며 쉰 목소리로 말했다. "없군. 그럼 말해도 되겠지……. 사실 난 그녀를 위해 연극했던 거야. 그녀는 정말 선량한 여자야. 하지만 너와 나 사이에는 숨길 게 없겠지. 이제 난 이걸 믿고 있어."

그는 이렇게 말하고는 바짝 야윈 손으로 병을 쥐고는 흡입하기 시작했다.

저녁 7시가 지나 레빈이 아내와 함께 자신의 방에서 차를 마시고 있을 때 마리야 니콜라예브나가 급하게 뛰어왔다. 그녀는 하얗게 질린 얼굴로 입술을 파르르 떨고 있었다.

"큰일 났어요!" 그녀가 속삭이듯 말했다. "이제 곧 돌아가실 것 같아요."

두 사람은 그의 방으로 달려갔다. 그는 침대에서 일어나 한쪽 팔꿈치로 기댄 채 긴 등을 구부리고는 고개를 떨구고 앉아 있었다.

"기분은 어때요?" 정적을 깨고 레빈이 조용히 물었다.

"이제 곧 죽을 것 같아." 니콜라이는 간신히, 그러면서도 뚜렷하게 자신의 안에서 겨우 말을 꺼내듯 천천히 말했다. 그는 고개를 들지 않은 채 눈만 치켜떴으나 동생의 얼굴까지는 시선이 닿지 못했다. "카티아, 자리 좀 비켜 줘요." 그가 덧붙여 말했다.

레빈은 자리에서 일어나 나지막하면서도 단호한 목소리로 그녀를 방에서 내보냈다.

"난 이제 갈 것 같아." 그가 다시 말했다.

"왜 그런 생각을 해요?" 레빈은 아무 말이라도 해야 할 것 같아 이렇게 말했다.

"왜냐하면 이제 정말 끝이니까." 그는 이 말이 마음에 들었는지 반복했다. "이젠 끝났어."

마리야 니콜라예브나가 그에게 다가왔다.

"좀 누워 계세요. 그게 더 편하실 거예요." 그녀가 말했다.

"조만간 조용히 눕게 되겠지." 그가 말했다. "송장이 돼서 말이야." 그는 자조적이면서도 화난 어조로 말했다. "그렇게 원한다면 눕혀 줘."

레빈은 형을 반듯하게 눕힌 뒤 그 옆에 앉아 조용히 그의 얼굴을 바라보았다. 그는 죽어 가는 사람처럼 조용히 눈을 감은 채 누워 있었다. 하지만 이마의 근육은 깊은 생각에 잠겨 있는 사람처럼 때때로 움찔거렸다. 레빈은 지금 형과 함께 그의 마음속에서 이루어지고 있는 무언가에 대해 생각하고 있었다. 형과 함께하기 위해 레빈은 집중하고 있었지만, 조용하고도 냉엄한 표정과 눈썹 위의 근육의 움직임을 보며, 자신에게는 여전히 암흑처럼 보이는 것이 죽어 가는 이에게는 점점 선명해지고 있다는 사실을 알게 되었다.

"그래, 그래, 맞아." 죽어 가던 환자는 천천히 말했다. "잠깐." 그가 다시 침묵했다. "그래!" 그는 갑자기 안정을 찾은 듯한 어조로 목소리를 길게 늘이며 말했다. 그 한마디로 모든 것이 해결되기라도 한 듯 그는 "오, 주여!"라고 말한 뒤 깊은 한숨을 내쉬었다.

마리야 니콜라예브나는 그의 발을 만져 보았다. "차가워지고 있어요." 그녀가 속삭였다.

그렇게 한참을, 아주 한참 동안(레빈은 그렇게 느껴졌다.) 환자는 미동조차 하지 않고 반듯하게 누워 있었다. 하지만 그는 여전히 살아 있었고 가끔 한숨을 내쉬었다. 그렇게 한참 동안 신경을 쓰고 있던 레빈도 이젠 지쳐 버렸다. 그는 아무리 생각해 봐도 그가 말했던 '그래!'가 무슨 의미인지 알 수 없었다. 그는 이미 오래전에 자신이, 죽어 가는 사람에게서 한참 떨어져 있다는 생각이 들었다.

그는 더 이상 죽음에 대해 생각할 수 없었다. 하지만 무의식중에 그의 머릿속에는 자신이 곧 해야 할 일들이 떠올랐다. 그는 죽은 자의 눈을 감겨 주고 옷을 갈아입히고 관을 맞춰야 할 것이다. 그 순간 그는 자신이 지극히 냉정한 사람이 되었다고 느껴졌으며 슬픔도 상실감도 느낄 수 없었다. 형에 대한 연민은 더욱 느껴지지 않았다. 만약 지금 그의 마음속에 형에 대한 어떤 감정이 남아 있다고 한다면, 그는 가질 수 없는, 죽어 가고 있는 형이 지닌 지식에 대한 부러움이었다.

그는 한참을 그렇게 앉아 형의 마지막을 기다렸다. 하지만 최후의 순간은 좀처럼 찾아오지 않았다. 문이 열리며 키티가 모습을 드러냈다. 레빈은 그녀가 들어오지 못하게 하려고 자리에서 일어났다. 하지만 그가 일어서자마자 죽어 가는 사람의 움직임이 느껴졌다.

"가지 마."

니콜라이는 이렇게 말하며 손을 내밀었다. 레빈은 그에게 자신의 손을 주고는 아내에게는 나가라며 화가 난 듯 손을 내저었다.

그는 죽어 가는 사람의 손을 잡고 30분, 한 시간, 그리고 또 한 시간을 앉아 있었다. 그는 이제 죽음에 대해서는 전혀 생각하지 않았다. 그는 키티가 무엇을 하고 있을까, 옆방에는 누가 있을까, 의사가 사는 곳은 자신의 집일까, 하는 생각을 하고 있었다. 그는 식사하고 잠자고 싶었다. 그는 손을 살며시 내려놓고 형의 다리를 만져 보았다. 다리는 차갑게 식어 있었다. 하지만 환자는 아직 숨을 쉬고 있었다. 레빈은 발뒤꿈치를 들고 나가려고 했다. 그러자 환자는 다시 몸을 뒤척이며 말했다.

"가지 마."

날이 밝았다. 환자의 상태는 여전했다. 레빈은 조심스럽게 손을 내려놓으며 죽어 가는 사람을 남겨 두고는 자신의 방으로 가서 잠을 청했다. 그는 잠에서 깨어났을 때 형의 죽음에 대한 소식 대신에 환자가 다시 예전 상태가 되었다고 전해 들었다. 환자는 다시 앉아 있기도 하고 기침하면서 먹기도 했으며 말할 수도 있었다. 그는 죽음에 관해 언급하지 않았으며 다시 좋아질 것이라는 희망의 빛을 내비쳤다. 그리고 전보다 더욱 예민하게 굴었고 어두운 사람이 되었다. 그 누구도, 동생도 키티도 그를 달랠 수는 없었다. 그는 모든 사람에게 화를 냈고 모두에게 불쾌하게 말했다. 자신이 괴로워서 모든 사람을 비난했으며 모스크바에 있는 명의를 불러오라고도 했다. 그리고 그에게 기분이 어떠냐고 묻는 사람에게 경멸과 비난이 섞인 어조로 이렇게 말했다.

"너무 괴로워. 도저히 참을 수 없을 만큼!"

환자의 고통은 시간이 흐를수록 점점 더해 갔다. 특히 그는 어쩔 도리가 없는 욕창으로 괴로워했다. 그는 모든 일에 대해 화를 냈으며, 특히 모스크바에서 명의를 데려오지 않았다는 이유로 주변 사람들에게 자주 화를 냈다. 키티는 그를 위로하고 돕기 위해 애썼지만 헛수고였다. 레빈은 비록 그녀가 말하지는 않았지만 육체적, 정신적으로 이미 지쳤다는 것을 알았다. 니콜라이가 동생을 부른 그날 밤, 임종을 앞둔 그로 말미암아 사람들이 느꼈던 죽음에 대한 기묘한 감정은 이미 사라져 버렸다. 이제는 모두 그가 분명 죽게 되리라는 것을, 이미 반쯤은 죽은 상태나 마찬가지라는 사실을 알고 있었다.

다들 그가 빨리 죽기를 바라고 있었다. 하지만 모두 속내를 숨기며 그에게 병에 든 약을 건네기도 하고 약이나 의사를 찾아다니면서 서로를 속이고 있었다. 이 모든 것은 기만이었고 추잡하고 치욕스러우며 모욕적인 허위였다. 레빈은 자신의 성향 때문에, 또한 아픈 형을 진심으로 사랑하고 있었기에 이러한 거짓된 행동에 유독 괴로워했다.

비록 죽음을 목전에 두고 있었지만, 오래전부터 레빈은 두 형을 화해시키고 싶다는 생각을 해 왔다. 그래서 그는 세르게이 이바노비치 형에게 편지를 보냈고 답장을 받자 환자에게 읽어 주었다. 세르게이 이바노비치는 그곳에 갈 수 없는 사정에 대해 적어 보냈으며 진심으로 동생에게 용서를 구하고 있었다.

환자는 아무 말도 하지 않았다.

"형한테 뭐라고 적어 보낼까요?" 레빈이 물었다. "이젠 형님도 큰형님께 화를 내시진 않겠죠?"

"그럼, 전혀!" 이런 질문이 불쾌하기라도 하듯 니콜라이가 대답했다. "형한테 의사 좀 보내 달라고 써라."

또다시 고통의 사흘이 지나갔다. 환자의 상태는 변함없었다. 이제는 그를 본 사람은 누구라도, 호텔의 급사도, 호텔의 주인도, 손님들도, 의사도, 마리야 니콜라예브나도, 레빈도, 키티도 모두 그의 죽음을 바라고 있었다. 하지만 오직 한 사람, 환자만이 이러한 감정을 드러내지 않고 있었다. 그는 오히려 의사를 데려오지 않는다며 화를 냈고 약을 계속 먹어 가며 삶에 대한 이야기를 꺼내기도 했다. 그러면서 지속되는 고통을 아편 주사로 잊게 되는 그 순간에만 "아, 제발 빨리 끝나 버렸으면!" 혹은 "대체 언제 끝나는 것일까!" 하며 정신이 혼미한 상태에서 강렬한 진심을 중얼거리곤 했다.

고통은 일정한 속도로 더욱 강해지면서 제 몫을 다하며 그를 죽음으로 몰고 갔다. 그는 매 순간 괴로움에 몸부림쳤다.

그는 잠시도 고통을 잊을 수 없었다. 때때로 그는 의식을 잃었고 그의 온몸은 통증으로 괴로워했다. 그의 마음속에는 육체에 대한 회상과 인상, 그것을 떠올리는 것만으로도 육체 자체가 그러하듯 혐오감이 일었다. 다른 사람들의 모습과 그들이 하는 말, 그리고 자기 자신의 회상도 모두 그에게는 괴로울 뿐이었다. 주변 사람들도 그것을 알고 있었기에 모두 무의식중에 그의 앞에서는 자유롭게 행동하거나 대화를 나누지 않았다. 지금 그의 모든 삶은 오로지 고통과 그것에서 벗어나야겠다는 간절한 욕망에 집중되고 있었다.

그의 내면에서는 죽음에 대한 변화, 즉 그의 희망을 충족시켜 주고 행복으로 보이게 만드는 변화가 일어나고 있는 듯했다. 예전에는 허기와 피로, 갈증과 같은 고통과 결핍으로 생겨났던 욕망은 쾌락을 느끼게 하는 육체적 기능으로 충족했다. 하지만 지금 그에게는 그런 결핍과 고통을 채우려는 욕구가 사라졌으며 채우기 위한 시도만으로도 새로운 고통을 불러일으켰다. 그래서 그의 모든 욕망은 오로지 온갖 고통과 그 근원이 되는 육체로부터 벗어나야겠다는 단 하나의 욕망에 집중되고 있었다. 하지만 그에게는 이러한 욕망을 적절하게 표현할 수 있는 말이 없었다. 그래서 그는 그것에 관해 언급하지 않았으며, 지금까지의 습관에 따라 도저히 실현 불가능한 욕망을 충족시키려고 했던 것이다.

그는 "몸을 좀 돌려 눕혀 다오."라고 말한 뒤 곧바로 조금 전처럼 다시 눕혀 달라고 한다든가 "수프를 가져와."라고 말한 뒤 "수프 따윈 치워 버려."라고 말하기도 했다. 그리고 "무슨 말이라도 좀 해 봐. 왜 아무 말도 없는 거야."라고 말한 뒤 사람들이 이야기를 꺼내려 하면 곧바로 눈을 감으며 피곤하고 심드렁한 모습과 혐오감을 드러내곤 했다.

이 도시에 온 지 열흘째 되던 날 키티는 병이 났다. 그녀는 두통과 구토 증세를 보이며 아침 내내 자리에서 일어나지 못했다.

의사는 과로와 흥분 때문에 생긴 병이라며 그녀에게 안정을 취할 것을 권했다.

하지만 키티는 점심 식사 후에 잠자리에서 일어나 평소처럼 일감을 가지고 환자의 방으로 향했다. 그녀가 들어서자 그는 차가운 표정으로 그녀를 바라보았다. 그녀가 아프다고 말하자 그는 조소하듯 웃음을 지었다. 그날 내내 그는 계속 코를 풀어 댔으며 원망하는 듯한 신음을 냈다.

"오늘은 기분이 좀 어떠세요?" 그녀가 물었다.

"더 안 좋아요." 그가 겨우 말을 꺼냈다. "아파요!"

"어디가 아프세요?"

"이곳저곳 다."

"오늘은 정말 가시려나 봐요. 저기 좀 보세요." 마리야 니콜라예브나가 말했다. 그녀는 조용히 속삭였으나 레빈이 생각하기에 환자는 매우 예민한 상태여서 분명 그 소리를 들은 것 같았다. 레빈은 그녀에게 조용히 하라는 신호를 보내며 환자를 돌아보았다. 니콜라이는 그 말을 들었다. 하지만 그런 말도 이제 그에게 아무런 느낌을 주지 못했다. 그의 눈동자는 다른 사람을 원망하듯 여전히 긴장된 상태였다.

"왜 그런 생각을 하십니까?" 레빈은 자신을 따라 복도로 나온 그녀에게 물었다.

"자신의 몸을 쥐어뜯었어요." 마리야 니콜라예브나가 말했다.

"쥐어뜯다니요?"

"이렇게 말이에요." 그녀는 자신의 모직 옷을 잡아당기며 말했다. 그날 온종일 레빈은 환자가 자신의 몸을 움켜잡으며 마치 무언가를 벗겨 내리는 듯한 움직임을 보았다.

마리야 니콜라예브나의 예상은 들어맞았다. 밤이 되려 하자 환자에게는 이미 손을 들어 올릴 힘조차 남아 있지 않았다. 그는 어딘가에 집중하는 모습을 보이며 정면을 멍하니 바라보고 있었다. 동생과 키티가 그의 눈에 잘 띄도록 몸을 굽혀도 그는 멍하니 앞만 바라보았다. 키티는 임종 기도를 드릴 사제를 데려오기 위해 사람을 보냈다.

사제가 기도문을 읽는 동안, 죽어 가던 사람은 전혀 산 사람의 빛을 보이지 않았다. 그의 눈은 감겨 있었다. 침대 옆에는 레빈과 키티, 마리야 니콜라예브나가 서 있었다. 사제가 기도를 다 끝내기도 전에 죽어 가는 사람은 몸을 쭉 편 뒤 한숨을 푹 쉬고는 눈을 떴다. 기도를 마친 사제는 차가운 이마에 십자가를 댔다. 그러고는 그것을 천천히 견대 안에 감아넣은 뒤 2분 정도 가만히 서 있다가 차갑게 식어 버린 창백한 큰 손을 만져 보았다.

"임종하셨습니다." 사제는 이렇게 말한 뒤 나가려고 했다. 하지만 갑자기 딱 들러붙어 있던 죽은 자의 콧수염이 조금 움직였고, 정적을 가르며 가슴속에서 쥐어 짜낸 듯한 또렷하고 날카로운 목소리가 들려왔다.

"아니, 아직…… 이제 곧."

1분 정도 지나자 갑자기 그의 안색이 환해지며 콧수염 아래로 미소가 떠올랐다. 그곳에 있던 여자들은 분주하게 죽은 사람을 위한 준비를 시작했다.

형의 모습과 눈앞에서 바라본 그의 죽음은 형이 자신을 찾아왔던 가을밤, 그의 마음을 가득 채웠던 이해할 수 없는 무언가와 더불어 죽음이 가까워지고 있다는 생각과 결코 그것을 피할 수 없다는 생각으로 다시 공포감을 불러일으켰다. 이러한 감정은 전보다 더욱 강렬하게 다가왔다.

그는 그때보다 더욱 강렬하게, 자신은 죽음을 이해할 수 없다는 것을 느꼈다. 그리고 죽음의 불가피함이 더욱 두렵게 느껴졌다. 하지만 지금 그의 곁에는 아내가 있었기에 그를 절망으로까지 몰고 가지는 않았다. 그는 죽음이 존재함에도 여전히 살아가야 하고 또 사랑해야만 한다는 것을 느꼈다. 그는 사랑이 자신을 절망 속에서 구해 주었으며, 절망의 위협 속에서 그 사랑이 한층 더 강해지고 숭고해졌다는 것을 느낄 수 있었다.

죽음이라는 이해할 수 없는 신비로움이 채 사라지기도 전에 그를 사랑과 삶으로 이끄는 또 하나의 불가해한 신비로움이 나타났다.

의사는 키티에 대한 자신의 예상을 확인했다. 그녀가 병이 난 이유는 바로 임신 때문이었던 것이다.

 알렉세이 알렉산드로비치는 벳시와 스테판 아르카디이치와 대화를 나눈 뒤, 그들이 원하는 것은 자신이 아내를 자유롭게 해 주고 자신의 존재가 더 이상 그녀를 괴롭히지 않도록 하는 것임을 알게 되었다. 그녀 역시 그것을 원하고 있다는 것을 알았기에 그는 스스로 무언가를 결정할 수도 없었고 자신이 지금 원하는 것이 무엇인지도 알 수 없었다. 그래서 그는, 이 모든 사건과 관련해 만족해하며 관여하고 있는 사람들에게 모든 것을 맡기며 그들의 생각에 전적으로 동의했다. 하지만 안나가 집을 떠난 뒤 영국인 가정 교사가 전보를 보내, 그가 혼자 식사할 것인지 아니면 그녀와 함께 식사할 것인지에 대해 물었을 때 그제야 비로소 그는 자신이 처한 상황을 뚜렷하게 인식하고는 경악할 수밖에 없었다.

 그는 도저히 자신의 과거와 현재를 결합시켜 조화롭게 할 수 없었기에 몹시 난감했다. 그가 심란했던 이유는 아내와 행복하게 보냈던 과거 때문이 아니었다. 과거의 그날부터 아내의 부정이 있었던 고통스러운 날들도 이미 지나가 버렸다. 그는 괴로웠지만 이해할 수 있었다. 만약 그때 아내가 자신의 부정을 밝히고 떠났다면, 그는 슬픔에 잠겨 불행한 나날을 보냈겠지만 지금처럼 스스로도 이해할 수 없는 난감한 상황에 처하지는 않았을 것이다.

 그는 지난날 앓아누웠던 아내와 다른 남자의 자식을 향한 자신의 사랑과 감동, 관용을 현재 자신의 처지와 연결해서 생각할 수 없었다. 자신의 행위에 대한 대가인 듯 그는 외롭고 수치스러운 조롱거리가 되었으며 누구도 원하지 않는, 모든 사람에게 경멸받는 사람이 된 것이다.

아내가 집을 나간 뒤 이틀간 알렉세이 알렉산드로비치는 청원자와 사무장을 만나고 회의에도 참석하며 평소처럼 식당에서 식사했다. 왜 자신이 이러고 있는가에 대해서는 생각해 보지도 않은 채 그는 이틀간 차분하고 침착한 모습을 보이기 위해 모든 정신을 집중했다. 그는 안나 아르카디예브나의 물건과 방을 어떻게 처리해야 하는지 물어 왔을 때도 스스로 무척 애를 쓰며 그러한 일은 예상치 못하게 일어나는 것이 아닌, 으레 일어날 수 있는 일이라 생각하는 사람처럼 보이려고 노력했다. 그렇게 그는 자신의 목적을 이루어 냈다. 누구도 그에게서 절망의 빛을 느끼지 못했던 것이다. 하지만 아내가 집을 나간 뒤 사흘째 되던 날 알렉세이 알렉산드로비치는, 안나가 깜빡 잊고 지불하지 않은 계산서를 들고 의상실의 점원이 직접 찾아왔다는 코르네이의 말을 듣고는 그를 데려오라고 지시했다.

"각하, 이렇게 갑자기 찾아와 죄송합니다만, 만약 마님께가 보라고 말씀하시려거든 마님이 계신 곳을 알려 주십시오."

알렉세이 알렉산드로비치는 생각에 잠긴 듯했다. 적어도 점원이 보기에는 그랬다. 그러다가 그는 갑자기 몸을 돌려 책상 앞에 앉았다. 그는 두 손으로 머리를 감싸고 한참을 그렇게 앉아 있었다. 그러다가 몇 번이나 무슨 말을 하려다가 멈추었다.

주인의 기분을 파악한 코르네이는 다음에 다시 오라며 점원에게 부탁했다. 다시 혼자가 된 알렉세이 알렉산드로비치는 자신에게 더 이상 의연하고 침착한 모습을 유지할 수 있는 힘이 남아 있지 않다는 사실을 알았다. 그는 대기 중이던 마차를 취소하라고 지시하고는 아무도 들이지 말라고 전한 뒤 식사도 하지 않았다.

그는 점원의 얼굴과 코르네이의 얼굴, 그리고 이틀간 만난 모든 사람의 얼굴에서 분명히 보았던 경멸과 냉엄함이 주는 중압감을 더 이상 견딜 수 없을 것 같았다. 그는 자신을 향한 사람들의 증오를 피할 수 없을 것 같은 생각이 들었다. 왜냐하면 그 증오심은 그에게 잘못이 있어서가 아니라(만약 그렇다면 그도 어떻게든 해결하려고 노력하겠지만) 그가 치욕스럽고 불쾌하며 불행한 인간이어서 생겨난 것이기 때문이었다. 그는 자신의 마음을 무참히 찢어 놓은 그 사실 때문에 그들이 자신에게 냉정하게 대할 것임을 알았다. 상처를 입고 울부짖는 한 마리의 개를 보며 수많은 개가 달려들어 물어뜯는 것처럼, 그는 사람들이 자신을 파멸시키려 한다는 생각이 들었다. 그리고 그가 사람들로부터 빠져나갈 수 있는 유일한 방법은 자신의 상처를 숨기는 것이라고 생각했다. 그래서 그는 이틀간 무의식중에 그렇게 행동해 본 것이다. 하지만 그는 이제 수많은 사람을 대적해 나갈 힘이 더 이상 남아 있지 않다는 사실을 절감했다.

이러한 슬픔 속에서 완전히 고독하다는 생각이 들자 그의 절망감은 더욱 심해졌다. 그가 괴로움을 토로할 수 있는 사람, 고관이나 사회의 구성원으로서가 아닌, 고통에 몸부림치고 있는 한 인간으로서 그에게 연민을 품어 줄 사람은 페테르부르크에도 그 어디에도 없었다.

알렉세이 알렉산드로비치는 고아였다. 그에게 유일한 혈육은 형 한 명뿐이었다. 그들은 아버지의 모습을 기억하지 못했다. 어머니는 알렉세이 알렉산드로비치가 열 살 때 세상을 떠났다. 유산은 별로 없었다. 그들은 선제(先帝)의 총신이자 고관이었던 숙부 카레닌의 손에서 자랐다.

알렉세이 알렉산드로비치는 뛰어난 성적으로 고등학교와 대학교를 졸업했고 숙부의 도움으로 훌륭한 관리가 되었다. 그때부터 그는 오직 정치적인 야심만을 가슴에 품었다. 알렉세이 알렉산드로비치는 고등학교에서도, 대학교에서도, 또 관리가 된 이후에도 어느 누구와도 친하게 지내지 않았다. 그의 하나뿐인 형이 그와 가장 친한 사람이었으나 그의 형은 외무부에서 근무하고 있었기에 늘 외국에 머물렀다. 그러다가 형은 알렉세이 알렉산드로비치가 결혼한 지 얼마 되지 않아 외국에서 죽고 말았다.

그가 도지사로 근무하던 시절, 이제는 나이가 꽤 들었지만 그래도 젊은 도지사에 속했던 그에게, 안나의 숙모였던 귀부인이 자신의 조카딸을 소개해 주었다. 그러면서 그녀는 그가 청혼하든지 아니면 그 도시를 떠나든지 해야 하는 난감한 상황으로 그를 몰고 갔다.

알렉세이 알렉산드로비치는 한참을 고민했다. 그 당시 그에게는 결혼해야 하는 이유만큼 하지 말아야 할 이유도 많았으며 또한 조금이라도 꺼려진다면 하지 않는다는 자신의 신념을 바꿀 만한 명백한 이유도 없었기 때문이다. 하지만 안나의 숙모는 그에게, 그는 이제 처녀의 명예를 더럽힌 것이나마찬가지이며, 명예를 지키기 위해서는 의무감으로라도 청혼해야 한다는 뜻을 은근히 내비쳤다. 결국 그는 청혼했고 약혼녀이자 훗날 아내가 된 그녀에게 최선을 다해 온 마음을 바쳤다.

안나를 향한 그의 애착은 사람들과 마음을 터놓고 진지한 관계를 맺을 필요성을 없애 버렸다. 그래서 지금 그는 수많은 친지를 떠올려 봤지만 자신과 가깝게 지내는 사람은 아무도 없었다. 물론 인맥은 많았지만 우정이라 부를 만한 관계는 없었던 것이다. 알렉세이 알렉산드로비치에게는 식사에 초대할 만한 사람과 자신이 관심을 가지고 있는 일에 도움을 청할 수 있는 사람, 그리고 다른 사람의 일과 정부 사업과 관련해 논의할 사람들은 많이 있었다. 하지만 그들과의 관계는 관례와 관습에 따라 한정된 영역에서만 존재하는 것이었으며 그 영역에서 벗어날 수는 없었다. 그에게 대학교 시절 친구이자 졸업 후에는 더욱 친해져 허심탄회하게 개인사를 털어놓을 수 있는 친구가 한 명 있기는 했다. 하지만 그 친구는 멀리 떨어진 시골에서 장학사를 하고 있었다. 그러한 이유로 그가 페테르부르크에서 가장 친하게 지내며 의지할 수 있는 사람이라고는 사무장과 의사뿐이었다.

사무장 미하일 바실리예비치 슬류딘은 솔직하고 현명했으며 선량하면서도 도덕적인 사람이었다. 알렉세이 알렉산드로비치는 그가 자신에게 개인적으로 호감을 가지고 있음을 느꼈다. 하지만 지난 5년간의 업무는 그들 사이에 마음을 교류하지 못하게 만드는 벽을 쌓았다.

알렉세이 알렉산드로비치는 모든 서류에 서명한 뒤 미하일 바실리예비치를 바라보며 한동안 아무 말도 하지 않았다. 그는 몇 차례 무슨 말을 하려 했으나 차마 입이 떨어지지 않았다. 그는 '자네도 이미 내 불행에 대한 소식을 들었겠지.'라는 말까지 준비해 두고 있었다. 하지만 그는 평소처럼 "그럼 이것을 좀 해 주게."라고 말한 뒤 그를 내보냈다.

또 다른 사람인 의사 역시 그에게 호감을 가지고 있었다. 하지만 그들은 오래전부터 둘 다 바쁜 처지이니 뭔가를 망설이고 있을 시간이 없다는 사실에 암묵적인 동의를 하고 있었다.

그는 여자 친구들에 관해서는, 심지어 알렉세이 알렉산드로비치와 가장 친했던 리디야 이바노브나 백작 부인조차도 떠올리고 싶지 않았다. 모든 여자는 단지 여자라는 이유 하나만으로도 그에게 두렵고 혐오스러운 존재로 여겨졌던 것이다.

22

알렉세이 알렉산드로비치는 리디야 이바노브나 백작 부인에 대해서는 까맣게 잊고 있었지만 그녀는 그를 잊지 않았다. 그가 고독한 절망에 빠져 있던 순간에 그녀가 찾아와 그의 서재로 불쑥 들어온 것이다. 그는 책상 앞에서 두 손으로 머리를 감싼 채 조용히 앉아 있었다.

"제가 지시를 어기고 들어왔어요." 그녀는 빠른 걸음으로 방에 들어왔다. 흥분되고 갑작스러운 움직임으로 말미암아 숨을 헐떡이던 그녀는 프랑스어로 말했다. "소식은 이미 다 들었어요! 알렉세이 알렉산드로비치! 나의 친구여!" 그녀는 두 손으로 그의 손을 꽉 쥐고는 생각에 잠긴 아름다운 눈으로 그의 눈을 바라보며 말을 이어 갔다.

알렉세이 알렉산드로비치는 인상을 찌푸리며 자리에서 일어나 자신의 손을 빼고는 그녀에게 자리에 앉으라고 권했다.

"앉으시죠, 백작 부인. 난 지금 몸이 좋지 않아서 누구도 만나지 않고 있는 중입니다." 그가 말했다. 그의 입술이 떨려 오기 시작했다.

"나의 친구여!" 리디야 이바노브나 백작 부인이 그를 주시하며 반복했다. 갑자기 그녀가 미간을 치켜들어 이마에 세모꼴이 생겼다. 그러자 그다지 아름답지 않았던 그녀의 누르스름한 얼굴은 더욱 미워 보였다. 하지만 알렉세이 알렉산드로비치는 그녀가 자신에게 연민을 느끼며 당장이라도 눈물을 보일 것 같다는 생각이 들었다. 그러자 그는 감동받은 표정을 지었다. 그러고는 그녀의 포동포동한 손에 키스했다.

"나의 친구여!" 흥분한 그녀가 목이 메어 말했다. "슬픔에 무너지면 안 돼요. 많이 슬플 테지만 진정해야만 해요."

"난 무너져 버렸어요. 파멸되었다고요. 나는 더 이상 인간이 아닙니다." 알렉세이 알렉산드로비치는 그녀의 손을 놓았으나 눈물이 그렁그렁한 그녀의 눈을 계속 바라보며 말했다. "난 어디에서도, 심지어 내 마음속에서도 의지할 것을 찾을 수가 없어요. 그래서 난 내 처지가 너무 두렵습니다."

"당신은 의지할 것을 찾게 될 거예요. 내가 아닌 다른 곳에서 한번 찾아보세요. 물론 난 당신이 우리의 우정을 믿어 주기를 바라고 있지만요." 그녀가 한숨을 내쉬며 말했다. "우리가 의지할 것은 사랑이에요. 하느님께서 남겨 주신 사랑이요. 그분께서 우리에게 지어 주신 짐은 무겁지 않아요." 그녀는 알렉세이 알렉산드로비치에게도 익숙한 기쁨이 가득 찬 눈빛으로 말했다. "하느님은 분명 당신을 지켜 주시고 도와주실 거예요."

알렉세이 알렉산드로비치는 이 말을 통해 자신의 고매한 감정에 도취된 듯한 감동을 받았다. 그리고 최근에 페테르부르크에서 유행하는, 그의 생각으로는 지나치다고 느껴질 만큼 새롭고 열정적이며 신비로운 분위기를 느꼈으나 지금 그에게는 그 말이 유쾌하게 들렸다.

"나는 나약한 인간이에요. 파멸한 인간이에요. 내겐 미래가 보이질 않아요. 지금은 아무것도 모르겠어요."

"나의 친구여!" 리디야 이바노브나가 반복했다.

"지금 여기에 존재하지 않는 것에 대해 말하고 있는 게 아니에요. 그런 게 아닙니다." 알렉세이 알렉산드로비치가 말을 이어 갔다. "난 그것을 아쉬워하진 않아요. 하지만 현재 나의 입장 때문에 사람들 앞에서 수치심을 느낄 수밖에 없습니다.

한심한 일이지요. 하지만 그래도 어쩔 수 없어요. 도무지 어찌할 도리가 없어요."

"나를 비롯한 세상 모든 사람이 감탄하는 위대한 관용은 당신이 행한 일이 아니에요. 당신 안에 계신 하느님이 하신 일이죠." 리디야 이바노브나는 기쁨에 가득 찬 눈을 치켜뜨며 말했다. "그러니 당신은 자신의 행동에 대해 부끄러워할 필요가 없어요."

알렉세이 알렉산드로비치는 얼굴을 찌푸렸다. 그러고는 두 손을 구부려 손가락을 꺾으며 똑똑 소리를 내기 시작했다.

"모든 상황을 충분히 고려해 주셔야 합니다." 그가 날카로운 목소리로 말했다. "사람이 가진 힘은 한계가 있습니다, 부인. 그리고 난 그 한계에 다다랐습니다. 난 오늘 온종일 새롭고 외로운 생활에서 나오는(그는 '나오는'이라는 말을 강조했다.) 온갖 지시들을, 집안일에 관한 지시들을 내려야 했습니다. 하인들, 가정 교사, 각종 청구서들…… 이런 사소한 일들 때문에 내 모든 힘이 소진돼 버렸어요. 난 이제 더 이상 버틸 힘이 없습니다. 식사하다가…… 어제 난 하마터면 자리를 뛰쳐나올 뻔했습니다. 나를 보는 아들의 눈빛을 견딜 수가 없었거든요. 그 아이는 내게 현재 우리의 상태가 어떻게 된 건지 묻진 않았어요. 하지만 궁금해하는 것 같았습니다. 난 그 눈빛을 도저히 견뎌 낼 수가 없었어요. 그 아이는 나를 보는 것을 두려워하고 있어요. 하지만 그뿐만이 아닙니다……"

알렉세이 알렉산드로비치는 점원이 가져온 청구서에 관해 언급하려고 했지만 목소리가 떨려 와 차마 말을 꺼낼 수 없었다. 그는 파란 종이에 적힌 모자와 리본에 대한 청구서를 자신에 대한 연민을 느끼지 않고서는 떠올릴 수 없었다.

"나도 다 알아요, 나의 친구여!" 리디야 이바노브나 백작 부인이 말했다. "나도 잘 알고 있어요. 당신이 내게 도움을 청하고 내게서 위안을 얻을 거라고 생각하지 않아요. 하지만 할 수 있다면 나는 당신께 조금이나마 도움이 되고 싶은 마음에 찾아온 거예요. 내가 당신의 불필요한 근심들을 덜어 줄 수만 있다면…… 이런 상황에서는 특히 여자의 조언과 지시가 필요하니까요. 그러니 내게 맡겨 주시겠어요?"

알렉세이 알렉산드로비치는 고마워하며 조용히 그녀의 손을 잡았다.

"우리 힘을 합쳐 세료쥐아를 보살펴 줘요. 실질적으로 내가 도움이 되진 않겠지만 그래도 해 볼게요. 당신 댁의 가정부가 되어 볼게요. 하지만 내게 고마워할 필요는 없어요. 이건 나 자신이 하는 일이 아니니까……."

"난 당신께 감사하지 않을 수 없군요."

"하지만 나의 친구여! 지금 하신 말씀처럼 감정에 무너지면 안 돼요. '자신을 스스로 낮추는 자는 높아질 것이다.'라는 가장 중요한 기독교 정신을 부끄럽게 여기고 계시잖아요. 그리고 내게 고마워하지 마세요. 하느님께 감사드리고 그분께 도움과 구원을 청하세요. 우린 오로지 하느님 안에서만 평화와 위로, 구원과 사랑을 찾을 수 있으니까요."

그러고 나서 그녀는 하늘을 바라보며 기도하기 시작했다. 알렉세이 알렉산드로비치는 침묵하고 있는 그녀의 모습을 통해 알 수 있었다.

알렉세이 알렉산드로비치도 이제 그녀의 말에 귀 기울이고 있었다. 그러자 전에는 불쾌할 정도는 아니었으나 다소 과장되게 느껴졌던 표현들이 지금 그에게 지극히 자연스럽고 위안이 되는 것처럼 여겨졌다. 알렉세이 알렉산드로비치는 이 낯설고 열정적인 느낌이 좋지는 않았다. 그는 오로지 정치적인 관점 때문에 종교에 관심을 가지고 있는 신자였다. 그러한 이유로 그에게 새로운 해석을 가능케 하는 새로운 교의는 논쟁과 분석이 뒤따른다는 이유 때문에 썩 내키지 않았던 것이다. 그는 지금껏 새로운 교의에 대해서는 냉담하고도 적대적인 입장을 고수하고 있었다. 하지만 그는, 이 교의에 심취한 리디야 이바노브나 백작 부인과는 지금껏 한 번도 논쟁을 벌인 적이 없었고, 늘 침묵으로 일관하며 그녀의 도전을 피하고 있었다. 하지만 지금 그는 처음으로 만족감을 느끼며 그녀의 말에 귀를 기울였고 거부감도 느끼지 않았다.

"난 정말, 정말로 당신께 고마워하고 있어요. 도움과 조언을 주신 것에 대해서 말입니다." 그는 그녀가 기도를 마치자 이렇게 말했다. 리디야 이바노브나 백작 부인은 또 한 번 두 손으로 친구의 손을 잡았다.

"그럼 이제 난 바로 일을 시작하겠어요." 그녀는 잠시 침묵한 뒤 얼굴에서 눈물을 닦아 내고는 미소를 지으며 말했다. "세료쥐아한테 가 볼게요. 그리고 내가 도무지 어쩔 수 없는 상황이 올 때만 당신과 상의할게요." 그러고 나서 그녀는 자리에서 일어나 밖으로 나갔다.

리디야 이바노브나 백작 부인은 세료쥐아의 방으로 들어
갔다. 그리고 그곳에서 그녀는 겁에 질린 듯한 아이에게 아버
지는 훌륭한 사람이고 어머니는 죽었다고 말하며 아이의 얼
굴을 눈물로 적셨다.

리디야 이바노브나 백작 부인은 자신이 한 약속을 지켰다.
실제로 그녀는 알렉세이 알렉산드로비치의 집안일과 지시를
내리는 일들을 맡아서 처리했다. 하지만 그녀 자신이 스스로
실질적인 도움은 되지 않을 거라고 말했던 것은 결코 과장이
아니었다. 그녀가 내린 지시는 모두 불가능한 일들이었기에
수정되어야만 했던 것이다. 그러한 일은 알렉세이 알렉산드
로비치의 하인인 코르네이가 맡아서 잘 수정해 주었다. 지금
그는 눈에 띄지 않게 카레닌가의 모든 일을 맡아서 처리하고
있었으며, 주인이 옷을 갈아입을 때면 차분하고 조심스러운
태도로 그에게 필요한 것을 보고했다. 하지만 리디야 이바노
브나의 도움도 아주 큰 효과가 있었다. 그녀는 알렉세이 알렉
산드로비치에게 그를 향한 자신의 사랑과 존경을 느끼게 해
주었으며 그에게 정신적 지주가 되어 주었던 것이다. 그녀는
그를 기독교의 세계로 이끌었다. (그 생각은 그녀에게 커다란 위
안이 되었다.) 다시 말해, 무관심하고 냉담한 신자였던 그를 그
녀가, 최근에 페테르부르크 전역에 퍼진 기독교 교의에 대한
새로운 가르침을 열정적으로 지지하는 신자로 만들었던 것이
다.

새로운 해석을 믿는 것은 알렉세이 알렉산드로비치에게
어렵지 않은 일이었다. 알렉세이 알렉산드로비치는 리디야

이바노브나를 비롯해 그녀와 같은 견해를 지닌 사람들처럼 심오한 상상력과 상상이 불러일으킨 생각이 실재와 융합되어 현실성을 지니는 정신적 능력을 전혀 가지고 있지 않았다. 무신론자들에게 존재하는 죽음이 그에게는 존재하지 않았고, 자신은 완전한 믿음을 가지고 있으며 또한 스스로 신앙에 대해 판단할 수 있는 능력이 있다고 생각했기에 그는 자신의 마음속에는 이제 죄가 없다고 믿었다. 그리고 자신은 이미 완전히 구원을 받았다고 여기며 이러한 생각이 불가능하다거나 비합리적이라는 것을 전혀 인식하지 못했다.

실제로 알렉세이 알렉산드로비치는 자신의 믿음이 경박하고 옳지 않다는 것을 어렴풋이 느끼고 있었다. 그는 자신의 관용이 하느님이 시키신 일이라고는 전혀 생각하지 않았다. 그는 지금처럼 매 순간마다, 자신의 정신에 그리스도가 존재하고 있으며 서류에 서명할 때도 그분의 의지에 따라 수행하고 있다는 생각을 할 때보다 그런 생각을 하지 않고 자신의 감정에 충실할 때가 훨씬 더 행복하다는 사실을 알고 있었다. 하지만 알렉세이 알렉산드로비치는 그렇게 생각해야만 했다. 비록 그것이 인위적인 것이라 할지라도, 그가 이렇게 수치스러운 상황에 놓여 모든 사람에게 경멸을 당하고 있는 지금, 그는 그들을 경멸할 수 있는 높은 자리에 올라서야 했기 때문이다. 그러한 이유로 그는 진정한 구원을 갈망하듯 자신의 상상 속에 존재하는 구원에 의존했다.

## 23

리디야 이바노브나 백작 부인은 처녀 시절, 부유하고 지체 높은 호남이자 몹시 방탕한 남자를 만나 결혼했다. 결혼한 지 두 달 만에 남편은 그녀를 버렸다. 그녀는 남편의 온화함에 호소하며 정열적인 믿음에 대해 써서 보냈지만 그는 그저 조소를 보내며 적대적으로 대했을 뿐이었다. 백작 부인의 선량함과 정열에 대해 잘 알고 그녀에게서 어떠한 단점도 발견하지 못한 사람들은 그러한 그의 태도를 도저히 이해할 수 없었다. 그들은 이혼하지는 않았으나 그때부터 별거를 시작했다. 남편은 아내를 만날 때면 항상 이유도 없는 사악한 조소를 보이곤 했다.

이미 오래전부터 리디야 이바노브나는 남편을 사랑하지 않았다. 하지만 그녀는 그 후에도 누군가를 계속 사랑해 왔다. 그녀는 동시에 몇 사람을 사랑하기도 했으며 그 상대는 남녀를 불문했다.

그녀는 어떤 방면에 유독 특출한 모습을 보이는 사람들을 무조건 사랑했다. 그녀는 황족과 새로이 친분을 맺은 왕자와 왕녀들을 사랑했다. 대주교와 주교를, 사제를 사랑했다. 그리고 기자와 슬라브주의자 세 사람을, 코미사로프를 사랑했다. 또한 장관과 의사를, 영국인 선교사를, 그리고 카레닌을 사랑했다. 이 모든 사랑은 때때로 약해지기도 하고 또 강해지기도 했으나 그녀가 궁정과 사교계의 넓고도 복잡한 관계를 이어 나가는 데 있어 결코 방해가 되지는 않았다. 하지만 카레닌이 불행해지고 그녀가 특별히 그에게 신경을 쓰면서 카레닌의 집안일을 처리하며 그의 행복을 걱정하게 된 후부터 그녀는 다른 사랑은 진실이 아니며 지금은 오직 카레닌 단 한 사람에게만 진실한 사랑을 느끼고 있다고 생각했다. 그녀가 지금 그에게 느끼는 감정은 지금껏 느껴 왔던 어떤 것보다 강렬한 것이었다.

그녀는 현재 자신의 감정을 다각도에서 분석해 보고 이전의 감정들과 비교해 보면서 다음과 같은 분명한 사실을 발견했다. 만약 코미사로프가 황제의 목숨을 구하지 않았다면 자신은 그를 사랑하지 않았을 것이고, 슬라브와 관련된 문제가 없었다면 자신은 리스티치-쿠드쉬쓰키를 사랑하지 않았을 것이다. 하지만 카레닌을 사랑하는 이유는 고상하고 불가해한 그의 영혼 때문이었으며, 자신이 유독 사랑스럽다고 느끼는 가늘고 길게 늘어지는 그의 목소리, 지쳐 보이는 눈동자, 그의 성격과 핏줄이 보이는 부드럽고 하얀 손 때문이었다. 그녀는 그와 만나는 것이 기뻤으며 그의 얼굴을 통해 자신이 그에게 준 영향을 찾으려고 했다.

그녀는 단지 말뿐만이 아니라 그의 마음에 들기 위해 전보다 더욱 몸치장에 신경을 썼다. 그러면서 때때로 만약 자신이 다른 사람의 아내가 아니었다면, 그 역시 자유의 몸이었다면 어땠을까 하는 상상을 하곤 했다. 그가 방으로 들어오면 그녀는 흥분해서 얼굴이 빨개졌고 그에게 좋은 말을 들으면 기쁨의 미소를 감출 수가 없었다.

리디야 이바노브나 백작 부인은 벌써 며칠째 극도로 흥분된 상태였다. 안나와 브론스키가 페테르부르크에 있다는 사실을 알았기 때문이다. 그녀는 무슨 수를 써서라도 알렉세이 알렉산드로비치가 그녀를 만나지 못하도록 해야 했다. 게다가 그 끔찍한 여자가 그와 같은 도시에 있다는 사실과 언제 어디서든 그녀와 마주칠 수도 있다는 사실을 그가 알게 되어 괴로워하지 않도록 방법을 찾아야만 했다.

리디야 이바노브나는 자신의 지인들을 동원해 꼴불견인 그들(그녀는 안나와 브론스키를 그렇게 불렀다.)이 무엇을 하려는지 알아보게 했다. 그러면서 며칠간 자신의 벗이 그들과 마주치지 않도록 그의 모든 동선을 조정하려고 애썼다. 브론스키의 친구인 젊은 부관(그녀는 그에게서 보고를 받았으며, 그는 리디야 이바노브나 백작 부인에게서 이득을 챙기려 하고 있었다.)이 그들은 볼일을 다 보았기 때문에 내일 떠날 예정이라고 알려 주었다. 그제야 리디야 이바노브나는 한숨 돌릴 수 있었다. 그런데 다음 날 아침, 편지 한 통이 그녀 앞에 도착했고 필체를 알아본 그녀는 몹시 놀랐다. 그것은 안나 카레니나의 필체였다. 자작나무 껍질처럼 두툼한 종이로 만들어진 네모난 노란색 봉투 위에 안나 이름의 머리글자가 큼지막하게 적혀 있었다. 편지에서는 좋은 향기가 풍겼다.

"누가 가져왔지?"

"호텔 심부름꾼이 가져왔습니다."

리디야 이바노브나 백작 부인은 편지를 읽으려고 했지만 한동안 자리에 앉을 수도 없었다. 흥분한 나머지 지병인 천식이 발작한 것이었다. 그녀는 겨우 안정이 되자 프랑스어로 된 편지를 읽어 내려갔다.

백작 부인, 당신께 대담하게도 이런 편지를 드리는 나를, 당신의 마음속에 가득한 기독교인의 마음으로 용서해 주시길 바랍니다. 나는 아들과 떨어져 있어서 몹시 불행한 상태입니다. 진심으로 부탁드립니다. 이곳을 떠나기 전에 한 번만 그 애를 만날 수 있게 해 주세요. 이런 부탁을 드려 정말 죄송합니다. 나는 관대한 그 사람을, 나에 대한 기억으로 괴롭히고 싶지 않아서 알렉세이 알렉산드로비치 대신 부인께 부탁드리는 겁니다.

부인께서는 그 사람에 대한 우정으로 내 마음도 이해해 주실 거라 믿습니다. 세료쥐아를 내게 보내 주실 건지 아니면 정해진 시간에 내가 찾아가야 하는지 알려 주세요. 그게 불편하시다면 집 외에 다른 곳도 상관없습니다. 나는 내 간곡한 부탁을 들어주실 분의 관대함을 잘 알고 있기에 이 부탁을 반드시 들어주실 거라 믿고 있습니다. 부인께서도 그 아이를 향한 내 그리움이 얼마나 큰지, 부인의 도움이 내게 얼마나 큰 감사가 될지 알고 계실 거라 생각합니다.

안나

편지의 모든 것이 리디야 이바노브나 백작 부인의 화를 돋우었다. 편지의 내용도, 관대함에 대한 암시적 표현도, 유독 거침없는(그녀는 그렇게 느꼈다.) 말투도 말이다.

"답장은 보내지 않겠다고 전해." 리디야 이바노브나 백작 부인이 말했다. 그러고는 알렉세이 알렉산드로비치에게 1시에 궁정의 축하연에서 만나자며 편지를 썼다.

> 중요하고도 슬픈 일과 관련해 당신과 상의할 것이 있어요.
> 장소는 만나서 정하기로 해요. 당신과 우리 집에서 함께 차를
> 마시는 게 가장 좋겠지만요. 꼭 만나야만 해요. 하느님께서는 우
> 리에게 십자가를 짊어지게 하셨지만 견뎌 낼 힘도 함께 주셨습
> 니다.

그녀는 그가 조금이라도 마음의 준비를 할 수 있게 덧붙여 적었다.

리디야 이바노브나 백작 부인은 알렉세이 알렉산드로비치에게 하루에 두세 통 정도의 편지를 썼다. 그녀는 직접 만나 대화를 나눌 때는 느낄 수 없는, 우아함과 신비로움을 지닌 이 방법으로 그와 연락하는 것을 좋아했다.


24


축하연이 끝났다. 자리를 떠나려는 사람들은 사람들과 마주칠 때마다 그날 있었던 새로운 사건과 새로운 포상, 고관들의 인사이동과 관련해 이야기를 나누었다.

"만약에 마리야 보리소브나 백작 부인이 육군 장관직을 맡고 바트 코프스카야 공작 부인이 참모장직을 맡는다면 어

떻게 될까요?" 금실로 수놓은 제복을 입은 백발노인이 이번 인사이동과 관련해 질문한 키가 크고 아름다운 궁녀를 보며 말했다.

"그럼 저를 부관으로 임명하고요." 궁녀가 웃으며 대답했다.

"당신의 자리는 이미 정해져 있어요. 종교부예요. 그리고 당신의 보좌관은 카레닌입니다."

"안녕하십니까, 공작!" 노인이 곁에 다가온 남자의 손을 잡으며 말했다.

"카레닌에 대해 무슨 말씀을 나누고 계셨습니까?" 공작이 물었다.

"그 사람과 푸티아토프가 알렉산드르 네프스키 훈장을 받았습니다."

"그 사람은 이미 받은 걸로 알고 있는데요."

"아니에요. 저기 좀 보세요."

노인은, 제복을 입고 붉은 새 리본을 어깨에 두르고 국무회의의 유력 인사 중 한 명과 홀 입구에 서 있는 카레닌을 테두리에 금실로 수놓인 모자로 가리키며 말했다. "새 동전처럼 만족스러워하고 행복해하고 있군요." 그는 걸음을 멈추고는 체격이 듬직하고 잘생긴 시종의 손을 잡으며 말했다.

"아니요. 저 사람도 이제 꽤 늙었어요." 시종이 말했다.

"과로한 탓이죠. 카레닌은 현재 여러 법안을 새로 제정하고 있어요. 그는 어떠한 일이든 상세하게 설명하기 전까진 상대를 결코 놔주지 않을 겁니다."

"늦었다고요? 열정 때문에 그렇게 된 거죠. 리디야 이바노 브나 백작 부인은 지금 저 사람의 부인을 질투하고 있는 것 같군요."

"아니, 무슨 말씀이세요! 제발, 리디야 이바노브나 백작 부인에 대해서는 험담하지 말아 주세요."

"그럼 그녀가 카레닌에게 빠졌다는 사실이 나쁘다는 얘긴가요?"

"그런데 카레닌 부인이 정말 여기에 와 있나요?"

"궁정에 온 건 아니지만 페테르부르크에 와 있어요. 난 어제 그 사람이 알렉세이 브론스키와 팔짱을 끼고 모르스카야 거리를 지나가는 것을 봤어요."

"그건 그분께서……." 상급 시종은 무슨 말을 꺼내려다 말고 때마침 지나가던 황족 가문의 부인에게 길을 비켜 주며 허리를 굽혀 인사했다.

이렇게 사람들이 계속해서 알렉세이 알렉산드로비치의 이야기를 꺼내며 그를 비난하고 조소하는 동안에도 그는 지나가던 국무 위원을 불러 세우고는 그를 놓치지 않기 위해 끊임없이 자신의 재정 계획에 대해 상세하게 설명을 늘어놓고 있었다.

아내가 알렉세이 알렉산드로비치의 곁을 떠난 것과 거의 동시에, 그에게 관직에 있는 사람으로서 가장 고통스러운 일인 승진이 정체되는 일이 생겼다. 그것은 확정된 일이었으며 모두가 그 사실을 똑똑히 알고 있었다. 하지만 알렉세이 알렉산드로비치만은 자신의 출셋길이 막혔다는 것을 깨닫지 못하고 있었다. 스트레모프와의 갈등 때문인지 아내와의 불화 문제 때문인지, 아니면 알렉세이 알렉산드로비치가 규정의 한계에 다다랐기 때문인지 모르겠지만 어쨌든 관리로서의 그의 미래는 올해로서 끝났다는 것을 사람들은 분명히 느끼고 있었다. 그는 여전히 요직에 있었으며 수많은 위원회와 회의의 구성원이었다. 하지만 이제 그는 모든 것이 낱낱이 노출된 인간이었으며 누구도 더 이상 그에게 기대를 가지지 않았다. 그가 무슨 말을 꺼내든 어떤 제안을 하든 사람들은 이미 오래전에 알려진 쓸데없는 말이라고 여기는 것처럼 무시해 버렸다.

하지만 알렉세이 알렉산드로비치는 그것을 알아채지 못했다. 오히려 그는 자신이 직접적으로 정치에 관여하지 못하자 전보다 더욱 뚜렷하게 다른 사람들의 불만과 잘못된 점을 발견하게 되었으며, 그것들을 개선할 방법을 알려 주는 것이 자신의 의무라고 생각했던 것이다. 그는 아내와 헤어진 뒤 모든 행정 기관을 상대로 작성할 계획이었던, 어느 누구에게도 필요치 않은 수많은 보고서 중 하나였던 새로운 재판에 관한 첫 번째 보고서의 기초 작업에 들어갔다.

알렉세이 알렉산드로비치는 관리로서의 자신의 입지가 이제 절망적이라는 사실을 자각하지 못했다. 그는 그것에 대해 괴로워하지도 않았으며 오히려 예전보다 현재 자신의 활동에 만족하고 있었다.

'아내가 있는 자는 아내를 기쁘게 하기 위해 세속적인 것에 신경을 쓰지만 아내가 없는 자는 하느님을 기쁘게 하기 위

해 하느님의 나라에 신경을 쓴다.'

사도 바울은 이렇게 말했다. 이제 모든 일을 성서의 말씀에 따르게 된 알렉세이 알렉산드로비치는 이 구절을 종종 떠올리곤 했다. 그는 아내가 떠나고 혼자가 된 후부터 이런 계획에 따라 자신은 어느 때보다 하느님께 더 많은 봉사를 하고 있다고 생각했던 것이다.

의원은 한시라도 빨리 그에게서 벗어나고 싶어 했지만 이러한 것도 알렉세이 알렉산드로비치를 방해하지는 못했다. 그는 의원이 때마침 차르 가문의 사람이 지나가던 틈을 타 슬며시 빠져나갔을 때야 비로소 설명을 멈추었다.

홀로 남게 된 알렉세이 알렉산드로비치는 생각을 정리하기 위해 고개를 숙였다. 그러고 나서 주변을 둘러본 뒤 리디야 이바노브나 백작 부인을 만나기 위해 문 쪽으로 향했다.

'모두 다 활기차고 건강한 사람들이야.' 알렉세이 알렉산드로비치는 말끔하게 구레나룻을 다듬고 좋은 향이 나는, 위력이 있어 보이는 듯한 시종과 단정한 제복을 입은 공작의 붉은 목덜미를 보며 생각했다. 그는 그 사람들을 지나쳐 가야 했다. '세상에 존재하는 모든 것이 사악하다는 말은 진실이야.' 그는 시종의 종아리를 한 번 더 흘끗 바라보며 생각했다.

서서히 발걸음을 떼며 걸어가던 알렉세이 알렉산드로비치는 피곤한 얼굴로 자신에 관해 수군거리던 신사들에게 인사를 건넸다. 그러고는 문 쪽을 바라보며 리디야 이바노브나 백작 부인을 찾았다.

"오! 알렉세이 알렉산드로비치!" 카레닌이 노인의 옆을 지나가며 차가운 태도로 고개를 숙이자 노인이 눈을 번뜩이며 말했다. "아직 당신께 축하 인사를 못 드렸군요." 노인은 그가 새로 받은 훈장을 가리키며 말했다.

"감사합니다." 알렉세이 알렉산드로비치가 대답했다. "오늘은 정말 좋은 날이군요." 평소 습관대로 그는 '좋은'이라는 단어를 강조하며 말했다.

그는 그들이 자신을 비웃고 있다는 사실을 알고 있었다. 하지만 그는 그들에게 처음부터 적대감을 느끼고 있었기에 이미 그런 일에 익숙해져 있었다.

리디야 이바노브나 백작 부인이 문으로 들어왔다. 코르셋 위로 드러난 노란 어깨와 자신을 찾고 있는 듯한 아름답고 생각에 잠긴 눈을 발견한 알렉세이 알렉산드로비치는 깨끗한 하얀 이를 드러내며 미소를 지었다. 그러고는 그녀에게 다가갔다.

최근에 계속 그래 왔듯 리디야 이바노브나는 몸치장에 많은 공을 들였다. 그녀가 지금 이렇게 치장하는 이유는 30년 전에 그랬던 것과는 전혀 상반된 이유 때문이었다. 그때 그녀는 무조건 화려하게 치장하려고만 했으며 그럴수록 자신이 더욱 아름다워진다고 생각했다. 하지만 지금은 그와 반대로 그녀의 나이와 외모에 어울리지 않는 과한 치장을 해서 그것이 자신의 외모와 너무 대조적으로 비치지 않을까 하고 걱정했다. 그럼에도 그것은 알렉세이 알렉산드로비치에게 꽤 효과가 있었다. 그는 그녀를 상당히 매력적으로 느낀 것이다. 그에게 있어 그녀는 자신을 둘러싼 적의와 조소의 망망대해

속에서 단 하나의 우호적인 섬이었을 뿐만 아니라 사랑의 섬이었기 때문이다.

그는 사람들의 조소하는 시선들 사이를 지나쳐 마치 식물이 햇빛을 향하듯 사랑이 담긴 그녀의 눈동자 쪽으로 저절로 이끌려 갔다.

"축하드려요." 그녀는 눈으로 훈장을 가리키며 말했다.

그는 만족감에 젖은 미소를 억제하며 자신을 기쁘게 하기에 이 정도로는 부족하다는 듯 눈을 감고는 어깨를 으쓱했다. 하지만 리디야 이바노브나 백작 부인은 그가 아무리 부정할지라도 이것은 그에게 아주 큰 기쁨이라는 것을 알고 있었다.

"우리 천사는 잘 있죠?" 리디야 이바노브나 백작 부인이 세료쥐아의 안부를 물었다.

"솔직히 말하면 아주 잘 지낸다고 할 순 없어요." 알렉세이 알렉산드로비치는 눈썹을 치켜들며 말했다. "시트니코프도 그 애에게 불만을 갖고 있더군요. (시트니코프는 세료쥐아의 교육을 담당하는 교사였다.) 전에도 말했다시피, 그 애는 모든 사람에 대해, 특히 어린아이들에게 마음에 와 닿는 중요한 문제에 대해 시큰둥한 반응을 보이고 있어요." 알렉세이 알렉산드로비치는 업무 외에 유일한 관심을 가지고 있었던 아들의 교육 문제에 관한 자신의 생각을 말하기 시작했다.

알렉세이 알렉산드로비치가 리디야 이바노브나의 도움으로 다시 일상으로 복귀했을 때 그는 자신에게 남겨진 아들의 교육에 힘쓰는 것이 자신의 의무라고 생각했다. 그는 지금껏 단 한 번도 교육 문제에 관여한 적이 없었기 때문에 이 문제와 관련된 논리적인 연구를 위해 한동안 시간을 할애했다. 그는 인류학과 교육학, 교수법과 관련된 책을 여러 권 훑어보며 직접 교육에 대한 계획을 세웠고, 그것을 담당할 훌륭한 교사를 페테르부르크에서 데려와 실행에 옮겼다. 이 문제는 계속해서 그의 마음속에 자리 잡고 있었다.

"그래요. 하지만 가장 중요한 건 마음이에요. 난 그 아이한테 아버지와 같은 마음이 있을 거라 생각해요. 그런 마음을 지닌 아이는 절대 나빠질 수 없어요." 리디야 이바노브나가 열띤 어조로 말했다.

"그래요. 어쩌면 그럴지도 모르죠……. 하지만 나는 내가 해야 할 일을 하고 있는 겁니다. 이것이 내가 할 수 있는 전부이기도 하고요."

"참, 우리 집에 와 주실 거죠?" 리디야 이바노브나 백작 부인은 잠시 말을 멈춘 뒤에 이렇게 말했다.

"당신에게는 조금 마음 아플 일과 관련해 상의할 게 있거든요. 그 기억에서 당신을 구할 수만 있다면 난 어떠한 일도 할 수 있어요. 하지만 다른 사람들은 그렇게 생각하지 않겠죠. 난 그녀에게 편지를 받았어요. 그녀는 여기 페테르부르크에 있어요."

알렉세이 알렉산드로비치는 아내에 대한 이야기를 듣자 몸서리를 쳤다. 하지만 곧 그의 얼굴에는 이 일과 관련해서는 마치 죽은 사람처럼 완벽하게 무력함을 드러내는 굳은 표정이 드러났다.

"예상하고 있었습니다." 그가 말했다.

리디야 이바노브나 백작 부인은 환희에 찬 눈으로 그를 천천히 바라보았다. 그녀는 그의 관대함에 감동한 나머지 눈물을 흘렸다.


25


알렉세이 알렉산드로비치는 고풍스러운 도자기들과 초상화로 장식된 리디야 이바노브나 백작 부인의 작고 아늑한 서재로 들어갔다. 백작 부인은 그곳에 없었다. 그녀는 옷을 갈아입는 중이었다.

테이블보를 씌운 둥근 테이블 위에는 중국산 다기 세트와 알코올램프가 딸린 은제 찻주전자가 놓여 있었다. 알렉세이 알렉산드로비치는 서재에 걸린 수많은 낯익은 초상화들을 둘러보았다. 그러고는 테이블 앞에 앉아 그 위에 있던 복음서를 펼쳤다. 백작 부인의 실크 드레스 옷자락이 스치는 소리가 들리자 그는 그쪽을 돌아보았다.

"이제야 편히 앉아 있을 수 있겠군요." 리디야 이바노브나 백작 부인이 설레는 듯한 미소를 짓고는 테이블과 소파 사이를 빠르게 지나오며 말했다. "차 마시면서 천천히 얘기해요."

리디야 이바노브나 백작 부인은 몇 마디 말을 건넨 뒤 깊은 한숨을 내쉬고는 상기된 얼굴로 자신이 받은 편지를 알렉세이 알렉산드로비치에게 건네주었다.

편지를 읽어 내려가던 그는 한동안 아무 말도 하지 않

왔다.

"내게 그녀의 부탁을 거절할 권리는 없겠죠." 그는 눈을 들며 조용히 말했다.

"나의 친구여! 당신은 어떤 누구도 악하다고 생각하지 않는군요!"

"아뇨, 그렇지 않습니다. 난 이 세상 모든 것은 악하다고 생각해요. 하지만 거절하는 건 옳지 않다는 생각이……."

그의 얼굴에는 망설임과 스스로도 이해할 수 없는, 이 일과 관련한 조언과 도움, 그리고 지시를 구하는 표정이 드러났다.

"아니에요." 리디야 이바노브나 백작 부인이 그의 말을 가로막았다. "어떠한 일에도 한계라는 것이 존재해요. 물론 부도덕한 문제라면 나도 이해할 수 있어요." 그녀는 여자를 부도덕함으로 이끄는 게 무엇인지 도저히 이해할 수 없었기에 불분명한 어조로 말했다. "하지만 이 잔인함은 도저히 이해할 수 없어요! 그리고 누구를 겨냥한 거죠? 바로 당신이잖아요! 어떻게 당신이 계신 이 도시에 그토록 태연하게 머물 수가 있죠? 아니에요. 사람은 사는 동안 많은 걸 배워야 해요. 이 일로 말미암아 난 당신의 숭고함과 그녀의 비열함을 알게 됐어요."

"하지만 누가 돌을 던질 수 있겠어요?" 알렉세이 알렉산드로비치는 마치 자신이 맡은 역할에 심취한 듯한 얼굴로 말했다.

"난 모든 걸 용서했습니다. 그러니 그녀가 원하는 것, 즉 아들을 향한 사랑이 원하는 것을 막을 순 없어요."

"하지만 이걸 사랑이라고 할 수 있을까요, 네? 그게 진실한 마음일까요? 당신이 용서했고 지금도 용서하고 있다고 해도 말이죠. 우리에게 그 천사의 영혼을 어지럽힐 권리가 있다고 생각하세요? 그 아이는 엄마가 죽었다고 알고 있어요. 그 아이는 그녀를 위해 기도하고 그녀의 죄를 용서해 달라고 빌고 있어요. 게다가…… 그게 얼마나 다행인지 몰라요. 그런데 만약 이런 상황에서 그런 일을 벌인다면 아이는 어떤 생각을 갖게 될까요?"

"거기까진 미처 생각하지 못했군요." 알렉세이 알렉산드로비치는 수긍하는 듯한 태도로 말했다.

리디야 이바노브나 백작 부인은 두 손으로 얼굴을 가린 채 한동안 침묵했다. 그녀는 기도하고 있었다.

"만약 내 생각이 궁금하시다면……." 그녀는 잠시 기도한 뒤 얼굴에서 손을 떼고 말했다. "난 그렇게 하시라고 권하고 싶진 않아요. 이 일은 분명 당신을 괴롭게 만들고, 또 당신의 상처를 건드리게 될 테니까요. 하지만 늘 그래 왔듯 당신이 그것을 견뎌 낸다고 쳐요. 과연 그게 무슨 도움이 될까요? 당신에게는 또 한 번의 고통을 주는 것이고 아이에게도 고통을 줄 뿐이잖아요? 그녀에게 인간적인 면이 조금이라도 남아 있다면 이런 일을 결코 바라서는 안 되는 거죠. 그러니 난 한 치의 망설임도 없이 그렇게 하지 말라고 하겠어요. 그리고 당신이 허락해 주신다면 그녀에게 편지를 쓸 생각이에요."

알렉세이 알렉산드로비치는 그녀의 생각에 동의했다. 그

래서 리디야 이바노브나 백작 부인은 프랑스어로 편지를 썼다.

부인께 드립니다. 아이에게 당신의 모습을 떠올리게 한다면 분명 아이는 궁금해할 것이며, 그에 대한 답을 하기 위해서는 아이의 마음속에 숭고하게 남아 있어야 할 것들을 훼손하게 될 것입니다. 그러므로 이 일과 관련해서는 기독교적인 사랑으로 당신의 남편께서 거절의 의사를 밝히셨으니 부디 이해해 주시길 바랍니다. 하느님의 은총이 함께하길 바라며.

백작 부인 리디야

리디야 이바노브나 백작 부인은 이 편지를 통해 스스로 감추고 있던 은밀한 목적을 이루었다. 즉, 이 편지는 안나를 철저하게 모욕한 것이었다.

리디야 이바노브나의 집에서 돌아온 그날, 알렉세이 알렉산드로비치는 평소처럼 자신의 일에 집중할 수도 없었고, 그곳에서 전부터 느껴 왔던 구원과 신자로서의 정신적 안정을 구할 수도 없었다.

아내는 그에게 수많은 죄를 지었으므로 리디야 이바노브나 백작 부인이 올바른 평가를 내린 그녀를 떠올리며 그의 마음이 혼란스러워져서는 안 될 것이었다.

하지만 그는 침착할 수 없었다. 그는 자신이 읽고 있던 책의 내용을 이해할 수도 없었고, 그녀에게 저질렀던 잘못(이제

와서 돌이켜 보니 그렇게 생각되었던)에 대한 수많은 상념 때문에 괴로웠다. 경마장에서 돌아오던 길에 그녀가 자신의 부정을 고백했던 일, 또 그것을 자신이 어떻게 받아들였는지에 대한 기억, 특히 그녀에게 자신의 체면치레만을 원하고 상대에게 결투를 신청하지 않은 기억은 후회로 남아 그를 괴롭혔다. 또한 그가 그녀에게 보냈던 편지의 내용을 떠올리자 그는 또다시 괴로워졌다. 누구도 원하지 않던 자신의 용서와 남의 자식을 돌봐 준 일은 그에게 수치스러움과 후회로 남아 가슴 깊은 곳에서 타올랐다.

그렇게 그는 그녀와 함께한 지난날을 떠올려 보았다. 그리고 한참을 망설인 끝에 그녀에게 서툰 고백으로 청혼했던 일을 떠올리며 똑같은 부끄러움과 가책을 느꼈다.

'하지만 대체 내게 무슨 잘못이 있단 말인가?' 그는 자문했다. 그리고 이 질문은 항상 그에게 또 다른 질문을 불러왔다. 모든 사람들, 브론스키나 오블론스키 같은…… 또 그 두툼한 종아리를 지닌 시종 같은 사람들이 느끼고 있는 것과 내가 느끼는 것에는 어떤 차이점이 있는 것인가. 사랑하는 방법이 다른 것인가 아니면 결혼하는 방식이 다른 것인가.

그러자 그의 눈앞에 무의식중에 그의 관심을 끌었던 패기 넘치고 의연했던, 자신에게 의혹을 품지 않았던 사람들의 모습이 잇달아 떠올랐다.

그는 이런 생각들을 떨쳐 내려고 애썼다. 그는 자신이 일시적인 삶을 사는 것이 아닌 영원을 위해 살고 있으며, 자신의 마음속에 평화와 사랑이 있다고 믿고 싶었다. 하지만 자신이 이 일시적이고 보잘것없는 삶에서 저지른 몇 가지 잘못 때문에 영원한 구원은 존재하지 않을 거라는 생각이 들자 괴로워졌다. 하지만 이러한 유혹은 오래가지 않았다. 알렉세이 알렉산드로비치의 마음속에는 곧 예전과 같은 평온함과 숭고함이 되살아났으며 그로 말미암아 기억하고 싶지 않은 일들을 떨쳐 낼 수 있었다.

## 26

"어떻게 됐어, 카피토느이치?" 자신의 생일 전날, 볼이 빨개지도록 유쾌하게 산책하고 돌아온 세료쥐아가 자신을 내려다보며 웃고 있는 키가 크고 연로한 수위에게 자신의 주름진 외투를 건네며 물었다. "그 붕대 감은 남자는 오늘도 왔어? 아버지하고 만났어?"

"만나셨습니다. 사무장님이 가셨을 때 알려 드렸어요." 수위가 기분 좋은 눈짓을 하며 말했다. "이제 벗으세요."

"세료쥐아!" 안쪽 방으로 통하는 문가 쪽에서 가정 교사가 말했다. "혼자 벗으세요."

하지만 세료쥐아는 가정 교사의 가느다란 목소리를 듣고도 신경 쓰지 않았다. 그는 한 손으로 수위의 허리띠를 잡고 서서 그의 얼굴을 조심스럽게 올려다보았다.

"그래서 아버지는 그 사람 말을 들어주셨어?"

수위는 긍정의 의미로 고개를 끄덕였다.

붕대를 감은 관리는 벌써 일곱 번이나 알렉세이 알렉산드로비치에게 청원하러 찾아왔었다. 그래서 세료쥐아와 수위는 그에게 관심을 가지고 있었다. 언젠가 세료쥐아는 현관에서 그를 본 적이 있었다. 그가 애처로운 목소리로 자신도 아이들도 모두 죽게 될 지경이라며 수위에게 아버지를 만나게 해 달라고 요청하는 소리를 들었던 것이다.

그 후 세료쥐아는 그를 현관에서 또 한 번 마주쳐서 관심을 가지고 있었다.

"그래서 그 사람이 아주 좋아했어?" 그가 물었다.

"정말 기뻐했죠! 그 자리에서 펄쩍 뛸 정도로 흥분하며 갔어요."

"나한테 뭐 온 건 없어?" 세료쥐아가 잠시 침묵하다가 물었다.

"있어요, 도련님." 수위가 고개를 끄덕이며 조용히 말했다. "백작 부인이 보내신 겁니다." 세료쥐아는 수위가 말한 것이 리디야 이바노브나 백작 부인이 자신에게 보낸 생일 선물이라는 것을 곧바로 알아챘다.

"응? 어디 있어?"

"코르네이가 아버님께 가져갔어요. 분명 좋은 선물일 거예요."

"크기가 얼마만 해? 이만큼?"

"그보다 작지만 좋은 거였어요."

"책인가?"

"아니에요. 작은 뭉치였어요. 그럼 어서 가 보세요, 어서요.

바실리 루키티가 부르고 있어요."

수위는 점점 다가오는 가정 교사의 발소리를 듣고는, 장갑
이 반쯤 벗겨져 자신의 허리띠를 붙잡고 있는 자그마한 손을
살며시 떼어 내며 루키티가 있는 쪽으로 고갯짓을 하면서 말
했다.

"바실리 루키티, 곧 갈게요!" 세료쥐아가 진지한 바실리 루
키티를 늘 반하게 만드는 유쾌하고 사랑스러운 미소를 띠며
말했다.

세료쥐아는 몹시 즐거웠다. 그는 모든 것이 행복했다. 그
는 여름 정원을 산책하며 리디야 이바노브나 백작 부인의 조
카딸에게서 들은 좋은 소식을 수위에게 전했다. 이 즐거움은
그 관리의 기쁨과 장난감을 받은 자신의 즐거움과 합쳐져 그
에게 더욱 소중하게 느껴졌다. 세료쥐아에게 있어 오늘은 모
든 사람이 유쾌해하고 즐거워해야 하는 날인 것 같았다.

"알아? 아버지가 알렉산드르 네프스키 훈장을 받으셨대."

"알다마다요! 벌써 다들 축하하러 오셨어요."

"그래? 아버지는 기뻐하셔?"

"황제 폐하의 은총에 정말 기뻐하고 계시죠! 나리께서 그
만큼 훌륭한 일을 하셨다는 증거이기도 하고요." 수위는 엄숙
하고도 진지한 태도로 말했다.

세료쥐아는 세세한 모든 것까지 다 알고 있는 수위의 얼굴
을 바라보았다. 세료쥐아는 늘 그의 얼굴을 아래쪽에서만 쳐
다보았던 자신 외에는 분명 아무도 보지 못했을 그의 희끗희
끗한 구레나룻 사이로 늘어진 턱을 바라보며 생각에 잠겼다.

"할아범 딸은 집에 왔어?"

수위의 딸은 발레리나였다.

"평일이라 못 오죠. 그 애도 공부해야 하니까요. 그럼 도련님, 어서 공부하러 가시죠."

세료쥐아는 방으로 들어간 뒤에도 공부하지 않고 자신에게 온 선물은 분명 기계 장난감일 거라고 교사에게 말했다.

"선생님 생각은 어떠세요?" 그가 물었다.

하지만 바실리 루키티는 2시에 방문할 예정인 교사를 위해 그에게 문법을 예습시켜야 한다는 생각만 하고 있었다.

"알겠어요. 그래도 하나만 말씀해 주세요, 바실리 루키티." 세료쥐아가 책상 앞에 앉아 두 손으로 책을 집어 들며 물었다. "알렉산드르 네프스키 훈장보다 더 높은 훈장은 뭐예요? 선생님도 저희 아버지가 알렉산드르 네프스키 훈장을 받으신 걸 알고 계시죠?"

그러자 바실리 루키티는 알렉산드르 네프스키 훈장보다 높은 것은 블라디미르 훈장이라고 대답했다.

"그다음은요?"

"가장 높은 건 안드레이 페르보즈반느이 훈장이에요."

"안드레이보다 높은 건요?"

"글쎄요."

"선생님도 모르세요?" 세료쥐아는 두 손으로 턱을 괴며 생각했다.

그는 매우 복잡하고 다양한 생각을 했다. 그는 아버지가 머지않아 블라디미르 훈장과 안드레이 훈장을 받을 것이며,

그 훈장 때문에 오늘 공부 시간에는 전보다 아버지가 훨씬 더 온화한 모습을 보일 거라고 생각했다. 그리고 자기도 나중에 커서 모든 훈장을 받을 거라고, 또 안드레이 훈장보다 더 높은 게 만들어진다면 그것도 받을 거라고 말이다. 그는 그런 훈장이 만들어진다면 자신은 그것을 받을 것이고, 그보다 더 높은 것이 만들어진다면 자신은 또 그것을 받게 될 거라고 생각했다.

이런 상상을 하며 시간이 흘러갔다. 그래서 그는 교사가 방문했을 때 때와 장소, 동작과 관련된 부사에 대한 예습이 되어 있지 않았다. 교사는 이에 불만을 드러내며 화를 냈다. 교사의 애환은 세료쥐아의 마음을 동요시켰다. 그는 자신이 부사를 외우지 않은 것을 잘못이라고 생각하지 않았다. 아무리 노력해도 할 수 없었기 때문이었다. 교사의 설명을 들을 때는 모든 것을 다 이해했다고 생각했다. 하지만 혼자 남게 되면 그는 '갑자기'처럼 지극히 단순하고 이해하기 쉬운 단어가 '동작을 나타내는 부사'라는 것을 기억해 낼 수도 이해할 수도 없었다. 하지만 그는 자신이 교사를 우울하게 만들었다는 사실이 마음에 걸려 그를 위로해 주고 싶었다. 세료쥐아는 교사가 조용히 책을 보고 있는 순간을 택했다.

"미하일 이바느이치 선생님의 명명일은 언제예요?" 그가 갑자기 물었다.

"도련님은 공부에만 전념하세요. 이성적인 사람에게 명명일이란 건 아무 의미도 없어요. 그날도 일해야만 하는 평소와 똑같은 날이니까요."

세료쥐아는 교사의 얼굴과 그의 성근 수염, 그리고 코 밑까지 내려온 안경을 조심스럽게 바라보았다. 그러다 보니 어느 순간 교사의 말이 전혀 들리지 않을 정도로 생각에 잠겼다. 그는 교사의 어조에서 그의 말이 진심이 아니라는 것을 알았다.

'왜 다들 똑같이 따분하고 불필요한 얘기만 하는 걸까? 왜 선생님은 나와 친해지려 하지 않는 걸까? 왜 나를 좋아하지 않는 걸까?'

세료쥐아는 자조적인 목소리로 자문했다. 하지만 도저히 답을 찾을 수 없었다.


## 27

교사와의 수업이 끝난 뒤에는 아버지와 공부하는 시간이 있었다. 세료쥐아는 아버지를 기다리며 책상 앞에 앉아 주머니칼을 만지작거리며 생각에 잠겼다. 세료쥐아가 좋아하던 일 중에는 산책하며 어머니를 찾는 일도 있었다. 그는 원래 죽음을 믿지 않았다. 특히 리디야 이바노브나와 아버지가 어머니의 죽음에 대해 말해 주었고 확인해 주었음에도 믿지 않았다. 그래서 그는 어머니가 죽었다는 말을 들은 후에도 산책을 나갈 때마다 늘 어머니를 찾곤 했다. 풍만하고 우아한, 머리카락이 검은 부인은 모두 어머니로 보였다. 그녀들을 볼 때마다 그의 마음속에는 형언할 수 없는 온화한 감정이 차올라

숨이 막히고 눈물이 맺히곤 했다. 그는 어머니가 지금이라도 자신의 곁으로 다가와 베일을 걷어 내 주기를 기다렸다. 그렇게 어머니의 얼굴이 잘 보이게 되면 그녀는 싱긋 웃으며 그를 꼭 안아 줄 것이다. 어머니의 냄새를 맡고 부드러운 손길을 느끼면 그는 행복한 나머지 눈물을 흘리게 될 것이다. 언젠가 어머니의 무릎을 베고 누워 있던 어느 날의 저녁처럼, 어머니가 간지럼을 태워 웃음을 참지 못하며 여러 개의 반지가 끼워진 어머니의 하얀 손을 깨물었던 그때처럼 말이다.

그 후로 그는 유모에게서 얼핏 어머니가 죽지 않았다는 말을 들은 적이 있었다. 또한 아버지와 리디야 이바노브나에게서 그녀는 나쁜 사람이니(그는 어머니를 사랑해서 그 말을 믿지 않았다.) 이미 죽은 사람이나 마찬가지라는 말을 들은 후에도 그는 여전히 어머니를 찾았으며 또 기다렸다. 오늘 그는 공원에서 연보랏빛 베일을 쓴 부인을 보았다. 그는 그녀가 분명 어머니일 거라는 생각이 들자 가슴이 아파 왔다. 그는 오솔길을 따라 자신이 있는 쪽으로 다가오는 부인을 바라보았다.

하지만 그 부인은 그의 곁으로 오지 않고 사라져 버렸다. 오늘 세료쥐아는 유독 어머니가 그리웠다. 지금도 아버지를 기다리며 모든 것을 잊은 채 오로지 어머니 생각만으로 눈을 반짝이며 책상 모서리를 주머니칼로 그어 대고 있었다.

"아버님께서 오셨어요." 바실리 루키티가 생각에 잠긴 그를 깨웠다.

세료쥐아는 벌떡 일어나 아버지에게 다가갔다. 그는 아버지의 손에 입을 맞춘 뒤 아버지의 얼굴에서 알렉산드르 네프스키 훈장을 받은 기쁨의 흔적을 찾기 위해 조심스럽게 아버지를 바라보았다.

"산책은 즐거웠니?"

알렉세이 알렉산드로비치가 안락의자에 앉아『구약 성서』를 끌어당겨 펼치며 말했다. 알렉세이 알렉산드로비치는 세료쥐아에게 기독교인이라면 성서의 내용을 잘 알고 있어야 한다고 벌써 여러 차례 말했지만, 그에게『구약 성서』를 가르치기 위해서는 자신 또한 수시로 책을 살펴봐야 했다. 세료쥐아도 그것을 알고 있었다.

"네, 정말 즐거웠어요, 아버지." 세료쥐아는 의자 위에서 옆으로 몸을 돌려 흔들며 달그락 소리를 내는 금지된 행동을 하며 말했다. "나데니카를 만났어요. (나데니카는 리디야 이바노브나의 손에서 자란 그녀의 조카딸이었다.) 그 애가 아버지가 훈장을 받으셨다고 말해 줬어요. 기쁘시죠, 아버지?"

"첫째, 의자를 그렇게 흔들어서는 안 돼." 알렉세이 알렉산드로비치가 말했다. "둘째, 상을 받는 것보다 중요한 것은 일하는 거야. 그걸 알아야 해. 만약 상을 받기 위해 공부나 일을 하게 된다면 몹시 괴로울 테니까. 하지만 네가 무슨 일을 하든(이 말을 꺼내며 알렉세이 알렉산드로비치는 그날 아침 180장의 서류에 서명하는 지루한 시간 동안 오직 의무감으로 버텨 냈다는 사실을 떠올렸다.) 즐겁게 할 수 있다면 그 안에서 자연스럽게 상을 찾게 될 거야."

온화하면서도 즐겁게 반짝이던 세료쥐아의 눈은 빛을 잃고 아버지의 시선 아래로 떨어졌다. 이러한 태도는 늘 아버지가 보여 왔던, 그가 이미 오래전부터 알고 있던 모습이었다. 그래서 세료쥐아는 이런 상황에서 어떻게 대처해야 하는지도 잘 알고 있었다. 아버지는 그와 대화를 나눌 때마다 세료쥐아의 실제 모습과는 전혀 다르게, 동화책 속에서나 볼 법한 어린아이처럼 대했던 것이다. 그래서 세료쥐아는 아버지에게 항상 그런 책 속에 있는 어린아이처럼 보이기 위해 애썼다.

"너도 이해하겠지. 안 그러니?" 아버지가 말했다.

"네, 아버지." 세료쥐아는 상상 속에서 꾸며 낸 어린아이의 모습으로 말했다.

그날은 복음서에 있는 시 몇 편을 외우며 『구약 성서』의 첫 부분을 복습했다. 복음서에 있는 시에 대해서는 세료쥐아도 이미 잘 알고 있었다. 하지만 그는 한창 시를 외우던 도중에 갑자기 아버지의 관자놀이 주변에 가파르게 꺾인 이마 뼈를 바라보다가 어떤 시의 마지막 구절과 다른 시의 첫 구절을 혼동했다. 알렉세이 알렉산드로비치는 아들이 자신의 말을 이해하지 못한다는 생각이 들어 화가 났다.

그는 얼굴을 찌푸렸다. 그러고는 세료쥐아가 이미 수없이 들어 왔던, '갑자기'라는 말이 동작을 나타내는 부사라는 것처럼 너무도 잘 알고 있어서 오히려 늘 외워지지 않았던 사실에 대해 차분히 설명하기 시작했다. 세료쥐아는 몹시 놀란 눈으로 아버지를 바라보았다. 그러면서 그는 지금껏 종종 그래 왔듯, 아버지가 자신에게 지금 하고 있는 말들을 반복해 보라고 하지 않을까 하는 오직 한 가지 사실에 대해서만 생각했다. 이런 생각은 세료쥐아를 몹시 두렵게 만들어서 그는 아무것도 이해할 수 없었다. 하지만 아버지는 자신이 설명한 내용을 반복시키지는 않았고 『구약 성서』를 가르쳤다. 세료쥐아는 사건 자체에 대해서는 잘 설명할 수 있었다. 하지만 그 사건의 의미에 대해 설명해야 할 때면, 이전에도 이러한 일로 벌을 받았음에도 아무 대답도 하지 못했다.

그는 노아의 방주 이전에 나오는 족장에 대한 부분에서 아무 말도 할 수 없었기 때문에 책상을 칼로 그어 대기도 하고 의자 위에서 몸을 흔들기도 했다. 그는 살아서 승천했다는 에녹 말고는 아무것도 몰랐다. 전에는 모든 이름들을 외웠으나 지금은 하나도 기억하지 못했다. 그는 『구약 성서』에 나오는 인물 중에서 에녹을 가장 좋아했는데, 에녹이 살아서 승천했다는 사실은 그의 머릿속에 있는 긴 생각의 단서, 즉 지금 그가 아버지의 시곗줄과 절반만 채워진 조끼 단추를 응시하며 생각했던 것과 얽혀 있었기 때문이었다.

세료쥐아는 사람들이 종종 그에게 언급했던 죽음은 절대 믿지 않았다. 그는 자신이 사랑하는 사람들이 죽는다는 것을, 특히 자신이 죽는다는 사실을 믿지 않았다. 그것은 그에게 있어 절대적으로 불가능한 일이며 이해할 수 없는 것이었다. 하지만 모든 사람은 죽는다는 말을 들었다. 그래서 그는 자신이 믿고 있는 사람들에게 물어보았다. 그들은 그 사실을 확인해 주었다. 망설이기는 했지만 유모 역시 같은 말을 했다. 하지만 에녹은 죽지 않았다. 그러니 모든 사람이 다 죽는 것은 아닐 것이다.

'그런데 왜 모든 사람이 하느님의 인정을 받고 살아서 하늘로 올라갈 수 없을까?' 세료쥐아는 생각했다. 나쁜 사람들, 다시 말해 세료쥐아가 사랑하지 않는 사람들은 죽을 수 있어도 좋은 사람들은 모두 에녹처럼 되어야 할 것이었다.

"그래, 어떤 족장들이 있었지?"

"에녹, 에노스요."

"아니, 그 사람들은 아까 말했잖아. 안 되겠군, 세료쥐아. 정말 안 되겠어. 기독교 신자에게 가장 필요한 것을 네가 외우지 않는다면." 아버지가 자리에서 일어나며 말했다. "대체 넌 뭘 할 수 있겠니? 네게 실망했다. 표도르 이그나티이치(그는 주임 교사였다.)도 네게 실망이 이만저만이 아니야. 그래서 난 네게 벌을 내려야겠다."

아버지와 교사 두 사람 다 세료쥐아에게 불만을 품고 있었다. 세료쥐아는 실제로 암기 능력이 부족했다. 하지만 그를 열등하다고 볼 수는 없었다. 그는 교사가 모범생이라고 말했던 아이들보다 더 많은 재능을 가지고 있었기 때문이다. 아버지가 생각하기에 그는 가르쳐 주는 것을 배우고 싶지 않은 듯했다. 그는 그것들을 배울 수 없었다. 그의 마음은 아버지와 교사가 가르쳐 주는 것보다 훨씬 더 중요한 것을 원하고 있기 때문이다. 하지만 그것은 자신을 가르치려 했던 사람들이 원했던 것과 상반된 요구였기에 그는 그들과 정면으로 부딪칠 수밖에 없었다.

그는 이제 아홉 살밖에 안 된 어린아이였다. 하지만 그는 자신의 마음을 알고 있었으며 소중히 여기고 있었다. 그는 마치 눈꺼풀이 눈을 보호하듯 그것을 지키고 있었다. 그러면서 사랑의 열쇠 없이는 누구도 자신의 영혼 속에 들어오지 못하게 했다. 그를 가르치는 사람들은 그가 배우려고 하지 않는다며 불평을 늘어놓았다. 하지만 그의 영혼에는 배움에 대한 욕구가 가득 차 있었다. 그래서 그는 교사 대신에 카피토노이치와 유모, 나데니카, 바실리 루키티한테서 배웠다. 아버지와 교사가 자신들의 물레방아를 돌리려고 기다리고 있던 물은 오래전에 새어 나와 다른 곳으로 흘러가고 있었던 것이다.

아버지는 세료쥐아가 리디야 이바노브나의 조카딸 나데니카와 만나지 못하도록 벌을 내렸다. 하지만 세료쥐아에게 그 벌은 오히려 잘된 일이었다. 바실리 루키티는 기분이 좋은지 그에게 풍차를 만드는 법을 알려 주었다. 그는 그날 저녁 내내 풍차를 만드는 일과 어떻게 하면 자신이 탈 수 있으며, 또 잘 돌아가는 풍차를 만들 수 있을지에 대해 생각했다. 날개를 두 손으로 잡아야 할지 아니면 자신의 몸을 풍차에 묶고 돌아야 할지에 대해 상상하며 시간을 보냈던 것이다. 세료쥐아는 그날 저녁 내내 어머니에 대한 생각을 하지 않았다. 하지만 잠을 청하려는 순간 그녀가 떠올랐다. 그는 내일 자신의 생일에는 어머니가 이제 그만 숨고 자신 앞에 나타나 주기를 기도했다.

"바실리 루키티, 오늘 밤에 내가 평소와는 다르게 어떤 소원을 빌었는지 알아요?"

"공부를 더 잘하게 해 달라고 했겠죠?"

"아니에요."

"그럼, 장난감?"

"아니에요. 선생님은 모르실 거예요. 정말 좋은 일이에요. 하지만 비밀이에요! 소원이 이루어지면 그때 말할게요. 정말 모르세요?"

"네, 모르겠네요. 나중에 말해 주세요." 바실리 루키티는 평소와는 다르게 미소를 지으며 말했다. "그럼 어서 주무세요. 촛불을 끄겠어요."

"하지만 난 촛불 없이도 다 보이고 기도하는 모습이 잘 보이는데요. 아, 하마터면 비밀을 말할 뻔했네." 세료쥐아가 유쾌하게 웃으며 말했다.

바실리 루키티가 초를 가지고 나가자 세료쥐아는 어머니의 목소리를 들었고 어머니의 모습을 느꼈다. 그녀는 그의 머리맡에 서서 사랑이 가득 담긴 눈빛으로 그를 어루만져 주었다. 하지만 갑자기 풍차와 주머니칼이 나타나 모든 것이 뒤섞여 버리자 그는 곧 잠이 들었다.

28

페테르부르크에 도착한 브론스키와 안나는 일류 호텔에 묵었다. 브론스키는 아래층에 묵었고, 안나와 아기, 유모와 하녀는 위층에서 함께 방이 네 개인 큰 객실에 묵었다.

그곳에 도착한 날, 브론스키는 형의 집을 찾았다. 그곳에서 그는 모스크바에서 온 어머니를 만났다. 어머니와 형수는 평소처럼 그를 대해 주었다. 그들은 그에게 외국 여행은 어땠는지 묻기도 했고 모두가 알고 있는 지인에 대해 이야기를 나누었다. 하지만 그와 안나의 관계에 대해서는 일절 언급하지 않았다. 하지만 다음 날 아침, 형이 브론스키를 찾아와 안나에 대해 물었다. 그래서 알렉세이 브론스키는 자신과 카레닌 부인과의 관계를 결혼한 것이나 마찬가지로 생각하고 있다고 말했다. 그러면서 자신은 그녀가 이혼하기를 원하고 있고 그렇게 되면 그녀와 결혼할 것이며, 또한 결혼 전일지라도 다른 사람들과 마찬가지로 그녀를 자신의 아내로 생각할 것이니 어머니와 형수에게도 그렇게 전해 달라고 말했다.

"세상 사람들이 뭐라고 하든 전혀 상관없어요." 브론스키가 말했다. "하지만 집안사람들이 나와의 관계를 유지하길 바란다면 내 아내 역시 나와 같은 관계로 생각해야 할 겁니다."

형은 늘 동생의 판단을 존중해 왔다. 하지만 형 또한 이 문제가 해결되기 전까지는 그의 선택이 옳은지 확신할 수가 없었다. 하지만 그는 개인적으로 반대할 생각이 없었기 때문에 알렉세이와 함께 안나를 만나러 갔다.

브론스키는 다른 사람들 앞에서와 마찬가지로 형 앞에서도 안나를 당신이라 부르며 가까운 지인을 대하듯 존칭을 썼다. 하지만 그러한 태도는 이미 형이 두 사람의 관계를 알고 있다는 사실을 암시하는 것이었으며, 안나가 브론스키의 영지로 갈 거라는 말도 거론되었다.

사교계를 수없이 드나들었던 경험에도 브론스키는 현재 자신이 처한 새로운 상황에 대해 기이한 착각을 하고 있었다. 그는 이제 자신과 안나에게 사교계의 문이 닫혔다는 사실을 깨달았어야 했다. 하지만 지금 그는 그런 것은 옛날 이야기이며, 오늘날처럼 빠르게 진보하는 시대에는(그는 자신을 위해 무의식적으로 진보를 지지하고 있었다.) 사교계의 시선도 완전히 변하고 있으며, 사교계에서 자신들을 받아들일지에 관한 여부는 아직 확실치 않다는 막연한 생각을 가지고 있었다.

'물론 궁정 사회에서는 용납되지 않을 테지. 하지만 지인들은 분명 이해할 것이고 또 그래야만 할 거야.' 그는 생각했다.

언제든 원하는 대로 자세를 바꿀 수 있다는 것을 아는 사람은 다리를 꼰 채 몇 시간이고 앉아 있을 수 있다. 하지만 그 상태로 계속 앉아 있어야 한다는 것을 알게 된다면 다리에 경련이 일어나고 쥐가 날 것이며, 오로지 다리를 뻗고 싶은 욕구에만 정신이 집중될 것이다. 브론스키가 사교계에 대해 느끼는 것도 이와 마찬가지였다. 그는 사교계의 문이 자신들의 앞에서 굳게 닫혀 있다는 사실을 이미 알고 있었지만 정말로 사회가 변하지 않았는지, 자신들을 용납할지 시험해 보고 싶었던 것이다. 하지만 그는 곧 사회의 문이 자신에게 열려 있을지라도 안나에게는 결코 열리지 않으리라는 사실을 알게 되었다. 쥐와 고양이 놀이처럼 그에게는 올려졌던 손이 안나 앞에서는 바로 내려지는 것이었다.

브론스키가 페테르부르크의 사교계 부인 중에 가장 먼저 만났던 사람은 사촌 누이 벳시였다.

"드디어 돌아왔군요!" 그녀는 그를 반겼다. "안나는요? 정말 반가워요! 지금은 어디에 머물고 있어요? 여행이 워낙 즐거웠으니 이 페테르부르크가 몹시 따분할 테죠. 로마에서의 신혼여행은 정말 멋졌겠죠. 이혼 문제는 어떻게 됐어요? 이제 마무리된 건가요?"

브론스키는 벳시가 아직 이혼 문제가 해결되지 않았다는 말을 듣고는 기분이 가라앉은 것을 알아챘다.

"사람들은 내게 돌을 던지겠죠. 나도 알아요." 그녀가 말했다. "그래도 난 안나를 만나러 가겠어요. 정말, 꼭 가겠어요. 당신들은 여기에 오래 머물진 않겠죠?"

그녀는 그날 바로 안나를 찾아갔다. 하지만 그녀의 태도는 전과 같지 않았다. 그녀는 자신의 대담함을 뽐내고 있었으며 안나가 자신의 돈독한 우정을 알아주기를 바라고 있었다. 그녀는 안나에게 사교계에서 있었던 새로운 소식을 전해 주었으나 겨우 10분 정도 머물렀을 뿐이었다. 그녀는 떠나면서 이렇게 말했다.

"당신은 내게 언제 이혼할지 말해 주지 않았어요. 물론 당신은 나에 대해 전혀 신경 쓰지 않겠지만 콧대 높은 사람들은 당신들이 결혼하기 전까지는 당신들을 냉정하게 대할 거예요. 또한 그런 일은 이제 간단히 처리되니까요. 별거 아니겠죠. 금요일에 떠난다고요? 이제 더는 못 만날 것 같으니 안타깝군요."

브론스키는 벳시의 어조를 통해 자신이 사회에 바랄 수 있는 것이 무엇인지 짐작할 수 있었을 것이다. 하지만 그는 자신의 가족에게 다시 한번 시험했다. 물론 그는 어머니에게 기대를 하지는 않았다. 그는 처음 안나를 만났을 때 그토록 그

녀를 좋아하던 어머니가 지금은 아들의 출세를 막았다는 이
유로 안나에게서 마음이 돌아섰다는 사실을 알고 있었다. 하
지만 그는 형수 바랴에게는 큰 기대를 가지고 있었다. 누가
뭐래도 그녀만큼은 돌을 던지지 않고 솔직하고 결단성 있게
안나를 만나러 올 것이며 그녀를 받아들일 거라 믿었다.

이곳에 도착한 다음 날, 브론스키는 바랴를 찾아갔다. 마
침 혼자 있는 그녀를 본 브론스키는 자신의 솔직한 바람을 말
했다.

"그러니까 알렉세이." 그녀는 그의 말이 끝난 뒤에 말했다.
"내가 도련님을 얼마나 좋아하는지, 또 도련님을 위해서라면
무슨 일이든 할 수 있다는 것을 알고 있겠죠? 하지만 난 도련
님에게도, 또 안나 아르카디예브나에게도 아무 도움이 되지
못할 거란 걸 알기에 지켜보고만 있었어요." 그녀는 '안나 아
르카디예브나'라는 말을 유독 강조하며 말했다. "내가 당신들
을 비난하고 있다고 생각하진 말아요. 그런 일은 절대로 없을
테니까요. 내가 그녀였어도 똑같이 행동했을 거예요. 난 하나
하나 간섭할 생각도 없고 그럴 수도 없는 입장이에요." 그녀
는 침울한 그의 얼굴을 찬찬히 살피며 말했다. "하지만 모든
일에는 그에 적절한 태도가 있어요. 도련님은 내가 그녀를 만
나 집으로 불러들이기를 바랄 테죠. 그래서 그녀가 사교계에
다시 받아들여지기를 바라겠지만 그럴 수 없는 내 입장을 이
해해 주세요. 딸들은 점점 커 가고 있어요. 그리고 난 남편을
위해 사교계에서 활동해야만 해요. 어쨌든 안나 아르카디예
브나를 만나러 가겠어요. 그러면 그녀도 내가 집으로 초대할

수 없는 사정을 이해하겠죠. 또한 내가 그럴 수밖에 없는 건 그녀를 곱지 않은 시선으로 보는 사람들과 마주치지 않도록 하기 위해서라는 것도 알게 될 거예요. 그런 행동은 오히려 그녀에게 모욕감을 줄 테니까요. 그러니까 난 그분을 도저히 받아들일 수 없어요……."

"알겠습니다. 하지만 난 지금 형수님이 집으로 초대하는 수많은 부인보다 그녀가 더 타락했다고 생각진 않아요." 브론스키는 침울한 얼굴로 그녀의 말을 가로막았다. 그러고는 형수의 결심이 바뀌지 않을 거라는 것을 알자 조용히 일어섰다.

"알렉세이! 내게 화를 내진 말아요. 내 잘못이 아니란 걸 알아주세요." 바랴가 살며시 미소를 띠고는 그의 얼굴을 바라보며 말했다.

"형수님께 화가 난 게 아니에요." 그는 여전히 침울한 어조로 말했다. "하지만 이 일로 저는 두 배로 마음이 아프군요. 이일로 우리의 우정에 금이 갈 것이라는 사실 때문에 더 괴로워요. 깨지진 않을지라도 분명 약해질 테니까요. 저 역시 어쩔수 없다는 것을 이해해 주실 테죠."

그는 이 말을 끝으로 그녀의 집에서 떠났다.

브론스키는 더 이상의 시도는 무의미하다는 것을 알게 되었다. 그리고 이곳에 머무는 며칠 동안 불쾌함과 굴욕감을 느끼지 않기 위해서는 사교계에서 알고 지내던 사람들을 피해 낯선 도시에 온 것처럼 지내야 한다는 사실을 알게 되었다. 페테르부르크에서 머무는 동안 가장 불쾌한 일 중 하나는 어느 곳에나 존재한다고 느껴지는 알렉세이 알렉산드로비치와 그의 이름이었다. 어떤 말을 해도 알렉세이 알렉산드로비치에 관한 것이었고 어디를 가도 그와 마주칠 수밖에 없었다. 적어도 브론스키는 그렇게 생각했다. 마치 손가락을 다친 사람이 일부러 그 손가락을 자꾸 무언가에 부딪히는 듯한 기분이 들었던 것이다.

브론스키는 페테르부르크에 머무는 동안 안나가 그로서는 이해할 수 없는 새로운 감상에 빠져 있다는 생각이 들어 더욱 괴로웠다. 때때로 그녀는 그에게 완전히 빠져 있는 것처럼 보였지만 어떤 때는 차갑고 예민해져 도저히 속내를 알 수 없는 사람이 되곤 했다. 그녀는 괴로워하고 있으면서도 그 이유를 감추고 있었다. 그러면서 그의 생활을 지치게 하는, 예민한 이해력을 가진 그녀의 입장에서는 더욱 괴로웠을 모욕감을 느끼면서도 개의치 않는 듯한 모습을 보였다.


29


안나가 러시아로 돌아온 이유 중 하나는 아들을 만나기 위해서였다. 이탈리아로 갔던 그날부터 그녀는 아들을 만나야겠다는 생각을 한시도 잊은 적이 없었다. 그래서 페테르부르크에 가까워질수록 그녀는 아들과의 만남에 대한 기쁨과 그 의미가 더욱 크게 느껴졌다. 그녀는 어떤 식으로 만날 것인가에 대해서는 전혀 신경 쓰지 않았다. 그녀는 자신이 아들이 있는 곳으로 가기만 한다면 자연스럽게 아들을 만날 수 있다고 생각했기 때문이다. 하지만 페테르부르크에 도착하자 그녀는 현재 자신의 사회적 처지를 분명히 알 수 있었고 아들을 만나는 것도 쉽지 않은 일이라는 것을 알게 되었다.

그녀는 벌써 이틀째 페테르부르크에서 지내고 있었다. 그녀의 머릿속에는 아들에 대한 생각이 한시도 떠나지 않았다. 하지만 그녀는 아직 아들을 보지 못했다. 막상 알렉세이 알렉산드로비치와 마주칠 수도 있는 집으로 가려니 자신에게는 그럴 만한 권리가 없다는 생각이 들었던 것이다. 어쩌면 사람들은 그녀를 집으로 들이지 않고 그녀에게 모욕감을 줄지도 모른다. 편지로 남편과 교류한다는 것은 생각만으로도 괴로웠다. 그녀는 남편을 떠올리지 않을 때만 마음을 진정시킬 수 있었다. 그녀에게 아들이 산책 나가는 시간과 장소를 알아내 몰래 보고 오는 일은 성에 차지 않았다. 그만큼 그녀는 이 만남에 대한 기대가 컸고 아들에게 해야 할 이야기도 많았으며 그를 끌어안고 키스해 주고 싶은 마음이 컸던 것이다. 세료쥐아를 돌보던 연로한 유모가 있었다면 어떠한 방법으로라도 그녀를 도와줬을 테지만 그 유모는 이제 알렉세이 알렉산드로비치의 집에 있지 않았다. 그녀가 그렇게 머뭇거리며 유모를 찾아다니는 동안 어느새 이틀이라는 시간이 흘렀다.

사흘째 되던 날, 안나는 알렉세이 알렉산드로비치와 리디야 이바노브나 백작 부인이 친밀한 관계라는 사실을 듣고는 그녀에게 썩 내키지 않는 편지를 쓰기로 마음먹었다. 그녀는 일부러 편지에 자신이 아들을 만나는 것은 오로지 남편의 관대함에 달려 있다는 말을 적었다. 만약 남편이 그 편지를 보게 된다면 그는 계속해서 관대한 사람으로 남을 것임을 알기에 그녀의 요구를 받아들여 줄 거라고 생각했던 것이다.

편지를 전하러 갔던 호텔의 사환은 그녀에게 답장이 없었다는 예상치도 못한 잔인한 대답을 가져왔다. 그녀는 사환을 방으로 불러 당시 상황에 대해 자세히 들었다. 그는 한참을 기다렸지만 답장은 없었다는 말을 전했다. 안나는 그때만큼 처절한 굴욕감을 느낀 적은 없었다. 그녀는 모욕감과 수치심을 느꼈다.

하지만 그것은 리디야 이바노브나 백작 부인의 입장에서 볼 때는 옳은 행동이라는 것을 그녀도 알고 있었다. 그녀는 그 슬픔을 홀로 견뎌 내야 했기에 더욱 힘이 들었다. 그녀는 그 슬픔을 브론스키와 나눌 수 없었고 그러고 싶지도 않았다. 그는 그녀가 불행했던 가장 큰 원인이었음에도, 그녀가 아들을 만나는 문제를 지극히 사소한 일로 여길 것임을 알고 있었기 때문이었다. 그녀는 자신이 느끼는 고통의 깊이를 그가 결코 이해할 수 없다는 것을 알고 있었다. 그리고 이 일과 관련해 그가 냉담한 모습을 보인다면 자신은 분명 그를 미워하게 될 것이라는 사실도 알고 있었다. 그녀는 그런 상황이 될까 봐 몹시 두려웠기 때문에 아들과 관련된 일에 대해서는 그에게 모든 것을 숨기고 있었다.

그녀는 온종일 방 안에서 아들과 만날 방법에 대해서만 생각했다. 그러다가 마침내 남편에게 편지를 쓰기로 결심했다. 그녀가 편지를 다 썼을 때 리디야 이바노브나의 편지가 도착했다. 백작 부인의 침묵은 그녀의 마음을 진정시켰고 순종적으로 만들었다. 하지만 편지의 행간에서 읽어 낸 한마디 한마디가 그녀의 화를 돋우었고, 거기에서 느껴진 악의는 아들을 향한 자신의 정열적이고 온화한 사랑과 비교했을 때 몹시도 가혹하다는 생각이 들었다. 반발심이 생긴 그녀는 이제 자책하지 않기로 결심했다.

"감정을 속이기 위해 매정한 척하는 거야." 그녀는 혼잣말을 했다. "그들은 단지 나에게 모욕감을 주고 아이를 괴롭히고 싶을 뿐이야! 그럼에도 난 그들의 말에 따라야만 하다니! 말도 안 되는 소리! 그 여자는 나보다 더 나빠. 적어도 난 거짓말은 하지 않으니까." 그녀는 바로 내일, 세료쥐아의 생일에 남편의 집으로 찾아가 하인들을 매수하든 무슨 짓을 해서라도 아들을 만나 가엾은 아이를 에워싸고 있는 가식적인 허위를 깨 버릴 것이라고 마음먹었다.

그녀는 마차를 타고 장난감 가게로 가서 장난감을 산 뒤 자신이 해야 할 일에 대해 생각했다. 그녀는 이른 아침에, 알렉세이 알렉산드로비치가 분명 일어나지 않을 8시에 그곳에 갈 생각이었다. 그리고 수위나 하인들을 돈으로 매수한 뒤 안으로 들어갈 계획이었다. 베일은 벗지 않을 것이고, 세료쥐아의 대부(代父)의 부탁으로 생일 축하 인사를 전하러 왔다고 하면서 아이의 침대 옆에 장난감을 놓고 오라는 지시를 받았다고 말할 것이다. 하지만 그녀는 아들에게 할 말은 준비하지 않았다. 아무리 생각해도 전혀 생각이 나지 않았기 때문이었다.

다음 날 아침 8시가 되자 혼자 삯마차에서 내린 안나는 한때는 자신의 집이었던 저택의 현관 벨을 눌렀다.

"어서 가서 무슨 일인지 알아봐. 어느 귀부인이 오신 것 같아." 아직 옷도 입지 않고 외투에 슬리퍼 차림이었던 카피토느이치가 창문 너머로 문가에 서 있는 베일을 쓴 부인을 내다보며 말했다.

낯설고 젊은 수위의 조수가 문을 열어 주었다. 그러자 안나는 재빨리 안으로 들어가 머프 속에서 3루블을 꺼내 그에게 쥐어 주었다.

"세료쥐아…… 세르게이 알렉세이치." 그녀는 이렇게 말한 뒤 안으로 들어가려고 했다. 지폐를 살펴보던 수위의 조수는 두 번째 유리문 앞에서 그녀를 가로막았다.

"어느 분을 만나러 오셨습니까?" 그가 물었다.

그녀는 그의 말이 들리지 않았기 때문에 아무 대답도 하지 않았다.

낯선 부인이 당황하는 모습을 보자 카피토느이치가 그녀에게 다가와 그녀를 두 번째 문 안으로 들이고는 찾아온 용건에 대해 물었다.

"스코로두모프 공작의 부탁으로 세르게이 알렉세이치를 만나러 왔습니다." 그녀가 말했다.

"아직 일어나지 않으셨습니다." 그녀를 조심스럽게 살펴보던 수위가 대답했다.

안나는 자신이 9년간 살았던 이 집의 현관이 하나도 변하지 않았다는 사실이 이토록 강렬하게 자신의 마음을 자극하리라고는 생각하지 못했다. 기쁘면서도 고통스러운 기억들이 그녀의 마음속에서 끊임없이 솟아올랐다. 그 순간 그녀는 자신이 왜 이곳에 와 있는지조차도 잊어버렸다.

"잠시만 기다려 주시겠습니까?" 카피토느이치는 그녀가 털외투를 벗는 것을 도우며 말했다. 외투를 받아들며 그녀를 흘끗 바라본 카피토느이치는 그녀가 안나라는 사실을 알게 되었다. 그는 조용히 허리를 굽혀 인사했다.

"들어가시죠, 마님." 그가 그녀에게 말했다.

그녀는 무슨 말이라도 하고 싶었으나 아무 말도 나오지 않아 어떠한 소리도 낼 수 없었다. 그녀는 노인에게 겸연쩍으면서도 간절한 눈빛을 보내며 민첩하고 경쾌한 걸음으로 계단을 올라갔다. 카피토느이치는 그녀를 따라잡기 위해 몸을 앞으로 굽히고 계단에 슬리퍼를 부딪히면서 그녀의 뒤를 따랐다.

"그곳엔 선생님이 계십니다. 아직 옷을 입지 않으셨을 겁니다. 제가 가서 말씀드리겠습니다."

안나는 노인의 말을 흘려들으며 익숙한 계단을 계속 올라갔다.

"여기, 왼쪽입니다. 지저분해서 죄송합니다. 도련님은 지금 예전에 소파가 있던 방에 계십니다." 수위가 숨을 헐떡이며 말했다. "죄송하지만 마님, 잠시만 기다려 주십시오. 제가 먼저 살펴보고 오겠습니다." 그는 이렇게 말한 뒤 그녀를 뒤로하고 높은 문을 조금 연 뒤 그 안으로 들어갔다. 안나는 걸음을 멈추고 그를 기다렸다. "지금 막 일어나셨습니다." 그가 다시 나오며 말했다.

수위의 말이 끝나자마자 안나는 아이가 하품하는 소리를 들었다. 그 소리만으로도 그녀는 그가 자신의 아들이라는 것을 알 수 있었다. 그러자 그녀의 눈앞에 그의 모습이 생생하게 떠올랐다.

"들여보내 줘. 들여보내 줘. 저리 비켜!" 그녀는 이렇게 외치며 높은 문 안으로 들어갔다. 문의 오른쪽 방향에 침대가 놓여 있었고 침대 위에는 단추가 풀어진 셔츠를 입은 사내아이가 앉아 있었다. 그는 작은 몸을 앞으로 숙이고 기지개를 켜면서 하품하고 있었다. 입이 다물어지자 그는 행복하면서도 졸린 듯한 미소를 지었다. 그러고 나서 다시 즐거운 듯 천천히 자리에 드러누웠다.

"세료쥐아!" 그녀는 조용히 그의 곁으로 다가가 속삭였다.

그와 떨어져 있는 동안, 그리고 최근 들어 더욱 강렬하게 아들을 향한 사랑을 느끼고 있었던 그녀는 아들의 모습을 자신이 가장 사랑했던 네 살 때의 모습으로 기억하고 있었다. 하지만 지금 그는 그녀가 그를 두고 집을 떠나던 날의 모습과 전혀 다르게 변해 있었다. 네 살 때의 모습과 비교해 봤을 때 키가 훨씬 커졌고 다소 야위어 있었다. 오, 이런! 이렇게 핼쑥해지다니! 머리카락은 왜 이렇게 짧아졌고! 손은 왜 이렇게 길어졌는지! 내가 떠난 뒤에 참 많이도 달라졌구나! 하지만 그는 분명 세료쥐아였다. 머리 모양, 입술, 부드러운 목덜미, 넓은 어깨.

"세료쥐아!" 그녀는 아이의 귓가에 대고 반복했다.

그는 팔꿈치를 짚고 일어나 무언가를 찾는 듯 헝클어진 머리로 주위를 두리번거리다가 눈을 떴다. 그는 자신 앞에 가만히 서 있는 어머니를 의아한 눈빛으로 몇 초간 쳐다보고는 행복한 미소를 지으며 다시 눈을 감고 쓰러졌다. 하지만 이번에는 원래의 자리가 아닌 그녀의 손이 있는 쪽으로 쓰러졌다.

"세료쥐아, 내 사랑스러운 아가!" 그녀는 흥분하며 두 팔로 그의 통통한 몸을 끌어안으며 말했다.

"엄마!" 그는 그녀의 손에 자신의 온몸을 닿게 하려는 듯 그 안에서 움직이며 말했다.

그는 여전히 눈을 감은 채 졸린 모습으로 미소를 지으며 침대 너머로 통통하고 귀여운 손을 뻗어 그녀의 어깨를 감쌌다. 그러자 잠이 덜 깬 아이들에게서 풍기는 특유의 달콤한 냄새와 온기가 느껴졌다. 그는 그녀에게 다가와 목과 어깨에 얼굴을 비벼 댔다.

"난 알고 있었어." 그가 눈을 뜨며 말했다. "오늘 내 생일이 잖아. 그러니 엄마가 올 거라는 걸 알고 있었어. 금방 일어날게."

이렇게 말한 뒤 그는 다시 잠에 빠져들었다.

안나는 그의 모습을 넋을 놓고 바라보았다. 자신이 없는 동안 그가 얼마나 컸고 또 얼마나 변했는지 알 수 있었다. 그녀는 담요 밖으로 나와 있는 커다란 그의 맨다리를 이제 알아볼 수 있을 것 같기도 했고 그러지 못할 것 같기도 했다. 하지만 다소 야윈 얼굴과 수시로 입을 맞추던 목덜미 위의 짧은 곱슬머리는 아직도 생생하게 떠올랐다. 그녀는 그의 모든 것을 어루만져 보았다. 그러자 눈물이 차올라 아무 말도 할 수가 없었다.

"왜 울어, 엄마?" 잠에서 깨어난 그가 물었다. "엄마, 왜 울어?" 그는 울먹이며 외쳤다.

"내가? 이제 울지 않을 거야……. 엄마가 너무 기뻐서 그래. 너무 오랜만에 만났잖아. 이젠 안 울게." 그녀는 눈물을 참고 얼굴을 돌리며 말했다. "이제 옷을 갈아입어야지." 그녀는 정신을 차리고는 잠시 침묵한 뒤 말을 꺼냈다. 그녀는 그의 손을 꼭 잡은 채 그의 옷이 놓여 있던 침대 옆 의자에 앉았다.

"엄마가 없었을 때 어떻게 옷을 입었어? 어떻게……." 그녀는 꾸밈없고 유쾌하게 말을 꺼내려고 했으나 그럴 수 없었기에 다시 얼굴을 돌렸다.

"난 찬물로 씻지 않아. 아버지가 그러지 말라고 하셨거든. 엄마, 바실리 루키티 모르지? 조금 있으면 올 거야. 아, 엄마가 내 옷 위에 앉았어!" 세료쥐아가 소리 내 웃었다.

그녀는 그의 얼굴을 바라보며 자신도 모르게 미소를 지었다.

"엄마, 사랑하는 우리 엄마!" 그는 다시 그녀에게 달려들어 그녀를 끌어안으며 외쳤다. 그녀의 미소를 보자 이제야 그는 무슨 일이 일어난 것인지 확실히 알아챈 듯했다.

"이런 건 필요 없어." 그는 그녀의 머리에 있던 모자를 벗기며 말했다. 모자가 벗겨지자 그는 엄마를 처음 보기라도 한 듯 다시 그녀에게 키스하기 위해 달려들었다.

"세료쥐아, 넌 엄마에 대해 어떻게 생각하고 있었어? 엄마가 죽었다고 생각했어?"

"난 그 말 안 믿었어."

"믿지 않았다고, 아가?"

"난 알고 있었어. 알고 있었다고!" 그는 자신이 좋아하는 말을 거듭 반복했다. 그러고는 자신의 머리를 쓰다듬던 그녀의 손을 잡고는 손바닥에 입을 맞추었다.


## 30

바실리 루키티는, 그녀가 떠난 뒤에 이 집에 들어왔기 때문에 처음에는 이 귀부인이 누군지 몰랐으나 세료쥐아와 나누는 대화를 들으며 그녀가 남편을 버리고 집을 나갔던 아이의 어머니라고 확신하게 되었다. 그래서 그는 안으로 들어가야 할지 기다려야 할지, 또 알렉세이 알렉산드로비치에게 알려야 할지 말아야 할지 몰라 망설이고 있었다. 하지만 자신의 의무는 세료쥐아를 정해진 시간에 깨우는 것이었으므로 그곳에 어머니든 누가 있든 상관없다고 생각하며 자신의 임무를 수행하기 위해 옷을 갈아입은 뒤 문 쪽으로 다가가 문을 열었다.

하지만 어머니와 아들의 만남과 목소리의 울림, 대화의 내용은 그의 마음을 움직였다. 그는 고개를 저으며 한숨을 내쉰 뒤 문을 닫았다.

'10분만 더 기다려야겠어.' 그는 기침한 뒤 눈물을 닦으며 생각했다.

그 시간, 하인들 사이에서도 격렬한 소란이 벌어졌다. 다들 집을 나갔던 부인이 돌아왔다는 것과 카피토느이치가 그녀를 들여보냈다는 것, 그리고 그녀가 지금 아이 방에 있다는 사실을 알게 되었다. 하지만 그들은 주인이 항상 9시가 되면 아들의 방에 들르기 때문에 부부를 만나게 해서는 안 된다는 것과 어떤 방법을 써서라도 막아야 한다는 것 또한 알고 있었다. 하인 코르네이는 수위실로 가서 누가 그녀를 들여보냈는지 물었고, 카피토느이치가 그녀를 들여보냈다는 사실을 알게 되자 노인을 질책했다. 수위는 끝까지 아무 말도 하지 않았다. 하지만 코르네이가 이 일로 그를 쫓아내겠다고 하자 카피토느이치가 그에게 달려들어 코르네이의 앞에서 두 손을 휘두르며 소리쳤다.

"그래, 그럴 테지. 만약 너였다면 들여보내지 않았을 테지! 하지만 마님은 내가 10년을 모셔 왔고, 내게 다정함을 베풀어 주셨던 분이야. 너라면 지금이라도 당장 올라가 '어서 나가 주십쇼.' 하고 말할 테지! 넌 처세술이 아주 뛰어나니까 말이야! 그래, 그럴 거야! 너는 네 자신을 좀 돌아보는 게 좋을 거야. 주인을 속이고 몰래 털외투나 훔치는 녀석이니까!"

"졸병 주제에!" 코르네이는 경멸하듯 이렇게 말한 뒤 때마침 들어온 유모를 돌아보았다.

"마침 잘 왔군. 좀 생각해 봐요, 마리야 예피모브나. 이 사람이 마님을 집 안으로 들여보내 놓고도 입을 꾹 다물고 있었다니까." 코르네이가 그녀를 보고 말했다. "알렉세이 알렉산드로비치께서 이제 곧 방에서 나와 아이 방으로 가실 텐데 말이야!"

"이거 참 큰일 났군요, 큰일이에요!" 유모가 말했다. "코르네이 바실리예비치, 당신은 어떻게든 주인어른을 붙잡고 있어요. 난 얼른 달려가서 마님을 밖으로 모실 테니. 이거 참 큰일 났네!"

유모가 아이 방에 들어갔을 때 세료쥐아는 어머니한테 나데니카와 함께 산에서 썰매를 타고 내려오다가 세 번이나 넘어졌던 이야기를 하고 있었다. 그녀는 아들의 목소리를 듣고 그의 얼굴과 표정의 변화를 살피며 손을 만져 보기도 했다. 하지만 그가 하는 말은 전혀 귀에 들어오지 않았다. 이제 자신은 그만 떠나야 한다는 것과 아들을 두고 가야 한다는 그 사실만 떠올리고 있었던 것이다. 그녀는 문가로 왔던 바실리 루키티의 기척과 헛기침 소리를 들었고 유모가 다가오는 소리도 들었다. 하지만 그녀는 말을 꺼낼 힘도, 일어설 힘도 없었기에 그저 그 자리에 굳은 채 앉아 있을 뿐이었다.

"마님, 오랜만에 뵙겠습니다!" 유모는 안나에게 다가가 손과 어깨에 키스하며 말했다. "하느님께서 도련님의 생일에 정말 기쁜 축복을 내려 주셨군요. 마님께서는 여전하시네요."

"오, 유모, 난 자네가 여태 이곳에 있는 줄은 몰랐어." 안나는 순간 정신을 차리고는 이렇게 말했다.

"지금은 여기에 살지 않아요. 딸하고 지내고 있죠. 오늘은 도련님을 축하해 드리러 왔어요. 안나 아르카디예브나 마님, 정말 반갑습니다!" 유모는 갑자기 울음을 터뜨리며 그녀의 손에 또 한 번 키스했다.

세료쥐아는 눈을 반짝거리며 미소를 짓고는 한 손으로는 어머니를, 다른 한 손으로는 유모를 붙잡은 채 통통하고 귀여운 맨발로 양탄자 위에서 쿵쿵 발을 굴렸다. 자신이 좋아하는 유모가 어머니에게 다정하게 대하는 모습을 보자 몹시 기뻤던 것이다.

"엄마! 유모는 나를 보러 자주 와. 그리고 올 때마다⋯⋯." 그는 무슨 말을 하려다가 멈추었다. 유모가 어머니에게 귓속말을 건네자 그녀가 놀라며 부끄러워하는 모습을 봤기 때문이었다.

그녀는 그에게 다가갔다.

"사랑하는 내 아가!" 그녀가 말했다.

그녀는 차마 안녕이라고 말할 수 없었다. 하지만 그녀의 얼굴은 그렇게 말하고 있었으며 그 역시 그것을 알 수 있었다. "사랑스러운, 사랑스러운 쿠치크!" 그녀는 어릴 때 부르던 애칭으로 그를 불렀다. "넌 엄마를 잊지 않겠지? 넌⋯⋯." 하지만 그녀는 더 이상 말을 잇지 못했다.

시간이 지나고 나서야 그녀는 그때 아들에게 했어야 할 말들을 수없이 생각해 냈다. 하지만 지금 그녀는 무슨 말을 해야 할지도 몰랐고 아무 말도 할 수 없었다. 하지만 세료쥐아는 그녀가 자신에게 하고 싶었던 말들을 모두 다 알 수 있었다. 그는 그녀가 불행하다는 사실과 자신을 사랑하고 있다는 것을 알았다. 또한 유모가 그녀에게 했던 귓속말도 알 수 있었다. 그는 '항상 9시에.'라는 말을 듣고 그것이 아버지에 관한 이야기라는 것을, 또 어머니와 아버지가 만날 수 없다는 사실을 알 수 있었다. 그것은 그가 다 알 수 있는 것이었다.

하지만 단 한 가지 사실만은 알 수 없었다. 엄마는 왜 놀라고 부끄러워했던 걸까? 엄마는 아무 잘못도 없는데 아버지를 두려워하고 무언가를 부끄러워하고 있는 것 같았다. 그는 자신의 궁금증을 해결해 줄 질문을 하고 싶었다. 하지만 그럴 수 없었다. 그는 엄마가 괴로워하는 모습을 보았고 그런 엄마가 가여웠기 때문이었다. 그는 가만히 그녀에게 안겨 귓속말을 했다.

"아직 가지 마. 아버지는 좀 더 있어야 오시니까."

어머니는 세료쥐아가 방금 했던 말대로 그가 생각하고 있는지 아닌지 살펴보기 위해 그의 몸을 떼어 냈다. 놀란 그의 얼굴을 보자 그녀는 그가 아버지에 대한 이야기를 하고 있으며 또한 자신이 아버지에 대해 어떻게 생각해야 하는지 그녀에게 묻고 있다는 것을 알게 되었다.

"세료쥐아, 사랑하는 우리 아가." 그녀가 말했다. "아버지를 사랑해야 해. 아버진 엄마보다 더 훌륭하고 좋은 분이셔. 엄마가 아버지한테 잘못했어. 너도 크면 다 알게 될 거야."

"엄마보다 좋은 사람은 없어!" 그는 눈물을 흘리며 절망적인 어조로 외쳤다. 그러면서 그녀의 어깨를 꽉 붙들고 흥분한 나머지 떨리는 두 손으로 그녀를 꼭 끌어안았다.

"오, 사랑스러운 우리 아가!" 안나는 이렇게 말한 뒤 세료쥐아가 그랬듯 울음을 터뜨렸다.

그때 문이 열리며 바실리 루키티가 들어왔다. 다른 쪽 문에서도 발소리가 들렸다. 그러자 유모가 깜짝 놀라 속삭였다.

"오셨습니다."

그러면서 안나에게 모자를 건넸다.

세료쥐아는 침대에 엎드려 두 손으로 얼굴을 가린 채 울기 시작했다. 안나는 그의 손을 떼어 낸 뒤 눈물 젖은 그의 얼굴에 다시 한번 키스하고는 빠르게 문 쪽을 향해 갔다. 그때 그녀는 알렉세이 알렉산드로비치와 마주쳤다. 그녀를 보자 그는 걸음을 멈추고 고개를 숙였다.

그녀는 조금 전 그가 자신보다 훌륭하고 좋은 사람이라고 말했으나 순간 그의 모습을 빠르고 자세히 훑어보고 나자 그에 대한 혐오감과 증오심, 아들을 향한 질투심이 솟구쳤다. 그녀는 재빨리 베일을 내리고는 빠른 걸음으로 거의 뛰다시피 방에서 빠져나왔다.

그녀는 사랑과 슬픔이 가득한 마음으로 어제 가게에서 샀던 장난감을 꺼내 보지도 못한 채 그대로 가지고 돌아올 수밖에 없었다.

31

안나는 아들과 만나는 날만을 손꼽아 기다렸고 오랫동안 그것을 생각하며 마음의 준비를 하고 있었다. 하지만 그 만남이 이 정도로 강렬하게 자신의 마음을 자극할 거라고는 전혀 예상하지 못했다. 그녀는 쓸쓸한 호텔로 돌아온 뒤에도 한동안 자신이 왜 이곳에 있어야 하는지 알 수 없었다.

"그래, 이제 다 끝났어. 그리고 난 다시 혼자가 됐어." 그녀는 혼잣말을 했다. 그러고는 모자도 벗지 않은 채 난롯가에 있던 안락의자에 앉아 창문들 사이의 테이블 위에 놓인 청동 시계만 멍하니 바라보며 생각에 잠겼다.

외국에서 함께 온 프랑스인 하녀가 그녀가 옷 갈아입는 것을 도와주러 들어왔다. 그러자 그녀는 깜짝 놀라며 하녀에게 말했다.

"나중에."

하인이 커피를 권하러 들어왔다.

"나중에." 그녀가 말했다.

이탈리아인 유모가 안나의 딸을 예쁘게 꾸며서 그녀에게로 데려왔다. 통통하게 살이 오른 아기는 엄마를 볼 때면 항상 그랬듯, 실로 동여매 볼록하게 솟아난 것 같은 자그맣고 귀여운 손의 손바닥을 밑으로 향하게 하며 내밀었다. 그러고는 아직 이가 나지 않은 입으로 웃으며 마치 물고기가 찌를 잡아당기듯 작은 손으로 그녀의 수놓은 치맛자락의 빳빳한 주름을 사각거리며 움켜잡았다. 그 모습을 보게 되면 누구라도 저절로 미소가 지어졌고 입을 맞출 수밖에 없었다. 그리고 손가락을 내밀어 아기가 소리를 지르며 힘껏 뛰어올라 매달리게 할 수밖에 없었다. 또한 아기에게 키스하듯 입술을 내밀어 자신의 입에 가져가게 할 수밖에 없었다. 그래서 안나도 그렇게 했다. 그녀는 아이를 안아 주고 뛰게도 해 주었으며 생기 넘치는 볼과 드러난 팔꿈치에 키스해 주었다.

하지만 그녀는 아기를 보면서 이 아기에 대한 감정은 세료쥐아에 대한 감정에 비하면 사랑이라고 말할 수 없다고 생각했다. 아기의 모든 점이 사랑스러웠다. 하지만 그러한 것도 그녀의 마음을 이끌지 못했다. 첫 번째 아이는 비록 사랑하지 않는 남자의 아들이었으나 그 사랑에 대한 보상 심리로 그 아이에게 모든 사랑을 주었다. 반면에 그 누구보다 슬픈 상황에서 태어난 이 아기에게 그녀는 첫 번째 아이에게 쏟았던 애정의 100분의 1도 쏟을 수가 없었다.

게다가 이 아이는 아직 모든 게 확실치 않은 상태였으나 세료쥐아는 벌써 사랑스럽고 의젓한 사람이 되어 있었다. 그에게는 이미 생각과 감정이 자라고 있었다. 그는 그녀를 이해하고 사랑할 수 있었으며 그녀에 대해 판단을 내릴 수도 있었다. 그녀는 아들의 말과 눈빛을 떠올리며 생각했다. 하지만 이제 그녀는 그와 육체적으로나 정신적으로 영원히 멀어졌으며 그것을 돌이킬 수 없었다.

그녀는 아기를 유모에게 넘겨주고는 그녀를 내보냈다. 그러고는 목걸이를 열어 보았다. 그 속에는 세료쥐아가 지금의 딸아이만 했을 때의 사진이 들어 있었다. 그녀는 자리에서 일어나 모자를 벗고 작은 테이블 위에 있는 사진첩을 집어 들었다. 그 속에는 다양한 나이 때의 아들의 사진이 여러 장 들어 있었다. 그녀는 사진들을 비교해 보고 싶은 생각에 사진첩에서 한 장씩 꺼내 보았다. 그녀는 사진을 모두 꺼낸 뒤 가장 마음에 드는 최근의 사진 한 장만 남겨 두었다.

사진 속의 그는 하얀 셔츠를 입고 의자에 앉아 인상을 찌푸리며 입가에 미소를 짓고 있었다. 그것은 그만이 지닌 특유의 매력적인 표정이었다. 그녀는 작고 민첩한 손으로, 오늘은 유독 긴장한 상태로 움직이는 하얗고 가녀린 손가락으로 사진을 꺼내기 위해 모서리를 잡고 여러 번 시도했다. 하지만 사진은 옆에 걸리기라도 한 듯 잘 꺼내지지 않았다. 테이블 위에는 페이퍼 나이프도 없었다. 그래서 그녀는 그 사진과 함께 있던 다른 사진을 꺼내(그것은 둥근 모자를 쓰고 머리카락을 길게 늘어뜨린, 로마에서 찍은 브론스키의 사진이었다.) 그것으로 아들의 사진을 꺼냈다.

'여기 그 사람이 있었네!'

그녀는 브론스키의 사진을 흘끗 바라보며 말했다. 그러자 갑자기 지금 자신이 슬펐던 이유가 무엇 때문인지 알게 되었다. 그녀는 그날 아침 내내 한 번도 그를 떠올리지 않았다. 하지만 지금 이 늠름하고 멋진, 그녀에게는 너무도 다정하고 그리운 얼굴을 보자 갑자기 그에 대한 사랑이 솟구치는 것을 느꼈다.

'그런데 대체 그 사람은 어디에 있는 걸까? 왜 나 혼자 이런 고통 속에 남겨 둔 걸까?'

그녀는 갑자기 자신이 아들에 관한 일을 전부 숨기고 있었다는 사실을 잊어버린 채 그를 비난하기 시작했다. 그녀는 지금 당장 와 달라고 그에게 사람을 보냈다. 그러고는 그에게 할 말과 자신을 위로해 줄 그의 사랑스러운 표정을 떠올리며 초조한 마음으로 그를 기다렸다. 심부름꾼은 그가 지금 손님과 함께 있지만 곧 돌아올 거라며 혹시 지금 페테르부르크에 있는 야쉬빈 공작과 함께 가도 좋은지 여쭤 보라는 답을 가지고 왔다.

'혼자는 안 오겠다는 건가. 어제 낮부터 보지 못했는데.' 그녀는 생각했다. '야쉬빈과 함께 오면 마음 편히 얘기할 수가 없는데.' 그 순간 그녀의 머릿속에 이상한 생각이 떠올랐다. '만약 그의 사랑이 변한 거라면 어쩌지?'

그러면서 최근에 있었던 일들을 하나씩 떠올려 보자 그녀는 이 무서운 상상이 들어맞는 것처럼 느껴졌다. 그가 어제 집에서 식사하지 않은 것도, 페테르부르크에 머무는 동안은 각방을 쓰자고 했던 것도, 또 지금은 그녀와 단둘이 만나는 것을 꺼리기라도 하듯 혼자 오지 않겠다고 한 것도 말이다.

"만약 그렇다면 그 사람은 내게 말해야만 해. 난 그걸 꼭 알아야 하니까. 그것만 알게 된다면 이제 나는 어떻게 처신해야 될지 알고 있으니까." 그녀가 혼잣말을 했다. 하지만 그녀는 그의 사랑이 변했다는 것을 확인한 뒤에 자신의 처지를 상상해 볼 여력이 없었다. 그녀는 이제 더 이상 그가 자신을 사랑하지 않는다는 생각이 들었다. 그녀는 점점 절망 속으로 빠지며 극도로 흥분하기 시작했다. 그녀는 벨을 눌러 하녀를 부른 뒤 옷을 갈아입으러 갔다. 그러고는 평소와 달리 몹시 신경을 써서 몸치장을 했다. 마치 그녀에게 잘 어울리는 옷과 머리를 하면 잃었던 그의 사랑을 되찾을 수 있을 것처럼.

그녀가 미처 준비를 다 하기도 전에 벨이 울렸다.

응접실로 들어서자 그 대신 야쉬빈이 그녀에게 눈인사를 건넸다. 브론스키는 그녀가 깜빡 잊고 테이블 위에 그대로 놓

아 둔 아들의 사진을 바라보느라 그녀를 쳐다보지 않고 있었
다.

"우리 전에 만난 적이 있죠."

그녀는 어색해하고 있는(그의 커다란 키와 거친 얼굴과는 어
울리지 않는 모습이었다.) 야쉬빈의 커다란 손에 자신의 작은 손
을 쥐여 주며 말했다. "작년에 경마장에서 뵀었죠. 그건 이리
주세요." 그녀는 브론스키가 보고 있던 아들 사진을 재빨리
빼앗고는 의미심장하게 반짝이는 눈으로 그를 바라보며 말
했다. "올해 경마는 괜찮았나요? 전 올해 로마의 코르소에서
열린 경마를 봤어요. 하지만 당신은 외국 생활을 좋아하지 않
으시죠?" 그녀는 다정하게 웃으며 말했다. "몇 번 뵙지는 못
했지만 난 당신과 당신의 취미에 대해 잘 알고 있어요."

"오, 유감이군요. 제 취미는 전부 형편없는 것들뿐이라서
요." 야쉬빈은 왼쪽 콧수염을 씹으며 말했다.

대화를 나누는 동안 브론스키가 시계를 흘끗 쳐다보는 것
을 본 야쉬빈은 그녀에게 페테르부르크에 얼마나 더 있을 예
정인지 물었다. 그러고는 커다란 몸을 일으키며 모자를 집어
들었다.

"아마 오래 머물진 않을 것 같아요." 그녀는 브론스키의 얼
굴을 흘끗 바라보며 망설이듯 대답했다.

"그럼 이제 더는 뵙지 못하겠군요." 야쉬빈은 자리에서 일
어서며 브론스키를 향해 말했다. "자넨 어디서 식사할 텐가?"

"식사는 여기 오셔서 하세요." 안나는 당황한 자신에게 화
를 내듯 단호하게 말했다. 하지만 낯선 사람에게 자신의 처지

를 보여야 할 때면 늘 그랬듯 얼굴이 붉어졌다. "여기 음식이 썩 훌륭하진 않지만 그래도 이 사람을 만날 수 있으니까요. 알렉세이는 연대에 있는 동료 중에 당신을 가장 좋아하니까요."

"정말 감사합니다." 야쉬빈이 미소를 지으며 말했다. 그 미소를 보자 브론스키는 그가 안나에게 몹시 호감을 느끼고 있다는 것을 알았다.

야쉬빈은 인사하고 나갔다. 브론스키는 남아 있었다.

"당신도 가세요?" 그녀가 말했다.

"이미 늦었어요." 그가 대답했다. "먼저 가! 곧 따라갈 테니." 그가 야쉬빈에게 외쳤다.

그녀는 그의 손을 잡고는 그를 붙잡기 위해 무슨 말을 해야 할지를 생각하면서 그에게 시선을 고정시킨 채 바라보았다.

"잠깐만요. 당신한테 꼭 할 얘기가 있어요." 그녀는 그의 넓적한 손을 자신의 목덜미에 가져다 댔다. "내가 저분을 식사에 초대한 게 잘못은 아니죠?"

"정말 잘했어요." 그는 가지런한 이를 드러내고는 침착한 미소를 보이며 말한 뒤 그녀의 손에 키스했다.

"알렉세이, 혹시 나에 대한 마음이 변했나요?" 그녀는 두 손으로 그의 손을 꼭 잡으며 말했다. "오, 알렉세이, 이제 난 여기에 있는 게 괴로워요. 우리 언제 떠나죠?"

"곧 떠날 거예요. 이곳에서의 생활이 내게 얼마나 괴로운지 당신은 모를 거예요." 그는 이렇게 말한 뒤 손을 뺐다.

"그래요. 어서 가세요. 가시라고요!" 그녀는 화가 난 듯 퉁명스럽게 말한 뒤 곧바로 그의 곁을 떠났다.


32


브론스키가 돌아왔을 때 안나는 그곳에 없었다. 그는 자신이 나가자마자 어떤 부인이 찾아와 그녀와 함께 나갔다고 전해 들었다. 그는 그녀가 목적지도 밝히지 않고 나간 뒤 지금껏 돌아오지 않은 것, 그리고 아침에도 아무 말 없이 어딘가 다녀왔던 모습을 떠올렸다. 또한 오늘 아침 이상할 만큼 흥분한 듯했던 그녀의 낯빛과 야쉬빈 앞에서 자신이 쥐고 있던 아들 사진을 거의 빼앗다시피 하며 적의를 보였던 그녀의 모습을 떠올리자 그는 생각에 잠겼다. 이 문제와 관련해 꼭 그녀와 대화를 나누어야겠다고 생각한 그는 응접실에서 그녀를 기다렸다.

하지만 안나는 혼자가 아닌 자신의 친척 아주머니인 노처녀 오블론스카야 공작 영애와 함께 왔다. 오늘 아침에 안나와 함께 물건을 사러 갔다 온 그 부인이었다. 안나는 근심이 가득하며 몹시 의아해하는 브론스키의 모습을 외면한 채 그날 아침에 산 물건들에 대해 유쾌한 어조로 세세하게 설명했다. 그는 그녀의 마음속에 특별한 변화가 일어나고 있음을 감지했다. 때때로 그의 얼굴에 스친 그녀의 빛나는 눈동자에는 긴장감이 역력했고 그녀의 말투에서는 예민한 민첩함과 우아함이 느껴졌다. 이 모든 것은 처음에는 그에게 굉장히 매력적으로 다가왔으나 이제는 그를 혼란스럽고 놀라게 만들었다.

4인분의 식사가 준비되었다. 그들이 함께 작은 식당으로 가려고 할 때 투쉬케비치가 벳시 공작 부인이 안나에게 보낸 전보를 가져왔다. 벳시 공작 부인은 안나에게 작별 인사를 하러 오지 못하는 것에 대해 미안하다는 말을 적어 보냈다. 그녀는 건강이 좋지 않았으나 안나가 6시 30분에서 9시 사이에 방문해 줬으면 한다고 전했다. 안나가 그 시간에 다른 사람과 만나지 못하도록 시간제한을 둔 것이었다. 브론스키는 안나의 표정을 살펴보았다. 하지만 안나는 그것을 전혀 눈치채지 못한 듯했다.

"정말 유감이네요. 나도 6시 30분에서 9시 사이엔 갈 수가 없어요." 그녀는 희미한 웃음을 보이며 말했다.

"부인께서 많이 섭섭해하실 겁니다."

"나도 그래요."

"당신은 분명 파티 노래를 들으러 가시는 걸 테죠?" 투쉬케비치가 말했다.

"파티요? 그거 참 좋은 생각이네요. 특별석을 구할 수만 있다면 가겠어요."

"제가 구해 드리죠." 투쉬케비치가 제안했다.

"그래 주신다면 정말 감사하죠." 안나가 말했다.

"어쨌든 함께 식사하러 가지 않으시겠어요?"

브론스키는 어깨를 살짝 움찔거렸다. 그는 안나의 행동을 도무지 이해할 수 없었다. 그녀는 왜 나이 많은 공작 영애를 데려온 걸까? 왜 투쉬케비치에게 식사를 함께하자고 한 것일까? 무엇보다 가장 놀라운 것은 왜 그에게 특별석을 구해 달라고 한 건지 도저히 알 수 없었다. 어떻게 지금과 같은 상황에서 그녀는 얼굴을 다 아는 사교계 사람들이 모이는 파티 공연에 갈 생각을 할 수 있는 걸까? 그는 진지하게 그녀를 바라보았다. 하지만 그녀는 여전히 도전적이지도 즐겁지도 않은, 또 그렇다고 절망적이지도 않은 모호한 눈빛으로 그를 바라보았다. 안나는 식사하는 내내 이상할 만큼 유쾌해 보였다.

그녀는 일부러 투쉬케비치와 야쉬빈의 기분을 맞추려는 듯했다. 식사가 끝나자 모두 자리에서 일어났다. 투쉬케비치는 특별석을 구하러 가고 야쉬빈은 담배를 피우러 밖으로 나갔다. 그러자 브론스키도 그와 함께 자신의 방으로 갔다. 그는 잠깐 머물다가 다시 위층으로 올라갔다. 안나는 파리에서 공수해 온 가슴이 깊게 파이고 가장자리에 벨벳 장식을 한 연한 빛깔의 실크 드레스를 입고 있었다. 머리는 고급스러운 하얀 레이스로 장식했다. 그녀의 얼굴을 에워싼 레이스는 그녀의 환하고 아름다운 얼굴을 더욱 돋보이게 해 주었다.

"정말 극장에 갈 생각이에요?" 그는 그녀를 처다보지 않으려고 애쓰며 말했다.

"당신은 왜 그렇게 놀란 얼굴로 묻는 거죠?" 그녀는 그가 자신의 얼굴을 보려 하지 않자 화가 나서 말했다. "내가 가면 안 될 이유라도 있나요?"

그녀는 그의 말뜻을 이해하지 못한 것 같았다.

"물론 특별한 이유가 있는 건 아니지만." 그는 얼굴을 찌푸리며 말했다.

"맞아요. 내 생각도 그래요." 그녀는 의도적으로 비꼬는 그의 어조를 눈치채지 못한 척하면서 향기가 나는 긴 장갑을 조용히 접으며 말했다.

"안나! 정말! 대체 왜 이러는 거예요?" 그는 예전에 그녀의 남편이 그랬던 것과 똑같은 말투로 그녀를 설득하려고 애쓰며 말했다.

"당신이 대체 뭘 궁금해하는 건지 난 모르겠어요."

"그런 곳에 갈 수 없다는 걸 당신도 알잖아요."

"왜죠? 난 혼자 가는 게 아니에요. 바르바라 공작 영애는 옷을 갈아입으러 가셨어요. 난 그분과 함께 갈 거예요."

그는 망설이면서도 절망스러운 모습으로 어깨를 움츠렸다.

"당신은 그 이유를 정말 모른단 얘기예요?" 그가 말을 꺼내려고 했다.

"그래요. 난 알고 싶지 않아요!" 그녀가 소리치듯 말했다. "알고 싶지 않다고요. 내가 한 일을 후회하느냐고요? 아니, 아니에요. 다시 처음으로 돌아간다고 해도 결과는 마찬가지일 테니까. 당신과 나, 우리에게 중요한 건 오직 하나, 서로 사랑하느냐 하는 것뿐이니까요. 난 그것 말고는 아무 생각도 할 수 없어요. 대체 왜 우리가 여기서 따로 지내면서 만나지도 않는 거죠? 왜 내가 갈 수 없다는 거죠? 난 당신을 사랑하고 있어요. 그러니 어떻게 되든 상관없어요." 그녀는 그가 이해할 수 없는 기이한 눈빛으로 그의 얼굴을 바라보며 러시아어로 말했다. "당신의 마음이 변하지 않았다면, 왜 나를 쳐다보지 않는 거죠?"

그는 그녀를 바라보았다. 그리고 그녀의 얼굴에 드러난 모든 아름다움과 언제나 잘 어울리는 옷차림을 보았다. 하지만 지금 그 아름답고도 우아한 모습은 그를 자극하고 있었다.

"내 마음은 변할 리가 없어요. 그건 당신이 더 잘 알잖아요. 하지만 난 당신이 가지 않았으면 좋겠어요. 이렇게 부탁할게요." 그는 프랑스어로 다시 한번 부드럽게 간청하면서도 차가운 눈빛으로 말했다.

그녀는 그의 말을 듣지 않았으나 그의 차가운 눈빛을 보았다. 그녀는 흥분하며 말했다.

"내가 왜 가면 안 되는지 그 이유를 말해 주세요."

"왜냐하면 혹시라도 그 일이 당신에게……." 그는 말끝을 흐렸다.

"무슨 말인지 도저히 모르겠군요. 야쉬빈이 거기에 어울리지 않는 상대도 아니고, 바르바라 공작 영애도 다른 사람들과 비교해서 못할 게 없는데. 아, 저기 공작 영애가 오시네요."


## 33


브론스키는 일부러 자신의 말을 못 알아듣는 척하는 안나의 모습을 보며, 처음으로 안나에게 증오에 가까운 감정을 느꼈다. 그는 그녀에게 자신의 불만을 드러낼 수 없었기 때문에 이 감정은 더욱 심해졌다. 만약 그가 자신의 생각을 그녀에게 솔직히 털어놓았다면 이렇게 말했을 것이다.

'그렇게 눈에 띄는 모습으로 다들 알고 있는 공작 영애와 함께 극장에 간다는 것은 타락한 당신의 처지를 인정하는 것이나 마찬가지며 또한 사교계에 도전하는 의미가 될 테니, 그렇게 되면 사교계와는 영원히 안녕일 수밖에 없을 거예요.'

그는 그녀에게 차마 이렇게 말할 수는 없었다. '하지만 어째서 그녀는 이 사실을 모르고 있는 것일까. 그녀의 마음속에는 대체 무슨 일이 벌어지고 있는 것일까?' 그는 자문했다. 그러자 그는 그녀를 존중하는 마음이 약해짐과 동시에 그녀가 아름답다는 생각이 한층 더 강해짐을 느꼈다.

그는 침울한 모습으로 방으로 돌아왔다. 그러고는 의자 위에 긴 다리를 뻗은 채 코냑과 젤테르 광천수를 섞어 마시고 있는 야쉬빈 곁에 앉아 그와 같은 것을 주문했다.

"언젠가 란코프스키의 모구치에 대해 말한 적이 있었지? 정말 좋은 말이야. 자네가 사도 좋을 듯해." 친구의 어두운 얼굴을 본 야쉬빈이 말했다. "궁둥이가 좀 처진 것 같긴 하지만 다리와 머리는 정말 훌륭하니까."

"안 그래도 그 말을 살 생각이야." 브론스키가 말했다.

말 이야기를 꺼내자 그가 관심을 보였다. 그러면서도 그는 안나에 대한 생각을 한시도 떨쳐 낼 수 없었다. 그래서 자신도 모르게 복도에서 들리는 발소리에 신경을 쓰기도 하고 난로 위의 시계를 쳐다보기도 했다.

"안나 아르카디예브나께서 극장에 다녀오신다고 전하라

하셨습니다."

야쉬빈은 거품이 이는 젤테르 탄산수에 코냑을 부어 다시 한번 들이켠 뒤 외투 단추를 잠그며 자리에서 일어났다.

"어떤가? 우리도 가세." 그는 콧수염 아래로 엷은 미소를 띠며 말했다. 그 미소는 자신은 브론스키가 침울한 이유를 알고 있지만 상관하지 않겠다는 의미를 담고 있었다.

"난 가지 않겠어." 브론스키가 침울하게 말했다.

"난 약속이 있어서 가 봐야 해. 그럼 먼저 실례하겠네. 하지만 올 거면 아래층으로 내려와서 크라신스키의 좌석에 앉아." 야쉬빈이 밖으로 나가면서 말했다.

"아니, 난 볼일이 있어."

'아내 때문에 걱정이 되나 보군. 합법적인 아내가 아니니 더욱 난처할 테지.' 야쉬빈은 호텔을 나오며 생각했다.

혼자 남은 브론스키는 의자에서 일어나 방 안을 거닐기 시작했다.

'그런데 오늘은 네 번째 공연이야……. 예고르 형과 형수, 그리고 어머니도 가셨을 테지. 그러니까 페테르부르크 사람들 모두가 거기에 있는 셈이지. 그녀는 지금쯤 들어가 외투를 벗고 모습을 드러냈겠지. 투쉬케비치, 야쉬빈, 바르바라 공작 영애…….' 그는 머릿속에 떠올려 보았다. "그래서 어쨌다는 거야? 내가 두려워하고 있는 건가? 아니면 투쉬케비치한테 그녀를 맡겨 버린 건가? 아무리 생각해도 어리석은 짓이야. 어리석다고……. 대체 그녀는 왜 내 입장을 난처하게 만드는 걸까?" 그는 손을 내저으며 혼잣말을 했다.

그러다가 그는 젤테르 탄산수와 코냑 병이 놓인 테이블에 부딪혔다. 그는 하마터면 테이블을 엎을 뻔했다. 하지만 병을 잡으려다가 떨어뜨리고 말았다. 화가 난 그는 테이블을 걷어 찬 뒤 벨을 울렸다.

"내 밑에서 계속 일하고 싶다면." 그는 들어온 하인에게 말했다. "자네가 해야 할 일이 뭔지 명심해. 바로 치웠으면 이런 일은 없었잖아."

하인은 자신의 잘못이 아니라고 말하려다가 주인의 표정을 흘끗 쳐다본 뒤 아무 말도 하지 않는 것이 나을 거라고 생각했다. 그는 용서를 구하며 양탄자 위에 무릎을 굽힌 채 컵과 깨진 병의 조각을 치웠다.

"그건 자네가 할 일이 아니야. 사환을 불러 시키라고. 자넨 내 연미복이나 준비해."

브론스키는 8시 30분에 극장에 도착했다. 공연은 절정으로 치닫고 있었다. 좌석을 안내하던 노인은 브론스키가 외투를 벗는 것을 거들다가 그를 알아본 뒤 '각하'라고 불렀다. 그러고는 그에게 번호표를 받지 말고 표도르를 부르라고 말했다. 복도는 등불로 환하게 밝혀져 있었다. 그곳에는 좌석 안내원과 손에 외투를 들고 문가에 서 있는 하인 두 사람 말고는 아무도 없었다. 닫힌 문 안쪽에서는 오케스트라의 조심스러운 스타카토 반주 소리와 또렷한 발음으로 노래하는 여자의 노랫소리가 들려왔다. 문이 열리고 좌석 안내원 한 사람이 조용히 안으로 들어갔다. 그 순간, 노래의 마지막 구절이 브론스키의 귓가에 선명하게 들려왔다. 하지만 곧 문이 닫혔고 브론스키는 그 악절의 마지막 부분과 카덴차를 듣지 못했다. 하지만 그는 안에서 들리는 힘찬 박수 소리로 곡이 끝났다는 것을 알 수 있었다. 그가 샹들리에와 청동 가스등으로 환하게 빛나는 홀로 들어갈 때까지 박수 소리는 계속 들려왔다.

무대 위에 있던 여가수는 드러난 어깨와 다이아몬드를 반짝이며 가녀린 허리를 굽히고는 미소를 짓고 있었다. 그러면서 테너의 손을 잡고는 풋라이트 너머에 흐트러져 있는 꽃다발을 가져가는 중이었다. 그러고 나서 그녀는 가운데 가르마를 타고 포마드를 발라 반짝이는 머리를 한 신사가 풋라이트 너머로 손을 뻗쳐 무언가를 내밀고 있는 곳을 향해 갔다. 그러자 아래층 정면 좌석과 위층 특별석의 관객들도 소란스럽게 앞으로 몸을 내밀며 박수를 치고 환호했다. 한 단 높은 곳에 서 있던 지휘자는 그 일을 거들며 자신의 흰 넥타이를 바로잡았다. 브론스키는 1층 정면 좌석의 중앙으로 들어가 걸음을 멈추고 주변을 둘러보았다. 그는 익숙한 극장의 장치와 무대, 소란스러움으로 가득 찬 극장의 잡다하고 지루한 관객들을 신경 쓰지 않았다.

늘 그랬듯 특별석 뒤쪽에는 비슷한 부류의 부인들과 장교들이 자리를 잡고 있었다. 오로지 하느님만이 알아볼 정도로 늘 똑같이 화려한 치장을 한 여자들, 제복과 연미복을 입은 사람들이 있었고, 맨 위층의 일반석에는 늘 똑같이 지저분한 사람들이 있었다. 이러한 무리 속에서 특별석과 1층 첫 번째 줄에 마흔 명의 진정한 남녀가 있었다. 브론스키는 그 오아시스 쪽으로 관심을 돌리고는 그들 틈으로 들어갔다.

그가 들어갔을 때는 그 막이 방금 끝난 상태였다. 그는 형이 있는 특별석 쪽으로 가지 않고 첫째 줄로 가서 세르푸호프스코이와 나란히 풋라이트 옆에 섰다. 한쪽 무릎을 굽힌 채 구두 뒤축으로 풋라이트를 차고 있던 세르푸호프스코이는 그를 보자 웃으며 그를 불렀다.

브론스키는 아직 안나를 만나지 못했다. 그는 일부러 안나 쪽을 보려고 하지 않았다. 하지만 그는 사람들의 시선을 보고 그녀가 어디에 있는지 알고 있었다. 그는 주변을 훑어보았지만 그녀를 찾으려고 했던 것은 아니었다. 혹시나 알렉세이 알렉산드로비치가 왔을까 하며 그를 찾아보았던 것이다. 다행히 알렉세이 알렉산드로비치는 극장에 오지 않았다.

"자넨 이제 군인 같지가 않군." 세르푸호프스코이가 그에게 말했다. "외교관이나 화가 같아."

"그럴 수도. 난 제대하자마자 연미복을 입었으니까." 브론스키는 웃으며 조용히 오페라글라스를 꺼내면서 말했다.

"솔직히 난 자네의 그런 점이 부러워. 나도 외국에서 돌아와 이걸 달았을 때는……." 그는 견장을 만지작거렸다. "자유가 정말 그리웠지."

세르푸호프스코이는 이미 오래전부터 브론스키의 직무 활동에 관해서는 회의적이었다. 하지만 여전히 그를 좋아했고 지금도 유독 그에게 호의를 보였다.

"1막을 놓쳐서 안타깝군."

브론스키는 그의 이야기를 흘려들으며 1층에서부터 2층 특별석 정면 쪽으로 오페라글라스를 움직여 특별석을 자세히 살펴보았다. 오페라글라스의 렌즈 안에 머리 장식을 한 부인과 불만에 가득 찬 눈을 깜빡이고 있는 대머리 노인의 모습이 들어왔다. 그리고 그 옆에 있는 안나를 발견했다. 그녀는 레이스를 두른 채 지나칠 만큼 당당하면서도 아름다운 모습으로 웃고 있었다. 그녀는 그에게서 스무 발자국 정도 떨어진 1층 좌석의 다섯 번째 줄에 자리를 잡고 있었다. 그녀는 몸을 살짝 돌리고 야쉬빈에게 뭔가 이야기를 건네고 있었다. 그는 그녀의 아름다운 어깨 위에 있는 머리 모양과 눈동자, 감정을 억제하고 있는 듯한 긴장된 표정을 보며 그녀를 만났던 모스크바의 무도회를 떠올렸다.

하지만 지금 그에게 그 아름다움은 전혀 다르게 다가왔다. 이제 그는 그녀에게서 전혀 신비감을 느낄 수 없었다. 아름다운 그녀의 모습은 전보다 더욱 강렬하게 그의 마음을 움직였지만 동시에 그를 화나게 만들었다. 그녀는 브론스키가 있는 곳을 쳐다보지 않았지만 그는 그녀가 자신을 보았다고 생각했다.

브론스키가 다시 오페라글라스를 움직였을 때 바르바라 공작 영애가 빨개진 얼굴로 어색하게 웃으며 계속 특별석 쪽을 바라보고 있는 것을 보았다. 하지만 안나는 접은 부채로 붉은 벨벳 칸막이를 두드리며 다른 곳을 응시하고 있을 뿐, 옆쪽에 있는 특별석은 쳐다보지도 않았고 보고 싶어 하지도 않는 듯했다. 야쉬빈은 마치 카드 게임에서 졌을 때와 같은 표정을 짓고 있었다. 그는 인상을 잔뜩 찌푸리고는 왼쪽 콧수염을 입속으로 깊숙이 밀어 넣으며 옆쪽에 있는 특별석을 힐끔거리고 있었다.

왼쪽 옆의 특별석에는 카르타소프 부부가 앉아 있었다. 브론스키는 그들을 알고 있었고 안나 역시 그들과 안면이 있는 사이였다. 체구가 작고 수척해 보이는 카르타소바 부인은 특별석 중앙에 서서 안나에게서 등을 돌린 채 남편이 입혀 주는 외투를 입고 있었다. 그녀는 창백하고 화가 난 얼굴로 흥분한 나머지 뭐라고 한참을 중얼거리고 있었다. 풍채가 좋은 대머리 신사 카르타소프는 안나 쪽을 계속 힐끔거리며 아내를 달래려 애쓰고 있었다. 아내가 나간 뒤에도 남편은 안나에게 인사하고 싶은 듯 그녀와 시선이 마주치기를 바라며 한참을 머뭇거리고 있었다. 하지만 안나는 그를 무시하며 등을 돌린 채 짧은 머리를 그녀 쪽으로 기울이고 있는 야쉬빈에게 말을 건네고 있었다. 카르타소프는 결국 인사하지 못하고 나갔다. 그러자 특별석은 텅 비어 버렸다.

브론스키는 카르타소프 부부와 안나 사이에 무슨 일이 있었는지 알 수 없었다. 하지만 안나가 모욕감을 느꼈다는 사실만은 알 수 있었다. 그가 본 것을 통해서, 그리고 그녀의 표정에서 감지할 수 있었다. 그는 그녀가 자신의 역할을 견뎌 내기 위해 마지막 남은 힘으로 최선을 다하고 있다는 것을 알았다. 그리고 그녀는 표면상으로는 침착함을 유지하며 그 역할을 성공적으로 해냈다. 그녀와 그녀의 지인을 모르는 사람들은, 그녀가 눈에 띄는 레이스로 치장하고 아름다운 자태를 뽐내며 사교계에 모습을 드러낸 것에 대해 동정하기도 하고 노여워하기도 했으며 또 놀라워하는 다른 사람들의 소리를 듣지 못했고, 모두 그녀의 아름다움과 침착한 모습에 감탄하고 있었다. 그들은 그녀가 칼을 쓴 죄인의 심정으로 수치심을 견뎌 내고 있다는 사실을 전혀 짐작하지 못했다.

브론스키는 분명 무슨 일이 일어났다는 것을 알았지만 그게 무엇인지 알 수 없었기에 몹시 불안해졌다. 그는 특별석 쪽으로 가 보면 뭔가 알게 될 수도 있다는 생각에 형이 있는 곳으로 향했다. 그는 일부러 안나의 좌석과 반대쪽에 있는 1층 일반석의 통로로 나갔다. 그는 거기에서 지인 두 사람과 대화를 나누던 예전의 연대장과 마주쳤다. 브론스키는 카레닌 부부의 이름이 언급되는 것과 연대장이 의미심장한 눈빛으로 그들을 흘끗 바라보고는 큰 소리로 급하게 자신을 부르는 소리를 들었다.

"오, 브론스키. 언제 부대에 올 텐가? 자네에게 아무 대접도 하지 않고 그냥 보낼 순 없어. 자넨 우리 연대 사람이니까." 연대장이 말했다.

"지금은 시간이 나질 않습니다. 죄송합니다. 다음에 꼭." 브론스키가 말했다. 그러고 나서 그는 형이 있는 특별석 쪽의 계단을 향해 뛰어 올라갔다.

브론스키의 어머니인 쳇빛 곱슬머리를 한 백작 부인은 형과 함께 특별석에 앉아 있었다. 그는 2층 복도에서 소로키나 공작 영애와 함께 있던 바랴와 마주쳤다.

바랴는 소로키나 공작 영애를 어머니가 있는 곳으로 데려다준 뒤 시동생에게 손을 내밀며 그가 알고 싶어 하는 사건에 대해 설명하기 시작했다. 그녀는 그가 지금껏 본 적이 없을 정도로 흥분해 있었다.

"정말 비열하고 못된 짓이었어요. 카르타소바 부인에게 그럴 권리가 있나요? 카레니나는······." 그녀가 말했다.

"대체 무슨 일입니까? 난 아무것도 모르겠어요."

"오, 아직 못 들었어요?

"이런 일에 관해서는 저는 늘 가장 마지막에 알게 되니까요."

"오, 카르타소바 부인만큼 고약한 사람은 없을 거예요."

"대체 그 사람이 뭘 어떻게 했다는 거죠?"

"남편한테 들은 얘기지만······. 그 사람이 카레니나를 모욕했다는군요. 그녀 남편이 카레니나와 대화를 나누자마자 카르타소바 부인이 곧바로 남편에게 가서 소리 지르며 모욕적인 말을 하고 나가 버렸다더군요."

"백작님, 어머님께서 찾으세요." 소로키나 공작 영애가 특별석 입구 쪽에서 얼굴을 내밀며 말했다.

"난 널 계속 기다리고 있었다." 어머니는 조소를 띠며 말했다. "어디에도 네가 보이지 않더구나."

아들은 어머니가 기쁨의 미소를 참지 못하는 모습을 보았다.

"그동안 잘 지내셨어요, 어머니. 지금 왔습니다." 그가 차가운 어조로 말했다.

"넌 왜 카레니나 부인에게 가지 않았니?" 그녀는 소로키나 공작 영애가 자리를 비켜 주기를 기다렸다가 프랑스어로 말했다. "그 여자에 대해 말들이 많아. 그래서 다들 파티도 잊어 버렸을 정도야."

"어머니, 이제 더 이상 그 얘긴 하지 마시라고 말씀드렸잖아요." 그가 인상을 찌푸리며 말했다.

"난 단지 사람들이 하는 말을 전했을 뿐이야."

브론스키는 아무 대답도 하지 않았다. 그러고는 소로키나 공작 영애에게 몇 마디 건네고는 자리를 떠났다. 그러다가 그는 문 쪽에서 형과 마주쳤다.

"아, 알렉세이!" 형이 말했다. "이렇게 추악한 일이 생기다니! 멍청한 여자야. 단지 그뿐이야……. 지금 막 그녀에게 가려던 참이니 같이 가자."

브론스키는 그의 말을 듣고 있지 않았다. 그는 빠르게 아래층으로 내려갔다. 그는 자신이 뭔가 해야 할 일이 있다고 생각했지만 그게 무엇인지는 알 수 없었다. 안나가 자신과 그를 이렇게 끔찍한 상황으로 몰아넣었다는 생각과 그녀에 대한 연민이 뒤섞여 그의 마음을 아프게 했다. 그는 아래층 일 반석 쪽으로 내려가자마자 안나가 있는 특별석으로 갔다. 거기에는 스트레모프가 서서 그녀와 대화를 나누고 있었다.

"저 정도의 테너는 드물다니까요. 정말 최고예요."

브론스키는 그녀에게 고개를 끄덕인 뒤 걸음을 멈추고 스트레모프와 인사를 나누었다.

"늦게 오시는 바람에 천상의 아리아를 못 들으셨군요." 안나가 조소하는 듯한(그는 그렇게 느꼈다.) 눈빛으로 그를 쳐다보며 말했다.

"난 음악에 대해선 잘 모르니까요." 그가 차가운 눈빛으로 그녀를 바라보며 말했다.

"야쉬빈 공작처럼 말이죠." 그녀가 웃으며 말했다. "그분은 파티의 노래가 너무 높다고 하더군요."

"고마워요." 그녀는 긴 장갑을 낀 작은 손으로 브론스키가 건넨 팸플릿을 받으며 말했다. 그 순간, 그녀의 아름다운 얼굴이 파르르 떨리기 시작했다. 그녀는 자리에서 일어나 특별석 안쪽으로 들어갔다.

다음 막이 올랐다. 브론스키는 그녀의 자리가 비어 있는 것을 보고는, 이미 카바티나가 시작되어 정숙한 분위기가 된 곳을 빠져나가려다 '쉿' 하는 비난의 소리를 들으며 1층 일반석에서 나와 숙소로 향했다.

안나는 이미 돌아와 있었다. 브론스키가 그녀의 방에 들어갔을 때 그녀는 아직 극장에 갈 때 입었던 차림 그대로 앉아 있었다. 그녀는 벽 근처에 있는 안락의자에 앉아 멍하니 앞을 바라보고 있었다. 그녀는 그를 흘끗 보더니 다시 본래의 상태로 돌아갔다.

"안나." 그가 말했다.

"이 모든 건 다 당신, 당신 탓이에요!" 그녀는 자리에서 일어나 절망과 분노가 어린 목소리로 울먹이며 소리쳤다.

"그래서 내가 가지 말라고 부탁했잖아요. 당신이 그런 모욕을 당할 것 같아서 그랬던 거예요……."

"불쾌해요!" 그녀가 소리쳤다. "정말 끔찍하다고요! 내가 살아 있는 한 절대 못 잊을 거예요. 그 여자가 뭐랬는지 알아요? 내 옆에 앉아 있는 게 수치스럽대요."

"어리석은 여자가 한 말일 뿐이에요." 그가 말했다. "하지만 무슨 이유로 그런 모험을 하고 도전을……."

"난 당신이 침착한 모습을 보이는 게 싫었어요. 당신은 내가 이런 수모를 겪게 해서는 안 되는 거였어요. 만약 당신이 날 사랑한다면……."

"안나! 여기서 왜 사랑 얘기가……."

"그래요. 만약 내가 당신을 사랑하는 만큼 당신도 나를 사랑한다면, 내가 괴로운 만큼 당신도 괴롭다면……." 그녀는 고통스러운 얼굴로 그를 바라보며 말했다.

그는 그녀가 안쓰러웠으나 한편으로는 화가 났다. 그는 그녀를 진정시키기 위해 그녀에게 자신의 사랑을 맹세했다. 현재로서는 그것만이 유일한 방법이라고 생각했던 것이다. 그러면서 그는 말은 하지 않았지만 속으로는 그녀를 질책하고 있었다. 그는 스스로 언급하기조차 부끄럽고 저속한 일이라고 생각했던 사랑의 맹세를 했고, 그녀는 갈증을 해소하듯 그것을 들이마신 뒤 마음을 진정시켰다. 그리고 다음 날 그들은 화해한 뒤 시골로 떠났다.

# 안나 카레니나
## -2-

# Anna
# Karenina

## 작품 해설 및 작가 연보

# 『안나 카레니나(Anna Karenina)』 2권 작품 해설

## 1. 작가의 생애

19세기 러시아 문학을 대표하는 대문호이자 위대한 사상가, 혁명가였던 레프 니콜라예비치 톨스토이(Lev Nikolayevich Tolstoy, 1828~1910)는 1828년 러시아의 야스나야 폴랴나에서 명문 백작의 넷째 아들로 태어났다. 어려서 일찍 부모님을 여의고 친척 집에서 자랐던 그는 1847년, 카잔 대학에서 법학을 전공한다. 하지만 대학 교육에 환멸을 느끼고 자퇴한다. 그 후 고향 야스나야 폴랴나로 돌아와 지주로서 농민의 삶을 개선하기 위해 노력한다. 하지만 농민 계몽이 실패로 끝나자, 그는 귀족들과 어울리며 잠시 방탕한 생활을 한다. 그러다가 1851년에 캅카스군에 입대하고 이듬해 첫 소설인 『유년시대(Detstvo)』(1852)를 발표한다. 그는 이 작품으로 문단의 주목을 받기 시작한다. 그리고 군 복무 중에 『소년시대(Otrochestvo)』(1854)와 『세바스토폴 이야기(Sevastopoliskie Rasskazy)』(1855~1856)를 집필하면서 작가로서의 입지를 굳힌다. 1856년, 러시아와 터키의 전쟁이 끝나고 전역한 뒤 유럽의 문명을 시찰하기 위해 여행을 떠난다. 하지만 유럽 부르주아의 삶에 실망하고 돌아오게 된다. 1857년에는 『청년시대(Yunost)』를 발표하고, 1859년에는 농민 계몽을 위해 농민 학교를 설립하며 농노 해방 운동에도 적극적으로 참여한다. 그러다가 1860년, 형 니콜라이가 사망하게 되고 1862년에는 궁정 의사의 딸 소피야와 결혼하게 되면서 창작에 전념한다. 1869년에는 전쟁의 공포와 부조리한 세태를 비판한 장편 소설 『전쟁과 평화(Voina i mir)』를 발표한다. 톨스토이는 당대 러시아의 모습과 민중의 삶을 현실감 있게 그려 낸 이 작품을 통해 세계적인 작가로 이름을 알리게 된다. 1877년에는 사랑과 결혼, 가족, 죽음이라는 소재를 깊이 있게 다룬 장편 소설 『안나 카레니나(Anna Karenina)』를 발표한다. 이 무렵 톨스토이는 인생에 대한 무상함과 죽음에 대한 불안감을 느끼며 정신적 혼란을 겪게 된다. 그는 러시아의 귀족 출신으로서 부유한 삶을 살았지만, 민중의 생활과 그들을 계몽하는 일에 관심이 많았고 청렴한 삶을 꿈꾸었다. 하지만 현실과 이상의 거리는 멀기만 했고, 이러한 괴리를 견딜 수 없었던 그는 이때부터 종교에 의지하게 된다. 이 무렵 그는 『참회록(Ispoved')』(1882), 『나의 신앙은 무엇인가(V chem moya vera)』(1884) 등과 같이 종교적 색채가 짙은 작품을 발표한다. 그는 현대의 타락한 교회의 권위를 부정하고 원시 그리스도교의 도덕적인 가르침을 추구했다. 이러한 그의 사상은 종교와 윤리를 넘어서 사회 제도의 문제까지 확대되었다. 이 무렵 톨스토이는 사유재산권마저 부정하기 시작했기에 아내와 불화를 겪게 된다. 그 후 톨스토이는 저작권 일체를 아내에게 넘겨주고, 1885년에는 출판사를 설립해 러시아 민화와 복음서를 각색한 작품들을 출간한다. 러시아 민화를 기반으로 한 작품으로는 「사람은 무엇으로 사는가」, 「바보 이반」, 「사랑이 있는 곳에 신도 있다」, 「사람에게는 얼마나 많은 땅이 필요한가」 등이 있다. 1899년에는 장편 소설 『부활(Voskresenie)』을 발표해 큰 반향을 일으킨다. 이 작품은 톨스토이가 러시아 정교회가 아닌 교도들을 미국으로 이주시키기 위한 자금을 마련하기 위해 집필한 것이다. 1901년, 그는 당시 러시아 정교회에 비판을 가했다는 이유로 러시아 정교회로부터 파문을 당한다. 그 후 차츰 건강이 악화되어 크림반도로 요양을 떠나게 된다. 하지만 이러한 상황에서도 활발한 창작 활동을 이어 나가며 『신부(神父) 세르게이』(1898), 희곡 「산송장」(1900), 단편 「항아리 알료샤」(1905) 등의 문학 작품과 「종교와 도덕」(1894), 「셰익스피어론(論)」(1903), 「러시아 혁명의 의의」(1906) 등의 논문을 집필하고 발표한다.

이렇듯 수많은 작품을 발표하면서 작가로서 톨스토이의 명성은 더욱 빛을 발한다. 하지만 그는 계속되는 아내와의 갈등으로 마침내 집을 떠나기로 하고 여행길에 오른다. 1910년 11월, 안타깝게도 여행 도중에 얻은 감기가 폐렴으로 번지면서 건강이 악화되어 아스타포보 역장의 관사에서 생을 마감하게 된다.

## 2. 작품 내용 살펴보기

레빈의 형 세르게이 이바노비치는 머리를 식히기 위해 동생이 사는 시골을 방문한다. 그는 늘 전원생활이야말로 지상의 낙원이라고 생각해 왔기에 동생을 찾아갔던 것이다. 레빈은 형의 방문을 몹시 반가워하면서도 교육, 의료 문제 등에 관해서는 서로 견해 차이를 보이며 논쟁을 벌인다.

레빈은 지주였으나 직접 낫을 들고 들판으로 나가 풀을 베기 시작한다. 처음에는 일도 서툴고 긴장한 탓에 풀 베는 일이 잘 진행되지 않았으나 시간이 흐를수록 요령이 생겨 어느 순간 레빈은 자신이 지금 무엇을 하고 있는지도 모르는 무아지경의 상태에 빠지게 된다. 그는 일꾼들과 함께 점심을 먹으며 그들 속에서 동화되기 위해 노력한다. 그러한 동생의 모습을 보며 세르게이 이바노비치는 의아해하면서도 흐뭇해한다.

풀베기를 다 마치고 땀에 흠뻑 젖은 채 어느 때보다 유쾌한 기분으로 집으로 돌아온 레빈은 친구 오블론스키에게서 온 편지를 발견한다. 오블론스키의 아내 돌리가 레빈의 집에서 멀지 않은 예르구쉬오보에 머물고 있으니 가서 이런저런 일을 도와달라는 내용이 적힌 편지였다. 한편, 시골로 이사하면 평화롭게 지낼 수 있을 거라는 돌리의 기대와는 달리 새로운 거처는 모든 게 엉망이었다. 생활에 필요한 물품도, 하인도, 가축도 제대로 갖추어지지 않았고 집도 제대로 수리되지 않은 탓에 어려움을 겪었던 것이다. 그러한 환경에서 아이들을 데리고 생활해야 했던 돌리는 막막했으나 현명한 가정부의 도움으로 차츰 안정을 되찾는다. 이러한 돌리의 사정을 알게 된 레빈은 그녀의 집으로 찾아가 아이들과 함께 놀아 주며 그녀와 이런저런 대화를 나눈다. 그러던 중, 키티가 외국에서

요양을 끝내고 돌리의 집을 방문할 예정이라는 말을 듣게 된다. 레빈을 좋아했던 돌리는 그와 키티가 맺어지기를 바라고 있었기에 그에게 키티를 만나 볼 것을 권하지만 레빈은 단호하게 거절한다. 하지만 키티가 온다는 소식에 그는 걷잡을 수 없이 혼란스러워진다.

레빈은 여느 때처럼 농사일에 전념한다. 하지만 농사일은 그의 뜻대로 진행되지 않는다. 일을 대충 처리하는 농부들 때문에 곳곳에 문제가 생겼고, 지주인 레빈의 눈을 속여 이득을 취하려는 이들도 있었기 때문이다. 하지만 모든 걱정과 혼란스러움은 땀 흘리며 함께 고생한 공동 노동을 통해 보상된다. 레빈과 다툼이 있었던 농민들은 언제 그랬냐는 듯 일을 끝낸 뒤 레빈과 스스럼없이 웃는 얼굴로 인사를 나눈다. 이를 통해 레빈은 노동의 신성함을 다시 한번 느끼게 된다. 일을 마친 레빈은 건초 더미에서 새벽을 맞으며 상념에 잠겨 있다가 우연히 마차가 지나가는 소리를 듣게 된다. 마차 안에는 그토록 그를 괴롭히던 그녀, 바로 키티가 있었다. 이제는 정말 끝이라고 생각하며 새로운 계획을 세웠던 레빈의 결심은 그녀를 보자마자 한순간에 무너져 버린다. 레빈은 여전히 키티를 사랑하고 있었던 것이다.

한편, 브론스키와 아내와의 관계를 알게 된 알렉세이 알렉산드로비치는 괴로운 나날을 보내면서도 한편으로는 의혹을 풀었기에 마치 앓던 이를 빼낸 듯한 후련함을 느낀다. 그는 몹시 냉철한 사람이었다. 그가 가장 걱정하는 것은 바로 자신의 명예였다. 그는 최대한 자신의 명예가 실추되지 않기 위한 방법을 모색한다. 마침내 그가 고심 끝에 내린 결론은 별거도 이혼도 아닌, 바로 안나와 브론스키의 문제를 덮고 다시 예전처럼 생활하는 것이었다. 알렉세이 알렉산드로비치는 별장에 머물던 안나에게 자신의 결심을 알리는 편지를 보낸다. 물론 편지에 회유의 내용만 담겨 있었던 것은 아니었다. 그는 안나가 자신의 요구를 수락하지 않을 경우 어떠한 일이 벌어질지 그녀도 이미 잘 알고 있을 거라는 말을 덧붙임으로써 안나를 두렵게 만든다.

아들을 데리고 떠날 결심을 했던 안나는 알렉세이 알렉산드로비치의 편지를 받은 뒤 혼란스러워진다. 그는 어떠한 방법을 동원해서라도 그녀에게서 아들을 빼앗으려 할 것이기 때문이다. 남편에게서 벗어날 수 있을 거라는 기쁨도 잠시, 현실을 직시한 안나는 떠나는 것을 잠시 미룬다.

브론스키는 안나와의 문제로 어머니의 노여움을 사 더 이상 그녀에게 경제적인 지원을 받지 못하게 된다. 안나와의 도피를 위해서는 여유 자금도 필요했고 퇴역해야 하는 문제도 있었기에 그는 현실적인 어려움에 직면한다.

키티에 대한 생각으로 다시 혼란스러워졌던 레빈은 새로운 영농법을 도입하고 구체적으로 실행할 방법을 생각하느라 바쁜 나날을 보낸다. 이렇듯 레빈은 농민과 그들의 생활을 개선하기 위해 노력하며 그들에게 변함없는 애정을 보인다. 그러던 어느 날, 비쩍 마른 한 남자가 레빈을 찾아온다. 바로 레빈의 형 니콜라이였다. 예전보다 훨씬 더 수척해진 모습으로 찾아온 그는 건강이 더욱 악화된 상태였다. 레빈은 형이 반가웠지만 한편으로는 그와 함께 지내는 것에 불편함을 느낀다. 이런저런 일로 레빈과 견해 차이를 보이던 니콜라이는 화가 나서 집으로 돌아간다. 형이 떠나자 레빈은 죽음에 관해 전보다 더 진지하게 고민하기 시작하고, 외국으로 가서 그곳의 문물을 시찰하고 돌아온다.

안나는 브론스키를 여전히 사랑하지만 그에게 집착하고 사소한 일로도 질투하며 그를 의심하기 시작한다. 알렉세이 알렉산드로비치와 안나, 브론스키와의 관계는 좀처럼 정리가 되지 않은 채 세 사람은 혼란스러운 생활을 이어 나간다. 그러다가 안나는 브론스키에게 흉몽을 꾸었다며 자신이 곧 죽게 될 것 같다는 불길한 말을 전한다.

알렉세이 알렉산드로비치는 자신의 경고에도 안나가 브론스키를 계속 만나자, 최후의 방법으로 이혼 전문 변호사를 찾아가 조언을 구한다. 그러던 어느 날, 업무상 출장을 떠났다가 모스크바에서 머물게 된 알렉세이 알렉산드로비치는 그곳에서 안나의 오빠 오블론스키와 그의 아내 돌리와 마주친다. 그들은 알렉세이 알렉산드로비치를 만찬에 초대하고 그곳에서 안나와 알렉세이 알렉산드로비치의 관계가 좋지 않다는 사실을 알게 된다. 안나의 불륜 사실을 알게 된 돌리는 믿을 수 없다며 그에게 제발 이혼만은 하지 말아 달라고 간청한다.

레빈과 키티도 만찬에 합류해 재회하게 된다. 그날의 만남을 계기로 두 사람은 서로의 마음을 확인하게 된다. 레빈은 키티의 부모님에게 인사하러 갈 생각에 들떠 잠을 이루지 못한 채 행복한 밤을 보낸다.

한편, 브론스키의 아이를 출산한 안나는 산욕열로 생사의 갈림길에 놓인다. 알렉세이 알렉산드로비치는 죽음이 머지않은 안나를 보며 그녀와 브론스키를 용서하기로 결심한다. 그녀가 죽게 될 위기에 처하자, 브론스키는 삶의 의욕을 잃고 권총으로 자살을 시도한다. 다행히 총알이 심장을 비껴 나가 브론스키는 목숨을 구하게 되고 안나 역시 극적인 확률로 회복한다. 알렉세이 알렉산드로비치는 그녀가 회복하자 자신이 내심 그녀의 죽음을 원하고 있었다는 사실을 깨닫게 된다. 안나와 브론스키, 알렉세이 알렉산드로비치 세 사람의 관계는 또다시 원점으로 돌아온다.

오블론스키는 괴로워하는 안나를 보며 두 사람이 평온해지기 위해서는 이혼만이 정답이라고 생각하며 알렉세이 알렉산드로비치에게 이혼을 권한다. 그의 제안을 받아들인 알렉세이 알렉산드로비치는 이혼 수속을 하려 하지만, 안나는 이혼을 수락하지 않은 채 브론스키와 어린 딸을 데리고 외국으로 떠난다.

레빈과 키티는 결혼 준비를 하느라 분주하면서도 행복한 시간을 보낸다. 교회에서 신성한 결혼식을 올린 두 사람은 레빈이 살던 시골에 신혼집을 마련한다. 서로 모든 게 서툴렀기에 잦은 다툼이 있었지만 행복한 시간을 보내던 두 사람은 레빈의 형 니콜라이가 위독하다는 소식을 듣게 된다. 레빈은 키티와 함께 그를 간호하기 위해 그가 머물고 있는 호텔로 향한다. 외국에서 요양하며 환자를 돌본 경험이 있던 키티는 능숙하게 니콜라이를 간호한다. 그녀의 도움으로 니콜라이의 상태는 호전되는 듯했지만, 그는 결국 죽음을 맞이하게 된다.

안나가 외국으로 떠나고 홀로 남게 된 알렉세이 알렉산드로비치에게 연민을 느끼던 리디야 이바노브나 부인은 그의 아들 세료쥐아를 돌보며 동시에 집안일을 도와주기로 결심한다. 의지할 곳이 없었던 알렉세이 알렉산드로비치는 그런 그녀에게 고마움을 느낀다. 한편, 알렉세이 알렉산드로비치가 몸담고 있던 위원회에도 이미 그에 대한 소문이 퍼져 출셋길에 지장이 생긴다. 하지만 그는 개의치 않고 당당하게 맡은 임무를 수행한다.

외국으로 도피했던 안나와 브론스키는 다시 페테르부르크로 돌아오게 되고, 아들이 그리웠던 안나는 남편에게 세료쥐아를 만나게 해 달라는 편지를 보낸다. 하지만 리디야 이바노브나 부인은 거절의 답장을 보낸다. 화가 난 안나는 세료쥐아의 생일에 몰래 집으로 찾아가 아들과 행복한 재회를 한다.

사교계에서도 이미 추문이 퍼졌기에 안나는 사람들에게 외면당하고 있었지만, 답답한 생활에 염증을 느낀 그녀는 공연을 관람하기 위해 사교계의 거의 모든 사람이 모인 극장으로 간다. 브론스키의 만류에도 화려하게 치장하고 극장을 찾아간 안나는 그곳에서 수모를 겪게 된다. 이 일로 안나와 브론스키는 다툼을 벌이고, 브론스키는 사랑의 맹세를 함으로써 안나의 마음을 달래 준다. 화해한 두 사람은 시골로 떠난다.

### 3. 마치며

『안나 카레니나』 2권은 1권과 마찬가지로 톨스토이가 관심을 가졌던 주제인 농민과 그들의 처우 개선, 새로운 영농 기법의 도입, 빈부 격차의 원인과 해결 방안, 여성의 권리 신장 등과 같은 사회 문제와 정치, 경제, 철학적 문제에 관한 내용이 전편보다 심도 있게 담겨 있다. 특히 농민과 지주와의 갈등, 농업과 관련된 문제에 많은 지면을 할애함으로써 톨스토이가 가장 애착을 가지고 있었던 문제가 무엇인지 여실히 보여 준다. 또한 2권에서는 레빈의 형 니콜라이의 모습을 통해, 죽음 앞에서 두려워하며 삶에 대한 애착을 보이는 인간의 심리를 세세하게 묘사함으로써 삶과 죽음에 관한 문제를 고찰하고 있다.

한편, 우여곡절 끝에 사랑의 결실을 맺으며, 일과 사랑을 모두 쟁취한 레빈의 행복한 모습을 통해 독자들은 대리 만족을 얻게 될 것이다. 반면에 안나와 알렉세이 알렉산드로비치, 브론스키 세 사람이 얽힌 고리는 여전히 풀리지 않은 채 지지부진한 모습을 보인다. 안나와 브론스키가 함께 꾸었던 흉몽이 의미하는 바는 무엇일지, 세 사람의 관계는 어떤 식으로 매듭이 지어질지, 『안나 카레니나』 1권과 더불어 2권까지 섭렵한 독자들은 후속 권을 기대할 수밖에 없을 것이며, 톨스토이가 만들어 낸 세계에 대한 호기심을 멈추지 못할 것이다.

## 작가 연보

1828년 러시아 툴라 현의 야스나야 폴랴나에서 니콜라이 일리치 톨스토이 백작의 넷째 아들로 태어남.

1830년 어머니 마리야 니콜라예브나 사망.

1836년 푸시킨의 시 「바다에」와 「나폴레옹」을 낭독해 아버지를 놀라게 함.

1837년 모스크바로 이주함. 아버지 니콜라이 백작이 뇌일혈로 급사함.

1840년 시 「사랑하는 숙모에게」 창작.

1844년 카잔 대학 동양어학부에 입학한 뒤, 투르크 어와 페르시아 어를 전공함.

1846년 카잔 대학 중퇴. 고향으로 돌아간 뒤 농장 경영 시작.

1848년 페테르부르크 대학에서 실시한 학사 고시에 합격함.

1851년 형 니콜라이와 함께 카프카스 포병 부대에 입대함.

1852년 첫 장편 소설 『유년시대』 발표.

1854년 『소년시대』 집필.

1855년 제대 후에 상트페테르부르크로 귀환.

1857년 『청년시대』 발표.

1860년 형 니콜라이 사망. 「국민 교육론」 기고.

1862년 크렘린 궁정 부속 교회에서 소피야 안드레예브나 베르스와 결혼.

1863년 큰아들 세르게이가 태어남. 『카자흐 사람들』 발표.

1864년 큰딸 타티아나가 태어남. 『전쟁과 평화』 집필 착수.

1866년 『전쟁과 평화』 집필에 전념. 둘째 아들 일리야가 태어남.

1869년 『전쟁과 평화』(전 3권) 발표.

1873년 『안나 카레니나』 집필. 아카데미 회원이 됨. 『톨스토이 저작집』 전 8권 출판.

1876년 음악가 차이콥스키와 친교를 맺음.

1881년 『사람은 무엇으로 사는가』, 『교의신학비판』 출판.

1885년 「바보 이반」, 「두 노인」 등 발표.

1888년 초등학교 교사로 지원했다가 거절당함.

1889년 『크로이체르 소나타』, 『악마』 발표. 『부활』 집필 시작.

1891년 1881년 이후에 발표한 작품의 판권만 포기하고, 이전 작품의 판권을 부인에게 넘겨줌.

1895년 『주인과 하녀』 발표. 막내아들 이반 사망.

1898년 톨스토이 탄생 70주년 기념 축하회를 개최함. 『부활』 의 완성에 전념함. 『신부 세르게이』 발표.

1899년 『부활』을 발표해 큰 반응을 일으킴.

1901년 그리스 정교회에서 파문당함. 노벨문학상 수상을 거부함.

1903년 『유년 시절의 추억』 집필 시작. 단편 소설 「무도회의 밤」, 「아시리아 왕 아사르하돈」, 「세 가지 질문」, 「노동과 죽음 의 병」 등 집필.

1908년 사형제 집행을 반대하는 『나는 침묵할 수 없다』 발표.

1910년 부인에게 최후의 유언장을 남긴 채 가출. 11월 3일, 마지막 일기를 씀. 11월 7일 오전 6시 5분, 시골의 작은 간이역 관사에서 영면. 고향인 야스나야 폴랴나로 안장됨.

**생각뿔 | 세계문학 미니북 클라우드 라이브러리**

거장의 숨소리를 만나는 특별한 여행

**001 | 위대한 개츠비 × F. 스콧 피츠제럴드** Francis Scott Key Fitzgerald
• 〈타임〉 선정 '현대 100대 영문 소설' • 랜덤하우스 선정 '20세기 100대 영문 소설' 2위
• BBC 선정 '반드시 읽어야 할 고전'

**002 | 동물농장 × 조지 오웰** George Orwell
• 〈타임〉 선정 '현대 100대 영문 소설' • 미국 대학위원회 SAT 추천 도서 • 〈뉴스위크〉
선정 '세계 100대 명저' • BBC 선정 '지난 1,000년간 최고의 문학가' 3위

**003 | 노인과 바다 × 어니스트 헤밍웨이** Ernest Hemingway
• 노벨 연구소 선정 '세계 문학 100대 작품' • 〈뉴스위크〉 선정 '세상을 움직인 100권의
책' • 우리나라 문인이 가장 선호하는 '세계 문학 100선'

**004 | 데미안 × 헤르만 헤세** Herman Hesse
• 미국 대학위원회 SAT 추천 도서 • 1946년 노벨 문학상 수상 작가 • 우리나라 문인이
가장 선호하는 '세계 문학 100선'

**005 006 007 | 오만과 편견 × 제인 오스틴** Jane Austen
• 미국 대학위원회 SAT 추천 도서 • 노벨 연구소 선정 '세계 문학 100대 작품'
• BBC 선정 '지난 1,000년간 최고의 문학가' 2위

**008 009 | 1984 × 조지 오웰** George Orwell
• 〈타임〉 선정 '현대 100대 영문 소설' • 〈뉴스위크〉 선정 '역대 세계 최고의 책' 2위
• BBC 선정 '지난 1,000년간 최고의 문학가' 3위

**010 | 이방인 × 알베르 카뮈** Albert Camus
• 미국 대학위원회 SAT 추천 도서 • 1957년 노벨 문학상 수상 작가 • 노벨 연구소 선정
'세계 문학 100대 작품' • 우리나라 문인이 가장 선호하는 '세계 문학 100선'

**011 │ 젊은 베르테르의 슬픔 × 요한 볼프강 폰 괴테** Johann Wolfgang von Goethe
- 미국 대학위원회 SAT 추천 도서
- 서울대학교 선정 '세계 문학 작품 100'

**012 013 │ 페스트 × 알베르 카뮈** Albert Camus
- 1957년 노벨 문학상 수상 작가 • 서울대학교 선정 '고전 200선'
- 국립중앙도서관 선정 '고전 100선'

**014 │ 인간 실격 × 다자이 오사무** Dazai Osamu
- 〈뉴욕타임스〉 선정 '일본 문학'

**015 │ 변신 × 프란츠 카프카** Franz Kafka
- 미국 대학위원회 SAT 추천 도서 • 서울대학교 선정 '권장 도서 100선'
- 연세대학교 선정 '필독 도서 200선'

**016 017 │ 그리스인 조르바 × 니코스 카잔차키스** Nikos Kazantzakis
- 미국 대학위원회 SAT 추천 도서 • 노벨 연구소 선정 '세계 문학 100대 작품'
- 우리나라 문인이 가장 선호하는 '세계 문학 100선'

**018 │ 지킬박사와 하이드 × 로버트 루이스 스티븐슨** Robert Louis Stevenson
- 아마존 선정 '일생에 읽어야 할 100권의 책'
- 〈옵서버〉 선정 '가장 위대한 소설 100권'
- 우리나라 문인이 가장 선호하는 '세계 문학 100선'

**019 │ 사람은 무엇으로 사는가 × 레프 니콜라예비치 톨스토이** Leo Nikolayevich Tolstoy
- 영어권 문학가들이 뽑은 '가장 좋아하는 작가'

**020 │ 어린 왕자 × 앙투안 드 생텍쥐페리** Antoine Marie Roger De Saint Exupery
- 아마존 선정 '일생에 읽어야 할 100권의 책'
- 우리나라 교수들이 뽑은 '다시 읽고 싶은 책 33선' 10위

**021 │ 오 헨리 단편선 × 오 헨리** O. Henry
- 서울대학교 추천 도서 • 서울시 교육청 추천 도서

**022 | 수레바퀴 아래서×헤르만 헤세 Herman Hesse**
- 1946년 노벨 문학상 수상 작가
- 서울대학교 선정 '고전 200선'

**023 | 프랑켄슈타인×메리 셸리 Mary Shelley**
- 〈옵서버〉 선정 '가장 위대한 소설 100권'
- 〈뉴스위크〉 선정 '세계 100대 명저'

**024 | 사양×다자이 오사무 Dazai Osamu**
- 다자이 오사무 최고의 베스트셀러

**025 | 탈무드×유대인 랍비들 Jewish Rabbis**
- 5,000년 유대인 지혜의 책

**026 | 싯다르타×헤르만 헤세 Herman Hesse**
- 1946년 노벨 문학상 수상 작가

**027 | 햄릿×윌리엄 셰익스피어 William Shakespeare**
- 미국 대학위원회 SAT 추천 도서 • 〈뉴스위크〉 선정 '세계 100대 명저'
- 서울대학교 선정 '권장 도서 100선' • 국립중앙도서관 선정 '청소년 권장 도서'

**028 | 인형의 집×헨리크 입센 Henrik Ibsen**
- 2001년 자필 원고 유네스코 세계기록유산 지정

**029 030 031 | 안나 카레니나 1~3×레프 톨스토이 Leo Nikolayevich Tolstoy**
- 〈옵서버〉 선정 '인류 역사상 가장 훌륭한 책' • BBC 선정 '반드시 읽어야 할 고전'
- 〈뉴스위크〉 선정 '세계 100대 명저' • 서울대학교 선정 '권장 도서 100선'

**\*\*\* | 예언자×칼릴 지브란 Kahlil Gibran**
- 성경 다음으로 많이 읽힌 책

**\*\*\* | 적과 흑 1~2×스탕달 Stendhal**
- 국립중앙도서관 선정 '청소년 권장 도서'

**\*\*\* | 폭풍의 언덕 × 에밀리 브론테** Emily Bronte
- 미국 대학위원회 SAT 추천 도서
- BBC 선정 '반드시 읽어야 할 고전'
- 〈옵서버〉 선정 '인류 역사상 가장 훌륭한 책'
- 국립중앙도서관 선정 '청소년 권장 도서'

**\*\*\* | 독일인의 사랑 × 프리드리히 막스 뮐러** Friedrich Max Müller
- 한국출판문화산업진흥원 선정 '대학 신입생 추천 도서'

**\*\*\* | 도리언 그레이의 초상 × 오스카 와일드** Oscar Wilde
- 미국 대학위원회 SAT 추천 도서 • 〈동아일보〉 선정 '우리나라 명사들의 추천 도서'

**\*\*\* | 이상한 나라의 앨리스 × 루이스 캐럴** Lewis Carroll
- BBC 선정 '영국인이 즐겨 읽은 책 100선' • 영국 최고 아동 도서 50선

**\*\*\* | 두 도시 이야기 × 찰스 디킨스** Charles John Huffam Dickens
- 미국 대학위원회 SAT 추천 도서 • 미국 하버드대학교 선정 '신입생 추천 도서'

**\*\*\* | 오페라의 유령 × 가스통 르루** Gaston Leroux
- 세계 4대 뮤지컬인 〈오페라의 유령〉 원작

**\*\*\* | 월든 × 헨리 데이비드 소로** Henry David Thoreau
- 미국 대학위원회 SAT 추천 도서

**\*\*\* | 킬리만자로의 눈 × 어니스트 헤밍웨이** Ernest Hemingway
- 1954년 노벨 문학상 수상 작가

**\*\*\* | 오즈의 마법사 × 라이먼 프랭크 바움** L. Frank Baum
- 미국 대학위원회 SAT 추천 도서
- 연세대학교 선정 '필독 도서'

**\*\*\* | 레 미제라블 1~5 × 빅토르 위고** Victor Marie Hugo
- 세계 4대 뮤지컬인 〈레 미제라블〉 원작 • WTO 북클럽 추천 도서

***  |  **파우스트 1~2** × 요한 볼프강 폰 괴테 Johann Wolfgang von Goethe
- 미국 대학위원회 SAT 추천 도서
- 서울대학교 선정 '권장 도서 100선'
- 국립중앙도서관 선정 '청소년 권장 도서'

***  |  **바냐 아저씨** × 안톤 체호프 Anton Pavlovich Chekhov
- 서울대학교 선정 '동서 고전 100선'

***  |  **로미오와 줄리엣** × 윌리엄 셰익스피어 William Shakespeare
- 미국 대학위원회 SAT 추천 도서
- 서울대학교 선정 '동서 고전 200선'

***  |  **바람이 분다** × 호리 다쓰오 Tatsuo Hori
- 애니메이션 〈바람이 분다〉 원작

***  |  **세 가지 질문** × 레프 니콜라예비치 톨스토이 Leo Nikolayevich Tolstoy
- 영어권 문학가들이 뽑은 '가장 좋아하는 작가'

***  |  **맥베스** × 윌리엄 셰익스피어 William Shakespeare
- 미국 대학위원회 SAT 추천 도서
- 서울대학교 선정 '권장 도서 100선'
- 연세대학교 선정 '필독 도서 200선'
- 국립중앙도서관 선정 '청소년 권장 도서'

***  |  **외투 · 코** × 니콜라이 바실리예비치 고골 Nikolai Vasilievich Gogol
- 러시아 단편 소설의 모태가 된 작품

***  |  **리어 왕** × 윌리엄 셰익스피어 William Shakespeare
- 미국 대학위원회 SAT 추천 도서 · 〈뉴스위크〉 선정 '세계 100대 명저'
- 〈가디언〉 선정 '권장 도서'

***  |  **좁은 문** × 앙드레 지드 Andr-Paul-Guillaume Gide
- 1947년 노벨 문학상 수상 작가

*** | 벚꽃 동산 × 안톤 체호프 Anton Pavlovich Chekhov
• 세계 3대 단편 소설 작가의 극작품 • 1888년 푸쉬킨상 수상 작가

*** | 벤자민 버튼의 시간은 거꾸로 간다 × F. 스콧 피츠제럴드 Francis Scott Key Fitzgerald
• 영화 〈벤자민 버튼의 시간은 거꾸로 간다〉 원작

*** | 눈의 여왕 × 한스 크리스티안 안데르센 Hans Christian Andersen
• 노벨 연구소 선정 '세계 문학 100대 작품' • 세계를 움직인 100권의 책

*** | 개를 데리고 다니는 여인 × 안톤 체호프 Anton Pavlovich Chekhov
• 노벨 연구소 선정 '세계 문학 100대 작품' • 서울대학교 선정 '고전 200선'
• 1888년 푸쉬킨상 수상 작가

*** | 귀여운 여인 × 안톤 체호프 Anton Pavlovich Chekhov
• 노벨 연구소 선정 '세계 문학 100대 작품' • 1888년 푸쉬킨상 수상 작가

*** | 이솝 이야기 × 이솝 Aesop
• 서울 독서교육연구회 권장 도서 • 어린이 독서위원회 권장 도서

*** | 무기여 잘 있거라 × 어니스트 헤밍웨이 Ernest Hemingway
• 1954년 노벨 문학상 수상 작가

*** | 네 개의 서명 × 아서 코난 도일 Arthur Conan Doyle
• BBC 드라마 〈셜록〉 원작

*** | 배스커빌가의 개 × 아서 코난 도일 Arthur Conan Doyle
• BBC 드라마 〈셜록〉 원작

*** | 미녀와 야수 × 쟌 마리 르 프랭스 드 보몽 Jeanne-Marie Leprince de Beaumont
• 애니메이션 〈미녀와 야수〉 원작

*** | 공포의 계곡 × 아서 코난 도일 Arthur Conan Doyle
• BBC 드라마 〈셜록〉 원작

***  | 주홍색 연구 × 아서 코난 도일 Arthur Conan Doyle
• BBC 드라마 〈셜록〉 원작

***  | 제인 에어 1~2 × 샬럿 브론테 Charlotte Bronte
• 〈옵서버〉 선정 '인류 역사상 가장 훌륭한 책'
• 〈가디언〉 선정 '세계 100대 최고의 책'
• BBC 선정 '반드시 읽어야 할 고전' • 미국 대학위원회 SAT 추천 도서

***  | 피아노 치는 여자 × 엘프리데 옐리네크 Elfriede Jelinek
• 2004년 노벨 문학상 수상 작가

***  | 왼손잡이 × 니콜라이 레스코프 Nikolai Semyonovich Leskov
• 러시아 사람들이 가장 좋아하는 소설

***  | 마음 × 나쓰메 소세키 Natsume Sosek
• 서울대학교 선정 '권장 도서 100선'

***  | 실낙원 1~2 × 존 밀턴 John Milton
• 단테의 『신곡』과 함께 '최고의 기독교 서사시'로 꼽히는 작품

***  | 복낙원 × 존 밀턴 John Milton
• 기독교 서사시 『실낙원』의 속편

***  | 테스 1~2 × 토머스 하디 Thomas Hardy
• 미국 대학위원회 SAT 추천 도서
• BBC 선정 '영국인이 사랑한 도서 100선'
• 서울대학교 선정 '고등학생 권장 도서 100선'

***  | 어머니 이야기 × 한스 크리스티안 안데르센 Hans Christian Andersen
• 1846년 덴마크 단네브로 훈장 수상 작가

***  | 야간 비행 × 앙투안 드 생텍쥐페리 Antoine Marie Roger De Saint Exupery
• 1931년 페미나 문학상 수상 작가

*** | 톰 소여의 모험×마크 트웨인 Mark Twain
- 1876년 출간 이후 절판된 적이 없는 스테디셀러

*** | 포로기×오오카 쇼헤이 Shohei Ooka
- 제1회 요코미쓰 리이치상 수상 작가

*** | 인공호흡×리카르도 피글리아 Ricardo Piglia
- 1997년 플라네타상 수상 작가
- 아르헨티나 작가 선정 '아르헨티나 역사상 가장 위대한 10대 소설'

*** | 정글북×조지프 러디어드 키플링 Joseph Rudyard Kipling
- 1907년 노벨 문학상 최연소 수상 작가
- 애니메이션, 영화 〈정글북〉 원작

*** | 신곡—연옥×단테 알리기에리 Alighieri Dante
- 미국 대학위원회 SAT 추천 도서 •〈뉴스위크〉 선정 '세계 100대 명저'
- 서울대학교 선정 '권장 도서 100선' • 국립중앙도서관 선정 '고전 100선'

*** | 황금 물고기×J.M.G. 르 클레지오 Jean-Marie-Gustave Le Clezio
- 2008년 노벨 문학상 수상 작가

*** | 판탈레온과 특별봉사대×마리오 바르가스 요사 Mario Vargas Llosa
- 〈포린 폴리시〉 선정 '가장 영향력 있는 지식인 100인'
- 1994년 세르반테스상 수상 작가

*** | 잠자는 숲속의 공주×샤를 페로 Charles Perrault
- 애니메이션 〈잠자는 숲속의 공주〉 원작

*** | 나귀 가죽×오노레 드 발자크 Honore de Balzac
- 작가의 '철학 연구'의 첫 번째 자리에 배치된 작품

*** | 노예 12년×솔로몬 노섭 Solomon Northup
- 영화 〈노예 12년〉 원작

**\*\*\* | 둔황 × 이노우에 야스시** Yasushi Inoue
- 1960년 제1회 마이니치예술대상 수상작
- 1976년 일본 문화 훈장 수상 작가

**\*\*\* | 어느 어릿광대의 견해 × 하인리히 뵐** Heinrich Boll
- 1972년 노벨 문학상 수상 작가

**\*\*\* | 웃는 남자 1~3 × 빅토르 위고** Victor Marie Hugo
- 영화, 뮤지컬 〈웃는 남자〉 원작
- 한국간행물윤리위원회 선정 '청소년 권장 도서'

**\*\*\* | 휴먼 스테인 × 필립 로스** Philip Roth
- 1997년 퓰리처상 소설 부문 수상 작가

**\*\*\* | 바보들을 위한 학교 × 사샤 소콜로프** Sasha Sokolov
- 1996년 푸쉬킨 메달 수상 작가

**\*\*\* | 톰 아저씨의 오두막 1~2 × 해리엇 비처 스토** Harriet Beecher Stowe
- 미국 최초의 밀리언셀러 소설

**\*\*\* | 아버지와 아들 × 이반 세르게예비치 뚜르게네프** Ivan Sergeevich Turgenev
- 미국 대학위원회 SAT 추천 도서
- 서울대학교 선정 '동서 고전 200선'
- 우리나라 문인이 가장 선호하는 '세계 문학 100선'

**\*\*\* | 베니스의 상인 × 윌리엄 셰익스피어** William Shakespeare
- BBC 선정 '지난 1,000년간 최고의 문학가' 1위

**\*\*\* | 해부학자 × 페데리코 안다아시** Federico Andahazi
- 16세기에 실존한 해부학자 마테오 콜롬보를 다룬 소설

**\*\*\* | 긴 이별을 위한 짧은 편지 × 페터 한트케** Peter Handke
- 1979년 카프카상 수상 작가

*** | 호텔 뒤락×애니타 브루크너 Anita Brookner
• 1984년 부커상 수상 작가 • 1990년 대영제국 커맨더 훈장 수상 작가

*** | 잔해×쥘리앵 그린 Julien Green
• 1970년 아카데미 프랑세즈 문학 대상 수상 작가

*** | 절망×블라디미르 나보코프 Vladimir Nabokov
• 1931년 독일의 살인 사건을 다룬 소설

*** | 더버빌가의 테스×토머스 하디 Thomas Hardy
• 1910년 공로 훈장 수상 작가

*** | 몰락하는 자×토마스 베른하르트 Thomas Bernhard
• 1983년 프레미오 몬델로상 수상 작가

*** | 한밤의 아이들 1~2×살만 루슈디 Salman Rushdie
• 문학사상 최초로 부커상 3회 수상 작품

생각뿔 세계문학 미니북 클라우드 라이브러리는 계속 출간됩니다.
*** 근간 목록은 발간 순에 따라 변경될 수 있습니다.

**번역 및 해설 | 엄인정**

국민대학교 국어국문학과를 졸업하고 동 대학원에서 국어교육학을 전공했다. 현재 단행본 편집과 영한 번역 업무를 병행하며 프리랜서로 활동 중이다. 옮긴 책으로는 『데미안』, 『톨스토이 단편선』, 『오만과 편견』, 『카프카 단편선』, 『그리스인 조르바』 등이 있다.

안나 카레니나 2

1판 1쇄 발행 2019년 1월 11일

**지은이** 레프 니콜라예비치 톨스토이
**옮긴이** 엄인정
**해설** 엄인정
**펴낸이** 생각투성이
**편집** 안주영, 오세림
**디자인** 생각을 머금은 유니콘
**마케팅** 김사랑

**발행처** 생각뿔
**주소** 서울시 서초구 반포동 66-1 코렐빌딩 102호
**등록번호** 제233-94-00104호
**전화** 02-536-3295
**팩스** 02-536-3296
**커뮤니티** www.facebook.com/tubook2018(페이스북)
**e-mail** tubook@naver.com
ISBN  979-11-89503-47-5(04890)
       979-11-964400-8-4(세트)

생각뿔은 '생각(Thinking)'과 '뿔(Unicorn)'의 합성어입니다.
신화 속 유니콘의 신성함과 메마르지 않는 창의성을 추구합니다.